Das Buch

Benjamin Sword Hoppner hat seine Milliarden im Pornogeschäft gemacht. Doch was ist daran unmoralisch, wenn man das so verdiente Geld benutzt, um Gutes zu tun? In einem Zeitungsinterview erklärt Hoppner, jeder könne zu ihm kommen und ihn um Geld bitten, solange er es für wohltätige Zwecke benötigt. Mark Weston braucht dringend Geld. Zwar nicht für ein karitatives Projekt in Malawi, sondern um die Zukunft seines kleinen Sohnes zu sichern, aber das gedenkt er Hoppner nicht zu erzählen – ebenso wenig wie die anderen Glücksritter, die er auf dem Weg ins zentralamerikanische Miraflores trifft. Dort hat der schwerreiche Exzentriker sein eigenes Utopia errichtet: eine Dorfgemeinschaft, in der niemand mehr hungern muss, wo sich aber jeder an einen strikten Moralkodex zu halten hat. Bei ihrer Ankunft erfahren Mark und seine Mitbewerber zu ihrer Überraschung, dass Hoppner von ihren angeblichen Projekten gar nichts wissen will. Sie müssen sich lediglich einem Test unterziehen, in dem ihre Tugendhaftigkeit überprüft wird. Wer den Test besteht, ist um mehrere Millionen Dollar reicher. Wer durchfällt, muss sich das Leben nehmen – zum Wohle der Menschheit …

Der Autor

Hector Macdonald wurde 1973 in Kenia geboren, wo er auch seine Kindheit verbrachte. Nach der Schulzeit in Eton und einem freiwilligen sozialen Jahr in Brasilien studierte er in Oxford Biologie und arbeitete danach als Unternehmensberater. Seit dem Erscheinen seines gefeierten Debütromans *Der Test* widmet sich Hector Macdonald ganz dem Schreiben.

Von Hector Macdonald ist in unserem Hause bereits erschienen:
Der Test

Hector Macdonald

Der Kodex

Thriller

Aus dem Englischen
von Joachim Peters

Ullstein

Besuchen Sie uns im Internet:
www.ullstein-taschenbuch.de

Umwelthinweis:
Dieses Buch wurde auf chlor- und säurefreiem Papier gedruckt.

Deutsche Erstausgabe im Ullstein Taschenbuch
1. Auflage Januar 2006

Titel der englischen Originalausgabe: The Hummingbird Saint (Michael Joseph/Penguin Putnam Ltd., London)
Zitat aus Aldous Huxley, *Nach vielen Sommern* in der Übersetzung von Herberth E. Herlitschka mit freundlicher Genehmigung des Estate of Aldous Huxley
Umschlaggestaltung: Büro Hamburg
Titelabbildung: © Kevin Schafer/Corbis
Gesetzt aus der Minion
Satz: LVD GmbH, Berlin
Druck und Bindearbeiten: Clausen & Bosse, Leck
Printed in Germany
ISBN-13: 978–3-548-26346-5
ISBN-10: 3-548-26346-1

Menschen, welche Kriege führen, ihre Mitmenschen knechten, Menschen, welche für ihre heilige Sache töten und foltern und lügen, kurz, die wirklich bösen Menschen sind nicht die Zöllner und Sünder, sondern die tugendhaften und achtbaren Leute mit den edelsten Gefühlen, dem besten Verstand, den erhabensten Zielen.

Aldous Huxley, *Nach vielen Sommern*

1

Bevor ich zu Hoppner komme, sollte ich vielleicht zunächst ein paar Worte über meine eigenen Moralvorstellungen verlieren. Ich bin ein Freund der Wahrheit; ich sage die Wahrheit und erwarte das auch von anderen. Schon witzig, dass Ihnen gar nichts anderes übrig bleibt, als mir das abzunehmen, aber Humor gilt schließlich als Tugend. Was noch? Selbstbeherrschung? Einfachheit? Besonnenheit? Alles schön und gut, aber alles in Maßen. Manche Schwachköpfe stellen meine Geduld auf eine harte Probe, andere meinen Sinn für Gerechtigkeit und meine Bereitschaft, zu vergeben. Und obwohl ich mich immer für einen halbwegs mutigen Mann gehalten habe, muss ich jetzt wohl oder übel zugeben, dass nichts von alledem geschehen wäre, hätte ich nur den Mut gehabt, mich meinen eigenen Dämonen zu stellen.

Ob sie mich verändert hat, diese Begegnung mit der Tugend? Wohl kaum, denn dazu sind unsere Laster viel zu tief verwurzelt. Bin ich nun ein besserer Mensch? Nehmen Sie's als Zeichen meiner Bescheidenheit, wenn ich mir darüber lieber kein Urteil erlauben möchte. Andererseits – wäre ich wahrhaft bescheiden, würde ich mich nicht mit meiner Bescheidenheit brüsten, oder?

Wer allzu lange über Recht und Unrecht brütet und allzu bemüht ist, immer das Richtige zu tun, verliert unweigerlich den Verstand.

Von London geht nur ein Mal pro Woche ein Flug nach Santa Tecla, und ausgerechnet am Tag meines Fluges hatte die Maschine ein kleines technisches Problem. Welches, habe ich nie erfahren, aber die Verspätung führte zu einer Begegnung, und wer weiß, wie sich die Dinge ohne diesen Vorfall entwickelt hätten?

»Meine Damen und Herren, hier spricht noch einmal der Flugkapitän. Wir haben einige Tests durchgeführt, aber leider hat sich an unserer Situation nichts geändert. Unsere Instrumente deuten auf ein mögliches Problem im Frachtraum hin.« Man hätte meinen können, dass eine solche Durchsage hoch über dem Atlantik unter den Passagieren eine mittlere Panik auslösen würde, doch die Stimme des Piloten klang so ruhig und beruhigend zugleich, dass kaum einer auch nur mit der Wimper zuckte. Brannte es irgendwo? Oder hatte sich die Ladung auf gefährliche Weise verschoben? Es schien niemanden zu kümmern.

»Höchstwahrscheinlich ist es nichts Ernstes, aber da uns Ihre Sicherheit am Herzen liegt, haben wir beschlossen, den nächsten Flughafen anzusteuern.«

Es war schwer, sich in diesem Meer etwas vorzustellen, auf dem unsere Maschine landen könnte. Doch in der Tat hatten wir es nicht weit. Der nächste Flughafen nach sieben Stunden Flugzeit auf der Strecke von London zur absoluten Mitte Mittelamerikas lag, wie sich herausstellte, auf Bermuda.

Der eigentliche Ärger fing an, als wir schon gelandet waren.

Der gesamte Frachtraum müsse entladen werden, um die nötigen Sicherheitskontrollen durchführen zu können, erklärte der Kapitän. Und weil das seine Zeit brauche, sei es der Crew leider nicht möglich, den Flug innerhalb der erlaubten Arbeitszeit zu Ende zu bringen. Aus diesem Grund habe man unverzüglich eine neue Maschine mit frischer Besatzung aus Newark angefordert, die aber frühestens in sechs Stunden eintreffen werde.

Die Bereitschaft mehrerer hundert Passagiere, sich ins Unvermeidliche zu fügen, verwandelte sich in Sekundenschnelle in streitlustige Verärgerung. Stewardessen wurden beschimpft, Armbanduhren konsultiert. Allgemeines Geflüster und Gemurmel. Alle außer mir, so schien es, konnten es kaum erwarten, endlich in Santa Tecla einzutreffen.

Auf Bermuda war es schwül heiß, in der klimatisierten Transit Lounge dagegen eiskalt. Es war erst zehn Uhr morgens Ortszeit, auch wenn die meisten von uns sich eher fühlten wie an einem Londoner Nachmittag. Etliche Passagiere hatten einander als Delegierte der Wiederaufbaukonferenz in Santa Tecla identifiziert und bereits begonnen, neue Kontakte zu knüpfen und all die Fragen zu stellen, die sie überall stellten, wo sie im Auftrag ihrer jeweiligen Steuerzahler unterwegs waren. Offensichtlich handelte es sich um ein wahres Großereignis, denn in der Vorwoche war der Flug restlos ausgebucht gewesen von Leuten, die die Konferenz vorbereiten sollten.

Ein eisiger Blick der Verachtung traf mich, als ich mich an der beleibten, missmutigen Frau im übernächsten Sitz vorbeimanövrierte. Ich hatte diskret um einen anderen Platz gebeten, denn den Sitz zwischen uns hatte ihr lebhafter, nicht weniger draller junger Sohn belegt, und sie betrachtete es offenbar als persönliche Beleidigung, dass ich nicht neben ihm sitzen wollte. Obwohl ich mir mein höflichstes, demütigstes Lächeln abgerungen hatte, um ihr zu versichern, dass es nicht an ihrem Sohn lag, sondern dass ich die Nähe von Kindern ganz allgemein mied, schien sie fest entschlossen, mir die niedersten Beweggründe zu unterstellen. Ich widerstand dem Drang, ihren starren Blick zu erwidern, setzte dieselbe kummervolle Miene auf, die ich einst zur Beschwichtigung chinesischer Grenzer in Tibet entwickelt hatte, und drängte mich rasch an ihr vorbei.

Am einen Ende der Lounge befand sich etwas verloren eine kurze Reihe von Sitzen, deren Hauptzweck offenbar darin bestand, den anderweitig kaum nutzbaren Raum zwischen einer Wand und einer Säule auszufüllen. Die Ecke gefiel mir. Weit genug weg von der fetten Mama mit ihrem fetten Sohn – was dachte die Frau sich eigentlich dabei, mit einem Kind ausgerechnet in diesen vom Krieg gebeutelten Teil Mittelamerikas zu reisen? – wie vom größten Teil der Delegierten. Ich setzte mich, streckte die Beine aus und zog meine Jacke über, als Schutz gegen die künstliche Kälte.

Angestellte der Fluglinie wuselten zwischen den unglücklichen Passagieren herum wie mittelalterliche Priester in einer Leprakolonie. Als eine der Stewardessen an mir vorbeikam, erhöhte ich den Berg von Problemen, mit dem ihre Passagiere sie überhäuften, noch um meine eigene logistische Notlage. Flughafenangestellte in knielangen Shorts betrachteten von der anderen

Seite einer gläsernen Wand gelangweilt die Szenerie. Hinter ihnen war ein schmaler Streifen der Karibischen See zu erkennen, unerreichbar für unseren Haufen ungebetener Flüchtlinge.

Der Roman, für den ich mich entschieden hatte, konnte mich nicht ablenken. Ich war auf dem besten Weg, eine mehr oder weniger kriminelle Handlung zu begehen, mit dem Ziel, genau die beiden Menschen aus meinem Leben auszuschließen, die mir als Einzige etwas bedeuteten. Die Literatur bot da wenig Trost. So gab ich schon nach fünf Seiten auf und tauschte das Buch gegen den einzigen Lesestoff, den ich sonst noch in meiner Tasche fand: ein altes *Sunday-Times*-Magazin mit einer spröden Nahaufnahme von Madonna auf der Titelseite.

Ich bin nie dazu gekommen, den Artikel über Madonna zu lesen.

Nach etwa zehn Minuten wurde ich auf einen Mann aufmerksam, der mich von der nächsten Sitzreihe aus anstarrte. Er sah weg, als ich zurückstarrte, und seine abrupte Kopfbewegung ließ seine blonden Haare in die falsche Richtung schwingen. Den Blick noch immer auf die kahle Wand neben sich gerichtet, strich er die Haare mit zwei geübten Bewegungen der flachen Hand wieder zurück. Ich weiß noch, wie mir seine winzigen Ohren auffielen, alles andere an seinem reichlich kurz geratenen Körper wirkte dagegen eher eine Nummer zu groß. Kinn und Nase ragten aus seinem Gesicht hervor, und seine Schultern wirkten zu breit, was durch den Schnitt seines hellen Leinenjacketts noch betont wurde. Dennoch war er keineswegs als hässlich zu bezeichnen. Irgendwie fügten sich die Einzelteile seiner merkwürdigen Anatomie zu einem lebhaften, durchaus anziehenden Gesicht und einer selbstsicheren Haltung zusammen.

Als er mir das nächste Mal auffiel, stand er direkt neben mir.

Ich hatte sein Kommen nicht bemerkt. Noch keine Minute hatte ich den Blick auf das Magazin gesenkt, als ich seine Gegenwart spürte und aus dem Augenwinkel seine mit Troddeln verzierten Mokassins sah.

Er starrte auf die Zeitschrift. Ich schlug sie heftig zu.

»Guter Stoff?«, fragte er.

»Guter was?«

Sein Kopf schoss ruckartig vor. »Sie waren so vertieft. Ist das die Ausgabe von dieser Woche?«

Ich ignorierte die merkwürdige Frage. »Irgendwie muss man die Zeit ja totschlagen.«

Er betrachtete das wohl als Einladung, obwohl es nicht so gemeint war und er das ganz genau wusste. Einen Augenblick später saß er auch schon auf dem Stuhl neben mir.

»Ich heiße Freddy.«

»Mark.« Eines der wenigen Dinge, an die ich mich aus meiner Kindheit erinnere, ist, wie ich anderen Leuten meinen Namen genannt habe. Allerdings sagte ich damals immer Marcos, wenn ich mich nicht irre. Mir kommt es vor, als hätte mich auch meine Mutter so genannt: Marcos.

»Nett, Sie kennen zu lernen, Mark«, sagte er und streckte mir die Hand entgegen. »Auch auf dem Weg zur Konferenz?«

»Nein.«

»Aber was führt Sie sonst in die Pampa? Maya-Ruinen? Die Rettung des Regenwaldes?«

»Geschäfte.«

»Ach so«, sagte er lächelnd. Dann legte er eine Pause ein, gerade lang genug, dass mir die merkwürdige Betonung auffiel, die er auf diese beiden kurzen Silben gelegt hatte. Er deutete auf meine Zeitschrift. »Interessant?«

»Ich hatte gerade nichts Besseres zur Hand.«

»Von dieser Woche?«

Schon wieder diese Frage. Ich blickte auf die Zeitschrift und fand kein Datum, aber ein beträchtlicher Teil Großbritanniens musste das Madonna-Gesicht schon vor einem Monat gesehen haben. »Nein«, sagte ich.

»Ich hab gar nichts zu lesen dabei. Was dagegen, wenn ich's mir ausleihe?«

Die Unverfrorenheit des Mannes wäre fast schon lustig gewesen, hätte er es nicht ausgerechnet auf dieses Magazin abgesehen. So aber war ich leicht beunruhigt. »Ich bin noch nicht fertig damit.«

»Wenn Sie es ausgelesen haben, meine ich.«

Ich zuckte mit den Achseln und nickte so beiläufig ich konnte.

Ein weiterer Passagier kam auf uns zu – eine sehr blasse Frau mit kurz geschnittenen, welligen dunklen Haaren und forschenden braunen Augen. Wie wir beide war sie Ende Zwanzig. Einen Augenblick lang überkam mich das beunruhigende Gefühl, dass auch sie auf die Zeitschrift starrte. Sie blieb stehen, als wir beide zu ihr hochblickten, um dann – ermutigt vielleicht von Freddys eilfertigem Grinsen – noch entschlossener auf uns zuzukommen.

»Sie gehören hoffentlich nicht auch zu diesen Delegierten?«, fragte sie.

»Wir doch nicht«, antwortete Freddy.

»Darf ich mich Ihnen anschließen? Ich langweile mich so.«

Sie ging vor uns in die Hocke. Ich hätte ihr meinen Sitzplatz anbieten können, aber sie hatte bereits eine so entspannte, natürliche Haltung angenommen, dass meine Geste auf geradezu lächerliche Weise förmlich gewirkt hätte. An ihrer Kehle baumelte ein silbernes Kreuz, perfekt eingerahmt vom V-Ausschnitt ihres schwarzen Sweaters.

»Hallo«, sagte sie zu Freddy. »Alice Williams.«

»Angenehm«, erwiderte er. »Ich bin Freddy Greenock.«

Sie vermied es, seine Hand zu schütteln, indem sie die ihre zum Gruß hob. Dann schaute sie mich an. Ich war von dem, was ich soeben gehört hatte, so bestürzt, dass mir einen Augenblick lang die Worte fehlten. Also war ich schon in Schwierigkeiten, bevor ich überhaupt in Santa Tecla ankam.

»Und Sie sind?«

»Mark«, stieß ich in meiner Verwirrung hervor.

»Das ist alles?«

Ich schwieg.

Sie senkte das Kinn und linste mich durch ihre oberen Wimpern an. »Einen Nachnamen haben Sie nicht?«

Hilflos erwiderte ich ihren Blick, perfekt vorbereitet und doch so wenig gefasst auf diesen Moment. Ich hätte mir rasch etwas ausdenken sollen, doch die gnadenlose Unterweisung in Sachen Ehrlichkeit, der mein Onkel mich unterzogen hatte, hatte bei mir möglicherweise noch tiefere Spuren hinterlassen als beabsichtigt. Um halbwegs überzeugend zu lügen, musste ich immer erst üben. Unglücklicherweise war der Name, den ich so lange gepaukt hatte, nun völlig unbrauchbar geworden.

Auf Alices fragenden Blick hin sagte ich das Einzige, wozu ich unter den gegebenen Umständen fähig war: »Weston. Mark Weston.«

Ihr Mund machte eine Bewegung, als wollte sie meinen Namen wiederholen, doch bevor sie dazu kam, beugte sich Freddy vor.

»Also, Miss Williams, was führt Sie ...«

»Mrs. Williams.«

»Mrs. Williams?« Er lehnte sich wieder ein kleines Stück zurück, aber sein Lächeln blieb. »Verwitwet, verlassen oder getrennt lebend?«

»Wie bitte?«

»Begleitet Sie kein Mr. Williams?«

»Leonard sitzt da drüben.«

Sie deutete auf eine ferne Ecke der Lounge. Ein wahres Insekt von einem Mann hatte sich über vier Stühle ausgebreitet. Das Jackett hatte er unter dem Kopf zusammengerollt, und seine ellenlangen Beine baumelten vom Ende der Sitzreihe herab. Seine Finger umklammerten den Trageriemen einer Schultertasche, doch seine Augen waren geschlossen und sein sommersprossiges Gesicht wirkte vollkommen ausdruckslos.

»Er ist fix und fertig«, erklärte Alice. »Der arme Kerl, das Fliegen macht ihn immer ganz ...«

Sie wurde von einer Lautsprecherdurchsage unterbrochen. Am Eingang der Lounge sprach eine Stewardess in ein Mikrofon. »Mr. Greenock bitte zur Information.«

»Was soll das denn jetzt?«, murmelte Freddy und erhob sich.

»Mr. Mark Greenock zur Information bitte.«

Er hielt mitten im Aufstehen inne. »Es gibt noch einen Greenock auf diesem Flug?«, staunte er. »Sachen gibt's?« Mit einem seltsamen, leicht verlegenen Lachen ließ er sich wieder in seinen Sitz fallen.

Ich hielt den Kopf gesenkt und betete, dass sie viel zu beschäftigt waren, um unaufmerksame Passagiere aus der Menge herauszupicken. Vergebens. Nur wenige Sekunden später schwebte das Gesicht der Stewardess über mir.

»Mr. Greenock? Haben Sie die Durchsage nicht gehört?«

Ich schaute zu ihr auf und versuchte gleichzeitig, jeden Blickkontakt zu den beiden anderen zu vermeiden. »Tut mir Leid«, sagte ich leise.

»Kein Problem. Wir sind alle ein bisschen übermüdet«, zwitscherte sie. »Ich wollte Ihnen nur mitteilen, dass wir Ihre Fahrerin erreicht und ihr mitgeteilt haben, dass Sie sich verspäten werden. Sie meinte, Sie sollten sich deswegen keine Gedanken machen, aber besser über Nacht in Santa Tecla bleiben, da die Straße nach Miraflores nachts zu gefährlich wäre.«

»Dankeschön«, murmelte ich pflichtschuldigst, obgleich ich ihr in diesem Augenblick alles andere als dankbar war.

Sie beugte sich zu mir herab und fügte in vertraulichem Ton hinzu: »Am besten lassen Sie sich für Ihre Unterkunft eine Quittung geben. Unsere Fluglinie kommt natürlich für die Übernachtungskosten auf.«

»Danke.«

»Keine Ursache, Mr. Greenock.«

Als sie sich wieder aufrichtete, legte Freddy ihr gleichermaßen sanft und verbindlich die Hand auf den Arm. »Hören Sie, müssen wir wirklich hier drinnen bleiben? Es dauert doch noch Stunden, bis unser neues Flugzeug kommt. Können wir nicht ein bisschen ins Freie, Luft schnappen?«

»Tut mir Leid, mein Herr, aber so sind die Vorschriften auf Bermuda. Das geht nicht von uns aus.«

»Könnten Sie nicht wenigstens mal fragen?«

Obwohl sie wenig Chancen zu sehen schien, nickte sie unverbindlich und ging zum Eingang hinüber. Ich blickte ihr nach, um den unvermeidlichen Fragen zu entgehen, die sich in den Gesichtern meiner neuen Bekannten abzeichneten. Nach kurzem Geflüster mit einem Flughafenangestellten winkte die Stewardess uns zu sich.

Freddy und Alice standen auf.

»Ich frag nur kurz Leonard, ob er mitkommen möchte«, sagte Alice und hastete zu ihrem leidgeprüften Gatten hinüber.

»Kommen Sie nicht mit, Mr. Greenock?«, fragte Freddy mit einem Grinsen auf den Lippen.

»Ich ... nein, ich denke, ich ...«

»Ach kommen Sie schon, ich verspreche auch, kein Wort mehr darüber zu verlieren. Ich spendiere Ihnen einen Drink. Sie sehen aus, als könnten Sie einen gebrauchen.«

Seine aalglatte, weiche Hand hatte bereits ihren Weg zu meinem Ellbogen gefunden. Widerwillig stand ich auf. Am anderen Ende der Lounge kauerte Alice neben ihrem Mann. Seine Lippen bewegten sich und seine Hand strich ihr über die Wange, aber er blieb liegen. Mit einem liebevollen Lächeln überließ Alice ihn seinem Nickerchen, um sich wieder uns anzuschließen.

»Gehen wir«, sagte sie.

*

Das Café, das unser Taxifahrer empfohlen hatte, war ein hoch gelegenes, von Kletterpflanzen überwuchertes Lokal am Rande eines Golfplatzes mit Panoramablick auf die gleißenden Strände und das türkisfarbene Wasser der Tobacco Bay. Ich war froh, aus seinem Wagen zu entkommen, er hatte etwas Beklemmendes an sich – mit seinen sonnenbeschienenen braunen Ledersitzen, dem schweren, altmodischen Armaturenbrett und dem durchdringenden Geruch nach heißem Motoröl und verbranntem Gummi. Wir hatten auf den schmalen, kurvigen Straßen Bermudas etliche Pferdekutschen überholt, und bei jeder einzelnen hatte ich gewünscht, ich könnte das Fahrzeug tauschen.

Um drei Stunden totzuschlagen, wäre ich normalerweise an den Strand gegangen und hätte das einladende Wasser getestet. Sonnenanbeter belegten die gestreiften Liegen, Schnorchler ließen sich gemächlich über den Riffen treiben. Aber der dumme Patzer mit meinem Namen zwang mich, bei Alice und Freddy zu bleiben, und sei es nur, um zu verhindern, dass sie hinter meinem Rücken über mich tuschelten. Den Schock, auf einen weiteren »Greenock« zu treffen, hatte ich mittlerweile überwunden, aber ich war nicht sonderlich scharf auf die Lügen, die ich würde auftischen müssen, um die Sache zu erklären.

Der bucklige, bärtige Wirt begrüßte uns, wies uns einen Tisch auf der Terrasse zu, reichte uns die Speisekarte und erklärte sich bereit, amerikanische Dollars zu nehmen, aber keine Kreditkarten. Um uns herum stand eine Reihe von Tontöpfen mit Blumen aus farbigem Glas. Jede einzelne war ein kunsthandwerkliches Unikat – keine billige Massenware, sondern individuell gefertigt, mit zarten, spitzen Blättern und hauchdünnen Blütenblättern. Trotzdem drängte sich mir unwillkürlich die Frage auf, wozu man auf dieser sonnenverwöhnten Insel künstliche Blumen brauchte.

Der Wirt verschwand mit unserer Bestellung im Lokal. Ein paar Sekunden lang genoss ich noch die Galgenfrist, die mir die Gegenwart von Fremden – Angestellte des Flughafens, der Taxifahrer, der Wirt – verschaffte. Dann aber wandte Alice sich an Freddy und platzte heraus: »Ich nehme an, Mark heißt nicht wirklich Mark, hab ich Recht?«

»Wer? Meinen Sie Mr. Greenock?«, lachte Freddy. »Entschuldigung«, fügte er an mich gewandt hinzu. »Wird nicht wieder vorkommen.«

Es war ja auch nicht weiter schlimm. Ich setzte ein freundliches Lächeln auf und tat, als fände ich die Sache ebenso witzig wie die anderen. Ich hatte wieder etwas dazugelernt, was mir später nützlich sein konnte, außerdem würde ich die beiden nie wiedersehen. Das Einzige, was mich ein wenig beunruhigte, war Freddys Interesse an dieser Zeitschrift.

»Reisen Sie wirklich unter dem Namen Greenock?«, fragte Alice. »Wie sind Sie denn ausgerechnet auf den gekommen?«

»Ich bin Journalist«, erwiderte ich gelassen. »Da muss ich manchmal einen falschen Namen benutzen.«

»Ein verdeckt recherchierender Journalist? Wie aufregend!«

»Immer noch besser als arbeiten«, entgegnete ich mit einem Grinsen.

»Alles ist besser als das«, meinte sie.

Ein schokoladenbrauner Labrador kam auf uns zugelaufen, beschnupperte Freddy und wedelte dabei mit dem Schwanz. Aber irgendetwas passte ihm nicht, und so wechselte er schnell zu mir. Als ich ihm die Ohren kraulte, setzte er sich hin und legte die Schnauze auf mein Knie. Alices muntere Aufforderung »Komm zu mir!« quittierte er nur mit einem kurzen Aufblicken, bevor er sich wieder gegen mein Bein sinken ließ. Ein kleiner Sieg.

»Und über was schreiben Sie?«, fragte Freddy. »Über die Konferenz?«

»Das darf ich leider nicht verraten.«

»Nein, die Konferenz kann es nicht sein«, meinte Alice. »Er fährt nach ... wohin nochmal? Miraflores?«

»Ist ja super! Ich hatte mir auch schon überlegt, in die Richtung zu fahren«, sagte Freddy und kratzte sich an der Nase. »Nehmen Sie mich mit?«

Er schaffte es, die Frage ganz beiläufig anzubringen, aber damit sollte er nicht davonkommen. Der vage Verdacht, den ich in der Transithalle gehegt hatte, hatte sich soeben erheblich verdichtet.

»Und was machen Sie hier unten?«, fragte ich und versuchte, nicht zu lächeln.

»Vertrieb von Softdrinks«, erklärte er ohne zu zögern. »Meine Firma sucht Verkäufer im ganzen Land – unser kleiner Beitrag zum Wiederaufbau sozusagen.«

Nicht schlecht. Aber ich war auf der Hut.

Über seine Schulter hinweg sah ich, wie eine stark gebräunte Blondine aus einer schicken Villa kam und zu einer Terrasse etwas unterhalb von uns schlenderte. Als sie ihren aquamarinblauen Morgenrock abstreifte und ihren vollkommenen Körper auf einer Sonnenliege ausstreckte, kam der Zwillingsbruder unseres schokoladenbraunen Labradors aus dem Haus getrottet und legte sich neben sie. Einen Augenblick lang war ich versucht, die beiden anderen auf diesen beinahe identischen Hund hinzuweisen, aber im letzten Augenblick überlegte ich es mir anders;

ich war nicht scharf darauf, zu hören, wie Freddy sich lautstark über die üppige Schönheit von nebenan ausließ.

»Lebt in Miraflores nicht dieser Typ?«, fragte Alice. »Dieser Amerikaner?«

Ich warf einen Seitenblick auf Freddy, aber sein Gesicht verriet keinerlei Regung. Für das meine galt vermutlich so ziemlich dasselbe.

»Ihr wisst schon«, fuhr sie fort. »Der Typ, dem die ganzen Pornozeitschriften gehören. Benjamin soundso der Dritte oder so ähnlich. Hopper, stimmt's? Sie haben ihn aus den Staaten rausgeekelt, und dann ist er nach … ja, ich bin mir ziemlich sicher, dass es Miraflores war.«

Ihr erwartungsvoller Blick traf auf betretenes Schweigen. Als Erster knickte Freddy ein. »Tatsächlich?«, murmelte er.

Es war schlicht unglaubwürdig, dass keiner von uns von Benjamin Sword Hoppner gehört hatte. Sein Name war nicht nur jedem Amerikaner ein Begriff, sondern auch fast jedem anderen auf der Welt, der hin und wieder eine Zeitung in die Hand nahm. Ehemals einer der beliebtesten Staatsfeinde in den Vereinigten Staaten, war er zur Witzfigur verkommen, und Massen von Karikaturisten, Stückeschreibern und Komikern hatten sich über seine absurden Heucheleien und moralisierenden öffentlichen Erklärungen lustig gemacht. Da Freddy weiterhin den Unwissenden spielte, war es nun an mir, den Verdacht von uns beiden abzulenken, indem ich einräumte, wenigstens ein bisschen was zu wissen.

»Hoppner. Er heißt Hoppner.«

»Genau!«, rief sie erfreut. »Wollen Sie ihn besuchen?«

»Warum sollte ich?«

»Hab ich nicht irgendwo gelesen, dass er regelmäßig Geld verschenkt? Ach so, jetzt hätte ich ja fast vergessen, dass Sie eine Art Undercover-Journalist sind. Ich wette, Sie wollen ein Interview mit ihm machen.«

Ihre spielerischen, scheinbar naiven Fragen kamen der Wahrheit viel zu nahe. Ich merkte, wie ich in unbewusster Abwehrhaltung die Hände tief in die Taschen meiner Jacke vergrub. Unter der Sonne Bermudas war die Jacke eigentlich zu warm, aber ihr abgetragenes Leder war für mich so was wie ein Schutzschild.

Diese Jacke war schon überall herumgekommen, unzählige Erinnerungen waren mit ihr verbunden. Ich hatte sie vom Kapitän einer Jacht gewonnen, als ich einmal einen Sommer lang am Mittelmeer gearbeitet hatte. Froh, in seiner Crew endlich jemanden zu haben, der so groß war wie er selbst, hatte er mich zu einem kleinen Ringkampf herausgefordert: Wer es schaffte, den anderen über Bord zu werfen, hatte gewonnen. Er war scharf auf meine geschmuggelte Kiste Jamaika-Rum, und ich verlangte seine Jacke als Wetteinsatz. Sie bedeutete ihm sehr viel, aber er rechnete nicht damit, dass er verlieren könnte. Er zog die Jacke doch tatsächlich zum Kampf an – wohl, um mich zu provozieren –, und so war sie ziemlich durchnässt, als ich sie triumphierend anprobierte.

Mit Salz imprägniert, von Stürmen gepeitscht, auf der Motorhaube von Geländewagen der Hitze ausgesetzt, verschlammt, zerkratzt, an Vulkangestein aufgescheuert, hatte diese Jacke alle möglichen Misshandlungen überlebt. Stellenweise war das Wildleder bis auf die unterste Schicht abgetragen, und farblich präsentierte sie sich in allen Schattierungen zwischen dem Dunkelbraun unter dem Kragen und dem milchkaffeefarbenen Ton einer der Manschetten. Eigentlich hätte sie ziemlich vergammelt aussehen müssen, doch stattdessen vermittelte sie eine elegant lässige Art von Lebensüberdruss. Mitunter gestand ich mir selbst ein, dass ich dieses Image durchaus genoss.

Ich beugte mich zu Alice vor und zog beiläufig die Jacke aus. »Und aus welchem Grund fahren Sie nach Santa Tecla?«, fragte ich. Angriff ist die beste Verteidigung.

»Ach, nur für einen Strandurlaub. Leonard ist so gut wie nie aus England rausgekommen, und deshalb wollen wir's nicht gleich so abenteuerlich angehen lassen.«

»Er macht einen geschafften Eindruck«, meinte Freddy. »Ist die ganze Zeit am Schlafen.« Er setzte sein breitestes Grinsen auf. »Wieso lassen Sie ihn nicht für ein paar Tage ausruhen und kommen mit uns nach Miraflores?«

Alice lächelte nur. »Wir sind auf Hochzeitsreise«, erklärte sie. »Wir haben gestern erst geheiratet.« Im nächsten Augenblick streckte sie uns auch schon ihre Hand entgegen und präsentierte einen gewaltigen Diamanten an einem schlichten goldenen Ring. »Wie finden Sie ihn?«

»Er ist ... wirklich groß. Glückwunsch«, sagte ich.

Freddy ließ sich in seinen Stuhl zurücksacken. »War ja nur 'ne Frage. Aber warum wollen Sie die Flitterwochen ausgerechnet in einem Kriegsgebiet verbringen?«

»Der Krieg ist doch schon seit sechs Jahren vorbei!«

»Trotzdem würde mir da was Besseres einfallen. Hier ist doch noch alles kaputt.«

»Aber dafür ist es billig«, meinte sie achselzuckend. »Leonard ist Lehrer. Außerdem – wer möchte schon neben tausend anderen frisch Verheirateten auf einer Karibikinsel hocken! Da drüben sind wir wenigstens was Besonderes und bekommen ein bißchen Aufmerksamkeit.«

Alice machte nicht unbedingt den Eindruck, als hätte sie es nötig, auf sich aufmerksam zu machen. Ihr ganzes Auftreten ließ eher den Schluss zu, dass es ihr mehr oder weniger egal war, was der Rest der Welt von ihr hielt. Ich fragte mich schon, ob Mr. Leonard Williams wirklich klar war, worauf er sich da eingelassen hatte. Seine frisch angetraute Frau war das, was meine Großmutter »eine ganz Durchtriebene« genannt hätte.

Sich Alice am Strand liegend vorzustellen war gar nicht so einfach. Sie war so blass, dass ihre Haut ohne extrem hohen Sonnenschutzfaktor innerhalb von einer Stunde eine schmerzhafte Röte annehmen würde. Der Gedanke, wie dieser schmächtige Körper mit Brandblasen übersät aussähe, war alles andere als berauschend. Zum Trost stellte ich sie mir am selben Strand bei Nacht vor, wenn ihre zarte, blutleere Haut im Mondlicht silbern schimmerte. Unter einem dünnen seidenen Sarong würden diese schlanken, gelenkigen Beine zu einer Musik, die nur sie selbst hören konnte, über den Sand tanzen, während sie die Augen geschlossen hielte, auf dem Mund die Andeutung eines Lächelns. Irgendwie konnte ich mir sie nur allein vorstellen; der spindeldürre Ehemann, der in der Transit Lounge sein Schläfchen hielt, wollte einfach nicht ins Bild passen.

Meine Fantasie war im Grunde ganz harmlos, denn schließlich war sie frisch verheiratet und ich würde sie niemals wiedersehen. Irgendwann würde ich mich wieder auf andere Frauen einlassen müssen, und auf dem Weg dorthin war es gewissermaßen ein erster Schritt, von einer zu träumen – eine gute Übung nach vier eheähnlichen Jahren. Aber je mehr ich Alice ansah, unsere momentane Umgebung ausblendete und sie ins Mondlicht an jenem Strand projizierte, desto mehr erwärmte ich mich für die außergewöhnliche Schönheit ihres makellosen Teints und die ausgeprägten Konturen ihrer Wangen und Schläfen.

Es dauerte ein Weilchen, bis ich begriff, wohin genau meine Fantasie sie versetzt hatte. Es war der mondbeschienene Sand vor der baufälligen Bar an der Friendship Bay von Bequia, die zusammenzuzimmern ich geholfen hatte.

Bequia, die größte Insel der Grenadinen, zählte nicht zu den Flitterwochenzielen der Karibik, die Alice in weiser Voraussicht gemieden hatte. Die meisten ihrer Besucher waren betuchte Segler, von denen wiederum die Mehrzahl die schickeren Bars an der Admiralty Bay unweit ihrer Liegeplätze ansteuerte. Und dennoch waren unsere besten Kunden drei adrette Jachtbesitzer – Millionäre aus Surrey, denen die Steuervorteile irgendwann wichtiger geworden waren als ihre Familien und ein fester Wohnsitz. Jeden Nachmittag gegen vier kamen sie von ihren Booten herüber, um den ersten von unzähligen Cocktails zu bestellen. Wir machten uns einen Spaß daraus, jeden Tag einen der drei mit besonders großzügig bemessenen Drinks abzufüllen. Für uns war es Ehrensache, dafür zu sorgen, dass der jeweils Auserwählte als Erster von seinem Barhocker kippte.

Einmal kam es zu Komplikationen. Als ich mich bereits für ein bestimmtes Opfer entschieden hatte, stellte sich heraus, dass einer der beiden anderen Geburtstag hatte und fest entschlossen war, sich sinnlos zu besaufen. Das konnte ich natürlich nicht zulassen – jedenfalls nicht, bevor der von mir Anvisierte umgefallen war. Der Geburtstagstyp, der es an den vorausgegangenen

Abenden so mühelos geschafft hatte, betrunken zu werden, wurde immer verdrießlicher, als er merkte, wie nüchtern er noch war. Die Unmengen von Drinks, die er in sich hineinkippte, schlugen ihm lediglich auf die Blase. Selbst auf Bequia war es natürlich verboten, zu knapp einzuschenken, aber manchmal geht die Ehre eben über das Gesetz.

Obwohl ich meine bescheidenen Ersparnisse dort versenkt hatte, hing ich noch immer so sehr an dieser Bar, dass ich Alice gegenüber eine irrationale, aber tiefe Sympathie empfand, als ich sie – wenn auch nur in meiner Fantasie – dort in einer Ecke entdeckte. Sie warf mir einen neugierigen Blick zu, den ich lächelnd erwiderte. Als sie zurücklächelte, noch strahlender und spontaner als zuvor, leuchtete ihr ganzes Gesicht auf.

Der Wirt kam mit einem polierten Silbertablett zurück: frisch gepresster Orangensaft für sie, Kaffee für mich, Black-Seal-Rum und Ginger Ale für Freddy. Die Rechnung belief sich auf exorbitante sechzehn Dollar.

»Ach du Scheiße«, sagte Freddy. »Und ich hab mich auf meine Kreditkarte verlassen. Könnten Sie mir vielleicht aushelfen, Mark?«

Fast gleichzeitig zückten Alice und ich je einen Zwanzigdollarschein. Ich setzte ein strenges Gesicht auf; sie lachte und steckte das Geld wieder in die Blusentasche.

»Warum versuchen Sie nicht, ihm einen Ihrer Softdrinks anzudrehen?«, fragte sie Freddy, als der Wirt gegangen war. »Was haben Sie eigentlich so im Angebot?«

Ohne zu zögern nannte Freddy eine nicht allzu bekannte Marke, machte aber keine Anstalten, ihren Rat zu befolgen. Er hatte es sich bereits auf seinem Stuhl bequem gemacht, die Ärmel hochgekrempelt und sein Hemd aufgeknöpft, um so viel wie möglich von seinem unförmigen weißen Bauch der Sonne auszusetzen.

»Wenn Sie nach Miraflores fahren, müssen Sie Mr. Hoppner besuchen«, fuhr sie fort. »Ich habe gelesen, dass er mehr oder weniger die Stadt regiert; Sie sollten also besser höflich zu ihm sein.«

Wie kam es nur, dass sie so viel über Hoppner wusste?

»So funktioniert das nicht in meinem Geschäft«, erklärte Freddy der Sonne, die Augen geschlossen, den Rest des Rum-Cocktails auf dem Bauch balancierend. »Wo wir aufkreuzen, lecken sie sich die Finger nach unserem Produkt. Vor allem am Arsch der Welt.«

Als der Schatten des Wirts auf sein Gesicht fiel, öffnete er die Augen.

»Tut mir Leid, Sir, aber ich muss Sie bitten, sich angemessen zu kleiden.«

»Was? Aber wir sind doch hier oben die einzigen Gäste!«

»Trotzdem.«

Freddy knöpfte murrend sein Hemd zu und schleuderte dem strengen Mann einen finsteren Blick hinterher. »Viktorianische Wertvorstellungen mit amerikanischem Akzent. Unglaublich.«

Ich tendiere seit jeher dazu, vorschnell zu urteilen. Obwohl ich weiß, dass das ein Problem ist, denn oft verbergen sich die nettesten Menschen hinter nervtötenden Angewohnheiten, Prahlerei und ungeschickten Versuchen, Konversation zu machen – alles nur, um ihre Schüchternheit zu vertuschen. Einer meiner besten Freunde arbeitete wie ich eine Zeit lang als Fremdenführer bei den Toraja auf Sulawesi – ein Australier, der sich mir mit einem donnernden Furz vorstellte und lallend hinzufügte: »Ich bin Jesus Christus. Und du?« Erstaunlicherweise erwies er sich in nüchternem Zustand als der nachdenklichste und rücksichtsvollste Mensch, der mir je begegnet war, obwohl er auch weiterhin darauf beharrte, mit Jesus Christus angesprochen zu werden. Er hatte eben eine gewisse Tiefe, ein Innenleben. Freddy hingegen besaß, soweit ich das an jenem ersten Morgen beurteilen konnte, nichts dergleichen.

Eine volle Stunde vor Ablauf unserer Frist nahmen wir ein Taxi zurück zum Flughafen. Unser freundlicher bermudischer Flughafenangestellter begrüßte uns und brachte uns in die Transit Lounge zurück, wenn auch erst nach einer vollständigen Sicherheitskontrolle. Als Freddy an der Reihe war, gab er uns mit einem Winken zu verstehen, wir sollten ruhig schon mal vorgehen, bevor er seine Tasche abgab.

»Ich komme nach«, meinte er.

»Kein Problem, wir warten«, entgegnete ich lächelnd. Ich hegte einen gewissen Verdacht.

Er schien sich irgendwie unwohl zu fühlen. Ich lehnte mich an das Röntgengerät und wartete darauf, dass er seine Tasche öffnete.

»Diese ewigen Sicherheitskontrollen«, maulte er vor sich hin.

»Öffnen Sie bitte Ihre Tasche, Sir.«

»Klar doch.«

Mit einem flüchtigen Grinsen in meine Richtung öffnete er den Reißverschluss zur Hälfte. Ungeduldig schob der Sicherheitsbeamte seine Finger zur Seite und zog den Reißverschluss ganz auf. Freddy beugte sich verzweifelt vor, konnte aber nicht verhindern, dass ich die Tasche voll im Blick hatte.

Das Erste, was der Beamte mit seinen behandschuhten Händen herausnahm, war ein altes *Sunday-Times*-Magazin mit Madonna auf der Titelseite.

Der Mann, der Gott sein wollte (Exzerpt)
Interview von Sandra Collins

SANDRA COLLINS: *Warum haben Sie den Vereinigten Staaten den Rücken gekehrt?*

BENJAMIN SWORD HOPPNER: *Die Frage müsste wohl eher lauten, warum überhaupt noch einer in den Vereinigten Staaten bleibt. Das Land ist doch zu einer Schlangengrube verkommen, regiert von einer Clique scheinheiliger Eiferer und Kriegstreiber.*

SANDRA COLLINS: *Sie sind also freiwillig gegangen? Sie wurden nicht etwa dadurch vertrieben, dass sich die öffentliche Meinung gegen Sie wandte?*

BENJAMIN SWORD HOPPNER: *Die öffentliche Meinung ist ein Witz. Wissen Sie nicht, wie die öffentliche Meinung gebildet wird? Klar wissen Sie das, es ist ja Ihr Job. Die Anwälte und Politiker setzen sich zusammen und beschließen, dass ab morgen die Leute X denken sollen. Also rufen sie ihre Kumpane bei den Zeitungen an und sorgen dafür, dass die X drucken. Dann, drei Tage später, machen sie eine Umfrage unter fünfzig Zeitung lesenden Washingtoner Haushalten und entdecken – selbstverständlich zu ihrer größten Überraschung –, dass die öffentliche Meinung jetzt X ist.*

SANDRA COLLINS: *Hat es Sie überrascht, dass Ihre Versuche, sich in Washington und New York Einfluss zu erkaufen, gescheitert sind?*

BENJAMIN SWORD HOPPNER: *Sie stellen meine Ziele völlig falsch dar. Mein Geld soll mir nicht helfen, Freunde zu gewinnen. Ich erwarte lediglich, dass sich durch meine Spenden etwas zum Besseren ändert, irgendwo in der Welt.*

SANDRA COLLINS: *Und wer definiert, was unter besser zu verstehen ist?*

BENJAMIN SWORD HOPPNER: *Ich.*

SANDRA COLLINS: *Selbst dann noch, wenn der Rest der Welt Ihre Auffassung von Moral als reichlich verschroben empfindet? Oder gar als fanatisch?*

BENJAMIN SWORD HOPPNER: *Sie beziehen sich schon wieder auf die öffentliche Meinung, als gäbe es so etwas wie eine kohä-*

rente Reaktion der Welt auf meinen Kodex. Ich wünschte, dem wäre so. Ich wünschte, die Welt würde sich die Mühe machen, meinen Kodex ganz genau zu lesen, bevor sie ihr Urteil über mich fällt.

SANDRA COLLINS: *Dann fassen Sie ihn doch kurz für uns zusammen.*

BENJAMIN SWORD HOPPNER: *Der lässt sich nicht auf einen markanten Spruch reduzieren. Sie können den Kodex jederzeit in voller Länge in meinem Buch oder im Internet nachlesen.*

SANDRA COLLINS: *Warum haben Sie sich ausgerechnet in Miraflores niedergelassen? Vielleicht, weil die Leute hier für Ihre Ideen anfälliger sind als in den Staaten?*

BENJAMIN SWORD HOPPNER: *Warum legen Sie so viel Feindseligkeit in Ihre Fragen? Wie wollen Sie zur Wahrheit durchdringen, wenn Sie mit Ihrer Wortwahl Assoziationen zu ansteckenden Krankheiten wecken?*

SANDRA COLLINS: *Dann lassen Sie mich auf die Wortwahl anderer eingehen: Was würden Sie Kritikern entgegnen, die behaupten, Sie bauten hier eine Art Kult auf, mit sich selbst als gottähnlichem, allmächtigem Führer?*

BENJAMIN SWORD HOPPNER: *Hier gibt es nichts Göttliches; für ein moralisch anständiges Leben braucht man keinen Gott. Und jede Unterstellung kultischer Tendenzen ist purer Schwachsinn, denn Kulte ziehen ihren Anhängern Geld aus der Tasche, während ich meinen Leuten Geld gebe.*

SANDRA COLLINS: *Sie bestechen Sie, damit Sie sich Ihren Vorstellungen gemäß verhalten.*

BENJAMIN SWORD HOPPNER: *Ich würde es eher als eine Art Gehalt bezeichnen.*

SANDRA COLLINS: *Das ist natürlich ein gewaltiger Unterschied. Sie nutzen Ihren ungeheuren Reichtum, um sich ein bestimmtes Verhalten zu erkaufen.*

BENJAMIN SWORD HOPPNER: *Wir leben schließlich in einer Marktwirtschaft. Ob Gut oder Böse – bei allem, was der Mensch tut, steht Geld im Mittelpunkt. Aber es ist nur Mittel zum Zweck. Ja, es stimmt, dass ich Geld einsetze, um meine Ziele zu erreichen, aber es kommt doch wohl auf die Ziele an. Verzeihen Sie mir, wenn ich Ihnen sage, wie Sie Ihren Job zu machen haben, aber Sie sollten sich besser auf das Gute konzentrieren, das ich bewirke, statt Ihre Zeit damit zu vergeuden, herauszufinden, wie ich dieses Gute erreiche.*

SANDRA COLLINS: *Aber wie können Sie behaupten, Gutes zu tun? Sie verkaufen Schund, verdienen Milliarden mit pornografischen Zeitschriften und Fernsehsendern …*

BENJAMIN SWORD HOPPNER (unterbricht): *Genau das macht mich so wütend … warum versuchen Leute wie Sie nie, hinter die Schlagzeilen zu blicken? Ich habe es schon tausendmal erklärt, aber niemand will … tut mir Leid, aber das hier ist reine Zeitverschwendung.*

[Mr. Hoppner beendet das Gespräch und verlässt den Raum.]

2

Santa Tecla. Eine der am schlimmsten verwüsteten Hauptstädte in ganz Lateinamerika. In den Achtzigern hatte ich sie hin und wieder in den Nachrichten gesehen, aber nie gedacht, dass ich selbst einmal hinkommen würde. Die verwackelten Aufnahmen verwegener Kamerateams hatten uns Bilder ins Haus geschickt, die kein Kind je zu Gesicht bekommen sollte. Öffentliche Hinrichtungen, Panzer, die die Häuser aufständischer Heckenschützen beschossen ... Als dann in den Neunzigern der Krieg in Santa Tecla voll entbrannt war, schalteten die meisten von uns schon bei der bloßen Erwähnung des Ortes ab.

Rasch stieg ich aus dem Flugzeug in diese finstere Welt hinab. Freddy stand hinter mir in der Schlange an der Passkontrolle, und ich hielt mich außerhalb seiner Sichtweite, um ihm keinen Grund zu liefern, sich zu mir vorzuarbeiten. Doch die Gepäckausgabe vereitelte meinen Versuch, ihn loszuwerden. Zwanzig Minuten lang blieb das Band leer, und als der Bauch des Flughafens endlich die ersten Londoner Koffer ausspuckte, hatte sich Freddy bereits neben mich gepflanzt.

»Typisch, was?«, sagte er und wischte sich den Schweiß vom Nacken. »Gluthitze, aber keine Klimaanlage.«

Eine der unweit stehenden Delegierten beging den Fehler, ihn herauszufordern: »Die Leute hier hatten sich über ein paar andere Dinge den Kopf zu zerbrechen«, erklärte sie entrüstet, während sie an dem schweißnassen Seidenschal um ihren Hals zupfte. »Fließendes Wasser und Krankenhäuser haben nach dreißig Jahren Krieg nun mal Vorrang.«

»Blödsinn.« Freddy war zu verschwitzt und verärgert, um dieser Klugscheißerin gegenüber höflich zu sein. »Mit den Unsummen an Hilfsgeldern, die in dieses Land geflossen sind, hätten sie längst eine glitzernde Metropole errichten können. Aber das

Geld für die Klimaanlagen – und das für das fließende Wasser und die Krankenhäuser – ist wahrscheinlich längst auf die Konten von el Presidente auf den Bahamas umgeleitet worden.«

Weder Freddy noch Alice hatten auf dem Weiterflug von Bermuda in meiner Nähe gesessen, und so hatte ich ungestört die *Sunday Times* hervorkramen können, um noch einmal einen Blick auf das Titelbild zu werfen. »Eine Madonna für alle Jahreszeiten«, hieß es da. Dann, in kleineren Lettern, die mir zuvor nie aufgefallen waren: »Die Pop-Legende im Gespräch mit Adrian Greenock.« So einfach war das. Unter einer Million möglicher Namen hatten Freddy und ich gänzlich unbewusst und unabhängig voneinander dieselbe Anregung aufgegriffen.

In der Gepäckabfertigung klebte an jeder Säule ein Schwarzweißplakat von Daedalus Foy, dem britischen Journalisten, der gerade zu der Zeit verschwunden war, als ich meinen Flug gebucht hatte. Sein Name war zumindest in gewissen Kreisen in Südengland recht geläufig, und sein Verschwinden hatte eine Flut von Spekulationen ausgelöst bezüglich der Gefahren, die in Santa Tecla und im gesamten Land lauerten. Aber die Geschichten über Kidnapper, Drogenbanden und wieder auferstandene Guerillagruppen waren meine geringste Sorge. Das einzige echte Problem bei dieser ganzen Angelegenheit war das Lügen. Sobald ich bekommen hatte, was ich wollte, würde das Leben für mich ohnehin zu einer einsamen Hölle werden, aber das war nicht zu ändern.

Von unserem Standort am Gepäckband aus sahen wir Alice und ihren Mann die Treppe hinter der Passkontrolle herunterkommen, vorbei an den Werbetafeln mit grinsenden, attraktiven Einheimischen, die sich an Avis-Mietwagen, Siemens-Computern und Motorola-Handys erfreuten. Leonard wirkte noch immer recht mitgenommen und schien Alices Hand auf seinem Arm eher als Stütze denn als Zeichen ehelicher Zuneigung zu würdigen. Sie folgten den letzten Delegierten die Treppe hinab. Die wenigsten Passagiere schienen Einheimische zu sein; wie Latinos sahen fast nur die Gepäckträger, die Zollbeamten und die Militärs aus.

Überall waren Soldaten: nicht im Zustand höchster Alarmbereitschaft wie in einer plötzlich eingetretenen Krisensituation, aber durch die Flure schlendernd oder an die Gepäckwagen gelehnt, als täten sie das schon seit Jahren. Was vermutlich der Fall war. In den sechs Jahren seit der offiziellen Feuereinstellung der Guerilla und der Bildung einer neuen Regierung war die Armee paradoxerweise immer mehr angewachsen. Ehemalige Guerillakämpfer hatten neue Uniformen erhalten und patrouillierten nun in den Straßen von Santa Tecla, den wieder aufgebauten Fabriken und den neu entstehenden Touristenzentren. Die neue Regierung war offenbar der alten Illusion aufgesessen, dass die Allgegenwart von Soldaten auf ausländische Besucher beruhigend wirke.

Mir jedenfalls schlagen Soldaten immer auf die Stimmung. Wo auch immer in der Welt ich schon gewesen bin, genügte der Anblick eines Soldaten mit einem Repetiergewehr, um mir die Laune zu verderben. Einmal war sogar ein romantisches Wochenende in Paris – Hôtel de Vendôme, Essen auf der Île St. Louis – wegen eines Soldaten und zweier Gendarmen ins Wasser gefallen. Sie waren in der Gare du Nord in den Wartesaal erster Klasse von Eurostar geschlendert, wobei ihre Knarren rein zufällig genau auf uns zeigten. Sie dürfen sich in Frankreich völlig frei bewegen, erklärte das Management von Eurostar entschuldigend. Meine Wut hielt die ganze Rückfahrt über an, und das arme Mädchen – sie hieß Katie, auch wenn ich zurzeit mein Bestes tat, um den Namen zu vergessen – wandte sich schließlich zum Fenster ab und heulte.

Ein Jahr später hatte ich eine lautstarke Auseinandersetzung mit einem Soldaten. Ich blieb Sieger, weil er nicht ein einziges Wort von sich gab. Es war schon nach Mitternacht, als Katie und ich auf dem Heimweg am Eingang des Buckingham Palace vorbeikamen. Wir waren bester Stimmung, doch dann erblickte ich ihn durch das Geländer im dunklen Hof des Palastes. Der Soldat kniete auf dem Boden, das Gesicht mit Schuhcreme geschwärzt, und zielte mit seinem Gewehr genau auf uns. Ich bin im Allgemeinen recht vernünftig und würde beispielsweise in Afrika niemals einen Soldaten anschreien. Diesen Mann aber brüllte ich gnadenlos an – so lange, bis er sich ins königliche Gesträuch zurückzog. Mein Gott, die haben scharfe Munition in ihren Gewehren und schlagen die Zeit tot, indem sie zum Spaß auf vorbeigehende Zivilisten zielen!

Ich habe die Typen so satt.

Freddy hingegen schien das Militär kaum zu bemerken. Er quasselte über den katastrophalen Zustand, in dem sich das Land befinde, und darüber, wie hässlich die klugscheißerischen Delegierten von vorhin doch seien, während ich die ganze Zeit über an meine Fahrerin da draußen dachte. Freddy war wie ein Blutegel: Man wurde ihn nur durch offene Konfrontation los. Aber irgendwie brachte ich das nicht übers Herz.

Wie der Zufall so spielt, kamen wir vier alle gleichzeitig durch den Zoll, alle vier wurden wir ohne einen einzigen Blick auf unser Gepäck durchgewunken. Vielleicht hatten die Behörden ja vom Präsidenten die ausdrückliche Anweisung erhalten, sich in der Woche der Konferenz Ausländern gegenüber besonders zuvorkommend zu geben. So können Hilfsgelder mitunter recht erfreuliche Nebenwirkungen haben.

Alice und Leonard – der frisch gebackene Ehemann, der in meinem Beisein noch immer kein Wort gesprochen hatte – lächelten uns zum Abschied zu und steuerten dann die Mietwagenschalter an.

»Eine ganze Woche mit ihr«, sinnierte Freddy. »Hat der ein Glück.«

»Ein ganzes Leben mit ihr«, entgegnete ich. »Immer noch neidisch?«

»Klar«, erwiderte er. »Ich bin ein hoffnungsloser Romantiker, und wenn ich nur ein einziges Mädchen haben könnte, dann … mein Gott, sieh dir diesen Arsch an.«

Die Frau mit dem Schild wartete schon. Auf gelbem Karton stand in Dunkelrot und doppelt unterstrichen »Mr. Greenock«. Ich machte mich auf den Weg zu ihr, aber Freddy kam mir zuvor.

»*Buenos Dias, Señorita*«, rief er so laut, dass sich von allen Seiten Köpfe zu ihm umwandten. »Ich bin Mr. Greenock. Das hier ist Mr. Weston.« Noch bevor ich auch nur ein Wort sagen konnte, streckte er ihr schon mit einem breiten Grinsen die Hand entgegen.

»Willkommen in Santa Tecla, Mr. Greenock. Ich bin María.« Die Fahrerin schüttelte ihm die Hand und blickte dann zu mir auf. Sie sprach fließend Englisch, wenn auch mit starkem Akzent: »Sind Sie ein Kollege von Mr. Greenock?«

Ich starrte sie einen Augenblick an, als ich merkte, wie viel weniger Respekt sie dieser zusätzlichen Fracht entgegenbrachte. Sie war eine junge Frau mit ernstem Gesicht und dunkelbrauner Haut, die um die linke Wange seltsam gesprenkelt war. Ihr dichtes, steifes Haar war sorgfältig nach hinten gekämmt und wurde über dem Nacken von einer gezahnten Spange zusammengehalten. Anscheinend war sie nicht der Typ von Fahrer, der sich schnell an unerwartete Fahrgäste gewöhnte.

»Ich hoffe, dass ich ein weiteres Zimmer für Sie buchen kann«, sagte sie und holte ein Handy hervor.

»Entschuldigen Sie uns einen Moment«, sagte ich schroff.

Ich warf ihr mein Gepäck vor die Füße, packte Freddy am Arm und zerrte ihn an den Rand der Menschenmenge.

»Was fällt Ihnen eigentlich ein?«, knurrte ich, sobald wir außer Hörweite waren.

»Wieso? Was haben Sie denn?«

»Mein Name hier ist Greenock! Und das ist meine Fahrerin. Und falls ich Sie nach Miraflores mitnehme, dann um Ihnen einen Gefallen zu tun, verstanden? Nicht um Ihnen die Lizenz zu erteilen, meine Stelle einzunehmen!«

In dem Gewühl herrschte ein ziemlicher Lärm, doch in der Pause nach meinem Wutausbruch hätte ich schwören können, meinen eigenen Herzschlag zu hören.

»Beruhigen Sie sich, Mark«, krächzte er und warf mir einen flehenden Blick zu. »Es tut mir Leid, okay? War nur 'n kleiner Scherz.«

»Diese Frau fährt mit mir nach Miraflores, und sie kennt jetzt meinen richtigen Namen. Finden Sie das witzig?«

»Hören Sie, mein Freund, wir können uns doch schlecht beide als Greenock ausgeben, oder?«

»Wie Sie sich nennen, ist mir scheißegal.«

»Jetzt beruhigen wir uns erst mal, ja? Wir fahren zum Hotel und genehmigen uns einen schönen kalten Drink. Kommen Sie schon – ich lade Sie zum Essen ein, und dann können wir alles besprechen. Abgemacht?«

Ich antwortete nicht. María hatte ihr Handy wieder weggesteckt und musterte uns besorgt. Ich ging zurück zu ihr.

»Ganz ruhig bleiben«, flüsterte Freddy von irgendwo hinter mir. »Solange wir ruhig sind, denken sie immer, wir hätten alles im Griff.«

Die Straßen von Santa Tecla, ehemals das Epizentrum des Bürgerkriegs, waren noch immer in einem verheerenden Zustand. Zwar waren die Fahrwege – dank der großzügigen Hilfe der Europäischen Union, wie ein Schild mit blauen Sternen verkündete – frisch und eben geteert, doch die Geschäfte und Wohnhäuser am Straßenrand waren heruntergekommene Überbleibsel eines längst vergessenen spanischen Zeitalters. Einige der Schaufenster zierte eine neue Verglasung, doch die Hauswände waren schwarz von Bränden oder mit propagandistischen Parolen beschmiert. An den Ecken und Pfeilern vieler Gebäude hatten Explosionen größere Stücke herausgesprengt, der Putz wies unzählige Einschusslöcher auf.

Um ein paar erbärmliche Gebäude hatte man provisorisch wirkende Gerüste errichtet, denen wohl niemand sein Leben anvertrauen wollte, so dass sie ungenutzt herumstanden wie ein verwesendes äußeres Skelett, das sich verzweifelt an einen längst verrotteten Kadaver klammerte. Eine Reihe einstmals stattlicher Häuser war vollständig dem Erdboden gleichgemacht; nur eine protzige Marmortreppe samt Geländer zeugte noch von der großbürgerlichen Familie, die diesen Schutthaufen einmal ihr Zuhause genannt hatte.

Vom üblichen Cocktail großstädtischen Lebens fehlte ein entscheidendes Element. Die Massen in Santa Teclas engen Straßen wirkten stumm und lethargisch, als gäbe es nichts in dieser Stadt, auf das man sich freuen könnte. Das einzige bisschen Lebhaftigkeit ging von der einen oder anderen Gruppe von Kindern aus, die zwischen verlassenen Autos einen Plastikfußball hin und her kickten. Der Verkehr war gleich null. Die meisten Fahrzeuge lagen nicht mehr einsatzbereit am Straßenrand und fast allen fehlten Türen, Räder, Fensterscheiben oder der Motor. Einige waren ausgebrannt, und alle hatten das rostige, klapprige Aussehen, das Alter und Vernachlässigung in den Tropen so viel schneller hervorrufen. Die einzige Ausnahme bildeten ein paar strahlend neue SUVs, aus den USA importiert und Besitz glücklicher Mitglieder der neuen Elite.

Freddy und ich hörten uns schweigend Marías sporadische Kommentare über ihre zerstörte Stadt an. Sie fuhr uns am Hafen vorbei, der noch immer außer Betrieb war, nachdem die Guerilla mit einem Glückstreffer ein argentinisches Frachtschiff mitten in der Hafeneinfahrt versenkt hatte. Um das Wrack waren amerikanische Kräne auf amerikanischen Flachbooten in Stellung gebracht worden, aber so standen sie schon seit dem Waffenstillstand da, ohne sichtbare Erfolge bewirkt zu haben. Vom alten Kongressgebäude oberhalb des Hafens war kaum mehr als eine leere Hülle übrig. Erst ein brutales Artilleriegefecht hier oben hatte die von ihren früheren US-amerikanischen Verbündeten im Stich gelassene Regierung schließlich an den Verhandlungstisch gebracht.

Wir passierten einen Leichenwagen, der ehrerbietig im Schatten einer baufälligen, geschändeten Kathedrale dahinrollte. Poliertes, reich verziertes schwarzes Holz, gezogen von zwei betagten Gäulen, denen man großmaschige weiße Wollnetze übergeworfen hatte. Der Fahrer trug einen schwarzen Frack, eine schwarze Melone und eine schwarze Hose. In der Hand hielt er eine schwarze Peitsche. Neben den kunstvoll geschnitzten Blumen, Cherubimen, Trompeten und Kreuzen, die seine Kutsche zierten, wirkte er ausgesprochen verdrießlich und selbst für diesen Job zu humorlos. Hinter den gläsernen Scheiben hinterließ der schlichte Sarg, verglichen mit seinem verschnörkelten Umfeld, einen geradezu armseligen Eindruck. Freddys Blick blieb eine Sekunde lang an der Kutsche haften, bevor er sich seinen Fingernägeln widmete.

Westlich des Stadtzentrums lag das Viertel Las Palmas. Das einstmals ruhige Wohngebiet entwickelte sich rasch zum neuen kommerziellen und politischen Zentrum des Wiederaufbaus. Weitgehend unberührt von den Kämpfen und Plünderungen und ohne die sonst allgegenwärtigen Graffiti, bot nur Las Palmas die Unterkünfte, die Dienstleistungen und die Infrastruktur, auf die die neue Elite und die ständig wachsende internationale Gemeinde angewiesen waren. Im Herzen dieses Viertels lag die Via España, und an dieser eleganten, von Bäumen gesäumten Promenade hatte María für uns Zimmer reserviert.

»Sie haben Glück«, erklärte sie. »Das Buena Vista ist das beste Hotel in ganz Santa Tecla. Eigentlich ist es komplett ausgebucht für die Konferenz, aber die australischen Delegierten kommen erst morgen an.«

»Wir werden von Delegierten umgeben sein? Was für ein Glück«, sagte Freddy.

María hatte offenbar einen Sinn für Ironie. »Wer weiß? Vielleicht schaffen sie ja dieses Jahr tatsächlich ein Stückchen Wiederaufbau«, erwiderte sie mit einem sanften Lächeln.

An einer roten Ampel sahen wir auf dem Gehsteig gegenüber zwei Frauen neben einem Stück Sackleinen sitzen, auf dem kleine Mengen Gemüse in der Sonne vor sich hin welkten. Ein Hotdog-Verkäufer hatte sich hochmütig vor ihnen aufgebaut und beschimpfte sie. Von den Strommasten hing ein wüstes Gewirr elektrischer Leitungen herab. Drei Kinder in abgerissenen T-Shirts saugten an kleinen Plastikbeuteln mit rosa- und orangefarbener Flüssigkeit – die einfachste Art, diese billigen, künstlichen Getränke an den Mann zu bringen. Hinter ihnen lag eine Apotheke; am Eingang stand ein nicht uniformierter Wächter mit einer Schrotflinte an der Hüfte und einem Patronengurt um die Taille. Seine verspiegelte Sonnenbrille war die ganze Zeit über auf die Kinder gerichtet.

Die Kluft zwischen den Rassen war unübersehbar: Die Bettler

und Straßenverkäufer waren Indios, die Typen mit den Autos und den Knarren allesamt spanischer Abstammung.

»Hat sich noch immer nichts gebessert?«, fragte ich.

»Wir können uns nicht beklagen. Wenn die übrige Welt bereit ist, uns mit Geld zu unterstützen, sind wir dafür natürlich dankbar.« Sie zuckte mit den Achseln, bevor sie mit einer Spur Boshaftigkeit in der Stimme hinzufügte: »Es wäre allerdings schön, wenn sie uns das versprochene Geld geben würden, bevor unsere Söhne Großväter sind.«

»Und was ist mit den Straßen?«

»Ach ja, die Straßen. Wir freuen uns über die Straßen. Aber wissen Sie auch, Señor, wie viele europäische Waren wir versprechen müssen zu kaufen, als Gegenleistung für dieses ›Geschenk‹?«

Selbst Menschenliebe hat eben ihren Preis.

*

Das Buena Vista war so neu, dass sich Swimmingpool und Shopping Center noch in der Fertigstellung befanden. Der Teppichboden in den Fluren war hellblau, der in den Zimmern in geschäftsmäßigem Stahlgrau gehalten. Rezeption, Aufzüge und Gänge standen voll mit Delegierten, die sich in einem Dutzend Sprachen unterhielten. Hotelangestellte, gerade frisch ausgebildet und noch nicht an eine mehr als zwanzigprozentige Belegung gewöhnt, wuselten in unterschiedlichen Stadien von kaum verhohlenem Stress umher.

Freddys Zimmer lag im obersten Stock, meines eine Etage tiefer. Als ich die Fenster öffnete, hatte ich einen herrlichen Blick auf eine Bucht voller Fischerboote – die einzigen Schiffe, die in der Lage waren, auch ohne die technischen Einrichtungen des Hafens ihren Geschäften nachzugehen. Der Pazifik leuchtete golden und die Sonne hing tief über dem Horizont. Diese ganze Geschichte hatte auf der anderen Seite des Ozeans begonnen, auf der anderen Seite der Welt. In Indonesien war das Wasser himmelblau gewesen. Katie hatte sich immer amüsiert, wenn ich dieses Wort bei jeder Gelegenheit missbrauchte: himmelblaue Neonlichter am Flughafen von Ujung Pandang; sich himmelblau fühlen, wenn sie jeden Morgen zur Arbeit ging; die himmelblauen Augen des kleinen Christopher.

Nach einer langen, wunderbar kalten Dusche zog ich Chinos und ein frisches kurzärmliges Hemd an und begab mich hinunter in die Rezeption. Freddy wartete schon auf mich.

»Ich geh nur noch schnell was einkaufen«, sagte er und wischte ein Stäubchen vom Revers seines Leinenjacketts.

»Und was?«

»Warum genehmigen Sie sich nicht schon mal einen Drink an der Bar? Wir treffen uns dann dort.«

Seine nassen Haare waren glatt zurückgekämmt. Auch er hatte geduscht, aber auf seiner Stirn bildeten sich schon wieder Schweißperlen. Die Luft in der Rezeption war unangenehm muffig und feucht.

Nachdem Freddy abgezogen war, fand ich einen Platz in der Bar direkt unter einem Deckenventilator und bestellte ein Bier. Aus reiner Gewohnheit überprüfte ich, ob ich mich auch wirklich in einer kinderfreien Zone befand, obwohl im Buena Vista nicht eine einzige Familie zu wohnen schien. Die meisten Leute in der Bar waren Männer, die meisten Gespräche beinhalteten zynische Kommentare zum Wiederaufbau.

»Wie man sieht, hat es einfach keinen Sinn, ihnen einen Koffer voll Bargeld in die Hand zu drücken und ihnen zu sagen, jetzt baut mal schön fünf neue Krankenhäuser damit«, bellte der Delegierte am Tisch neben mir.

»Natürlich nicht. Die haben doch überall ihre Konten«, stimmte ihm sein Kollege zu.

»Nein, wir müssen die Kapitalbeschaffung transparenter gestalten, jede Menge Kontrollmechanismen einbauen und vor allem erst mal die nötigen demografischen Daten beschaffen. Hat ja schließlich keinen Sinn, ein Krankenhaus an der falschen Stelle zu bauen, oder?«

Was sollte ich bloß mit Freddy anfangen? Er war eine Pest: ein alles andere als liebenswerter Mensch, der sich innerhalb kürzester Zeit in mein Leben geschlichen, sich meiner Pläne bemächtigt und meine Anonymität gefährdet hatte. Nichts wäre mir lieber gewesen, als ihn loszuwerden. Aber falls ich schon ganz früh am Morgen losfahren und María mit irgendeiner halbwegs plausiblen Erklärung abspeisen würde – wie lange würde es dann wohl dauern, bis Freddy auf eigene Faust nach Miraflores kam? Nach allem, was ich gelesen hatte, war es eine kleine Stadt, und so würden wir uns unweigerlich früher oder später wieder über den Weg laufen. Falls ich ihn einfach hier zurückließe, wäre er natürlich sauer. Würde ihn das für mich zu einer Bedrohung machen, wenn er nach Miraflores kam? Körperlich vielleicht nicht, aber ich konnte die Tatsache nicht ignorieren, dass er meinen richtigen Namen kannte. Nichts würde meine Chancen bei Hoppner schneller zunichte machen als ein wütender Freddy, der plötzlich auf der Matte stand und mich beschimpfte.

Drei Neuankömmlinge setzten sich an einen Tisch unweit von mir.

»Ich schreibe noch nicht mal über die Konferenz«, meinte einer von ihnen. »Ich versuche nur rauszufinden, was aus Daedalus geworden ist.«

»Wir drücken ihm alle die Daumen«, murmelte ein anderer.

Schmierige Latinotypen sammelten sich in der Bar, fertig gestriegelt für die Nachtclubs, mit breiten Gürteln um ihre schmalen Hüften, verspiegelten Pilotensonnenbrillen und glänzenden, stahlkappenbewehrten Cowboystiefeln. Einige machten sich eher verstohlen an ihre ausländische Beute heran, während andere selbstsicher auf sie zutraten und ihnen wahlweise die besten Ausblicke auf Kriegsschauplätze, die günstigsten Schwarzkurse oder die bereitwilligsten Huren versprachen. Nicht alle Delegierten wiesen ihre Angebote rundweg zurück.

Die Atmosphäre war beklemmend.

Dann eine dieser abrupten Entscheidungen, entstanden aus Verärgerung und einem plötzlichen Anflug von Intoleranz: Ich nahm mein Bier und ging hinaus. Aus der Bar, aus dem Hotel. Es war bereits dunkel geworden, ohne dass ich es bemerkt hatte. Die ersten Nächte in den Tropen sind immer verwirrend. Die Via España war fast menschenleer. Geschäftiges nächtliches Treiben auf den Straßen suchte man hier vergebens; nur hier und da drückte sich eine Gruppe schemenhafter Gestalten an der Promenade herum. Einige von ihnen aßen aus kleinen Päckchen, und der Geruch nach Chili, ranzigem Fett und verbranntem Mais erfüllte die Straße.

Abseits der Deckenventilatoren der Bar war die Luft noch heißer. Kein Windhauch regte sich in diesem geschützten Flecken Tiefland. Mein Nacken war schweißnass, trotzdem fühlte ich mich draußen besser. Hier war niemand, der prahlte, höhnte oder besserwisserisch daherredete. Die Dunkelheit der Promenade schluckte mich, auch die wenigen Straßenlaternen rissen mich nicht aus meiner selbst gewählten Anonymität.

Ich fragte mich, ob Alice und ihr Mann sich noch immer in Santa Tecla aufhielten. Waren sie sofort weitergereist zu dem Hotel, in dem sie ihre Flitterwochen verbringen wollten? Einen Augenblick lang stellte ich mir vor, dass sie vielleicht in einem der anderen Hotels in der Via España abgestiegen waren und Alice womöglich gerade wie ich für ein paar Minuten nach draußen gegangen war. Es gab da eine Kleinigkeit, die vielleicht nur in meiner Fantasie stattgefunden hatte: Als wir das neue Flugzeug auf Bermuda bestiegen, meinte ich zu spüren, wie ihre warme kleine Hand die meine streifte. Das Gefühl dieser Berührung, real oder nicht, wirkte noch immer nach.

Taxis kamen und fuhren wieder. Sie hielten unmittelbar vor dem Eingang des Buena Vista, damit die Delegierten nur möglichst kurze Zeit der harten Realität des Landes ausgesetzt waren, zu dessen Wiederaufbau sie gekommen waren. Aus meiner dunklen Ecke am Rande des Hotels sah ich von ihnen nur das gelegentliche Aufblitzen frisch polierter Schuhe oder gestylter Haare, während sie vom Wagen zur marmorverkleideten Eingangshalle hasteten.

Außer mir war nur ein weiterer Gringo auf der Straße unterwegs. Wie ich war er ein gutes Stück größer als die meisten Einheimischen, und vielleicht verschaffte dieser Größenvorteil auch ihm ein Gefühl relativer Sicherheit. Im Vergleich zu mir bewegte er sich jedoch weitaus exponierter, und als ich ihn mitten durch den Lichtkegel der ersten Straßenlaterne schreiten sah, fragte ich mich dann doch, ob dieser Abendspaziergang nicht ein wenig zu riskant war. Während ich mit meinen dichten dunkelbraunen Haaren bei diesen Lichtverhältnissen fast als Latino hätte durchgehen können, waren seine Haare blond und kurz geschoren. Und während bei mir Nase, Wangen und Kinn eher rundliche Konturen aufweisen und meine Haut für einen Engländer relativ dunkel ist, war sein Gesicht eindeutig nordisch und seine kantigen Wangenknochen stachen mir selbst von der anderen Straßenseite her ins Auge. Am auffälligsten aber war die Tatsache, dass dieser Mann, während ich mich wie zahlreiche Einheimische an eine Hausecke lehnte, schnellen Schrittes die Straße entlangging und den Kopf hin und her wandte, während seine kalten Augen die Via España überflogen. Seine Bewegungen strahlten ein Maß an Energie aus, das in dieser Stadt völlig fehl am Platze wirkte.

Doch während ich für einen flüchtigen Beobachter vielleicht besser getarnt war, wirkte der Blonde eindeutig mehr zu Hause. Als er die erste Gruppe von Männern erreichte, blieb er stehen und sagte etwas zu ihnen. Was, konnte ich nicht verstehen, aber er benutzte die Landessprache. Ein Spanisch sprechender Delegierter, der wissen wollte, was die Einheimischen von den Fortschritten beim Wiederaufbau hielten? Wohl kaum. In seiner schwarzen Lederjacke und den schweren Stiefeln hatte er mit den Anzugträgern im Hotel nichts gemein. Als die Männer, die er angesprochen hatte, den Kopf schüttelten, setzte er seinen Weg fort.

Es war die Bewegung, die meinen Blick wieder auf die Straße lenkte. Während der blonde Typ der nächsten Gruppe Umherstehender dieselben knappen Fragen stellte, bemerkte ich einen anderen Mann, der ihm geräuschlos folgte und vollständig mit seiner Umgebung verschmolz. Er war sehr dunkelhäutig – ich tippte auf reines Indio-Blut –, hatte lange schwarze Haare und trug trotz der Hitze einen langen schwarzen Wollmantel. Während der Blonde selbstsicher mitten auf der Straße ging, mied sein Verfolger die Straßenlaternen und glitt mit katzenartiger

Gewandtheit von Hauseingang zu Baumstamm. Nur das Rascheln seines Mantels verriet die Dringlichkeit seines scheinbar beiläufigen Vorankommens.

Der Blonde hatte offenbar keine Ahnung, dass ihm jemand folgte.

Zunächst machte er mich nur neugierig, dieser seltsame, verstohlene Tanz über die Via España, bei dem der Gringo bei jeder Gruppe von Männern stehen blieb und seine Fragen wiederholte, während der Indio hinter ihm von Schatten zu Schatten glitt. Aber es dauerte nicht lange, bis ich mir vorstellte, wie die Verfolgung enden könnte. Ein Stück weiter vorn wurden die Straßenlaternen seltener und die Menschen standen weiter auseinander. Wenn nun der Blonde in eine dieser engen Seitengassen abbog? Was würde geschehen, wenn er das finstere, leere Gelände erreichte, das sich in jeder größeren Stadt fand, besonders in vom Krieg verwüsteten tropischen Hauptstädten? Schon ein normaler Überfall konnte da gefährlich werden. Möglicherweise hatte der Verfolger aber noch Übleres im Sinn. Ein Messer zwischen die Rippen, eine Entführung mit vorgehaltener Schusswaffe. Da würde dem Blonden auch die offensichtliche körperliche Überlegenheit wenig nützen.

Allmählich entfernten sich die beiden Männer aus dem relativ gut beleuchteten Bereich um das Hotel. Zwei Polizisten, die sich an schwere Motorräder lehnten, unterhielten sich mit den vier Sicherheitsleuten vom Buena Vista und beobachteten ein paar Prostituierte, die am Hoteleingang auf Kundschaft warteten. Keiner von ihnen hatte den Verfolger bemerkt, und womöglich hätte sich auch keiner für ihn interessiert. Mir schien es, als nähere sich der Indio seinem Opfer.

Ich begann die Straße entlangzuschlendern.

Ich ließ mir Zeit – ich wollte keine Aufmerksamkeit erregen. Natürlich war es aufregend, der Anflug von Angst erhöhte dabei nur die Spannung. Ich hatte dieses Spiel schon mehrfach gespielt, wenn ich bei Nacht durch asiatische Großstädte gelaufen war, hellwach für die potenziellen Gefahren eines städtischen Schlachtfelds; noch nie aber hatte ich es mit einer so eindeutigen

Absicht getan. Diesmal war es immerhin möglich, dass das Leben des Blonden in Gefahr war. Ich spürte, wie sich das Adrenalin in meinem Körper ausbreitete.

Als wir die meisten Menschen hinter uns hatten, beschleunigte ich allmählich meine Schritte, bis ich zu dem Indio auf der anderen Straßenseite aufgeschlossen hatte. Er bemerkte mich nicht, so fest war sein Blick auf den Gringo vor ihm geheftet.

Vor uns blieb der Blonde erneut stehen, um einen weiteren Einheimischen anzusprechen. Der Indio zog sich in einen Hauseingang zurück und wartete, aber ich ging weiter. Als der Blonde nach dem üblichen Achselzucken seinen Weg fortsetzte, trat ich auf ihn zu.

Er blieb stehen. Keine Überraschung, keine Reaktion.

»Sie werden verfolgt«, erklärte ich.

Zunächst gab er keine Antwort. Er drehte sich nicht einmal um. Seine blaugrauen Augen fixierten mein Gesicht, ohne auch nur einmal zu blinzeln. Ich war enttäuscht; ich hätte zumindest erwartet, ihm mit meiner Eröffnung ein wenig Angst zu machen. Ich hatte die Situation besser im Blick, also betrachtete ich es als meine Pflicht, ihm klarzumachen, dass es gefährlich sein konnte, allein bei Nacht in einer solchen Gegend herumzuspazieren.

»Sprechen Sie Englisch?«, fragte ich.

»Wo ist er?« Er sprach in einem geschmeidigen Flüsterton, der keinerlei Schwäche verriet. Jedes Wort kam klar und eindringlich.

»Da drüben ...«

»Nicht auf ihn zeigen.«

Wieder flüsterte er, aber sein Kommando kam so bestimmt, dass ich augenblicklich meinen Arm sinken ließ. Plötzlich fühlte ich mich nicht mehr so selbstsicher wie zuvor. Ich roch seinen Schweiß – nicht schal, sondern warm und lebendig.

»Was macht er?« Er war völlig ruhig, sein Blick fest. Fünfunddreißig, höchstens vierzig Jahre alt. Britischer Akzent, sachlich und klassenlos.

Ich senkte die Stimme auf seine Lautstärke. »Starrt uns an. Mich.«

»Nicht zurückstarren.«

Ich nickte schweigend. Irgendwie strahlte der Mann eine Autorität aus, die man nicht in Frage stellen konnte.

»Sehen Sie mich an. Lächeln Sie, als wäre ich ein alter Freund. Beobachten Sie ihn aus den Augenwinkeln. Wie weit ist er weg?«

Der Indio hatte sich aus dem Hauseingang gewagt und beobachtete uns, teilweise hinter einem Baum verborgen. Eine Plastiktüte, die eine leichte Brise herangeweht hatte, blieb an seinem Bein hängen.

»Vierzig Meter etwa. Auf der Höhe der letzten Seitenstraße. Es kam mir vor, als wollte er Sie überfallen.«

Der Anflug eines Lächelns. »Beschreiben Sie ihn.«

»Relativ klein. Dichte schwarze Haare. Langer schwarzer Mantel. Dunkle Haut.«

»Hat der Mantel Flicken? Aus blauem Jeansstoff?«

Ich blinzelte angestrengt in die Dunkelheit, während ich weiter den Blick auf den Blonden richtete. »Kann ich nicht erkennen. Schon möglich.«

»Auf seinem linken Stiefel. Silbernes Klebeband.«

Und tatsächlich bemerkte ich ein schwaches Glitzern. »Ja«, stieß ich verblüfft hervor. »Woher wussten Sie das?«

»Ich habe es ihm gegeben.«

»Sie kennen ihn?«, fragte ich. Dann, als die Gestalt hinter dem Baum sich bewegte: »Er rennt in die Seitenstra …«

Der Blonde wartete nicht, bis ich den Satz beendet hatte. Mit verblüffender Geschwindigkeit drehte er sich um und sprintete auf den Indio zu, aber nicht schnell genug. Schon verschwand der schwarze Mantel in der Seitenstraße. Stakkatoartiges Trommeln von zwei Paar Stiefeln auf Teer. Der Blonde raste um die Ecke und außer Sichtweite. Einen Augenblick lang stand ich einfach nur da, zu verwirrt, um zu reagieren. Was zum Teufel dachte er sich eigentlich dabei? Der Klang rennender Füße wurde schwächer. Mein Herz schlug beim Gedanken an ihn mit doppelter Geschwindigkeit; ich wollte mir lieber nicht ausmalen, wie das Ende der Verfolgungsjagd aussah.

Ich lief hinüber zur Seitenstraße und stierte in die enge Schwärze, bis ich den Blonden sah. Er kam auf mich zu. Allein.

»Ein wahres Labyrinth«, murmelte er, als er mich erreichte. »Unmöglich, ihn in diesen Gassen zu finden. Trotzdem danke.«

»Kein Problem.« Ich merkte, wie ich tief Luft holte, um mich wieder zu beruhigen. »Ich dachte, er könnte gefährlich sein.«

»Er ist gefährlich.«

»Sie kennen ihn also?«

»Wir sind Nachbarn«, sagte er. »Der kleine Drecksack muss mitgekriegt haben, dass ich hinter ihm her bin, und da hat er sich wohl gesagt, dass ich ihn überall suchen würde, nur nicht direkt hinter mir. Sind Sie wegen der Konferenz hier?«

»Ja.« Es fiel mir schwer zu lügen, aber ich wollte unbequemen Fragen aus dem Weg gehen. »Sie auch?«

Er antwortete mit einem weiteren Lächeln, das aber alles andere als warmherzig war. »Ich bin nur zu Besuch hier. Jedenfalls danke für Ihre Hilfe. Ich muss noch ein paar Orte aufsuchen, an denen unser Freund vielleicht die Nacht verbringen möchte.« Dann wandte er sich ab, bevor ihm noch etwas einfiel und er mir über die Schulter zurief: »Sie sollten hier besser nicht im Dunkeln herumlaufen.«

Im nächsten Augenblick war er auch schon in der finsteren Seitenstraße verschwunden.

Bei meiner Rückkehr in die Bar war Freddy noch immer unterwegs. Als er dann schließlich auftauchte, zwanzig Minuten nachdem ich ein weiteres Bier bestellt hatte, kam er so beschwingt herein, als hätte er auf seiner Einkaufstour Kokain oder Frauen erworben. Ich fragte nicht nach. Wir fanden eine Ecke im hinteren Bereich des Hotelrestaurants, weit genug weg von den drei bankettartig gedeckten und mit Blumen überladenen Tischen, die für die Delegierten reserviert waren. Für sie lag bereits Weißwein auf Eis, während ein Dutzend Kellner den ersten Gang verteilten: Ein Arrangement aus Avocado, Schalentieren und eingelegten getrockneten Tomaten.

Freddy bestellte sofort dasselbe und danach »Was auch immer sie als Nächstes essen«. Ich entschied mich für Tortillas mit Pepperoni und Huhn.

»Recht so. Immer schön an die einheimische Küche halten«, meinte er. »Obwohl Sie wahrscheinlich verdächtiger aussehen, wenn Sie dieses Zeug essen, als wenn Sie sich für Hamburger entschieden hätten.«

»Verdächtig?«

»Sie sind doch angeblich ein Undercover-Journalist, haben Sie das schon wieder vergessen?«

»Angeblich? Das bin ich wirklich.«

»Aber sicher doch«, entgegnete er grinsend.

Unser Kellner, der ein Schild mit der Aufschrift »Hallo, mein Name ist José« trug, brachte uns zwei weitere Biere und versprach, sich gut um uns zu kümmern.

»Sagen Sie mal«, fragte ich Freddy, »organisiert Ihre Firma eigentlich nicht Ihre Fahrten?«

»Meine Soft-Drink-Firma, meinen Sie?«, gab er zurück und kicherte so, dass sich seine Oberlippe auf groteske Weise der Nase näherte. »Also kommen Sie, mein Freund, Sie haben doch die Zeitschrift gesehen. Sie wissen doch ganz genau, weswegen ich hier bin.«

»Und zwar?«

»Aus dem gleichen Grund wie Sie.« Er hob sein Bier. »Um Benjamin Sword Hoppner einen Besuch abzustatten.« Als ich nicht antwortete, nahm er einen Schluck, bevor er seine von Fältchen umrahmten Augen auf mich heftete. »Mein Freund, Undercover-Journalisten würden nie jemandem erzählen, dass sie Undercover-Journalisten sind.«

Seine Vorspeise kam und ich sah ihm schweigend beim Essen zu. Die in der Sonne getrockneten Tomaten waren zuerst dran; gemeinsam wurden sie auf die Gabel geschoben, im nächsten Moment war der ölgetränkte Bissen im Mund verschwunden. Als Nächstes kam die Avocado, die er ähnlich gierig hinunterschlang. Lediglich die Schalentiere wurden mit mehr Aufmerksamkeit bedacht; jedes Stückchen Krebsfleisch, jede Garnele schien er einzeln zu genießen.

»Ich kannte mal einen Journalisten«, erklärte er, die letzte Krabbe im Mund. »Hab ihm ein Haus verkauft. Berühmter

Knabe – Larry soundso. War in *Newsnight* ziemlich fies zur Königin. Also hab ich ›vergessen‹, ihm zu sagen, dass der Verkäufer bereit war, sich notfalls auch mit fünfzig Millionen weniger zufrieden zu geben. Er hieß Larry Muir. Sie sind kein bisschen wie der.«

»Sie sind Immobilienmakler?« Ich konnte ihn mir gut als solchen vorstellen, bei seinen Überredungskünsten und seinem Talent, es mit der Wahrheit nicht so genau zu nehmen, ohne deswegen gleich ein schlechtes Gewissen zu bekommen. Nicht dass ich ein Recht gehabt hätte, deswegen auf ihn herabzublicken; ich selber hatte es nie länger als ein paar Monate bei einem Job ausgehalten – immer nur so lange, bis das Visum abgelaufen, die Touristensaison vorüber oder der Drang weiterzuziehen unwiderstehlich geworden war. Irgendeine Arbeit hatte ich immer, und auch als ich mit Katie zusammen war, kam ich selbst für meinen Lebensunterhalt auf; doch die seriösen, hoch bezahlten Berufe mit ihren grauen Uniformen, Terminkalendern und Karriereleitern waren noch nie etwas für mich gewesen.

Er antwortete mit einer Gegenfrage: »Wie sind Sie eigentlich auf Greenock gekommen? Ich denke schon die ganze Zeit darüber nach. Ist doch ein komischer Zufall, dass wir uns beide gleichzeitig einen derart ausgefallenen Namen zulegen. Mir ist er einfach so eingefallen.«

»Tatsächlich?«, erwiderte ich lächelnd. »Und wie heißen Sie wirklich?«

»Ist doch egal, oder? Nennen Sie mich einfach Freddy.«

José kam gerade zurück, um seinen Teller abzuräumen, als die Delegierten sich in den Raum ergossen. Einige, die mit ihren neuen Kollegen noch nichts anfangen konnten, gingen steif zu ihrem Platz. Andere hatten sich bereits angefreundet, flirteten miteinander oder frischten verbotene Beziehungen auf, die sie auf der letzten Konferenz begonnen hatten. Ein weiterer Kellner – ›Hallo, ich heiße Simeon‹ – brachte meine Tortillas und ein dezent gewürztes Schmorgericht für Freddy.

»Ihres sieht viel besser aus«, murmelte er.

Ich nickte mitfühlend und versuchte meine Begeisterung zu

verbergen. Die Tortillas waren einfach köstlich. Und selbst wenn sie es nicht gewesen wären, hätte ich mit dem größten Vergnügen so getan als ob.

»Okay, Karten auf den Tisch«, erklärte Freddy abrupt. »Ich reise unter falschem Namen nach Miraflores, wo ich Mr. Hoppner von meinen guten Taten erzählen will, um anschließend mit einem seiner berühmten großzügigen Almosen wieder abzuzischen. Sie reisen unter falschem Namen, Sie haben den Artikel der *Sunday Times*. Ich nehme an, Sie haben dasselbe vor wie ich?«

»Sie sind also ein Betrüger?«

»Ich bin Opportunist, genau wie Sie. Das Geld liegt bei ihm rum, und er will es loswerden. Wir brauchen nur zuzugreifen.«

»Wenn das so einfach ist, warum kommen dann nicht Tausende zu ihm?«

»Das kommt schon noch, mein Freund, warten Sie's nur ab. Wenn sich die Sache erst mal rumgesprochen hat. Dann lässt er sich vielleicht nicht mehr so leicht verarschen, aber wir beide sind noch früh genug dran. Wir haben uns unsere Belohnung verdient.«

»Ich sehe das ein wenig anders.«

Freddy kaute an den Rändern eines Körnerbrötchens, bevor er es auf die Tischdecke fallen ließ, wo es zwischen uns lag wie ein schwer verletztes Nagetier.

»Sie haben deswegen doch wohl kein schlechtes Gewissen? Das ist Pornogeld, Mark. Unrechtmäßig erworbener Profit. Er will es unters Volk werfen. Das ist sein einziges Lebensziel. Vielleicht ist das seine Art, sein schlechtes Gewissen zu beruhigen und für ein sündiges Leben zu büßen. Vielleicht ist er wirklich ein Menschenfreund. Vielleicht ist er auch einfach nur verrückt. Wen zum Teufel kümmert das? Entscheidend ist, dass er *will*, dass wir an seine Tür klopfen.«

»Ich bezweifle, dass er dabei die Art von Leuten im Sinn hat, die Sie ›Opportunisten‹ nennen.«

»Na schön, dann denken wir uns eben ein paar Sachen aus, wenn wir mit ihm reden, aber wer so dämlich ist wie der, hat es nicht besser verdient. Abgesehen davon – was macht es ihm schon aus, wenn er hinterher um ein paar Millionen erleichtert ist? Für uns dagegen – für mich jedenfalls – bedeutet das einen deutlich höheren Lebensstandard.«

»Schnelleres Auto?«, schlug ich vor. »Protzigeres Haus?«

»Klar, warum nicht?«

»Tolle Klamotten? Luxusurlaub?«

»Ist doch nichts dabei, sich so etwas zu wünschen, mein Freund. Und es tut niemandem weh, wenn man es sich auf diese Weise holt.«

Ich musste unwillkürlich lächeln angesichts seines unschuldigen, wenig überzeugenden Versuchs, seine Schuld zu leugnen. Sein Verbrechen ohne Opfer. »Tut mir Leid, wenn ich Sie enttäuschen muss, Freddy«, entgegnete ich, »aber ich interessiere mich einfach nicht für Ferraris.«

»Ach was«, seufzte er, offenbar wenig überzeugt. Er deutete auf die Delegierten, während er mit der anderen Hand eine widerspenstige Haarsträhne zurückstrich. »Sehen Sie die Typen da? All diese cleveren Intellektuellen, die gekommen sind, um aus der Asche dieses kaputten Landes ein neues auferstehen zu lassen? Und jetzt überlegen Sie mal, für wen die arbeiten: für die Weltbank, Oxfam, Christian Aid und jede Menge andere nichtstaatliche Organisationen. Jeder Einzelne ein Heiliger. Geben ihr Leben für die ärmsten Länder der Welt.

Aber jetzt sehen Sie sich doch mal an, was die tatsächlich Tag für Tag treiben! Sie essen gut, trinken gut, bumsen miteinander in Hotelzimmern, die ihre Wohlfahrtsorganisation oder ihre Regierung bezahlt, und zerbrechen sich ständig den Kopf darüber, wie viele Tauchkurse und Dschungelsafaris sie sich auf Spesen genehmigen können, ohne dass es allzu sehr auffällt. So sind die Heiligen, Mark! Warum sollten wir normal Sterblichen besser sein?«

Inzwischen hatte sein Blick einen fast flehentlichen Ausdruck angenommen. Ich hatte den Eindruck, als wollte er weniger mich als vielmehr sich selbst davon überzeugen, dass das, was er vorhatte, nicht grundsätzlich falsch war. Ich kann diesen Drang wahrlich nachvollziehen, denn seit dem Augenblick, als ich

Hoppner ins Auge gefasst hatte, war ich mit demselben aussichtslosen Unterfangen beschäftigt. Und obgleich ich mir einreden konnte, dass ich weniger niedere Beweggründe hatte als er – dass das Geld nicht für mich bestimmt war, sondern für den Sohn, den ich nie wieder sehen würde –, konnte ich doch nicht abstreiten, dass wir beide die Absicht hatten, einen Menschenfreund auszurauben.

Ich wandte den Blick ab, sah Simeon und winkte ihn heran. Der Lärm vom Tisch der Delegierten schwoll immer mehr an und ständig mussten die Kellner für Nachschub an Wein sorgen. Am Ende eines Tisches hing ein Delegierter so abwesend in seinem Stuhl, dass sein Nachbar ihn mit einem dicken Finger anstupste. Sie alle waren meilenweit entfernt von der Außenwelt, in der ein selbstsicherer Engländer einen umherstreunenden Indio durch die leeren, finsteren Seitenstraßen von Las Palmas gejagt hatte. Warum hatte er nach ihm gesucht? Was war zwischen diesen beiden Männern vorgefallen? Waren sie Freunde? Arbeitgeber und Angestellter? Und warum hatte der Blonde den Indio als gefährlich bezeichnet?

»Die Rechnung bitte«, rief ich Simeon zu.

»Mein Gott, ich wollte Sie doch eigentlich einladen«, sagte Freddy. »Würden Sie vielleicht diesmal übernehmen? Mir ist gerade das Bargeld ausgegangen.«

»Kein Problem, Freddy. Die nehmen hier auch Kreditkarten.«

»Schon, aber ich kann meine nicht benutzen – sie sind alle auf meinen richtigen Namen ausgestellt. Und den möchte ich Ihnen schließlich nicht verraten«, fügte er grinsend hinzu.

Von diesem Augenblick an erschien mir nichts dringlicher, als seinen Namen herauszubekommen.

»Sie könnten es auf Ihre Hotelrechnung anschreiben lassen«, schlug ich vor, als Simeon den Kassenzettel brachte.

»Ich mache Ihnen einen Vorschlag. Wenn Sie dies eine Mal zahlen, gehe ich morgen zur Bank und bezahle von da an jede gemeinsame Zeche auf diesem Trip. Abgemacht?«

Ich ließ ihn noch ein Weilchen zappeln, bevor ich meine Zimmernummer auf die Rechnung schrieb und ein paar Dollar auf den Tisch legte. Auf dem Weg ins Foyer drehte ich mich noch einmal um. Freddy folgte mir grinsend. Die Dollars waren verschwunden. In der Nähe des Tisches war kein Simeon zu sehen.

»Danke, mein Freund. Danke für das gute Essen, würde ich gern sagen, wenn es nicht so beschissen gewesen wäre. Trinken Sie noch einen Absacker mit mir?«

»Ich gehe schlafen.«

»Na, kommen Sie schon. Nur einen kleinen Whisky aus der Minibar. Ich will doch nicht, dass Sie schlecht träumen.«

Ich schüttelte den Kopf und ging durch durchs Foyer zu einem wartenden Aufzug. Freddy schlüpfte hinein, drückte den obersten Knopf und fuchtelte mit erhobenem Zeigefinger vor meiner Nase herum.

»Also wirklich, Mark, das ist aber gar nicht nett, eine Einladung zum Drink auszuschlagen. Wir fahren schließlich zusammen nach Miraflores, und selbst wenn Sie ein Undercover-Journalist sind, sollten wir Freunde sein.«

Ich brachte einfach nicht die Energie auf, mit ihm zu streiten, geschweige denn, ihn einfach zur Seite zu schieben. Als der Aufzug im obersten Stockwerk angelangt war, folgte ich Freddy zu seinem Zimmer.

»Es wird Ihnen gefallen. Mit Terrasse und allem Drum und Dran. Sie hätten den Ausblick mal bei Tageslicht sehen sollen.«

»Das habe ich.«

»Nicht genau denselben. Nicht von hier oben.«

Er riss die Minibar auf und fand zwei kleine Fläschchen Jack Daniel's. Obwohl ich mir nicht viel aus Whisky mache, nahm ich wortlos das Glas, das er mir anbot.

»Möchten Sie Eis? Ich brauche Eis. Ich hätte auf dem Weg nach oben daran denken sollen.« Er stellte sein Glas auf den Fernseher. »Im fünften Stock steht ein Eisspender. Machen Sie es sich schon mal bequem.«

Er wies mir einen Sessel neben dem Bett zu, nahm den Eiskübel und eilte aus dem Zimmer.

Die Stille nach Freddys Abgang war so ungewohnt, dass ich erst jetzt spürte, wie sehr seine aufdringliche Stimme in der vergangenen Stunde meine Sinne vereinnahmt hatte. Sein näselnder Tonfall lag irgendwo zwischen englischem und amerikanischem Akzent, und auch sein Sprechrhythmus war ungewöhnlich: unausgewogen, mal langsam, mal schnell, aber ohne dass ein Grund für das eine oder andere ersichtlich war.

Allmählich wirkte sich der Jetlag aus. In England war es jetzt etwa vier Uhr morgens. Allein der bloße Gedanke daran brachte mich leicht ins Schwanken, daher ging ich rasch zum Sessel hinüber, ließ mich in seine frischen Federkissen sinken und schloss die Augen.

Als ich sie wieder öffnete, starrte ich genau auf Freddys Handgepäck. Freddy Greenock, dessen wirklicher Name … wo er wohl seine Kreditkarten hatte? Reiste er mit seinem echten Pass? Ich brauchte mich nur ein paar Zentimeter vorzubeugen.

Die Tasche war offen. Ganz oben lag die *Sunday Times*, darunter ein zusammengerollter Jumper. Ich warf einen Blick zur Tür. Freddy hatte sie einen Spaltweit offen gelassen, so dass ich ihn hören würde, wenn er zurückkam. Er war erst eine Minute weg, die Eismaschine sechs Stockwerke entfernt. Rasch wandte ich mich wieder der Tasche zu und tastete sie mit beiden Händen nach Innentaschen ab.

Wie zum Teufel hieß der Typ wohl?

Ich fand etwas. Etwas Hartes, Dünnes im Futter der Tasche. Und dann den Reißverschluss. Ich drehte mich um.

»Aber mein Freund, was muss ich denn da sehen?«, fragte er bekümmert.

Ich erstarrte. Er hatte den Eiskübel draußen gelassen und hielt eine Pistole in der Hand.

»Was tun Sie da?« stammelte ich.

»Dasselbe wollte ich Sie gerade fragen.«

Er schloss die Tür mit einem Fußtritt, ging zum Bett hinüber, setzte sich neben die Reisetasche und starrte mich an. Ich zog die Hände aus der Tasche.

»Ich … wollte nur mal nachsehen«, erklärte ich mit schwankender Stimme. »Wo haben Sie das Ding da her?«

»Nach was wollten Sie sehen?«

Er hob die Waffe ein Stück an. Es war eine Automatik, so viel wusste ich. Der geriffelte Lauf war rostig. Ich schaute wieder hoch in seinen Augen, um meine Chancen abzuschätzen. Ich hatte keine Ahnung, was ich tun sollte. Er würde mich ja wohl nicht gleich erschießen, nur weil ich in seinen Sachen herumgeschnüffelt hatte? Aber wenn sich nun versehentlich ein Schuss löste? Wusste er überhaupt, wie man mit so einem Ding umging?

»Ich wollte wissen, wer Sie sind.«

Freddy nickte langsam. Mit der linken Hand schob er die Tasche beiseite. »Können Sie mir nicht einfach als Freddy Greenock vertrauen? Es wäre wirklich viel gewonnen, wenn Sie mir vertrauen könnten.« Dann eine Pause, in der wir einander anstarrten. »Ich vertraue Ihnen, Mark.«

Sehr behutsam, als hätte er wertvolles Kristall in der Hand, legte er die automatische Waffe auf die Bettdecke zwischen uns und zog die Hand zurück. Wir beide starrten sie einen Augenblick lang an.

»Ist die geladen?«

»Ja.«

Die abgenutzte, fleckige Pistole mit abgeschrägtem Griff wirkte alles in allem eher trostlos als einschüchternd.

»Funktioniert die überhaupt noch?«

»Ich habe den Mechanismus ausprobiert, als sie leer war, sie kam mir ganz okay vor.«

»Haben Sie sie gekauft, als Sie draußen waren?«

Er strich sich übers Kinn, noch immer den Blick auf die Waffe gerichtet.

Ich rieb mir die Augen. Der Jetlag hatte sich durch den Schrecken, den mir das blöde Ding eingejagt hatte, vorübergehend in Luft aufgelöst. Jetzt war ich nur noch erschöpft.

»Warum zum Teufel kaufen Sie sich eine Knarre, Freddy?«, rief ich. »Was sind Sie bloß für ein Idiot!«

Unbeeindruckt von meinem Wutausbruch starrte er weiter die Waffe an. Sein Gesichtsausdruck schwankte irgendwo zwischen Begierde und abergläubischer Furcht.

»Vielleicht war es ja ein bisschen blöd«, räumte er ein. »Ich hab die Geschichte von so einem Typen gelesen, der immer, wenn er in eine dieser Bananenrepubliken kam, als Erstes eine Knarre kaufte. Ich selbst hab das zwar bis jetzt noch nie gemacht, aber ich dachte einfach … hier ist es doch ziemlich gefährlich, oder? Ist hier nicht vor kurzem so ein Journalist verschwunden? Außerdem sind die Dinger hier so leicht zu kriegen.« Er blickte auf, plötzlich sehr mit sich zufrieden. »Wir könnten für Sie doch auch eine besorgen. Gleich morgen früh. Es ist so leicht – du gehst einfach zu einem der Stände und machst mit den Händen so ein Zeichen …«

Er bildete mit der Hand eine Pistole, wie spielende Kinder es tun, brach aber mittendrin ab und ließ den Arm sinken.

»Ich wollte Ihnen wirklich keine Angst einjagen«, murmelte er. »Ich dachte mir ja, dass Sie einen Blick riskieren würden. Deswegen bin ich schließlich raus.«

»Das ist verrückt.«

»Verstehen Sie nicht? Das heißt, dass Sie genau so sind, wie ich es erhofft hatte: Wer nicht wagt, der nicht gewinnt, oder?«

Ich erhob mich.

»Jetzt seien Sie doch vernünftig, mein Freund. Wir sitzen doch im selben Boot. Warum sollten wir uns nicht zusammentun? Zu zweit sind wir noch viel überzeugender. Wenn zwei verschiedene Briten fast zur selben Zeit vor Hoppners Tür stehen, könnte es ein Problem geben, aber wenn wir gemeinsam einen Plan aushecken … Sehen Sie mal!« Er griff nach der Reisetasche und kramte einige Papiere hervor. »Ich habe bereits Empfehlungsschreiben und jede Menge Einzelheiten bezüglich all der guten Werke, die ich plane. Sie könnten sich einfach dranhängen, wenn Sie möchten.«

Die Vorstellung, irgendetwas zusammen mit diesem Mann zu tun, widerte mich an. Andererseits war das, was er eben gesagt hatte, nicht von der Hand zu weisen. So wenig ich ihn auch mochte – ich traute ihm nicht über den Weg –, war ein gemeinsames Herantreten an Benjamin Sword Hoppner sehr viel erfolgversprechender.

»Ich denke darüber nach«, sagte ich.

»Wunderbar«, strahlte er. »Das ist wirklich wunderbar. Darauf trinken wir einen.«

Er strich sich die Haare aus den Augen, griff nach meinem Glas, drückte es mir in die Hand und nahm dann sein eigenes. Sein Blick wurde ernst.

»Moment! Eine Sache noch.« Er stellte sein Glas wieder ab. »Ihre Pässe. Wo sind sie?«

Meine Pässe. Plural. Ich holte sie aus meiner Gesäßtasche. Ein echter Mark-Weston-Pass und ein gefälschter Mark-Greenock-Pass, made in Ilford.

»Was ist damit?«

»Na ja, wir können ja schlecht beide Greenock heißen«, meinte er. »Sie müssen das Ding loswerden.«

»Wieso ich? Warum nehmen nicht Sie wieder Ihren richtigen Namen an?«

Er kicherte ein wenig. »Sie haben wohl nicht viel Ahnung von diesem Geschäft, was? Sagen Sie mir die Wahrheit: Machen Sie so was zum ersten Mal?«

Ich nickte.

»Dachte ich mir. Aber es wird nicht das letzte Mal sein. Wenn Sie erst mal auf den Geschmack gekommen sind ...«

»Es wird das letzte Mal sein.«

Er lachte stillvergnügt in sich hinein und sah mich auf zweideutige Weise an. Ich konnte mir gut vorstellen, wie er kleinen alten Damen ihre Ersparnisse abluchste. »Wenn Sie einen falschen Namen benutzen wollen, müssen Sie diesen Namen Tag und Nacht jede Sekunde schützen. Sie müssen diesen Namen leben und dürfen niemandem je Ihren wahren Namen nennen. Das ist wie ein versiegelter Behälter unter Wasser: Alles ist bestens, solange keine Löcher drin sind, aber schon beim winzigsten Leck kriegen Sie ihn nie wieder dicht.«

»Tatsächlich?« Seine Belehrungen ärgerten mich noch mehr als seine Schmeicheleien und sein Flehen.

»Und Sie haben Ihren falschen Namen eben nicht geschützt. Schon als ich Sie das erste Mal nach Ihrem Namen fragte, haben Sie Ihre wahre Identität preisgegeben.«

»Ich konnte mich ja schlecht als Greenock ausgeben, nachdem Sie gerade diesen Namen genannt hatten.«

»Egal. Ihre falsche Identität hat ein Loch. Da können Sie flicken, so viel Sie wollen, sie ist nicht mehr zu retten. Meine dagegen ist noch intakt. Alles nur eine Frage der Erfahrung.«

Der Pass hatte mich zweihundert Pfund gekostet. Der Fälscher hatte ihm sogar noch ein echt wirkendes, gebrauchtes Aussehen verliehen, das zu den drei Einreisestempeln von Marokko, Singapur und Thailand passte. Er fühlte sich beruhigend an zwischen meinen Fingern: ein Schild gegen die Welt des Ungewissen, die ich bald betreten sollte.

Freddy hielt ein Feuerzeug in der Hand.

»Das Ding muss verschwinden. Tut mir Leid, Mark. Beim ersten Mal fällt es einem sowieso leichter, den richtigen Namen zu benutzen, falls Ihnen das ein Trost ist.«

Meine Finger blieben fest um den Pass geschlossen. Er versuchte zu ziehen, ließ los, stieß einen unsicheren Lacher aus und hielt mir dann das Feuerzeug hin.

»Sie sollten es tun. Ehrlich. Es wäre besser für Sie.«

Das blitzblanke, chromglänzende Feuerzeug sah aus, als würde Freddy es besonders in Ehren halten. Ich hatte gar nicht mehr daran gedacht, dass Freddy rauchte. Rückblickend fiel mir wieder ein, dass er in diesem Café auf Bermuda mindestens zwei Zigaretten geraucht hatte, hier im Hotel dagegen keine einzige. Vielleicht rauchte er es ja nur in Gegenwart von Frauen, in dem Bemühen, Sie zu beeindrucken.

»Glauben Sie mir, es muss sein«, drängte er.

Ich zündete das Feuerzeug und hielt die Flamme an den Rand des Reisepasses. Es war auf merkwürdige Art schmerzhaft. Kaum war der rote Deckel leicht angesengt, wollte ich ihn wegziehen. Freddy brachte einen Aschenbecher.

»Wir machen das besser auf der Terrasse, mein Freund«, schlug er mit einem Blick an die Decke vor. »Sonst geht noch der Rauchmelder los.«

Der Pass wollte nicht richtig Feuer fangen. Ich folgte Freddy nach draußen und hielt das Dokument so, dass die Flamme vom

Deckel auf die inneren Seiten übersprang, die ich vorher fächerförmig ausgebreitet hatte, damit der Sauerstoff besser zirkulieren konnte. Das dünne Papier fing so schnell Feuer, dass ich den Pass fast hätte fallen lassen, als die Flammen um meine Hand züngelten. Eilig stellte Freddy den Aschenbecher auf einen niedrigen Tisch. Die Flammen wurden heißer, und ich begrub meine sterbende Identität.

»Jetzt sind Sie mir aber was schuldig«, erklärte ich.

»Schon gut.« Er schlug mir mit der flachen Hand auf den Rücken. »Schon gut.«

Home | Miraflores | Kodex | Projekte | FAQ | Kontakt

Hallo. Ich heiße Benjamin Sword Hoppner. Meine Mission ist die Verbreitung des Guten auf Kosten des Bösen. Mein Leben lang habe ich mir Gedanken darüber gemacht, was es heißt, gut zu sein, und was man tun kann, um das Gute zu unterstützen. Ich glaube fest daran, dass es auf dieser Welt weitaus mehr gute Menschen gibt, als es für gewöhnlich den Anschein hat. Menschen, die anderen helfen wollen, Frieden zwischen allen Menschen anstreben, nach einem klaren Moralkodex unabhängig von Rasse, Religion oder kulturellem Hintergrund leben und auch andere zu einem solchen Leben ermutigen möchten.

Bedauerlicherweise werden viele gute Menschen in ihrem lobenswerten Bestreben durch eine Sache behindert: Geldmangel. Auf jeden Peabody oder Getty kommen sicher tausend Menschen, die nichts lieber täten, als ihr Leben guten Werken zu widmen, aber nicht über die Mittel verfügen, ihre Träume zu verwirklichen. Falls Sie ein solcher Mensch sind, würde ich Ihnen gern helfen.

Meine Tür steht guten Menschen, die finanzielle oder spirituelle Hilfe benötigen, jederzeit offen. Die Reise nach Miraflores ist nicht ganz einfach, aber der Mühe wert. Hier werden Sie nicht nur sehen, wie ich an einer entsprechenden Mustergesellschaft arbeite, sondern auch meine Helfer kennen lernen. Ich garantiere Ihnen eine herzliche Begrüßung, ein offenes Ohr und äußerst großzügige Hilfe. Aber kommen Sie bitte nur, wenn Sie sich ihrer moralischen Integrität absolut sicher sind. Wer wahrhaft gut ist, erkennt dies selbst;

sollte aber Ihre Bescheidenheit Sie zweifeln lassen, empfehle ich Ihnen einen Blick in meinen Kodex. Finden Sie sich darin wieder, freue ich mich sehr darauf, Sie kennen zu lernen.

3

Bevor Freddy auftauchte, hatte ich mein Vorhaben als eher unkomplizierte Angelegenheit betrachtet. Irgendwie musste ich zweihunderttausend Pfund für Christopher – als Pauschalsumme für seinen Unterhalt – aufbringen, und der einfachste Weg dorthin schien über Benjamin Sword Hoppner zu führen. Die moralische Dimension bereitete mir zwar ein wenig Sorgen, doch ansonsten sah ich keinerlei Probleme oder gar Risiken: Wie gefährlich konnte ein amerikanischer Philanthrop schon sein? Die Aussicht, durch eines der rückständigsten Gebiete Mittelamerikas zu reisen, mochte andere vielleicht abschrecken; ich dagegen hatte mich seit Jahren gerade zu solchen Gegenden hingezogen gefühlt. Ich liebte an der Dritten Welt, was andere an ihr hassten: die Anarchie, die Unordnung, den Dreck und die Natürlichkeit. Für mich stellte der Besuch bei Hoppner eine Chance dar, eine neue Ecke des Globus kennen zu lernen – kein besonders hoher Preis für den potenziellen Glücksfall, der die Lösung für mein Dilemma bedeuten würde.

Abgesehen davon hatte ich gar keine andere Wahl. Für manch einen mögen ein paar Hunderttausend vielleicht Peanuts sein. Kommt man aber mit den unterschiedlichsten Gelegenheitsjobs allenfalls auf fünfzehntausend im Jahr, liegt eine solche Summe jenseits des Möglichen. Meine Eltern hatten ein allzu lockeres Diplomatenleben geführt und waren allzu jung gestorben, um sich mit Sparen das Leben zu vermiesen, und die Unterstützung, die ich von Seiten des Außenministeriums erhalten hatte, war mit Beendigung meiner schulischen Laufbahn eingestellt worden. Meine Tante und mein Onkel konnten nicht mit Geld umgehen; den ganzen Börsenboom über ließen sie ihr Kapital auf Schatzbriefen liegen, und als sie dann endlich auf den fahrenden Zug aufsprangen, war es zu spät. Das einzige Geld, das sie jetzt noch hatten, steckte in ihrem Haus und in ihrer Rente. Um beides konnte ich sie unmöglich bitten.

Meine über die ganze Welt verstreuten Freunde waren immer knapp bei Kasse, und keine Bank würde einem nicht kreditwürdigen Weltenbummler eine derartige Summe leihen. Und zweihunderttausend mit einer seriösen Arbeit zu verdienen – vermutlich die einzige ehrbare Lösung –, hätte bedeutet, dass ich ein ganzes Jahrzehnt lang an irgendeinen seelenlosen Schreibtisch gekettet wäre. Mir ist bewusst, dass ich genau das eigentlich hätte tun sollen; ich weiß aber auch, dass mich das umgebracht hätte. Abgesehen von einer außergewöhnlichen Glückssträhne in Vegas oder einem bewaffneten Banküberfall war mir absolut nichts eingefallen, bis Hoppner seine Ankündigung verbreiten ließ.

Als ich sein Angebot las, dachte ich zuerst daran, ihm einfach meine Lage zu schildern und ihn dann um das Geld zu bitten. Vielleicht hätte er meine »Sache« ja gutgeheißen. Doch schon meine ersten Nachforschungen machten mir klar, dass Hoppners Geschenke nur Menschen galten, die wohltätige Projekte organisierten. Niemals gab er Einzelnen Geld, so bedürftig sie auch sein mochten. Also musste ich mir etwas anderes ausdenken. Ich sah es als Herausforderung, gerade lange genug den Heiligen zu spielen, bis ich den Jackpot geknackt hatte. Es war sogar durchaus aufregend. Ein neuer Name, eine überzeugende Geschichte und ein Flugticket – mehr würde ich nicht brauchen.

Freddy stellte natürlich eine gewisse Komplikation dar, doch so richtig erschüttert wurde mein Selbstvertrauen erst an unserem ersten Morgen in Santa Tecla.

Unser schickes neues Hotel verfügte über ein außergewöhnliches Merkmal: einen makellosen Garten aus Kübelpflanzen, der sich bis hinaus auf die Via España erstreckte. Eine Drahtabsperrung trug ihren Teil dazu bei, die Miniaturpalmen, die Orchideen und den Brunnen gegen das gemeine Fußvolk abzuschirmen, aber letztlich waren es die sechs Männer vom Wachdienst, die Straßenverkäufer und Bettler davon abhielten, unseren Frühstückstischen im Freien allzu nahe zu kommen. Und blickte ein Gast von seinen frischen Croissants auf, konnte er auf der Via España mindestens acht Polizisten sehen, die jederzeit bereit waren, dem privaten Sicherheitsdienst zu Hilfe zu eilen.

Ich hatte bereits einmal den Versuch eines mageren Jungen beobachtet, mit billigen Armbanduhren und pinkfarbenen Plastikspiegeln in den Händen zu unserem Tisch vorzudringen. Als er die straff gespannten Stahldrähte erreichte und mit einem engelhaften Lächeln auf seinem schmalen Gesicht auf Englisch seine Ware anpries – »Here, for your lady, for your lady« –, waren in Sekundenschnelle zwei Sicherheitsleute bei ihm, um ihn aus unserer luxuriösen Enklave zu entfernen.

An diesem speziellen Morgen waren die Sicherheitsvorkehrungen um eine zusätzliche Dimension erweitert worden. Auf der gegenüberliegenden Seite der Via España stand die glitzernde Glasfassade des Palacio de Congresos José Delgado, der zwei Jahre zuvor erbaut und bislang ausschließlich von der Wiederaufbaumafia genutzt worden war. Santa Tecla hatte den Sprung in den Kreis attraktiver Veranstaltungsorte für Saufgelage der internationalen Geschäftswelt noch nicht geschafft. Jetzt aber, vor der ersten Plenarsitzung der Konferenz, standen auf der dritten Stufe des Gebäudes eine Reihe auf Hochglanz polierter Polizisten bereit und warteten darauf, dass sich ihre verehrten Gäste die Frühstückskrümel von den Kleidern strichen und auf die andere Straßenseite hinüberschlurften.

Die salzige Morgenluft starrte vor offizieller Waffengewalt.

Auch die zivilen Bewohner Santa Teclas waren zugegen. Eine beträchtliche Schar von Zaungästen hatte sich eingefunden, um – Reich und Arm Schulter an Schulter – einen Blick auf jene hochwichtigen Ausländer zu erhaschen, die die Zukunft ihres Landes in der Hand hatten. Als sich die Via España füllte, traf noch mehr Polizei ein, um die chaotischen Zustände wenigstens halbwegs unter Kontrolle zu bringen. Unter den Blicken all dieser Zuschauer ein luxuriöses Frühstück einzunehmen wurde allmählich peinlich.

»Sie essen ja gar nichts, mein Freund. Sie müssen sich stärken. Heute ist ein großer Tag.« Mir gegenüber hatte Freddy bereits einen großen Teller Toast mit Schinken, pochiertem Ei und Sauce hollandaise verschlungen, den er kräftig mit Worcestersoße begossen hatte, bevor er anschließend noch vier Pfannkuchen mit Ahornsirup verdrückte. Jetzt lehnte er sich zufrieden zurück, in der einen Hand eine kugelförmige Kaffeetasse, während er mit der anderen über einen Palmwedel strich. »Was meinen Sie, ist die Sonne schon stark genug zum Bräunen?«

Ich wandte mich von der belebten Straße ab und biss in meinen Toast. Im nächsten Augenblick starrte er mit weit aufgerissenen Augen und besorgtem Blick über meine Schulter.

»Mein Gott, was machen die denn da mit dem armen Kind?«

Etwas weiter oben auf der Via España hatten sich zwei Polizisten den Uhren- und Spiegelverkäufer geschnappt und droschen ihm abwechselnd mit ihren Schlagstöcken zwischen die Schulterblätter. Der Junge sah kaum älter aus als zehn. Er taumelte von einem Fuß auf den anderen und mit jedem Schlag ein Stück weiter nach vorn. Kein Ton war von ihm zu hören; das Einzige, was die Flötenmusik aus den Hotellautsprechern übertönte, war das Geschnatter der Menge und das Summen von tausend tropfenden, ratternden Klimaanlagen.

Ich ließ meine geballten Fäuste unter die Tischdecke sinken und wandte mich wieder den Zeitschriftenartikeln zu, die Freddy mitgebracht hatte. Viele waren Duplikate meiner eigenen, doch darüber hinaus war er noch auf ein paar weitere Hoppner-Storys gestoßen, die ich bei meinen Recherchen im Internet übersehen hatte.

»Verdammte Schweine«, murmelte Freddy.

»Haben Sie eigentlich schon mal jemanden getroffen, der von Hoppner Geld bekommen hat?«, fragte ich mit einem leichten Zittern in der Stimme. Das Gesicht dieses Jungen würde ich so schnell nicht wieder vergessen. »Ich habe einige von den Projekten auf seiner Website angerufen – das Team für die Trinkwasseraufbereitung in Mali, die Blindenschule in Kanada –, erhielt jedoch keine Gelegenheit, sie zu besuchen.«

»Er hat ihnen das Geld gegeben, stimmt's?« Freddy wischte sich mit einem Zipfel der Tischdecke Kaffee vom Kinn.

»Haben Sie denn nie versucht, mit solchen Leuten in Kontakt zu treten?«, fragte ich etwas ungläubig.

»Worüber sollte ich mich denn mit dem Lehrer einer Blindenschule unterhalten? Was hätten wir schon gemeinsam?«

Ich wusste darauf keine Antwort. »Ich habe mit drei Leuten gesprochen, die bei Hoppner waren. Anscheinend ist es ganz einfach: Er will einen nur sehen, um einen persönlichen Eindruck zu gewinnen. Und dann, wenn er zufrieden ist, schreibt er einem den Scheck aus.«

»Na sehen Sie! Kein Problem«, grinste Freddy.

Der Geruch nach Desinfektionsmittel schwebte über unseren Tisch. Um uns herum genossen Delegierte, in ihre Zeitungen vertieft, die letzten Sonnenstrahlen vor ihrer Internierung im Konferenzsaal. Keiner von ihnen schien an der kleinen Dosis Rechtsprechung interessiert, die man zu ihrer Belustigung ausgeteilt hatte. Ich musste mich noch einmal zu dem Jungen umdrehen, doch er und seine uniformierten Verfolger waren bereits in der Menge untergetaucht. Ich hätte sowieso nichts tun können, redete ich mir ein.

Ich wollte mich gerade wieder abwenden, als eine andere Gestalt meine Aufmerksamkeit erregte. In rund hundert Meter Entfernung tauchte auf der Via España immer mal wieder ein klein gewachsener Mann in einem Wollmantel aus der Menge auf. Er war zu weit weg, als dass ich das silberne Klebeband auf seinem Stiefel – oder auch die Flicken aus blauem Jeansstoff, die der Blonde erwähnt hatte – hätte sehen können, doch anhand seiner gebeugten Haltung und den dichten schwarzen Haaren, die ihm bis auf die Schultern fielen, erkannte ich in ihm den Indio von letzter Nacht.

Nur dass er jetzt einen Eiskremkarren vor sich herschob.

Was hatte der Engländer gesagt? *Er ist gefährlich*. Warum wohl? Ich überflog die Menge auf der Suche nach dem Blonden, doch jeder Kopf in der Straße war dunkelhaarig. Der Indio bewegte sich vorsichtig, um niemanden mit seinem Karren anzurempeln. Sein Blick war auf den Boden gerichtet. Seltsam – ein Eisverkäufer sollte doch auf die Menschen zugehen, wenn er was verdienen wollte.

Was hatte er überhaupt hier zu suchen? Dem Blonden zufolge kam er von außerhalb der Stadt. In der vergangenen Nacht hatte er sich wie ein Krimineller verhalten und jetzt verkaufte er Eiskrem? Das passte einfach nicht zusammen.

Einen Moment lang spielte ich mit dem Gedanken, einen der zahlreichen Polizisten anzusprechen. *Er ist gefährlich.* Aber in welcher Hinsicht war er gefährlich? Was konnte ich der Polizei schon erzählen? Selbst wenn der Blonde ihn verfolgt hatte, bedeutete das noch lange nicht, dass der Indio ein Verbrechen begangen hatte. Vielleicht war es ja eine Privatangelegenheit zwischen den beiden. Während ich ihm noch nachsah, schob der Indio seinen Karren an einem Polizisten vorbei, den Blick noch immer starr auf den Boden gerichtet.

Dann trat der Polizist vor und legte ihm eine Hand auf die Schulter.

Nach einem denkbar kurzen Gespräch öffnete der Indio den Deckel seines Karrens und holte ein in orangefarbenes Papier gehülltes Eis heraus. Der Polizist bezahlte ihn nicht, sondern nahm einfach das Eis und schickte ihn mit einer schroffen Geste weg. Der Indio schloss wieder den Deckel, senkte erneut den Blick und verschwand in der Menge.

Wie lächerlich es jetzt wäre, zur Polizei zu laufen. Was sollte ich denen sagen? Vorsicht – das Eis könnte vergiftet sein. *Er ist gefährlich!*

Ich konzentrierte mich wieder auf die Zeitungsartikel. »Haben Sie den da aus der *Tulsa Post* gelesen?« Auf Freddys verständnislosen Blick hin schob ich ihn zu ihm hinüber. »Den haben sie beim ersten Prozess gegen Hoppner veröffentlicht. Eine nützliche Zusammenfassung seiner frühen Jahre – erklärt ein bisschen, warum er so denkt, wie er denkt.«

Freddy schob die Fotokopie zu mir zurück und griff nach seiner Sonnenbrille. »Nichts gegen Ihren Enthusiasmus, ehrlich, aber warum sollten wir uns dafür interessieren, in welcher Jugendmannschaft er mal gespielt hat?«

»Ja, aber er redet über sein …«

»Jetzt entspannen Sie sich mal, Mark. Das ist doch nicht so schwierig. Den legen wir locker aufs Kreuz – einen naiven Yankee, der noch an so was wie Gut und Böse glaubt. Wir kommen einfach hereingeschneit mit unserem charmanten englischen Akzent, gepflegten Klamotten – mit der Jacke da müssen Sie sich übrigens was einfallen lassen –, höflich und wohlerzogen … und schon frisst er uns aus der Hand.«

Ich blickte mich um. Ein ausgehungerter, humpelnder Hund schleppte sich hoffnungsfroh den Straßenrand entlang, vorbei an den Stammgästen der Via España: einer gebrochenen Alten, der ein Arm und die meisten ihrer Zähne fehlten und die unter den schwankenden Luftwurzeln eines Feigenbaums kauerte; herumstolzierenden Taxibesitzern und leitenden Angestellten – fetten Männern, die sich den Bauch mit Hotdogs und Verachtung für den Rest der Welt voll schlugen.

Es gab noch drei weitere Artikel. Der Schock kam beim Lesen des letzten. Mein Blick blieb sofort an dem Wort hängen.

»Mein Gott«, sagte ich, »da steht ja was über Selbstmorde!«

Ich blickte zu Freddy hoch, der sich jedoch nicht aus der Fassung bringen ließ.

»Ach, dieser Artikel ist doch lächerlich«, winkte er ab. »Viel zu melodramatisch.«

Das war nicht die Reaktion, die ich erwartet hatte. Ich las den kurzen Text noch einmal durch. Er enthielt nur ein Minimum an Information. »Er bezieht sich auf eine frühere *Newsweek*-Story.« Ich sah noch einmal die Fotokopien durch. »Haben Sie die vielleicht auch?«

»Ich glaube, ich wollte sie mal lesen, bin dann aber nicht dazu gekommen. Ist auch nicht weiter wichtig. Was soll das mit Hoppner zu tun haben?«

»Fünf Selbstmorde in Miraflores, seiner Heimatstadt.« Ich war erstaunt, wie gleichgültig Freddy darauf reagierte.

»Hören Sie, Mark, das ist ein total kaputtes Land mit jeder

Menge kaputter Leute. Denken Sie doch nur an den Jungen, den wir gerade gesehen haben. Den werfen sie jetzt ins Gefängnis – was, wenn er nie wieder rauskommt? Was bedeutet das für seine Mutter? Seinen Vater? Mein Gott, wenn ich hier leben müsste, würde ich wahrscheinlich auch bald eine Packung Schlaftabletten einwerfen.«

Ein schuldbewusster Delegierter blieb auf dem Rückweg ins Hotel kurz stehen, um der alten Frau eine Münze in den Schoß zu werfen. Eine derartige Großzügigkeit schien hier selten zu sein, denn sie stand eigens auf, um ihm zu danken, obgleich ihre spindeldürren Beine kaum in der Lage schienen, ihr Gewicht zu tragen. Aus ihrer herabhängenden Kehle drang ein dankbares Quieken, während sie nach dem Handgelenk des plötzlich beunruhigt wirkenden Delegierten griff. Doch die ansonsten stets wachsamen Polizisten schienen nicht willens, sie daran zu hindern – dieses arme Geschöpf, das die Mutter, die Schwester von irgendjemandem war und auch ihre eigene Mutter oder Schwester hätte sein können, wenn die grausame Lotterie des Krieges nur ein klein wenig anders verlaufen wäre.

»Dieser Junge hat wahrscheinlich gar keine Eltern«, murmelte ich.

»Darum geht es nicht, mein Freund. Ich wollte damit nur sagen, dass es selbstverständlich überall im Land Tag für Tag Selbstmorde gibt.«

»Aber das ist doch eine katholische Gesellschaft. Selbstmord ist in ihrer Religion eine Sünde.«

»Richtig. Und ganz bestimmt schicken sie Monat für Monat ihren Zehnt nach Rom.«

Ich hielt den Artikel in die Höhe. »Macht Ihnen das denn gar keine Sorgen?«

»Doch natürlich. Ich bin schließlich ein Mensch. Aber das hat doch nichts mit Hoppner zu tun. Man bringt sich doch nicht gleich um, nur weil nebenan ein Amerikaner einzieht. Der Mann ist ein leichtgläubiger Schwachkopf, und die Einheimischen klatschen wahrscheinlich in die Hände vor Freude über all die Münzen, die er in ihre Schüsseln fallen lässt.«

Ich warf den Artikel zu den anderen. Das stolze Gesicht von Benjamin Sword Hoppner blickte von drei verschiedenen Fotos zu mir herauf. Auf jedem einzelnen schaute er direkt in die Kamera, als wollte er sie herausfordern, zeigen, dass er keinen Schritt zurückwich. Ein makelloser Seitenscheitel verlief kerzengerade durch seine silbernen Haare, aber seine Kehle war ein Netz tiefer Falten, an denen das Fleisch und die Haut allmählich müde wurden.

Selbstmorde. Hoppner hatte diese Stadt praktisch unter seiner Kontrolle. Eine Stadt, die seiner Website zufolge eigentlich eine der glücklichsten auf der ganzen Welt hätte sein müssen. Warum nahmen sich dann so viele Menschen das Leben? Vor unserer Ankunft in Miraflores musste ich unbedingt den ursprünglichen *Newsweek*-Artikel finden.

»Wann sollte María kommen?«, fragte Freddy.

»Halb zehn.« Wenn ich im Business Centre des Hotels sofort online ging, konnte ich mir vorher noch den gewünschten Artikel runterladen. Plötzlich fiel mir auf, wie mein Blick über die Menge streifte und unbewusst nach dem Indio im Wollmantel Ausschau hielt. Sein Auftauchen hatte mich auf seltsame Weise beunruhigt.

Freddy schaute auf die Uhr. »Super. Gerade noch genug Zeit für einen weiteren Pfannkuchen.«

»Wollten Sie nicht noch zur Bank?«

Er zögerte, während er schon dabei war, einen Kellner herbeizuwinken. »Stimmt ja. Gut, dass Sie mich daran erinnern«, sagte er und rieb sich die Nase. »Ich will schließlich nicht dauernd bei Ihnen schmarotzen.«

Er schob seinen Stuhl zurück und warf seine Serviette mitten auf seinen großen, mit Sirup verschmierten Teller. Um uns herum machten sich die Delegierten allmählich auf den Weg.

Freddy fand sich in einem langsam in Richtung Straße fließenden Strom wieder. Auf ein Zeichen der Polizei hin teilte sich die Menschenmenge von Santa Tecla, um sie durchzulassen. Kaum hatten sie die sichere Zuflucht des Hotelgartens verlassen, bekamen die wenigen weiblichen Delegierten – als fühlten sie die

Überdosis Testosteron von Polizei, Zuschauern und Sicherheitsleuten – einen angespannten, nervösen Gesichtsausdruck, und ihre Schritte wurden merklich länger in dem Bestreben, dieses von Männern bevölkerte Niemandsland auf dem Weg in den Konferenzsaal so schnell wie möglich hinter sich zu bringen. Plötzlich kam mir ein beunruhigender Gedanke.

Er hatte die Via España schon zur Hälfte überquert, als ich ihm zurief: »Warte, Freddy!« Er blieb stehen und ich rannte zu ihm. Leise fragte ich ihn, während die Delegierten an uns vorbeiströmten: »Haben Sie die Pistole dabei?«

Er nickte glücklich.

»Um Himmels willen, Freddy, Sie können dass Ding doch nicht mit in eine Bank nehmen!«

»Wieso nicht? Das macht hier bestimmt jeder.«

»Und wenn die einen Metalldetektor haben? Wenn man Sie durchsucht? Dann landen Sie auf dem kürzesten Weg bei der Polizei!«

Sein Lächeln verflüchtigte sich. Instinktiv legte er eine Hand auf die Tasche seines Jacketts. Die Ausbuchtung war unübersehbar.

»Seien Sie doch vernünftig«, insistierte ich. »Ich warte jedenfalls nicht auf Sie, wenn Sie in Schwierigkeiten geraten. Lassen Sie das Ding auf Ihrem Zimmer.«

»Das liegt im obersten Stock! Ich geh doch nicht da rauf. Hier«, sagte er, zog die Pistole aus der Tasche und hielt sie vor mich hin. »Nehmen Sie.«

Ich zuckte unverzüglich zurück. »Stecken Sie das Ding weg! Ich nehm das nicht in die Hand!«

»Warum denn nicht? Was ist schon dabei, wenn Sie mal zwanzig Minuten auf sie aufpassen?« Die Waffe war noch immer zwischen uns, so offen, dass jeder vorbeigehende Delegierte sie sehen konnte.

»Nehmen Sie das verdammte Ding da weg!«

»Jetzt werden Sie mal nicht gleich hysterisch. Nehmen Sie's einfach.«

Wir zogen bereits Aufmerksamkeit auf uns. Mehrere Delegierte, die langsamer geworden waren, um den Grund unserer Auseinandersetzung zu erfahren, beschleunigten sofort wieder ihre Schritte, als sie die Waffe sahen. Wütend schnappte ich sie mir, zog mein Hemd hoch und steckte sie in den Bund meiner Hose.

Keine halbe Sekunde später nahm ich sie wieder heraus. »Ist sie wenigstens gesichert?«

»Klar doch«, erwiderte Freddy grinsend.

Er legte den Finger auf die eine Seite der Pistole. Der stählerne Höcker der Sicherung war nicht markiert, aber ich fühlte mich trotzdem etwas sicherer. Behutsam steckte ich die Waffe wieder in den Hosenbund und strich mein Hemd darüber glatt. Das Metall fühlte sich an meinem Bauch fremdartig und irritierend an. Ich wusste, das ich noch immer die Stirn runzelte, konnte aber nichts dagegen tun.

»Braver Junge«, sagte Freddy und klopfte mir auf die Schulter. Dann machte er sich auf den Weg über die Promenade in Richtung Konferenzzentrum mit den dahinter liegenden Geschäften und Banken. Ich blickte ihm hinterher.

»Heben Sie so viel wie möglich ab«, rief ich ihm nach.

»Das wären ungefähr fünfzig Mäuse«, rief er grinsend durch die Meute der Delegierten zurück.

»Dann hoffen wir mal, dass Mr. Hoppner in Spenderlaune ist!«, schrie ich noch lauter als zuvor.

Er warf den Kopf herum und wandte sich zum Gehen, als ich plötzlich in ein ganz anderes Gesicht sah.

Unbewusst hatte ich wohl irgendwie mitbekommen, wie der Mann vom Konferenzzentrum her durch die Delegierten geeilt war. Zumindest aus den Augenwinkeln musste ich ihn gesehen haben, wie er an Freddy vorbeiging. Doch erst, als ich diese letzten Worte rief und der ganze Körper des Mannes mitten in der Bewegung erstarrte, registrierte ich, um wen es sich handelte.

Eine Sekunde lang starrten wir einander nur an. Er erkannte mich ebenfalls wieder; sein Blick verriet, dass er sich daran erinnerte, wie ich in der Nacht zuvor mit seinem blonden Opfer gesprochen hatte. Aus der Nähe fielen die Flicken aus blauem Jeansstoff sofort ins Auge. Silbernes Klebeband um seinen Stiefel. Aus seinen weit aufgerissenen Augen sprach Entsetzen. Gesicht und Mantel waren auf einer Seite ganz dreckig, als hätte er die Nacht auf dem Boden geschlafen. Der Eiskarren war nirgendwo zu sehen.

Er fing an, den Kopf zu schütteln.

Ich bekam es mit der Angst. *Er ist gefährlich.* »Was?«, fragte ich. »Was ist denn?«

Er stand wie angewurzelt da. Als ich auf ihn zuging, sah ich, wie seine Wangen zitterten.

»Was ist denn los mit Ihnen?«, fragte ich und ergriff seinen Arm. »Und wo ist Ihr Karren?«

Meine Berührung löste eine Lawine aus spanischen Worten und verzweifelten Gesten aus. Ich blickte mich um auf der Suche nach jemandem, der als Dolmetscher dienen konnte. Die Delegierten hasteten vorbei und wichen gezielt jedem Blickkontakt aus. Fünfzehn Meter weiter standen zwei Polizisten. Ich hielt den Mann weiter fest, während ich ihnen Zeichen gab.

Als er sah, was ich tat, riss der Indio sich los und entfernte sich rasch in die entgegengesetzte Richtung. Die Bedeutung des fehlenden Karrens sickerte gerade erst in mein Unterbewusstsein durch. Ein Fragment der Wahrheit, ein kurzer Blick in die Zukunft. Die internationale Konferenz; das Gerede über angeblich wieder aktiv werdende Guerillas; der Blonde, der die Straßen von Santa Tecla nach diesem Mann absuchte. *Er ist gefährlich.*

»Hey!«, rief ich. Obwohl ich wusste, dass es zu spät war, und obwohl ich innerlich schon einen Schutzwall gegen das unvermeidliche Grauen errichtete, eilte ich ihm nach. »Warten Sie!«

Er begann zu rennen.

Plötzlich brach hinter mir ein Höllenlärm los. Die Luft selbst schien sich zu strecken und zu verbiegen. Ich stolperte vorwärts, die Druckwelle warf mich fast um. Im nächsten Augenblick war ich taub und die Welt um mich herum nur noch ein monotones Summen, übertönt nur durch den mehrfachen Widerhall der Explosion.

Verbranntes Gummi, versengtes Fleisch.

Traumartige Impressionen: Über mir zersplitterte eine Straßenlaterne, doch das Glas prallte von meinen Schultern ab, ohne Schaden anzurichten; zwei Bäume schwankten heftig, während über meinen Kopf hinweg Trümmer in ihre Zweige flogen; etwas Hartes schlug gegen meinen Oberschenkel. Ein feiner Staubregen ging um mich nieder, bedruckte Blätter schwebten in der aufgewühlten Luft. Meine Lungen schienen vom Gestank einer giftigen Chemikalie erfüllt. Als ich mich, schwankend wie ein Betrunkener, umwandte, sah ich, über die ganze Straße ausgebreitet, einen Teppich aus gestürzten Delegierten. Dahinter dichter brauner Rauch, durchsetzt von dünnen weißen Schwaden.

Mein Gott, murmelte ich. Mein Gott, wieder und wieder, o mein Gott. Ich konnte meine eigenen Worte nicht einmal hören. Furcht erregende Stille. Überall tödliche Stille. Wie viele waren tot? Wie viele zerfetzt von dieser schrecklichen Tat? Bei all meinem Lebensüberdruss, meiner Abgeklärtheit eines Weitgereisten und meiner Überzeugung, ein knallharter Bursche zu sein, den so leicht nichts umwarf, fühlte ich mich angesichts dieser Gräueltat wie ein kleines Kind. Überwältigt von dem Drang, mich irgendwo zu verstecken, wo ich in Sicherheit war.

Er ist gefährlich, hatte der Blonde gesagt. Der abgebrühte, seriös wirkende Engländer hatte die Straßen von Santa Tecla nach einem Indio in einem Wollmantel abgesucht. Erst jetzt, da es zu spät war, wurde mir klar, was er hatte verhindern wollen.

Als ich mich wieder zu dem Indio umdrehte, sah ich, wie er mit offenem Mund dastand. Aber sein Blick war nicht auf die Explosionsschäden gerichtet. Er starrte mich an.

Ich rannte los.

Er drehte sich blitzschnell um und rannte ebenfalls los, aber meine Wut – mein grenzenloser Zorn auf das, was ich soeben hatte mit ansehen müssen – ließ mich gegen ihn krachen. Ich war außer mir. Bilder dessen, was er womöglich angerichtet hatte – zerfetzte Leiber, verstümmelte Kinder – schwirrten mir durch den Kopf. Der kleine Körper des Indios sackte unter meinem Gewicht zusammen. Er versuchte noch, den Sturz mit den Armen abzufangen, vergeblich, und so rollten wir über den Teer, mit den

Händen einander packend, stoßend, schlagend, bis wir an einem Laternenpfahl zum Liegen kamen.

Ich fiel gegen seine Brust und drückte ihn dabei zu Boden. Erst allmählich dämmerte mir, in was für eine verrückte Situation ich da geraten war: Ich kämpfte mit bloßen Händen gegen einen Terroristen. Er wand sich und schrie wie ein Wahnsinniger. Seine Fingernägel bohrten sich in mein Gesicht, bis ich von ihm ablassen musste, um meine Augen zu schützen. Und schon war er aufgesprungen. Ich trat mit aller Kraft nach ihm und traf ihn mit meinem Stiefel so hart am Knöchel, dass er gegen eine Bank stürzte.

Während das Blut warm aus den Schürfwunden auf meiner Wange rann, zerrte ich an meinem Hemd und fand Freddys Pistole. Ich zielte auf den Mann, bevor er sich wieder aufrappeln konnte.

»Keine Bewegung«, rief ich über das Summen in meinen Ohren hinweg.

Für den Bruchteil einer Sekunde riskierte ich einen Blick auf die Pistole, fand den Sicherungshebel und legte ihn um. Die Waffe war mir absolut fremd, aber ich sah aus, als wüsste ich genau, was ich tat, und nur das zählte. Der Mann war jetzt ganz still und starrte wie gebannt auf die Waffe. Ich zwang mich, langsam und kontrolliert zu atmen, und erhob mich.

Wie ich feststellen musste, herrschte inzwischen überall um uns herum das totale Chaos. Die Menschen rannten schreiend von der Straße weg. Sirenen heulten auf und Rufe drangen aus der wütenden und verängstigten Menge. Viele der Delegierten waren wieder aufgestanden, einige noch zu benommen, um wegzulaufen, andere in die vermeintliche Sicherheit des Buena Vista fliehend. Überall ging es drunter und drüber, nur der Teil der Promenade in meiner unmittelbaren Nähe blieb leer.

Ich rief zwei vorbeilaufenden Männern etwas zu. Meine Stimme klang verzerrt und krächzend, und sie ignorierten mich. Mein Gefangener auf der Bank begann wieder zu jammern.

Ein Polizist kam aus einer Seitenstraße und rannte auf den Ort der Detonation zu.

»Hey!«, brüllte ich. »*Policía*!«

Er hörte mich nicht. Ich richtete mich auf und drehte mich zu ihm um.

»Hilfe! *Policía*!«

Einen Moment lang hatte ich fast den Eindruck, als hätte er mich inmitten dieser Kakophonie des Schreckens rufen gehört. Er wurde langsamer, schien sich umblicken zu wollen. Dann traf mich ein schwerer Hieb in die Rippen und ich fiel zur Seite.

Die Pistole in meiner Hand landete klappernd auf dem Teer, aber ich ließ sie nicht los. Benommen vom Aufprall, musste ich erst einmal tief einatmen, bevor ich mich wieder bewegen konnte. Als ich es endlich schaffte, mich umzudrehen, rannte der Mann im Wollmantel bereits die Promenade entlang.

Es erschreckte mich, wie schnell ich den Arm mit der Pistole hochriss und auf seinen Rücken zielte. In diesem kurzen Augenblick wäre ich wohl fähig gewesen, ihn zu erschießen. Stattdessen erlaubte ich mir ein kurzes Zögern, und danach hätte mich nichts auf der Welt dazu bringen können, den Abzug zu betätigen.

Als der Indio im Labyrinth der Seitenstraßen verschwand, raffte ich mich mühsam auf. Ich steckte die Pistole wieder in den Hosenbund und fing an zu zittern.

Freddy stand vor dem zerstörten Eingang zum Konferenzzentrum. Die meisten Leichen, die auf den Stufen und dem Gehsteig abgelegt waren, trugen Polizeiuniformen. Ich zählte drei Nichtuniformierte, die Delegierte gewesen sein könnten – viel war von ihren Gesichtern nicht übrig –, sowie einen Menschen in den Lumpen eines Bettlers. Insgesamt zwölf Tote.

Ich hätte es verhindern können. Mit dieser schrecklichen Erkenntnis musste ich fertig werden. Ich hatte den Terroristen gesehen und wusste, dass er verdächtig war. Wie schwer wäre es bei all den Polizisten gewesen, ihn überprüfen zu lassen? Ich aber hatte zu viel Angst davor gehabt, mich lächerlich zu machen, Angst vor dem Gelächter, mit dem ich hätte rechnen müssen, wenn ich in der falschen Sprache von diesen viel beschäftigten

Beamten verlangt hätte, einen unschuldigen Eisverkäufer zu belästigen. Zu viel Angst davor, dass sie nichts finden würden.

Mitten im Durcheinander aus Betontrümmern, geborstenem Glas und Blut lagen die verbeulten Überreste des Eiskarrens. An einer verbogenen Felge haftete noch die Hälfte des Reifens. Es war so leicht gewesen. Er hatte einfach die Bombe vor das Konferenzzentrum geschoben, ein paar Leuten Eis verkauft, um die Polizei zu täuschen, und sich anschließend davongemacht.

»Um ein Haar hätten die Schweine mich auch erwischt«, entrüstete sich Freddy. Dann blickte er in mein zerkratztes Gesicht. »Was ist denn mit Ihnen passiert?«

»Bombensplitter«, murmelte ich.

»Bloß gut, dass wir uns nicht noch länger unterhalten haben«, fuhr er fort, ohne mir zuzuhören, »sonst wäre ich hier mittendrin gewesen.« Er wischte sich mit einem Ärmel über die Stirn. »Sollen wir sie zudecken, oder meinen Sie, dass die sie gleich wegkarren? Hat ja wohl keinen Sinn, sich mit Blut zu besudeln, wenn sie sowieso jeden Moment in die Leichenhalle gebracht werden.«

Mehrere Delegierte pressten sich Taschentücher und Jacken auf ihre Wunden. Ich machte mich gerade auf den Weg zu den am schwersten Verletzten, als schon die Belegschaft des Buena Vista mit Erste-Hilfe-Kästen und Wasserflaschen auf die Promenade gestürmt kam. Rasch bildete die Polizei einen provisorischen Kordon um die Toten. Aus den zersplitterten Fenstern über uns starrten schockierte Gesichter herab. Die Schreie und Rufe waren beinahe versiegt, so dass nun der Chor der Sirenen die Morgenluft beherrschte.

»Freddy, ich möchte, dass Sie auf der Stelle diese Pistole wieder an sich nehmen.«

»Geht nicht, mein Freund. Muss immer noch zur Bank.«

Irgendwie brachte er sogar noch ein schiefes Grinsen zustande.

»Na schön, dann aber schnell«, hörte ich mich ihn anschreien.

Er hob überrascht die Hände. Ich schaute weg.

Zwei alte Kanonen – Überbleibsel aus Seeräuberzeiten – standen vor dem zentralen Polizeihauptquartier von Santa Tecla Wache, einem riesigen, klobigen und heruntergekommen Gebäude. Es war schwer, sich vorzustellen, dass in dieser Stadt genügend Verbrechen begangen werden konnten, um seine zahlreichen Flügel zu füllen, aber ich nehme an, dass sie auch anderen Zwecken dienten. Größere Abschnitte wiesen überhaupt keine Fenster auf.

Ein Denkmal für »La Revolución« – welche, war nicht näher erläutert – diente drei Beamten unmittelbar vor dem Eingang als Stütze. Ob sie im Dienst waren oder gerade Zigarettenpause machten, ließ sich nicht erkennen. Einer von ihnen richtete sich auf, als er uns kommen sah, bedachte María mit ein paar barschen Worten und wies sie an, draußen zu warten, während er mich einließ.

Überall waren Polizisten, alle bewaffnet, einige mit Repetiergewehren. Hinter den winzigen Fenstern zu beiden Seiten des breiten Mittelgangs saßen die anonymen Herrscher über die Stempel, die Aussteller von Genehmigungen und die Eintreiber von Strafgebühren. Das eigentliche Geschäft wurde oben abgewickelt. Flotten Schrittes eskortierte man mich vorbei an den Schlangen von Bittstellern und Kleinkriminellen, an kaputten Aufzügen und Plakaten von Daedalus Foy und schließlich ein paar feuchte Metalltreppen hinauf, die bei jedem Schritt ein dumpfes Dröhnen von sich gaben.

Die Polizeitruppe von Santa Tecla hielt anscheinend nichts von weiblichen Polizisten oder auch nur weiblichen Angestellten im Innendienst. Die einzigen beiden Frauen, die ich im labyrinthartig angelegten Obergeschoss zu Gesicht bekam, trugen Handschellen. Drohenden Blickes schritten die Polizisten ihr Territorium ab. Blut war geflossen und sie sannen auf Rache. Kein guter Zeitpunkt, um als Außenstehender diesen Ort absoluter Macht zu betreten. Was war gefährlicher als eine Gruppe zorniger Männer, die sich dort, wo man sich gerade aufhielt, alles erlauben konnten? Daher verhielt ich mich sehr still und machte mich so unsichtbar wie nur irgend möglich. Ich hatte bereits einmal, wenn auch nur kurz, ein Gefängnis der Dritten Welt von innen gesehen und hegte nicht im Geringsten den Wunsch, diese Erfahrung zu wiederholen.

Hundert Türen zweigten von stickigen Fluren ab, manche vielleicht zu schalldichten Räumen. Die Deckenventilatoren drehten sich so langsam, dass nicht auszumachen war, ob sie die Luft bewegten oder umgekehrt. Als ich zum zweiten Mal ein Zeugenformular ausgefüllt hatte – beim ersten Versuch hatte ich trotz der eindeutigen Anweisungen auf Spanisch unverschämterweise meinen Vornamen zuerst eingetragen –, war ich kurz davor zu gehen. Offenbar war es keine besonders gute Idee gewesen, aus einer moralischen Verpflichtung heraus meine Mithilfe anzubieten.

Drei verschiedene Beamte befragten mich in drei verschiedenen Büros, und jedes Mal mussten wir uns der Dienste desselben Dolmetschers bedienen. Nicht nur, dass er größte Probleme hatte, ihre Fragen ins Englische zu übersetzen; er schien auch permanent überrascht von meinen Antworten, selbst dann noch, als er sie zum dritten Mal hörte.

»Draußen wartet eine Fahrerin auf mich«, sagte ich irgendwann. »Sie spricht sehr gut Englisch – soll ich sie holen, damit sie uns helfen kann?«

Der Vorschlag wurde nicht einmal übersetzt. Der Übersetzer rümpfte nur die Nase und wartete auf die nächste Frage.

»Sie sagen, Sie haben diesen Mann geschlagen?«, ließ der letzte und höchstrangige Beamte durch den Dolmetscher fragen.

Er hatte mir einen lädierten Stuhl mit einer Spanplatte als Sitzfläche und rostigen Eisenbeinen angeboten und es sich dann selber auf seinem gepolsterten Drehstuhl bequem gemacht. Nach der Aufschrift auf seiner Tür hieß er Vilas. Capitán Vilas. Ein überpenibel gekleideter Mann mit Brille, dessen winzige Statur um so bedrohlicher wirkte. Ich hatte das ungute Gefühl, dass er seinen Mangel an Körpergröße dadurch wettzumachen versuchte, dass er jeden Gefangenen, der das Pech hatte, ihm in die Hände zu fallen, um so brutaler behandelte. Sein rundes Gesicht strahlte eine furchteinflößende Ruhe aus. Die ganze Zeit über, die ich in seinem Büro zubrachte, hielt er in jeder Hand einen Kugelschreiber – aber nicht so, als wollte er damit schreiben.

»Nur ein Mal«, sagte ich. »Um zu verhindern, dass er wegläuft.«

»Und das reichte aus? Er blieb ganz still stehen, dieser Terrorist, der acht Polizisten getötet hat, nur weil Sie ihm einen einzigen Schlag versetzt haben?« Eine von Vilas' dünnen Augenbrauen bewegte sich ein winziges Stück nach oben.

Bevor ich mich auch nur in die Nähe der Polizei begab, hatte ich mir zweierlei geschworen: Erstens, dass ich gar nicht erst versuchen würde zu erklären, bei welcher Gelegenheit ich den Indio zum ersten Mal gesehen hatte – schließlich hatte ich die ganze Geschichte mit dem blonden Engländer selbst noch nicht richtig durchschaut –, und zweitens, dass ich ihnen unter keinen Umständen von Freddys Kanone erzählen würde.

»Ich habe mich als Zeuge angeboten, um Ihnen die Beschreibung eines Verdächtigen zu liefern«, sagte ich mit wachsender Verärgerung. »Wollen Sie nun die Beschreibung oder nicht?«

»Die habe ich schon«, erklärte Vilas und tippte auf eine Kopie meiner Aussage. »Sie brauchen sich nicht zu wiederholen.« Das stellte ihn sofort um eine Klasse über die beiden anderen Beamten, die eine ausführliche Diskussion über das silberne Klebeband und die blauen Flicken begonnen hatten. »Ich interessiere mich mehr für sein Verhalten.« Er lächelte schmallippig. »Und das Ihre.«

»Wieso ist mein Verhalten relevant?«

»Sie sind ein großer Mann, Mr. Weston. Ein starker Mann. Sind Sie auch ein gewalttätiger Mann?«

Ich fühlte mich, als blickte er geradewegs in meine Vergangenheit. Die gelegentlichen Prügeleien, in die ich früher verwickelt gewesen war, zählten nicht. Es war die Gewalt, derer ich mich vor vielen Jahren schuldig gemacht hatte – meine persönliche Erbsünde –, die mir schlagartig wieder in Erinnerung kam. Nicht, dass es mir je gelungen wäre, sie ganz aus meinen Gedanken zu verbannen. So manche Nacht träumte ich von nichts anderem als diesem Autositz, auf dem ich jede Aussicht auf ein halbwegs normales, einigermaßen sorgloses Leben zerstört hatte. Ich blinzelte und sagte: »Derartige Fragen beantworte ich nicht.«

»Sie sind noch keine vierundzwanzig Stunden in unserem Land, und schon schlagen Sie Leute. Sind Sie ein gewalttätiger Mensch?«

Die Ellbogen auf den Schreibtisch gestützt, führte er die Fäuste zusammen, wobei die beiden Kugelschreiber gegeneinander klickten wie zwei Stricknadeln.

»Ich möchte jetzt lieber gehen.«

Capitán Vilas dachte unangenehm lange über mein Ersuchen nach. »Ja, Sie können gehen«, gestattete er mir schließlich. »Aber Sie müssen in Santa Tecla bleiben, bis wir unsere Ermittlungen abgeschlossen haben, und uns mitteilen, in welchen Hotels ...«

»Ich bleibe nicht hier. Warum sollte ich hier bleiben?«

»Um den Verdächtigen zu identifizieren, natürlich.«

»Tut mir Leid, das geht nicht. Ich reise heute nach Miraflores weiter. Sie können mich dort im Hotel San Isidro erreichen.«

Das runde Gesicht blieb während der Übersetzung unbewegt. Wenn ihm überhaupt etwas zu entnehmen war, dann schien er allenfalls ein wenig amüsiert über meinen Widerstand.

»Warum wollen Sie nach Miraflores?«

»Aus privaten Gründen.« Das Fiasko in Bermuda hatte mich ein wenig mehr Diskretion gelehrt.

»Um Mr. Hoppner zu besuchen?« Er nickte sich selbst zu, als ich nicht antwortete. »Das ist keine gute Idee. Nicht für einen wie Sie.«

»Ich mache Urlaub.« Lügen war unangenehm, aber noch schlimmer war es, dieser rätselhaften Warnung nicht auf den Grund gehen zu können.

»Dann würde ich Ihnen ein anderes Ziel empfehlen. Quiros zum Beispiel. Zudem haben wir viele schöne Strände.« Er spielte mit mir Katz und Maus; er wusste ganz genau, dass ich nicht als Urlauber hier war.

»Ich bevorzuge höhere Lagen.«

»Bevorzugen Sie auch höhere Risiken? Die Leute, die diese Bomben hochgehen lassen, stammen aus Miraflores.«

»Die ganze Stadt ist also ein einziges Terroristennest?«, lachte ich.

»Es ist eine Kleinstadt, Señor. Eine gefährliche Stadt. Dort gibt es keine Polizei, die Sie schützen könnte.«

»Nach heute Morgen fühle ich mich hier auch nicht gerade

übermäßig gut beschützt. Außerdem habe ich gehört, dass Miraflores mittlerweile sehr friedlich sein soll.«

»Sonst haben Sie nichts gehört?«

Spielte er auf die Selbstmorde an? Durch das Attentat auf das Konferenzzentrum war der *Newsweek*-Artikel völlig in Vergessenheit geraten. Und jetzt würde vor unserer Abfahrt nicht mehr genug Zeit dazu bleiben. Obwohl ich Capitán Vilas gern danach gefragt hätte.

»Nur dass dort gute, gesetzestreue Bürger leben«, erwiderte ich stattdessen.

»Entschuldigen Sie mich, aber dieser Yankee-›Kodex‹ ist kein richtiges Gesetz.« Er kratzte sich mit der Spitze des einen Kugelschreibers im Nacken. »Haben Sie schon mal von einem Mann namens Daedalus Foy gehört?«

Ich nickte. »Der vermisste Journalist.«

»Ich suche nach ihm«, erklärte er. »Er wurde zum letzten Mal vor fünfzehn Tagen in Santa Tecla gesehen. Unter einem falschen Namen.«

»Und?«

»Wussten Sie, dass er sich für Mr. Sword Hoppner interessierte?« Er öffnete eine Schublade und holte einen abgenutzten rosa Aktenordner hervor. Aus diesem zog er ein einzelnes Blatt Papier und gab es mir. »Das können Sie behalten. Es könnte mal nützlich für Sie werden.«

Ich gestattete mir nur einen flüchtigen Blick: ein Ausschnitt aus einer britischen Tageszeitung, drei Wochen alt. Keiner von denen, auf die ich bei meinen Recherchen gestoßen war.

»Warum fragen Sie nicht einfach Mr. Hoppner, ob er bei ihm war?«

Darüber lächelte er nur – ein stilles Lachen, das seine Schultern sanft auf und ab hüpfen ließ. »Es ist äußerst schwierig, von Mr. Hoppner Informationen zu erhalten. Er hat mächtige Freunde.«

»Sie sind doch die Polizei.«

»Ich meine, er hat sehr mächtige Freunde.«

Ich war mir nicht ganz sicher, was er von mir erwartete. Nachdem er mir die äußerst beunruhigende Tatsache unter die Nase gerieben hatte, dass Foy etwas mit Hoppner zu tun hatte – oder zumindest, dass Foy kurz vor seinem Verschwinden stark auf Hoppner fixiert gewesen war –, schien er sich nun damit zufrieden zu geben, sich gemütlich zurückzulehnen und schweigend meine Reaktionen zu beobachten.

»Na schön, falls mir Mr. Hoppner über den Weg läuft, werde ich ihn an Ihrer Stelle danach fragen.«

Das hatte ein Scherz sein sollen, aber Vilas streckte mir seine Kugelschreiber entgegen wie warnende Finger. »Wenn er Ihnen über den Weg läuft, sollten Sie sich zuallererst um sich selbst Sorgen machen«, riet er.

Während des ganzen Weges nach draußen, durch die endlos scheinenden, klaustrophobischen Korridore, vorbei an den Verhörzimmern, den Pistolen in ihren Halftern und den armen Jungs mit ihren toten Augen, die darauf warteten, eingesperrt zu werden, musste ich meine ganze Kraft zusammennehmen, um meine Atmung unter Kontrolle zu halten.

Die Wahrheit und nichts als die Wahrheit
von Daedalus Foy

Benjamin Sword Hoppner ist uns nun schon seit einigen Jahren ein Rätsel. Immer wenn wir glauben, wir würden ihn endlich verstehen, tritt wieder etwas Neues zutage, das die scheinbaren Gewissheiten in Frage stellt. Zunächst hielten wir ihn schlicht für einen Pornokönig, bis ein offener Brief der Frauenrechtlerin Pamela Martinson an die Washington Post *uns eines Besseren belehrte. Danach mussten wir annehmen, dass er sich um höchste politische Ämter bewerben will – weshalb sonst hätte er sich so sehr für Volksgesundheit und Bildung einsetzen sollen? –, bis er sich plötzlich nach Mittelamerika zurückzog. Und nun, da er uns gerade seine »Modellgesellschaft« vor Augen geführt hat, verkompliziert er die Dinge dadurch, dass er der Welt sein Geld anbietet.*

Ich verstehe wirklich nicht, was uns davon abhalten sollte, zu ihm zu gehen und es uns zu holen.

Hoppner scheint zu glauben, dass jeder Tom, Dick oder Harry, der ihn anbettelt, es ehrlich meint. Ich möchte nicht bestreiten, dass dies auf den einen oder anderen tatsächlich zutrifft; ich habe im Gegenteil mit zwei echten Menschenfreunden gesprochen: Dan Kosic, der mit Hoppners finanzieller Unterstützung bereits fünfzig Krankenschwestern aus dem Kosovo ausgebildet hat, und Sunita Bal, die für zwei Millionen von Hoppners Dollars Heime für geistig behinderte Kinder in der Umgebung von Kerala errichtet hat. Ich habe beide Projekte persönlich in Augenschein genommen und kann nur sagen: Es ist wunderschön, diese Kinder spielen zu sehen, und nicht weniger beeindruckend, wie diese hoch motivierten jungen Schwestern Leben retten.

Doch nun zum Merkwürdigen an dieser Geschichte: Sowohl Dan als auch Sunita haben einfach nur an Hoppners Tür geklopft und um das Geld gebeten. Hoppner ließ ihre Pläne nicht überprüfen; er glaubte einfach daran, dass sie mit seinem Geld schon das Richtige anfangen würden. Als ich ein wenig nachbohrte, sprachen beide vage von einer Art »Moralprüfung«, auch wenn ihre Bescheidenheit ihnen verbot, diese Hürde, die sie offenbar beide mit Bravour genommen hatten, im Detail zu beschreiben.

Meine Frage lautet also wie folgt: Was hält uns eigentlich davon ab, nach Mittelamerika zu fahren und zu behaupten, wir bräuchten ein paar Millionen für kranke Bären in Kasachstan? Wer wäre nicht bereit, für so viel Geld ein wenig zu flunkern? Nur die Tugendhaften müssen immer ehrlich sein.

Ehrlichkeit ist eine der fünfzehn Schlüsseltugenden, die den Kern von Benjamin Sword Hoppners Moralkodex ausmachen. Ich beschloss, ihm dazu im Rahmen einer E-Mail-Korrespondenz ein paar Fragen zu stellen. Ich begann etwas provokativ:

FOY: *Spinoza meint, Wahrheit habe keinen moralischen Wert.*

HOPPNER: *Spinoza ist schon ein Weilchen tot. Nächste Frage bitte.*

FOY: *Sie würden also nicht der Einschätzung zustimmen, dass wir die Wahrheit als moralisch gut einschätzen, weil wir sie lieben, statt sie zu lieben, weil sie gut ist?*

HOPPNER: *Schlaue Sprüche bringen uns in der Regel nicht weiter, aber in diesem Fall finde ich doch, dass hier die interessante Frage aufgeworfen wird, was eine bestimmte Tugend eigentlich »moralisch gut« macht. Wir haben uns biologisch dazu entwickelt, die Wahrheit zu lieben, weil die menschliche Gesellschaft von ihr abhängt. Keine Zusammenarbeit ohne Vertrauen, und Vertrauen löst sich ohne Wahrheit langfristig stets in Wohlgefallen auf. Man könnte es auch so formulieren: Wahrheit ist »funktionell gut« für jede menschliche Gesellschaft. In meinem Buch sind »moralisch gut« und »funktionell gut für die menschliche Gesellschaft« ein und dasselbe. Religiöse Menschen hingegen glauben, etwas sei nur dann moralisch gut, wenn ihr Gott es ihnen sagt. Spinoza war Jude und entsprechend auf Gott fixiert, also müssen wir es ihm wohl nachsehen, wenn er da ein wenig durcheinander gerät.*

FOY: *Dann sind wir also moralisch verpflichtet, immer die Wahrheit zu sagen? Soll ich meiner Putzfrau sagen, dass sie fett ist? Soll ich dem Peiniger meines Sohnes verraten, wo mein Sohn sich vor ihm versteckt?*

HOPPNER: *Die von Ihnen ausgewählten Beispiele suggerieren, dass Sie die Antwort bereits kennen. Ehrlichkeit ist nur eine von vie-*

len Tugenden, und ein guter Mensch führte sie im Geiste alle mit sich, wenn er vor einer schwierigen Situation steht. Es ist die Tragödie unserer Existenz, dass nicht in allen Situationen alle Tugenden miteinander vereinbar sind. Jemanden ohne guten Grund als fett zu bezeichnen wäre schlicht brutal und gefühllos. Dem Peiniger Ihres Sohnes zu helfen wäre unklug und ungerecht. Ehrlichkeit ist wichtig, sollte aber nicht über andere Tugenden gestellt werden.

FOY: *Ich habe noch ein komplizierteres Beispiel. Nehmen wir einmal an, ich schreibe einen Artikel über Sie. Ich bewundere das Gute, das Ihr Geld bewirkt, hege aber den Verdacht, dass Sie bei der Art und Weise, wie Sie Ihre Gelder vergeben, nicht immer hundertprozentig verantwortlich handeln. Vielleicht mache ich mir sogar Gedanken, Sie könnten, ohne es zu merken, eine terroristische Organisation unterstützen, die unser aller Leben in Gefahr bringt. Sollte ich der Welt in einem solchen Fall meine Befürchtungen mitteilen, selbst wenn mein Artikel möglicherweise negative Auswirkungen auf die wirklich sinnvollen Projekte haben könnte, die von Ihnen finanziert werden? Wie viel Wahrheit sollte ich publik machen?*

HOPPNER: *Sind Sie Journalist?*

FOY: *Ja. Freiberuflicher.*

HOPPNER: *Dann tut es mir Leid, dass wir diese Diskussion nicht fortsetzen können. Ich gebe mich nicht mehr mit Journalisten ab.*

Trotz wiederholter Versuche gelang es mir nicht, Mr. Hoppner zu überreden, weitere E-Mails zu beantworten. Wenn ich mehr über ihn herausfinden will, muss ich wohl die Taktik ändern. Würde eine gefälschte E-Mail mich moralisch ins Unrecht setzen? Ich halte Sie auf dem Laufenden …

4

An der Ausfallstraße, die aus Santa Tecla herausführte, waren drei neue Straßensperren errichtet worden, zwei von der Polizei und eine vom Militär. Bis wir die letzte hinter uns hatten, war es bereits Mittag. Die Soldaten und Polizisten hatten jeden Winkel von Marías Fahrzeug peinlich genau durchforstet, auf der Suche nach irgendwelchen Hinweisen auf das Blutbad vom Morgen. Ich hatte die ganze Zeit über den Mund gehalten und ihre Anweisungen befolgt, um diese wütenden Männer in ihren abgetragenen Uniformen nicht unnötig zu provozieren.

»Ganz schön durchgeknallt, die Typen«, war Freddys Kommentar, als die Stadt endlich hinter uns lag. Wir hatten uns bereits darauf geeinigt, uns in Marías Gegenwart nicht über Hoppner zu unterhalten, doch selbst Freddy fiel es schwer, alternative Gesprächsthemen zu finden.

»Sie machen nur ihren Job«, meinte María. »Unser Land wird jetzt große Probleme bekommen.«

»Warum sollte jemand die Konferenz hochgehen lassen?«, fragte ich.

»Die Regierung hat den Waffenstillstand gebrochen. Viele Guerilleros hatten die Waffen niedergelegt und sich anschließend in Sicherheit gewiegt. Aber es gibt keine Sicherheit. Stattdessen nimmt die Armee Rache – gemächlich, inoffiziell, aber sie tut es. Sie greift Menschen an und nimmt ihnen ihre Arbeit weg. Vor allem den Indios. Bei den Waffenstillstandsverhandlungen hat die Regierung auch versprochen, das gestohlene Land zurückzugeben. Aber die Armeekommandeure wollen es nicht zurückgeben, und jetzt, da sich die Guerilla aufgelöst hat, können die Menschen sich nicht mehr wehren. Deshalb bauen sie aus Protest Bomben.«

Die Erklärung klang nachvollziehbar, aber ich musste immer

wieder an den blonden Engländer in der Via España denken. Wie hatte er von dem bevorstehenden Attentat wissen können? Hatte er irgendwie mit diesen Ex-Guerilleros zu tun? Vilas hatte behauptet, der indianische Terrorist käme aus Miraflores. Falls das stimmte, lebte dann der Blonde auch dort? Bestand zwischen ihm und Hoppner eine Verbindung? Der Gedanke erinnerte mich an Foys Artikel: Er hatte gemeint, Hoppner könnte, ohne sich dessen bewusst zu sein, Terroristen finanzieren. Hatte Foy irgendwelche schrecklichen Dinge über Miraflores herausgefunden? Ich fragte mich, in was für eine Welt ich mich da begab.

Das erste Teilstück der Straße verlief entlang der Küste, parallel zum Hochplateau im Landesinneren. Der Boden war sehr trocken, die wenigen bestellten Felder ebenfalls, und frisches Grün beschränkte sich auf die gewundenen Bänder der vom Plateau herabfließenden Flüsse und Bäche. Dort oben waren die Verhältnisse ganz andere: Eine dicke Wolkenschicht hing scheinbar unbeweglich über den höher gelegenen Teilen des Gebirgsrückens, der sich durch das ganze Land zog.

Außerhalb der Stadtgrenzen standen nur noch wenige massiv gebaute Häuser, auch wenn eine Reihe von menschenleeren Baustellen darauf hindeutete, dass eines Tages das eine oder andere wieder aufgebaut werden sollte. Die meisten der Menschen, die dem ausgedörrten Boden ihren Lebensunterhalt abzuringen versuchten, lebten in Hütten an der Straße. Wie in Santa Tecla war der Straßenbelag in erstklassigem Zustand, während alles andere in Trümmern lag. Die Regierungstruppen hatten bei ihrem Rückzug auf dieser Strecke mehrmals Halt gemacht und dabei jedes Mal schwerste Zerstörungen angerichtet. Vom vergangenen Krieg zeugte weniger das, was man sah, als vielmehr das, was man nicht sah: keine Zäune, keine Leitungen zwischen den schwankenden Telegraphenmasten, keine Torpfosten auf den Fußballplätzen, keine organisierte Landwirtschaft.

Dennoch hatten sechs Jahre Frieden ein paar kleinere Veränderungen bewirkt. Die ersten Werbeplakate waren aufgetaucht, wie immer angeführt von Coca-Cola, dazwischen Reklame für Reifen-, Bier- und Seifenmarken, damit sich der Gott der Softdrinks nicht ganz so einsam fühlte. Viele von ihnen waren einfach an die Wände von Hütten oder an Telegraphenmasten genagelt, und ich fragte mich einen Augenblick lang, was die Herren in den Konzernzentralen von den winzigen Summen hielten, die man von ihnen für dieses grundlegendste aller Kommunikationsmittel verlangte. War wohl auch nicht einfach, in solchen Dimensionen – ein paar Cent pro Plakat – zu denken, wenn man gleichzeitig NBA-Stars sponsorte.

Wir waren in Richtung Binnenland abgebogen und rund fünfzig Kilometer schweigend an den immer kleiner werdenden Siedlungen neben der Straße vorbeigefahren, als María plötzlich sagte: »Sie müssen zu Mr. Hoppner unterwegs sein.«

Freddy und ich starrten erst einander an und dann María, die ihren aufmerksamen Blick keine Sekunde von der Straße abgewandt hatte.

»Wie kommen Sie denn darauf?«, fragte ich. Auch Capitán Vilas hatte schon dieselbe Vermutung geäußert – so, als ob jeder, der auch nur in die Nähe von Miraflores kam, Opfer einer mysteriösen Anziehungskraft wurde, vor der es kein Entrinnen gab.

Freddy rammte mir den Ellbogen in die Rippen und tadelte mich mit einem Stirnrunzeln dafür, dass ich Marías Unterstellung nicht entschieden zurückgewiesen hatte. Dabei war mir von Anfang an klar gewesen, dass María in ihrer Frage nichts Ungewöhnliches sah, so dass eine zustimmende Antwort nichts Verdächtiges an sich hatte. Zudem waren ihre Worte weniger eine Frage als vielmehr eine Feststellung gewesen. Wir hätten uns das, was wir vorhatten, ebenso gut gleich auf die Stirn drucken lassen können.

»Aus welchem Grund sollte ein Ausländer denn sonst nach Miraflores fahren?«, stellte sie achselzuckend fest. »Ich habe schon drei andere hingefahren, und alle wollten sie zu ihm.«

»Wer?«, fragte Freddy scharf. Offenbar hatte er seine eigene Strategie des stillen Leugnens vergessen.

»Eine Australierin namens Dorothy.« María lächelte. »Wie die im *Zauberer von Oz*. Nur sehr viel älter.«

»Älter als wir oder älter als Dorothy?«

»Beides. Sie muss um die siebzig gewesen sein.«

»Mein Gott!«, rief Freddy aus. »Was um Himmels willen hat die denn hier gewollt?«

»Sie war sehr … nervös? Nein, schüchtern. Sie war schüchtern. Ich denke, sie wollte mich während der Fahrt nicht belästigen. Aber ich habe sie angesprochen, und nach einer Stunde oder vielleicht zwei fing sie an zu lächeln und erzählte mir von ihrem Projekt. Das war das Einzige, worüber sie reden wollte, aber darüber wollte sie sehr gern reden. Über diese … mir fällt das Wort nicht ein … diese schwarzen Kinder in Australien?«

»Aborigines.«

»Genau! Sie hat viele Abor … schwarze Kinder, die bei ihr leben. Weil sie keine Eltern haben.«

Mir wurde übel, wenn ich an die philanthropische Dorothy und ihre kleinen Waisenkinder nur dachte. Ich kotzte mich selbst an. Wir konnten es uns aber nicht leisten, uns diese Information durch die Lappen gehen zu lassen. »Und sie wollte Mr. Hoppner um Hilfe bitten?«, fragte ich.

»Ja«, bestätigte María mit einem Lächeln. »Wollen Sie das nicht auch?«

»Genau das haben wir vor«, ließ Freddy den letzten Rest an Vorsicht sausen.

»Das ist ja wunderbar«, sagte María. »Ich arbeite auch ein bisschen mit Kindern. Kranke Straßenkinder aus Santa Tecla. Ich kann nicht viel für sie tun, aber ich versuche es.« Sie verstummte für ein paar Sekunden, als ein entgegenkommender Lastwagen einen klapprigen Traktor überholte und uns von der Straße zu drängen drohte. Ihre Finger klammerten sich eine winzige Spur fester ums Lenkrad, um gegebenenfalls dem Lkw ausweichen zu können, ansonsten blieb sie völlig ruhig. Als die Gefahr vorüber war, fuhr sie ungerührt fort: »Und welches Projekt verfolgen Sie?«

Freddy beugte sich vor und war schon drauf und dran loszuplappern, bevor er plötzlich innehielt, sich zu mir umdrehte und sagte: »Wollen Sie es ihr nicht besser erklären, Mark?«

Das wäre natürlich eine gute Übung für mich gewesen. Aber es war auch ein Test; Freddy wollte sehen, ob ich mir auch genügend Details seiner fiktiven wohltätigen Absichten gemerkt hatte, um gemeinsam mit ihm Hoppner ausreichend selbstsicher gegenübertreten zu können. In seiner Situation hätte ich dasselbe getan.

»Also, es … es geht ebenfalls um Kinder«, begann ich, feige hüstelnd. »In Malawi. Schulkinder.«

Freddy starrte mich gnadenlos an, aber ich blickte in den Rückspiegel. Obwohl María regelmäßig hochsah, tat sie es immer nur, um die Straße hinter uns im Auge zu behalten, und nie, um mich zu beobachten. Das hätte es mir eigentlich leichter machen sollen, aber irgendwie hätte ich mich wohler dabei gefühlt, jemandem direkt ins Gesicht zu lügen.

»Malawi ist der viertärmste Staat der Welt, viele der dortigen Schulen hängen von den christlichen Kirchen ab, die bei der Staatsgründung mitgeholfen haben. Die Regierung des Landes ist von Moslems dominiert, deshalb ist die Finanzierung durch die Christen akut gefährdet. Die Regierung aber ist zu arm, um selbst die Kosten übernehmen zu können. Deshalb wollen wir jetzt für eine neue, nicht religiös fundierte Finanzierung sorgen, um eine grundlegende Schulbildung in ganz Malawi zu gewährleisten.«

Aus den Augenwinkeln sah ich Freddy beifällig nicken. Bislang, so schien es, hatte ich die Prüfung bestanden.

»Das wird Mr. Hoppner gefallen«, sagte María zuversichtlich. »Er hasst den Einfluss der Religion auf Schulen.«

»Wirklich? Sie kennen Mr. Hoppner also?«

»Nur vom Hörensagen. Und natürlich aus Dorothys Erzählungen.«

»Nachdem sie ihn getroffen hatte? Was hat sie denn erzählt?«

María lächelte. »Ach, sie sagte, er war … welches Wort hat sie benutzt? Merkwürdig!« Das Adjektiv stellte ihre sprachlichen Fähigkeiten auf eine harte Probe. »Sehr merkwürdig.«

Ich warf einen Seitenblick auf Freddy. Er sah ein wenig enttäuscht aus.

»Also hat er ihr nicht geholfen?«

»Doch! Das hat er! Sie war ja so glücklich auf dem Rückweg.

Sie sagte, er wäre sehr freundlich, sehr nett, sehr charmant. Aber … merkwürdig.«

»Wollen Sie damit sagen, dass sie das Ge…«, begann Freddy.

Ich unterbrach ihn: »Inwiefern merkwürdig? Hat sie das näher erklärt?«

Im Rückspiegel sah ich, wie María einen Augenblick lang die Augen zusammenkniff, als versuchte sie, sich zu erinnern. »Nein. Nein, hat sie nicht. Obwohl …« Ihr Gesicht hellte sich wieder auf. »Obwohl sie gesagt hat, sie hätte ihre Bibel versteckt, weil sie wusste, dass Mr. Hoppner keine Bibeln mag, aber er hat sie gesehen und es machte nichts. Er war sehr höflich – sehr freundlich.«

Ein charmantes Bild. Sowohl Freddy als auch ich lächelten.

»Und was war mit den beiden anderen?«, fragte ich. »Sie sagten doch, Sie hätten drei Leute dorthin gebracht.«

War einer von ihnen womöglich Daedalus Foy gewesen? Und falls ja, weshalb war er dann hergekommen? Um Hoppner zu treffen, obwohl der Pornokönig sich weigerte, mit Journalisten zu sprechen? Kein Wunder, dass er einen falschen Namen benutzt hatte.

»Mr. Smith und Mr. Brown«, antwortete María fröhlich. »Das waren so höfliche Männer.«

Hatten sie allen Ernstes diese Allerweltsnamen benutzt? Waren sie tatsächlich so dämlich? Ich konnte nur hoffen, dass Foy eine etwas originellere Identität angenommen hatte, falls er wirklich nach Miraflores gefahren war. Eine seltsame Vorstellung, dass womöglich nur wenige Wochen vor uns ein echter Undercover-Journalist auf derselben Strecke unterwegs gewesen war.

»Und hat Mr. Hoppner auch ihnen geholfen?«

»Wer weiß?«, sagte María. »Sie sind auf einer anderen Strecke zurückgefahren.«

Ich runzelte die Stirn. »Aber es gibt doch nur eine Straße nach Miraflores.«

Achselzuckend warf María mir im Rückspiegel einen kurzen Blick zu. »Ich weiß nur, dass sie nicht da waren, als ich sie abholen wollte.« Sie senkte den Blick auf die Straße. »War mir aber egal. Sie hatten schon bezahlt.«

Gerade als mir die Hitze und die drückende Schwüle der Küstenebene allmählich unerträglich wurden, gewannen wir an Höhe. Am Fuß der Berge wuchsen fast nur Sträucher und hin und wieder ein Flecken Gras. Hier irgendwo habe einst eine riesige Mangoplantage gestanden, erklärte María, aber kein einziger Baum habe die Brände überlebt, die die Regierungstruppen gelegt hätten, um freie Sicht zu bekommen. Die Verwüstung einer ganzen Region war nur ein Teil des Preises, den das Land für seine Teilnahme an der größten ideologischen Debatte des zwanzigsten Jahrhunderts hatte bezahlen müssen.

Marías Wagen war ein Produkt aus Detroit, sein Baujahr etwa 1975. Er hatte schon bessere Tage gesehen. Abgewetzte, löchrige braune Polsterung in einer stark verrosteten Karosserie. Weder Radio noch Gebläse funktionierten. Als die Straße steiler wurde, begann der Motor zu knurren. Das Geräusch war nicht sehr Vertrauen erweckend, aber María wirkte vollkommen gelassen. Die vielen Kilometer in den unteren Gängen, die wir noch vor uns hatten, bis wir das Plateau erreichten, schienen sie nicht weiter zu beunruhigen. Vielleicht habe ich die Gebrechlichkeit unseres Transportmittels ja auch ein wenig übertrieben. Autos in der Dritten Welt verfügen über ein fast unnatürliches Durchhaltevermögen, wie sehr sie auch misshandelt und mit welch unangemessenen Werkzeugen und Ersatzteilen sie auch zusammengeflickt werden.

Selbst angesichts seines jämmerlichen Zustandes war es für meine Verhältnisse nicht normal, dass ich mir so viele Sorgen um ein Auto machte. Etwas an der langen, leeren Straße, dem Geruch nach verbranntem Gummi und der Hitze erzeugte in mir eine unangenehme Vorahnung, die ich mir selbst nicht erklären konnte. Als ich einmal fast eingenickt war, erschien mir der Wagen im Traum als eine Art böser Geist, der mich auf eine unsichtbare Bedrohung zuführte. Diese seltsame Fantasie irritierte mich. Ein Handgemenge mit einem Terroristen, die geplante Täuschung eines milliardenschweren Pornokönigs – eigentlich hatte ich schon genug Sorgen, auch ohne irgendwelche mechanischen Dämonen heraufzubeschwören.

»Soll ich wegen der Aussicht anhalten?«, fragte María, als der Wagen stöhnend die letzten Höhenmeter zurücklegte.

»Mein Gott, ja«, bat Freddy. »Ich muss mir mal die Beine vertreten.«

Am Rand des Hochplateaus parkte ein einsamer Minibus. Eine Hand voll Touristen hatte den holprigen Fußweg zu einem Aussichtspunkt zurückgelegt, und nun standen sie zusammengedrängt da und richteten ihre Teleobjektive auf das Küstenpanorama unter ihnen. María stellte den Wagen neben ihrem Fahrzeug ab, und wir traten hinaus in eine frische Brise, die den Staub um uns herum zu tanzenden Schemen aufwirbelte. Die endlose Wolke, die wir von der Küste aus gesehen hatten, hatte sich während unseres Aufstiegs ein Stück weiter ins Landesinnere verzogen und eine klare, verblüffend kalte Luft hinterlassen.

»Wo wollen diese Leute hin?«, fragte ich, als wir auf die Touristen zugingen. »Nicht nach Miraflores?«

»Nein«, lachte María. »Diese Straße führt nach Quiros in der Nähe des Vulkans. Wir biegen nach zwanzig Meilen ab. Der Straßenbelag ist dann nicht mehr so gut.« Sie lächelte entschuldigend. »Europa bezahlt für Straßen in den großen Städten und Straßen für Touristen, aber nicht für Straßen zu kleinen Städten wie Miraflores.«

Das laute, aufgeregte Geschnatter texanischer Stimmen wollte nicht recht in die ansonsten menschenleere Landschaft passen. *Stell dir vor, Liebling! Echte Guerillakämpfe, und das genau hier!* Ich suchte die Küste unter uns nach Santa Tecla ab und fand schließlich einen grauen Fleck in der Ferne. Andere Städte waren nicht zu sehen. Die Küste selbst war vom Krieg verschont geblieben und mit ihren weißen Stränden, dem Grün der Vegetation und dem glitzernden Wasser von überraschender Schönheit. Ich riskierte einen Blick steil nach unten: Der Hang unter uns fiel fast senkrecht ab. Natürlich gab es kein Geländer, doch wer würde sich schon über solche Sicherheitsmängel beklagen in einem Land, das kaum in der Lage war, sich selbst zu ernähren?

»Kennen Sie Miraflores gut?«, fragte ich María und trat ein

Stück vom Steilabbruch zurück. Freddy dagegen stellte sich direkt an die Kante und lehnte sich sogar leicht gegen den Wind vor.

»Ja. Ja.« Sie senkte den Blick und fügte fast schüchtern hinzu: »Ich wollte einmal selber dort leben.«

»Wann?«

»Als es angefangen hat. Ich meine … als Mr. Hoppner angefangen hat, die Stadt wieder aufzubauen. Die Aussicht auf eine saubere, sichere Stadt war für mich damals sehr verlockend.«

»Die Stadt ist also sauber und sicher?«

»Natürlich!« Meine Ignoranz entlockte ihr ein zurückhaltendes, sanftes Lachen. »Man kann sagen, es ist ein Paradies, jedenfalls für dieses Land. Sauberes Wasser, neue Häuser, Elektrizität, Kühlschränke in jedem Haus und Kaffeeplantagen in der Art, wie unsere Großväter sie noch kannten.«

Der Wind drehte sich und mir wehte Staub in die Augen. Ich blinzelte und versuchte, ihn mit dem Finger zu entfernen, doch das kratzige Gefühl blieb.

»Hätten Sie Santa Tecla nicht vermisst? Und Ihre Familie?«

»Meine Eltern sind schon lange tot, und …«

»Tut mir Leid.«

»Kein Problem«, meinte sie achselzuckend. »Das ist nur natürlich.«

»Manchmal.«

Sie schaute mich einen Augenblick lang fragend an. »Es war, als mein Mann gestorben ist«, fuhr sie fort. »Das heißt, verschwunden ist. Was hier praktisch dasselbe ist. Die Soldaten …«

Sie verstummte und mir fiel nichts dazu ein. Die texanischen Touristen packten ihre teuren Kameras in gepolsterte Taschen und machten sich auf den Rückweg zu ihrem Minibus. Ihre Gespräche konzentrierten sich nun auf Nachos und Käsegebäck.

»Aber warum sind Sie dann nicht hingezogen?«, fragte ich.

Sie nahm einen beiläufig gleichgültigen Tonfall an. »Wer weiß?«, sagte sie. »Es ist mir nicht … es kam mir nicht richtig vor. Für mich, meine ich. Miraflores kam mir irgendwie falsch vor.«

Wieder musste ich an diese Anspielung denken, die mir einfach keine Ruhe ließ. »Haben Sie jemals von ...« Ich zögerte. »... von Selbstmorden gehört?«

Als hätte sie mich nicht gehört, hüstelte María und wandte sich zur Straße um. »Ich warte auf Sie. Lassen Sie sich Zeit«, sagte sie nur.

Eine ziemlich unechte Reaktion von dieser sonst so geradlinigen Frau. Ich wünschte schon, ich hätte die Frage nie gestellt. Angesichts der Selbstmorde und der möglichen Verbindung Hoppners zu Terroristen war ich drauf und dran, einfach umzukehren und auf dem kürzesten Weg nach England zurückzureisen.

Freddy und ich waren nun ganz allein an diesem windigen Aussichtspunkt. Er kam zu mir herüber und klemmte sich eine widerborstige Haarsträhne hinters Ohr. Im nächsten Augenblick hatte der Wind sie schon wieder losgerissen. Bei Freddy waren Kleinigkeiten wie Bombenattentate und vorzeitiger Tod rasch vergessen.

»Wenn alles gut geht, mein Freund, müssen wir hinterher unbedingt für ein paar Tage an den Strand«, plapperte er aufgeregt, »Na, wie wär's? Partytime? Feiern, jede Menge Spaß, ein bisschen von dem Geld auf den Kopf hauen?«

Ich schüttelte den Kopf. »Wohl kaum, Freddy.«

»Mein Freund ...«

»Trotzdem danke für das Angebot.«

Als ich sah, wie niedergeschlagen er war, kam ich mir fast ein bißchen gehässig vor. Er hatte es als freundliche Geste gemeint. Mein instinktiver Abscheu gegen die bloße Vorstellung, auf Freddys Angebot einzugehen, muss sich irgendwie in meinem Gesicht gespiegelt haben, sonst hätte er meine Ablehnung kaum so persönlich genommen.

»Ich muss mal pinkeln«, sagte er und trottete davon.

Als er sich auf dem Pfad hinter mir entfernte, klangen seine Schritte verkrampft und aggressiv. Ich verbannte ihn aus meinem Bewusstsein und ließ für ein paar weitere Sekunden die Aussicht auf mich wirken.

Was für eine Landschaft. Irgendwo da unten an der Küste würden jetzt Alice und ihr frisch angetrauter Ehemann an einem Pool liegen oder Hand in Hand über den Strand schlendern. Hatte sie letzte Nacht am Strand getanzt, wie ich es mir ausgemalt hatte? Ich erinnerte mich nicht, ob der Mond geschienen hatte. Sie hätte sich gut gemacht im Mondlicht.

Ich trat vor, um einen letzten Blick über den Rand des Plateaus zu werfen. Hier konnte man ganz schön tief fallen.

Ich drehte mich um. Freddy stand unmittelbar hinter mir.

»Im Grunde haben Sie wohl Recht, mein Freund«, grinste er. »Bringt wahrscheinlich Unglück, schon so fest mit einem Erfolg zu rechnen.«

Der Schock, dass er plötzlich so dicht hinter mir stand, verwirrte mich so sehr, dass ich fast einen schnellen Schritt rückwärts gegangen wäre. Seine Hände hingen locker an seiner Seite.

»Was machen Sie da?«, stotterte ich.

»Wie bitte?«, fragte er und hielt den Kopf schief.

»Ich dachte, Sie wollten ...«

»Zu viele Leute hier. Ich halte mich lieber noch ein bisschen zurück.«

Noch immer stand ich ganz dicht vor dem Steilabbruch. Zwischen Freddy und dem Nichts. Kein Geländer. Ich taumelte an ihm vorbei und blieb dabei an seiner Schulter hängen.

»Vorsicht, Mark!«, lachte er. »Sie stoßen mich sonst noch runter. Alles in Ordnung mit Ihnen?«

Er war so schnell zurückgekommen. So unerwartet.

»Alles klar«, sagte ich kopfschüttelnd. Verrückte Idee. Nach einer Sekunde des Nachdenkens konnte ich schon nicht mehr glauben, dass ich soeben derart paranoid reagiert hatte. Aber Freddy hatte etwas an sich, das mich dazu brachte, auf der Hut zu sein.

Ich entschuldigte mich mit einem Lächeln.

Ein Junge aus Tulsa tut … GUTES!
von Dan Barnaby

Wer hätte das gedacht: Auch Tulsa hat endlich einen berühmten Sohn. Für eine so kleine Stadt haben wir uns auch bisher recht wacker geschlagen; immerhin kamen Garth Brooks, Jeanne Tripplehorn und Daniel Patrick Moynihan aus unseren Reihen. Nun aber, nach hundert Jahren verzweifelten Wartens, dürfen wir uns über eine Berühmheit allerersten Ranges freuen, über einen, den die ganze Welt kennt: Ben Hoppner! Uups, Verzeihung, Mr. H; ich hatte ganz vergessen, dass Sie eine derart formlose Anrede gar nicht schätzen. Also: Mr. Benjamin Sword Hoppner, unser wahrhaft bemerkenswerter Botschafter im Rest des Universums. Andere Städte haben Nobelpreisträger oder Präsidenten hervorgebracht; wir haben einen Pornokönig. Auf seinem Weg durch Oklahoma hat Gott sich diesen Scherz nicht verkneifen können.

Wirklich traurig ist nur, dass einige hier sich noch an Mr. Hoppner senior erinnern. Euch Schulkindern von heute, die ihr am 25. Oktober 1944 noch nicht unter uns wart, sei's gesagt: Er war einer unserer Marinehelden, die mit der Saint Lo *– dem ersten bei einem Kamikazeangriff versenkten Schiff – untergegangen sind. Im Nachhinein könnte man sagen – auch wenn es schon traurig genug ist, nur darüber nachzudenken –, dass Mr. Hoppner das Glück hatte, seinen missratenen Sohn nie zu Gesicht bekommen zu haben. Natürlich würde ein Sozialpsychologe uns jetzt belehren, dass gerade das Fehlen des Vaters den jungen Ben auf die schiefe Bahn gebracht hat. Das aber wäre eine Beleidigung seiner herzensguten Mutter Rachel, die vom Tag seiner Geburt am 12. Januar 1945 bis zu ihrem Tod fünfzehn Jahre später unermüdlich versuchte, einen anständigen Menschen aus ihm zu machen. Dieser Junge durfte sich nie im Sumpf des Lasters suhlen, mit dem er später das ganz große Geld machte. Was also ist schief gelaufen? Warum steht Tulsas größte Berühmtheit jetzt wegen Verbreitung unzüchtiger Darstellungen in fünf Fällen vor Gericht?*

Seltsamerweise behauptet Mr. Hoppner, dass er sich die Produkte seines Firmenimperiums – sei es gedruckt oder im Fernsehen –

ebenso wenig zu Gemüte führe wie ähnliche Produkte zu Zeiten der seligen Mrs. Hoppner. Wir haben es hier mit keinem Larry Flynt und keinem Hugh Hefner zu tun. Bei meinem ersten Interview mit ihm in jenen Tagen, als er noch unsere kleine Stadt mit seiner wahrhaft olympischen Gegenwart zierte, war ihm keine Mühe zu viel, um mir zu beweisen, welch tugendhaften Lebenswandel er führe. Einzelbett, kein Alkohol, keine Aschenbecher, keine schmutzigen Zeitschriften, keine Spielkarten … seine Momma wäre stolz auf ihn gewesen. Und selbst nach seinem Umzug in die großen Städte genehmigte unser Ben sich nur ein sehr bescheidenes Haus. So viel Geld und kein Jacuzzi-Whirlpool? Was ist los mit dem Knaben? Ist er meschugge?

Offensichtlich. Mr. Hoppner hat – wir sollten das nicht vergessen – wiederholt vor aller Öffentlichkeit erklärt, dass Pornografie von Übel ist! Und er tut dies nicht nur in Interviews. Er lässt seine Meinung zu diesem Thema auf die Titelblätter sämtlicher Sexpostillen drucken, die er vertreibt. Ist das die erste freiwillige Gesundheitswarnung in der Geschichte der Pornografie? Aber vielleicht ist er so verrückt auch wieder nicht. Wie viele nach Titten lechzende Jungs werden sich wohl von einer solchen Kleinigkeit davon abhalten lassen, ihr Geld Mr. Hoppners Imperium in den Rachen zu werfen? Der Sohn unserer Stadt kann sich somit im Licht einer seltsamen Art von Moral sonnen, während er gleichzeitig in Dollars badet.

Die Moral ist ja bekanntlich sein höchstes Anliegen. Sein Leben lang hat er an der Entwicklung seines »Moralkodex« gearbeitet, und nun hofft er, das übrige Amerika damit beglücken zu können. Was er will? Die Welt G. U. T. machen, was sonst! Gott segne ihn. Mögen wir über so viel Naivität auch den Kopf schütteln, eines können wir nicht bestreiten: seine Aufrichtigkeit. Während andere Jungs mit dem Auto die Gegend unsicher machten oder hinter den Mädels her waren, verbrachte Ben seine Abende damit, im Altenheim von Ashbury auszuhelfen. Schon lange bevor er das ganz große Geld machte, spendete er für jede gute Sache in der Stadt. Dieser Mann sagte sogar seine eigene Hochzeit mit seiner Highschool-Liebe ab mit der Begründung, dass sie »mich nicht von ihrer grundlegenden Rechtschaffenheit überzeugen konnte«. Wie muss sie doch gelacht (oder geweint?) haben, als sie sah, wie er mit Nacktaufnahmen zu seiner ersten Million kam!

Mr. Hoppners Geschäftstüchtigkeit steht außer Frage. Nach dem Tod seiner Mutter baute er innerhalb weniger Tage einen Raumausstatter-Service auf, später schlug er ein Stipendium fürs College aus, um sein erstes Farbengeschäft zu eröffnen. Er lernte im harten Geschäftsalltag, was andere sich in Harvard aneignen, und heute wird jedem, der sein Vermögen zu schätzen versucht, von all den Nullen ganz schwindlig. In jedem Fall dürfte Mr. Hoppner angesichts der Tatsache, dass er davon kaum etwas ausgibt, genug auf der hohen Kante haben, um sich die besten Anwälte leisten zu können.

Nehmen wir einmal an, dass er mit Hilfe des ersten Zusatzartikels unserer Verfassung noch einmal davonkommt. Aber was dann? Was will er mit so viel Geld anfangen? Bei der schlechten Presse, die er derzeit hat, darf man getrost davon ausgehen, dass Mr. Hoppner sich momentan in Chicago nicht mehr sonderlich wohl fühlen dürfte. Wird er deshalb ins gute alte Tulsa zurückkehren, sich eine schöne große Villa bauen und sich in unserer Mitte zur Ruhe setzen? Nun, Mr. H., falls Sie das lesen, nehmen Sie's nicht persönlich, aber: nein danke!

5

Wir hatten ein ausgedehntes Waldgebiet erreicht. Der klare blaue Himmel konnte nicht darüber hinwegtäuschen, dass hier oben deutlich mehr Regen fiel. Die Vegetation wurde immer üppiger, während immer weniger Häuser und bebaute Felder zu sehen waren. Marías Wagen schien wie neugeboren und rollte mit einem tiefen, zufriedenen Schnurren über die Ebene.

Freddy starrte aus dem Fenster, die Schultern von mir abgewandt. Ich kannte ihn nicht gut genug, um seine Stimmung einschätzen zu können. In Santa Tecla hatte er auf mich zeitweise nicht nur überdreht, sondern mitunter sogar bedrohlich gewirkt. Dann wieder war er plötzlich unsicher geworden und hatte um Freundschaft und Zustimmung geworben. Ich versuchte, mir nicht den Kopf darüber zu zerbrechen, was soeben auf diesem Aussichtspunkt geschehen – oder auch nicht geschehen – war.

Ich schloss die Augen und ging in Gedanken unsere nächsten Schritte durch. Wir wollten zunächst ein paar Tage in Miraflores damit verbringen, uns umzusehen und ein Gefühl für diesen Ort und seine Bewohner zu entwickeln. Freddy wäre lieber gleich ins kalte Wasser gesprungen, doch ich hatte für eine längere Vorbereitung plädiert. Dann hatten wir einen Kompromiss geschlossen – was zumindest darauf hindeutete, dass wir zur Zusammenarbeit in der Lage waren.

Was danach geschehen würde, war noch nicht klar. Ich wusste nichts über Malawi, aber Freddy behauptete, schon einmal dort gewesen zu sein. Ich konnte ihn mir nur schwer auf der Ladefläche eines Lastwagens oder überhaupt als Rucksacktouristen vorstellen, und es erschien mir unwahrscheinlich, dass er aus einem anderen Grund in diesen entlegenen Winkel Afrikas gereist war. Immerhin hatte er sich eine einigermaßen überzeugende Sammlung von Statistiken, Namen und Referenzen zugelegt, die, obwohl samt und sonders gefälscht oder unrechtmäßig erworben, einen halbwegs vertrauensseligen Menschen überzeugen mussten. Falls Hoppner natürlich jede Einzelheit überprüfte und jeden Lehrer in Malawi anrief, bevor er mit dem Geld herausrückte, würde das Lügengebäude unweigerlich in sich zusammenstürzen. Wir aber zählten darauf, dass der feste Glaube dieses Fanatikers an »gute Menschen« unsere Geschichte vor einer genaueren Nachprüfung bewahren würde.

Das war sicher keine optimale Ausgangsbasis, andererseits hätte es kein Fantasieprojekt gegeben, das jeder nur denkbaren Überprüfung standhielte. Um mein eigenes zusammenzubasteln, hatte ich mehrere Tage in einer Bibliothek zugebracht, und obgleich ich mein Bestes gegeben hatte, um eine glaubwürdige »gute Sache« zu konstruieren, wäre auch mein »Projekt« bei gründlichen Nachforschungen aufgeflogen.

Wir waren uns beide der Gefahr bewusst, dass wir womöglich Miraflores unter äußerst peinlichen, vielleicht sogar demütigenden Umständen würden verlassen müssen. Schon seit ich erstmals mit dem Gedanken gespielt hatte, an Hoppner heranzutreten, machte ich mir diesbezüglich keine Illusionen. Ich sah ihn fast schon vor mir, wie er auf seiner Veranda stand, mir wütend die Faust entgegenstreckte und mich einen ... wie nennen rechtschaffene Gentlemen aus Oklahoma wohl Lügner und Betrüger? Merkwürdig, dass es in dieser imaginären Szene immer regnete, wenn ich mich mit eingezogenem Schwanz und hochrotem Kopf davonmachte. Und nun, da ich die Szene noch einmal durchging, bestand der einzige Unterschied darin, dass jetzt Freddy neben mir dahintrottete und meine Schande teilte.

Doch es gab noch einen anderen, wichtigen Unterschied. Vorher war dieses gedemütigte künftige Ich namenlos gewesen. Jetzt aber hatte ich die Geborgenheit der Anonymität eingebüßt. Hoppner kannte meinen richtigen Namen. Würde er ihn benutzen? Konnte er das tun? Welche Probleme konnte er mir nach meiner Rückkehr von jenseits des Atlantik bereiten?

Mehr Sorgen machte mir das Geld. Ich hatte genau ausgerechnet, wie viel ich brauchte – und das war, verglichen mit Hoppners sonstigen Schenkungen, eine eher bescheidene Summe. Fünfzehn Jahre Unterhalt für Christopher hatte ich mit mehr als angemessenen dreizehntausend Pfund im Jahr angesetzt, zusammen also einhundertfünfundneunzigtausend. Aufgerundet auf zweihundert Riesen, war das eine durchaus realistische, vernünftige Summe, von der ich noch die Kosten meiner Reise abziehen konnte, bevor ich den Rest Katie gab, um dann für immer aus ihrem Leben zu verschwinden.

Freddy aber wollte mehr. Viel mehr.

Mit seinen Träumen von einem Haus in Spanien und einem Leben in Saus und Braus war Freddy auf eine glatte Million aus. Kein schlechtes Sümmchen, auf das er da spekulierte. Während es mir nichts ausmachte, für den Rest meines Lebens zu kellnern, auf Jachten anzuheuern oder Skilifte zu bedienen, hatte sich Freddy entschlossen, das Arbeiten anderen zu überlassen. Zumindest musste ich ihm zugestehen, dass er in dieser Hinsicht ehrlich war. Dennoch stellte seine Gier für mich das größte Problem in unserer ohnehin schwierigen Partnerschaft dar.

Eins Komma zwei Millionen Pfund.

»Was soll's, sagen wir einfach zwei Millionen«, hatte er getönt. »Wäre schließlich unfair, wenn ich dreimal so viel kriegen würde wie Sie, oder?«

»Zwei bekommen wir nie. Schon die Hälfte ist äußerst unwahrscheinlich.«

»Wer nicht wagt, der nicht gewinnt.«

»Je höher die Summe, desto wahrscheinlicher ist es auch, dass er über Ihr großartiges Malawi-Schulprojekt Nachforschungen anstellen wird«, wandte ich ein.

»Um Himmels willen, Freund, wenn es Ihnen nicht gefällt, halten wir uns eben an Ihre Story. Wie war das nochmal? Innerstädtische was?«

Voll guten Willens, bereit zu Kompromissen – nur nicht, wenn es um seinen Anteil ging. Unser Ziel blieb eine Million zweihunderttausend Pfund. Fast zwei Millionen Dollar.

Für Schulkinder in Malawi.

Dieses schändliche Spiel wurde von Stunde zu Stunde realer. *Sie Halunke. Dachten Sie wirklich, Sie würden damit durchkommen, Mr. Weston? Betrüger!*

Miraflores lag hoch oben auf der einen Seite eines grünen, abgeschiedenen Tals, das sich durch das Zentralplateau zog. Die Straße von der Küste nach Quiros durchquerte das Tal an seinem flachsten Ende, und genau hier – wenige Kilometer vor der Abzweigung nach Miraflores – hielten wir zum Mittagessen an.

Das Restaurant war einfach und reizlos. Es bestand aus einem kleinen Küchengebäude mit einer Holzterrasse davor, auf der Tische und Stühle aus Plastik standen. Der Blick aufs Tal aber war herrlich. Der Talboden fiel rasch ab, und ein schmaler Fluss stürzte zwischen alten, imposanten Laubbäumen über kleine Wasserfälle. Da die Terrasse unmittelbar neben der Straße gelegen war, störte ich mich zunächst ein bisschen an den wenigen Autos, die nach Quiros unterwegs waren, doch bald vergaß ich sie einfach.

Zunächst sah es aus, als wäre das Restaurant geschlossen, doch María zufolge war es rund um die Uhr in Betrieb. Sie ließ uns auf der Terrasse Platz nehmen, die auf langen, dünnen Pfählen über dem Tal thronte, und ging dann über die Straße zu einem noch unfertigen Haus.

»Fast am Ziel«, sagte Freddy ein wenig ehrfurchtsvoll, während er den Blick über das Tal schweifen ließ. »Kaum zu glauben, was?«

Die stille Leere dieses Anblicks warf in meiner Fantasie für einen flüchtigen Moment die Frage auf, ob Miraflores und das versprochene Eldorado womöglich nur ein gigantischer Scherz waren – ein weißer Fleck auf der Landkarte Mittelamerikas, den der Komödiant Hoppner beschlossen hatte zu beleben. Weniger amüsant war die Vorstellung, dass das unbekannte Terrain, auf das wir uns zubewegten, so völlig abgelegen und Welten von der nächsten größeren menschlichen Ansiedlung entfernt lag.

Ein Mann trat aus dem Haus. Er trug eine makellos weiße Kochschürze, zerrissene Jeans und geschwärzte Sportschuhe. Er lächelte María zu und folgte ihr zu unserem Tisch. Ein kleines

Mädchen, vielleicht drei Jahre alt, kam aus dem Haus gewackelt, um ihm mit einem Finger im Mund nachdenklich hinterherzuschauen.

»Willkommen«, sagte der Küchenchef auf Englisch, bevor er ins Spanische wechselte. »Er sagt, Sie können alles haben, was Sie wollen«, übersetzte María, »solange es Huhn oder Rindfleisch ist und kein Gemüse außer Tomaten, Zwiebeln und Chilis drin sein muss.« Sie wusste offenbar nicht recht, ob sie eher verlegen oder belustigt reagieren sollte.

Ich blickte Freddy an, der leicht mit den Achseln zuckte. »Wunderbar«, sagte ich. »Ich nehme Rind, wie auch immer er es zubereitet.«

»Für mich dasselbe«, erklärte Freddy.

María wirkte erleichtert. Sie sprach wieder mit dem Wirt, um anschließend mit ihm in der Küche zu verschwinden. Im nächsten Augenblick kehrte sie mit zwei Flaschen Bier zurück.

»Und was ist mit Ihnen?«, fragte Freddy, als sie jedem von uns eine Flasche reichte.

»Ich muss fahren«, entgegnete sie.

Ein so verantwortungsvolles Verhalten hätte ich an diesem Ort zuallerletzt erwartet. Ich schaute wieder auf die Straße, die bis auf einen weißen, am Rand geparkten Wagen leer war. Die Gefahr, auf einer so wenig befahrenen Landstraße einen Unfall zu verursachen, war selbst mit ein oder zwei Bier minimal.

Ich musste unwillkürlich lächeln.

»Was ist so lustig?«, fragte María.

»Nichts.«

»Sie lachen doch wohl nicht über unsere ausgezeichnete Fahrerin, mein Freund?«

»Nein!«

Ich warf Freddy einen halb tadelnden, halb bestätigenden Blick zu. Er antwortete mit einem Augenzwinkern. María sah es und schaute uns abwechselnd fragend an, bevor sie sich zurücklehnte und etwas in Richtung Küche rief.

»Ich denke, ich nehme doch ein Bier«, fügte sie auf Englisch mit dem Anflug eines Grinsens hinzu.

»Aber nur eins«, sagte Freddy streng mit einem weiteren, kaum zu übersehenden Blinzeln in meine Richtung.

Als ich etwas später mit einem Teller knusprig gebratenen Rindfleischs vor mir noch einmal hinübersah, stand das kleine Kind noch immer ganz allein auf der anderen Straßenseite und starrte uns an. Ab und zu verschwand das Mädchen kurz hinter einem vorbeifahrenden Auto, aber ihr neugieriger Gesichtsausdruck blieb. Als Freddy meinen Blick bemerkte, legte er seine Gabel nieder und drehte sich ebenfalls zum Haus um. Seine Miene hellte sich augenblicklich auf.

»Ist die aber süß!«, rief er und hob instinktiv die Hand, um dem Kind zuzuwinken.

»Freddy, nicht ...«

Doch sie hatte sich bereits in Bewegung gesetzt. Es war, als hätte sie die ganze Zeit über flehentlich auf die Erlaubnis gewartet, herüberkommen zu dürfen.

Und dann rannte sie über die Straße.

Es war nicht gerade eine Autobahn, trotzdem rasten ein paar Fahrzeuge über den Teer auf das kleine Wesen zu. Wenn die Fahrer nur einen Moment lang unkonzentriert waren oder sie plötzlich stolperte ...

Synchron sprangen Freddy und ich auf. Die Teller klapperten auf dem Tisch, Salsa spritzte auf unsere Kleidung. María drehte sich auf ihrem Stuhl um. Schon war die Kleine über die Straße, ohne sich der Gefahr bewusst zu sein, der sie soeben entronnen war. Während Freddy auf sie zulief, um sie in die Arme zu nehmen, ließ ich mich auf meinen Stuhl zurücksinken.

»Felipes Tochter«, erklärte María lächelnd, die mit dem Rücken zum Haus gesessen hatte.

»Felipes beinahe tote Tochter.« Ich griff wieder zu meiner Gabel. »Ist es nicht unverantwortlich, sie so nah an die Straße zu lassen? Und was wäre, wenn sie da runterfallen würde?«, fügte ich mit Blick auf den Rand der Terrasse hinzu, die sich zehn Meter über dem Talboden befand.

»Was soll er denn machen?« Sie hob die Hände, als wollte sie sich für die Situation in ihrem Land entschuldigen. »Soll er sie vielleicht den ganzen Tag in diesem winzigen Haus einsperren? Oder einen teuren Zaun an der Straße bauen?«

»Was ist mit ihrer Mutter?« Ich sah, wie sich ihr Gesichtsausdruck änderte, und beantwortete meine Frage selbst. »Tot.«

Irgendwie schmeckte das Essen danach nicht mehr so gut.

»Es ist schwer hier«, erklärte sie traurig. »Sehr einsam. Sehr exponiert. Schwierig für alle, die außerhalb der Städte leben. Die Armee kam eines Tages hier vorbei. Sie haben getrunken. Felipes Frau wollte nicht, dass die Soldaten sie ...«

Die deprimierende Unausweichlichkeit von alldem überwältigte mich. »Schwierig außerhalb der Städte, noch schlimmer – wenn ich an heute Morgen denke – in den Städten«, fauchte ich. »Mein Gott, ist man in diesem Land überhaupt noch irgendwo sicher?«

»Oh ja«, antwortete sie. »In Miraflores.« Als ich nichts darauf sagte, erwiderte sie meinen starren Blick mit einem leidenschaftslosen Kopfnicken. »Dort ist es sicher.«

Ich hatte am Rande mitbekommen, wie Freddy das kleine Mädchen in den Armen gehalten und etwas in seiner eigenen Babysprache gemurmelt hatte. Nun kam er zum Tisch zurück und setzte sich wieder neben mich, die Kleine auf dem Schoß.

»Braves Mädchen«, plapperte er begeistert. »Gutes Mädchen.«

Ich wusste nicht, was sie Großartiges geschafft hatte, war mir aber sicher, dass Freddy mich darüber nicht lange im Unklaren lassen würde. Und tatsächlich – noch bevor ich zwei weitere Mund voll Reis mit Rindfleisch gegessen hatte, beugte sich Freddy zu mir herüber und versetzte mir einen Stoß gegen den Arm.

»Ist sie nicht hübsch? Ist sie nicht das hübscheste kleine Mädchen der Welt?«

Seine Begeisterung war vollkommen echt, und ihr vertrauensvolles Lachen ließ seine Augen aufleuchten.

»Na komm, hübsches kleines Ding, sag ›Freddy‹. Sag ... ›Fred-dy‹.«

»Warum um alles in der Welt sollte sie Ihren Namen lernen?«, wandte ich ein.

»Mark«, warnte er mich, meinen Namen so lang wie möglich dehnend. »Sie machen ihr Angst.« Er setzte eine übertrieben besorgte Miene auf – Stirnrunzeln, große Augen, alles nur für sie. »Du wirst dir doch von diesem Langweiler keine Angst machen lassen, mein Engel?«

Ihr ausgelassenes Lachen bestätigte ihn, und er lachte mit ihr, nahm ihre kleine Hand und schwenkte sie hin und her.

»So ist's recht, mein Engel. Mein hübscher Engel. Ist sie nicht unglaublich schön, Mark?«

»Hmm.«

»Etwas mehr Begeisterung bitte, mein Freund! Sagen Sie ihr, dass sie schön ist.«

»Sie ist schön.«

»Nein, sagen Sie es zu ihr. Sagen Sie ›Du bist schön‹.«

»Freddy, wir möchten jetzt eigentlich gern essen.«

»Sie sind schon wieder langweilig. Ist er nicht langweilig, mein Engel? Kommen Sie schon, Mark, sagen Sie ihr, dass sie schön ist.«

Ich warf María einen gereizten Blick zu. Sie antwortete mit einem Lächeln; wie immer hatte sie Verständnis für meine Verärgerung, auch wenn sie sie nicht unbedingt teilte.

»Möchten Sie sie mal halten?«, bot Freddy an. »Mein Engel, es macht dir doch sicher nichts aus, wenn …«

»Nein danke.«

»Ach, kommen Sie schon, mein Freund. Sie ist so lieb.«

»Freddy, ich mag keine Kinder.«

Entweder hörte er mich nicht oder sein Gehirn weigerte sich schlicht, meine brutale Offenheit ernst zu nehmen. In mir baute sich etwas auf; es war, als würden meine Lungen von einem Netz aus nasskalter Seide erdrückt.

»Hier, nehmen Sie sie wenigstens für eine Minute«, fuhr er fort, blind für die Gefahr, die er heraufbeschwor. Plötzlich hielt er sie mir hin. »Sie wird schon nicht gleich beiß …«

Ich hatte meine Gabel auf den Teller geknallt und nun füllte der Nachklang des scharfen Klirrens die eintretende Stille. Er sah mich vorwurfsvoll an. Ich wandte den Blick ab und ließ ihn über das Tal schweifen. In der Ferne bewegte sich etwas in den großen Bäumen, die den Fluss säumten. Wahrscheinlich ein Affe, aber bei meiner Kenntnis der hiesigen Fauna hätte es ebenso gut ein Faultier oder gar ein riesiger Vogel sein können.

»Mein Gott, Mark«, tadelte Freddy, »das war jetzt aber nicht nötig.«

Das Mädchen, zunächst einfach nur still und erstaunt dreinblickend, begann zu weinen.

»Sehen Sie?«, sagte Freddy.

Ich drehte mich zu ihm um. Er bedachte mich mit einem vorwurfsvollen Blick, stand auf und wiegte das Kind an seiner Schulter.

»Schon gut, mein Engel, schon gut«, sagte er und tätschelte ihr den Rücken, während er sie zum Haus zurücktrug.

María und ich wandten uns wieder unserem Essen zu. Sie aß ein wenig; ich spießte ein Stück Rindfleisch auf und ließ es dann wieder auf den Teller fallen.

»Tut mir Leid«, sagte ich.

»Nein, nein.«

»Ich kann nicht so gut mit ...« Ich deutete allzu heftig in Richtung des Hauses.

María brauchte kein Wort zu sagen. Allein mit einem Lächeln schaffte sie es, mich zugleich von meiner Sünde freizusprechen und mir klarzumachen, dass sie meine Aussage nicht ernst nehmen konnte. Doch dadurch fühlte ich mich nur noch elender. Fast ohne es zu merken, leerte ich mein Bier.

»Ich bringe Ihnen noch eins«, bot María an und stand auf.

»Ich hole es schon selber.«

Sie legte mir eine Hand auf den Arm, um mich zurückzuhalten. »Kein Problem.«

Mit ihrer sanftmütigen Art gab sie mir, ob sie es wollte oder nicht, zu verstehen, dass sie tiefes Mitleid für mich empfand – Mitleid für meine Unfähigkeit, Kinder wie normale Menschen zu lieben und mich an ihnen zu erfreuen. Ein Teil von mir wollte ihr hinterherrufen, wollte sie zurückbeordern und ihr erklären, dass ich mich so, wie ich war, absolut wohl fühlte, und vielen

Dank, aber ich brauchte kein Mitleid. Ich hätte ihr tausend Dinge aufzählen können, die ich gerne tat, Orte, die mich glücklich machten, ohne dass ich irgendwelche kleinen »Engel« benötigt hätte, um mich – ja, was eigentlich – zu *komplettieren*? Meine Beteuerungen hallten so schrill in meinem Kopf wider, als ginge es mir nur darum, mich zu rechtfertigen, und das machte mich noch wütender.

Es war keine Phobie, obwohl es im Endeffekt mehr oder weniger auf dasselbe hinauslief. Wie schwer es doch war, es in Worte zu fassen. Mitunter kam ich einem anderen Menschen nahe genug, dass ich das Bedürfnis verspürte, mich ihm anzuvertrauen; bei Katie etwa war eine Erklärung absolut unerlässlich gewesen. Aber die Wahrheit einzugestehen – dass ich nicht etwa Angst davor hatte, was Kinder mit mir machen könnten, sondern schrecklicherweise genau andersherum – war fast unmöglich. Freunde, Freundinnen – vor allem Katie – pflegten in solchen Fällen mit begütigender Stimme zu erwidern: *Mach dich nicht lächerlich, Mark, du könntest doch einem Kind nie etwas zuleide tun!* Und ich konnte ihnen nie etwas entgegnen, nie die harten Fakten auf den Tisch legen, die meinen Ängsten zugrunde lagen, obwohl ich mir jedes Mal im Stillen beschämt eingestehen mußte: *Oh doch, ich habe schon einmal …*

Aber wie viele Menschen hätten auf meine Bekanntschaft wohl noch Wert gelegt, wenn ich das offen ausgesprochen hätte?

Vielleicht hätten sie mein Verbrechen mit mehr Verständnis gesehen, wenn ich erklärt hätte, dass ich selbst noch ein Kind gewesen war, als ich … Aber genau da lag das Problem: Ich hatte keine Ahnung, was ich wirklich getan hatte. Meine Erinnerung an damals war immer schon sehr dürftig gewesen, und der spezielle Vorfall war in meinem Gedächtnis nicht viel mehr als ein Durcheinander von Sinneswahrnehmungen und Anzeichen eines Schockzustands. Selbst der Name meines Opfers – ein vor Angst zitternder Junge in meinem Alter, der sich unter dem blauen Baumwolljackett eines Erwachsenen versteckt hatte – war verloren gegangen in der Verwirrung, die danach in meinem Kopf um diese Szene herum entstanden war. Ich war eifersüchtig behütet worden, sowohl von meinem Unterbewussten als auch von denen, die mich liebten, damit auch nicht das kleinste bisschen Wissen über meine eigene Brutalität zu mir durchdringen konnte.

Ob ich etwas davon hätte verständlich machen können, wenn ich mich in einem Anfall von Wahnsinn entschlossen hätte, María alles zu erklären, weiß ich nicht. Ich sollte ohnehin keine Gelegenheit dazu bekommen.

Als es das erste Mal krachte, verstand ich gar nichts. Scharf, laut, von der Straße kommend, erschien mir das Geräusch in meiner Geistesabwesenheit wie der Lärm, den ein umstürzender Baum verursacht. Nein – es kam zu schnell, zu präzise. Das war kein Baum. Auch keine Fehlzündung aus dem Auspuff eines vorbeifahrenden Autos noch irgendeine andere, normale, nicht bedrohliche Sache. Dennoch brauchte ich eine Sekunde, bevor ich verstand.

Der dumpfe Einschlag eines Projektils in das hölzerne Geländer neben dem Tisch überraschte mich so sehr, dass ich für einen Augenblick – vielleicht nur für den Bruchteil einer Sekunde, auch wenn es meinem konfusen Gehirn eher wie eine Minute erschien – einfach nur auf das zersplitterte, zerfetzte Holz starrte.

Eine Kugel?

Bevor ich wusste, was ich tat, lag ich, hingeschleudert von einem unbewussten Überlebensinstinkt, auch schon auf dem Boden der Terrasse. Schüsse … feuerte da tatsächlich jemand mit einer Schusswaffe auf mich? Ich musste es mir selbst vorsagen, bevor meine Ungläubigkeit sich in blankes Entsetzen verwandelte.

Ein weiterer Schuss, diesmal lauter, nun, da ich ihm bewusst lauschte. Während das Krachen durch das Tal hallte, wurde mein ganzer Körper starr vor Angst. Ich versuchte mich zu bewegen, aber nichts tat sich. Der Gedanke, dass jeden Augenblick ein Geschoss meinen Körper durchdringen könnte, lähmte mich. Ich konnte lediglich den Kopf drehen. Wo kam das her? War ich jetzt aus dem Schussfeld? Wer war das? Wer würde …?«

Die Pistole.

»Freddy!«, schrie ich. »Hör auf!«

Er hatte in diesem Hotelzimmer mit der Pistole auf mich gezielt. Hatte er die Absicht gehabt zu schießen? War er schon kurz davor gewesen, den Abzug zu ziehen, bevor er sich der unangenehmen Folgen – eine Leiche in seinem Zimmer – bewusst geworden war? Und wozu dieses Anschleichen am Aussichtspunkt? Dort hätte es womöglich sogar wie ein Unfall ausgesehen.

Meine Blicke schossen hin und her, aber durch das Labyrinth aus Tischen und Stühlen konnte ich nichts erkennen. Ein vierter Schuss ertönte, dann ein fünfter, und der Boden vor mir explodierte in einem Regen von Holzsplittern. In meiner Panik zuckte ich zusammen, rollte rückwärts und schlug gegen einen hölzernen Pfosten. Der Rand der Terrasse. Ich saß in der Falle.

»Bitte, mein Gott, Freddy, hör auf!«, schrie ich.

Selbst mitten in diesem entsetzlichen Chaos konnte ich mir ohne weiteres vorstellen, warum er das tat. Zwei Engländer – er hatte es selbst gesagt –, die zur gleichen Zeit auftauchten: *Das könnte zum Problem werden.* Konkurrenzkampf um Hoppners Geld. Vielleicht die Gefahr, dass einer von uns den anderen als Betrüger enttarnte. Endlose Komplikationen, die leicht zu vermeiden waren, wenn man den Rivalen einfach ausschaltete.

Noch ein Schuss.

Meine Erstarrung war so schnell vorüber, wie sie gekommen war. Trotzdem konnte ich mich nicht bewegen. Wo sollte ich auch hin? Ich hatte mir in meiner Fantasie schon einmal vorgestellt, wie man auf mich schoss, wobei die Kugeln von einem bestimmten Punkt abgefeuert worden waren. Nun aber hatte ich keine Ahnung, aus welcher Richtung sie kamen. Ein krachender Einschlag hier, splitterndes Holz dort. Wo war ich sicher? Tödliches Unwissen. Wäre Freddy doch nur zu sehen, hätte ich vielleicht eine Chance. Stattdessen war ich auf einem winzigen Stück Terrasse gefangen wie auf einem Schießstand, und es gab nur einen möglichen Ausweg.

Ich schwang mich um den Pfosten, bis ich halb von der Terrasse hing. Dann hörte ich polternde Schritte – jemand rannte auf mich zu. Ich griff nach dem Pfosten und wälzte mich über den Rand. An einer Hand hängend, blickte ich nach unten.

Es ging sicher zehn, wenn nicht zwölf Meter hinab. Unten erwarteten mich ein paar Grasbüschel und scharfkantige Felsen – harter Untergrund. Ich würde mir mit Sicherheit etwas brechen, womöglich für den Rest des Lebens gelähmt sein. Die Schritte kamen auf mich zu, waren fast über mir. Ich schloss die Augen und flüsterte die Art von Gebet, zu der nur ein verzweifelter Atheist fähig ist, blickte noch einmal hinab und wollte loslassen.

Eine Hand packte mich.

»Mark! Mein Gott, Mark!«

Freddy. Mit weit aufgerissenen Augen. Schon hatte er beide Hände um meinen Arm, den Körper gegen den Pfosten gestemmt, bereit, mit aller Kaft zu ziehen. Die Pistole war nirgendwo zu sehen.

»Lass mich los!«, schrie ich. »Lass mich, du verdammter Irrer!«

Nachdem er gerade angefangen hatte zu ziehen, zögerte er nun. In dieser Stellung erstarrt, meinen Arm fest im Griff, starrte er mich an. Er wirkte total perplex.

»Mark, was … was willst du …?«

»Lass mich los!«

Sein Griff wurde etwas lockerer, doch seine Hände blieben wie festgeklebt an meinem Arm. Ich holte Schwung, griff mit der anderen Hand nach oben und fand einen zweiten Halt am Rand der Terrasse.

»Lass los!«

Endlich trat er zurück. Dann kam María angerannt.

»Was ist passiert?«, schrie sie. »*Válgame Dios!* Was ist passiert?« Im nächsten Augenblick kniete sie auch schon neben Freddy und beugte sich vor, um meinen Arm zu packen.

»Dieses Schwein wollte mich gerade umbringen!«

»Ich?« Freddy blinzelte, dass es fast aussah wie eine Parodie vollkommener Verwirrung. »Mark, da hat jemand auf dich geschossen!«

»Allerdings!«

»Du glaubst … ich? Warum sollte ich …? Wie kommst du darauf, ich könnte … könnte auf dich schießen?«

»Mr. Weston«, sagte María. »Beruhigen Sie sich. Sie sagen schreckliche Dinge.«

Ich zog mich ein Stück weit hoch. »Laufen Sie weg, María. Der hat eine Waffe.«

Ich schwang die Beine hoch und zog mich ganz auf die Terrasse. Freddy starrte mich noch immer reglos und mit offenem Mund an. Als ich auf ihn zusprang und ihm an die Kehle ging, ließ er sich widerstandslos zu Boden sinken.

»Wo ist sie? Wo ist die Knarre?«, fragte ich.

»In meiner Jacke«, keuchte er in meinem Würgegriff.

»Eine Pistole?«, sagte María. »Das war keine Pistole.«

Ich riss ihm die Waffe aus der Tasche. »Du bist verrückt geworden, Freddy! Du bist ja total durchgeknallt! Ist es die Sache hier wert, jemanden deswegen umzubringen? Glaubst du das?«

Sein Gesicht nahm eine seltsame Färbung an. Unsicher, ob das von der Angst kam oder vom Sauerstoffmangel, lockerte ich meinen Griff ein wenig, hielt ihm aber weiter die Pistole vor die Nase.

»Mr. Weston, bitte. Es war nicht diese Pistole. Sehen Sie sich das an.« Sie zeigte auf das Loch in der Bodendiele. »Das ist ein Gewehr.«

»Das ist ein Loch«, knurrte ich. »Das kann jede Art von Schusswaffe gemacht haben.«

»Nein«, beteuerte sie beharrlich. »Bitte glauben Sie mir, ich kenne mich da aus. Aus der Waffe in Ihrer Hand kommt keine Kugel, die ein solches Loch machen kann.«

Mittlerweile war auch der Wirt gekommen – der Mann, der seine Frau an soldatische Vergewaltiger verloren hatte. Reglos sah er zu, wie ein Mann einem anderen eine Pistole vors Gesicht hielt, und der resignierte Ausdruck in seinem Gesicht bewirkte, dass ich zum ersten Mal unsicher wurde.

»Sieh dir doch das Magazin an«, flehte Freddy. »Es ist noch voll.«

»Dann hast du eben nachgeladen.«

»Darf ich nachschauen?«, mischte sich María ein.

Ruhig und respektvoll streckte sie mir die Hand entgegen. Ich starrte sie einen Augenblick lang an und gab ihr dann die Waffe. Gleichzeitig drückte ich Freddys Kehle wieder ein wenig fester zu.

»Mark, bitte«, keuchte er.

Ich ignorierte ihn und beobachtete María, während sie den Lauf in Augenschein nahm.

»Aus dieser Pistole ist nicht geschossen worden«, murmelte sie. »Jedenfalls nicht heute.« Dann zog sie das Magazin heraus und entnahm eine der Kugeln. »Sehen Sie«, sagte sie und hielt sie vor mich hin. »Zu klein, sehen Sie? Zu klein, um ein solches Loch zu machen.«

Als sie die Kugel wieder ins Magazin und dieses wieder in die Pistole geschoben hatte, gab sie mir die Waffe. Widerwillig ließ ich von Freddy ab. Er blieb auf dem Boden liegen, das Jackett offen, die Beine auf dem Rand eines Tisches.

»Die behalte ich«, erklärte ich, stand auf und steckte die Pistole zum zweiten Mal an diesem Tag in meinen Hosenbund.

Der Wirt sagte etwas langsam und deutlich auf Spanisch.

»Ein Auto ist weggefahren«, übersetzte María. »Er sagt, nach den Schüssen wurde nicht weit von hier ein Motor angelassen. Er konnte es nicht sehen. Er war in der Küche.«

Ich blickte auf die Straße. Der weiße Wagen, den ich zuvor bemerkt hatte, stand nicht mehr da. War er leer gewesen? Ich erinnerte mich nicht. Die Möglichkeit, dass ein unbekannter Meuchelmörder es aus unerfindlichen Gründen auf mich abgesehen hatte, war noch erschreckender als ein mörderischer Freddy.

»Schon okay«, murmelte Freddy, als María ihm aufhalf. »Mir ist schon klar, dass du unter Schock gestanden hast.«

»Halt's Maul«, entgegnete ich.

»Ich kapiere nur nicht, wie du auf die Idee kommst, ich könnte dich töten wollen.«

Ich funkelte ihn an. »Ich denke immer noch, dass du mich vielleicht töten willst.«

»Aber inzwischen weißt du doch, dass ich es nicht war! Das war doch ein Gewehr ...«

»Na schön, bis jetzt habe ich nur deine Pistole gesehen. Aber wer weiß, was du noch alles in deinem Gepäck hast! Wer weiß, was du getan hast, als du gerade abgehauen bist!«

»Das weißt du ganz genau!«, schrie er entrüstet. »Ich hab das kleine Mädchen ...«

»Halt jetzt verdammt nochmal die Schnauze, Freddy.«

Er schien noch etwas sagen zu wollen, aber María legte ihm eine Hand auf den Arm, und so blickte er mich nur finster an und schwieg.

Ich drehte mich um, warf etwas Geld auf den Tisch und ging zurück zum Wagen.

Der Amerikanische Traum: Teil 2
von Pater Jeremy Morris

Den meisten Menschen bleibt an einem normalen Arbeitstag wenig Zeit, um noch über Ideale nachzudenken. Die Amerikaner von heute arbeiten vielleicht länger und härter als je ein freies Volk zuvor in der Geschichte der Menschheit. Dennoch gibt es auch in dieser Umgebung ein Ideal, das nicht nur überlebt hat, sondern sogar wächst und gedeiht. Wir nennen es den Amerikanischen Traum. Derjenige Teil dieses Traums, den jeder kennt, ist äußerst motivierend: Jeder hart arbeitende Mensch, so glauben wir gern, kann es in den Vereinigten Staaten von Amerika zu etwas bringen. Auch wenn der Betreffende bei null anfängt, kann er so reich werden wie ein König. Der Amerikanische Traum verspricht die höchste Belohnung für Ausdauer, Fleiß und Rechtschaffenheit.

Aber geht es in diesem Traum wirklich nur darum? Von einem anderen Standpunkt aus betrachtet könnte man sagen, dass das zentrale ideologische Dogma unseres Landes letztlich auf nichts anderes hinausläuft als auf Eigennutz und Habgier, denn sein einziger Zweck besteht darin, möglichst viel Geld für sich selbst zusammenzuraffen. Kann es wirklich sein, dass das wunderbarste Land der Welt nur gegründet wurde, um diesen Wert hochzuhalten? Warum hat dann Andrew Carnegie, der vielleicht erfolgreichste Unternehmer aller Zeiten, erklärt: »Der Mensch, der reich stirbt, stirbt in Schande«?

Ich glaube, dass der Amerikanische Traum noch aus einem zweiten Teil besteht – einem Teil, den wir uns nicht so oft bewusst machen. In seiner Gesamtheit könnte dieser Traum etwa wie folgt lauten: »Jeder Amerikaner kann bei null anfangen und dennoch durch harte Arbeit zu großem Wohlstand gelangen, mit dem er dann jenen, die weniger Glück haben als er, unter die Arme greifen kann.«

Einer der wenigen Amerikaner, die diesen Traum in seiner Gänze leben, ist für mich Benjamin Sword Hoppner. Wenn ich diesen Mann betrachte, sehe ich die Quintessenz dessen, was Amerika so groß gemacht hat. Er hat bei null angefangen und ein großes Vermögen angehäuft, das er nun großzügig nutzt, um den Armen, den

Kranken, um Jung und Alt zu helfen. Wie kommt es dann, dass so viele ihn am liebsten erschießen würden?

Ich kenne all die Vorwürfe, die man ihm macht: Er glaube nicht an Gott und habe sein Geld mit Schund verdient. Da kann ich nur sagen: Wenn ich bei der Beichte noch nie von etwas Schlimmerem gehört hätte als von dem einen oder anderen Sexheft, könnte ich mich getrost zur Ruhe setzen. Und was seinen Glauben betrifft: Ich bin mir ziemlich sicher, dass Gott nicht nur die ehrlichen Skeptiker respektiert, sondern einen großzügigen, mitfühlenden Atheisten weitaus mehr zu schätzen weiß als einen selbstsüchtigen Kirchgänger. Vielleicht hat Mr. Hoppner nicht viel Zeit für mich oder für die Institution, der ich diene, doch solange er Gutes tut, werde ich immer Zeit für ihn *haben.*

6

Zu Beginn der Fahrt über die holprige Straße nach Miraflores sprach keiner von uns ein Wort. Ob Freddy mit dem Gedanken spielte, das Schweigen zu brechen, weiß ich nicht; ich jedenfalls hatte beschlossen, ihm keine Antwort zu geben, was immer er auch sagen mochte. Ich ging ohnehin davon aus, dass ich nie wieder etwas mit ihm zu tun haben würde. Sobald wir in Miraflores angekommen sein würden, wollte ich mich von ihm fern halten, allein zu Hoppner gehen, ihm meine Bitte vortragen und wieder verschwinden. Na schön, die Kugeln hatten nicht aus seiner Pistole gestammt, das war mir nun klar. Ich wusste aber auch, dass – trotz aller weißen Wagen am Straßenrand – Freddy als Einziger einen Grund haben konnte, mich umzubringen.

Doch das alles änderte sich schlagartig, als wir um eine Kurve bogen und zwei Ausländer – er groß und schmächtig, sie schlank, blass und brünett – ganz allein neben einem weißen Wagen stehen sahen.

»Verdammte Scheiße, das ist Alice«, schrie Freddy. »María, anhalten! Wir kennen die!«

Und von diesem Augenblick an wurde alles nur noch komplizierter.

Ich hatte bereits Freddys Gepäck durchsucht. Bevor ich ihn wieder in den Wagen ließ, hatte ich seine Reisetasche und seinen Koffer durchwühlt und nach Waffen abgesucht. Die Tatsache, dass ich nichts gefunden hatte, hatte die Wahrscheinlichkeit, dass er ein Gewehr besessen hatte, kein bisschen verringert. Überall um uns herum waren Büsche, und in jedem konnte eine weggeworfene Schusswaffe liegen. *Die sind hier so leicht zu beschaffen!*

Und nun standen Alice und Leonard, deren Nachname Williams war oder auch nicht und die eigentlich in einer Feriensiedlung ihre Flitterwochen hätten genießen sollen, hier auf der Straße – ein paar Kilometer von dem Restaurant entfernt, in dem ich gerade um ein Haar erschossen worden wäre. War das derselbe weiße Wagen? Ich war mir nicht sicher, aber für mich sah er genauso aus.

»Der Motor«, rief Leonard, noch immer verwundert, wie es schien. »Er ist einfach … stehen geblieben.« Obwohl ich ihn noch nie sprechen gehört hatte, hatte ich irgendwie gewusst, dass er ganz genauso klingen würde: Unendlich überrascht von allem, was ungelegen kam oder ungerecht war, aber ohne jemals einen Grund dafür zu sehen, auch nur die kleinste Spur von Verärgerung in seinen Tonfall zu legen.

»Wir stehen hier schon eine halbe Ewigkeit«, fügte Alice hinzu. Im Gegensatz zu ihm wirkte sie stinksauer. »Diese verdammte Autovermietung hat behauptet, die Kiste wäre gerade erst beim Kundendienst gewesen.«

»Mein Gott, ihr Ärmsten«, rief Freddy und sprang auf sie zu, um sie zu umarmen. »Was für ein Glück, dass wir …«

»Was machen Sie denn hier?«, fragte ich.

Freddy warf mir einen Blick zu, als wollte er sagen: »Siehst du denn nicht, dass sie schon genug gelitten haben?« Dann aber überlegte er es sich doch noch anders, als ihm aufging, dass zwischen Alices Flitterwochenstory und ihrer Anwesenheit auf der Straße nach Miraflores Welten lagen. Er wandte sich wieder ihr zu.

»Ihr seid nicht …?«

Sein übliches Selbstbewusstsein musste schwer erschüttert sein, denn er schaffte es nicht, die Frage zu Ende zu formulieren.

»Darf ich?«, murmelte María, nahm Alice die Autoschlüssel ab und setzte sich hinter das Lenkrad ihres Wagens. Die Zündung funktionierte, aber der Motor sprang nicht an.

»Was machen Sie hier?«, fragte ich noch einmal, diesmal weniger freundlich.

»Schön, Sie wiederzusehen, Mark«, erwiderte Alice. Ihre Stimme klang reichlich angespannt.

Ich sagte nichts. Selbst Freddy schwieg. María machte sich

mittlerweile bereits unter der Motorhaube zu schaffen und überprüfte Kabelverbindungen, Zündkerzen und Benzinleitung.

»Das hier ist ein ziemlich abgelegener Ort«, fuhr Alice in einem ganz anderen Tonfall fort. »Ich werde das Gefühl nicht los, dass uns jemand beobachtet. Nehmen Sie uns mit oder wollen Sie uns hier sitzen lassen?«

»Natürlich lassen wir euch nicht hier sitzen!«, rief Freddy.

Nur halb zufrieden, drehte sich Alice zu mir, um auch mein Einverständnis einzuholen. Ich schaute weg. María schlug die Motorhaube des weißen Wagens zu und schüttelte resigniert den Kopf. Während Leonard und Alice ihr Gepäck umluden, riskierte ich einen Blick durch die Windschutzscheibe des weißen Wagens. Keine Gewehre. Nur Leonards Tweedjackett, gefaltet auf dem Rücksitz. Ich schauderte ein wenig bei dem Anblick.

Ich rief Leonard zu, er solle sein Jackett nicht vergessen, und ging zu unserem Wagen zurück. Alice hatte gerade ihren Stiefel zugeschnürt und setzte sich auf die Rücksitzbank neben Freddy. Sie hätte ohne weiteres eine Schusswaffe bei sich tragen können, aber ich war ja jetzt ebenfalls bewaffnet. Außerdem war ich mir ziemlich sicher, dass in Marías Gegenwart niemand mehr Derartiges versuchen würde. Den dünnen, aber absurd großen Leonard dirigierte ich zum Vordersitz. Als María den Motor anließ, setzte ich mich neben Alice und schob diskret die Waffe an meiner Taille von ihr weg.

Ich wusste, dass einer von ihnen unschuldig sein musste. Alice oder Freddy. Ich wusste nur nicht wer. Ich zweifelte keinen Augenblick daran, dass Alice und Leonard aus genau demselben Grund wie Freddy nach Miraflores wollten und somit dasselbe Motiv hatten, sich die lästige Konkurrenz vom Hals zu schaffen.

Freddy war passenderweise bei der Schießerei im Restaurant gerade nicht da gewesen und hatte sich am Aussichtspunkt und in seinem Hotelzimmer ausgesprochen merkwürdig benommen, aber dieser Blick unschuldiger, gekränkter Verblüffung war nur schwer vorzutäuschen. Alice dagegen wirkte ausgesprochen nervös. Vielleicht war sie ja einfach nur überrascht, dass wir sie auf dem Weg nach Miraflores ertappt hatten, doch ebenso gut konnte es ihr schlechtes Gewissen sein.

Am meisten zu ihren Gunsten sprach Leonard. Sich vorzustellen, wie er jemanden mit einem Gewehr zu erschießen versuchte, war schlicht unmöglich. Während Alice verschlagen, wahrscheinlich ziemlich berechnend und mit Sicherheit schwer zu durchschauen war, wirkte Leonard, als wäre er absolut unfähig, zu lügen oder Böses zu tun. Wenn sie die Schüsse abgegeben hatte, musste Leonard in dieser Zeit woanders gewesen sein.

Er drehte sich zu uns um und erklärte: »Wir sind Ihnen ja so dankbar. Außer Ihnen ist die ganze Zeit kein einziges Auto vorbeigekommen. Wenn Sie nicht gekommen wären, hätten wir womöglich den ganzen Tag warten können.« Und mit einem Blick zu María fügte er hinzu: »*Gracias, señora* ... äh ... *gracias.*«

»Sie spricht Englisch«, klärte ich ihn auf.

»Oh!« Er errötete, und die Farbe ergoss sich über seine jungenhaften, sommersprossigen Wangen in einer kummervollen Flut. »Oh. Aber natürlich. Entschuldigung. Danke«, sagte er zu María.

»Das ist Leonard«, murmelte Alice. »Leonard, das sind Mark und Freddy.«

»Schön, Sie endlich mal richtig kennen zu lernen«, erklärte Leonard mit nervösem Blick zu seiner verärgerten Ehefrau.

»Und Sie?«, fragte ich. »Genießen Sie die Flitterwochen?«

»J-ja, sehr, ich meine ... na ja, so richtig haben sie ja eigentlich noch gar nicht angefangen. Santa Tecla war nicht unbedingt so ...«

»Und Sie hoffen, Miraflores wird so?«

»Wie? Wie so?« Wieder dieser nervöse Blickwechsel mit Alice.

»Wir freuen uns schon sehr darauf«, sagte sie ruhig und legte Leonard eine Hand auf die Schulter.

»Na wunderbar«, entgegnete ich. »Wann haben Sie sich denn entschieden, hinzufahren? Entschuldigen Sie, wenn ich neugierig bin, aber gestern Morgen hatten Sie das anscheinend noch nicht vor.«

»Wir haben umdisponiert. Unser Hotel an der Küste war schon ausgebucht.«

»Tatsächlich? Welches Hotel war das, Leonard?«

Beinahe entsetzt über meine Frage riss er den Kopf herum. Alices Hand an seiner Schulter packte fester zu.

»Das Marriott am Jupa Beach«, antwortete sie an seiner Stelle.

»Was für ein Pech aber auch.« Ich konnte mir ein Lächeln nicht verkneifen.

»Ganz und gar nicht. Ich bin mir ganz sicher, dass Miraflores genauso schön wird.«

Sie lächelte nicht. Langsam löste sie ihren Griff an der Schulter ihres Mannes, ohne ihre Augen von meinen Gesicht abzuwenden.

»Das wird sicher toll mit euch zusammen«, meinte Freddy.

»Du vergisst wohl, dass sie in den Flitterwochen sind«, wandte ich ein. »Wir werden sie gar nicht zu sehen bekommen. Ich bezweifle, dass ihr überhaupt mal aus dem Hotel rauskommt, oder, Alice?« Meine Stichelei rief keinerlei Reaktion hervor. Ich wandte mich Leonard zu. »Sagen Sie, haben Sie unterwegs irgendwo Halt gemacht? Ich meine, bevor Sie die Panne hatten?«

»Was zum Teufel geht es Sie an, wo ...?«, begann Alice hastig.

»Ich habe Leonard gefragt.«

»Und ich antworte für ihn.«

»Warum lassen Sie ihn nicht selbst antworten?«

»Warum hören Sie nicht auf, sich wie ein Arschloch zu benehmen?«, schoss sie zurück und richtete sich auf wie eine Kobra vor dem Zubeißen. »Was soll eigentlich dieses ganze Verhör? Wir mussten gerade eine geschlagene Stunde auf einer gottverlassenen Landstraße in unserem kaputten Auto hocken. Schämen Sie sich! Können Sie sich denn gar nicht vorstellen, wie schrecklich es ist, mitten in der Pampa liegen zu bleiben?«

Die vollkommen natürliche, aufrichtige Art, wie sie das sagte, ließ in mir die ersten echten Zweifel aufkeimen. Hätte sie eine solche Frage stellen können, wenn sie kurz davor versucht hätte, mich zu erschießen?

»Tut mir Leid«, entschuldigte ich mich. »War ein ziemlich harter Tag.«

»Für uns auch.« Sie starrte einen Augenblick lang ins Leere, bevor ihre Miene sanftere Züge annahm. »Jetzt fahren wir erst mal nach Miraflores, und wenn wir da sind, können wir uns ja über alles unterhalten.«

Die Straße entlang des Tals verlief fast eben, so dass wir den Eindruck hatten, an Höhe zu gewinnen, als der Talboden unter uns abfiel. Die Vegetation war dicht und vielfältig: von Kletterpflanzen überwucherte Bäume, Lichtungen voller saftiger Gräser und hin und wieder landwirtschaftlich genutzte Flächen, auf denen Maniok und Paprika gediehen. Nach und nach wurden die winzigen menschlichen Siedlungen immer seltener, während die Bäume an Höhe gewannen und immer näher an die Straße heranrückten, bis es um uns dunkler wurde und wir durch dichten Wald fuhren.

Freddy wurde allmählich zappelig. Schweigen schien ihm gar nicht zu behagen. Ich versuchte jede neue Geste oder Stimmung von ihm im Hinblick auf die Schüsse zu deuten. Mochten Alice und Freddy auch noch so gute Schauspieler sein – irgendwann würde der Schütze sich nicht mehr verbergen können.

Wie nicht anders zu erwarten, brach Freddy als Erster das Schweigen.

»Erzähl doch mal, Lenny, wie hast du Alice kennen gelernt? Ich darf dich doch Lenny nennen, oder?«

Leonard drehte sich um. »Oh, natürlich. Sie dürfen mich nennen, wie Sie möchten«, erklärte er. Doch das Lächeln, das seine Worte begleitete, fiel nicht sehr überzeugend aus. »Obwohl … ich meine, Leonard ist mir lieber.«

»Klar, kein Problem. Also Leonard.« Angesichts der Zurückhaltung von uns anderen war Freddys Selbstsicherheit schnell wieder da. »Also, wie habt ihr euch kennen gelernt?«

Einen Augenblick lang erwartete ich schon, dass Alice sich einmischen und erneut an seiner Stelle antworten würde. Sie aber lehnte sich ganz entspannt zurück und bedachte ihren Mann mit einem zärtlichen Lächeln.

»Wir kennen einander schon immer«, antwortete Leonard. »Ich meine … seit der Uni. Unsere Zimmer im Studentenwohnheim lagen nebeneinander.«

»Leonard war ein echter Freund«, ergänzte Alice, »die ganze Unizeit über. Der einzige Mensch, dem ich immer vertrauen konnte.«

»Ihr wart damals also noch nicht zusammen?«

»O Gott, nein.« Alice winkte ab. »Leonard war viel zu vernünftig, um sich mit mir einzulassen. Ich war damals ein Alptraum.«

»Ali ...« Eine Art Warnsignal wurde zwischen beiden ausgetauscht, und solange es noch in der Luft hing, waren Freddy und ich einfach nicht Teil ihrer Welt. Dann schüttelte Leonard den Kopf. »Das ist natürlich nicht wahr. Alice war das beliebteste Mädchen im Studentenwohnheim. Ich war einfach schon glücklich, wenn sie mit mir mal eine Tasse heiße Schokolade getrunken hat.« Sein unsicheres Grinsen hätte bei den meisten Männern eher aufgesetzt gewirkt, aber Leonards Bescheidenheit war echt.

»Also haben Sie ihn nur wegen seiner heißen Schokolade geliebt«, meinte ich.

»Ich glaube, am meisten habe ich ihn geliebt, weil ich mich an seiner Schulter ausheulen konnte«, sagte Alice. Sie schaute wieder zu Leonard. »Entschuldige, Liebling. Sie wurde manchmal ziemlich feucht.«

Sie war nun etwas ruhiger und ließ zu, dass ihr Körper sich entspannte. Ihr Bein, durch die Beifahrerlehne zur Seite gedrängt, berührte mein Bein.

»Ali hatte immer diese stürmischen Beziehungen. Große Aufregung mit dem neuesten Mann, und ein paar Tage später kam sie dann in mein Zimmer, und es gab wieder heiße Schokolade ...«

»Und eine Flut von Tränen ...«

»Ich versuchte immer, sie mit Nietzsche zu trösten«, fuhr Leonard fort. Ja, das sagte er tatsächlich, auch wenn bei diesem Eingeständnis eine winzige Spur Verlegenheit aus seinem Blick zu sprechen schien.

»Leonard ist Philosophiedozent«, erklärte Alice, als würde das schon alles erklären.

»Nietzsche?«

»Ja, Sie wissen schon: ›Das Leid als Quelle der Freude‹«, sagte Leonard. »Sie haben doch bestimmt schon mal irgendwann Philosophiestudenten in den unteren Semestern darüber reden hören, als Sie noch an der …«

»Ich war nie an der Universität.«

»Oh …« Leonards wahrhaft eindrucksvolles Erröten kam mit voller Wucht zurück. »Das tut mir jetzt aber Leid.«

»Kein Problem. Ich habe dafür ein paar andere Betätigungen gefunden.«

»Nein … ich meine, ja, sicher haben Sie das, aber … tut mir Leid, dass ich … einfach so angenommen habe …«

»Angenommen?« Ich konnte mir ein Lächeln nicht verkneifen, auch wenn ich wusste, dass dieser freundliche, tolpatschige Mann es als Geste der Verachtung missverstehen würde.

Alice mischte sich ein, um ihren Mann zu retten: »Er hat mir immer erklärt, wir hätten die Wahl, entweder Leid zu vermeiden und damit auch alle Chancen auf wahres Glück einzubüßen – oder den Schmerz anzunehmen und aus ihm große Freude zu schöpfen. So bin ich mit meinen vielen gebrochenen Herzen ein bisschen besser fertig geworden.«

»Nietzsche bezog sich dabei natürlich auf die Entwicklung von Talenten«, fügte Leonard rasch hinzu für den Fall, dass ich ein heimlicher Experte war, der nur darauf wartete, ihn bei einem Fehler zu ertappen. »Darauf, wie große Künstler, Politiker oder Erfinder aus ihrem Unglück oder ihrem Scheitern hervorgehen. Aber dasselbe Prinzip lässt sich natürlich auch auf Unglück oder Scheitern in der Liebe anwenden.«

»Das heißt also, Alice hat ihr früheres Pech in der Liebe so gut verarbeitet, dass sie jetzt in Ihnen die wahre Größe gefunden hat?«

»Oh, nein, ich wollte damit nicht sagen, dass ich …«

»Doch«, unterbrach Alice. »Warum denn nicht?« Sie beugte sich vor und küsste Leonard auf die Wange. »Ich habe vorher immer nur Mist gebaut und jetzt endlich die perfekte Beziehung gefunden.«

»Ali!«

Er konnte sich ein freudiges Lächeln nicht verkneifen, und ich fragte mich schon, ob sie am Ende vielleicht doch auf Hochzeitsreise waren. Diese Frische, diese Ungewissheit – das alles deutete auf junge Liebe hin.

»Lieb von dir, das zu sagen«, erklärte Leonard, »aber aus Nietzsches Theorie, dass Größe gewöhnlich aus Problemen, Streit oder gar Bösem hervorgeht, darauf zu schließen, dass alles, was mit Problemen, Streit oder Bösem beginnt, quasi zwangsläufig zu Großem führen muss, wäre dann doch ein unverzeihlicher Trugschluss.«

Ich musste lachen. »Jetzt wird's mir aber doch ein bisschen zu kompliziert.«

»Tut mir Leid«, murmelte Leonard. »Hören Sie, das Ganze ist es wirklich nicht wert, sich darüber Gedanken zu machen. Die meisten von Nietzsches Ideen waren Unsinn, und am Ende ist er selber verrückt geworden.«

»Sie brauchen sich nicht zu entschuldigen. Das fasziniert mich. Auch wenn ich nicht versprechen kann, dass ich allzu viel davon verstanden habe.«

»Aber das ist doch ganz einfach«, sagte er in einem neuen Anflug von dozentenhaftem Enthusiasmus. »Wir haben alle unsere Schwachstellen – mal ist es einfach nur Pech, mal eine schlechte Arbeit, die wir abliefern, oder auch ein Verhalten, für das wir uns schämen –, aber was uns von anderen unterscheidet, ist die Art, wie wir auf diese Schwachstellen reagieren. Die Art und Weise, wie wir sie dazu nutzen – sie umdrehen –, um ...«

»Größe zu erlangen«, beendete ich den Satz für ihn, auf naive Weise erfreut darüber, ein so einfaches Prinzip aus einem Fachgebiet verstanden zu haben, das für mich immer der Bildungselite vorbehalten gewesen war.

»Genau! Ich meine, nehmen wir doch mal diesen Hoppner in Miraflores. Er hatte nicht gerade die besten Startbedingungen, im Gegenteil. Aber irgendwie hat er daraus eine Art von Größe geschmiedet. Er hatte die charakterliche Stärke, nicht nachzulassen in seinem Ehrgeiz, ein gutes, moralisches Individuum zu werden, auch wenn er oft den Verlockungen des Bösen erlegen ist.«

Einen Augenblick lang sagte keiner etwas. Ein Teil von mir wollte schon seine außergewöhnlich naive küchenpsychologische Analyse Benjamin Sword Hoppners in Frage stellen, doch dieser Drang war schnell vergessen, als ich fasziniert feststellte, wie verlegen Alice auf einmal geworden war. Was auch immer sie zuvor über Flitterwochen und Ferienanlagen an der Küste gesagt haben mochte – jetzt war endgültig klar, dass auch sie zu Hoppner wollte.

Sie führte eine Hand an den Mund und brachte ein halbwegs überzeugendes Niesen zustande.

»Ich bin doch hoffentlich nicht allergisch gegen eine von diesen Pflanzen hier«, meinte sie laut schniefend.

Leonard vergaß auf der Stelle seine akademischen Höhenflüge und wandte sich besorgt und in seltsam entschuldigendem Ton seiner Frau zu.

»Geht's wieder, Liebling? Es ist doch hoffentlich nicht so schlimm?«

»Es ... es juckt nur ein bisschen.« An María gewandt, fragte sie dann: »Wie weit ist es noch?«

Während María ihr versicherte, dass wir fast schon da waren, warf Freddy mir hinter Alices Rücken einen viel sagenden Blick zu. Er bemühte sich nicht gerade um Unauffälligkeit, aber es sah ihn ja auch niemand. Seine Botschaft war klar: Alice war mit uns *im selben Boot.*

Weltweit gibt es die unterschiedlichsten Zeichen, an denen der Reisende erkennt, dass er sich einer Stadt nähert. In der westlichen Welt sind die Zeichen bewusst aufgestellt: auf Blech gedruckte Wörter, die einen willkommen heißen, darum bitten, langsam zu fahren, oder einen in ein bestimmtes Hotel locken wollen. Anderswo sind diese Zeichen eher Zufallsprodukte, wenngleich nicht weniger verlässlich: eine merkliche Zunahme von Plastikmüll, eine größere Konzentration von Hütten, eine Polizeikontrolle.

Im Fall von Miraflores war es ein Bombenkrater.

Ehrlich gesagt hätte ich ihn womöglich nicht einmal bemerkt, wenn María nicht unsere Aufmerksamkeit darauf gelenkt hätte. Die von einer Fünfhundertpfundbombe erzeugte Vertiefung neben der Straße, beleuchtet von der durch die endlosen Bäume scheinenden Sonne, sah aus wie eine perfekte Schüssel, in der Gräser und kleine Baumschösslinge wuchsen. In einem weicheren Licht hätte sie als kleine Senke in einer typisch englischen Landschaft durchgehen können.

»Die Stadt hatte hier Flugabwehrgeschütze stehen«, erklärte María. »Sie haben zwei Hubschrauber abgeschossen, bevor die Armee ihre Stellung fand.«

»Arme Schweine«, murmelte Freddy.

»Nein, sie haben es überlebt. Die Stellung war auf der anderen Straßenseite«, grinste María. »Sie waren nur ein wenig schmutzig.«

Auch wenn sie aus Santa Tecla stammte, war klar, auf welcher Seite María stand.

»Die Armee hat also die Stadt bombardiert?«

»Sie haben es versucht. Aber das hier ist Bergnebelwald – aus der Luft sieht man die meiste Zeit überhaupt nichts. Trotz Präsident Reagans Hilfe konnten sie die Wolken nicht wegblasen.«

Hinter dem Krater zog sich der Wald bis zum Rand der Stadt hoch, dicht, finster und durchsetzt mit Schlingpflanzen und Epiphyten. Dann auf einmal fuhren wir über Kopfsteinpflaster, und zu beiden Seiten wurden die Sonnenstrahlen von weiß getünchten, verputzten Wänden und glänzenden Türen reflektiert. Gerundete, ockerfarbene Ziegel bedeckten jedes einzelne der tief herabhängenden, schräg abfallenden Dächer, die auf kunstvoll behauenen Hartholzbalken einen guten Meter weit über die Gehsteige ragten. Miraflores entpuppte sich als wahre Perle des spanischen Kolonialstils.

Während wir langsam durch die ruhigen, steilen Straßen fuhren, änderte sich stellenweise die Architektur. Einige der Häuser wiesen Rundbogenfenster auf, flankiert von schmiedeeisernen Lampen. Andere erhoben sich zögerlich zu einem zweiten Stockwerk, an dem ein Balkon über die Straße hing. Auch die Farbgebung wurde abenteuerlicher: Mauern aus luftgetrockneten Lehmziegeln waren in Pastellblau oder Senfgelb gestrichen, und hin und wieder stach ein hellgrüner Hauseingang aus seiner Umgebung hervor.

Die zarte Schönheit dieser alten Gebäude nahm mich so gefangen, dass es eine Weile dauerte, bis ich zu schätzen lernte, wie gepflegt sie waren: Jedes Fenster war verglast und wie frisch geputzt, jeder Dachziegel saß an Ort und Stelle, und unter der frischen Farbe war jede Mauer in einwandfreiem Zustand. Die Pflastersteine auf den Straßen waren exakt in geometrischen Mustern – parallele Linien, Rauten oder Kreuze – angeordnet, und die Stromkabel über unseren Köpfen verliefen in wohl geordneten Bahnen.

Noch bevor mir all diese Einzelheiten auffielen, wusste ich schon, welche Art von Menschen wir hier antreffen würden. Keiner von ihnen saß in einem Auto: Unser Wagen war das einzige Kraftfahrzeug weit und breit, und María trug dieser Tatsache Rechnung, indem sie fast Schrittgeschwindigkeit fuhr. Die Einwohner von Miraflores gingen entweder zu Fuß, rumpelten auf Fahrrädern übers Pflaster oder führten schläfrige Esel und Pferde die steilen Gassen des Bergstädtchens hinauf. Als wir an ihnen vorbeifuhren, betrachteten uns einige aufgeregt und andere verwundert, als überraschte es sie, dass wir uns für ein derart plumpes Verkehrsmittel entschieden hatten. Alle aber begrüßten uns mit freundlichem Blick.

»Sie lächeln uns an«, erkannte Leonard verwirrt. »Und winken. Ali, sie winken!«

»Dann wink doch zurück«, forderte sie ihn grinsend auf.

»Und Sie wollten nicht hier leben?«, murmelte ich María zu.

»Ich wollte es sogar sehr.«

»Mann, sieh dir diese Mädels an!«, rief Freddy und erwiderte lebhaft ihr Winken. »Hey, sind wir hier vielleicht in der Nähe vom Hotel?«

In der Tat lag fast ganz Miraflores in der Nähe des San Isidro. Das einzige echte Hotel, das den Krieg heil überstanden hatte, stand im Zentrum der kleinen Stadt am Westrand des Parque Central. Letzterer war eigentlich kein Park, sondern ein lebhafter, gepflasterter Platz mit hohen Bäumen. Er war ebenso abschüssig wie die gesamte Stadt. An seiner Ostseite stand eine im Zerfall begriffene, aber reich verzierte Kirche, im Norden und Süden befanden sich strahlend weiß getünchte, mit Kolonnaden versehene Bürgerhäuser. Die Mitte des Platzes nahm ein kuppelartiger Bau – vielleicht so etwas wie ein Orchesterpavillon – ein, auf dessen Stufen junge Paare Händchen hielten und in der Sonne des späten Nachmittags träge die Beine ineinander schlangen.

Wie der übrige Platz war auch das Hotel im klassischen spanischen Kolonialstil erbaut. Durch einen imposanten Bogengang gelangte man in einen zentralen Innenhof. Das Hotel bestand aus zwei Stockwerken mit großen rechteckigen Fenstern und einem flachen, von einer Balustrade begrenzten Dach. Das ständig geöffnete Tor im Durchgang war mit schmiedeeisernen Rosetten verziert und vermittelte jenes eindrucksvolle Gefühl von Robustheit, wie es nur härtestes Holz erzeugt, das dreihundert Jahre Wind und Wetter überstanden hat. Zwischen den Torflügeln stand ein groß gewachsener, muskulöser Mann in einem grauen, gut sitzenden Anzug, der seine breiten Schultern betonte. Sein dichtes schwarzes Haar war in Locken nach hinten gegelt. Eine kleine, unregelmäßige Narbe in der Mitte seines Halses war das einzige störende Detail.

»Willkommen«, begrüßte er uns und trat vor. »Ich bin Francisco José Sánchez. Mein Hotel steht Ihnen zu Diensten.«

Ich war noch keine fünf Minuten auf meinem Zimmer, als Alice an die Tür klopfte. Sie marschierte hemmungslos herein und setzte sich mir gegenüber aufs Bett.

»Wir müssen miteinander reden.«

Mein Koffer war geöffnet, und ich war gerade mit einem Stapel Kleidung im Arm auf dem Weg zum Schrank. Draußen auf dem Platz spazierte eine alte Frau zwischen den Liebespaaren vor dem Orchesterpavillon herum. Ihre weiße Schürze war mit mehreren Lagen einander überlappender Borten besetzt. Sie strahlte nacheinander jedes der verlegenen Paare an und wechselte ein paar Worte mit ihnen; vielleicht redete sie über das Wetter, erzählte Großmuttergeschichten oder gab Tipps zur natürlichen Empfängnisverhütung.

»Und worüber?«

»Das wissen Sie ganz genau.«

»Sind Sie wirklich auf der Hochzeitsreise?«

»Leonard hat keine Ahnung von Hoppner.«

Ich ließ die Kleider wieder in den Koffer sinken. Der Schrank hatte ohnehin keinen sonderlich sauberen Eindruck gemacht, obwohl das übrige Zimmer mit seinem minimalistischen, luftigen Komfort geradezu als vorbildlich gelten konnte. Der einzige Wandschmuck war ein gewebter Stoff mit einem abstrakten, blaugrauen Muster, passend zum Teppich auf dem gebohnerten Fußboden.

»Von wem hat er im Auto noch mal gesprochen? Jetzt fällt mir doch der Name nicht mehr ein ...«

»Er hat keine Ahnung von dem, was ich mir hier erhoffe. Oder von dem, was Sie sich hier erhoffen, wenn Sie so wollen.«

Sie hatte ihre Augen keine Sekunde von meinem Gesicht abgewandt. Ihr Blick war nicht aggressiv, aber auch nicht übermäßig freundlich. Er hatte etwas Prüfendes an sich, als wollte sie sich vergewissern, wie weit sie mir vertrauen konnte.

»Sie glauben, ich...?«

»Geben Sie sich keine Mühe, Mark. Sie sind ein schlechter Lügner.« Sie stand auf, ging zum Fenster und drehte sich wieder zu mir um. »Möchten Sie gleich hier reden?«

»Müssen wir damit rechnen, dass Leonard an die Tür klopft?«

»Nein. Und Freddy?«

Ich nickte. »Wir gehen besser nach draußen.«

Sie drückte das Gesicht ans Fenster und starrte wieder hinunter auf den Park. Als sie zurücktrat, hinterließ ihre Nase oberhalb der Stelle, wo sich ihr Atem niedergeschlagen hatte, einen kleinen öligen Fleck auf der Scheibe. »Alle unsere Zimmer haben Fenster zum Platz hinaus. Ich will nicht, dass sie uns sehen.«

»Es gibt einen Hinterausgang.«

Sie folgte mir auf die Galerie, die um den Innenhof verlief. Überall weiße, kannelierte Säulen, Balustraden und Blumenampeln mit Hängepflanzen. Mehrere hundert Jahre vor Hoppners Ankunft in Miraflores war die Stadt ein regionales Zentrum des Kaffeeanbaus gewesen und das San Isidro die Privatresidenz des spanischen Botschafters. Dank der Großzügigkeit eines Pornokönigs erstrahlte das Haus, errichtet einst vom reichhaltigen Erlös aus dem Handel mit einem Luxusgut, schließlich wieder in altem Glanz.

Hastig gingen wir an Freddys und Alices Zimmer vorbei und die gewundene Treppe hinab. Der Hinterausgang war durch die Bar zu erreichen – vielleicht, damit die heimischen Trinker einen kürzeren Weg hatten. Von Señor Sánchez und seinen Angestellten gab es keine Spur.

Über dem Hotel lag, ebenso wie über der restlichen Stadt, eine angenehme Stille. Es war, als hätten die Bewohner von Miraflores ihre nachmittägliche Siesta so sehr genossen, dass sie beschlossen hatten, sich erst am nächsten Morgen wieder blicken zu lassen. Als wir durch die Gassen liefen, sahen wir nur hin und wieder einen alten Mann in der Straßenmitte dahinschlurfen oder ein paar Kinder, die einander um einen Laternenpfahl jagten.

»Auf wie viel spekulieren Sie denn?«

Wir hatten seit dem Hotel kein Wort gesprochen, so dass meine barsche Frage um so barscher klingen musste. Als sie sich zu mir umdrehte, lag kein Vorwurf in ihrem Blick, doch die Verzögerung, mit der sie antwortete, zielte eindeutig darauf ab, mir meine Taktlosigkeit vor Augen zu führen.

»Drei Millionen Pfund.«

»Soll das ein Scherz sein?«

»Ist Ihnen eigentlich schon aufgefallen, dass keines der Fenster hier vergittert ist? In Santa Tecla hat jedes Haus Gitter vor den Fenstern, aber hier nicht.« Sie ging ein paar Schritte von mir weg zum nächsten Haus. Ich sah ihr zu, wie sie einen Finger über die Fensterbank gleiten ließ und alte Einkerbungen fand, die in regelmäßigen Abständen unter der neuen Farbe verteilt waren. Auf dem Weg zurück zu mir betrachtete sie ihre Fingerspitze, als suchte sie nach Staub. »Glauben Sie wirklich, ich wäre zu Scherzen aufgelegt? In dieser Situation? Mit Ihnen?«

»Um welche gute Sache geht es denn bei Ihnen?«

»Ist das wichtig?«

»Nicht, solange es keine Kinder in Malawi sind.«

»Nein.« In ihren Augen lag nun wieder eine Spur des Lächelns, das ich von Bermuda kannte. Vielleicht wirkte ich mittlerweile ein bisschen weniger bedrohlich oder verhielt mich weniger feindselig. »Ich finde, Sie haben etwas sehr Trauriges an sich, Mark.«

»Traurig?«

»Melancholisch trifft es vielleicht besser.«

Vor uns beschrieb die Straße auf dem Weg nach unten eine Kurve. Dunkle Schatten zeichneten zweidimensionale Bäume und Häuser aufs Pflaster. Ein einsames Pferd – dürr, aber nicht annähernd so abgemagert wie die wandelnden Skelette, die wir in der Küstenebene gesehen hatten – knabberte an einem Unkraut, das aus einer Ritze zwischen den Pflastersteinen wuchs. Von seinem Hals hing ein ausgefranstes Seil auf den Boden, das es ein Stück hinter sich herzog. Als wir an ihm vorbeigingen, hob das Tier den Kopf und folgte uns. In einem gemächlichen, beruhigenden Rhythmus schlugen seine Hufe aufs Pflaster.

»Bereitet es Ihnen denn gar keine Sorgen, wie Ihr Mann reagieren wird, wenn er herausfindet, was Sie hier tun?«

»Leonard lebt in seiner eigenen Welt. Er ist viel zu glücklich mit seinen komplizierten Gedankengängen, um von meinen finsteren Machenschaften etwas zu bemerken.« Sie blickte zur Seite. »Aber ich möchte trotzdem, dass Sie aufhören, in seinem Beisein irgendwelche Andeutungen zu machen. Und Freddy können Sie das ebenfalls ausrichten.«

»Wir werden Probleme bekommen«, seufzte ich, »wenn drei von unserer Sorte auf einmal auftauchen.«

»Hoppner hat doch die ganze Welt eingeladen; da ist das doch keine übertriebene Reaktion.«

»Wir werden in seinem Vorzimmer übereinander herfallen.

Wahrscheinlich schreibt er für gewöhnlich nur einen Scheck pro Monat aus.«

»Wir können uns doch füreinander verbürgen. Das ist ein echter Vorteil, verstehen Sie nicht, was ich meine?« Sie blieb stehen und legte mir eine Hand auf den Arm, damit ich mich ihr zuwandte. Hinter uns schlurfte das Pferd weiter, bis es mit dem Maul an meinen Arm stieß. »Jeder von uns arbeitet schon seit Jahren für verschiedene Wohltätigkeitsorganisationen, und wir sind uns im Rahmen unserer Arbeit schon mehrmals über den Weg gelaufen. Was könnte einem Geldgeber mehr Vertrauen einflößen als ein solches Netzwerk?«

Das war nicht von der Hand zu weisen – und es bedeutete, dass sie kein Interesse daran hatte, einen von uns umzubringen. Wieder einmal schien es, als sei wohl doch eher Freddy für die Schüsse auf mich verantwortlich. Dennoch fragte ich mich, ob dieses enthusiastisch vorgetragene, durchaus logische Argument nicht vielleicht doch nur ein cleverer Trick war. Mit einem Anflug von Unbehagen merkte ich, wie gern ich ihr geglaubt hätte. »Hüten Sie sich vor Freddy«, murmelte ich.

»Freddy? Ich kann mir nicht vorstellen, dass er mich in Leonards Gegenwart anbaggern wird.« Sie lachte.

Ich war mir nicht sicher, wie viel ich ihr anvertrauen konnte. Noch gab es keinen Beweis dafür, dass überhaupt einer von beiden auf mich geschossen hatte. »Er ist … heute sind ein paar recht merkwürdige Dinge passiert.«

»Soll ich raten?«

Ich schüttelte den Kopf und zog dann mein Hemd hoch. »Er hat diese Pistole gekauft. In Santa Tecla.«

Zum ersten Mal war es mir gelungen, sie zu überraschen. Sie neigte den Kopf zur Seite und betrachtete den abgenutzten Pistolengriff, der aus meinem Hosenbund ragte. Ungewohnt zögerlich griff sie danach, wobei ihr Fingernagel leicht über meinen Nabel schrammte.

»Und jetzt haben Sie das Ding«, murmelte sie und hielt die Waffe hoch, um Abzug, Lauf und Magazin zu begutachten. »Und ich frage mich, warum.«

Kein Mensch war zu sehen, aber ich war mir der zahlreichen blitzblanken Fenster um uns bewusst und der halb geöffneten Türen, hinter denen dutzendweise neugierige Beobachter für uns unsichtbar in der dunklen Kühle stehen konnten. »Das ist wohl keine gute Idee.«

Sie verstand mich falsch, war aber nicht weniger besorgt. »Nein, wirklich nicht. Sie müssen das Ding loswerden. Werfen Sie's doch einfach in den Wald.«

»Und wenn ein Kind es findet?« Ich wartete auf eine schnelle Antwort in der Hoffnung, dass diese meinen anderen, weniger überzeugenden Einwand entkräften würde. Sie aber schwieg, und ich konnte es mir nicht verkneifen, leiser hinzuzufügen. »Oder wenn wir sie vielleicht doch einmal brauchen?«

Sie lachte so laut auf, dass ich die Pistole nahm und rasch wieder unter mein Hemd schob, sicher, dass spätestens jetzt alle verborgenen Augenpaare auf uns gerichtet waren.

»Mark! Oh, Mark, wo sind Sie denn aufgewachsen? In Vietnam?«

»Wir kennen diese Leute nicht. Wir stehen am Ende einer menschenleeren Straße. Wer weiß, was hier alles ...?«

Das Knarren einer schweren Tür unterbrach meinen Redefluss. Wir blickten uns beide um. Eine Frau – eine exakte Replik der geschwätzigen Alten am Orchesterpavillon, ebenfalls mit bortenbesetzter Schürze und zu einem Knoten gebundenen Haaren – zerrte an einem Seil, das um den Hals des Tieres geschlungen war, eine Ziege aus dem Haus. Auf der Schwelle stemmte sich das Tier mit den Hufen gegen die Steinplatten und begann zu meckern. Die Frau grinste uns fröhlich zu und zog fester, woraufhin die Ziege widerwillig auf die Straße trippelte.

»Eines würde mich noch interessieren«, sagte Alice, mit einem Mal ernst, den Blick die ganze Zeit über auf die Ziege gerichtet. »Haben Sie überhaupt schon mal eine Schusswaffe benutzt?«

»Noch nie.«

Noch immer die Ziege hinter sich herzerrend, ging die Frau mit einem freundlichen, aber unverständlichen Gruß an uns vorbei. Zu meiner Verblüffung lächelte Alice ihr zu und antwortete auf Spanisch. Sichtlich erfreut plapperte die Frau noch ein paar Worte, bevor sie die Ziege im Rinnstein auf die Knie zwang, ein Messer aus der Schürze zog und dem Tier die Kehle durchschnitt.

Der Lärm war noch schlimmer als das Blut, das sich in einem pulsierenden Strom über das Pflaster ergoss. Aus der durchtrennten Luftröhre drang ein kratzendes, keuchendes, panisches Geräusch. Ich hatte es mehr als einmal gehört, von weitaus größeren Tieren, aber nie so unerwartet.

Das Lächeln auf Alices Lippen schwand. Sie schluckte und wandte sich rasch ab. »Ich will zurück«, sagte sie. »Ich will jetzt zum Hotel zurück.« Und schon lief sie auf den Parque Central zu.

Ich packte sie am Arm. »Sie sprechen Spanisch?«

»Sie nicht?« In ihrer Stimme lag mehr als nur ein bisschen Verachtung.

»Warten Sie. Was ist jetzt mit der Pistole?«

»Mark.« Sie hielt inne und sah mich an. »Das ist Ihr Problem. Das müssen Sie schon selber lösen.«

»Es war doch nur eine Ziege, um Himmels willen!«

Zu unserer Linken bog eine Seitengasse ab. Ich behielt meine Hand auf ihrem Arm und dirigierte sie hinein. Die schmale Gasse war weit dunkler als die Straße, und die Schatten des späten Nachmittags verdrängten alle Spuren von Sonnenschein. Ein schwacher Uringeruch machte mir bewusst, wie wenig das restliche Miraflores von der normalen städtischen Verschmutzung betroffen war. Ich sah mich nach einem Kanaldeckel, einem losen Pflasterstein oder Ähnlichem um. Einen guten Meter über unseren Köpfen entdeckte ich schließlich eine Reihe halb in die Wand eingelassener Metallkästen. Ich zeigte auf einen.

»Stromzähler«, sagte sie.

»Versteck«, erwiderte ich.

Sie nickte. Ohne weitere Worte streckte sie die Hand nach der Pistole aus. Ich verschränkte die Finger vor meinem Bauch. Nicht sonderlich behutsam stellte sie einen Fuß in meine Hände und hielt sich an meiner Schulter fest. Es kostete mich nicht viel

Kraft, sie hochzuheben. Bis ich hochsehen konnte, hatte sie schon die winzige Tür des Zählerkastens geöffnet und die Pistole hineingelegt.

Sie schlug das Türchen zu. »Gehen wir«, sagte sie. Ohne darauf zu warten, dass ich sie absetzte, sprang sie einfach auf den Boden und ging vor mir los.

Sei es infolge des vorzeitigen Ablebens der Ziege oder weil sie sich irgendwie über mich geärgert hatte, kam Alice erst nach Einbruch der Dunkelheit wieder aus ihrem Zimmer. Als ich fünf Minuten nach ihr ins Hotel zurückgekehrt war, lag Freddy in einer der grell gefärbten gewebten Hängematten, die wie Kettenglieder um den Hof aufgehängt waren. Auf meinen Vorschlag, einen Drink zu uns zu nehmen, sprang er sofort auf.

Wir saßen auf ein paar steinernen Bänken neben dem Brunnen im Innenhof: einem sehr geraden, sehr senkrecht stehenden Fisch, der gerade genug Wasser ausspie, um seine halbmondförmigen Schuppen zu benetzen und im Terrakottabecken darunter ein sanftes Plätschern zu erzeugen. Der Hof war ebenso gepflastert wie die Straßen und so dicht begrünt, dass er fast schon klaustrophobische Gefühle auslöste. Unmengen roter und orangefarbener Blüten in schweren Steintrögen bissen sich heftig mit den indianischen Farben der Hängematten, und nur die Überfülle wasserfallartig herabstürzenden Grüns und die in Kübel gepflanzten Kaffeesträucher konnten den Effekt ein wenig mildern.

»Ist ja großartig«, rief Freddy und meinte damit nicht seine Umgebung. Er stieß mit seinem Bier gegen meines. »Ich dachte schon, du wärst sauer auf mich, und jetzt bittest du mich zu einem Drink!«

»Einer muss es ja tun«, erwiderte ich und tat so, als meinte ich es im Scherz. Ich ließ mich auf ihn ein, obgleich ich wusste, dass dieser Mann womöglich versucht hatte, mich zu töten.

»Mach dir darüber mal keine Sorgen.« Er klopfte auf die Tasche seines Jacketts. »Ich war auf der Bank, als du dich mit den Bullen unterhalten hast. Die nächsten Runden gehen auf mich.«

Er brauchte etliche Minuten, um sich wieder zu beruhigen. Dreimal versicherte er mich auf unterschiedliche Weise seiner Fairness und seiner Großzügigkeit. Dann erzählte ich ihm von Alice.

»Ach du Scheiße.« Er lachte. »Dachte ich's mir doch. Das ist eine ganz Gerissene, stimmt's? Der ganze Blödsinn von wegen Hochzeitsreise … vielleicht ist sie ja doch anfällig für ein bisschen von Freddys Charme.«

»Leonard hat keine Ahnung«, erklärte ich ihm. »Also sag um Gottes willen nichts.«

»Noch besser«, scherzte er augenzwinkernd.

»Werd endlich erwachsen, Freddy.«

»Aber mein Freund«, winselte er, wieder den gekränkten Ausdruck im Gesicht.

Der harte Klang schwerer Schritte kündete das Kommen von Señor Sánchez an. Er blieb in ehrerbietiger Entfernung stehen, die Arme hinter dem Rücken verschränkt, die Ellbogen rechtwinklig abstehend. »Ist alles zu Ihrer Zufriedenheit?«

»Bestens«, bestätigte ich. »Sind wir die einzigen Gäste?«

»Es ist eine ruhige Zeit«, meinte er, »und dies ist ein kleines Hotel.«

Sein würdiges Gebaren hatte etwas Hohles an sich. Seine Kleidung war makellos, das Hotel einwandfrei, aber Mustique war es nicht und würde es auch nie werden. Es fiel nicht leicht, sich für das Tourismusgewerbe in Miraflores so etwas wie eine Hochsaison vorzustellen. Und dennoch strahlte Francesco José Sánchez eine lobenswerte Entschlossenheit aus, das Beste aus dem zu machen, was Gott ihm aufgegeben hatte – sich an diesem Ort uralter Konflikte ein solides, anständiges Leben aufzubauen.

Ich wollte ihm irgendwie zeigen, wie sehr ich seine Bemühungen zu würdigen wusste. »Darf ich Sie zu einem Drink einladen?«

Freddy warf mir einen gereizten Blick zu. »Danke«, erklärte der Hotelier, »aber ich trinke keinen Alkohol.«

»Dann vielleicht etwas anderes?«

Er wollte nicht recht, war sich aber als Profi auch der subtileren Verpflichtungen bewusst, die seine Position mit sich brachte. Mit einem huldvollen Nicken wandte er sich zur Bar um. Während er das tat, fiel mir auf, dass die kleine Narbe fünf Zentimeter unter seinem Kinn sich in größerem Maßstab auf seinem Nacken wiederholte. Man brauchte nicht allzu viel Fantasie, um sich vorzustellen, wie die beiden Wunden entstanden sein könnten. Ein grässlicher Gedanke.

Mit zurückhaltender Stimme, die dennoch den Mann an der Bar erreichte, gab Sánchez auf Spanisch seine Bestellung auf. Er hatte kaum Platz genommen, als auch schon sein Orangensaft eintraf.

»Haben Sie schon immer hier gelebt?«

»Nicht im Hotel«, erklärte er mit dem Anflug eines Lächelns. »Diesen Luxus haben wir erst seit kurzem. Aber aus Miraflores bin ich schon.«

»Ich bin neugierig. Hier gibt es keine Autos.«

Ich weiß nicht, warum ich dieses Thema angeschnitten habe. Es hatte wohl psychologische Gründe. Nach Santa Tecla kam mir Miraflores wegen der fehlenden Autos wie eine unerwartete Idylle vor.

»Einige schon, aber sie werden kaum benutzt. Wir leben von der Landwirtschaft und haben keinen großen Bedarf für Autos.«

»Und können Sie gut von der Landwirtschaft leben?«

»Der Kaffee, den wir jetzt anpflanzen, wird bald sehr gefragt sein, da bin ich mir sicher. Hier muss niemand hungern.«

»Und wie viel davon geht auf das Konto von Benjamin Sword Hoppner?«

Von Freddy kam ein tadelndes Husten, obwohl er noch mehr als ich auf die Antwort erpicht schien. Ich fragte mich, ob womöglich Daedalus Foy hier übernachtet und diesem Mann dieselben Fragen gestellt hatte. Es gab zwar ein Gästeverzeichnis, aber in dem würde der Name Foy natürlich nicht vorkommen. Meiner war wohl der erste echte Name seit dem Besuch von Dan Kosic und Sunita Bal. Andererseits konnte Foy natürlich auch direkt zu Hoppner gefahren sein, ohne zuvor in Miraflores zu übernachten. Es war gut möglich, dass er sich noch immer hier aufhielt, sich Jennings oder Derbyshire nannte und es sich in einem der Whirlpools des Milliardärs gut gehen ließ, ohne auch nur im Entferntesten zu ahnen, dass eine weltweite Suche nach ihm im Gange war.

Sánchez stellte seinen Orangensaft auf die Bank neben sich und legte die Hände über die Knie. »Es gibt viele Wege, um ein Ziel zu erreichen«, sagte er. »Wir haben es achtundzwanzig Jahre lang über einen Weg versucht, und er hat uns nur Leiden gebracht. Nun ist es an der Zeit, einen anderen Weg auszuprobieren.« Hinter seiner Stirn schien sich ein Themenwechsel vorzubereiten. »Falls ich Ihnen irgendwie bei Ihren Aktivitäten in Miraflores behilflich sein kann, lassen Sie es mich bitte wissen. Wie ich schon sagte, es gibt auch Autos, falls Sie ein Transportmittel benötigen sollten.«

»Danke.«

Irgendwie war es ihm gelungen, jede Anspielung auf die Gründe, die uns in seine Stadt geführt hatten, zu vermeiden. Aber aus welchem anderen Grund, das hatte María schon erkannt, sollten wir hier sein? Ich fragte mich, ob seine Zurückhaltung einfach nur aus dem Wunsch geboren war, nicht aufdringlich zu erscheinen, oder einer tiefer verwurzelten Abneigung entsprang, über den Mann zu sprechen, der für all das hier bezahlte.

»Sie haben also im Krieg gekämpft, stimmt's?«, fragte Freddy, als wollte er beweisen, dass Taktgefühl keine universelle Tugend ist.

»Ich bedaure, dass wir alle in diesem Krieg kämpfen mussten«, erklärte Sánchez. »Selbst meine Töchter.«

»Sie könnten tatsächlich etwas für uns tun«, warf ich rasch ein, um uns von diesem Abgrund wegzulotsen. »Haben Sie hier eine Internet-Verbindung?«

Die Story war nicht schwer zu finden. Die Homepage der *Newsweek* enthielt die meisten Artikel, die in den vergangenen paar Jahren in internationalen Ausgaben veröffentlicht worden waren. Ich brauchte nur mit meiner Kreditkarte ein Abonnement zu bezahlen, und schon hatte ich freien Zugang zu allem.

Sánchez hatte die Tür seines Büros weit offen gelassen, und während ich den Artikel auf dem Bildschirm las, lauschte ich, ob er zurückkam. Obwohl der Text recht vorsichtig formuliert war, lag die Bedeutung zwischen den Zeilen auf der Hand. *Keine vorherige Suizidneigung. Unerklärte Todesfälle.*

Der Schreibtisch war leer. Sánchez hatte nichts herumliegen

lassen. Hatte er den Artikel gelesen? An einem Brett über dem Computer waren an sechzehn Haken dreizehn Schlüssel mit Lederriemchen aufgehängt.

Welche Reaktion hatte dieser Artikel wohl bei Benjamin Sword Hoppner ausgelöst?

Neben dem Computer stand ein Drucker, an dem mit beruhigender Zuverlässigkeit ein kleines grünes Licht brannte. Ich klickte auf *Drucken*.

Nichts geschah.

Ich überprüfte die Kabelverbindung zwischen Computer und Drucker. Alles in Ordnung. Wieder klickte ich auf *Drucken*.

Was Computer anbelangt, bin ich mit meinem Latein am Ende, sobald etwas nicht wie geplant funktioniert. Katie hätte in einer solchen Situation sofort gewusst, was zu tun war. Ich dagegen versuchte es einfach immer wieder, in der Hoffnung, dass es irgendwann doch noch klappen würde.

»Benötigen Sie noch etwas?«, fragte Sánchez dicht hinter mir. Ich hatte ihn nicht hereinkommen hören.

Mit einem ruckartigen Griff zur Maus schloss ich den Browser.

»Nein danke, alles bestens«, erwiderte ich und stand hastig auf.

Als ich mich, schon mitten auf dem Innenhof, noch einmal zu ihm umdrehte, blickte er mir verwundert nach.

»Katie?«

»Hallo?« Ihre Stimme klang weit entfernt und schläfrig. »Mark, bist du das?«

Unfähig, auch nur diese einfache Frage zu beantworten, setzte ich mich aufs Bett und starrte auf meine Armbanduhr. Sechs Uhr achtzehn – also schon nach Mitternacht in London. Wie blöd, daran nicht vorher zu denken! Ich hatte sie aus ihrem kostbaren Schlaf gerissen, von dem sie in diesen Tagen ohnehin zu wenig bekam. Noch etwas, wofür ich mich schuldig fühlen konnte. Ich war schon in Versuchung, ohne ein weiteres Wort aufzulegen.

»Mark? Ist alles in Ordnung mit dir? Wo bist du denn?«

»Mir geht's gut.«

Ich konnte das Rascheln von Haaren auf Bettwäsche hören, das Klopfen auf Kissen, die in eine andere Position gebracht wurden, das Betätigen des defekten Lichtschalters an der Wand. Meine Vorstellungskraft füllte die Lücken aus: der zweite Finger ihrer linken Hand, der Leben in ihre Augenlider rieb; der widerspenstige, unter ihrem Kinn verknitterte Kragen ihres blau gestreiften Pyjamas; vielleicht ein unbewusster Blick auf die Fotos von Indonesien im schweren Silberrahmen ihrer Großmutter. Auf welcher Seite des Bettes sie wohl geschlafen hatte?

»Ich bin so erschrocken, als du gerade …«

»Mir geht's bestens.«

Meine einsilbigen Antworten waren grausam, und sie verletzten mich ebenso sehr, wie ich wusste, dass sie sie verletzten. Früher hatte sie mir einmal erklärt, ich könnte flüssiger und schöner sprechen als ein Dichter. Aber das war längst Vergangenheit. Nach jenem entscheidenden Tag waren die Jalousien so schnell heruntergegangen, wie es unweigerlich hatte geschehen müssen.

»War es … wegen etwas, das ich getan habe? Oder gesagt?«

»Katie, nein. Es war einfach nur …«

Sie wartete geduldig, in der Hoffnung auf irgendeine beruhigende Erklärung. Als die ausblieb, flüsterte sie: »Christopher vermisst dich. Ich auch.«

»Ich kann einfach nicht …« Ich schloss die Augen. »Wie geht es ihm?«

»Es geht ihm gut, Mark.« Ein schluckendes, zögerliches Geräusch führte mir die Form ihres Kinns vor Augen, wie sie es schützend gegen die Brust presste, wodurch ihr Genick durchgestreckt und verwundbar war. »Aber ich bin so fertig, und er merkt das natürlich.«

»Tut mir Leid.«

»Bitte, bitte, komm nach Hause. Was es auch war, was du auch getan hast – mit wem du auch zusammen warst – komm bitte nach Hause.«

Ich stand auf. Der Platz vor dem Hotel war vom schwindenden Licht des Tages in ein blasses Stahlblau getaucht. Die Liebespaare am Pavillon waren alle weg.

»Ich muss hier etwas erledigen. Für Christopher.«

»Aber keiner von uns will etwas anderes als dich. Dass du wieder hier bist.« Ihre Stimme klang nun höher, ihre Tränen waren beinahe hörbar.

»Ich kann nicht zurückkommen. Noch nicht«, fügte ich leise hinzu, auch wenn ich mich sofort dafür hasste, dass ich damit eine falsche Hoffnung nährte.

»Wo bist du denn? Sag mir wenigstens das!«

Draußen ging eine Reihe farbiger Glühbirnen an, dann noch eine und noch eine, kreuz und quer durch den Parque Central zwischen den Ästen der höchsten Bäume. Ich hörte Geklapper und schaute nach unten, wo zwei Kellner gerade vor dem Hotel Tische und Stühle aufstellten und damit einen beträchtlichen Teil des Platzes in Beschlag nahmen.

»Ist nicht so wichtig.«

»Bitte, Mark. Ich muss es wissen.«

Ich konnte sie nie anlügen. Jedenfalls nicht mehr seit dem Tag, als sie nach unserem morgendlichen Aufstieg auf den Mount Sesean über das Land der Toraja geschaut und mich gefragt hatte, an was ich gerade dachte.

»Ich muss jetzt Schluss machen«, war alles, was ich herausbrachte, und der Hörer zitterte in meiner Hand.

Als ich auflegte, war ihre Stimme, reduziert auf das quälende Fragment eines Geräuschs, gerade noch hörbar.

Ein Kodex fürs Leben, Abschnitt 8: Vergebung

Die Tugend der Vergebung, vom Christentum lange als Eckpfeiler seiner Lehre für sich beansprucht, wird in Wahrheit von den meisten philosophischen Traditionen im Osten wie im Westen geschätzt. Wie bei vielen anderen Tugenden auch ist es schwer, sie praktizieren zu wollen oder auch nur zu wissen, wie. Vergebung bedeutet nicht, einem Übeltäter seine Strafe zu erlassen; das ist Nachsicht, die man nur walten lassen sollte, wenn sie nicht der Gerechtigkeit oder wirksamer Abschreckung entgegensteht. Vom »Vergeben einer Schuld« zu sprechen heißt, das zugrunde liegende Verb misszuverstehen.

Vergebung ist ein Geisteszustand – eine intellektuelle Entscheidung, die für den Vergebenden schwerer wiegende Folgen hat als für den, dem vergeben wird. Somit verfügen wir alle über die Fähigkeit zu vergeben – nicht nur diejenigen, die stark oder mächtig genug sind, um Vergeltung üben zu können. Somit ist Vergebung ebenso wie alle anderen Tugenden in letzter Konsequenz weitaus lohnender als die Alternativen, in diesem Fall Rache oder anhaltender Groll.

Vergeben heißt nicht vergessen, sondern verstehen und akzeptieren. Das Konzept der Absolution, das katholischen Gläubigen so am Herzen liegt, ist etwas völlig anderes als Vergebung. Falls ein allmächtiger Gott existiert, verfügt er vielleicht über die Macht, das Geschehene quasi ungeschehen zu machen, ansonsten kann das mit Sicherheit niemand.

Vergebung ist eine intellektuelle Anstrengung mit dem Ziel, zu verstehen, was hinter einem Fehlverhalten steckt, gefolgt von der intellektuellen Entscheidung, auf Verbitterung und Rache zu verzichten. Es ist kein emotionaler Akt. Und genau deshalb ist – anders als beim Mitgefühl (siehe Abschnitt 5), das auf einer Art Liebe beruht – jeder dazu fähig.

Lassen Sie mich ein Beispiel nennen. Als ich noch in Tulsa lebte, hatte ich vor meinem Haus einen kleinen Hof. Ich erlaubte allen Kindern aus der Nachbarschaft, dort zu spielen, wann immer sie wollten, solange sie keinen Schaden anrichteten. Eines der Kinder, die dieses Angebot gerne nutzten, war ein Junge namens David. Wie ich hatte er seinen Vater verloren, aber er hatte eine Fröhlichkeit an sich, die mir jedes Mal das Herz aufgehen ließ, wenn ich sah, wie er auf den Apfelbaum kletterte oder auf dem Gras hinter einem anderen Kind herrannte. Ich muss noch erwähnen – obwohl solche genetischen Deskriptoren in diesem Kodex keine Rolle spielen –, dass der Junge schwarz war.

Als ich eines Tages von der Arbeit kam, war außer David niemand auf dem Hof. Er kauerte auf dem Rasen, Arme und Beine voller Schrammen, den Kopf zwischen den Knien. Zuerst wollte er mich gar nicht ansehen. Als ich ihn dann mit viel Zureden dazu brachte, mir zu erzählen, was vorgefallen war, öffnete er die Knie und zeigte mir, wo sie ihn geschnitten hatten: Über beide Wangen und seine Stirn verliefen jeweils zwei schmale, lange Wunden. Drei weiße Jungs, vielleicht siebzehn oder achtzehn Jahre alt, hatten ihn festgehalten, während ein vierter ihn mit einem Taschenmesser »zeichnete«. David war elf Jahre alt.

Wir riefen den Arzt und die Polizei. Sie fanden die Jungs, und David sagte gegen sie aus. Das war mutig von ihm, auch wenn es ihm sehr schwer fiel. Doch der schwierigere Teil lag noch vor ihm. Davids junges Herz war so voller Wut und verlangte in seiner Demütigung so sehr nach Rache, dass ich befürchten musste, wir würden ihn verlieren. Er würde für den Rest seines Lebens Hass gegen alle Weißen empfinden und vielleicht sogar, wenn er erst einmal erwachsen war, eine passende Gelegenheit nutzen, es ihnen heimzuzahlen. Schlimmer noch: Ein Teil von ihm, von diesem liebevollen, freundlichen Kind, würde für immer sterben.

Ich verbrachte viele Nachmittage damit, mit David zu sprechen. Aus irgendeinem Grund vertraute er mir und ließ zu, dass ich mit ihm behutsam das Erlebte noch einmal durchging. Wir sprachen über das, woran er sich erinnerte, und darüber, warum diese Jungs das getan haben könnten. »Weil sie Schwarze hassen«, sagte er zunächst. Es war nicht weiter verwunderlich, dass er das dachte, und vielleicht hatte er damit sogar Recht. Aber ich fragte weiter: warum? Woher kam diese Einstellung zu einer bestimmten Rasse?

Es dauerte eine Weile, bis er sich zu etwas sehr Mutigem durchringen konnte. Er besuchte mit mir zusammen die Mutter des Jungen, der ihm die Schnitte beigebracht hatte. Und er hörte aus dem Mund dieser guten Frau, wie sie ein paar Wochen zuvor im Laden ihres Mannes gestanden hatte, als zwei schwarze Jugendliche hereinkamen und mit vorgehaltener Waffe Geld verlangten. Es sei natürlich falsch gewesen, was ihr Sohn getan habe, aber er habe nur seine Mutter rächen wollen.

David versuchte zu verstehen, warum diese Jungs ihm das Gesicht zerschnitten hatten. Und als ihm das gelungen war, stellte er fest, dass er ihnen vergeben wollte. Ein Teil von ihm empfand noch immer Hass und verlangte nach Rache, aber dennoch fasste David den lobenswerten Entschluss, dieses Verlangen aus seinem Kopf zu tilgen. Danach fühlte er sich besser. Er verstand, dass er nur verletzt worden war, weil der Sohn dieser Frau nicht zur Vergebung fähig gewesen war, und fühlte sich umso stärker durch die Erkenntnis, dass er etwas geschafft hatte, was seinem Peiniger nicht gelungen war.

Tut ein Mensch etwas Falsches, weil er nicht versteht, dass es falsch ist, oder weil er von Grund auf böse ist? Und wenn er böse ist, kam er dann schon so auf die Welt oder hat erst seine Umgebung ihn so werden lassen? Welche Antwort auch immer zutreffen mag – in jedem Fall verdient er unsere Vergebung, und sei es nur, weil wir das Glück hatten, dass uns sein Schicksal erspart geblieben ist. Dass wir besser verstehen, was Moral bedeutet, dass uns gewisse Gene in die Wiege gelegt wurden, dass wir in zivilisierten Verhältnissen aufwachsen durften – das alles beruht auf Glück, nicht auf persönlicher Leistung. Wenn wir Menschen hassen, nur weil sie nicht dieses Glück hatten, wenn wir Vergeltung fordern gegen diejenigen, die vom Schicksal benachteiligt worden sind, was tun wir dann uns selbst an? Vergeben heißt verstehen – und ist somit eine intellektuelle Tugend. Und dennoch: Sind wir nicht zur Vergebung fähig, verlieren wir weit mehr als nur intellektuelle Zufriedenheit. Wir verlieren unsere Seele.

7

Leonard kam, um nach mir zu sehen. Es war mittlerweile vollkommen dunkel, und die Lichterketten von draußen warfen schwankende Reflexe auf die Decke meines Zimmers. Obwohl ich mir vage der Stimmen, des Gelächters und der langsam anwachsenden Menschenmenge auf dem Platz bewusst war, sah ich noch immer das Schlafzimmer in Pimlico vor mir.

Durch den Schal, den sie über die Lampe drapiert hat, fällt warmes goldenes Licht auf Katies Gesicht. In meinen Oberschenkel bohrt sich die harte Ecke ihrer rasch zur Seite geschobenen Aktentasche. Der Füller, mit dem sie gerade einen Vertrag abgeändert hat, steckt noch ohne Schutzkappe zwischen ihren Zähnen – ihren lächelnden, missbilligenden Lippen – und trocknet allmählich ein. Während sie mir das geronnene Blut aus dem Gesicht wischt, versuche ich, ihr den Grund für meine Erheiterung zu vermitteln – das Gefühl, wieder zum Leben zu erwachen, als ich den Schlag hatte einstecken müssen und es trotzdem schaffte, den Kerl rauszuwerfen. Ihre lachende Beteuerung, sie würde niemals einen Mann heiraten, der sich für seinen Lebensunterhalt prügeln muss; mein Einwand, dass gerade die Tatsache, dass es eigentlich nicht zu meinen Pflichten als Barkeeper gehörte, den Rausschmeißer zu spielen, die Sache so prickelnd machte; und überhaupt hielte ich sowieso nichts vom Heiraten, denn wozu bräuchten wir eigentlich die Ehe? Sie verstummt für einen Augenblick und erklärt mir dann wozu.

»Mark?«

Das Klopfen, obwohl sachte und höflich, kam mir plötzlich sehr laut vor. Wie lange stand er wohl schon da draußen?

»Wir … wir hatten gehofft, Sie würden vielleicht auf einen Drink runterkommen.«

Ich wälzte mich vom Bett und öffnete die Tür. Er zögerte, als er sah, dass ich kein Licht anhatte.

»Tut mir Leid. Sie haben wohl geschlafen.«

»Nur nachgedacht.« Ich schaltete das Licht an und rieb mir das Gesicht. »Ein Drink wäre nicht schlecht.«

»Sie scheinen so eine Art ... wie sagt man hier wohl ... eine Art Fiesta zu feiern.«

Weiter hinten auf der Gallerie fiel eine Tür ins Schloss. Alice trat an die Seite ihres Gatten. »Sie sehen ja beschissen aus«, war ihr Kommentar.

Als ich nach ein paar Minuten und etwas kaltem Wasser nach unten ging, wuchtete sich Freddy gerade aus einer Hängematte. Durch den Innenhof schwebte amerikanische Popmusik. Draußen auf dem Platz war die Musik dank zweier großer Lautsprecherboxen zu beiden Seiten des Hoteleingangs noch lauter. Seit Sonnenuntergang hatten sich ganze Menschenschwärme eingefunden, an die ich mich erst gewöhnen musste.

Die Tische vor dem Hotel waren schon alle von lautstarken, lachenden Männern besetzt, doch als wir uns näherten, standen gleich zwei Gruppen auf und boten uns ihre Plätze an. Alle lächelten uns freundlich zu – so lange jedenfalls, bis jede Gruppe merkte, dass sie am anderen Tisch Konkurrenz bekommen hatte. Daraufhin versuchte die eine Gruppe, die andere durch Gesten dazu zu bringen, sich wieder zu setzen, aber vergebens, und so entspann sich ein lebhafter Wortwechsel. Beide Gruppe schienen gleichermaßen wild entschlossen, sich höflich und großzügig zu zeigen.

»Ich fasse es nicht«, murmelte ich.

Bevor der Streit zu sehr eskalieren konnte, entschied sich Alice für einen der Tische, wechselte ein paar Worte auf Spanisch mit den Männern, die ihn frei gemacht hatten, und nickte ihnen mehrmals dankbar zu. Sofort setzten die Männer wieder ihr Lächeln auf, nahmen ihre Drinks mit an den Rand des Platzes und überließen uns ihren Tisch.

»Carlos Juárez«, sagte der letzte von ihnen, verbeugte sich und deutete auf sich selbst, während er sich rückwärts entfernte. Eine schwarze, sehr buschige Augenbraue zog sich über seine gesamte Stirn. »Carlos Juárez.«

»*Gracias,* Carlos«, sagten wir alle mit mehr oder weniger ernsten Gesichtern, bevor er sich ein letztes Mal verbeugte und ging.

Am Tisch ihrer abgewiesenen Konkurrenten herrschte eine eisige Stimmung. Schweigend saßen sie da, ohne uns auch nur eines Blickes zu würdigen, jeder verbissen sein Bier umklammernd.

»Sind die nicht nett hier?«, rief Leonard. »Uns einfach so ihren Tisch anzubieten. So etwas könnte in England nicht passieren.«

Señor Sánchez kam mit laminierten Speisekarten zu uns und nahm unsere Getränkebestellung auf. Obwohl er uns seine volle Aufmerksamkeit schenkte, nickte er immer wieder einmal anderen Männern kurz zu, die auf diese kleine Begrüßungsgeste mit freudiger Miene reagierten.

»Was wird denn heute gefeiert?«, fragte ich ihn, nachdem Freddy sich endlich für einen der Cocktails entschieden hatte.

»Nichts Besonderes«, erklärte er achselzuckend. »Es ist nur so, dass wir in Miraflores nicht allzu viele trockene Abende haben. In diesen Bergen hängen meistens die Wolken. Sie haben die Sonne mitgebracht.«

»Dann hält das schöne Wetter vielleicht so lange an, wie wir hier sind«, erwiderte Alice strahlend.

Sánchez antwortete mit einem zurückhaltenderen Lächeln. »Es hält nicht an.«

Die klare Nacht hatte nicht nur die Männer ins Freie gelockt, auch wenn diese mit ihrem lateinamerikanischen Machismo die Tische beherrschten, sich gegenseitig auf die Schultern klopften und regelmäßig in schallendes Gelächter ausbrachen, über die Nachbarn hinweg mit anderen redeten und ihre lauten Worte mit wilden Gesten untermalten. An den Rändern unseres improvisierten Straßencafés hatten sich auch etliche Frauen eingefunden. Während die Männer überwiegend in den Vierzigern und Fünfzigern waren, fanden die weniger lautstarken Gespräche um sie herum zwischen Frauen aller Altersgruppen statt.

Die jungen Liebenden waren wieder am Pavillon, wo sie vielleicht in den dunklen Schatten ein wenig weiter gingen als zuvor. Auf dem Rest des Parque Central rannten Kinder von Baum zu Baum, während andere auf glänzenden neuen Fahrrädern oder metallicfarbenen Rollern umherrasten. Diese Welt hatte keinerlei Ähnlichkeit mit den Slums und den vom Krieg verwüsteten Ruinen von Santa Tecla. Jedes einzelne Kind trug saubere, gebügelte Jeans, Turnschuhe und ein buntes T-Shirt oder einen Sweater. Sie hätten überall in Mittelamerika herumrennen können, wäre nicht ihre Haut zu dunkel, ihr Haar zu sorgfältig gekämmt und ihr Lächeln zu freigiebig gewesen.

Ich weiß, dass wir alle dasselbe empfanden: jenes herzerfrischende Gefühl, das einen überkommt, wenn man nicht nur eine einzelne Familie, sondern ein ganzes soziales Gefüge – eine Gemeinschaft, in Ermangelung eines weniger klischeehaften Wortes – entspannt und glücklich sieht. Ich habe es immer genossen, Kinder, die ihren Spaß hatten, aus sicherer Entfernung zu beobachten. Das war ja der Widerspruch: Ich hätte Kinder ebenso lieben können wie Freddy, und ich liebte Christopher – meinen Christopher – mehr als alles andere auf der Welt, seine Mutter vielleicht ausgenommen. Aber ich hatte eine panische Angst davor, ihnen wehzutun – ihm wehzutun. Lieber wollte ich die Menschen, die ich liebte, verlieren, als Gefahr zu laufen, meinen Sohn zu verletzen.

Diese sorglosen Eltern von Miraflores wussten gar nicht, was für ein Glück sie hatten.

Es dauerte eine Weile, bis mir die Anomalie dieser lebenssprühenden, geselligen Szenerie bewusst wurde. Wir redeten schon eine Stunde, wobei Alice sehr darauf bedacht war, das Gespräch auf neutrale Themen zu lenken, die für kurze Zeit unsere ganze Aufmerksamkeit in Anspruch nahmen. Sie hatte sich bei ihrem Mann eingehakt, trank ausschließlich Mineralwasser, quittierte seine Anmerkungen mit einem Lächeln und drückte seine Hand, wann immer er sich zu ihr wandte. Hin und wieder warf sie Freddy und mir einen Blick zu, als wollte sie sich vergewissern, dass wir von Leonard ebenso beeindruckt waren wie sie. Und um ehrlich zu sein, er war wirklich beeindruckend. Ich empfand seine Ansichten als äußerst anregend und erhellend – wenn auch überwiegend zu abstrakt, um von praktischem Nutzen zu sein –, und hätte ich nicht einen Augenblick lang über seine Schulter geschaut, wären mir die Silhouetten, diese schwarzen Gestalten im Gebäude auf der gegenüberliegenden Seite des Platzes, wohl nie aufgefallen.

Die meisten von ihnen regten sich nicht und setzten sich wie gemalt gegen die gelbliche Beleuchtung ihrer Zellen ab, ohne dass ich ihre Gesichter hätte erkennen können. Mehrere Arme waren zu sehen, und etliche Hände umklammerten die Gitterstäbe, die sie von unserem kleinen Utopia trennten. Trotz der Finsternis hatte ich keinerlei Zweifel, dass jedes unsichtbare Augenpaar auf uns gerichtet war.

»Señor Sánchez«, rief ich ungestüm zur Verblüffung aller. Als er zu uns kam, konnte ich meinen Blick noch immer nicht von dem Gebäude wenden. »Ist das ein Gefängnis?«

Blitzartig wandten die anderen drei sich um. Unglaublich, dass es noch keinem von uns aufgefallen war. Doch bisher war unser Aufenthalt in Miraflores ein Festival neuer Eindrücke gewesen, und die kurze Zeit, die wir außerhalb des Hotels verbracht hatten, war von unserem unerwartet emotionalen Abschied von María ausgefüllt worden. Dunkle Männer in dunklen Räumen fielen bei Tageslicht nicht annähernd so ins Auge wie Silhouetten, und Gitterstäbe vor Fenstern übersieht man leicht, bis man eines Besseren belehrt wird.

»Mein Gott«, keuchte Freddy. »Ob wir hier wohl sicher sind?«

»Die armen Teufel«, sagte Alice. »Seht sie euch nur an!«

Soweit die Körperhaltung eines Menschen etwas über sein Befinden aussagen kann, stimmten wir alle schweigend mit ihr überein – selbst Freddy, sobald er sich vergewissert hatte, dass keiner von ihnen die Gitterstäbe durchbrechen konnte.

»Ja, das ist unser Gefängnis«, räumte Sánchez mit sichtlichem Widerwillen ein.

»Was zum Teufel soll das hier? Mitten in der Stadt?«

Seine Antwort ließ auf sich warten. Auch er starrte auf das Gefängnis an dem einen Ende des langen, mit Kolonnaden versehenen Gebäudes, das bei Tageslicht so elegant gewirkt hatte – so, als müsste er sich den Grund dafür ins Gedächtnis rufen, dass Häftlinge mitten im Herzen dieser friedlichen Gemeinschaft ihre Strafe verbüßten.

»Die Spanier haben es gebaut«, murmelte er.

»Und bis heute ist keiner auf die Idee gekommen, es dichtzumachen? Oder es wenigstens anderswohin zu verlegen?«

»Doch. Es wurde 1893 geschlossen. Dann richtete man eine Bücherei darin ein.«

»Aber warum ...?«

»Mr. Weston, es tut mir Leid, aber ich würde lieber über angenehmere Themen sprechen. Wir haben hier schon einen zu großen Teil unseren Lebens damit verbracht, uns mit Sorgen zu beladen.« Er hielt inne, als wollte er ein wenig von seiner Unerbittlichkeit abschütteln. »Möchten Sie vielleicht noch einen Drink?«

Bevor ich die Chance bekam, weiter zu bohren, rief er auch schon einen Kellner und beendete das Gespräch, indem er sich entfernte.

Mit einem tiefen Seufzer, einer Mischung aus Besorgnis und Traurigkeit, wandte Freddy den Blick vom Gefängnis ab. »Seltsame Sache.«

Niemand widersprach ihm, aber es sagte sowieso keiner ein Wort. Das Gespenst des Gefängnisses hatte uns alle gleichermaßen beklommen gemacht und uns jede Lust auf Smalltalk genommen. Die anderen drei, die mit dem Rücken zu den Häftlingen saßen, empfanden es vielleicht sogar noch stärker als ich, weil sie nicht sehen konnten, was diese fernen, traurigen Gestalten gerade taten.

Unser Schweigen schien keinem der Männer um uns herum aufzufallen. Sie lachten und tranken weiter, offenbar unbeeindruckt von der schattenhaften Nähe ihrer eingekerkerten Söhne und Brüder. Am beunruhigendsten fand ich, dass nicht einer der Gefangenen ein Geräusch von sich gab. Durften sie nicht sprechen? War es nicht inhuman, dieses menschliche Grundbedürfnis zu verbieten? Und was hatten sie sich zuschulden kommen lassen?

»Das entbehrt nicht einer gewissen Logik«, beendete Leonard unser schockiertes Schweigen. »Stellt man das Gefängnis mitten ins Zentrum des täglichen Lebens, setzt man nicht nur die Häftlinge der öffentlichen Schande aus, die sie womöglich mehr als konventionelle Strafmethoden davon überzeugt, dass sie einen Fehler begangen haben; man erinnert gleichzeitig auch alle anderen daran, was sie erwartet, wenn sie sich nicht an die Gesetze halten.«

»Das ist Hoppners Werk«, murmelte Alice.

Ich nickte. »Das glaube ich auch. Und das ist genau das, was Sánchez uns nicht erzählen will.«

Freddy holte sein Chromfeuerzeug und eine Packung Zigaretten aus der Jackentasche. Er bot Alice eine an, die ablehnte, und versetzte ihr scherzhaft einen Rippenstoß. »Hoffen wir mal, dass er uns nicht auch da reinsteckt, was?«

Sie zuckte bei seiner Berührung zurück und bedachte mich mit einem finsteren Blick. »Haben Sie mit ihm gesprochen?«, fragte sie.

»Ja«, seufzte ich.

»Was?« Freddy zündete sich eine Zigarette an. »Na komm, ich hab doch gar nichts gesagt! Das war doch nur ein kleiner Scherz«, fügte er, an Leonard gewandt, hinzu, als hätte er nicht schon genug angerichtet.

»Ich kann nicht ganz folgen«, erwiderte Leonard.

»Genau«, meinte Freddy, »ich …«

»Hältst du jetzt endlich die Klappe?«

Alices Wutausbruch zog an den benachbarten Tischen mehr Aufmerksamkeit auf sich als unser vorausgegangenes Schweigen. Einen Augenblick lang richteten sich zahlreiche neugierige Blicke auf uns. Für Alice war das ein Segen, weil es Leonard ablenkte. Sein einziger Impuls bestand darin, seine Frau vor der peinlichen Situation zu beschützen, die sie selbst heraufbeschworen hatte. Mit einem verlegenen Lächeln winkte er den Leuten an den anderen Tischen zu, als wollte er diese besorgten Fremden beruhigen und ihnen versichern, dass seine Frau körperlich und geistig durchaus gesund war.

»Liebling, also wirklich ...«

»Tut mir Leid, Liebling.«

Schon war die allgemeine Neugier verständnisvollem Lächeln gewichen und der winzige Ansatz eines Ehestreits vorüber, bevor er richtig begonnen hatte. Leonard beugte sich vor, um sie zu küssen, ganz züchtig auf die Wange, und sie nahm die Geste mit genau dem richtigen Maß an Zärtlichkeit und Dankbarkeit an.

Eine schlanke Gestalt – fast androgyn, aber etwas mehr zum Männlichen tendierend – trat mit einem schüchternen Grinsen an unseren Tisch. In seiner zarten Hand hielt er ein Bündel angespitzter Stäbchen, auf denen jeweils ein Stück spröder weißlicher Käse steckte. Hoch erfreut, dass einer von uns Spanisch sprach, ließ er sich ausführlichst über die Vorzüge von über offenem Feuer gegrilltem Käse aus, bis Alice einen Geldschein aus der Tasche zog und für jeden von uns einen kaufte.

»War der nicht süß?«, sagte sie, nachdem er sich wieder an den Rand des Platzes verzogen hatte, wo sein Kohleofen auf ihn wartete. »Er meint, wir sollten zuerst nur die geschmolzene Außenseite essen und ihm dann den Rest zurückgeben, damit er den Käse noch etwas länger grillen kann.«

»Ich hoffe nur, dass es dem Hotelchef nichts ausmacht«, murmelte ihr Mann. »Ich nehme an, er erwartet, dass wir im Hotel essen.«

»Er wird uns deswegen schon nicht gleich erschießen«, konterte Alice scharf.

Der gegrillte Käse war überraschend köstlich. Ich hatte eine formlose, klebrige, tropfende Masse erwartet, doch stattdessen war der Käse von einer goldenen Kruste überzogen, die gerade genug Biss hatte, um die gehaltvolle weiße Wärme darunter seidig leicht schmecken zu lassen.

Freddy aß alles auf einmal, auch den harten, kalten Kern. Als der Junge von seiner Kohlenpfanne zurückkam, um unsere Käsespieße für den zweiten Grillgang abzuholen, starrte er Freddy verwirrt an.

»Verdammt gut, Freundchen«, grinste Freddy. »Bring mir noch einen.« Er warf seinen Spieß auf den Boden hinter sich, woraufhin der Junge sofort auf die Knie fiel, um ihn wieder aufzuheben. »Um Gottes willen ... Alice, sag ihm, er soll mir noch einen bringen, ja? Aber auf einem sauberen Spieß, falls das nicht zu viel verlangt ist.«

Seit einiger Zeit schon überfluteten uns die zuckersüßen Ergüsse einer endlosen Reihe von Boygroups und Popsängerinnen aus den Lautsprechern des San Isidro. Nun aber – als eine CD zu Ende war und Sánchez gerade einen Kellner losschickte, um eine neue einzulegen – ertönten andere, willkommenere Klänge. Vom Orchesterpavillon her kam ein Mann Gitarre spielend auf uns zu.

Er wurde begleitet von drei weiteren Musikern mit einer zweiten, kleineren Gitarre, einer Violine und einer winzigen Trommel. Einer nach dem anderen schlossen sie sich an. Wie alle Männer um uns herum waren sie sehr schlicht gekleidet: helle, saubere Hemden über abgetragenen Jeans und Cowboystiefeln. Das hier war keine routinierte, bunt kostümierte Mariachi-Band, sondern lediglich eine Gruppe von Freunden, die gern gemeinsam musizierten.

Und die Musik war wunderschön. Einfach, rhythmisch, aber auf gespenstische Weise zu diesem milden, merkwürdigen Abend passend. Die Melodie klang zunächst ein wenig verschwommen, als hätten die Musiker sich noch nicht auf eine gemeinsame Richtung geeinigt; dann aber, unter großem Applaus von allen Seiten, kristallisierte sich eine lebhafte, wahrscheinlich altbekannte Weise heraus.

Ihnen war noch eine weitere halbe Minute vergönnt, bevor die Hotellautsprecher zu neuem Leben erwachten und ein Ex-Spice-Girl auf der Suche nach einer Solokarriere sie mühelos übertönte.

Der Protest ließ nicht lange auf sich warten. Arme flogen hoch, lateinamerikanische Entrüstung verschaffte sich Luft. Von allen Seiten wurde Sánchez mit flehentlichen Bitten um Ruhe bestürmt. Doch trotz ihrer Lautstärke waren die Zurufe freundlich, die Klagen respektvoll. Die meisten Männer lächelten, während sie mit nach oben geöffneten Handflächen ihrem gespielten Erstaunen über diese geschmacklose Unterbrechung ihrer heimischen Barden Ausdruck verliehen.

»Ich verstehe ja nicht, was sie sagen«, flüsterte ich Alice zu, »aber kann es sein, dass Sánchez gerade als ›Comandante‹ tituliert wurde?«

»Zweimal sogar«, bestätigte sie. »Und sehen Sie doch, wie vorsichtig sie sind, um ihn nicht zu verärgern.«

Offenbar sagte keiner etwas, das den Chef des Hotels in Verlegenheit gebracht hätte. Als dann Sánchez endlich nachgab und die Anweisung erteilte, die Musikkonserve abzuschalten, wirkte das wie das Zugeständnis eines gütigen Führers, der seinen Leuten ihre Launen ließ, und ganz und gar nicht wie eine Niederlage. Er erntete dafür nicht nur Jubel, sondern wurde zudem mit einem Ansturm neuer Getränkebestellungen belohnt.

Es war schlicht unmöglich, sich von der allgemeinen Hochstimmung nicht anstecken zu lassen. Als Alice den Blick über die Tische schweifen ließ, lächelte sie auf so natürliche Weise, dass ich spürte, wie ich selbst zu lächeln begann. Als sich unsere Blicke trafen, blitzte kurz ihre rosafarbene Zungenspitze zwischen den Zähnen auf – eine unbewusste Bewegung, nehme ich an –, und ihr Kinn hob sich ein wenig. Ihr schlanker, aufrechter Hals leuchtete im Schein der bunten Lichter in einem hellen Goldton. Auf einmal verspürte ich den fast unwiderstehlichen Drang, mich über den Tisch zu beugen und ihn zu berühren.

Sie trug in jedem Ohrläppchen einen Diamantstecker. Ich bemerkte sie, als sie sich zur Seite drehte, um eine Frage von Leonard zu beantworten. Erst in diesem Augenblick musste ich an den Ohrring in meiner Tasche denken. Katie bevorzugte reines Silber und verschnörkelte, zarte Muster. Der Ohrring, den ich ihr abgenommen hatte, als ich ein letztes Mal in ihr Zimmer gegangen war und mein feuchtes Gesicht auf das Kopfkissen neben ihr gelegt hatte, war ein keltischer Knoten. Ich fragte mich, ob sie ihn wohl vermisste.

Ich griff in die Tasche und umschloss ihn mit meiner Hand. Mein Lächeln schwand ebenso wie mein Wunsch, Alice zu betrachten.

Ein Mann am Tisch hinter mir stand auf und blickte zum Rand

des Platzes. Auf dieses Zeichen hin kam eine Frau, die mit einer Gruppe von Kindern gesprochen hatte, zu ihm geeilt. Wortlos begannen die beiden zu tanzen. Ihre Bewegungen waren lebhaft, wenn auch ein wenig eckig, weil sie hin und wieder an den Pflastersteinen hängen blieben, und bald schon taten es ihnen mehrere andere Paare gleich.

Leonard wurde immer kleiner auf seinem Stuhl.

»Na komm«, forderte Alice ihn lächelnd auf.

»Ach nein.« Entschlossenes Kopfschütteln.

»Bitte, Liebling!«

Sie war schon auf den Beinen und streckte ihm die Hand entgegen. Er hatte keine Chance. Widerwillig erhob er sich und entfaltete seinen Körper wie ein schwer zu handhabender Kran zu voller Länge. Mittlerweile hatte eine neue Melodie mit einem komplizierteren Rhythmus eingesetzt, und einen Augenblick lang dachte ich schon, Alice würde passen. Stattdessen zog sie Leonard näher zu sich heran, wobei sie sich vielleicht der vielen Blicke bewusst war, die auf ihnen ruhten, lächelte in sein ratloses Gesicht hoch und führte ihn zum ersten Schritt.

»Der arme Teufel hasst das«, bemerkte Freddy nicht ohne Schadenfreude. »Ich hätte schrecklich gern ihren ersten Tanz bei der Hochzeit gesehen.«

»Du hättest mit deinem Gefängnisscherz fast alles ruiniert.«

»Ach komm, mein Freund, so reagieren eben diese Amateure: Schon bei der kleinsten Anspielung auf ihre Machenschaften drehen sie durch. Ihr müsst das einfach lockerer sehen, du und Alice. Will sie eigentlich bei der Malawi-Geschichte mitmachen? Vielleicht könnte sie sich ja als meine Frau ausgeben … ich meine, Lenny kommt ja wohl nicht mit, oder?«

Mich ärgerte, wie schnell Freddy seine Arroganz wiedergefunden hatte. Als er nach der Schießerei so richtig eingeschüchtert war, hatte ich eine Weile das beruhigende Gefühl genossen, in Sicherheit zu sein. Das war vermutlich eine Illusion gewesen, aber immer noch besser als ein zu neuer Selbstsicherheit erwachter Freddy, der sich schon wieder Gedanken darüber machte, wie er am besten von anderen profitieren konnte.

»Das musst du schon mit ihr persönlich besprechen.«

»Ja, mache ich. Aber wann? Lenny ist so furchtbar fürsorglich, findest du nicht auch? Ständig wuselt er um sie herum. Kommt mir ziemlich verzweifelt vor, wenn du mich fragst. Der sollte sie ziehen lassen, und wenn sie dann zu ihm zurückkommt ...«

»Mann, du bist so ein Wichser«, erwiderte ich. Ihm fiel die Kinnlade herunter, aber wenigstens war er jetzt still.

Leonard hielt sich auf dem gepflasterten Tanzboden immer schlechter. Statt mit der Zeit sicherer zu werden, kam er mehr und mehr aus dem Rhythmus, bis es schon unerträglich wurde, auch nur die Gesichter derjenigen zu beobachten, die ihn beobachteten. Keiner der Bewohner von Miraflores brauchte einen Beweis dafür, dass Engländer nicht annähernd so gut tanzen konnten wie sie, aber sie hatten trotzdem ihren Spaß daran. Ihr Lächeln war eher amüsiert als verächtlich – fast so, als ob Leonard ihnen eine Komödie vorspielte und nur darauf wartete, dass sie mit ihm lachten.

»Was hast du eigentlich mit meiner Kanone gemacht?« Freddy hatte schlechte Laune und das wohl nicht ohne Grund.

»Was?«

»Meine Kanone. Ich will sie wiederhaben. Sie gehört mir – ich hab sie schließlich gekauft.«

Ich ignorierte ihn. Mit einem beachtlichen Fingergalopp über die Saiten schloss der Leadgitarrist das Stück ab. Alice fiel ihrem Mann um den Hals, machte aber keine Anstalten, seine überstürzte Flucht zurück zu unserem Tisch zu verhindern. Sie folgte in gemächlicherem Tempo, doch bevor sie ihren Stuhl erreichte, war Freddy auch schon aufgesprungen und hatte ihren Arm gepackt. Das nächste Lied war eine bekannte brasilianische Melodie, der die unbekümmerte Bogenführung des Geigers einen schmachtenden Touch verlieh.

»Darf ich bitten?«

Sie unterdrückte ein Lachen und ließ sich zurück auf die Tanzfläche führen. Ich schaute zu Leonard hinüber.

»Ich bin wirklich ein hoffnungsloser Fall«, räumte er ein. »Arme Ali.«

»Ich glaube nicht, dass es ihr in erster Linie um technische Fertigkeiten geht«, versuchte ich ihn zu trösten. »Sie würde auch dann noch gern mit Ihnen tanzen, wenn Sie ihr auf die Füße treten würden.«

»Das habe ich schon getan«, erwiderte er untröstlich.

»Oh. Na dann ...«, sagte ich matt, als würde das irgendwie meine Argumentation untermauern.

Der sanfte Charme der Musik war an Freddy glatt verschwendet, der Alice durch alle möglichen Figuren hetzte und sich mit doppelter Geschwindigkeit bewegte, als wollte er so den gemächlichen Rhythmus ausgleichen. Wie die Männer an den Nachbartischen zuckte auch ich unwillkürlich zusammen, als Alice bei dem Versuch, mit Freddys energischem, aber unelegantem Tanzstil mitzuhalten, verzweifelt gegen die Tücken der Pflastersteine kämpfte. Zweimal sah ich ihr schmerzverzerrtes Gesicht, als er bei einer Drehung ihre Hand allzu fest hielt, als wollte er ihr das Handgelenk ausrenken.

»Eigentlich sollte sie besser nicht tanzen«, erklärte Leonard lächelnd. »Dem armen Ding war in letzter Zeit ziemlich oft übel. Irgend so eine Magengeschichte, die einfach nicht weggeht. Sie kippt ständig um und muss sich erbrechen.«

»Sie ist doch nicht ...?« Ich blickte in seine seltsam kindlichen Augen und beschloss, mir die Frage zu verkneifen. »Sie ist eine wunderbare Frau«, sagte ich stattdessen. »Ich kann gut verstehen, dass Sie sich in sie verknallt haben.«

»Genau genommen war sie mehr in mich verknallt. Obwohl sie mir schon immer gefallen hat«, fügte er rasch hinzu. »Schon lange bevor ich überhaupt ihren Namen kannte, habe ich sie vom Dach der Bibliothek aus beobachtet, wenn sie ein Sonnenbad nahm.«

Von all den hässlichen Wörtern, die ein solches Verhalten bezeichnen, hätte keines auf Leonard zugetroffen. Schon die Art, wie er sich ausdrückte, war so unschuldig, als habe er sich lediglich so benommen, wie jeder verliebte ritterliche Held dies tun würde.

»Was zum Teufel haben Sie auf dem Dach gemacht?«

»Die alten Griechen gelesen«, erwiderte er mit schüchternem

Grinsen. »Mir schien es irgendwie wichtig, Anaxagoras, Epikur und die anderen unter freiem Himmel zu studieren. Ebenso wie ich es immer vorzog, Thomas von Aquin in der Kapelle zu lesen, Montaigne im Farmhaus meiner Tante und Kierkegaard im Winter. Tut mit Leid«, murmelte er, »das war jetzt fast schon eine Syllepse, nicht wahr?«

Meine Miene drückte wohl Verständnislosigkeit aus, denn er schaute wieder zu Alice, die ihr Bestes tat, um einen ausreichenden Sicherheitsabstand zwischen sich und Freddy zu wahren, und sagte: »Wissen Sie, ich habe ihr meine erste Veröffentlichung gewidmet. Eine Streitschrift gegen den Inkompatibilismus, basierend auf der differentiellen Informationsverfügbarkeit.« Als ich nichts erwiderte, fügte er zur besseren Verständlichkeit hinzu. »Nach Spinoza. Ich habe ihr nie davon erzählt. All die Jahre wagte ich nie, ihr meine Gefühle zu gestehen. Sie müssen mich jetzt für einen ziemlichen Idioten halten.«

»Ich halte Sie für den intelligentesten Menschen, der mir je begegnet ist.«

»Das muss sich nicht unbedingt widersprechen«, merkte er an, »aber trotzdem danke. Bedauerlicherweise haben sich einige der intelligentesten Menschen der Weltgeschichte zugleich als deren größte Dummköpfe herausgestellt. Manchmal frage ich mich, ob es nicht eine Ebene von Intelligenz gibt, über die wir uns nicht hinausbegeben dürften. Ein Punkt, an dem man seinen Verstand so lange geschärft und so viel begriffen hat, dass man kaum mehr zu den alltäglichsten Verrichtungen oder zu ganz normalem menschlichem Verhalten fähig ist.«

»Das Problem hatte ich nie.«

Auf seiner Stirn bildete sich eine Furche. »Das ist jetzt ein interessantes kleines Paradoxon. Wenn ich Ihnen zustimmen würde, wäre das eine Beleidigung Ihrer Intelligenz; Ihnen zu widersprechen dagegen würde bedeuten, Ihren gesunden Menschenverstand – und meinen noch dazu – in Frage zu stellen. Da stecke ich ja schwer in der Klemme.« Mit einem Augenzwinkern fügte er hinzu: »Das muss ich Ali erzählen. Sie findet meine kleinen Gedankenspielchen immer sehr amüsant.«

»Tatsächlich?«, sagte ich mit etwas zu viel Verblüffung in der Stimme.

»Denke ich jedenfalls. Ich wüsste nicht, was sie sonst an mir finden sollte.« Das war scherzhaft gemeint, kam aber irgendwie als ernsthaftes Eingeständnis heraus.

»Können Sie sich nicht vorstellen, dass sie Sie einfach so liebt, wie Sie sind?«

»Manchmal verstehe ich nicht, wie sie das kann.«

»Sie wollen ein Philosoph sein und glauben ernsthaft, irgendein Mann könnte je verstehen, warum eine Frau ihn liebt?«

Seufzend wandte er sich ab und suchte mit den Augen seine Frau. »Sie haben leicht reden, Mark. Sie sind die Art von Mann, zu der Frauen sich hingezogen fühlen. Stark, aktiv, durchsetzungsfähig ... ein bisschen gefährlich. Ich dagegen habe nur logisch aufgebaute, aber rein hypothetische Argumentationen und Spekulationen über die Existenz einer Gottheit anzubieten.«

Die Überheblichkeit in seinem Tonfall ärgerte mich. »Können Sie sich vorstellen, wie unzulänglich man sich vorkommen kann, wenn man sich mit einer Frau unterhält, die sehr viel gebildeter ist als man selbst? Wie schwer es ist, mit einem erstklassigen Anwalt mitzuhalten, wenn Sie nicht einmal die Schule abgeschlossen haben?«

Ich hatte wohl erwartet, dass er vor Verlegenheit verstummen oder sich gar entschuldigen würde. Für Leonard aber waren Diskussionen keine emotionale Angelegenheit, vor der er zurückschreckte, sondern vielmehr eine willkommene intellektuelle Herausforderung. »Und warum haben Sie Ihren Schulabschluss nicht gemacht?«, fragte er.

»Ich hatte Probleme zu Hause. Da beschloss ich, dass es für alle Seiten das Beste wäre, wenn ich einfach ein Weilchen verschwinde.«

»Sie haben sich mit Ihren Eltern zerstritten?«

»Mit meinen Vormündern. Onkel und Tante.«

»Oh.« Einen Augenblick lang hatten wir sein akademisches Reich verlassen und erneut den privaten Sektor betreten, was ihn prompt wieder auf diese außergewöhnliche Weise erröten ließ.

»Das tut mir Leid. Ihre Eltern ...?«

»Bei einem Autounfall.«

»Mark, ich ...« Er blickte sich hilflos um und suchte vergeblich nach den passenden Worten. Ich war längst an die Verlegenheit gewöhnt, die meine kleine persönliche Enthüllung bei ahnungslosen Fremden auszulösen pflegte, also wartete ich geduldig auf seine Beileidsworte, wie auch immer sie lauten mochten. Doch statt die üblichen Mitleidsbekundungen zu murmeln, sagte er: »Ich möchte Ihnen dafür danken, dass Sie so freundlich zu Alice sind.«

Das hatte ich nicht erwartet, und es brachte mich zum Schweigen. Als die Musik auf ihren Höhepunkt zusteuerte und Freddy Alice in einen übertriebenen Clinch zog, wandte ich den Blick ab und fragte mich, wie ich zulassen konnte, dass ein so einfacher Plan so kompliziert wurde. Die Gestalten im Gefängnis waren noch immer reglos wie Wachsfiguren. Wenn doch nur die ganze Stadt sie spontan mit fauligem Obst bewerfen würde, käme einem Hoppners schöne neue Welt gleich ein wenig vernünftiger vor. All die ehrlichen Bauern, diese Ex-Guerilleros, deren greise Mütter in den Seitenstraßen aus den Türen kamen und ihre Schaukelstühle aufs Pflaster stellten, um aus der Ferne das fröhliche Treiben zu beobachten. Eine Sekunde lang bewirkte der Widerspruch zwischen unverfälschter, reiner Freude und überwältigender Tragik – in der Stadt, in Leonard, in mir, in allem –, dass mir schwindlig wurde und mein Magen sich verkrampfte.

Eine Hand legte sich auf meine Schulter. »Mark? Sie sind an der Reihe.«

Ich sah mich um. Alice lächelte auf mich herab. »Oh, nein. Danke, aber ...«

Freddy trat an ihre Seite. »Ich wirbel dich gern noch ein bisschen herum, falls Mark ...«

»Mark.« Die zarte Berührung auf meiner Schulter wurde eindringlicher. »Komm, tanz mit mir.«

Das nächste Stück war ruhiger und noch langsamer – ein schmerzhaftes Duett zwischen Gitarre und Geige, das wie die Vertonung der letzten Umarmung zweier Liebender klang, die bar jeder Hoffnung waren. Etwas für mich Schlimmeres hätten sie in diesem Augenblick nicht aussuchen können. Wir bewegten uns gemächlich und ließen der Musik und uns selbst Raum, während Alices Hand federleicht auf meiner Schulter ruhte.

»Ich musste gerade daran denken, wie du mich in Bermuda angestarrt hast«, murmelte sie. »Was du doch für einen strahlenden Blick haben kannst, wenn du willst. Ich hätte zu gerne gewusst, was du da gedacht hast.«

Ich behielt den Tisch im Auge und beobachtete Leonard dabei, wie er mich beobachtete.

»Er hat etwas gesagt, stimmt's?«, flüsterte Alice, plötzlich nervös.

Ihr Kopf hatte sich leicht auf meinen zubewegt. Ich antwortete nicht. Ein weiteres Paar tanzte dicht neben uns, und Alice schien uns um sie herum zu lenken, damit sie ihrem Gatten den Blick versperrten.

»Du darfst nie vergessen, dass Leonard alles anders sieht als wir anderen. Seine Philosophie – manchmal sieht er alles so klar ... und manchmal überhaupt nicht.«

»Er hat nichts gesagt. Beruhige dich. All deine diversen Geheimnisse sind bei jedem von uns beiden gut aufgehoben.«

Ich hatte nicht gewollt, dass es so brutal rüberkommt. Ihre Nähe brachte mich durcheinander. Ihr Geruch – süße Zitrone mit einem verwirrenden Hauch sexueller Erregung – sickerte durch mein Hemd, bis ich ihn spüren konnte wie etwas, das mich von allen Seiten fest umklammerte.

»Was du auch denkst, ich liebe ihn«, sagte sie und zwang mich mit einer schnellen Bewegung ihrer Arme, ihren Blick zu erwidern. »Wenn ich mit dir flirte, ist es nur das – nicht mehr.«

»Du flirtest nicht mit mir«, erklärte ich schroff, obwohl ich spürte, wie meine Finger auf ihrem Rücken sich unwillkürlich anspannten.

»Dann habe ich vielleicht vergessen, wie das geht.«

Die erste Gitarre verklang jetzt und wurde durch die zweite ersetzt – der Liebhaber, wie er vom Ehemann hinausgeworfen wird. Nur dass keine Entrüstung aus der höher klingenden neuen Gitarre herauszuhören war, als sie das Duett mit der Violine aufnahm. So, als könnten alle drei friedlich zusammenleben.

Ich ließ sie los, starrte sie an. Eine Sekunde der Unsicherheit überflutete dieses schmale, verzerrte Gesicht und löschte die angespannte Erregung, die ihre eigenen Worte bei ihr ausgelöst hatten. »Dann ist das Philosophieren deines Mannes also ein narrensicherer Vorhang? Hinter dem du tun kannst, was du willst, ohne dass er etwas sieht?«

»Mark ... lass das, bitte.«

»Was soll ich lassen?«

»Lass ... lass uns einfach noch ein bisschen tanzen.«

Sie streckte mir ihre Arme entgegen, bereit, sich wieder dem Tanz hinzugeben, und genau dieses Bild werde ich immer mit dem verbinden, was dann geschah: zwei blasse Arme, dünne Arme, mit leeren Händen.

Zuerst kam ein Schrei, lang gezogen und voller Entsetzen, von hoch oben am gegenüberliegenden Ende des Platzes. Jeder Mann, jede Frau und jedes Kind auf dem Parque Central erstarrte bei diesem grauenhaften Geräusch, und aller Köpfe wandten sich zum Dach der Kirche. Der Schrei hallte um uns wider, fuhr mir durch Mark und Bein und ließ meine Finger erstarren. Noch bevor die Musik aufgehört hatte, fiel in weitem Bogen ein Körper herab und krachte in die bunten Lichterketten über dem Platz.

Unsere Augen, bereits geblendet vom Starren in die Lichter, waren in der plötzlichen Dunkelheit beängstigend nutzlos. Mein ungläubiges Gehirn konnte lediglich Bruchstücke von Bildern zusammenfügen, um zu verstehen, welches Grauen sich soeben vor uns abgespielt hatte. Auf dem ganzen Platz füllte das Klirren von Glühbirnen, die gegen Pflastersteine geschmettert wurden, unser kurzes, schockiertes Schweigen aus.

Dann setzte die Panik ein.

Lange bevor der erhängte Mann seine Pendelbewegungen eingestellt hatte und, vom höchsten Baum auf dem Platz hängend, zur Ruhe gekommen war, war Leonard schon aufgesprungen und auf Alice zugerannt. Sie aber sah ihn nicht einmal. Ihre Arme waren um meinen Körper geschlungen, ihr zitterndes Gesicht gegen meine Brust gepresst. Ein verräterischer Impuls. Ich starrte Leonard wortlos an, die Kehle zugeschnürt bei dem Gedanken daran, wie dieses Genick gebrochen war, als das Seil abrupt den Fall des Körpers gestoppt hatte. Leonards Augen flackerten flehentlich zwischen ihrem Hinterkopf und meinem Gesicht hin und her, bis ich mich abwandte, noch immer umklammert von Alice, als hinge ihr Leben davon ab.

Nur wenige Sekunden waren vergangen. Frauen rannten zu ihren versteinerten, verständnislosen Kindern, Sánchez rief den Männern etwas zu; Freddy war sofort auf den herabhängenden Leichnam zugeschossen und sprang nun sinnloserweise hoch, wollte die Füße zu fassen bekommen, die knapp außerhalb seiner Reichweite baumelten. Er war allein; alle anderen waren in die Ecken des Platzes geflüchtet. Zwischen den Rufen und dem Geheul hallte noch immer jener grauenhafte Schrei in meinem Gehirn wider. Und dennoch, trotz des ganzen Lärms und der Verwirrung auf dem Parque Central, brachte mich etwas dazu, in die andere Richtung zu blicken.

In den Räumen über uns brannte kein Licht. In einem von ihnen war jedoch ein schwacher Schein zu erkennen, der vielleicht aus dem dahinter liegenden Flur durch eine offene Tür ins Zimmer drang. Mein Zimmer, wie ich mit einem Schauder erkannte. Und am Fenster, erhellt in einem gespenstischen Widerschein der noch immer totenstillen Häftlinge auf der anderen Seite des Platzes, stand die breitschultrige, aufrechte Gestalt eines Mannes.

»Was suchen wir hier eigentlich?«, schrie Alice plötzlich in mein Hemd. »Was haben wir an diesem Ort verloren?«

Ich wandte mich wieder Leonard zu. »Kommen Sie her«, rief ich. Dann griff ich hinter meinen Nacken, packte Alices Hände und riss sie los. Noch immer ihre Hände haltend, drehte ich sie um und übergab sie an Leonard. Er ging sichtbar in die Knie, als er ihr Gewicht übernehmen musste.

»Danke, ich …«

Den Rest hörte ich mir nicht mehr an. Ich blickte mich wieder um, aber die Silhouette an meinem Fenster war verschwunden.

»Holt ihn runter! Holt ihn da runter!«, schrie Freddy wieder und wieder.

Aber keiner hörte auf ihn, denn seine Stimme war nur eine von vielen – alle schockiert, alle verängstigt. Ich ging zu ihm hinüber und packte ihn an den Schultern. »Um Himmels willen, halt die Klappe!«

Ich schaute zu dem Leichnam hoch: ein Stück silbernes Klebeband an einem ausgetretenen Schuh, ein baumelnder Kopf mit dichten schwarzen Haaren; ein langer Wollmantel mit blauen Flicken. Er sah so anders aus in diesem Licht, aus diesem Winkel.

»Mein Gott«, flüsterte ich.

»Wir müssen ihn da runterholen!«, schrie Freddy mich mit weit aufgerissenen Augen an. »Sieh sie dir an, Mark. Das sind Kinder! Die dürfen das nicht sehen. Das sind doch noch kleine Kinder!«

Auf dem Tisch neben unserem lag die Machete eines Bauern in ihrer mit Quasten geschmückten Scheide, während ihr Besitzer ebenso wie seine Gefährten in verblüfftem Schweigen dastand. Sie alle waren wie gelähmt vom Tod ihres terroristischen Freundes. Keiner merkte, wie ich das Messer nahm und mir den Riemen über die Schulter schlang.

Der Baum stand im Dunkeln, und das wenige Licht, das die noch intakten Glühbirnen spendeten, wurde von seinem dichten Laub geschluckt. Höhenangst hatte ich nie, aber allein durch Tasten an diesem breiten Stamm Stellen zu finden, an denen meine Hände sich festklammern konnten, war nicht einfach. Als ich die ersten Äste erreichte und auf meinem Weg nach oben schneller vorwärts kam, begann Sánchez zu sprechen.

Ich schaute vorerst nicht hinunter, aber ich konnte seine tiefe, Autorität ausstrahlende Stimme hören, als er seine Leute mit geübten Worten beruhigte. Als ich dann endlich freien Blick auf den Platz hatte, wurden Kinder von ihren Müttern weggezerrt und solche, die ohne Eltern da waren, nach Hause geschickt. Alice und Leonard standen noch immer da, wo ich sie zurückgelassen hatte, auch wenn Alices Gesicht nun, wie es mir schien, zu mir nach oben blickte. Niemand hatte sich auf Freddy und den Leichnam zubewegt.

Der im schwachen Lichtschein hell leuchtende Strick war leicht auszumachen, wie er straff gespannt vom höchsten der dickeren Äste herabhing. Ich hatte schon befürchtet, dass mein Gewicht zusammen mit dem des Toten zu viel sein könnte, doch der Ast bog sich nicht einmal spürbar durch. Drei oder vier Meter vor mir war an ihm ein silbrig glänzender Haken befestigt.

Als ich begann, mich auf das Seil zuzuschieben, und auf Freddy hinabschaute, der einsam und allein dort stand, empfand ich fast so etwas wie Schuldgefühle. Mir war es so eindeutig vorgekommen, dass nur er derjenige gewesen sein konnte, der versucht hatte, mich zu töten. Er hatte ein Motiv gehabt, war im Restaurant gerade nicht zu sehen gewesen, und abgesehen von der geringen Wahrscheinlichkeit, dass Alice es gewesen sein könnte, hatte es einfach keine andere Erklärung gegeben. Bis zu diesem Augenblick.

Der Mann am Ende dieses Stricks war ebenfalls an diesem Tag von Santa Tecla nach Miraflores gefahren – und dabei am Restaurant vorbeigekommen. Ob er nun gewusst hatte oder nicht, dass ich am Vormittag der Polizei seine Beschreibung geliefert hatte – in jedem Fall war er ein Massenmörder gewesen, dem ich bei seiner Flucht im Weg gestanden hatte. Ein Killer, der einen Groll gegen mich gehegt hatte.

Und jetzt war er tot. Erhängt, wie ich nun entdeckte, an einer Art dreizackigem Enterhaken; das Seil war zweifach um den Ast gewickelt, ein Zacken tief im Holz verankert. Ich zog die Machete aus der Scheide, hielt mich so gut es ging mit der einen Hand am Ast fest und schlug mit der anderen den Strick durch. Fünfzehn Meter unter mir zeugte ein dumpfer Schlag vom Aufprall des Leichnams.

Kein schlechter Abgang; in jedem Fall reichlich dramatisch – oder dramatisch inszeniert? Aber warum dieser Schrei? War es Zufall, dass ein Mann genau in dem Augenblick, als dieser »Selbstmord« stattfand, von meinem Hotelzimmer aus zugeschaute hatte?

Ich begab mich in eine sitzende Position, die Beine fest um den Ast geklammert. Vor mir lag die dunkle Fassade der Kirche. Nur mit Mühe konnte ich den Glockenturm erkennen; vermutlich führte eine Treppe hinauf. Doch sosehr ich meine Augen auch anstrengte, konnte ich doch nichts anderes – niemand anderen – entdecken.

Das Gesicht des blonden Engländers kam mir wieder in den Sinn – des Mannes, der diesen toten Terroristen durch Santa Tecla verfolgt hatte. *Wir sind Nachbarn,* hatte er gesagt. War er hier?

Das enterhakenähnliche Ding war eine merkwürdige Konstruktion. Als ich es losmachte, stellte ich fest, dass es aus drei separaten, nebeneinander liegenden Haken mit je einer scharfen Klinge, einem Stiel und einem Stielloch bestand. Das Gerät war technisch offenbar auf dem neuesten Stand und wirkte hier am Ende der Welt auf unerklärliche Weise deplatziert. Ich riss es ab und ließ die drei Stücke in meine Jackentasche fallen.

»Mark?«

Es war Freddys Stimme, angespannt und verängstigt.

Ich drehte mich um und robbte auf den Stamm zu. Auf dem Pflaster unter mir hatte jemand das Gesicht des Terroristen mit einem Mantel bedeckt. Vier Männer standen um den Leichnam herum und stritten miteinander.

»Mark?«, rief Freddy, diesmal lauter. Er konnte mich oben im dunklen Laub nicht erkennen. »Mr. Sánchez sagt, wir müssen jetzt ins Hotel. Als Zeichen des Respekts.«

Der größte Teil der Menschen, die noch vor kurzem getanzt und gelacht hatten, zog sich bereits in die Seitenstraßen zurück. Die Schaukelstühle waren verschwunden, die Kohlenpfanne gelöscht. Abgesehen von den streitenden Stimmen direkt unter mir war kein Laut zu hören. Die Musiker waren verschwunden und hatten ihre Instrumente und ihre Fröhlichkeit mitgenommen. Der Abend war vorüber.

Eins nach dem anderen wurden die verbliebenen Lichter gelöscht.

Verzweiflung im Paradies

Eine alarmierende Welle von Selbstmorden sucht derzeit die kleine landwirtschaftliche Gemeinde von Miraflores heim, die zur Wahlheimat des Pornokönigs Benjamin Sword Hoppner geworden ist. Der letzte Tote war am 24. Mai zu beklagen, doch ebenso wie bei den vorausgegangenen vier scheinbaren Selbstmorden in den vergangenen zehn Monaten nahm auch in diesem Fall weder die nationale noch die internationale Presse davon Notiz. So kam diese unheimliche Folge beunruhigender Ereignisse erst ans Licht der Öffentlichkeit, als der Autor dieses Beitrags nach Miraflores fuhr, um mit Hoppner ein Interview zu führen.

Nach Angaben der in Miraflores beheimateten Martha Masaya hatten die fünf Männer zuvor keinerlei Neigung zu Depressionen erkennen lassen oder gar Selbstmordgedanken geäußert. Alle waren sie prominente Mitglieder der Gemeinde gewesen und treue Anhänger der kürzlich aufgelösten Guerilla-Organisation, die gegen die Regierung gekämpft hatte. »Unter uns wohnt das Böse«, sagte Masaya, Mutter von drei Kindern. »Wir leben jetzt Tag und Nacht in Angst.«

Hoppner war vor drei Jahren in seinen mittelamerikanischen Zufluchtsort gezogen, nachdem ihn unter anderem der Oberste Gerichtshof, die Liga für Anstand und Sitte sowie die New York Times *in die Mangel genommen hatten. Er hat verkündet, er wolle Miraflores auf eigene Kosten wieder aufbauen, und zwar als »vorbildhaftes Paradies auf Erden, in dem alle über die Freiheit verfügen, die Freude und die Genugtuung zu entdecken, die ein moralisch gutes Leben bereiten«. Hoppner, der noch immer eine Mehrheitsbeteiligung an Sword Enterprises hält, war nicht bereit, sich zu den unerklärlichen Todesfällen zu äußern.*

8

Vom Dach der Kirche aus betrachtet war Miraflores ein fein gemusterter Flickenteppich aus Dachziegelrot und Pflastersteingrau, der sanft über einem waldgrünen Berghang zu schweben schien. Fernsehantennen waren eine Seltenheit, aber dasselbe galt für baufällige Gebäude und zerbrochene Fensterscheiben, obwohl hier und da vereinzelte Häuser durch abblätternden Putz oder ein eingefallenes Dach auffielen und einen seltsamen Kontrast zum relativen Wohlstand um sie herum bildeten.

Die Kirche selbst war – besonders im Vergleich zu den penibel renovierten übrigen Gebäuden um den Parque Central – in einem überraschend verwahrlosten Zustand. Die wenigen Stellen, an denen auf der ansonsten schmutzig gelbbraunen Fassade noch die ursprüngliche weiße Farbe durchschien, waren übersät mit schwarzen Schimmelflecken. Große Teile der kannelierten Stützpfeiler, die die Türen flankierten, waren ebenso verschwunden wie zahlreiche Details der barocken Verzierungen, zwei der vier Glocken im Turm und das ursprüngliche Steinkreuz, an dessen Stelle ein grob gearbeiteter eiserner Ersatz getreten war.

Der Ast, an dem der Terrorist sich erhängt hatte – oder erhängt worden war –, befand sich näher am Kirchendach, als ich vermutet hatte. Es wäre für einen Lebensmüden kein Problem gewesen, auf diese Brüstung zu treten, einen Enterhaken über unsere Köpfe zu schleudern und ihn fest in diesem einen dicken Ast zu verankern. Ich hätte es locker geschafft. Aber das war nicht die Art von Tod, die ich mir ausgesucht hätte. Den Strick zu verankern, die Schlinge zu binden, einen letzten Schrei auszustoßen und dann ins Nichts zu springen – alles lieber als das.

In Großbritannien wäre das Dach der Kirche als potenzieller Schauplatz eines Verbrechens bis zu einer gründlichen polizeilichen Untersuchung vor Gaffern und argwöhnischen Blicken abgeriegelt worden. So etwas war hier natürlich nicht zu erwarten, und obgleich ich die Oberfläche der morschen Holzstufen und der Brustwehr genau in Augenschein nahm, bevor ich einen Fuß darauf setzte, versuchte ich gar nicht erst zu vermeiden, mögliche unsichtbare Beweise zu vernichten, nachdem ich mich vom Fehlen von sichtbaren überzeugt hatte. Keine Fußabdrücke, keine stumpfen Gegenstände oder Anzeichen eines Kampfes; nur von Wind und Wetter gezeichnete Ziegel und Mauersteine.

Der Parque wirkte friedlich und einladend an diesem Morgen, doch obwohl ihn ein paar wenige Menschen überquerten, blieb keiner stehen. Keine Liebespaare und keine Verkäufer ließen sich blicken, nicht einmal die Alte mit der bortenbesetzten Schürze. Nur die alten Bäume standen da und wachten über das leere Pflaster – die Bäume und die Erinnerung an einen schockierenden Tod. Mehr gab es hier nicht zu sehen.

Als ich wieder die Treppe hinabstieg, wobei ich mich vorsichtshalber an beiden Geländern festhielt, während die Stufen unter meinem Gewicht ächzten, sah ich unten einen Priester stehen. Kurz nach sieben, als ich die Kirche betreten hatte, war noch keiner da gewesen, und ich hatte auch keinen vom Platz her hineingehen sehen. Doch vermutlich gab es den einen oder anderen Hintereingang, der ebenso wie der Haupteingang rund um die Uhr geöffnet war – ein Detail, das ich noch überprüfen wollte.

Wir lächelten einander an – er vorsichtig, ich wenig überzeugend.

»Guten Morgen«, sagte ich. Mein beschränkter Spanisch-Wortschatz umfasste unter anderen auch *buenos días,* aber ich hatte nicht die Absicht, mein Gegenüber zu endlosem, für mich unverständlichem Geplapper zu ermutigen.

Er antwortete nicht, lächelte aber erneut, während er mir grüßend zunickte. Dem Protokoll war damit Genüge getan, doch seine Befürchtungen waren anscheinend nicht ausgeräumt. Er schaute an mir vorbei die Treppe hoch, als versuchte er, sich zu erinnern, was da oben war. Als ich dann auf die Apsis zuging, folgte er mir. Ohne die Möglichkeit sprachlicher Verständigung wäre es wenig sinnvoll gewesen, gegen sein Vorgehen in seiner eigenen Kirche Einwände zu erheben, außerdem schien mir das auch gar nicht nötig. Er hatte ohnehin kaum eine Möglichkeit, mich aufzuhalten. Zusammen legten wir also die Strecke durch das Mittelschiff zurück, vorbei an brennenden Kerzen, verstaubten Gemälden und einem geisterhaft blassen Gips-Jesus, der traurig ins Leere starrte, während über uns winzige Vögel um die abblätternden Säulen und die modernde Holzdecke flatterten.

In der nordöstlichen Ecke befand sich eine Tür. Klein und für den flüchtigen Betrachter kaum sichtbar, war sie offenkundig zur ausschließlichen Nutzung durch die Geistlichkeit bestimmt. Mit einem entschuldigenden Lächeln an die Adresse des Priesters drückte ich die Klinke herunter. Die Tür war nicht abgeschlossen. Zudem verriet ein kurzer Blick auf das verrostete, kaputte Schloss, dass sie schon seit längerer Zeit offen stand. Ich stieß die Tür auf und trat hinaus auf die Straße hinter der Kirche.

Als beschränkte sich seine Verantwortung auf den heiligen Boden, nickte mir der Priester zum Abschied noch kurz zu, bevor er die Tür hinter mir schloss. Ich blickte mich in der stillen, anonymen Straße um. Was hatte ich damit bewiesen? Gar nichts natürlich, außer dass es theoretisch möglich war, jemanden von einem Kirchendach zu stoßen und sich dann durch eine Straße hinter dem Gebäude aus dem Staub zu machen, und das höchstwahrscheinlich ungesehen. Ein Dutzend weiterer Straßen und Gassen zweigten von dieser in das charmante Labyrinth ab, das sich Miraflores nannte. Fluchtwege gab es jede Menge.

Hatte ich letzte Nacht den fernen Klang eines Fahrzeugs gehört? Ich erinnerte mich nicht mehr daran, aber ich hatte auch wenig auf Dinge geachtet, die sich außerhalb des Parque abgespielt hatten. Wer auch immer in meinem Hotelzimmer gewesen war – ob der Betreffende meine Taschen durchsucht hatte, war nicht festzustellen gewesen –, er hatte das Hotel nicht durch den Haupteingang verlassen. Oder waren vielleicht zwei Männer beteiligt gewesen, die sich – einer vom Hinterausgang des Hotels kommend, der andere von der Straße hinter der Kirche – am Rand der Stadt getroffen hatten? Hoppner und der blonde Engländer vielleicht? Und wenn ein Wagen dort auf sie gewartet hatte, war er dann lautlos den Hang hinabgerollt, bevor der Fahrer den Motor gestartet hatte?

Im Grunde war keine dieser Fragen wichtig. Entscheidend war vielmehr, dass es möglich gewesen wäre. Mehr noch: Es wäre verdammt einfach gewesen.

Ich konnte nicht beschwören, dass Alice auf mich gewartet hatte. Vielleicht war sie einfach nur früh aufgewacht – wie ich es immer tat – und hatte dann beschlossen, vor dem Frühstück einen kleinen Spaziergang zu machen. Andererseits war das Kirchendach von unseren Hotelzimmern aus zu sehen, und es war schon ein seltsamer Zufall, dass sie sich gerade in diesem Augenblick an diesem Ende des Parque Central aufhielt. Als ich aus der Nebenstraße südlich der Kirche kam, trat sie geradewegs auf mich zu, offenbar kein bisschen überrascht, mich hier anzutreffen.

»Hallo«, sagte sie und ging weiter an mir vorbei, damit man sie vom Hotel aus nicht mehr sehen konnte.

»Hallo«, antwortete ich und folgte ihr.

»Mein Gott, ich muss mich wohl entschuldigen.« Ein sonniges, breites Morgenlächeln. »Mein Verhalten gestern Abend war ganz schön peinlich, was?«

»Hast du vorher schon einmal einen Erhängten gesehen?«

Sie stieß ein Lachen aus, das wie ein Husten klang. »Ich habe überhaupt noch nie jemanden sterben sehen.«

»Dann kann man deine Reaktion auch kaum als peinlich bezeichnen.«

Wir gingen an dem kleinen Straßenmarkt vorbei – ordentliche kleine Stände, bestückt mit Eiern, lebenden Hühnern, klebrigen Korinthenbrötchen und Gemüse, an dem noch die Erde haftete. Unter den Händlern herrschte eine unnatürliche Stille. Sie waren dunkel gekleidet, und mehrere Männer trugen schwarze Armbinden – vielleicht ein letzter Gruß an den toten Terroristen.

»Schon, aber das passt genau ins Klischee«, seufzte sie. »Die schwache Frau, die fast in Ohnmacht fällt und Männer als Stütze braucht.«

»Und das stört dich?«

»Ich würde lieber sterben, als von einem Mann abhängig zu sein.«

Ich starrte sie an.

»Trinken wir irgendwo einen Kaffee?«, schlug sie strahlend vor.

Es gab nicht viele Cafés in Miraflores, und das eine, das wir – fast am oberen Ende der Stadt – fanden, wirkte ein wenig beunruhigend. Neben einem Friseursalon gelegen, wo verschlafen dreinblickende Kunden in schweren Drehstühlen mit bedrohlich wirkenden Rasiermessern behandelt wurden, hatte es einst einem ganz anderen Zweck gedient. Am einen Ende des lang gezogenen Raumes war ein etwa zweieinhalb Meter langer Abschnitt mit Glas abgetrennt und mit Wellpappe verkleidet. An der hinteren Wand dieses einstigen Heiligtums des revolutionären Rundfunks hing eine zerrissene, in Grün und Orange gehaltene Flagge mit den aufgestickten roten Buchstaben FNR.

Das Mikrofon, das rissige Mischpult aus Kunststoff und die rote Glühbirne waren noch an Ort und Stelle, neben einer Auswahl unterschiedlich scharfer Schwarzweißfotos tapferer, schlammverkrusteter Helden, die mit Granatwerfern und sowjetischen Sturmgewehren des Typs AK-47 behängt waren. Zwei oder drei der Gesichter erkannte ich vom Vorabend wieder. Sánchez hatte ein gerahmtes Foto für sich allein. Die gläserne Trennwand glänzte wie frisch geputzt; sie wurde immer noch gepflegt, obwohl die Sendetätigkeit schon vor Jahren eingestellt worden war.

Der Besitzer des Cafés – ich konnte nicht umhin, mir über seine frühere Rolle bei der Propaganda der Aufständischen Gedanken zu machen – trug ausgewaschene Jeans und ein bananengelbes Hemd, an dem er häufig seine fleischigen Hände abwischte. Seine schwarze Armbinde wirkte vor diesem bunten Hintergrund fast wie eine Farce. Ein kleiner, rechteckiger Oberlippenbart nahm den Schweiß auf, der ihm über die pockennarbigen Nasenflügel lief. Hin und wieder übertrugen zwei Finger die Feuchtigkeit vom Bart auf das Hemd.

Alice begrüßte ihn auf Spanisch. Sein Name war Iguana – einfach nur Iguana, wie es schien – und er war angetan von allem, was sie von sich gab. Kurz darauf kam der Kaffee, er war stark und sehr gut.

»Du kommst mir vor, als fühltest du dich hier fast wie zu Hause«, sagte ich zu ihr. »So, wie du Spanisch sprichst.«

»Dafür, dass du die Sprache gar nicht sprichst, scheinst du dich auch ganz wohl zu fühlen.«

»Wohl fühlen würde ich das nicht nennen.«

»Zumindest scheint es dich nicht zu stören, dass hier so vieles anders ist.«

»Ich sehe nicht zum ersten Mal etwas ›anderes‹.«

»Ein ruheloser Weltenbummler?«

»Es gab ein paar Sachen, die ich unbedingt sehen wollte. Und als ich sie gesehen hatte, bin ich einfach weitergezogen. Liegt mir wohl im Blut.«

»Waren deine Eltern Entdecker?«, fragte sie lächelnd.

»Diplomaten. Ich wollte die Orte sehen, an denen sie eingesetzt gewesen waren: Canberra, Delhi; und Tokio, wo sie sich auf dem Rasen des Botschafters zu einer Runde Crocket getroffen hatten.«

»Ist das dein Ernst?« Sie lächelte für den Fall, dass ich sie verkohlte. Als ich nickte, schwand ihr Lächeln. »Leonard hat mir erzählt, dass sie bei einem Unfall ums Leben gekommen sind. Warst du da noch sehr jung?«

»Vier. Ich erinnere mich nicht an sie.«

»Vier Jahre alt?« Sie runzelte die Stirn. »Da müsstest du dich aber schon an irgendwas erinnern.«

»Tu ich aber nicht«, erwiderte ich achselzuckend. »Daher meine Pilgerfahrt: eine Tour von Botschaft zu Botschaft, Höhepunkt Washington.«

»Der Autounfall?«

»Es war im Grunde nur peinlich. Ich hätte nicht kommen sollen. Jede Menge verlegener, aber mitfühlender Gesichter in der Botschaft, als ich unangemeldet aufgetaucht bin. Ich glaube, die haben fünf- oder sechsmal in London angerufen und um Anweisungen gebeten, bevor einer der rangniedrigeren Diplomaten den Auftrag erhielt, mich zu begleiten. Armer Kerl, er war höchstens ein paar Jahre älter als ich. Als wir zu dem anonymen Stück

Teer in Georgetown kamen, wo es passiert war, versuchte er so verzweifelt, etwas Bedeutungsschweres zu sagen, dass er anfing zu zittern. Am Schluss musste ich ihn zu einem Drink einladen.«

»Das tut mir Leid.«

»Nicht nötig. Ich habe mich damals gehen lassen, was einem mit siebzehn nicht schwer fällt. Ich dachte einfach, dass diese Pilgerreise hilft, ein paar Gespenster zu vertreiben.«

»Hat sie das?«

»Sicher.«

Eine kleine Pause. »Verstehe«, sagte sie, ohne überzeugt zu wirken.

Sie stellte ihre leere Tasse zurück auf die Untertasse, zog eine Papierserviette aus dem Metallständer auf dem Tisch und führte sie an die Lippen. Wie ihre Wangen waren auch sie verblüffend blass. Mein Stuhl knarrte in der Stille. Das Mobiliar des Cafés war aus altem, brüchigem Plastik. Hoppners Wohltätigkeit hatte noch nicht für karierte Tischtücher oder schmiedeeiserne Stühle gereicht.

Fünf lächelnde Plastiksonnen schauten auf uns herab, und von den gelb gestrichenen Wänden setzten sich nur ihre blauen Augen und ihre rosigen Lippen ab. Ich merkte, wie ich den Blick von Alice abwandte und stattdessen einen missgestalteten Vogel anstarrte – gut einen Meter hoch, geschnitzt aus knorrigem Holz und ohne Schwanz und Schnabel –, der am Eingang des Cafés Wache stand.

»Konnte ich dich ein wenig beruhigen?«, fragte ich.

»Wie bitte?«

»Du hast mir gerade ein paar persönliche Sachen entlockt.« Ich schaute wieder in ihr verwirrtes Gesicht. »Wie wär's, wenn du mir jetzt erzählen würdest, was zwischen dir und Leonard abläuft?«

Sie schüttelte den Kopf. »Persönlich und persönlich sind zwei paar Stiefel.«

»Oh, das ist wirklich das Letzte, auf das ich neugierig bin.«

»Wir haben dich neugierig gemacht?«

»Du sagst, du liebst ihn ...«

Sie war sofort auf der Hut. »Weil es so ist.«
»Und trotzdem behandelst du ihn wie …«
»Hör auf damit, Mark.« Ihr Tonfall war weitaus bedrohlicher als ihre Worte.
»Glaubst du, dass er glücklich ist?«
»Von Philosophen darf man nicht erwarten, dass sie glücklich sind«, schoss sie zurück. »Dafür denken sie zu viel.«
»Das ist eine sehr oberflächliche Antwort.«
»Die hast du dir verdient. Die Frage war auch lächerlich genug!« Sie runzelte wütend die Stirn, und auf ihren blassen Wangen zeigte sich eine Spur von Farbe.
»Ich finde es unglaublich, dass gerade du das sagst«, erwiderte ich in einem Tonfall, der der zunehmenden Feindseligkeit in ihrer Stimme angemessen war.
»Erzähl mir bitte nicht, was ich sagen darf und was nicht«, schrie sie und erhob sich in ihrer Wut halb aus dem Stuhl.
»Er ist dein Mann, und du findest es lächerlich, wenn sich jemand um sein Glück sorgt?«
»Er ist nicht mein Mann!«
Ich wartete, bis sie sich wieder gesetzt hatte.
»Ich weiß.«
»Also gut …« Sie winkte halbherzig ab, drehte ihr Gesicht weg und starrte eine der Plastiksonnen an. »Wie aufregend für dich«, murmelte sie. »Die dürre Ziege ist also doch noch zu haben.«
»Du verwechselst mich wohl mit Freddy.«
»Ach, leck mich doch.«
Aus der Stereoanlage in der Ecke drang ein absurd fröhlicher Schwall von Musik zu uns herüber – ekstatische Töne von einem Xylophon mit einer Panflöte im Hintergrund. Iguana kam mit frischem Kaffee, einem Korb Brötchen und einem spöttischen Lächeln im Gesicht. Alice blickte nicht auf.
»Was hast du ihm erzählt?«
»Dass es aufregend wäre – romantisch – zu behaupten, dass wir verheiratet sind. Dass es keine wirkliche Lüge wäre, weil wir es ja nur zum Spaß täten.« Die Finger ihrer rechten Hand schlossen sich um den falschen Diamanten und fingen an, ihn zu kneten.

Irgendwann wurde ihr dann ihr nervöses Herumgefingere wohl bewusst, denn plötzlich legte sie die Hände in den Schoß.

»Schläfst du mit ihm?«

»Typische Männerfrage.«

Ich ignorierte die Stichelei. »Willst du ihn dabeihaben, wenn du zu Hoppner gehst?«

»Natürlich.« Sie starrte mich an wie einen Geisteskranken. »Was glaubst du wohl, warum ich ihn mitgenommen habe?«

Das verschlug mir die Sprache. Bisher hatte ich Leonard für einen Schutzschirm für Alice gehalten – als Ausrede, dass sie sich überhaupt in diesem Land aufhielt – und vielleicht noch als Sicherheitsmaßnahme für eine allein reisende Frau. Das hier aber war etwas völlig anderes.

»Du nutzt ihn aus«, murmelte ich. »Er soll wohl als Beweis deiner moralischen Integrität dienen, was? Du nutzt seine Verliebtheit aus und schleppst ihn um die halbe Welt, weil du Angst hast, dass Hoppner dich allein nicht für rechtschaffen genug halten würde.« Als sie es nicht abstritt, schüttelte ich ungläubig den Kopf. »Du bist eine kaltherzige, berechnende Schlange.«

»Ach, eine Schlange bin ich? Weil ich mir die Mühe gemacht habe, mich auf das hier vorzubereiten, bin ich berechnend? Was gibt dir eigentlich das Recht, über mich zu richten? Du kommst in eine entlegene Ecke Lateinamerikas und machst dir nicht einmal die Mühe, Spanisch zu lernen; du bastelst dir irgendeine halbgare Geschichte über Undercover-Journalismus zusammen; wedelst mit diesem Zeitschrifteninterview herum; läufst mit einer Knarre durch die Stadt – und jetzt willst du auf einmal vor Hoppners Tür stehen ohne irgendein Projekt, mit dem du das einzige Kriterium erfüllen könntest, auf das er Wert legt. Und ausgerechnet du kritisierst mich!«

Iguana war gerade auf unseren Tisch zugekommen und zog sich nun hastig zurück. Ich fragte mich schon, ob er womöglich ein wenig Englisch verstand. Falls ja, waren wir schon in Schwierigkeiten. Oder vielleicht hatte Hoppner zusammen mit der Elektroinstallation auch gleich Wanzen anbringen lassen. War er der Mann in meinem Zimmer gewesen? Gab es nicht hundert andere Fenster auf dem Platz, von denen aus er den Tod eines Terroristen hätte beobachten können?

»Hast du dir schon mal überlegt, wie Leonard sich fühlen wird, wenn du hast, was du wolltest, und ihn nicht mehr brauchst?«, fragte ich leise.

Ihre Entrüstung ließ bereits nach, als könnte ihr dünner Körper nicht mehr als einen derartigen Wutausbruch verkraften. »Ist es nicht besser, geliebt und seine Liebe dann verloren zu haben, als überhaupt nie geliebt zu haben?«

»Das solltest du vielleicht besser ihn fragen.«

Sie senkte den Blick. »Ich versuche gar nicht erst darüber nachzudenken. Ich weiß, dass er die Gegenwart genießt, und das genügt mir.«

»Ich kann einfach nicht glauben, dass du so kurzsichtig bist.«

»Nein.« Ihre Finger trommelten aufs Holz der Tischplatte: schnell, langsam, schnell. »Nein, ich weiß natürlich, dass es ihn verletzen wird.« Endlich erwiderte sie meinen Blick. »Aber er kommt darüber hinweg. Das schaffen die Männer immer. Vielleicht wird es eine nützliche Erfahrung für ihn. Ein kleiner Einblick in die Wirklichkeit könnte ihm weiß Gott nicht schaden.«

»Das ist eine ziemlich schwache Rechtfertigung.«

»Tut mir Leid, wenn ich deinen hohen moralischen Ansprüchen nicht genüge.«

»Wofür brauchst du eigentlich das Geld?«

»Was geht dich das an?«

»Mich interessiert eben, was jemanden dazu bringen kann, eine Freundschaft so zu missbrauchen.«

Sie starrte mich wütend an. »Das würdest du sowieso nicht verstehen. Männer verstehen nie was.«

»Versuch's doch mal.«

»Du meinst wahrscheinlich, alle Frauen sollten heiraten und unter den schützenden Fittichen eines reichen Gatten Kinder kriegen, was?«

»Möchtest du keine Kinder?«

»Ich möchte jede Menge Kinder. Aber nicht die schützenden Fittiche.«

Das brachte mich zum Lachen. »Es kostet doch wohl keine drei Millionen Pfund, einen Schlag Kinder großzuziehen!«

»Klar, ich könnte natürlich von Baked Beans in einer ungeheizten Sozialwohnung leben. Die angemessene Strafe für eine Frau, die sich nicht an die Spielregeln halten will, stimmt's? Du darfst zwar allein erziehende Mutter sein, aber dafür hast du gefälligst zu büßen!«

»Was hast du eigentlich gegen Männer?«

»Versuch mal, mit einem eine Beziehung einzugehen, und du verstehst mich. Unzuverlässig, verlogen und jederzeit bereit, das Weite zu suchen. Wenn ich eines Tages einen finde, der anders ist, wunderbar – aber ich weigere mich einfach, das Kinderkriegen davon abhängig zu machen.«

Mit ihren Worten hatte sie bei mir einen wunden Punkt getroffen. Angesichts meiner eigenen Situation konnte ich ihr nicht ernsthaft widersprechen. »Aber gleich drei Millionen, Alice ...«

»Ich will ein richtiges Haus mit Garten in einem sicheren Teil von London: Das wäre schon mal eine halbe Million. Gute Schulen – die, für die man zahlen muss – kosten zweihunderttausend pro Kind. Frische, gesunde Nahrung. Ab und zu ein Familienurlaub. Und ich brauche Hilfe bei der Kinderbetreuung, was heutzutage ganz schön ins Geld geht. Kleidung, Schuhe, Spielzeug, Möbel. Alle paar Jahre ein neues Auto. Ausgaben für die Gesundheit. Da kommt einiges zusammen. Zwei Millionen sollten für die nächsten dreißig Jahre reichen, aber Hoppner ist so stinkreich, dass ich es auch gleich mit drei versuchen kann.«

»Und das alles fällt bereits unter das, was Hoppner unter ›gut‹ versteht – die sorgfältige Planung einer hypothetischen Zukunft?«

Sie wirkte verunsichert. »Genau.«

»Das nehme ich dir nicht ab.«

»Glaubst du vielleicht, ich mache das alles, um meinen Drogenkonsum zu finanzieren?«, fragte sie scherzhaft.

»Alice, bist du schwanger?«

Sie war gerade dabei gewesen, sich an Iguana zu wenden, um noch einen Kaffee zu bestellen. Meine Frage ließ sie auf ihrem

Stuhl erstarren. »Wie kommst du …?« Ihre Stimme war auf einmal sehr schwach. Kein Versuch zu leugnen. »Wie hast du das herausgefunden?«

»Leonard hat mir erzählt, dass dir öfter schlecht ist. Ohnmachtsanfälle. Und du trinkst nie einen Tropfen Alkohol.«

»Er weiß es nicht.«

»Dachte ich mir schon.«

Ein Teil ihrer Anspannung fiel von ihr ab. »Jetzt habe ich wohl keine große Chance mehr, dich zu verführen?« Sie lachte, um einen Scherz daraus zu machen, doch ihre Augen blieben ernst. »Sag's ihm bitte nicht. Es würde ihn wirklich verletzen.«

»Im wievielten Monat?«

»Im vierten. Die Ärzte meinen, ich wäre so dünn, dass es schon in den nächsten paar Wochen auffallen wird.«

»Und deshalb bist du hier?« Nachdem ich die Schrecken und Freuden einer Schwangerschaft miterlebt hatte, war ich schockiert darüber, dass Alice in ihrem Zustand überhaupt auf die Idee kommen konnte, in einen so problematischen Teil der Welt zu reisen, wo sie ihr Kind den Gefahren von Tropenkrankheiten aussetzte, ganz zu schweigen von den Reisestrapazen.

»Mark, ich bin katholisch. Außerdem hätte ich es sowieso nie wegmachen lassen. Aber als ich es erfuhr, bekam ich diese furchtbare Panik. Mir wurde auf einmal klar, dass ich in wenigen Monaten rund um die Uhr dieses Baby zu versorgen haben würde. Wie sollte ich mich da noch ums Geldverdienen kümmern? Der Vater ist ein Niemand – jedenfalls keiner, mit dem ich zusammenleben oder den ich um Unterstützung für das Kind bitten möchte. Und meine Eltern leben von einer mickrigen Rente. Wo hätte ich das nötige Geld herbekommen sollen?«

»Vom Staat, wie andere auch?«

»Ich ziehe mein Kind doch nicht in so einem Heim für allein erziehende Mütter auf. Ich will ein richtiges Zuhause. Nicht nur für dieses Kind, sondern auch für die anderen, die ich noch bekommen möchte.«

Es hätte wohl nichts gebracht, auf die vielen tausend allein stehenden Mütter hinzuweisen, die in keiner besseren Lage waren als sie und trotzdem zurechtkamen, ohne sich eine siebenstellige Summe zu ergaunern. In dieser Hinsicht stand mir wirklich kein Urteil zu. »Dann hast du also diesen Artikel in der *Sunday Times* vom letzten Monat gelesen?«

»Hat dich der auch auf die Idee gebracht? Ich habe gebetet, irgendwie an das Geld zu kommen. Ich hab schon an Glücksspiel gedacht und mich sogar gefragt, ob ich mich vielleicht für ein paar Monate an irgendeinen reichen Typen verkaufen könnte, so verzweifelt war ich. Aber dann war da auf einmal dieser Hoppner, der seine Millionen verschleudert. Meine Gebete waren erhört worden. So einfach war dieses scheinbar unlösbare Problem zu lösen.«

Mein Gott, dieses Gefühl kannte auch ich. »Und wie kam das mit Leonard?«

»Hoppners Rechtschaffenheitstick war das Einzige, was mir Sorgen machte: Der einzige Mensch, der diesen moralischen Standard erfüllte, war für mich Leonard. Ich musste schnell handeln, um das durchzuziehen, bevor jeder sehen konnte, dass ich schwanger war; also habe ich tagsüber Spanisch gelernt und meine Abende mit Leonard verbracht, um mich langsam zu ›verlieben‹.«

»Ganz schön gefühllos.«

»Ich brauche das Geld«, sagte sie schlicht. »Wenn ich nicht in den nächsten paar Monaten an das Geld komme, ist die Chance für immer vertan. Meine Kinder verdienen einen guten Start ins Leben.« Sie brachte ein schiefes Lächeln zustande. »Ich habe außerdem vor, mir eine Menge Leinwand und Ölfarben anzuschaffen.«

Eine Malerin also. Aus irgendeinem Grund fand ich das sympathisch, trotz ihrer selbstsüchtigen Träume. Ihr Lächeln aber konnte ich nicht teilen. Auch Katie würde allein erziehende Mutter sein. Sie würde halbtags arbeiten müssen, um ihr Kind großzuziehen, und sich zusätzlich zu dem, was ich ihr verschaffte, um Aufträge von ihrer alten Firma kümmern müssen. Warum sollte Alice nach Lust und Laune ihren Hobbys nachgehen und ihre Brut in ihrem wunderschönen Haus aufziehen können, während Katie arbeiten musste?

»Zu schade nur, dass Leonard verletzt sein wird, was?«, sagte ich.

Ihr Lächeln schwand. »Alles im Leben ist ein Kompromiss. Mir ist das Glück meiner Kinder nun mal mehr wert als die Brieftasche eines amerikanischen Pornokönigs oder das Herz eines britischen Philosophen. Wenn Leonards Gefühle verletzt werden, ist das eben ein bedauernswertes, aber unvermeidliches Opfer.«

Gegen Ende klang sie schon nicht mehr ganz so überzeugend.

»Ich spreche nicht von seinen Gefühlen«, erklärte ich. »Was ist, wenn er körperlich verletzt wird? Oder getötet?«

»Mach dich nicht lächerlich.«

»Jetzt muss ich dich doch mal was fragen. Meinst du nicht auch, dass dieser Selbstmord gestern Nacht ein bisschen zu melodramatisch war?«

»Es war furchtbar, und ich möchte nicht darüber sprechen.«

»Ich aber. Ich bin nämlich nicht überzeugt davon, dass dieser Mann sich umbringen wollte.« Als sie nichts dazu sagte, fragte ich: »Was hat er eigentlich geschrien, als er sprang?«

»Gar nichts. Es war einfach nur ein Schrei.«

Ich wandte mich zum hinteren Bereich des Cafés um und winkte Iguana herbei. Er kam sofort herüber.

»Frag ihn, wer der Mann war«, forderte ich sie auf.

»Ich denke gar nicht daran …«

»Frag ihn.«

Und sie tat es, wenn auch widerwillig und mit entschuldigendem Unterton. Wie ich erwartet hatte, schaltete Iguana sein Lächeln schlagartig ab.

»Er sagt, sein Name war Joaquim. Joaquim Tanadio.«

»Frag ihn, warum er sich umgebracht hat.«

»Das ist …« Doch unter meinem starren Blick schluckte sie ihren Einwand hinunter. Während sie sprach, beobachtete ich Iguanas Miene genau. Sein unruhiger Blick verriet mir schon im Voraus, dass er mit einer Lüge antworten würde. »Er sagt, er weiß es nicht. Vielleicht war Joaquim unglücklich, meint er.«

»Hatte er denn einen bestimmten Grund, unglücklich zu sein?«

Iguanas Widerwille sprang auf sie über. Als sie seine belanglose Antwort übersetzt hatte, zog sie ihr Portemonnaie heraus. »Gehen wir. Mir gefällt das alles nicht.«

»Frag ihn, wo wir …«

»Nein, Mark, lass uns gehen.«

Ich wandte mich an Iguana. »Martha Masaya?«, sagte ich langsam und deutlich.

Seine Antwort kam schnell, und danach war er noch schneller verschwunden. Alices Hand erstarrte auf ihrer Brieftasche.

»Wer ist diese Frau?«

Ich stand auf und warf ein paar Geldscheine auf den Tisch. »Das spielt keine Rolle.«

»Er sagt, dass sie nicht mehr hier wohnt. Sie ist in ein anderes Pueblo gezogen.«

»Ja, so viel habe ich auch verstanden.«

Ich ging hinaus in den Sonnenschein, erleichtert darüber, diesem Brei aus revolutionärem Rundfunk, lächelnden Sonnen, schmalziger Musik und verdächtiger Latino-Verschwiegenheit entronnen zu sein.

»Warte, Mark!« Sie kam mir nach draußen nachgelaufen und blinzelte im hellen Licht. »Wie denn? Es war doch auf Spanisch. Wie konntest du das verstehen? Und wer ist diese Martha Soundso?«

Ich zuckte mit den Achseln. »Wir sollten machen, dass wir zurück ins Hotel kommen, bevor Freddy Ärger macht.«

Auf dem Weg zum Hotel geschah etwas Merkwürdiges. Unser Weg vom revolutionären Radio-Café führte uns durch die Calle 4 und an einem dieser nicht restaurierten Häuser vorbei, die ich vom Kirchendach aus gesehen hatte. Obwohl Alice noch etwas auf der Zunge zu liegen schien, näherten wir uns schweigend dem Haus, als eine geschäftige, großbusige Frau herauskam. Um ihre Beine flatterten lange, zerschlissene Röcke.

In den Händen hielt sie ein Tablett mit ekelhaft süß aussehendem Gebäck. Sie baute sich vor uns auf und hielt uns mit einem ermutigenden Nicken das Tablett entgegen.

»Nein, danke.« Ich hielt eine Hand hoch und lächelte, um meine Ablehnung ein wenig abzumildern.

»Kost nix. Mein großzügig für euch«, erklärte die Frau auf Englisch, aber mit starkem Akzent.

»Oh.«

Ich schaute Alice an. Ekelhaft süß oder nicht, hygienisch zubereitet oder in einem dreckverkrusteten, rostigen Topf – ein Geschenk durfte man nicht ausschlagen. Sie streckte die Hand aus und nahm sich das kleinste braune Stück von dem klebrigen Zeug, überzogen mit spröden weißen Stückchen, die aussahen wie gezuckerte Kokosnüsse. Ich entschied mich für einen glibberigen orangefarbenen Klumpen. Er schmeckte genau so übel, wie ich befürchtet hatte.

»Danke«, sagten wir mit einem Lächeln und wandten uns dann schnell ab, um die Großzügigkeit der Frau nicht noch mehr zu strapazieren.

»Danke«, echote sie wie ein Papagei. »Danke. Ich bin Lupita. Lu-pi-ta.«

»Danke, Lupita«, sagte ich, während mein Lächeln allmählich ermüdete.

»Du erzählen ihm? Lupita«, sagte sie und drückte die Hand an die Brust mit derselben plötzlich widerlich wirkenden Geste wie der Mann, der uns im Parque seinen Tisch überlassen hatte. Großzügigkeit, vergiftet durch Druck. »Lu-pi-ta.«

»Lupita«, wiederholte ich nickend und ging schnell weiter.

»Lupita. Ihr erzählen ihm bitte. Lu-pi-ta.«

Freddy hatte eine Flasche J&B mit aufs Zimmer genommen, um das Trauma des Vorabends zu bekämpfen, und lag noch immer verkatert im Bett. Leonard saß draußen auf der Galerie kerzengerade in einem Korbstuhl, in den Händen ein abschreckend dickes, leinengebundenes Buch. Keiner von beiden schien uns vermisst zu haben. Die Zeit zum Frühstücken war vorüber; unsere Abwesenheit war, wie Leonard erklärte, von Sánchez bemerkt, aber nicht weiter kommentiert worden.

»Ich habe beschlossen, noch einmal einen Blick auf Nietzsche zu werfen«, verkündete Leonard und hielt sein Buch hoch. »Nach unserem gestrigen Gespräch hatte ich das Gefühl, ihn nicht mehr so ganz parat zu haben.«

»Er hat eine ganze Bibliothek dabei«, stöhnte Alice. »Und so was nennt sich Hochzeitsreise.«

Ich betrachtete sie neugierig. Faszinierend, wie selbstverständlich und unbefangen sie einfach weiterlügen konnte – und das, obwohl sie wusste, dass ich wusste, dass ihre Ehe nur vorgetäuscht war. Diese hemmungslose Art, andere zu täuschen, habe ich nie beherrscht. »Vielleicht sollten wir einen Spaziergang zu Hoppners Haus machen«, schlug ich vor.

»Gott, bloß das nicht«, stöhnte Freddy durch die offene Tür. »Ich kann mich unmöglich bewegen.«

»Dann bleibst du eben hier. Wir erzählen dir später, was wir rausgefunden haben.«

»Red keinen Unsinn, mein Freund. Ohne mich gehst du nirgendwohin. Gib mir einfach noch ein paar Stunden Zeit.«

Alice war es ohnehin ein wenig übel, also verschoben wir den Spaziergang und verbrachten den Rest des Vormittags in der unbehaglichen Atmosphäre des San Isidro mit Warten. Zweimal nahm ich das Telefon ab, um Katie anzurufen, aber beide Male wählte ich nur die halbe Nummer. Die meiste Zeit saß ich mit ihrem Ohrring in der Hand da, fuhr mit dem Daumen über das gebogene Silber und fragte mich, wie um alles in der Welt ich weitermachen sollte. Draußen im Innenhof saßen sich Leonard und Alice an einem Schachbrett gegenüber: Er leitete sie mit sanfter Stimme an, während sie mit den Fingern an einer Figur zögerte und versuchte, nicht die Geduld zu verlieren. Diese imaginären Liebenden.

Ich blieb auf meinem Zimmer und wurde immer ruheloser. Mir selbst war nie aufgefallen, dass ich im Freien immer glücklicher war, bis Katie mich darauf aufmerksam gemachte hatte. Als sie mit ihrer Anwaltskanzlei einen Kurs zur Förderung der Teamfähigkeit arrangierte, buchte ich ein Wochenende Mountainbiking in Wales. Dann wurde der Kurs im letzten Augenblick abgesagt, und so sagte auch ich widerstrebend die Fahrt nach Wales ab. Ich bereitete gerade das Abendessen zu, als Katie von der Arbeit nach Hause kam und als Erstes fragte: »Wieso bist du nicht in Wales?« Als Zweites, nachdem sie meine Antwort gehört hatte, sagte sie: »Verschwinde! Ich brauche dich nicht jede Minute meines Lebens. Geh!« Sie klang verärgert, aber ich erkannte die Großzügigkeit hinter ihrer Aufforderung. Als ich dann schmutzig, erschöpft und bester Laune aus den Brecon Beakons zurückkehrte, stand sie da und kochte uns mit einem wissenden Lächeln auf den Lippen das Abendessen. Sie wusste genau, wie ich tickte.

Mit Hilfe von drei Aspirin schaffte es Freddy gerade rechtzeitig zum Mittagessen aus dem Bett. Er kam in einem pinkfarbenen Polohemd und mit Sonnenbrille herunter und ging händereibend direkt in den Speisesaal.

»Ich hab einen tierischen Hunger«, murmelte er, als wir uns zu ihm setzten.

Keiner von uns hatte am Abend zuvor außer dem gegrillten Käse etwas gegessen. Nach dem Vorfall mit dem Erhängten war uns der Appetit vergangen. Nur Leonard hatte es geschafft, zum Frühstück zu kommen, entsprechend hatten Alice und ich ebenso großen Hunger wie Freddy. Das Mittagessen war jedoch ein Menü ohne Wahlmöglichkeit, und als Freddy sah, was er essen sollte, war es vorbei mit seiner Begeisterung.

Die gegrillten Rindfleischstreifen mit Banane und Guacamole waren köstlich. Was Freddy gar nicht gefiel, war der großzügig bemessene Klecks Bohnenmus in der Mitte seines Tellers. Zugegeben, es sah aus wie irgendwas zwischen Schokoladenmousse und Hundescheiße, doch der sehr charakteristische Geschmack war auf seltsame Weise angenehm. Freddy aber war nicht in der Stimmung, mir zu glauben oder gar selbst zu probieren. Mit mürrischer Miene nahm er sich den Reis und die Rindfleischstreifen, die am weitesten von der Bohnenpaste entfernt lagen.

»Ist das denn zu fassen – die servieren Bananen zum Fleisch!«, murmelte er verächtlich.

Alice sah mich an; sie konnte sich offenbar nur mit Mühe zurückhalten, laut loszulachen. Sie aß mit einem derartigen Heißhunger, dass ich mich nun, da ich Bescheid wusste, verwundert fragte, warum das niemandem sonst auffiel.

»Wir sollten einen Plan entwickeln«, sagte ich. »Ich meine, wir sollten überlegen, wie wir an Mr. Hoppner herantreten.«

»Geht es nicht einfach nur darum, ihm einen Besuch abzustatten und ihm zu erklären, welche wohltätige Arbeit wir im Auge haben?«, fragte Leonard.

Freddy blickte auf. »Oh, du weißt plötzlich doch Bescheid?«

»Immer mit der Ruhe, Freddy«, ermahnte ich ihn so beiläufig wie möglich.

»Wir könnten doch alle zusammen hingehen«, schlug Alice vor.

»Ich frage mich nur, ob er sich dann nicht vielleicht ein wenig überrumpelt vorkommt.« Ich zog einen Notizblock aus meiner Jackentasche und kritzelte ein paar Daten hin. »Wie lange will jeder hier bleiben? Ich habe zehn Tage gebucht.«

»Zwei Wochen«, sagte Freddy.

»Fünf Tage«, war Alices Antwort.

»Okay, dann geht ihr zuerst. Wir schicken ihm heute Abend eine Nachricht, in der wir ihn wissen lassen, dass wir alle hier sind; er kann sich dann aussuchen, wann genau er uns sehen will.« Ich blickte Alice an. »Vielleicht ist es gar keine schlechte Idee, dass du es als Erste versuchst, weil du ihn um die größte Summe bittest. Falls du Erfolg hast, sollten Freddy und ich ein oder zwei Tage später eine gute Chance haben.«

»Moment mal.« Freddy hörte nun aufmerksam zu; sein Ärger über das Essen war verflogen. »Wie viel will Alice denn?«

Leonard antwortete: »Die arme Alice, sie will drei Millionen Pfund für die Hungerhilfe in Zentralasien erbitten, aber ich frage mich, ob Mr. Hoppner wohl in der Lage sein wird, so viel ...«

»Ach, ganz bestimmt«, schnaubte Freddy.

»Freddy!« Meine Warnung fiel eine Spur zu scharf aus.

»Schon gut.« Er verdrehte die Augen, als er Leonards verständnislosen Blick sah. »Aber gleich drei Millionen? Mein Gott, vielleicht sollte ich auch ...«

»Für das Schulprojekt in Malawi brauchen wir nur eins

Komma zwei«, erklärte ich entschieden. »Wir wollen doch nicht als geldgierig erscheinen, oder?«

Er antwortete nicht, dennoch spürte ich seinen Unmut über den Tisch hinweg. Trotz der Ankunft des Terroristen Tanadio in Miraflores und meiner Erkenntnis, dass er derjenige gewesen sein musste, der im Restaurant auf mich geschossen hatte, war ich froh, dass Freddy seine Pistole nicht mehr hatte.

»Ein Schulprojekt in Malawi?«, hakte Leonard höflich nach. »Wie interessant. Darüber müsst ihr mir Genaueres erzählen.«

Ich stand auf und ging hinaus in den Innenhof, um Sánchez zu suchen. Er stand am Durchgang zum Platz. Die schwarze Armbinde spannte um seinen Bizeps. Bei ihm war Iguana. Der Besitzer des Cafés hatte das Wort ergriffen, und es handelte sich offenbar nicht um Smalltalk. Als Sánchez sich zu mir umwandte, glaubte ich, in seinem Blick einen Anflug von Wut zu erkennen, der aber schnell wieder hinter der Maske höflicher Dienstbarkeit verschwand. Er nickte mir kurz zu, und ich ging zum Tisch zurück.

»Ja bitte, Mr. Weston?«, sagte Sánchez wenige Sekunden später, als er den Speisesaal betrat. Zum ersten Mal fragte ich mich, wie es kam, dass ein Mann, der vermutlich sein halbes Leben mit Töten zugebracht hatte, meinen Namen so korrekt aussprach. Reichte der Einfluss des Comandante über Miraflores hinaus? Und wie würde Sánchez reagieren, wenn er herausfand, dass ich vorhatte, seinen Wohltäter abzuzocken?

»Wir möchten gerne wissen, wie man zu Mr. Hoppners Haus kommt«, sagte ich, nachdem ich ein umständlicheres Vorgehen in Betracht gezogen und wieder verworfen hatte.

»Kein Problem«, erwiderte Sánchez. »Ich fahre Sie persönlich hin. Wir müssen nur erst telefonieren, bevor …«

»Nein, ich meine, wir möchten einfach nur einen Spaziergang machen und dabei einen Blick auf das Haus werfen.« Ich fühlte mich verpflichtet, das nun eintretende Schweigen mit einer Art Ausrede zu füllen. »Das ist doch bestimmt ein sehr schönes Haus, nicht wahr?«

Sánchez schien über meine Bitte nachzudenken. War sie unvernünftig? Und warum war mir – oder uns allen – dabei so unwohl?

»Es liegt unterhalb der Stadt hinter den Kaffeeplantagen«, erklärte er schließlich, offenbar mit großem Widerwillen. »Gehen Sie die Calle 7 bis zum letzten Haus, folgen Sie dann dem Feldweg durch die Kaffeesträucher und dann durch den Wald. Es gibt nur eine Straße. Und die ist sehr schlammig.«

»Wir kommen schon zurecht.«

Ebenso wie Alice und Leonard lächelte ich zu ihm hoch und wartete darauf, dass er sich zurückzog. Aber er rührte sich nicht von der Stelle. Hinter seiner Maske beschäftigte ihn etwas.

»Sie waren heute Morgen in der Kirche?«

Mein Lächeln erstarb. »Hat der Priester also ebenfalls Bericht erstattet.«

Sánchez griff in die Jackentasche und holte ein paar gefaltete Blätter Papier heraus. »Die gehören Ihnen, nehme ich an.« Er überreichte mir drei Kopien des *Newsweek*-Artikels.

Der verfluchte Drucker. Ich zweifelte nicht daran, dass Sánchez den Text gelesen hatte.

»Danke«, sagte ich ruhig und legte sie auf den Tisch.

»Darf ich fragen, warum Sie sich für Martha Masaya interessieren?«

»Für wen?«, murmelte Freddy.

Wir steuerten auf ein gefährliches Gebiet zu. Doch mit den Ausdrucken vor mir und Iguana vor dem Speisesaal hätte es wenig Sinn gehabt zu leugnen. »Ich war einfach nur neugierig.«

»Worüber?«

»Was ist mit ihr geschehen?«

Abermals schwieg Sánchez – vielleicht in der Absicht, mich vor derart direkten Fragen zu warnen. Diesmal aber war ich bereit, auf eine Antwort zu warten.

»Martha Masaya hat uns viele Probleme bereitet. Das ganze Pueblo musste wegen ihr viele Wochen lang leiden. Wir möchten, dass das nie wieder passiert. Wir sorgen dafür«, fügte er mit mehr Nachdruck hinzu, »dass es nie wieder passiert.«

»Sie wurde ausgestoßen, nicht wahr? Als Strafe für das, was sie gesagt hatte.«

Er gab keine Antwort.

»Schlimmer?« Ich starrte ihn an. »O Gott.«

Sánchez war gerade dabei, sich abzuwenden, als sein Blick auf den kleinen Notizblock vor mir fiel. Er erstarrte für ein paar Sekunden und fragte dann sehr langsam: »Sind Sie Journalist, Mr. Weston?«

Ich hörte den unmissverständlichen metallischen Klang in seiner Stimme und zögerte einen Augenblick. Vielleicht hätte das allein schon ausgereicht, uns zu verurteilen, doch dann dröhnte Freddys ungestüme Stimme über den Tisch: »Ja, wussten Sie das nicht? Er ist ein Undercover-Reporter.«

»Bin ich nicht«, sagte ich sofort und sehr bestimmt, auch wenn mir bereits klar war, dass dies nicht ausreichen würde, den angerichteten Schaden zu beheben. Zum ersten Mal hatte ich echte Angst um Daedalus Foy. »Er hat nur einen Scherz gemacht.«

»Ups, tut mir Leid, das hatte ich ja ganz vergessen«, sagte Freddy übertrieben dramatisch. »Es ist ein Geheimnis. Er recherchiert nach sehr geheimen Dingen – spioniert.«

»Freddy, halt die Klappe!«

Dass mir der Geduldsfaden riss, war meiner Sache – unserer Sache – natürlich nicht gerade zuträglich. Sánchez zog mit eisiger Miene von dannen. An Foy dachte ich mittlerweile nicht mehr; ich reservierte meine Angst ganz für uns.

»Mark, was ist denn los?«, fragte Alice, zu Recht erschrocken.

Ich starrte dem abziehenden Rücken von Francisco José Sánchez hinterher. Unsere Teller waren noch lange nicht geleert, aber keiner aß mehr. Selbst Freddy hatte schließlich erkannt, dass die Fragen des Comandante mehr darstellten als nur eine amüsante Ablenkung. »Kommt schon«, murmelte ich. »Nichts wie raus hier.«

Auf dem Pfad der Revolution mit El Tigre
von Heath Katzenbach

Vor drei Tagen sah ich sechzehn Männer sterben. Ihr Tod war schrecklich: fünf von ihnen wurden durch die Explosion einer Panzerfaust zerfetzt, sieben weitere von AK-47 in Stücke gerissen und die übrigen mit Bajonetten, Gewehrkolben oder Macheten niedergemetzelt. In einem Guerillakrieg ist es schwierig, Gefangene zu machen.

El Tigre, einer der berüchtigtsten FNR-Kommandeure, äußerte ein gewisses Bedauern über ihren Tod. »Sie sind unsere Brüder«, erklärte er, »aber uns bleibt keine andere Wahl.« Als er mir die Erlaubnis erteilte, seine Gruppe zu begleiten, warnte mich El Tigre bereits vor den unschönen Szenen, mit denen ich rechnen musste. Die unglückselige Armeepatrouille, die wir in einen Hinterhalt lockten, war keineswegs die erste, die diesem furchtbaren Kämpfer zum Opfer fiel. Er und seine Männer – vierzehn absolut loyale Kameraden, die schon den größten Teil dieses endlos scheinenden Bürgerkriegs zusammen verbracht haben – sind, wie nicht anders zu erwarten, vom routinemäßigen Töten längst abgestumpft. »Je mehr Soldaten sie hier heraufschicken, desto mehr müssen wir in Särgen zurückschicken«, meinte einer der Guerilleros schulterzuckend.

Jeder der Männer trägt schwer an seiner Ausrüstung: eine AK-47, Munition, Granaten, Essen, Medikamente, Kampfmesser und entweder ein Funkgerät oder ein Granatwerfer, eine Panzerfaust oder ein Maschinengewehr. Doch keiner von ihnen zweifelt daran, dass er einen gerechten Kampf kämpft: »Sie haben unsere Häuser niedergebrannt, unser Vieh getötet, unsere Eltern gefoltert und unsere Schwestern geschändet«, erklärt El Tigre. »Entweder kapitulieren wir bedingungslos oder wir kämpfen bis zum letzten Blutstropfen.« El Tigre selbst hatte erst vor wenigen Monaten dem Tod ins Auge geblickt. Ein Armeegeschoss durchschlug seinen Hals und verfehlte nur haarscharf die Hauptschlagader.

Diese Männer stehen einer zahlenmäßig weit überlegenen und besser ausgerüsteten Streitmacht gegenüber. Während der einen Woche, die ich bei ihnen verbrachte, wurden wir zweimal von

Kampfhubschraubern und einmal von Artillerie angegriffen. Obgleich die FNR eine gewisse Unterstützung von Seiten Kubas genießt – El Tigre hat einen langen Weg zurückgelegt seit jener Nacht, als dieser ehemalige Anwalt ein paar Freunde ohne Uniformen, ohne Ausbildung und mit nur einer Hand voll Schrotflinten, 22er Gewehren und Pistolen bewaffnet in die Berge führte –, werden sie niemals in der Lage sein, in offener Feldschlacht gegen die Armee anzutreten, solange Washington die Waffenlieferungen im bisherigen Ausmaß aufrechterhält.

Dies ist auch der Grund, warum das jüngste Gerücht, der amerikanische Kongress stelle sich womöglich bald gegen eine weitere Militärhilfe, in dieser kalten, schlammigen Gegend so große Hoffnung auslöst. Falls es dazu kommt, könnte sich die FNR neu gruppieren und in die Offensive gehen. Manche sprechen sogar schon von einem Angriff auf Santa Tecla.

Doch bis dahin wird El Tigre seine Truppe verschworener Krieger auch weiterhin durch die Berge und Wälder des zentralen Hochlands führen, immer in Bewegung, immer auf der Flucht. Dieser Krieg wird noch lange dauern.

9

Etwa zwei Wochen nachdem wir uns kennen gelernt hatten, waren Katie und ich für einen Tag in Ujung Pandang, wo wir auf einen Flug nach Ambon warteten. Ihre Freundin war bereits nach Hause geflogen, aber ich hatte Katie überreden können, den Beginn des neuen Semesters an der juristischen Fakultät sausen zu lassen. Sie hatte ihr Täschchen mit CDs in einem Bus liegen lassen – was völlig untypisch für sie war –, und während ich im Hotel Siesta hielt, war sie unterwegs, um Ersatz zu kaufen. Die Einkaufsgegend war mehrere Kilometer vom Hotel entfernt, und so nahm sie ein Taxi. Auf dem Rückweg vergaß sie, vor dem Einsteigen den Preis auszuhandeln. Am Ende der kurzen Fahrt sollte sie das Dreifache von dem bezahlen, was der erste Fahrer verlangt hatte.

Es ging um kleine, für Londoner Verhältnisse geradezu lächerliche Summen, aber Katie glaubt nun einmal an Gerechtigkeit und lässt sich nicht gern übers Ohr hauen. Der Landessprache unkundig, konnte sie nur mit Gesten ihren Zorn ausdrücken. Der Fahrer gab nicht nach. Katie reichte ihm denselben Betrag wie dem ersten Fahrer, doch der Mann warf ihr die Scheine vor die Füße. Sie ließ das Geld im Staub liegen, drehte sich um und ging ins Hotel.

Als sie merkte, dass der Fahrer – ein großer, bedrohlich wirkender Mann – ihr nachlief, bekam sie es mit der Angst zu tun und rannte los. Nachdem sie zwei Stockwerke hoch und durch den Korridor gehetzt war, war sie völlig außer Atem und schon leicht hysterisch. Während ich sie noch beruhigte, klopfte es auch schon an der Tür. Ich öffnete, und der wütende Taxifahrer stand vor mir. Er beschimpfte Katie über meine Schulter hinweg. Ich versperrte ihm den Weg und bot ihm Geld an. Er stieß mich zur Seite und ging auf Katie los.

Ich verpasste ihm einen einzigen Schlag und warf ihn hinaus.

Zwei Stunden später kam die Polizei. Ich wusste, dass die Anklage auf wackligen Beinen stand, doch das – wenn auch nur kurze Zeit anhaltende – Gefühl, den Boden unter den Füßen zu verlieren, war erschreckend. Sie hielten mich eine Nacht lang in einer Arrestzelle fest und weigerten sich die meiste Zeit, meine Fragen überhaupt zur Kenntnis zu nehmen, obwohl ich sie in klar verständlichem Indonesisch formulierte. Sie rührten keinen Finger gegen mich, aber ich verbrachte den größten Teil der Nacht damit, mir vorzustellen, wie sie das taten. Ich hatte die Situation nicht mehr unter Kontrolle und das gefiel mir gar nicht.

Miraflores war zwar keine Arrestzelle und Sánchez weitaus höflicher und besser gekleidet als jeder der Polizisten, mit denen ich es in Ujung Pandang zu tun gehabt hatte, doch das Gefühl, undurchschaubaren, bedrohlichen Fremden schutzlos ausgeliefert zu sein, war jetzt zehnmal schlimmer.

Als wir das San Isidro verließen, wehte eine kräftige Brise. Der Wind blies durch die Straßen und den Parque Central, wirbelte Staub auf, ließ Blätter um uns tanzen und schlug Fenster zu. Obwohl noch immer die Sonne schien, verschwand der blaue Himmel im Westen hinter einem Wall dicker Wolken.

Als wir durch die Seitenstraßen gingen, die zur Kaffeeplantage führten, wichen wir den Blicken von Fremden immer häufiger aus und erwiderten ihr Winken und ihre Grüße mit stummen Gesten. Sánchez' Misstrauen gegen uns hatte uns die Freude an dieser freundlichen Gemeinschaft gründlich verdorben.

Leonards lange Beine, die sich auf dem Pflaster des Parque noch so ungeschickt angestellt hatten, waren nun in ihrem Element. Trotz Alices häufiger Aufforderungen, doch ein wenig langsamer zu gehen, steigerte er sein Tempo immer mehr, bis er uns ein paar Schritte voraus war. Die frische Bergluft hatte ihm eine Vitalität und Energie verliehen, die so gar nicht zu der jämmerlichen Gestalt auf dem Flughafen von Bermuda passen wollte. Als wir die Stadt hinter uns gelassen hatten und auf dem Weg nach unten waren, wies er uns begeistert auf Pflanzen und winzige, grell gefärbte Vögel hin, ohne von dem starken Gefälle und dem immer holpriger werdenden Untergrund groß Notiz zu nehmen.

Die Pflastersteine waren von festgefahrenem Schotter und schließlich von Schlamm abgelöst worden, und der Fuhrweg beschrieb eine Kurve, bis er auf einer Höhe am Hang entlangführte. Ich bewunderte die schnurgeraden Reihen von Kaffeebüschen, die sich den ganzen Hang bis zum Fluss am Talboden hinunterzogen. Jede Pflanze zierten dunkelrote Früchte. Mit reifen Früchten bestückte Orangen- und Zitronenbäume durchbrachen die perfekte Symmetrie der Plantage. An einer Stelle war inmitten des Kaffees ein halber Morgen Land mit Tomaten- und Bohnenpflanzen bebaut.

Auf freiem Feld wurde der Wind stärker. Greifvögel glitten über den Himmel und zeichneten unregelmäßige Muster in die nahende Wolkenwand. Schon begann es leicht zu nieseln, doch die Tropfen waren so winzig, dass ich sie bei jedem Windstoß zur Seite und sogar nach oben tanzen sah. Und obwohl wir von den Tröpfchen eingehüllt waren, schien unsere Kleidung nie nass zu werden, und unsere Gesichter kühlten nicht aus.

»Ich habe den Eindruck, Sánchez mag uns nicht besonders«, flüsterte Alice mir zu, als Freddy und Leonard gerade außer Hörweite waren. »Übrigens, wer ist eigentlich Martha Masaya?«

»Sie wurde in einem amerikanischen Zeitungsbericht erwähnt, weil sie öffentlich die Vermutung geäußert hatte, dass die Selbstmorde hier gar keine Selbstmorde gewesen seien.«

»Oh nein.«

»Doch.«

»Und du hast …?« Sie schluckte den Rest des Satzes mit einem Seufzer hinunter. »Noch eine Nacht, dann müssen wir zu Hoppner; länger halte ich es mit diesem Señor Sánchez nicht mehr aus.«

»Wir werden es schon schaffen«, versuchte ich sie zu beruhigen, ohne dabei allzu viel Rücksicht auf die Fakten zu nehmen. Hatte Sánchez womöglich Daedalus Foy dabei erwischt, wie er irgendeiner Zeitung telefonisch Bericht erstattete? Oder hatte er dessen Notizbuch in Foys Zimmer gefunden? Was hätte der Ex-

Guerillero in einem solchen Fall getan? Wie allergisch gegen Journalisten waren die Leute hier? »Wir halten uns einfach von ihm fern und vermeiden alles, was den Eindruck erwecken könnte, dass wir hier herumschnüffeln.«

»Ali, der Wind ist so stark, dass wir gleich abheben!«, rief Leonard.

Sie warf mir einen Blick zu und eilte dann zu ihm. »Wunderbar, Liebling!« Als sie ihn erreichte, schlang sie einen Arm um seine Hüfte, streckte den anderen wie einen Flügel zur Seite und schob Leonard vorwärts.

Der Wald am hinteren Ende der Kaffeeplantage war dicht und undurchdringlich. Seine größten und ältesten Bäume hatten bereits die spanische Kolonialherrschaft, politische Unruhen und Bürgerkriege überstanden und würden in absehbarer Zeit selbst Benjamin Sword Hoppner überleben, ihre Stämme wuchtig wie die Säulen einer Kathedrale, ihre Äste überwuchert von Epiphyten, die in der feuchten Luft des Bergnebelwalds prächtig gediehen. Die Straße – mittlerweile nur noch eine schlammige Piste, durchzogen von breiten Rinnen, die die Reifen eines schweren Geländewagens hinterlassen hatten – schnitt eine bemerkenswert schmale Schneise durch diese Baumriesen. Gewaltige Farne fächerten sich über unseren Köpfen auf; links und rechts von uns vermischten sich die Schreie unsichtbarer Vögel mit dem Geschnatter eines weit entfernten Affen. Über den Wipfeln türmten sich Wolken auf, die den Baumkronen ein skizzenhaftes, fast ätherisches Aussehen verliehen.

Ohne den Wind, der nicht ins Dickicht vordrang, waren wir alle von der Atmosphäre des Waldes gefesselt, und selbst Leonard verlangsamte, wenige Minuten nachdem wir die ersten Bäume passiert hatten, seine Schritte und verstummte. Die Fahrspur war hier nasser als zuvor, der Untergrund saugte das Wasser auf wie ein Schwamm. Um die tückischen Grate und Furchen zu meiden, die Hoppners Fahrzeuge hinterlassen hatten, bedurfte es immer größerer Aufmerksamkeit. Einmal rutschte Freddy aus, griff nach meinem Arm und riss uns um ein Haar beide in den Schlamm. Von diesem Augenblick an hielt ich mich von ihm fern.

»Scheiße«, fluchte er. »Wir sollten besser zurückgehen und warten, bis uns einer mitnimmt.«

»Viel weiter kann es nicht mehr sein«, sagte Alice entschlossen.

»Sicher doch«, murmelte er, ging dann aber kommentarlos weiter.

Als es endlich zu sehen war, konnte kein Zweifel daran bestehen, dass wir Benjamin Sword Hoppners Haus gefunden hatten. Es war mehr als nur ein Haus: eine gepflegte Gruppe von Bungalows aus Kiefernholz, auf einer Terrasse im Hang gelegen, mit Blick auf einen halbmondförmigen See am Ende des Tals. Anders, als ich es erwartet hatte, wirkte das Ganze keineswegs protzig, sondern eher funktionell. In diesem Land des Krieges, der spanischen Eleganz und des lateinamerikanischen Temperaments konnten diese bescheidenen, fast streng anmutenden Gebäude nur von einem Fremden angelegt worden sein. Von einem Eindringling.

»Da sind Wachen«, merkte Freddy mürrisch an. »Ein verdammt hoher Zaun und bewaffnete Wachposten. Fast wie in einem James-Bond-Film.«

»Aus der Entfernung kannst du doch gar nicht sehen, ob sie bewaffnet sind«, wandte ich nicht sonderlich überzeugt ein.

»Was habt ihr denn erwartet?«, fragte Alice. »Ist doch klar, dass er in einem solchen Land gewisse Sicherheitsmaßnahmen ergreifen muss. Sonst könnte ja jeder Ganove herkommen und einen Milliardär kidnappen, einfach so.«

»Ist denn gegen Wachposten etwas einzuwenden?«, fragte Leonard.

Wir schauten ihn alle an. »Nein, natürlich nicht«, murmelte Freddy. »Überhaupt nicht.«

»Das ist doch nur gut für uns«, meinte Alice entschieden. »Dann sind wir jedenfalls sicher, während wir bei ihm sind.«

»Jetzt übertreibst du aber in die andere Richtung«, wandte Leonard ein. »Wenn du glauben würdest, dass es ohne Wachen gefährlich wäre, dürften wir doch eigentlich gar nicht in Miraflores sein.«

Lächelnd genoss er seine Rolle als Zerstörer fehlerhafter Logik.

Alice starrte ihn nur wortlos nickend an; sie wusste offenbar nicht recht, was sie dazu sagen sollte. Allmählich dämmerte es mir, welche Mühe es sie kostete, diese erfundene Liebesbeziehung nach außen hin aufrechtzuerhalten.

»Es gibt keine Gefahr«, sagte ich aus dem plötzlichen Impuls heraus, ihr ein wenig Unterstützung zukommen zu lassen. »Wir befinden uns in einem Paradies, geschaffen von einem Menschenfreund. Wir haben also nichts zu befürchten.« Dennoch fragte sich ein kleiner Teil meines Gehirns noch immer, was aus Martha Masaya und Daedalus Foy geworden war.

»Unheimlich ist es trotzdem«, meinte Freddy, »auch wenn es nicht gefährlich ist. Menschen, die sich mitten auf dem Marktplatz erhängen.«

»Armer Kerl«, sagte Leonard. »Meint ihr, er hat Familie gehabt?«

Freddy hatte sich mittlerweile vom Schock des Vorabends erholt und war schon wieder in urteilsfreudiger Stimmung: »Jeder Dreckskerl, der sich vor den Augen von Kindern umbringt, hat verdient zu sterben.«

Einen Augenblick lang erwartete ich, dass Leonard diese Aussage zerpflücken würde, doch diesmal siegte seine Menschlichkeit über seine intellektuellen Instinkte. »Ich finde es jedenfalls schrecklich, wenn jemand so verzweifelt ist, dass er jede Hoffnung verliert und keinen Grund mehr sieht, weiterzuleben.«

»Aber Sie sind doch Philosoph«, konnte ich mir nicht verkneifen einzuwenden. »Welchen Grund gibt es überhaupt zu leben?«

»Natürlich. Aber ich meinte nicht ›Grund‹ im strengen Wortsinn. Ich fürchte, ich habe mich etwas unpräzise ausgedrückt – ich meinte Motive … Gefühle …«

»Was spricht eigentlich dagegen, einfach zu sagen, dass Gott uns auf diese Erde gestellt hat, damit wir leben – und damit basta?«, fragte Alice.

Der Mann der Vernunft legte den Arm um die Frau, die er für seine Freundin hielt. »Dagegen spricht gar nichts«, räumte er mit einem sanften Lächeln ein. »Nicht das Geringste.«

Die Sonne war jetzt vollständig hinter den Wolken verschwunden. Ohne sie kühlten uns der inzwischen wieder sehr präsente Wind und der Nieselregen zunehmend aus. Keiner von uns hatte das Bedürfnis, noch länger zu bleiben und auf ein Grundstück zu starren, auf dem die einzige Bewegung von den vier grau uniformierten Wachen an den Grenzen ausging. Wir machten uns also auf den Rückweg über den langen, schlammigen Pfad, bevor uns nach gut fünf Minuten der Regen einholte. Als die ersten wolkenbruchartigen Güsse auf die Bäume vor uns herabstürzten, waren wir noch immer weit von der Stadt entfernt.

»Na wunderbar«, murmelte Freddy.

»Wir werden vollkommen durchnässt«, fügte Leonard hilfreich hinzu.

»Hier«, rief ich Alice zu, »zieh meine Jacke über.«

»Mir geht's gut«, erwiderte sie resolut.

Also zog ich die Jacke wieder an und betrachtete den Wald zu beiden Seiten. Aufgrund der dichten Wolken und des noch dichteren Blätterdachs, die einen Großteil des Lichts abfingen, wirkte das Unterholz finster, feucht und alles andere als einladend. Doch nur ein Bruchteil des Regens drang durch das Laub der Baumwipfel.

»Wir warten am besten hier, bis der Regen nachlässt«, schlug ich vor.

Das kam zwar nicht sehr gut an, aber allen war klar, dass uns keine andere Wahl blieb. Keiner der anderen trug auch nur annähernd wasserdichte Kleidung, und wir alle fröstelten unter den dicken Tropfen, die wie Geschosse auf uns herabprasselten. Die Sicht betrug kaum mehr als fünfzehn Meter. Also kämpften wir uns durch die Farne und die tückischen frei liegenden Wurzeln zum größten und laubreichsten Baum vor, den wir finden konnten, kauerten uns an seinem Stamm zusammen und warteten ab.

Der Baum war mit Kletterpflanzen aller Größen – von zarten grünen Fäden bis hin zu dickem, moosbewachsenem Holz – überwuchert, die über unseren Köpfen hingen und von denen uns die Regentropfen in Kragen und Augen fielen. Die Lücken im Blätterdach setzten sich in grellem Weiß gegen das schwarze Laub ab.

Wir schwiegen, vermieden jeden Kontakt. Vier Menschen, die

sich in derselben unangenehmen – vielleicht sogar gefährlichen – Lage befanden, aber nicht willens waren, ihre Gefühle und Gedanken auszutauschen.

Während ich die Zeit damit verbrachte, die weitläufigen Ansammlungen von Orchideen, Farnen, Moosen und Gräsern zu betrachten, die sich in den oberen Bereichen jedes einzelnen Baumes festklammerten, fiel mir eine weitaus größere Lücke im Blätterdach weiter im Innern des Waldes auf. Da ich es gründlich satt hatte, nur tatenlos herumzustehen, ging ich darauf zu.

»Seht euch das an«, sagte Freddy und beugte sich herab, um einen münzgroßen goldgelben Frosch von einem Blatt zu pflücken. Er sah reichlich lächerlich aus, wie er da in seinem nassen pinkfarbenen Polohemd mitten im mittelamerikanischen Bergnebelwald eine Amphibie bewunderte.

»Heb ihn lieber nicht auf«, riet ich ihm über die Schulter hinweg. »Sie sterben, wenn du sie zu lange hältst.«

»Blödsinn!«, schrie er. »Wer hat dir denn diesen Quatsch erzählt?«

Einen Augenblick lang zögerte ich und stellte mir dieselbe Frage, bevor ich ohne zu antworten weiterging.

Warum sich hier eine Lichtung befand, wurde mir in dem Augenblick klar, als ich sie erreichte. In ihrer Mitte lag unter dem noch stärker gewordenen Trommelfeuer des Tropenregens das Wrack eines graugrünen Hubschraubers.

Es musste schon lange dort gelegen haben. Zwar war nur ein relativ kleiner Teil der Außenhaut verrostet, doch die Farbe an den übrigen Stellen war stumpf und verwittert. Kletterpflanzen und Farne erdrückten den größten Teil der Maschine; Bauch und Heck steckten im Schlamm des Waldbodens; zerschmetterte Rotorblätter lagen im Unterholz verborgen. Der Baum neben mir wies einen tiefen diagonalen Schnitt auf, der bereits teilweise mit Moos und Narbengewebe zugewachsen war.

Trotz des Regens, der ungehindert auf die Lichtung prasselte, trat ich vor, fasziniert von den Überresten dieser einst so mächtigen Kampfmaschine. Von der Innenausstattung war nichts mehr übrig: Jemand hatte die Sitze, die Gurte, die Bordkanonen und die Leichen weggeschafft, und auch das kugelsichere Material, das einst die Fenster ausgefüllt hatte, war verschwunden. Zwischen Rippen und Rissen wies das verbeulte Metall noch mehrere mit Schablonen aufgesprühte Aufschriften wie ÖLABLASS oder KRAFTSTOFFPUMPE auf sowie einen großen roten Pfeil, neben dem ironischerweise GEFAHR stand und der am Rumpf entlang in Richtung eines nicht mehr existenten Heckrotors zeigte. Stellenweise war die Außenhaut abgerissen, so dass eine darunter liegende wabenartige Struktur zum Vorschein kam. Auf meine Berührung hin bogen sich die winzigen sechseckigen Aluminiumzellen zur Seite und fielen in den Haufen verbogenen Metalls. Ich fragte mich, ob auch nur einer der abgeschossenen Regierungssoldaten sich darüber bewusst gewesen war, was für zerbrechliches Material sie vor den Luftabwehrgeschützen der Rebellen von Miraflores hatte schützen sollen.

»Mark!«

Ich sah mich um. Freddy rief mich, war aber noch nicht zu sehen. Die Vorstellung, dass er auf diesen abgestürzten Vogel stoßen könnte, behagte mir nicht, und so eilte ich zurück in den Schutz der Bäume.

»Du hast Recht gehabt!«, rief er, als er mich sah. »Er hat … einfach aufgehört, sich zu bewegen.«

»Was?« In meiner Frustration über den nicht enden wollenden Regen ließ ich meiner schlechten Laune freien Lauf. »Wovon redest du überhaupt?«

»Der Frosch. Ist einfach gestorben, da in meiner Hand.«

»Um Gottes willen, das ist doch scheißegal, Freddy.«

»Aber warum? Ich verstehe das nicht.«

»Die Wärme. Dein Körper strahlt mehr Wärme aus, als er verträgt.«

Er versuchte noch, diese Vorstellung zu verdauen, als ich an ihm vorbei und zurück zu der Stelle ging, wo Alice und Leonard sich gegenseitig zu wärmen versuchten. Beide gaben ein Bild des Jammers ab.

Freddy trottete mir nach. »Woher weißt du all das Zeugs?«, wunderte er sich.

»Keine Ahnung. Hab ich wohl irgendwo aufgeschnappt. Bist du jetzt zufrieden?«

»Hör mal, mein Freund, du musst mir jetzt nicht …«

»Wo wart ihr denn?«, fragte Alice. »Ihr seid ja völlig durchnässt!«

»Wir sollten doch besser zurückgehen«, meinte ich. »Wer weiß, ob dieser Regen je wieder aufhört. Außerdem wird es bald dunkel.«

»Und jetzt, wo du sowieso schon nass …«

»Wir frieren alle. Am besten legen wir ein flottes Tempo vor – dann wird uns warm. Und im Hotel lassen wir uns ein heißes Bad ein.«

Dagegen konnte keiner etwas sagen. Die Kälte und die Feuchtigkeit krochen allmählich in unser Gehirn.

Ohne den Schutz der Bäume war es in dem immer stärker werdenden Regen schwer, überhaupt noch etwas zu erkennen. Als dann plötzlich ein kleiner, nur mit Shorts bekleideter Junge aus der Suppe auftauchte und einen triumphierenden Schrei ausstieß, waren wir ebenso überrascht wie er. Augenblicklich wirbelte er herum und rannte vor uns her, wobei er immer schwächer werdende, vogelartige Rufe ausstieß.

»Was sollte das denn jetzt?«, sagte Freddy.

»Meint ihr, sie haben ihn geschickt, um nach uns zu suchen?«, fragte Leonard. »Wir sind schließlich schon lange weg, und das bei dem Wetter.«

»Falls sie das getan haben, warum rennt er dann weg? Wie sollen wir ihm da folgen?«

In einem plötzlichen Anflug von Unbehagen griff ich in meiner Tasche nach Katies Ohrring und drückte ihn fest zwischen Zeigefinger und Daumen.

Das Prasseln des Regens auf den Fahrweg war ohrenbetäubend, und wir stellten unsere Unterhaltung ein. Innerhalb weniger Sekunden waren unsere Beine mit Schlamm bespritzt. Leonard beschleunigte wieder sein Tempo, diesmal hielten wir jedoch mit, weil wir alle so rasch wie möglich in die Wärme und Behaglichkeit des San Isidro zurückkehren wollten. Ich bin mir nicht einmal sicher, ob wir stehen geblieben wären, wenn Benjamin Sword Hoppner höchstpersönlich mit dem Scheckheft in der Hand hinter uns aufgetaucht wäre. Als wir dann die Wegbiegung auf halbem Weg durch den Wald erreichten, rannten wir schon fast, um Leonards ausladenden Schritten weiter folgen zu können.

Doch als wir um die Kurve bogen, blieben wir wie erstarrt stehen.

Francisco José Sánchez stand zusammen mit acht Männern, die uns alle von der Nacht zuvor bekannt waren, quer über die Straße verteilt. Sie waren völlig durchnässt, ihre Hüte hingen ebenso schlapp herab wie ihre Leder- und Wollmäntel, und jeder trug an der Taille eine Machete in ihrer Scheide sowie eine schwarze Binde am Arm. Neben ihnen stand auf einem Bein der Junge und deutete aufgeregt mit dem Finger auf uns.

Ein einziges Zischen von Sánchez genügte, um ihn in Richtung von Miraflores losrennen zu lassen. Keiner der Männer bewegte sich.

»Ist das jetzt ein Suchtrupp oder was?«, murmelte ich.

Alice schluckte. »Sieht eher nach ›oder was‹ aus«, sagte sie, und ihre Lippe zitterte ganz leicht. »Wartet mal.«

Sie ging los, und wie durch Zauberei legte sich ein Lächeln über ihr Gesicht.

»Was machst du da?«, rief ich ihr nach.

»Wartet hier. Lasst mich mit ihnen reden«, erwiderte sie, ohne sich umzudrehen.

»Ali«, sagte Leonard halb fragend, halb besorgt. Ich legte ihm eine Hand auf den Arm. Freddy war bereits einen Schritt zurückgetreten.

Zwischen uns lagen keine dreißig Meter. Alice legte die Strecke ohne das geringste Zögern zurück. Ich hörte ihre fröhliche, unerschütterliche Stimme durch das Trommeln des Regens, als sie zwei Schritte vor Sánchez zum Stehen kam. Ein Gruß – vielleicht eine typisch britische Bemerkung über das fürchterliche Wetter. Von Sánchez keine Reaktion, kein Wort, kein Lächeln.

Sie sprach wieder, diesmal eindringlicher. Doch wieder kam keine Antwort von den Männern um sie herum. Wasser strömte von den Krempen ihrer Hüte und ergoss sich gegen vorstehende Knie und Hände, die auf den Griffen der Macheten ruhten. Das schwindende Tageslicht wurde immer bedrückender.

Dann beinahe ein Rufen: Alice wurde wütend, verlangte eine Erklärung oder beklagte sich über etwas. Und auf einmal streckte Sánchez die Hand aus und packte sie am Arm. Ihre Worte gingen in einen Schrei über. Auf Sánchez' Kommando hin traten zwei Männer vor. Sánchez schleuderte ihnen Alice in die Arme und machte sich auf den Weg zu uns.

»Ali!«, kreischte Leonard, der vor Angst fast zusammenbrach.

»O mein Gott!«, schrie Freddy.

Als er sich umdrehte und wegrennen wollte, packte ich ihn am Kragen. »Wir bleiben zusammen«, rief ich.

Hinter Sánchez brach ein Tumult los. Da ich gerade mit Freddy beschäftigt war, wusste ich nicht, was vor sich ging, aber als ich mich umdrehte, sah ich Alice über den Matsch auf uns zuschlittern. Einer der Männer, die sie hatten festhalten sollen, beugte sich mit schmerzverzerrtem Gesicht vornüber, die Hände auf der Leistengegend. Die anderen rannten hinter ihr her.

»Lauf!«, schrie ich und sprintete auf sie zu.

Sánchez hatte sie fast schon erreicht, als er ausrutschte und ins Straucheln kam. Einer seiner Kameraden fing ihn im Fallen auf. Ein anderer Mann mit breiter Brust und langen Beinen rannte an ihnen vorbei und packte Alice am Arm, so dass sie zu Boden ging. Ich dachte an das Kind in ihr, und in meinem Hirn schien sich ein Staubecken der Wut zu öffnen. Als ich sie erreichte, stand er über ihr, die eine Hand um ihren Hals, während er sie mit der anderen an den Haaren packte. Ihr Gesicht war halb im Schlamm begraben, und dort, wo ihre Stirn auf einen Stein geschlagen war, klaffte eine hellrote Wunde.

Ohne nachzudenken griff ich in meine Jackentasche, holte einen der Haken hervor und fuhr dem Mann mit der scharfen Klinge über die Arme. Sein Blut spritzte über Alices Rücken, und er stieß fürchterliche Schreie aus, während er sich losriss und seinen Kameraden in die Arme fiel.

Ein zweiter Haken war in meiner linken Hand, noch bevor ich

mit dem nächsten Angriff rechnen musste. Gegen neun Mann, die mit Macheten bewaffnet waren, konnte ich nicht mit bloßen Fäusten antreten. Schon waren sie dabei, uns unter Sánchez' Kommando einzukreisen. Als ich mich für den Bruchteil einer Sekunde umsah, registrierte ich erstaunt, dass Leonard und Freddy – Tweedjackett und pinkfarbenes Polohemd – unmittelbar hinter mir standen. Irgendwie hatten beide eine Art von Mut gefasst, den ich ihnen nie zugetraut hätte.

»Sieh nach, ob sie in Ordnung ist«, rief ich Leonard zu, während ich mich aufrichtete und Sánchez zuwandte. »Freddy, nimm das hier.« Ich zog den letzten Enterhaken aus der Tasche und warf ihn in Freddys Richtung. In dem Regen und in seiner Panik gelang es ihm aber nicht, ihn aufzufangen, und so fiel er in den Schlamm zu seinen Füßen. »Lass das Ding! Versuch lieber, eine ihrer Macheten zu kriegen.«

»Meine Pistole, Mark! Wo ist meine Pistole?«

Ich hatte dafür keine Zeit. Ich wandte mich wieder Sánchez zu, die Hakenklingen nach vorn gestreckt. Er zog seine Machete aus der Scheide. Seine Kameraden taten es ihm gleich. Der Mann, den ich verletzt hatte, kauerte laut stöhnend im Schlamm am Rand des Weges. Auf eine einzige gefauchte Silbe von Sánchez hin verstummte er.

»Was wollen Sie?«, rief ich. »Warum tun Sie das?«

»Wir können nicht zulassen, dass es noch einmal passiert.« Sánchez schüttelte den Kopf. »Nicht noch einmal.«

»Was denn? Was haben wir denn getan?«

»Sie haben gesehen, wie Tanadio gestorben ist. Wir können nicht zulassen, dass noch so ein Journalist berichtet ...«

»Ich bin kein Journalist! Keiner von uns wird auch nur ein Wort sagen!«

Er zuckte mit den Achseln. Durch den Regen hindurch erschien auf seinem Gesicht ein Ausdruck echten Bedauerns. »Das sagen Sie«, murmelte er.

»Bitte! Denken Sie doch mal nach. Wenn vier Engländer spurlos verschwinden, kommt die ganze Welt hierher und stellt Ihnen Fragen! Die suchen doch schon nach Foy!«

Das beeindruckte ihn offenbar nicht. »Hier verschwinden ständig Leute«, sagte er. Dann nickte er.

Vier der Männer hinter uns sprangen vor, schnappten sich Leonard und Freddy und zwangen sie auf den Boden neben Alice. Sie hielten ihre Macheten bereit und warteten nur noch auf Sánchez' Signal.

Den Blick fest auf mich gerichtet, wartete Sánchez darauf, dass ich die Haken fallen ließ. Ich spürte, wie die anderen Männer sich um mich herum gruppiert hatten, um mir auf sein Kommando hin mit ihren Macheten in den ungeschützten Rücken zu fallen. Mir blieb keine andere Wahl – ganz offensichtlich wollten sie uns töten. Mit einem plötzlichen Aufschrei der Wut stürzte ich mich auf Sánchez.

Wenn es mir nur gelungen wäre, den Arm mit der Machete zu packen und ihm eine Hakenklinge an die Kehle zu halten, dann hätte ich uns alle ganz bestimmt aus diesem schlammigen Schlachtfeld herausgeholt. Diese Männer verehrten Sánchez so sehr, dass sie seinen Tod nie in Kauf genommen hätten. Doch Sánchez sollte sich seines Gefolges würdig erweisen.

Während ich mich auf ihn stürzte, wich er mit dem ganzen Körper zur Seite aus, so dass ich nur noch Luft zu fassen bekam. Ich verlor das Gleichgewicht und spürte einen Peitschenhieb an der Seite meines Brustkorbs, wo seine Machete mich traf. Im nächsten Augenblick lag ich schon im Schlamm, Sánchez' Knie im Rücken und seine Machete am Hals. Die Haken waren im Sumpf verschwunden.

»Warten Sie!«, schrie ich, ohne etwas sehen zu können, den Mund voll sandigem, schmutzigem Wasser. »Warten Sie!«

Meine Stimme klang schrill, beinahe vom Schlamm erstickt. Sánchez ignorierte mich. Er rief seine Befehle. Ich konnte nichts tun, um das Massaker zu verhindern. Alles nur, weil wir zur falschen Zeit am falschen Ort waren. Weil Freddy sich dem falschen Mann gegenüber einen Scherz erlaubt hatte. Weil …

Ein explosionsartiges Geräusch – wie ein Nebelhorn, wie eine Detonation – erfüllte die Luft. Das Gewicht auf meinem Rücken verlagerte sich, und Sánchez verstummte. Irgendwo hinter dem trommelnden Regen vernahm ich einen Motor.

Ich hob den Kopf und hustete Schlamm aus, befreit von Sánchez' Gewicht. Ich drehte mich auf den Rücken und blickte mich nach der Lärmquelle um, halb blind von Sand und Matsch.

An der Wegbiegung, wo Alice tapfer der Gefahr entgegengetreten war, stand ein großes schwarzes Fahrzeug mit offenen Türen und eingeschalteten Scheinwerfern. Vor ihm drei Gestalten in identischen olivgrünen Ponchos und breitkrempigen grauen Hüten. Durch den Regen und meine Beinahe-Blindheit erschienen mir diese zeltartig gewandeten Figuren fast übernatürlich: gespenstische Erscheinungen, die sowohl Engel als auch Dämonen hätten sein können.

Der am nächsten bei uns Stehende war der größte, und als ich mir den Schmutz aus den Augen rieb, hob er den Kopf und blaffte Sánchez brutal und wütend auf Spanisch an. Sein Gesicht war von seinem Hut verdeckt, doch seine Stimme verfehlte auf die Männer um uns herum nicht ihre Wirkung. Sie alle zogen sich zurück und ließen ihren Anführer, der über mir stand, allein.

Der zweite, kleinere und schlankere Mann fiel durch sein dunkelhäutiges Gesicht und seine fließenden Bewegungen auf. Er rannte zu der Stelle, wo die anderen im Schlamm lagen. »Alles in Ordnung mit Ihnen?«, rief er mit amerikanischem Akzent und sanfter Stimme, die noch beruhigender wirkte als die offensichtliche Autorität des ersten Mannes. Er blickte zu mir herüber und winkte Sánchez weg. »Gehen Sie. Gehen Sie«, sagte er, fast ohne die Stimme zu heben.

Keiner der Neuankömmlinge trug eine Waffe, doch ihre Befehle wurden sofort befolgt. Sánchez murmelte ein paar Worte, und seine Kameraden reihten sich hinter ihm auf. Fast ungläubig sah ich zu, wie die Männer, die uns um ein Haar getötet hätten, sich lammfromm in Richtung Miraflores davonmachten.

Dann wandte ich mich um. Der dritte Mann hatte sich noch immer nicht bewegt, noch kein Wort von sich gegeben. Starr und aufrecht stand er da, eine Silhouette vor den Scheinwerfern – genau so, wie er am Vorabend an meinem Fenster gestanden hatte. Sein Gesicht konnte ich kaum erkennen, doch als ich mich aus dem Schlamm zog und den stechenden Schmerz des Machetenhiebs unter meinem Arm spürte, ahnte ich in Benjamin Sword Hoppner einen Zorn, der finsterer war als alles, was ich je erlebt hatte.

Ein Kodex fürs Leben, Abschnitt 2:
Gerechtigkeit (Auszug)

Moralische Gerechtigkeit hat nichts mit Gesetzestreue zu tun. Nur allzu oft wird mit dem Wort Gerechtigkeit die Durchsetzung der Gesetze bezeichnet. Sind Gesetze aber ungerecht, so ist es unsere moralische Pflicht, uns gegen sie zu stellen. Moralische Gerechtigkeit lässt sich deshalb eher mit dem Wort Fairness umschreiben.

Leider sind wir Menschen, oft sogar trotz bestem Willen, nicht in der Lage, bei der Beurteilung dessen, was fair ist und was nicht, über den Tellerrand der eigenen Interessen hinauszuschauen. Träumer haben perfekte Systeme entworfen, in denen wir Entscheidungen über Gesetze, gesellschaftliche Strukturen, Preise und Strafen treffen, ohne zu wissen, welche Rolle wir selbst dabei spielen werden: Herrscher oder Beherrschter, Verkäufer oder Käufer, Gesetzestreuer oder Gesetzesbrecher. Perfekte Systeme entsprechen nie der Wirklichkeit. Aus diesem Grund brauchen wir Richter, die unsere Streitigkeiten auf unparteiische Weise schlichten.

Doch wer sollte hier richten? Zumal wir hier über moralische Gerechtigkeit sprechen und nicht über Gerechtigkeit im Sinne des Gesetzes. Da können wir nicht einfach die Jungs mit den Holzhämmern fragen. Unsere gewählten Volksvertreter haben sich als grenzenlos korrumpierbar erwiesen, wann immer es um Wahlfinanzierung ging. Außerdem bedeutet Demokratie nicht moralische Gerechtigkeit. Aus einer Argumentation als Sieger hervorzugehen, weil man mehr Befürworter auf seiner Seite hat, ist nicht fairer, als zu gewinnen, weil man die dickeren Muskeln hat, sondern lediglich eine numerische Version des Prinzips »Wer die Macht hat, hat das Recht«. Schlimmer noch als die Politiker sind die Zeitungen. Herausgeber und Journalisten genießen es, jeden, der ihnen nicht in den Kram passt, als moralisch minderwertig abzuurteilen. Vernichtende Schlagzeilen fördern den Verkauf und geben diesen gesichtslosen Pseudorichtern die Chance, jeden niederzustrecken, gegen den sie Hass, Neid oder Vorurteile empfinden.

Im Grunde sind die wenigsten Menschen qualifiziert, moralische Urteile abzugeben – also zu sagen, was fair ist. Diese wenigen sind gewissermaßen die Fachleute der Moral – Menschen, die viele Jahre mit dem Versuch zugebracht haben, die säkulare Moral aus den unterschiedlichsten Blickwinkeln zu betrachten. Wir brauchen weitaus mehr solche Menschen.

Selbst die besten Richter stehen hin und wieder vor einem Dilemma. Dürfen wir einen Unschuldigen opfern, um eine ganze Stadt zu retten? Sollen wir einen Gewalttäter nach Verbüßung seiner Strafe auf freien Fuß setzen, selbst wenn er offen die Absicht äußert, weitere Gewalttaten zu begehen? In jedem Fall aber ist es weitaus besser, diese Fragen den moralisch Erleuchteten zu überlassen, als hinzunehmen, dass ein korrupter Politiker die Schuldigen begnadigt oder ein Unschuldiger von den Zeitungen verfolgt wird. Macht – sei sie nun auf Reichtum, gesellschaftliche Stellung, zahlenmäßige Überlegenheit, Waffen oder das tägliche Erscheinen einer Zeitung gegründet – darf nicht über Gerechtigkeit entscheiden. Nur eine neutrale dritte Partei, die weiß, was Rechtschaffenheit bedeutet, kann beurteilen, was wirklich fair ist.

10

Wie Kriegsflüchtlinge warteten wir, jeder in seinem eigenen Kokon des Schocks gefangen, dass dieser Alptraum eine irgendwie sinnvolle Erklärung finden würde. Wir alle zitterten, keiner sprach ein Wort. Von den drei Männern in ihren außerirdisch wirkenden grünen Umhängen setzte sich nur der schlanke Schwarze zu uns auf die Rückbank. Der Große zog, eine Sekunde bevor er sich auf dem Fahrersitz niederließ, den Hut ab, und ich erkannte den blonden Terroristenjäger von Santa Tecla wieder. Hoppner nahm den Sitz neben ihm ein. Kein Wort von ihm, nicht einmal – in diesem peitschenden, prasselnden Regen – ein Lächeln des Wiedererkennens. Der Schwarze half uns auf die Rücksitze, schlug die Tür zu und beugte sich vor, um sich mit seinem Chef zu besprechen, während das Fahrzeug scharf herumgerissen wurde.

Es war eine Art Sports Utility Vehicle – metallicschwarz, mit hoher Bodenfreiheit und im Innern makellos sauber, bis wir einstiegen und unsere zitternden Gliedmaßen und verschmutzte Kleidung über die cremefarbene Polsterung ausbreiteten –, und der SUV bahnte sich seinen Weg mit brachialer Gewalt. Der Lärm und das Durchgerütteltwerden stellten nach Sánchez' urzeitlich anmutender Barbarei geradezu eine willkommene Erholung dar und halfen mir, mich vom Nachdenken darüber abzulenken, in welche Katastrophe unser Unternehmen gemündet war.

Schließlich hatte uns soeben der Mann gerettet, den wir eigentlich ausplündern wollten.

In Sekundenschnelle waren sämtliche Fenster beschlagen. Die breite Hand des Blonden wischte einen Teil der Windschutzscheibe frei. Eingeschlossen in dieser heißen, klaustrophobisch wirkenden Blase, musste ich an eine andere dringliche Fahrt über regennasse Berge denken, damals mit Katie an meiner Seite. Ohne uns zu berühren, aber gewissermaßen im Unglück vereint, während eine bewusstlose Frau zwischen uns auf dem schmutzigen Boden des Nahverkehrsbusses lag.

Ihre Freundin und Reisegefährtin war zusammengebrochen. Ich hatte es bereits kommen sehen: Ich hatte sie gewarnt, nachdem sie sich schon beim Anblick von zwei Dutzend Wasserbüffeln hatte übergeben müssen, denen in Vorbereitung einer Toraja-Beerdigung die Kehle durchtrennt worden war. Liz aber war ebenso stur, wie ihr die grausamen Realitäten von Sulawesis Totenkult fremd waren, und so weigerte sie sich strikt, auf etwas zu verzichten, wofür sie ihren Reiseleiter bezahlt hatte. Es regnete bereits, als ich ihnen die Bäume zeigte, in denen die Leichen von Kleinkindern festgebunden waren. Die tropfenden Särge, die von den Felsen herabhingen, brachten sie schon ein wenig aus dem Gleichgewicht. Und als ich die beiden schließlich in gebückter Stellung in die schwarzen, von Verwesungsgeruch durchzogenen Grabhöhlen führte, kippte Liz bereits nach zwei Minuten um.

Der Schwarze drehte sich um. »Ich bin David«, erklärte er und bedachte jeden Einzelnen von uns mit einem kurzen, mitfühlenden Blick. Auf seinen Wangen und seiner Stirn waren noch immer die Narben seines Kindheitstraumas in Tulsa zu sehen. »Ist Ihnen kalt? Wir lassen Ihre Kleider herschaffen, während Sie duschen.«

Leonard durchsuchte seine Taschen nach einem Tuch, um Alice das Blut von der Stirn zu wischen. Sie saß völlig reglos mit nach vorn gebogenem Hals da. Sie reagierte nicht einmal, als er in Ermangelung eines saugfähigeren Stoffes den Saum seines Hemds auf die Schnittstelle tupfte. Mich schüttelte es bei dem Gedanken, dass er womöglich sein Leben in einem dümmlich-heroischen Moment aufs Spiel gesetzt hätte für ein Mädchen, dessen Liebe zu ihm nur gespielt war.

David beugte sich zu uns. »Sie haben allen Grund, eine Entschuldigung zu erwarten. Und eine Erklärung. Es muss schrecklich gewesen sein. Entsetzlich. Bitte haben Sie noch etwas Geduld.«

Neben mir strich Freddys linke Hand einen halb abgerissenen Streifen seines pinkfarbenen Polohemds zurück an die Stelle über seinem Bauch. Das Material rutschte weg, und er schob es wieder zurück, wieder und wieder. Sein Gesicht war leer; sein Selbstvertrauen, die Grundlage seiner gesamten Persönlichkeit, lag in Scherben. Aus seinem schlaffen Mund drang ein kaum hörbares Rauschen halb ausgesprochener Worte.

Ich blickte wieder David an. »Warum hat …?«

»Bitte.« Seine Hand ging hoch, legte sich kurz auf meinen Arm und kehrte wieder in seinen Schoß zurück. Hinter ihm eine minimale Änderung des Winkels von Hoppners Kopf, bevor sein Hals eine Sekunde später wieder kerzengerade war. »Wir sind gleich da«, verkündete David.

Das Fahrzeug wurde langsamer. Ich wischte ein Stück Scheibe frei und sah den hohen Zaun, das Tor und zwei der Wachen. Ohne auch nur den Hauch eines Lächelns im Gesicht, kräftig gebaut und effizient in ihren Bewegungen, trugen beide furchteinflößende Schlagstöcke, aber keine Schusswaffen. Als wir zum Stehen kamen, öffnete Hoppner seine Tür.

»Da wären wir. Muss ja wirklich furchtbar gewesen sein«, meinte David, mit einem Mal merkwürdig gesprächig. »Aber nun nicht mehr. Wollen wir mal sehen. Sie müssen Alice sein. Dann sind Sie Leonard. Aber jetzt muss ich raten. Bei Ihnen beiden.« Während er Freddy und mich musterte, konnte ich mich des Eindrucks nicht erwehren, dass er seine Stakkatosätze in die Länge zog, damit Hoppner weit genug vom Fahrzeug weg war, bevor er die hintere Tür öffnete. Wir waren Gäste – nicht etwa nur gerettete Opfer –, wurden aber sorgfältig dirigiert.

»Sie müssen Mark sein«, sagte er schließlich, die freundlichen, mandelförmigen Augen fest und selbstsicher auf mich gerichtet.

Katies Ohrring war nicht mehr da. Ich hatte schon im Geländewagen gespürt, dass etwas nicht stimmte – der fehlende Druck des kleinen Metallteils an meinem Oberschenkel. Als mir klar wurde, was da fehlte und ich in meiner Panik verzweifelt sämtliche Taschen durchwühlte, hätte ich fast losgeheult, so sehr deprimierte es mich, nun auch das letzte Stück von ihr verloren zu haben. Begraben im Schlamm des Bergnebelwalds. Verschwunden.

Ich stand lange in der Dusche, weil ich – genau wie die anderen, vermute ich – keinerlei Lust verspürte, mich als Erster verhören zu lassen. Vom Regen in die Traufe – oder von Sánchez' Bratpfanne in weiß Gott was. Wie zum Teufel sollten wir jetzt noch unsere schwachsinnigen Geschichten vortragen?

Die Wunde, die Sánchez' Machete verursacht hatte, war eher ein Kratzer als eine tiefe Fleischwunde, brannte aber trotzdem wie der Teufel. Obwohl mein Hemd recht eindrucksvoll von Blut getränkt war, hatte die Blutung schon aufgehört, als ich die Dusche betrat. Ohne das zähe Leder meiner Jacke wäre der Schaden erheblich schlimmer ausgefallen. Zu allem, was diese Jacke schon mitgemacht hatte, gesellte sich nun auch noch ein zwanzig Zentimeter langer Schlitz auf der Seite.

Mein Bad war pures Nordamerika. Was auch immer Hoppner von der Moral seines Heimatlandes oder der Verdorbenheit der dortigen Führungspersönlichkeiten halten mochte – gegen seine Industrieprodukte hatte er offenbar nichts einzuwenden. Kein exzessiver Luxus, aber alles sauber und modern: der Spiegel über die ganze Wand, die Massagedusche und die weißen Kunststoffutensilien. Ein Stapel sauber gefalteter weißer Handtücher. Ich fühlte mich wie im Hyatt.

Das mir zugeteilte Schlafzimmer war ganz ähnlich: ohne jede persönliche Note, aber bestens geeignet für einen ungestörten, angenehmen Schlaf. Wie versprochen hatte David in aller Stille meine Reisetaschen kommen lassen, während ich mir den Schlamm aus Ohren, Haaren und Nasenlöchern schrubbte. Hatte Sánchez sie gebracht? Oder war David selbst gleich nach Miraflores zurückgefahren? Welche knappen Worte mochten die beiden Männer nach diesem mörderischen Hinterhalt wohl gewechselt haben? Selbst die Zahnbürste und der Kamm, die ich auf dem Waschbecken im Hotel gelassen hatte, waren fein säuberlich in die Seitentasche gepackt worden, eingewickelt in zwei duftende Papiertaschentücher.

Ich schob das Unvermeidliche noch ein wenig länger hinaus

und nahm mir alle Zeit der Welt, um mir die Haare zu kämmen und ein hellblaues Hemd anzuziehen, während ich aus dem Fenster an der Rückseite des Hauses blickte, das ich für Hoppners Domizil hielt. Wie die anderen Gebäude auf dem Gelände stand es auf stabilen Betonpfeilern gut einen Meter über dem Boden. Um das ganze Haus zog sich eine Veranda, und hölzerne Pfosten stützten das Dach, von dem im Schein der Verandabeleuchtung das Wasser großflächig in schlammige Mulden stürzte, die einst Blumenbeete gewesen sein mochten. Die Luxusresidenz des Milliardärs.

Ich nahm meine Uhr und ging hinaus, um mich mit David zu treffen.

Er saß auf einem der langen Sofas, die den zentralen Saal des geräumigen Gästehauses – dieser Bittstellerunterkunft – säumten. Ihm gegenüber saß Freddy, der krampfhaft eine Tasse dampfenden Kaffees umklammerte und sie sich fünf Zentimeter unter die Nase hielt. David stand auf und schüttelte mir die Hand, erneut mit diesem mitfühlenden Lächeln. Hinter mir ging eine Tür auf, und herein kamen Alice und Leonard.

»Gut! Alle vollzählig. Kaffee?«

Abseits vom Schlachtfeld im Wald war David ein noch heller leuchtender Stern – ein höflicher Organisator und charmanter Gastgeber. Dennoch hatte die Szene auf unerklärliche Weise etwas Komisches an sich.

»Mit einem Schuss Brandy?«, sagte ich, nur mühsam ein Lachen unterdrückend.

Davids Augen weiteten sich. »Okay. Warum nicht?«

»Ist Alkohol hier überhaupt erlaubt?«

»Gewiss. In Maßen. Mr. Hoppner ist kein Feind von Genuss.«

Als David in den offenen Küchenbereich ging, richtete sich Freddy plötzlich auf. »Wenn das so ist, könnte ich …« Er eilte mit seiner halb leeren Tasse hinüber. David sah ihn kommen und griff in einen Schrank aus Stahl und Glas nach der Flasche. »Wunderbar, mein Freund«, murmelte Freddy, als seine Tasse gefüllt wurde.

Während die beiden so beschäftigt waren und Leonard die gerahmten Aquarelle verblüffend lebendig wirkender Tropenvögel an den Wänden betrachtete, lenkte Alice meine Aufmerksamkeit auf sich. Sie hatte ein großes Pflaster auf der Stirn, und mich überkam das Bedürfnis, es zu streicheln. »Was nun?«, fragte sie.

Ich zuckte mit den Achseln. Die Geste irritierte sie, doch angesichts der Tatsache, dass wir soeben die lateinamerikanische Version eines Lynchmords überlebt hatten, gab ich mich für ein Weilchen gern dem Genuss einer heißen Tasse Kaffee mit Brandy hin, ohne über allzu viel Sonstiges nachzudenken.

»Er dachte, Sie arbeiten für uns«, sagte David plötzlich, an mich gewandt. Er hielt drei Tassen in seinen Händen. »Zucker? Ja? Nein?« Der Kaffee war zu milchig, aber das störte mich nicht. »Joaquim Tanadio. Er hat Sie mit Hawken gesehen. In Santa Tecla.« Erst jetzt begriff ich, dass er von dem indianischen Terroristen und dem blonden Typen sprach. Hawken? Ich sah wieder seine kalten Augen vor mir. »Dann haben Sie Mr. Hoppners Namen gerufen. Am nächsten Tag. Unmittelbar nachdem er die Bombe platziert hatte.«

Ich dachte zurück an die Via España am Morgen der Explosion: an meine letzten Worte an Freddy, einen Augenblick bevor der Terrorist mir wieder zu Bewusstsein gekommen war. Über Hoppners Großzügigkeit. Ein bedeutungsloser kleiner Scherz.

»Er war entsetzt. Dachte, Sie wären unser Spion. Dass wir Hawken verraten könnten, dass er es war. Als wollte er verhindern, dass Sie es uns erzählen.«

»Sie meinen wohl, er wollte mich töten«, sagte ich und verschluckte mich beinahe an meinem Kaffee. »Er hat versucht, mich zu erschießen!«

»Siehst du, mein Freund, ich hab dir doch gleich gesagt, dass ich es nicht war«, sagte Freddy. Eine Sekunde lang war sein altes, selbstsicheres Grinsen wieder da.

»Wissen wir«, erklärte David. »Er hat es uns gesagt. Er kam hierher. Als er Sie nicht aufhalten konnte. Er hat Familie in der Stadt. Um sie zu schützen, kam er, und er hat gestanden.«

»Und dann …«

Ich dachte an diesen Leichnam, wie er über dem Platz pendelte. Bevor wir in den Hinterhalt geraten waren, hatte ich fast schon vermutet, Hoppner könnte das Erhängen angeordnet haben. Aber wenn ich an diesem Nachmittag etwas gelernt hatte, dann hauptsächlich, wer in und um Miraflores zu töten bereit war. Hatte Sánchez auch im Fall Tanadio das Gesetz in die eigenen Hände genommen?

»Warum hatte er eine solche Angst davor, dass Sie es herausfinden könnten?«, fragte ich.

»Dies ist jetzt eine moralische Stadt. Mr. Hoppners Einstellung ist da ganz eindeutig. Mord ist in jeder Gesellschaftsordnung verboten. Massenmord an Unschuldigen ist nicht zu tolerieren.«

Hoppner wendet sich völlig zu Recht gegen Mord, doch in seinem Regierungssystem wird die ganze Stadt dafür bestraft. Genau wie im Fall von Martha Masaya. Außer vielleicht, wenn die Führungspersönlichkeiten der Stadt vorher selbst der Gerechtigkeit zum Durchbruch verhelfen …

»Es war Selbstmord?«, fragte ich.

Für den Bruchteil einer Sekunde senkte David den Blick und bestätigte damit meine Vermutung. Sánchez oder einer seiner Freunde hatte den Massenmörder ermordet. Und dafür gesorgt, dass es für den wichtigsten aller Zuschauer wie Selbstmord aussah. Der Terrorist stirbt, offensichtlich von eigener Hand, und die Stadt kann sich Hoppners weiteren Wohlwollens sicher sein. Hat sich die Abhängigkeit vom Geld eines anderen erst einmal verfestigt, gibt es nicht mehr allzu viel, was der Abhängige nicht tun würde, um den Geldfluss aufrechtzuerhalten – wie wir mit eigenen Augen gesehen hatten.

»Tanadio erkannte, dass er ein schädliches Element war«, erklärte David verspätet. »Für seine Gesellschaft. Er hat sich selbst aus ihr entfernt.«

»Wie praktisch.«

»Moment mal«, mischte sich Freddy ein. »Vergesst diesen Schwachkopf von Terroristen. Aber was war mit der Bande da draußen? Die hätten uns fast abgeschlachtet!«

»Mr. Hoppner wird entsprechende Maßnahmen ergreifen.«

»Aber warum haben diese Leute uns angegriffen?«, fragte nun auch Leonard. »Was hatten wir ihnen denn getan?«

Er saß zu meiner Linken, und als er sich David zuwandte, bemerkte ich einen Schlammfleck unter seinem Ohr. Er hatte einen hellgelben Pulli und eine braune Cordhose angezogen. Sein nasses, gekämmtes Haar wischte in ungleichmäßigen Strähnen über seinen Kragen.

»Das tut mir Leid. Sie haben überzogen reagiert. Mr. Hoppner hasst schlechte Presse. Geschichten, die seiner Arbeit hier schaden. Die dachten, Sie wären Journalisten. Und sie dachten, er würde es so wollen.«

»Dass wir getötet werden?«, fragte ich nach. »Er hat ihnen den Eindruck vermittelt, dass er möchte, dass sämtliche Journalisten ermordet werden?«

»Wer ist ermordet worden?«

Die Stimme kam vom Haupteingang. Ich hatte die Frau nicht hereinkommen gehört, weil das Prasseln des Tropenregens auf das Ziegeldach alle anderen Hintergrundgeräusche übertönte.

Sie wiederholte die Frage: »Wer ist ermordet worden?« Noch eine Nordamerikanerin. Sie war vollkommen durchweicht, ließ aber keinen Zweifel daran, dass ihr der Regen nicht das Geringste ausmachte. Sie trug Lycra-Shorts, eine dicke Fleecejacke und über der Schulter zwei Rollen hellgelben Seils. In den Händen hielt sie eine Segeltuchtasche und einen Klettergurt. Streifen orangeroten Schlamms zierten ihre nackten Beine und ihre Stirn unter den nass herabhängenden roten Locken.

»Niemand«, beschwichtigte David. »Ein Missverständnis. Sánchez war nervös. Wegen dieser …«

»Nervös?« Das konnte ich so nicht stehen lassen. »Er hatte acht mit Macheten bewaffnete Männer bei sich. Das hat ja wohl nichts mit Nervosität zu tun.«

»Versuchen Sie doch zu verstehen. Sie …«

»Sie waren auf dem besten Weg, uns in Stücke zu hacken!« Ich konnte es einfach nicht glauben.

Dasselbe galt auch für Alice. »Mark!«, rief sie und beugte sich zu mir vor, das Gesicht von ihrer unausgesprochenen Botschaft angespannt. Ich ging offenbar zu weit, drückte mich zu unverblümt aus gegenüber dem Gehilfen unseres künftigen Wohltäters.

Im nächsten Augenblick sickerte Blut aus dem Pflaster auf ihrer Stirn. »Scheiße.« Sie führte die Hand dorthin und spürte die klebrige Nässe.

»Ali ...«

»Lassen Sie mich mal sehen.« Die Frau ließ ihre Kletterausrüstung an der Tür fallen, holte aus dem Kochbereich eine Küchenrolle und ging zu Alice hinüber.

»Es ist nur ein ...« Einen Augenblick lang wirkte Alice ein wenig schwach.

Die Frau riss das Pflaster ab und drückte Alice mit derselben Bewegung eine Hand voll Küchentücher an die Stirn, während sich auf dem Teppich um ihre Füße winzige Regenwasserpfützen bildeten. Mir fiel auf, dass sie eng sitzende, spitz zulaufende Spezialkletterschuhe trug.

»Das muss genäht werden«, erklärte sie. »Halten Sie das mal.«

Gehorsam nahm Alice die Küchentücher und drückte sie auf die Risswunde. Die Frau ging in ein Nebenzimmer.

»Das ist Pamela«, erklärte David in ihrer Abwesenheit. »Sie arbeitet hauptsächlich mit den Frauen. In Miraflores. Sie ist Kanadierin. Vergessen Sie das nie.«

»Und was war mit Daedalus Foy?«, fragte ich ruhig. »Hat er Sánchez auf dieselbe Weise nervös gemacht?«

»Wer?«, fragte David verwirrt.

Pamela war in weniger als einer Minute zurück, nun ohne das nasse Küchentuch, dafür aber mit einem schweren Handtuch um die Schultern. Sie hatte einen Erste-Hilfe-Kasten aus grünem Kunststoff und einen Krug heißes Wasser dabei.

»Oh! Sind Sie Ärztin?«, fragte Leonard mit einem entschuldigenden Lachen.

»Sie sind Leonard, stimmt's?«, sagte sie nur, offenbar nicht allzu sehr daran interessiert, zu antworten.

»Ja, das stimmt. Und das hier ist Alice; das ist Freddy, und ...«

»Legen Sie den Kopf zurück.« Pamela legte den Erste-Hilfe-Kasten auf das Sofa neben Alice, zog ein weißes Flanelltuch aus dem Krug und wischte das Blut weg. »Wie hat sie das denn geschafft?«

»Wir wurden angegriffen«, erklärte ich mit fester Stimme und Blick auf David. »Sánchez hat einen kleinen Jagdausflug organisiert, um uns loszuwerden.«

»Bitte.« David wirkte gequält. »Sie waren Guerillas. Viele Jahre lang. Töten ist hier etwas anderes.«

Aus der Plastikbox kam eine kleine Flasche Antiseptikum. Pamela tränkte damit einen Baumwolltupfer und hielt diesen auf die Wunde. Dass der stechende Schmerz Alice zusammenzucken ließ, beeindruckte sie kein bisschen.

»Eine Lebensweise?«, bot ich an.

Mein Sarkasmus ging an Alice nicht spurlos vorüber, obwohl David nickte und das Gesagte wörtlich zu nehmen schien.

»Mark ...« Obwohl sie mich unter Pamelas behandelnden Händen und mit zurückgelegtem Kopf nicht sehen konnte, war sie fest entschlossen, meiner Direktheit ein Ende zu bereiten.

David schüttelte den Kopf. »Sie dachten, Mr. Hoppner hätte das gewollt«, seufzte er.

»Also kann man ihnen keinen Vorwurf machen. Wie den Rittern, die Thomas Becket töteten.« Das brachte mir einen verwirrten Blick von Seiten Davids ein, aber ein Nicken von Leonard, das fast schon wie ein Glückwunsch wirkte. »Heißt das jetzt, der König ist schuld?«

»Niemand ist schuld. Wirklich. Bitte. Verstehen Sie doch. Es ist nur ...«

»Falls Sie Mr. Hoppner für Sánchez' Handeln verantwortlich machen wollen, haben Sie offenbar weder vom einen noch vom anderen die geringste Ahnung«, erklärte Pamela, die Augen noch immer auf Alices Stirn gerichtet. »Sánchez ist ein wildes Tier, das wir wahrscheinlich auch in dreißig Jahren nicht zivilisieren könnten. Mr. Hoppner dagegen kommt einem Heiligen so nahe, wie es für einen Menschen überhaupt möglich ist.«

Fast ohne einen Blick auf den Erste-Hilfe-Kasten werfen zu müssen, entschied sie sich für ein versiegeltes Päckchen und riss es auf. Drinnen war eine lange Nadel, in die bereits ein dicker schwarzer Faden eingefädelt war. Während sie mit Daumen und Zeigefinger ihrer linken Hand die Haut auf Alices Stirn zusammendrückte, schob sie mit der rechten die Nadel durch. Alice gab keinen Laut von sich. Ich beobachtete die schnellen, geübten Stiche mit morbider Faszination.

Leonard hüstelte. »Ich meine, er tut ja wirklich gute Dinge hier, keine Frage ... aber zweifellos gibt es einen oder zwei Aspekte seiner Vergangenheit ... zum einen die Pornografie, und dann ... ich meine, so ganz heiligenmäßig ist das nicht unbedingt alles ...«

Sein Redefluss versiegte, als Pamela zu ihm hochsah, die Nadel mitten im Stich in Alices Fleisch angehalten. Sie atmete einmal tief ein und einmal tief aus.

»Das dachte ich auch mal«, sagte sie. Dann schaute sie auf die Nadel hinab. »Fertig.« Sie zog die Nadel heraus, trennte den Faden mit einer Chirurgenschere durch und verknotete das Ende.

»Danke.« Alice sah sich nach ihrer Heilerin um, aber Pamela war bereits auf dem Weg in den Küchenbereich. Aus der Tasche ihrer Bluse holte sie ein Plastiketui mit drei Zigarillos. Sie nahm einen heraus und bückte sich zum Gaskocher hinab, um sie anzuzünden.

»Pamela hasst uns«, murmelte David mit einem sanften Lächeln.

»Nur weil ihr auf den ersten Blick allem entgegenstandet, was ich richtig fand«, zischte sie. Sie holte eine Flasche Mineralwasser, kam zu uns zurück und stellte einen Fuß auf einen Stuhl. Der brennende Zigarillo hing locker in ihrer Hand, die auf einem sehr muskulösen Oberschenkel ruhte.

»Ich habe in Toronto für ›Frauen Gegen Sexuelle Ausbeutung‹ gearbeitet«, erklärte sie. »Die Sword-Zeitschriften waren überall präsent. Sie waren eines der Hauptangriffsziele unserer Anti-Pornografie-Kampagne.«

»Und trotzdem halten Sie ihn für einen Heiligen.«

»Mir war damals noch nicht klar, warum er das tat. Erst als ich nach Chicago kam, um ihn zu bearbeiten – mit Spruchbändern vor seinen Büros, Demonstrationen und so –, verstand ich seine Motive.«

»Das ist Wirtschaft«, sagte David. »Robin Hood.«

»Du wirst wohl in längeren Sätzen sprechen müssen, wenn du die Botschaft rüberbringen willst«, beschied Pamela ihm barsch. Dann steckte sie den Zigarillo zwischen die Zähne und wandte sich wieder uns zu. »Es geht nicht darum, es den Reichen zu nehmen und den Armen zu geben. Sword Enterprises nimmt es von den Schlechten und gibt es den Guten. Jeder einzelne Teilbereich des Unternehmens ist darauf ausgerichtet, unmoralischen Menschen Geld aus der Tasche zu ziehen.«

Glaubte sie das wirklich? So einfach. So unglaublich naiv. Sie hatte eine äußerst profitable Unternehmensgruppe im Blick und sah nur Träume von Rechtschaffenheit. »Sie machen wohl Witze«, sagte ich.

»Nein.« Und in der Tat bezweifelte ich bei genauerem Hinsehen, dass sie sich in ihrem Leben je einen Scherz erlaubt hatte. Irgendwie verliehen die nassen, verfilzten roten Haare ihrem Konvertitengesicht einen noch überzeugenderen Eindruck von Ehrlichkeit.

»Das Erste, was Mr. Hoppner mir zeigte, waren die vom Gewinn seiner Zeitschriften finanzierten Übergangswohnheime, in denen ehemalige Prostituierte wohnen und sich auf einen bürgerlichen Beruf vorbereiten. Frauen, die seit ihrer Jugend gezwungen gewesen waren, ihren Körper zu verkaufen, bekamen auf einmal die Chance, sich aus dieser schrecklichen Falle zu befreien.«

»Aber ist das Fotografieren nackter Frauen für Geld nicht auch eine Form von Zuhälterei?«

Sie bedachte mich mit einem Ausdruck, der sehr nahe an Wut herankam, und die Spitze ihres Zigarillos brannte plötzlich heller, als sie daran zog. »Schön für Sie, dass Sie von Prostitution nicht viel Ahnung haben.« Dann nahm sie den Zigarillo zwischen Zeigefinger und Daumen und klopfte ein Häufchen Asche auf die blutigen Papierhandtücher, die noch immer auf dem Beistelltisch lagen. »Unmoralische Männer kaufen die Zeitschriften und werden dadurch ärmer – ihre ökonomischen Möglichkeiten verringern sich. Gleichzeitig unterstützen wir mit dem Geld wohltätige Stiftungen, bezahlen gute Menschen dafür, dass sie

Gutes tun, oder finanzieren – so wie hier – ein komplettes Gemeinwesen, das auf moralischen Grundsätzen fußt. Den Schlechten wird also Geld abgenommen, um es den Guten zu geben, wodurch Erstere geschwächt und Letztere gestärkt werden. Und das alles verdanken wir nur Mr. Hoppner.«

Ich hätte das alles am liebsten in der Luft zerrissen, diese ganze scheinheilige Allzweckentschuldigung dafür, dass da jemand bei jedem nur denkbaren profitablen Laster seine Finger im Spiel hatte. Aber Alice warf mir finstere Blicke zu und flehte mich wortlos an, nicht unsere Chancen bei diesen verblendeten Menschen aufs Spiel zu setzen. Geld aus schlechten Menschen herausholen! Absurd. Und doch – je mehr ich darüber nachdachte, desto klarer wurde mir, wie attraktiv eine so schlichte kapitalistische Argumentation für jemanden sein konnte, der besessen war von der Vorstellung des großen irdischen Kampfes zwischen Gut und Böse.

Erneut öffnete sich die Tür des Haupteingangs. Diesmal war es der blonde Typ: Hawken. Ich weiß nicht, ob er je einen Vornamen benutzte. In Santa Tecla hatte ich ihm erzählt, ich sei Teilnehmer der Wiederaufbaukonferenz. Eine eindeutige Lüge, wie er nun wusste. Ich fragte mich schon, ob das Hoppner wohl gegen mich einnehmen würde.

Pamela und David schenkten ihm sofort ihre volle Aufmerksamkeit. »Er braucht uns«, informierte Hawken sie. Dann ein kurzer Blick auf mich – stilles Wiedererkennen, aber alles andere als beruhigend. Im Licht, nun nicht mehr im Regen, wirkte er nur noch härter mit seinen breiten Schultern und seinem athletischen Körperbau.

»Was wird die Strafe sein?«, fragte David.

»Der Strom. Fällt für mindestens zwei Wochen aus. Vielleicht auch das Wasser.«

»Das ist alles?« In Davids Stimme lag eindeutig ein gewisses Unbehagen.

Hawken starrte ihn einen Augenblick lang neugierig an, bevor er den Kopf schüttelte. »Kommt schon noch.«

Ich stand auf der Veranda des Gästehauses, während das Wasser wenige Zentimeter vor meiner Nase wie eine Glasscheibe vom Dach fiel. In der Dunkelheit war nichts zu sehen. In Hoppners Haus war es still; nur ein paar Zimmer waren beleuchtet, der Blick hinein aber durch Jalousien versperrt. Mir fiel noch etwas anderes auf: Dort, wo die Dachrinnen hätten sein sollen, hing eine Reihe roter Röhren herab, die im abfließenden Regenwasser hin und her baumelten. Zwei Wachen waren neben einem taghell erleuchteten Tor unter einem Schutzdach postiert, während zwei weitere in Ponchos am Grenzzaun entlang patrouillierten. Beruhigend zu wissen, das sie uns vor Sánchez' Männern schützten.

Plötzlich stand Freddy neben mir.

»Ich muss mit dir reden«, sagte er.

»Dann tu's.« Ich hatte wirklich nicht die Energie zuzuhören.

»Meine Pistole. Was hast du mit ihr gemacht? Wir hätten die Knarre gut brauchen können.«

»Ich hab sie weggeworfen.«

»Du hast …! Was willst du damit sagen?«

»Dass ich sie weggeworfen habe.«

Er war vollkommen fassungslos. »Das war meine Pistole!«

»Ja.«

»Also, dann … dann erklär mir doch bitte mal, wie du es wagen kannst, sie einfach wegzuwerfen!«

Ich seufzte. »Freddy, hör doch auf mit dem Getue.«

Er richtete sich auf und drückte die Schultern durch. »Was heißt hier Getue? Ich habe für die Knarre bezahlt. Da kannst du sie doch nicht einfach wegwerfen.«

Hinter Hoppners Haus verschwand der Rasen in der Dunkelheit. Auf beiden Seiten von uns standen verschiedene andere Gebäude, die wohl als Lagerräume, Garagen oder Werkstatt dienten; vielleicht war sogar ein Versammlungsraum für die Stadtältesten dabei. Ich stellte mir vor, wie Sánchez vor einer Tafel stehend anhand einer Kosten-Nutzen-Rechnung erklärte, warum es günstiger sei, Menschen umzubringen, statt nett zu ihnen zu sein.

»Du musst dafür bezahlen, das ist dir ja wohl klar? Die Knarre hat mich vierhundert Dollar gekostet. Du schuldest mir also vierhundert Dollar.«

Ich schaute ihn an und konnte mir nicht verkneifen, über seine absurde, armselige Lüge zu lachen. »Vierhundert? Habe ich richtig gehört, Freddy?«

Sein Kopf ging ein wenig hin und her, bevor er dann doch ein eindeutiges Nicken zustande brachte. »Ja. Vierhundert. In bar bitte.«

»Aber sicher«, murmelte ich. »Was immer du willst.«

Irgendwo auf dem Gelände hier befand sich die Quelle eines Vielfachen dieser Summe. Die Schwierigkeit bestand nur darin, mich selbst davon zu überzeugen, dass es nach wie vor eine gute Idee war, dem Geld nachzujagen.

Ein Kodex fürs Leben: Einleitung (Auszug)

Unser ganzes Leben dreht sich um Vernunft. Für alles, was wir tun, suchen wir einen vernünftigen Grund. Wir müssen einen Grund haben, gut zu sein. Manche meinen, es sei unsere Pflicht, großzügig zu sein, zu vergeben und die Wahrheit zu sagen. Manche meinen, wir sollten alles tun, damit möglichst viele Menschen möglichst glücklich werden, ganz gleich, ob die Handlungen, die dazu führen, von sich aus gut oder schlecht sind. Ich dagegen sage: Vergesst die Pflicht, vergesst die Folgen. Wir sollten ganz einfach großzügig sein, vergeben und die Wahrheit sagen, weil es sich hierbei um Tugenden handelt und solche Tugenden die Welt besser machen. Für mich ist das Grund genug.

11

Am zweiten Morgen, den wir als Gäste des zurückgezogen lebenden Benjamin Sword Hoppner verbrachten, hing ein stiller Nebel über dem umzäunten Grundstück. Der Regen, der seit unserer Ankunft kaum eine Pause eingelegt hatte, war endlich vorüber, und die Geräusche des umgebenden Regenwaldes erfüllten die Luft. Frühmorgendliches Vogelgezwitscher, die Schreie ferner Affen, das sanfte Rascheln des Laubes im Blätterdach. Und überall um mich herum der Nebel, dicht und beruhigend, der die Welt jenseits meines kleinen Rasenstücks ausblendete.

»Aha – der Mann, der als erster Blut fließen ließ.« Die Stimme war tief, aber durchaus fröhlich; lebhaft, aber voller Aufrichtigkeit. »Wie würden Sie vor dem Jüngsten Gericht ihre Chancen einstufen?«

Ich drehte mich um. Ohne den Regenumhang war Hoppner sofort zu erkennen. Er sah genauso aus wie auf allen Fotos von ihm – rasiermesserscharfer Scheitel, aufrechte Haltung und gebügeltes Business-Hemd –, doch eines war anders: Er lächelte.

»Also genau genommen floss das erste Blut bei Alice – aus der Platzwunde an ihrer Stirn, nachdem man sie zu Boden gestoßen hatte.«

»Dann werden wir Sie vor dem himmlischen Gerichtshof verteidigen, indem wir auf Ihre Ritterlichkeit verweisen«, erklärte Hoppner. »Eine christliche Erfindung, wie wir nicht vergessen sollten – noch dazu eine, die bei redegewandten Engländern immer funktioniert.«

»Ich dachte, Sie glauben nicht an Gott?«, entgegnete ich und erwiderte unwillkürlich sein Lächeln.

»Es gibt eine nette Geschichte über Isaac Newton, der auf die Frage, ob er an die Wirkung des Hufeisens über seiner Tür glaube, antwortete: ›Nein, das nicht, aber man hat mir gesagt, dass es trotzdem funktioniert.‹«

Und schon war das Eis gebrochen. Dieser Mann, den ich mir wochenlang als sauertöpfischen, exzentrischen Schulmeister vorgestellt hatte, hatte mich in weniger als einer Minute zum Lachen gebracht.

»Sie sichern sich also vorsichtshalber nach allen Seiten ab?«, hakte ich nach.

»Newton hat natürlich nur einen Witz gemacht. Aber ich habe noch keinen vernünftigen Grund gefunden, die Existenz Gottes abzustreiten; ebenso wenig, wie ich jemals diejenigen verstehen werde, die Gott als Grundlage für moralisches Verhalten betrachten. Was werden die Prediger wohl predigen, wenn die Wissenschaftler jemals den Beweis dafür finden, dass wir doch allein sind? Welche Botschaft bleibt ihnen dann noch, um ihre Herde anzuführen?«

Ich dachte einen Moment lang darüber nach und wünschte mir sogleich, Leonard wäre da, um in eine Argumentation einzusteigen, bei der ich mich nur als Dilettant erweisen konnte. Schließlich streckte ich einfach nur meine Hand aus. »Ich heiße Mark«, sagte ich.

So lernten der Pornokönig und der Betrüger endlich einander kennen.

Hoppner war, wie David erklärt hatte, den gesamten Vortag über beschäftigt gewesen. Geschäftliche Angelegenheiten, Konferenzgespräche mit Chicago, Entscheidungen in Bezug auf Miraflores, dringliche Nachrichten von der Regierung in Santa Tecla. Ruhig hatte er hinzugefügt, dass sein Chef auch psychisch noch nicht bereit gewesen sei, uns zu empfangen. Die Handlungsweise von Sánchez und seinen Kameraden habe ihn so schwer erschüttert und so wütend gemacht, dass er erst einmal Zeit gebraucht habe, um sich zu beruhigen, bevor er mit den Opfern zusammentraf.

Wir hatten den Tag damit verbracht, dem endlosen Trommeln des Regens auf die Ziegeldächer zu lauschen, zuzusehen, wie sich die jungen Baumschösslinge auf dem Gelände unter dem himmlischen Ansturm bogen, und uns über alle möglichen unwichtigen Dinge zu unterhalten. Alice hatte einen Zeichenblock und Wasserfarben hervorgeholt und erstaunlich gute Porträts von uns allen gemalt. David war endlos um uns besorgt, bot uns Getränke, Bücher, Essen und Filme an, war aber auch ständig präsent. Zu keinem Zeitpunkt fanden wir vier – oder besser, wir drei, denn Leonard war ja außen vor – Gelegenheit, die neue Situation in Ruhe miteinander zu besprechen. Stattdessen sah ich zu, wie Pamela mit ihrer Kletterausrüstung im Regen verschwand und sechs Stunden später klatschnass zurückkam, ohne dass mir ein einziger wichtiger Augenblick dazwischen in Erinnerung geblieben wäre.

»Werden Sie gut versorgt?«, erkundigte sich Hoppner.

Ich fragte mich, ob er wohl immer in der Morgendämmerung durch den Garten spazierte – falls er, so wie ich, einfach nicht mehr schlafen konnte, sobald der Tag dämmerte.

»Bestens«, antwortete ich. »David hat großartig gekocht. Unsere Zimmer sind sehr komfortabel. Ich wurde zwar gemaßregelt, weil ich Pornografie mit Prostitution verglichen habe, aber ansonsten ...« Was zum Teufel brachte mich dazu, das ausgerechnet zu diesem Mann zu sagen? War er tatsächlich so entwaffnend?

»Dann müssen Sie Pamela kennen gelernt haben«, sagte er mit einem schiefen Lächeln. »Ich fürchte, sie nimmt das Leben eine Spur zu ernst. Ich habe zwar versucht, ihr zu erklären, dass auch Humor eine Tugend ist, aber ...« Vielleicht hat er mir an dieser Stelle sogar zugeblinzelt. »Kommen Sie mit. Sehen wir uns die Kolibris an«, fügte er hinzu, womit er jeden Anflug von Kritik im Keim erstickte.

Mit seiner von dicken Adern durchzogenen Hand an meinem Ellbogen führte er mich über den Rasen. Trotz seines Alters und seiner geringeren Körpergröße passte er seine Schrittlänge automatisch meiner an, ohne dass es ihn sichtlich angestrengt hätte.

Als sein Haus aus dem Nebel auftauchte, fiel mein Blick sofort auf einen Schwarm winziger Wesen, die auf der Veranda herumflatterten. Kolibris in schillernden Blau- und Gelbgrüntönen oder leuchtendem Rot schossen um die hölzernen Säulen und schwebten gelegentlich auf der Stelle, um aus einer der roten Röhren zu trinken.

»Sie sind mit Zuckerlösung gefüllt«, erklärte Hoppner. »Ich hänge den Köder aus und sie kommen angeschwärmt.« Ein kurzes Husten. »Wie finden Sie das?«

Er blickte mich dabei nicht an, sondern schaute noch immer den winzigen schwebenden Wundern zu. Dennoch fühlte ich mich unter Beobachtung.

»Ich denke, davon profitieren beide Parteien«, sagte ich vorsichtig. »Sie haben Freude daran, sie fliegen zu sehen. Und die Vögel bekommen, was sie am meisten brauchen, ohne dass es Sie allzu viel kostet.«

Dann drehte er sich um, und obwohl ich fast einen halben Kopf größer war, hatte ich das Gefühl, als bohrten sich seine scharfen grauen Augen auf gleicher Höhe in die meinen. »Wissen Sie, ich mache mir wirklich Gedanken um die Mädchen, die wir fotografieren und filmen. Natürlich haben Sie Recht: Es ist eine Form von Prostitution, Frauen für einen Dienst zu bezahlen, der sexuelle Befriedigung zum Ziel hat. Und die Tatsache, dass ich das nie gut fand, macht meine Position auch nicht besser.« Seine Schultern bewegten sich geringfügig. »Aber ich habe immer versucht, die eitelsten Mädchen auszusuchen – die stolzesten. Das sind Frauen, die es geradezu lieben, nackt fotografiert und in der Welt herumgezeigt zu werden; sie würden es sogar umsonst tun. Ich mache mir zwar die Hände schmutzig, wenn ich eitle Frauen dazu benutze, scheinheiligen, von Geilheit getriebenen Männern das Geld aus der Tasche zu ziehen, aber ich mache trotzdem immer weiter, weil ich mit dem Geld so viel Gutes tun kann.«

»Ganz zu schweigen von dem sehr komfortablen Lebensstil«, murrte meine freche Zunge, bevor ich sie davon abhalten konnte.

»Was heißt schon komfortabler Lebensstil?« Er schüttelte den Kopf. »Solange ich nahrhaftes Essen auf dem Teller habe und warme Kleidung auf dem Rücken, bin ich zufrieden. Diese kaputte Fixierung aufs Geld, die unsere Gesellschaft ausmacht und mehr oder weniger sogar in der Verfassung meines Landes festgeschrieben ist – wozu soll das gut sein? Welchem Zweck dient der neueste Mercedes, außer dass er einen Schatten auf das ältere Modell des Nachbarn wirft? Welchen Vorteil hat ein Wäschetrockner gegenüber einer Wäscheleine? Dass er die Vergeudung begrenzter Energieressourcen wettmacht? Aus welchem Grund bestehen wir darauf, in einer einzigen Nacht so viel Geld zu verschleudern, wie ein Arzt im Senegal in einem ganzen Jahr verdient, wenn nicht, um die Menschen in unserem Umfeld zu beeindrucken – und uns damit in das endlose, einem Teufelskreis ähnelnde und deshalb sinnlose Rennen einzureihen, dessen einziger Zweck darin besteht, besser dazustehen als die anderen?«

Für mich war es noch zu früh am Morgen, um mich mit solchen Fragen herumzuschlagen. Eines aber war mir jetzt schon klar: Jegliches Misstrauen meinerseits in Bezug auf Hoppners Motive war unbegründet. Dies war kein Mann, der auf einen schnellen Dollar aus war. Die Wirtschaftstheorie von Sword Enterprises, Schlechtes in Gutes zu verwandeln, mochte vielleicht auf einer gehörigen Portion Selbsttäuschung beruhen, aber sie war ehrlich gemeint. Was bedeutete, dass Hoppner tatsächlich ein Mensch war, dem es in erster Linie darum ging, die Welt zu verändern. Und das allein war schon ein erschreckender Gedanke.

»Vielleicht brauchen wir einfach ein Ziel im Leben«, sagte ich und wandte mich ab. »Einen Sinn.«

»Und genau das ist die Tragik«, murmelte er. »Dass für so viele Menschen auf der Welt das Leben nur durch das Zusammenraffen von Geld einen Sinn bekommt. Wenn sie nur begreifen könnten, welche Genugtuung man darin finden kann – welche Genugtuung Sie und ich auf unterschiedliche Weise darin finden –, Gutes zu tun. Etwas zu verändern. In Miraflores einen Samen auszubringen, der vielleicht eines Tages in der ganzen Welt Wurzeln schlägt … das ist genug Sinn für mich.«

Ein Kolibri schoss aus dem Gewimmel um die Futterstelle und flitzte an unseren Köpfen vorbei. Hoppner warf einen Blick auf seine Armbanduhr.

»Wenn Sie mich jetzt entschuldigen würden, ich versuche immer, eine halbe Stunde Training unterzubringen, bevor mein Arbeitstag beginnt. Nicht so eindrucksvoll wie Hawkens' Läufe das Tal rauf und runter, aber es hält mich gesund.« Er nickte mir kurz zu und ging zum Haus. Dann blieb er plötzlich stehen und schaute zurück. »Ich würde mich freuen, Sie alle heute Abend zum Essen einladen zu dürfen. Würden Sie das Ihren Freunden ausrichten?«

Er hatte kaum die Tür hinter sich geschlossen, als Alice auftauchte, bekleidet mit einem nüchternen schwarzen Pullover und einer hochanständigen blauen Leinenhose. »War er das?«, fragte sie sofort. Dann, auf mein Nicken hin: »Verdammt! Ich habe ihn verpasst. Wie war er?«

»Hat Spaß gemacht.«

Sie starrte mich verblüfft an. »Du und Hoppner zusammen – das soll Spaß gemacht haben?«

»Das klingt jetzt aber ziemlich beleidigend.«

»Ich halte dich nur nicht gerade für jemanden, der viel Spaß hat. Oder auch Hoppner.«

»Also war es beleidigend.«

»Tut mir Leid, so habe ich es nicht gemeint. Es ist nur so ... du lachst nicht viel.«

Bis zu diesem Augenblick war es mir selbst nicht aufgefallen, aber sie hatte Recht: Ich war so sehr von der Spannung und Ungewissheit meines Unterfangens beherrscht, dass ich einen großen Teil meiner Persönlichkeit praktisch aufgegeben hatte. Wo war nur der begeisterungsfähige Junge geblieben, der einst eine kichernde Katie mit verbundenen Augen durch halb Cornwall getragen hatte, nur um ihr eine einzelne, perfekte Aussicht zu zeigen?

»Dann sollte ich endlich damit anfangen. Humor ist offenbar auch eine Tugend.«

»Hat er das gesagt?« Nun musste sie lachen. »Das glaube ich nicht.« Zum Haus gewandt, fragte sie: »Sind das Kolibris?«

Ich war bereits auf dem Rückweg zum Gästehaus, als sie nach meinem Arm griff.

»Warte noch, Mark. Ich wollte dich für einen Augenblick allein sprechen.«

»Der große Plan? Wir werden wohl improvisieren müssen, fürchte ich.«

»Nein, nicht der große Plan.« Sie zog ihren Pullover am Nacken gerade, und ihr falscher Ehering verhakte sich kurz in der Wolle. »Ich wollte nur sagen: Als sie uns angegriffen haben …« Sie senkte den Blick.

»Ist alles in Ordnung mit dir?« fragte ich. »Und mit dem Baby?«

»Natürlich«, sagte sie, ein wenig verärgert. »Bitte sprich das Thema nie wieder an. Ich möchte nicht, dass Leonard es erfährt. Oder Hoppner.«

»Tut mir Leid.«

»Nicht nötig. Hör mal, ich versuche gerade, dir zu danken!«, stieß sie fast schon ungeduldig hervor. »Als sie hinter mir her waren, bist du mir zu Hilfe geeilt; ich weiß es, auch wenn ich nichts sehen konnte. Also … danke.«

Als sie wieder hochsah, nahm ich ihr süßes kleines Kinn zwischen Zeigefinger und Daumen. Ich habe keine Ahnung, was mich dazu brachte. »Du warst sehr tapfer«, erklärte ich ihr.

»Wirklich?« Ein zögerliches Lächeln. »Ich habe einfach nicht damit gerechnet, dass sie mich packen.«

»Es war trotzdem tapfer. So ganz allein vorauszugehen.« Vor allem, wenn man schwanger ist, wollte ich hinzufügen.

Ich ließ meine Hand sinken, doch ihr Kinn blieb in derselben Position, als spürte sie noch immer die Berührung meiner Finger auf ihrer Haut.

»Wir hatten nicht die besten Startbedingungen, du und ich«, meinte sie. »Ich würde dich gern besser kennen lernen – wenn wir wieder in London sind.«

Ihr Lächeln schwand, und ich wusste, dass sich etwas in meinem Gesicht verändert hatte. »Ich gehe nicht zurück nach London«, erklärte ich.

»Warum nicht?«

»Da gibt es einfach zu viel, das ich …«

»Erinnerungen?« Sie beobachtete mich jetzt genau, das Kinn wieder gesenkt. »Eine Frau«, riet sie.

»Es ist besser, wenn ich woanders hingehe.«

Sie hielt einen Moment inne. »Du meinst, egal wohin, nur nicht nach London.« Als ich nicht antwortete, fuhr sie fort, als ginge es noch immer um dasselbe Thema: »Frühstück. Zeit zum Frühstücken, meinst du nicht auch? Wieder diese fantastischen Waffeln.«

Sie schritt voraus. Fast schon gewohnheitsmäßig blieb ich zurück, um ihr ein paar Minuten zu geben, das Gebäude zu betreten, in ihr Zimmer zu gehen und ihren falschen Gatten aus dem Bett zu streicheln. Ich hatte keinen Appetit auf Waffeln. Als sie im Nebel verschwunden war, schaute ich zurück zu den Kolibris, die sich von Hoppners Wohltätigkeit hatten anlocken lassen.

Die Genugtuung, die Sie und ich darin finden, Gutes zu tun.

Hawken hing nicht herum, um Nettigkeiten auszuteilen. Ich war mir nicht ganz sicher, worin seine Aufgabe bestand; ganz offensichtlich aber fühlte er sich in keinster Weise verpflichtet, sich mit David die Last des Gastgebers zu teilen. Er wohnte in einem kleinen Haus unweit vom Tor, obwohl ich ihn am ersten Morgen aus Pamelas Zimmer im Gästehaus kommen sah. Auf meine Anwesenheit reagierte er weder mit einem schuldbewussten Lachen noch mit einem jungenhaften Grinsen, sondern lediglich mit einem kurzen Zucken seiner Augenlider. Ich sah zu, wie er zu seinem Haus hinüberging, nur um wenige Minuten später im Laufdress und besonders geländetauglichen Joggingschuhen wieder herauszukommen. Die Wachen hatten bereits das Tor für ihn geöffnet und grüßten ihn, als er mit flottem Tempo in den strömenden Regen verschwand.

Angesichts seiner ausweichenden Bewegungen und seiner mangelnden Gesprächigkeit war ich verblüfft, als er an jenem Nachmittag auf mich zukam, während ich wieder einmal wie ein Tier im Käfig auf dem umzäunten Gelände auf und ab tigerte. Der Nebel hatte sich noch nicht verzogen, und mir war mittlerweile klar geworden, dass es sich gar nicht um Nebel handelte, sondern um dichte Wolken. Ich bekam allmählich klaustrophobische Anwandlungen.

»Sie haben die Konferenz also sausen lassen«, sagte er.

Ich hatte den Verdacht, dass er mich an diesem Punkt des Gartens, der am weitesten von allen Gebäuden entfernt lag, abgepasst hatte. Dreimal hintereinander war ich denselben Weg gegangen, das hatte er gesehen. Ich schüttelte ihm die Hand. Sein Händedruck war so fest, dass er jede nicht darauf vorbereitete Hand glatt zerquetscht hätte.

»Hören Sie«, begann ich, »das habe ich nur gesagt, weil es mir in dem Augenblick am einfachsten schien.«

»Eine Notlüge.« Sein Lächeln war wie immer ohne jede Herzlichkeit.

Ich nickte einfach nur und es entstand eine unangenehme Pause.

»Hat mich schwer beeindruckt, was Sie da oben gemacht haben«, sagte er und verblüffte mich mit seinem plötzlichen Übergang von einem angedeuteten Tadel zu einem angedeuteten Lob. »Ganz schön mutig, sich gegen einen Haufen Männer mit Macheten zu werfen.«

»So eindrucksvoll war das auch wieder nicht«, meinte ich. »Als Sie ankamen, lag ich mit der Fresse im Schlamm.«

Er nickte ernst und ohne auf den oberflächlichen Tonfall anzuspringen, in den ich diese unangenehme Erinnerung gekleidet hatte. Er hatte etwas allzu Konzentriertes an sich, wie ein alles durchdringender Suchscheinwerfer, der zwar seinen Gegenstand gründlich ausleuchtete, ihm aber nicht zu einem ausgewogenen Bewusstsein seiner Umgebung verhalf. Es war nicht schwer zu erraten, aus welchem Umfeld er kam. Seine Körperhaltung, die blank polierten schwarzen Stiefel, sein scharfer, wenn auch höflicher Tonfall – ein Mann, der auf einem Exerzierplatz zu Hause war. Ein Mann, der einst mit einem Gewehr gelebt hatte, der es geliebt hatte und von ihm abhängig gewesen war. Ich fragte mich, wie Hoppner wohl auf ihn gestoßen war, auf diesen englischen Ex-Soldaten. Vielleicht bei einem Besuch der Londoner Filiale von Sword Enterprises? Oder hatte er eine Sicherheitsfirma gemietet, die wiederum ehemalige Soldaten bezahlte? Hatte Hawken in irgendeinem unwichtigen Londoner Handgemenge

– in einer finsteren Gasse, in einem Nachtklub oder beim Aufeinandertreffen mit einem Paparazzo – den dort gerade zu Besuch weilenden Milliardär beeindruckt?

»Stört Sie das?«, fragte er ruhig, während sich seine Brustmuskulatur unter seinem grauen T-Shirt und der schwarzen Lederjacke anspannte. »Dass Sánchez Sie erwischt hat?«

Ich dachte einen Augenblick lang darüber nach – nicht über die Frage, sondern über die Tatsache, dass er sie gestellt hatte. »Ich lebe noch«, erklärte ich achselzuckend. »Wir leben alle noch.«

»Trotzdem. Ich wette, Sie hätten gern eine zweite Chance. Aber dann mit Sánchez allein.«

Das war ein Angebot. Gar keine Frage. Welche Art von Machtposition hatte der Mann hier inne? Mit einem Mal wollte ich das gar nicht mehr wissen.

»Deswegen bin ich nicht hier«, sagte ich ein wenig heiser.

Etwas in seinem Gesicht machte dicht, als wäre er enttäuscht. Sein Blick aber hielt meinem noch immer stand. In seinen Augen lag so etwas wie die Andeutung von etwas Beunruhigendem – so, als erkannte er in mir einen Teil seiner selbst wieder. Ich musste mich zusammennehmen, um nicht zurückzuweichen.

»Was Sie da oben getan haben«, sagte er, »davor habe ich Achtung. Lassen Sie sich deshalb einen guten Rat von mir geben: Bitten Sie nicht darum.« Er atmete tief und wandte sich zum Gehen. Schon halb in der Wolke verschwunden, wiederholte er noch einmal: »Bitten Sie nicht um das Geld.«

Die ersten Wochen, in denen ich losgezogen war, um Geld für Katie aufzutreiben, waren für uns beide nicht gerade eine glückliche Zeit gewesen. Sie war fast schon im achten Monat, arbeitete aber noch immer. Ein wichtiges Geschäft stand gerade kurz vor dem Abschluss, weshalb ihr Chef sie drängte, erst in allerletzter Minute in Mutterschaftsurlaub zu gehen. Die Wohnung war mehr oder weniger fertig – ich hatte die schärferen Ecken und Kanten auf Bodenhöhe ausgepolstert, die Messerschublade gegen ungewolltes Herausziehen gesichert und alles geputzt, bis sämtliche Oberflächen glänzten –, aber uns fehlte noch immer das Kinderbettchen. Fünf Uhr Mothercare in der Oxford Street, hatte Katie in einem hastigen Telefongespräch am Morgen als Treffpunkt angegeben. Um Viertel vor sechs wurde ich allmählich ungeduldig, nachdem ich jedes Bettchen schon hundertfach begutachtet hatte.

Sie kam mit einem Taxi und hochrotem Gesicht zehn Minuten vor Ladenschluss. Meine Begrüßung war nicht gerade brillant gewählt:

»Mein Gott, Katie, wo bleibst du denn? Wie sollen wir in zehn Minuten das richtige Bett aussuchen?«

»Die Sitzung hat länger gedauert, wir haben ein Dokument vermasselt und den Kunden verärgert, es tut mir Leid«, sagte sie. Sie schwitzte, ihr war übel und das Baby trat gegen ihren Bauch. In diesem späten Stadium ging ihr das Gewicht allmählich auf den Rücken. »Nehmen wir doch einfach das hier«, sagte sie und deutete auf das einfachste Modell.

»Jetzt warte doch mal, du hast dir ja noch nicht einmal die anderen angesehen.« Ich zog sie am Arm zu meinem Lieblingsbett. »Das hier ist echt gut – sieh mal, wenn du die Knöpfe hier drückst, macht es all die Geräusche. Und außerdem hat es ein …«

»Wir brauchen doch nur ein Bett, Mark. Nehmen wir einfach das billigste.«

»Das billigste? Es geht um unser Kind, Katie.«

»Es muss ja nur drin schlafen.«

»Sag bitte ›er‹. Wir wissen, dass es ein Junge wird.«

»Ich muss mich jetzt wirklich hinsetzen«, sagte sie. »Können wir das verdammte Ding nicht einfach kaufen und nach Hause fahren?«

»Aber wir können doch nicht einfach das billigste nehmen. Wie hättest du dich wohl gefühlt, wenn deine Eltern dir immer nur von allem das Billigste gekauft hätten?«

»Also gut, Mark! Wenn du die verdammten Glöckchen und Pfeifen willst, warum zahlst *du* dann nicht dafür? Ach ja, jetzt hätte ich doch fast vergessen, dass du nicht einmal einen richtigen Job hast!«

Später am selben Abend entschuldigte sie sich dann ohne Wenn und Aber. Wieder und wieder versicherte sie mir, das Allerletzte, was sie wolle, sei, mich in Anzug und Krawatte zu sehen. Wir hätten das finanziell nicht nötig, beteuerte sie, und als sie damals beschlossen habe, das Baby zu bekommen, habe sie nie die Absicht gehabt, mich in einen Beruf zu drängen, der mich ankotzt. Trotz allem blieb mir dieser Nachmittag bei Mothercare noch lange im Gedächtnis – selbst nachdem ich Sonderschichten in der Bar eingelegt hatte, um das zu bezahlen, was wir in der Folgezeit nur noch das »verdammte Glöckchen- und Pfeifenbett« nannten.

Katie hat mir wiederholt geschworen, sie würde Geld von mir für Christopher weder brauchen noch wollen. Aber das machte natürlich keinen Unterschied: Ich konnte sie nicht einfach ohne jede Unterstützung zurücklassen.

Irgendwo auf Hoppners Grundstück musste es einen Koch geben. Von Anfang an war mir der Mangel an Personal aufgefallen: Abgesehen von den acht allzeit wachsamen Sicherheitsleuten und ein paar Sekretärinnen im Umfeld von Hoppners Bürogebäude, das anhand der Antennen auf dem Dach leicht als solches auszumachen war, gab es gerade noch eine oder zwei Putzfrauen, die jeden zweiten Tag aus der Stadt herbeigekarrt wurden. Hier bediente jeder sich selbst, und niemand wartete darauf, das heruntergefallene Taschentuch des Milliardärs aufzuheben oder ihm auf ein Fingerschnippen hin ein Sandwich mit Kaviar und Wasserkresse zu bringen.

Als er dann aber mit einer großen Platte gebratenem Hähnchen in Barbecuesoße aus seiner Küche kam, fiel es mir doch zu schwer, zu glauben, dass dieser Großunternehmer und Standartenträger für das Gute eine ganze Stunde seines Tages geopfert hatte, nur um uns etwas zu essen zu kochen.

»Ich esse recht einfach«, verkündete er, als er das Huhn vor uns auf den Tisch stellte und wieder in die Küche ging, um Pellkartoffeln, Spinat und Blumenkohl in weißer Soße zu holen. »Ich hoffe, das ist Ihnen allen recht.«

Leonard und Alice nickten begeistert, und Freddy schien erfreut, dass ihm die gebratenen Bohnen des San Isidro und die Unmengen von Chillies in Davids Küche erspart blieben. Und das Huhn duftete in der Tat köstlich: beruhigend nordamerikanisch, ohne aber die charakteristischen Aromen von Knoblauch, Sojasoße und braunem Zucker zu verleugnen. War da irgendwo ein Koch versteckt? Aber würde dieser Mann von Ehrlichkeit, Gerechtigkeit und Aufrichtigkeit tatsächlich versuchen, uns auf so triviale Weise zu täuschen?

»Danke für Ihr Kommen«, sagte er und verteilte großzügige Portionen vom Huhn. »Wir sind hier dringend auf Gäste angewiesen, um nicht verrückt zu werden. Meine Manager in Chicago wollen schon seit langem Psychoanalytiker hier einfliegen lassen, die mich auf meinen Geisteszustand überprüfen sollen.«

Dies war der erste Kontakt der drei anderen mit unserem Gastgeber. Keine unbehaglichen, ritualisierten Drinks vor dem Essen. Hoppner hatte uns auf direktem Weg ins Esszimmer gebeten – Holzbalken, einfache Beleuchtung, an den Wänden nur ein paar Fotos vom Grand Canyon – und uns an dem rustikalen, aus naturbelassenem Holz gezimmerten Tisch Platz nehmen lassen. Die Gedecke waren minimalistisch, die Weingläser eher voluminös als elegant. Der Wein selbst – ein geradliniger Roter aus dem Napa Valley – stand bereits geöffnet zwischen der Ketchupflasche und einer reichlich abgenutzten, aber vermutlich heiß geliebten Pfeffermühle.

»Wir müssen Ihnen danken«, erklärte Alice und hielt die Hand über ihr Glas, als er den Wein einschenkte. »Dafür, dass Sie uns das Leben gerettet haben.«

»Nein«, widersprach Hoppner. »Im Gegenteil. Wenn ich hier alles richtig gemacht hätte, wären Sie nie in Gefahr gewesen.« Er lachte ein wenig melancholisch. »Aber die vollkommene Gesellschaft aufzubauen ist schwieriger, als man meinen sollte. Versuchen Sie das besser nicht nachzumachen.«

»Aber geht es nicht genau darum?«, fragte ich. »Wollen Sie nicht, dass die Menschen sehen, was Sie tun, und dann anderswo versuchen, es ebenso zu machen?«

Ich bekam nicht gleich eine Antwort. Hoppner hatte mit dem Essen begonnen, und er war nicht der Typ, der einen Mund voll hastig hinunterschlang, nur um eine Gesprächspause zu vermeiden. Als er dann bereit war zu sprechen, war er im Geiste schon weiter.

»Es deprimiert mich immer mehr, mit ansehen zu müssen, was aus der westlichen Gesellschaft geworden ist«, erklärte er. »Wir haben all diese Kriege gewonnen, diese ideologischen Konflikte, und wofür? Für eine Gesellschaft, die nicht auf Güte beruht – auf Freundlichkeit und gegenseitiger Rücksichtnahme –, sondern auf Rechten. Auf den selbstsüchtigen Forderungen jedes Einzelnen: ›Ich habe das Recht, so viel zu konsumieren, wie ich möchte‹, ›Mein Verhalten verletzt vielleicht eine Menge Leute, aber ich bewege mich im Rahmen meiner gesetzlich verankerten Rechte‹, ›Ich will, was mir von Rechts wegen zusteht.‹ Eine Gesellschaft, die immer mehr Anwälte hervorbringt und zugleich die wahren Menschenfreunde behindert.«

»Aber wir brauchen doch wohl ein gewisses Rechtssystem«, warf Leonard ein, »und sei es nur, um die Schwachen und die Minderheiten zu schützen.«

»Das wäre nicht nötig, wenn die Mehrheit an die Rechtschaffenheit glauben würde. Wenn diese Mehrheit Tag für Tag Mitgefühl, Gerechtigkeit und Großzügigkeit praktizieren würde, wozu bräuchte dann die Minderheit gesetzlich garantierte Rechte? Diese ganze Fokussierung auf Rechte stellt doch nur das Individuum auf Kosten der Gemeinschaft in den Vordergrund.«

Freddy langweilte sich bereits zu Tode, obwohl er noch immer mit Genuss aß. Seine Augen bewegten sich ruckartig zwischen seinem Teller und Alice hin und her und schweiften dazwischen gelegentlich zur Decke ab.

»Aber wie realistisch ist es, das Individuum zu ignorieren?«, konterte Leonard. »Nach allem, was wir aus dem Zusammenbruch des Kommunismus gelernt haben? Und angesichts der menschlichen Natur?« Bei dieser Thematik war er selbstsicherer, als ich ihn je zuvor gesehen hatte: kein Zögern, kein Erröten.

»Hier in Miraflores geht es mir darum, den Menschen zu demonstrieren, welchen persönlichen Gewinn sie daraus ziehen, wenn sie in einer tugendhaften Gesellschaft leben und selbst ihren Beitrag dazu leisten. Letztendlich gibt es kein größeres individuelles Glück als dieses.«

Ich musste wieder an das Verhalten denken, das wir erlebt hatten – an Carlos Juárez, der uns seinen Tisch überließ, und an Lupita, die uns ihre Süßigkeiten aufgedrängt hatte. Beide hatten größten Wert darauf gelegt, dass wir Hoppner von ihrer Großzügigkeit berichteten. »Aber so läuft das doch nicht wirklich«, wandte ich ein. »Ich habe eher den Eindruck, dass die Leute nur persönlichen Nutzen ziehen, weil Sie sie dafür bezahlen, sich tugendhaft zu verhalten – sie für gutes Verhalten belohnen, indem Sie ihre Häuser streichen lassen oder ihren Kindern neue Fahrräder schenken.«

»Mark, bitte.« Alice warf mir einen finsteren Blick zu. Ich spürte ein Flattern im linken Hosenbein – so, als hätte sie versucht, mich zu treten, aber nicht getroffen. »Wir sind hier zu Gast!«

»Das geht schon in Ordnung«, erwiderte Hoppner lächelnd. »Ich liebe kontroverse Diskussionen. Niemand, der über eine gewisse Macht verfügt, sollte unwidersprochen bleiben; das wäre gar nicht gesund.« Er legte Messer und Gabel nieder, obwohl sein Teller noch halb voll war. »Ja, es stimmt – ich betreibe ein System der Belohnung. Sogar ein System der Bestrafung ernsthafter Verstöße. Aber ich tue es um der tugendhaften Gesellschaft willen, nie um meiner selbst willen.«

»Obwohl natürlich«, wandte Leonard mit einer gewissen Schüchternheit ein, »wahre Moral, wie Kant sagte, nicht in dem zu finden ist, was wir tun, sondern in der Antwort auf die Frage, warum wir es tun. Wenn die Menschen von Miraflores sich tugendhaft verhalten, weil Sie sie dafür bezahlen, dann macht sie das noch nicht zu tugendhaften Menschen.«

»Mr. Williams, wir könnten jetzt die ganze Nacht lang mit toten Philosophen aufeinander eindreschen. Aristoteles beispielsweise sagte, wenn wir etwas lange genug tun, werden wir selbst so – wenn wir also so tun, als wären wir gut, werden wir irgendwann wirklich gut. Aber wir wollen doch nicht unsere Freunde damit langweilen, dass wir uns auf die Zitate anderer zurückziehen. Nutzen Sie ruhig deren Argumente, aber machen Sie sie zu den Ihren.«

Leonard errötete natürlich auf der Stelle, hatte jedoch offenbar nichts gegen diese dezente Rüge einzuwenden, im Gegenteil – sie zündete in ihm einen Funken intellektueller Erregung.

»Sie glauben also ernsthaft, dass Sie die Leute schon dadurch zu guten Menschen machen, dass Sie sie dazu bringen, gewohnheitsmäßig Gutes zu tun? Und dass das auch dann noch funktioniert, wenn Sie ihnen die Anreize wegnehmen?«

»Vergessen Sie nicht, dass die Kirche nach demselben Prinzip funktioniert: Sie befiehlt uns, gut zu sein, während sie uns als Entscheidungshilfen die Möhre des Paradieses vor die Nase und den Stock der ewigen Verdammnis über den Kopf hält. Christen sind deswegen gut, weil es sich für sie auszahlt, gut zu sein. Dennoch stellen wir die Tugendhaftigkeit der christlichen Heiligen nicht in Frage. Was würde Kant wohl dazu sagen?«

Leonard schien gar nicht zu bemerken, dass Alice ihm sanft über den Arm strich. Wollte sie damit nur erreichen, dass er dem Goldesel gegenüber nett und freundlich blieb, oder Hoppner zeigen, welch tugendhafte Zuneigung und selbstlose Liebe sie gegenüber ihrem »Ehemann« empfand?

»Ich denke, am meisten interessiert mich die Art von Regierung, die Sie hier praktizieren«, sagte Leonard. »Wir neigen im Allgemeinen dazu, liberale Modelle als die am wenigsten schädlichen von allen Optionen anzusehen, die uns in der modernen Welt zur Verfügung stehen, und beschränken ihre Rolle darauf, die Gesellschaft von vermeidlichen Übeln zu befreien – Kriminalität, Krankheit, Verkehrsstaus. Ihr Modell hingegen greift tiefer, weil hinter ihm die aktive Suche nach einem spezifischen moralischen Zweck steht – ein Charakteristikum, das es mit den meisten faschistischen Regierungen teilt.«

Er hätte vielleicht gestottert und gestammelt, wenn man ihn um einen Kommentar zum Wetter gebeten hätte, aber sobald es um eine philosophische Diskussion ging, war Leonard nicht mehr zu bremsen. Alices streichelnde Bewegungen verwandelten sich in einen plötzlichen Klammergriff, doch Hoppner sprach schon wieder, bevor sie ihre Ermahnung loswerden konnte.

»Sind Sie ein Anhänger des Liberalismus? Wie frei hätten Sie denn die Einwohner von Miraflores gern? So frei, dass sie Hass und politische Unruhen verbreiten? So frei, dass sie eine aufkeimende Demokratie destabilisieren? So frei, dass sie in der Hauptstadt Bomben werfen?« Einen Moment lang schien Hoppner ernsthaft verärgert. »Ich sage Ihnen, wie frei diese Menschen sind: Sie sind so frei, dass sie jederzeit gehen können.«

»Es tut mir Leid«, murmelte Alice. »Mr. Hoppner, wir wollten Sie nicht beleidigen.«

Er schüttelte den Kopf. »Moral ist niemals einfach«, seufzte er. »Und etwas in der Praxis anzuwenden, für das die meisten von uns nicht einmal eine brauchbare Definition zustande bringen, ist beinahe unmöglich. Tag für Tag werfen mir Menschen vor, ich würde meine Zeit verschwenden; Moral sei eine verbrauchte Kraft und das moderne Leben beruhe auf einem perfekt ineinander greifenden Mechanismus von Übereinkünften statt auf einem veralteten Glauben an das absolute Gute.«

»Da haben sie einen wunden Punkt getroffen«, meinte Leonard. »Wenn man nicht an einen Gott glaubt, der eine solche Moral bewirken könnte, ist es schwer, sich vorzustellen, woher sie kommen soll.«

»Das ist doch Unsinn! Auch ohne Gott sorgen wir uns um unsere Mitmenschen. Auch ohne Gott ärgern wir uns über Ungerechtigkeiten. Moral ist immer intuitiv. Wollen Sie mir vielleicht weismachen, unsere Vorfahren hätten weder Mitgefühl noch Ehrlichkeit gekannt, bevor die Propheten gekommen sind? Dass Dankbarkeit in den Savannen Afrikas nicht existiert? Wir sind doch nicht einfach nur selbstsüchtige Maschinen! Altruismus existiert nachweisbar, und zwar unabhängig davon, aus welchem geistlosen Grund die Wissenschaftler zum selben Schluss gelangen. Ja, er mag sich dadurch entwickelt haben, dass er einem selbstsüchtigen Zweck dient – dass er beispielsweise Gegenleistungen provoziert oder die Erfolge bei der Fortpflanzung zwischen genetisch verwandten Individuen verbessert –, aber das verringert nicht seine Bedeutung für uns. Wir kommen bereits mit der Fähigkeit auf die Welt, uns in die Lage anderer zu versetzen. Natürliches Mitgefühl ist die wahre Wurzel unserer Moral, nicht irgendein Gott.«

Mir kam es reichlich ironisch vor, dass Hoppners Verteidigung seines Pornogeschäfts ein schmutziges Mittel zu einem selbstlosen Zweck war, während die Moral selbst, wie er unterstellte, sich als tugendhaftes Mittel zu einem selbstsüchtigen Zweck entwickelt hatte. Ich schaute zu Leonard hinüber in der Hoffnung, diesen Gedanken mit ihm teilen und feststellen zu können, ob meine wertlose, abstrakte Idee den Philosophen beeindruckte, doch seine Aufmerksamkeit war vollständig von Hoppners Argumentation in Anspruch genommen.

»Das Problem«, sinnierte er, »liegt zweifellos in der Definition von Tugendhaftigkeit. In diesem Punkt sind viele Menschen – und viele Kulturen – zu ganz unterschiedlichen Ergebnissen gelangt. Wie wählen wir eine absolute Moral – eine objektive Moral, die so etwas wie eine inhärente Autorität hat –, wenn wir Gott aus der Gleichung nehmen?«

»Ganz einfach. Es gibt jede Menge von Absoluta. Wie wär's mit Wohltätigkeit? Denen etwas zu geben, denen es schlechter geht als einem selbst, kann doch nur ein tugendhafter Akt sein.«

»Das hängt wiederum von Ihren Motiven ab. Wenn Sie es tun, um einen Beobachter zu beeindrucken oder gar Ihr schlechtes Gewissen zu beruhigen, ist es letztlich nichts anderes als Egoismus.«

»Mit dieser Art von Logik können Sie grundsätzlich jedes tugendhafte Handeln zur egoistischen Tat erklären, weil Tugend auf lange Sicht die Menschen immer glücklicher macht, als wenn sie nur egoistische Wünsche verfolgen, und so führen Sie das Konzept an sich ad absurdum. Pamela verbringt ihre Zeit hier damit, den einheimischen Frauen praktische Fertigkeiten beizubringen, mit deren Hilfe sie ihre Abhängigkeit von ihren Vätern und Ehemännern verringern können. Sie tut das aber nicht aus Pflichtbewusstsein, sondern weil sie Spaß daran hat, Frauen vom

Joch des Mannes zu befreien. Macht etwa das Vergnügen, das sie dabei empfindet, ihren Einsatz an Zeit und Energie weniger wertvoll?«

So leicht war Leonard nicht zu überzeugen. »Aber wo wollen Sie die Grenzen ziehen? Ist jede Art von Täuschung grundsätzlich verboten, oder sollten wir vielleicht sogar lügen, wenn wir damit das Leben eines Unschuldigen retten können? Und wenn ja, von welchem Moment an wird dann Täuschung zu einem Übel? Wieso soll es Großzügigkeit sein, einem Bettler ein paar Münzen zu geben, aber Leichtsinn, einem betrunkenen Spieler sein Haus zu überlassen?«

»Sie bringen gute Argumente«, räumte Hoppner ein. »Auch wenn es sich dabei letztlich nur um die Standardeinwände des Intellektuellen gegen jeden Versuch handelt, Moral in die Praxis umzusetzen. Ich persönlich bevorzuge brauchbare, wenn auch nicht immer perfekte Richtlinien, statt gleich das Handtuch zu werfen, weil nichts nur schwarz oder nur weiß ist. Die Tatsache, dass wir nicht genau sagen können, wie viele Haare ein Mensch auf dem Kopf haben darf, damit man ihn gerade noch als glatzköpfig bezeichnen kann, bedeutet nicht, dass der Begriff an sich schon unsinnig ist.«

»Aber wir haben doch bereits Richtlinien: Gesetze, Verfassungen, die Bibel.«

»Und Sie glauben ernsthaft, dass keiner es je besser machen kann als die nomadisierenden Israeliten, die Gründerväter oder die Römer?«

»Die Bibel gilt als Wort Gottes«, merkte Alice an.

»Aber als Moralkodex ist sie aus praktischer Sicht ein katastrophales Durcheinander von Widersprüchen, verwirrenden historischen und fiktionalen Abschweifungen, Vorurteilen und Anachronismen. Und was am schlimmsten ist: Sie ist nicht entwicklungsfähig. Während wir immer aufgeklärter werden, steckt die Bibel noch immer im Palästina der Steinigungen und Kreuzigungen fest. Mal ehrlich, Mrs. Williams – halten Sie Homosexualität tatsächlich für eine Sünde, während unsere besten Wissenschaftler längst zu der Erkenntnis gelangt sind, dass sie genetisch bedingt ist? Oder sind Sie wie Paulus der Ansicht, dass Frauen niemals Führungspositionen innehaben und über Männer bestimmen sollten?«

»Sie glauben also, dass Sie in der Lage sind, die Bibel zu verbessern?«

Das war ausgesprochen mutig für Alices Verhältnisse. Sie hatte ihr Kinn trotzig vorgestreckt, und ihr Blick hielt dem seinen stand. Etwas in ihr war aufgewühlt worden. War ihr Glaube stark genug, dass sie für ihn sogar auf das Geld verzichten würde, mit dem sie den perfekten Lebensstil für ihre Familie finanzieren wollte?

Hoppner breitete die Hände aus. »Mein Kodex ist natürlich alles andere als vollkommen, das gestehe ich Ihnen gerne zu. Aber bislang haben sich so wenige Menschen außerhalb des beschränkten religiösen Kontextes mit Moral befasst, dass ich mich auf diesem Gebiet wohl als Experten bezeichnen darf. Ich hoffe, dass bald mehr säkulare Moralisten auf den Plan treten, um mit mir zu diskutieren und mir zu helfen, meine Ideen noch besser auszuarbeiten. Mein Kodex wird sich natürlich immer weiterentwickeln, sobald es neue Erkenntnisse gibt zu so kontroversen Themen wie die Umverteilung von Ressourcen, Abtreibung und ...«

»Selbstmord?«, sagte ich.

Schweigen. Alice starrte mich entsetzt an, während Freddy missbilligend den Kopf schüttelte.

Hoppner nahm einen Schluck Wein. »Ich halte Selbstmord durchaus für eine bewundernswerte Tat, wenn man durch sein Sterben mehr bewirken kann als dadurch, dass man am Leben bleibt.«

»Also sollten alte Menschen eine Überdosis Schlaftabletten schlucken, um nicht die Erbschaft ihrer Kinder für die Kosten von Pflegeheimen zu verschleudern?«

»Nehmen wir lieber einen weniger komplizierten Fall. Der japanische Pilot, der sein beschädigtes Flugzeug in das Schiff meines Vaters steuerte, war nicht nur ein mutiger Mann, sondern auch moralisch im Recht. Er hätte kneifen können und wäre vermutlich am Leben geblieben, aber er wusste, dass er für die Sache, um die es ihm vor allem ging – für die Kriegsanstrengungen seines Landes –, mehr erreichen konnte, wenn er starb. Das ist etwas völlig anderes als die Selbstmordattentäter im Nahen Osten und vom World Trade Center, die ihr Handeln nur als schnellstmöglichen Weg in den Himmel betrachten: Wenn es ein Leben nach dem Tode gibt, werden sie ganz sicher in der Hölle schmoren dafür, dass sie auf ihrer vermeintlichen Abkürzung zum Pardies so vielen unschuldigen Menschen das Leben genommen haben.«

»Und was ist mit Terroristen, die nach ihrer Tat Selbstmord begehen?«, fragte ich leise. »Vielleicht aus Reue?«

Hoppner gab keine direkte Antwort. Stattdessen lehnte er sich zurück und musterte uns einen nach dem anderen. »Frage: Wer von Ihnen wünscht seinen Mitmenschen nur das Beste?«

Es war wieder ein wenig wie in der Schule. Sobald wir merkten, dass der Fragende eine Antwort erwartete, hoben wir unsere Hände ein klein wenig über den Tisch – gerade hoch genug, um ein zustimmendes Signal auszusenden, ohne sich eines vollständigen Rückfalls in die Situation des Klassenzimmers schuldig zu machen.

»Wer von Ihnen – wenn er zu dem Schluss käme, dass seine Gegenwart hier auf Erden nur negative Auswirkungen auf seine Mitmenschen hat *und auch künftig nur negative Auswirkungen haben könnte* – würde sich dann nicht wünschen, diese Gegenwart zu beenden?«

Ich denke, dass in diesem Augenblick jedem Einzelnen von uns ein kalter Schauer über den Rücken gelaufen sein muss. Man ist schließlich nicht oft gezwungen, sich mit der Frage auseinander zu setzen, was wir zu unserer Welt beitragen oder was wir ihr wegnehmen. Sie zu beantworten oder es zumindest zu versuchen ist selbst unter günstigsten Voraussetzungen ein unangenehmer Augenblick der Wahrheit. In Verbindung mit verordnetem Selbstmord für alle, die darauf keine befriedigende Antwort geben können, genügt die Frage, um einem den Magen umzudrehen.

Ich brauche wohl nicht zu erwähnen, dass diesmal niemand die Hand hob.

»Mr. Williams, Sie sind doch ein großer Freund der Philosophen«, sagte Hoppner. »Vielleicht erinnern Sie sich, was Camus zu dem Thema zu sagen hatte?«

Leonard zögerte erst und entgegnete dann: »Sie meinen vermutlich in Bezug auf Sisyphos?«

»Genau. Ich helfe Ihnen. Bei Camus heißt es in etwa: ›Es gibt nur ein wirklich ernsthaftes philosophisches Problem, und das ist der Selbstmord. Zu beurteilen, ob das Leben wert ist, gelebt zu werden oder nicht, ist gleichbedeutend mit der Beantwortung der fundamentalen Frage der Philosophie.‹«

»Ich dachte, Camus wäre zu dem Ergebnis gelangt, dass das Leben immer lebenswert ist«, murmelte Leonard, was ich ganz schön tapfer fand.

Hoppner erkannte lächelnd Leonards kleinen Sieg an. »Dann muss ich mich wohl präziser ausdrücken. Die meisten Menschen töten sich, weil sie keinen ausreichenden Grund sehen, weiterzuleben. Camus hat diese Logik zurückgewiesen, vielleicht zu Recht. Ich aber behaupte, dass Selbstmord absolut zu rechtfertigen – ja sogar notwendig – ist, wenn man einen zwingenden Grund hat zu sterben.«

Und hier lag die Wurzel von allem.

Ein leichtes Lächeln, freundlich und beruhigend. Ein scheinbarer Themawechsel. »Sie sind hierher gekommen, um Hilfe zu erbitten«, stellte unser Gastgeber fest.

Freddy reagierte als Erster; endlich sah er die Chance, auf die er schon den ganzen Abend gewartet hatte. Sein Gespür für das Beunruhigende war weniger entwickelt als bei uns anderen. »Nur, wenn es nicht zu viel verlangt ist«, plapperte er. »Wissen Sie, ich habe diesen Traum, den Kindern von Malawi dabei zu helfen, eine ordentliche …«

»Oh nein, bitte«, unterbrach ihn Hoppner mit erhobener Hand. »Wir sind doch hier nicht auf dem Jahrmarkt. Ich habe kein Interesse daran, die Projekte guter Menschen zu beurteilen. Mir geht es nur darum, sicherzustellen, dass es sich wirklich um … gute Menschen handelt.«

Freddy sank in seinen Stuhl zurück. »Sie wollen nichts von den

Schulen hören?« Die Ungläubigkeit und Enttäuschung in seiner Stimme waren nicht zu überhören. Die ganze Arbeit, dachte er jetzt wohl. Die ganze Mühe umsonst.

»Es ist sogar von größter Wichtigkeit, dass ich davon keine Ahnung habe. Zu diesem Zeitpunkt möchte ich so wenig wie möglich über Ihren jeweiligen persönlichen Hintergrund wissen, um nicht irgendwelche Vorurteile zu entwickeln. Vielleicht ist Ihnen schon aufgefallen, dass ich unsere Diskussion auf philosophische Fragen beschränkt habe, weit weg von allen persönlichen Dingen. Schreiben Sie mir später meinetwegen und lassen Sie mich wissen, wie Sie vorankommen. Ich lese immer gern positive Geschichten. Im Augenblick aber brauche ich nur eines zu tun, und ich hoffe, Sie verzeihen mir den Anflug von Zweifel, der darin enthalten sein mag: Ich brauche mich nur Ihres Charakters zu versichern, um herauszufinden, wie es mit Ihrer Rechtschaffenheit bestellt ist.«

Ich weiß nicht, was die anderen erwartet hatten. Eine Checkliste vielleicht; eine gewisse Anzahl von Kriterien, die erfüllt sein mussten – *es darf keine Möglichkeit der Korruption geben, keine exzessiven Verwaltungskosten, kein finanzielles Engagement mit unabsehbaren Folgekosten.* Jedenfalls hatte keiner von uns damit gerechnet, dass unser potenzieller Wohltäter von vornherein kein Wort über die von uns geplanten guten Werke hören wollte. Es lag ja auch eine gewisse Logik darin, das Individuum selbst zu beurteilen anstelle seiner Taten, aber wie zum Teufel wollte er sich »unseres Charakters versichern«, wenn er sich weigerte, etwas von unserem persönlichen Hintergrund und unseren Plänen zu hören, real oder imaginär?

»Ich mache Ihnen einen Vorschlag«, sagte er. »Ich biete jedem von Ihnen bis zu fünf Millionen Dollar an – über die genaue Summe entscheiden Sie selbst – für jede gute Sache und jedes Projekt, das Sie für förderungswürdig halten. Meine einzige Bedingung: Sie müssen sich einem Moraltest unterziehen. Falls Sie diesen Test bestehen wie jeder echte Menschenfreund, bekommen Sie den Scheck. Falls nicht …«

Er hielt kurz inne, als wollte er sicherstellen, dass wir ihm unsere Aufmerksamkeit schenkten, obwohl uns in diesem Augenblick allenfalls eine Atombombe von seinen Worten abgelenkt hätte. »Falls nicht – falls sich also herausstellen sollte, dass Sie lediglich negative Wirkung auf Ihre Mitmenschen erzielen –, müssen Sie ohne Zögern Ihrer Gegenwart auf dieser Welt ein Ende setzen.«

Keiner atmete mehr.

Aus irgendeinem Grund starrte er mich an.

»Moment mal«, würgte ich. »Sie meinen Selbstmord? Ist das Ihre Säuberungsübung – die Schlechten auslöschen, einen nach dem anderen?«

»Sagten Sie nicht selber, dass Sie nicht am Leben bleiben möchten, wenn Ihr Leben nur negative Auswirkungen auf die Welt hätte?«

»Ja, aber …«

Er glaubte doch wohl nicht im Ernst, dass auch nur einer von uns sich das Leben nehmen würde, nur weil er diesen Test nicht bestanden hatte? Negative Auswirkungen hin oder her – bildete er sich tatsächlich ein, dass sich der Überlebenstrieb so leicht ausschalten ließ? Seine Naivität war fast schon lachhaft. Ich fing Freddys Blick auf, um dessen Lippen ein Lächeln spielte. Es verschwand, als ich ihm einen finsteren Blick zuwarf.

»Aber was, wenn wir nicht daran glauben, dass Ihr Test zuverlässige Ergebnisse liefert?«, fragte Alice, wieder entrüstet genug, um Hoppner zu konfrontieren.

»Dann brauchen Sie sich dem Test ja nicht zu unterziehen«, erwiderte er. »Bleiben Sie, solange Sie möchten – als mein Gast –, aber wenn Sie die Prinzipien meines Kodex nicht akzeptieren können, sollten Sie sich auch nicht dem Test unterwerfen, der auf diesem Kodex beruht.«

»Wir stellen ja gar nicht den Kodex in Frage, aber …«

»Warum eigentlich nicht?« Hoppner lächelte. »Das sollten Sie sogar. Wie ich schon sagte, befindet er sich ständig in der Entwicklung. Was den Test anbelangt, kann ich Sie aber beruhigen: Er bezieht sich ausschließlich auf diejenigen Aspekte von Moral, die eindeutig definiert und in praktisch allen Kulturen anerkannt sind – Wahrheit, Eigentumsrechte, Versprechen halten, andere so behandeln, wie man selbst gern behandelt werden möchte, den Benachteiligten helfen – keiner dieser Werte ist umstritten. Und die wenigen Ethnien, die solche moralischen Werte nicht teilen, sind heute Abend an diesem Tisch nicht vertreten.«

Wieder Schweigen. Ich merkte, dass Leonard schon ganz begierig darauf wartete, sich erneut in die intellektuelle Auseinandersetzung zu stürzen, doch Alices Hand umklammerte schon wieder sein Handgelenk, und ihre Knöchel waren weiß vor Anspannung.

»Und wie soll der Test ablaufen?«, fragte schließlich Freddy mit einem Zittern ängstlicher Erwartung in der Stimme. Ja, er hatte guten Grund, um seine Million Pfund zu bangen.

»Dar wahre Charakter eines Menschen zeigt sich nur an seinen Entscheidungen«, erklärte Hoppner. »Vor allem an den Entscheidungen, die wir treffen, wenn wir vor einer schweren Wahl stehen. Ich werde Sie dazu auffordern, sich gewisse Situationen vor Augen zu führen – Dilemmata, in denen das moralisch richtige Handeln mit einiger Wahrscheinlichkeit gegen Ihre eigenen Interessen geht –, und Sie dann fragen, was Sie in dieser Situation tun würden.«

»Oh.« Freddys Gesicht leuchtete sofort wieder auf. Er war so leicht zu durchschauen, dass ich mich fragte, warum Hoppner ihn nicht gleich wieder wegschickte. »Also ich finde, das klingt okay.«

Wie ein Kind, das glaubt, eine clevere Möglichkeit gefunden zu haben, die von seinen Eltern aufgestellten Regeln zu umgehen, lehnte er sich zufrieden zurück und stellte sich die herzerweichenden Geschichten vor, die er erfinden, und die Tränen, die er vergießen würde. Dann aber machte Leonard ihm alles zunichte:

»Woher wollen Sie wissen, dass wir die Wahrheit sagen?«, fragte er.

Hoppner legte die Hände aneinander und faltete sie genau vor ihm auf dem Tisch. »Weil Sie unter Hypnose stehen werden.«

Er blickte auf seine Uhr, seufzte und betrachtete wieder uns. Niemand sonst bewegte sich.

»Es ist schon spät«, sagte er. »Ich versuche, sehr regelmäßig zu schlafen.« Er stand auf. »Denken Sie doch einfach heute Nacht darüber nach – und werfen Sie noch einmal einen Blick auf meinen Kodex. Ihre Entscheidung können Sie mir dann ja morgen mitteilen.«

Ich kann mich nicht erinnern, dass einer von uns hinterher noch etwas gesagt hätte. Ich nehme an, wir verabschiedeten uns von ihm und dankten ihm vielleicht fürs Abendessen. Ein bisschen gezwungenes Lachen, um die Spannung abzubauen. Aber nichts davon blieb hängen. Es war, als wären wir bereits hypnotisiert.

Unser Gastgeber lächelte uns zum Abschied gütig zu und winkte noch kurz, während wir uns durch die Dunkelheit zum Gästehaus zurückzogen. Seine Tür schloss sich mit einem Klick, der durch die stille, neblige Luft deutlich vernehmbar war.

Die Dunkelheit wurde noch ein wenig dunkler.

Wir werden viele Facetten der Rechtschaffenheit betrachten – Mut, Besonnenheit, Dankbarkeit und ein Dutzend anderer Tugenden. Wir werden in die Tiefe gehen, und mitunter könnte die Reise recht verwirrend werden. Aber eine schlichte Idee wird für Sie durchgehend von größter Bedeutung sein: Tugend ist nur möglich, wenn es uns gelingt, unser Ich zu transzendieren.

Wir verbringen die meiste Zeit unseres Lebens damit, über uns selbst und unsere Familie nachzudenken (die im Grunde nichts anderes ist als eine Ausweitung unseres Ich). Wir konzentrieren uns auf die Themen, die uns betreffen, wägen Handlungsmöglichkeiten dahingehend ab, inwiefern sie uns nützen, und betrachten fast alles von einem Gesichtspunkt, der uns selbst in den Mittelpunkt stellt. Wir sind egozentrisch, weil wir uns so entwickelt haben: Wir haben immer nur gelernt, auf uns selbst und unsere engsten Angehörigen zu blicken.

Doch der schnellste Weg zur Tugend verlangt von uns, diese egoistische Perspektive aufzugeben oder sie zumindest für eine Weile in den Hintergrund treten zu lassen. Stellen Sie sich selbst als neutralen Beobachter vor, der eine Interaktion zwischen Ihrem früheren Ich und einem anderen Individuum verfolgt. Mit einem Mal sind Sie in der Lage, die Argumente beider Seiten zu sehen, können die relativen Ebenen von Bedürftigkeit miteinander vergleichen und sich über das Glück beider Menschen freuen. Der Gesamtnutzen für zwei Individuen ist fast immer dann am größten, wenn sie freundlich miteinander umgehen und einander helfen – mit anderen Worten, wenn sie sich tugendhaft verhalten. Indem Sie gewissermaßen aus sich heraustreten, können Sie diesen gemeinsamen Nutzen genießen und daran arbeiten, ihn zu maximieren.

Natürlich ist es sehr schwierig, das eigene Ich in den Hintergrund zu stellen. Es geht gegen unsere Natur. Aber Sie können Schritt für Schritt auf dieses edle Ziel hinarbeiten: Nehmen Sie sich die Zeit, den Standpunkt des anderen kennen zu lernen, hören Sie sich seine Argumente an, versuchen Sie, sich in seine Lage zu versetzen, und überlegen Sie, was er wohl von Ihnen denken mag. Das ist Mitgefühl: eine äußerst wertvolle menschliche Fähigkeit. Ihnen wird es viel leichter fallen, großzügig zu geben oder zu vergeben, wenn Sie erst einmal die Probleme der anderen verstehen; ebenso wird es Ihnen leichter fallen, dankbar zu sein, wenn Sie erkennen, wie sehr andere versucht haben, Ihnen zu helfen. Wer es schafft, aus sich herauszutreten, kann gar nicht anders, als demütig und wahrhaftig zu sein, weil er keinen Grund mehr hat, zu prahlen oder zu lügen.

Wenn also die Theorie zu kompliziert oder von den praktischen Erfordernissen des Lebens überlagert wird, versuchen Sie, sich mental aus Ihrer Haut zu begeben. Sie werden überrascht feststellen, wie klar Sie Tugendhaftigkeit erkennen, wenn Sie erst einmal diese neutrale Perspektive eingenommen haben.

12

Alice kam auf mein Zimmer in dieser Nacht. Nicht um mit mir zu schlafen – zumindest kam es nicht dazu, auch wenn wir beide daran dachten. Leonard nehme aus langer Gewohnheit Schlaftabletten und Ohrstöpsel, erklärte sie. Ihre Betten ständen anderthalb Meter auseinander. Es sei nicht schwer, auszureißen, wenn er erst einmal angefangen habe zu schnarchen.

»Ich könnte ihn nie heiraten«, sagte sie lächelnd. »Allein das Schnarchen – oh, dieses Schnarchen! Ich könnte vierzig Jahre lang nicht schlafen. Ich hab nicht mehr geschlafen seit …«

Es stimmte, sie sah ziemlich fertig aus. Hinter ihrem strahlenden Lächeln und ihrer lebhaften Art wurde sie immer blasser, was ich auf unsere prekäre Situation zurückführte.

»Hörst du es?«, fragte sie, während sie meinen ruhelosen Bewegungen mit ausgestreckter Hand Einhalt gebot. Ich setzte mich neben sie aufs Bett, lehnte mich an das Brett am Kopfende und lauschte. »Da! Hörst du?«

Mit einem Finger dirigierte sie das Geräusch und tippte beim Beginn eines jeden Schnarchers in die Luft, um den Laut dann bis zu seinem Höhepunkt in die Länge zu ziehen und schließlich den Finger abrupt fallen zu lassen, wenn der Lärm abbrach, nur um gleich wieder von neuem zu beginnen.

Ich legte meine Hand um den Finger und beendete so den Spott, auch wenn es für sie nur ein harmloser Spaß gewesen sein mag.

»Wirst du es tun?«, fragte ich.

Sie starrte ihren Finger an, wie er in meiner Faust verschwand. Gemeinsam fielen unsere Hände, noch immer ineinander verschränkt, zwischen uns aufs Bett. Eine Sekunde der Schwäche. Noch eine. Dann lockerte ich meinen Griff, und sie machte sich los, aber unsere Hände blieben, wo sie lagen, nur wenige Zentimeter voneinander entfernt.

»Du hast ja einen Spiegel«, sagte sie, während sie mein Zimmer musterte. »Wir nicht. Nur im Bad. Sie hätten die Frau hier einquartieren sollen.«

»Mit Leonard, meinst du?«

»Natürlich meine ich das.«

Es war ein rechteckiger Spiegel, neu und charakterlos wie alles in dem Raum, mit einem Rahmen aus unbehandelter Kiefer. Er war mir noch nicht einmal aufgefallen.

»Vielleicht war ihnen ja klar, dass du nicht die Art von Frau bist, die viel Zeit vor dem Spiegel verbringt.«

»Das ist jetzt aber gehässig!«

»Nicht so laut!« Ich starrte sie an. »Du weißt, dass ich es nicht so gemeint ...« Schon lächelte sie; sie hatte mich nur aufziehen wollen. »Du weißt es.«

»Ja, ich weiß, dass du mich nicht für hässlich hältst, Mark.« Sie blickte auf unsere Hände hinab, so nah beieinander. »Ich frage mich allerdings, was du sonst so über mich denkst ... wenn – falls – du überhaupt über mich nachdenkst.«

Sie war im Nachthemd gekommen. Es war weiß, mit einem schwarzen Motiv über ihrer linken Brust – weiche, getragene Baumwolle, die ihr an der Tür fast bis auf die Knie gehangen hatte, nun auf meinem Bett aber kaum bis zu den Oberschenkeln reichte. Das sanfte Weiß ihrer Beine auf dem Laken glühte ein wenig im schwachen Licht der einzigen Lampe, die ich angelassen hatte.

»Das ist wohl kaum der richtige Zeitpunkt«, murmelte ich. »Ich höre deinen Mann schnarchen; er ist einfach zu gegenwärtig.«

Mit verengten Augen und heruntergezogenen Mundwinkeln erhob sie sich und drehte sich, bis sie mit gespreizten Beinen auf meinen Schenkeln saß. Ich trug noch immer Jeans, doch die Berührung zwischen unseren Körpern brannte sich durch sie hindurch. Sie legte ihre Hände seitlich an meinen Kopf und die Handflächen über meine Ohren, bis ich nichts mehr hören konnte als das Rascheln ihrer Haut auf meiner, laut wie ein Sturm. Ich beugte mich vor und küsste sie auf den Mund.

Ihr Kuss war fordernd.

»Nenn ihn nicht meinen Mann«, flüsterte sie, als sie sich zurücklehnte.

Wir betrachteten einander eine Weile. Sie balancierte federleicht auf meinen Beinen, das Rückgrat durchgestreckt und die Schultern entspannt. Ich ließ mich gegen das Kopfbrett zurücksinken.

»Stört es dich, dass ich schwanger bin?«

Ich schüttelte den Kopf. Die Wärme ihrer Leistengegend strahlte auf meine Oberschenkel ab. Die Situation schrie nach einer Zigarette oder einem Drink – nach irgendeinem Hilfsmittel, das uns ablenkte und davor bewahrte, weiter zu gehen.

»Ich habe kein Problem mit Sex, falls du deswegen Bedenken hast. Meine Brustwarzen sind ein bisschen wund, aber ansonsten ist alles normal.«

Wieder drangen Leonards Schnarcher in mein Bewusstsein. Ich hob die Hand und fuhr mit der Spitze meines kleinen Fingers über die Stiche auf Alices Stirn. Sie zuckte zurück, obwohl ich sie kaum berührte. Die Gegend um den Schnitt und den groben Faden leuchtete noch immer in wütendem Karmesinrot – eine Insel von Farbe auf ihrer blassen Haut. Hoppner hatte die Verletzung nicht kommentiert, obwohl er sie unmöglich übersehen haben konnte. Galt es in Tulsa als unschicklich, auf eine Wunde hinzuweisen? Oder hatte er einfach alles vermeiden wollen, was auf eine offene Diskussion über die mörderischen Tendenzen seiner Schäfchen hinausgelaufen wäre?

»Wirst du es tun?«, fragte ich wieder. »Wird Leonard es tun?«

»Natürlich wird er es nicht tun. Glaubst du vielleicht, ich würde zulassen, dass er sich in eine solche Situation begibt? Der Idiot würde sich auf Hoppners Anweisung hin doch glatt umbringen. Das ist das Problem mit Leonard: Er verstrickt sich so sehr in seine Logik – ergo dies, ergo das, Deduktionen und Hypothesen –, dass er dann, wenn es wirklich darauf ankommt, mit einiger Wahrscheinlichkeit etwas ziemlich Dummes tut.«

Und ich? Würde ich es tun? Etwas an Hawkens offener Warnung hatte mich nervös gemacht. *Bitten Sie nicht darum.* Versuchte er lediglich, den Reichtum seines Herrn zu schützen, oder hatte er einen speziellen Grund, diese Warnung gezielt an mich zu richten? Sah er in mir das, was ich immer zu verbergen versucht hatte?

Hypnose. Schon das Wort machte mich nervös. Wenn Hoppner es nun schaffte, in meine Kindheit vorzudringen? Wenn er in meinen unbewussten Antworten auf das stieß, was ich früher einem wehrlosen Jungen angetan hatte? Würde er eine böse Ader in mir entdecken? Hatte ich überhaupt eine Chance, diesen einen wirklich schlimmen Flecken auf der ansonsten einigermaßen weißen Weste meiner Moral zu verbergen? Oder würde dieser Fleck auf Hoppners Kommando hin sichtbar werden und jede Hoffnung zunichte machen, ihm in die Tasche zu greifen?

Ein kleiner Junge, zusammengekauert auf dem Rücksitz eines Wagens. Was hatte ich ihm angetan, um eine so lähmende Angst in seinen Augen heraufzubeschwören? Versteckt unter einer blauen Baumwolljacke. Ich erinnerte mich an braune Ledersitze, sehr heiß – es muss Hochsommer gewesen sein. Die Autotüren weit geöffnet. Eine sanfte Brise. Was hatte ich Schreckliches getan?

Ich hatte die Frage tausendmal gestellt oder zu stellen versucht. Doch mein Onkel und meine Tante weigerten sich, darüber zu sprechen. Erwähnte ich eine blaue Jacke oder ein Auto mit braunen Ledersitzen, wurde ich – je nach ihrer Laune – mit einer Umarmung oder einem wütenden Aufschrei zum Schweigen gebracht. Doch ebenso sehr, wie sie fest entschlossen waren, mein junges Gehirn von dieser Vergangenheit fern zu halten, sorgten sie auch dafür, dass ich keine Chance bekam, noch einmal ein ähnliches Verbrechen zu begehen. Als meine Tante mich einmal beim Haus eines Nachbarn dabei erwischte, wie ich einen anderen Jungen mit seinem Plastikmaschinengewehr jagte, riss sie mir das Spielzeug aus der Hand und schickte mich mit einem klatschenden Schlag ins Gesicht nach Hause. Danach durfte ich mich diesem Haus zwei Jahre lang nicht mehr nähern. Und wenn zwischen zwei kleinen Jungen ein Streit ausbrach, zog man mich oft aus der Meute heraus und hielt mich in Quarantäne, bis der Zoff vorüber war. Ich galt ganz offensichtlich als wandelndes Sicherheitsrisiko.

Ich schmeckte noch immer Alices Kuss. Eine undefinierbare Mischung von Geschmäckern, nicht unbedingt unangenehm, aber überraschend insofern, als ich ganz vergessen hatte, dass Frauen auch anders schmecken konnten als Katie. Dass sie sich anders anfühlen, anders sein konnten – ihr Gewicht auf meinen Beinen war gar nicht gut, ihre Haltung verwirrte mich. Katie hätte niemals nur dagesessen und mich beobachtet. Sie konnte mir unmöglich länger als eine Minute in die Augen sehen, ohne zu lächeln. Wir hatten das Spiel oft gespielt. Vier Jahre der Liebe zu einer Frau hatten mich mit einer angenehmen Vertrautheit eingelullt, aus der ich mich nicht gern herausreißen lassen wollte.

Alices Daumennagel zog eine Spur über meinen Oberschenkel.

»Was hältst du von Hoppners Ideen?«, fragte sie.

Ich zuckte mit den Achseln. »Ich wüsste nicht, was groß gegen sie einzuwenden wäre. Aber ich bin wohl kaum qualifiziert, das zu beurteilen. Du solltest besser Leonard fragen. Ich bin mir sicher, er hätte sie in der Luft zerreißen können, wenn du ihn nicht im Zaum gehalten hättest.«

»Stell dir vor: Er war ziemlich beeindruckt.«

Ihr Daumennagel kam zum Stillstand. Sie bewegte ihn hin und her und erhöhte dann langsam den Druck. Ich spürte, wie er sich in mein Fleisch bohrte: durch die Jeans hindurch nicht schmerzhaft, eher eine Art erotisches Jucken.

»Du könntest mich noch einmal küssen«, sagte sie schließlich.

Ich nickte, obwohl ich das Gegenteil meinte und sie es meinem Gesicht ansah. Sie stand auf und durchquerte steif das Zimmer.

Ich sprang aus dem Bett, rannte ihr nach und holte sie gerade ein, als sie die Tür öffnete. Der Schnitt von Sánchez' Machete ließ einen stechenden Schmerz durch meine Seite zucken. Mein Körper, der sich gegen Alices Körper presste, drückte die Tür wieder zu. Ein leiser Schlag. Das Schnarchen dauerte an. Ihre Schulterblätter fühlten sich merkwürdig scharf an. Ich nahm ihre Wange in die Hand, während ihr Rücken fest gegen meine Brust drückte, und drehte ihren Mund herum zu meinem. Ihr Hals war verdreht – unbequem, vielleicht sogar schmerzhaft. Sie ließ zu, dass ich sie küsste, reagierte aber nicht. Wieder dieser Geschmack.

Als ich sie losließ und zurücktrat, verließ sie das Zimmer ohne ein weiteres Wort.

Ich verschlief. Völlig untypisch für mich steckte ich noch in einer traumlosen Leere, als es um zwanzig nach acht an meiner Tür klopfte. Ich hatte die halbe Nacht wach gelegen und nur Katie vor mir gesehen; vielleicht weigerte sich mein erschöpftes Gehirn nun ganz einfach, die sichere Zuflucht der Bewusstlosigkeit aufzugeben. Aus irgendeinem Grund hatte ich an ihre Schwangerschaft denken müssen, an die weiche Kuppel ihres Bauches, die mich gleichermaßen fasziniert und abgeschreckt hatte: ihre stramme Schönheit, befleckt von der Angst vor dem, was darin verborgen lag.

Heute war eine Entscheidung fällig. Ich stand in der Dusche, die Augen geschlossen, und traf keine Entscheidung, obwohl natürlich nie ein Zweifel daran bestand, was ich tun würde. Wir waren nicht den ganzen Weg hierher gekommen, um vor dieser letzten, bizarren Hürde zu kapitulieren. Sich zum Selbstmord zu verpflichten: eine Sache von ein paar einfachen, aufrichtig vorgetragenen Worten. Die Vorstellung, dass wir es tatsächlich tun würden, war so lächerlich, dass es mir gar nicht so richtig wie Betrug vorkam, es zu versprechen. Wir alle würden feierlich unsere Zustimmung geben, unseren jeweiligen Test durchziehen und uns dann darauf vorbereiten, in Schimpf und Schande abzureisen.

Ein dunkles Hemd erschien mir angemessen: ein Symbol der Bereitwilligkeit, das Schafott zu besteigen. Meine abgewetzte, von der Machete aufgeschlitzte Jacke ließ ich als weiteres Bekenntnis zum Ernst unseres Unterfangens in meinem Zimmer. Frühstück stand für mich nicht auf der Tagesordnung: Trotz meiner Bereitschaft zu falschen Versprechungen bei meiner Bewerbung um zweihunderttausend Dollar – oder fünf Millionen, falls ich die wollte, obgleich ich wusste, dass ich nie um einen Penny mehr bitten würde als um die Summe, wegen der ich gekommen war – hatte mir die bevorstehende Hypnose den Appetit verhagelt. Die Vorstellung, dass Hoppner oder sonst jemand herausfinden könnte, was ich den größten Teil meines Lebens über zu verbergen versucht hatte, war erschreckend.

Sie stand auf der Veranda, allein. Ein grauer Rock zu einem schwarzen Pullover: Sie war demselben düsteren Instinkt gefolgt. Ihr schlanker weißer Nacken – der letzte Teil von ihr, den ich in der Nacht zuvor gesehen hatte – war ebenso angespannt wie ich. Sie wusste, dass ich da war.

»Guten Morgen«, sagte ich – fröhlich, um meine eigenen dunklen Vorahnungen zu vertreiben.

»Mhmm.«

Die Wolke war verschwunden, jede Blüte und jeder glänzende Grashalm in strahlenden Sonnenschein getaucht. Zum ersten Mal seit unserer Ankunft sah ich das gesamte Grundstück: die Reihe hölzerner Gebäude auf ihren Betonstelzen, den gepflegten, abfallenden Rasen, die niedrige, weiße, mit Balustraden versehene Mauer am unteren Ende des umfriedeten Geländes, die unvorsichtige Besucher vor dem Absturz über die Felswand auf den Talboden bewahrte. Und weiter im Osten war wieder der See am Ende des Tals zu sehen.

Hoppner und Leonard schlenderten die Kiesterrasse entlang, die sich über die ganze Länge der Mauer zog. In regelmäßigen Abständen waren an der Terrasse Holzbänke aufgestellt. Dahinter schwankten auf fast surreale Weise die Wipfel der großen, mit Farnen bewachsenen Bäume im böigen Wind. Ein derart privilegierter Blick direkt ins Blätterdach eines tropischen Regenwaldes war für einen so gepflegten Garten reichlich ungewöhnlich. Aufgrund der Größe der oberen Äste schätzte ich die Höhe der Bäume – und somit die Falltiefe hinter der weißen Mauer – auf mindestens fünfundzwanzig Meter.

»Worüber reden die beiden wohl?«, fragte ich – in erster Linie, um Alice wieder zum Sprechen zu bringen.

»Keine Ahnung. Das geht jetzt schon eine Stunde.«

»Wirklich?« Und was war mit Hoppners morgendlichem Training? Ich verspürte einen merkwürdigen Anfall von Eifersucht, weil Leonard es geschafft hatte, die Aufmerksamkeit unseres Gastgebers zu fesseln, während ich nach wenigen Minuten der Kolibribeobachtung bereits höflich entlassen worden war. Die beiden Männer hielten den Kopf leicht gebeugt, und bei beiden waren die Augenbrauen im selben nachdenklichen Stirnrunzeln nach unten gezogen.

Ich wandte mich an Alice: »Hör mal, tut mir Leid, falls ...«

»Ich werde es tun.«

Ich nickte schweigend.

»Verdammte Zeitverschwendung, Leonard mitzunehmen, was? Als ob ich was von seiner Rechtschaffenheit hätte, wenn ich unter Hypnose stehe.«

»Du könntest ihn dazu bringen ...«

»Nein.«

Einen seiner mit Sandalen bekleideten Füße hinter das andere Bein geschlungen, lehnte David am Bürogebäude und plauderte durch das Fenster – oder, in Anbetracht seines sparsamen Umgangs mit Worten, hörte jemandem beim Plaudern zu. Durch eine offene Tür war der berockte Oberschenkel und die matronenhafte Hüfte einer sitzenden Frau – vermutlich einer Sekretärin – zu erkennen. Obwohl so weit entfernt von einem Großstadtbüro, war die geschwätzige Dynamik der täglichen Arbeit dieselbe. Eine beruhigende Normalität.

»Dir ist ja wohl klar, dass er bestimmte Tatsachen herausfinden kann, wenn du hypnotisiert bist?«

»Wir haben alle etwas zu verbergen«, erwiderte Alice.

In der Tat.

Hinter uns öffnete sich eine Tür, und Pamela kam heraus auf die Terrasse. Wieder war sie zum Klettern angezogen, nur dass sie jetzt zum üblichen Ensemble von Lycra-Kleidung und Gummischuhen auch noch eine Sonnenbrille trug. Ich fragte mich schon, ob die Frauen von Miraflores wirklich so viel von ihrer Zeit abbekamen. Sie hatte sich das Leben hier recht nett eingerichtet mit ihrem Sport, ihrem muskulösen Freund und hin und wieder ein paar guten Werken, die die mehr als komfortable Kost und Logis rechtfertigten.

Alice dagegen sah in der ernsthaften Kanadierin viel Bewundernswertes. Ich hatte die beiden mehrere Male miteinander sprechen sehen, seit Pamela Alices Stirn genäht hatte. Die Näherei hatte irgendein unsichtbares Band zwischen den beiden geknüpft. Sie hatte Pamela einen Respekt eingebracht, den, wie ich mutmaßte, Alice nicht so schnell einer anderen Frau entgegenbrachte, und Pamela schien dieses Kompliment zu freuen. Während sie mich wegen meines Pornografie-Zuhälter-Vergleichs noch immer mit einer gewissen Verachtung strafte, begrüßte sie Alice mit Freuden.

»Du hast heute deinen Test? Viel Glück«, sagte sie ebenso aufrichtig, wie sie alles zu sagen pflegte. »Ich bin sicher, du bestehst ihn.«

Die Prognose war ganz gezielt nur auf Alice gerichtet. Einen Augenblick lang stellte ich mir vor, wie ich Pamela über die skandalöse Wahrheit bezüglich der vorgetäuschten Ehe von Mr. und Mrs. Williams aufklärte, nur um ihr einen kleinen Schock zu versetzen. Das arme, prinzipientreue Ding würde wahrscheinlich in Ohnmacht fallen – eine kurze, aber angenehme Fantasie.

»Danke«, sagte Alice und rutschte dabei unbewusst in Pamelas natürlichen Sprechrhythmus. »Irgendwelche Tipps?«

»Sei einfach ganz natürlich«, erklärte Pamela lächelnd und zündete sich einen Zigarillo an.

Abgesehen vom Tabak hätten sie Pfadfinderinnen sein können.

Weitere Schritte erklangen und Freddy kam aus dem Gästehaus. Er rieb sich die Augen. Ich war also nicht als Letzter aufgestanden.

»Hey, mein Freund«, rief er mir fröhlich zu. »Heute ist der große Tag. Was meinst du?«

Perverserweise, aber wohl unbewusst hatte er sich für ein sonnengelbes Hemd mit einer Art Monogramm auf der Tasche entschieden. Übermäßig verzierte Kursivbuchstaben – vielleicht der

Schlüssel zu seinem wirklichen Namen, auch wenn ich die ineinander verwobenen Zeichen nicht zu entziffern vermochte.

»Ich denke, du solltest es besser nicht versuchen«, erklärte ich ihm ernst.

»Guter Versuch«, sagte er; ein Beweis, dass er meine Motivation komplett missverstand. »Werde ich aber.« Und wieder einmal war er schwer gekränkt.

Die Spaziergänger kamen, noch immer mit ernster Miene.

»Es stimmt schon«, räumte Leonard ein, »dass ich ebenso wie die meisten meiner Kollegen dazu neige, mich mehr auf die hypothetische Argumentation zu konzentrieren. Vielleicht leiden wir unter einem gewissen Mangel an praktischer Erfahrung. Praktischer Weisheit.«

»*Phronēsis*«, sagte Hoppner.

»Genau«, erwiderte Leonard erfreut.

Hoppner lächelte. »Ich bin sicher, dagegen lässt sich etwas unternehmen.«

Unser Gastgeber war an diesem Morgen bester Laune. Lag es am Sonnenschein oder an der Aussicht, dass sich womöglich bald neue Gefährten seiner weltweiten philanthropischen Familie anschlossen? Würde er noch immer gut gelaunt sein, falls jemand den Test nicht bestand? Wenn im Verlauf der Hypnose unschöne Tatsachen über unsere jeweilige Vergangenheit – vor allem meine Vergangenheit – ans Licht kamen? Er hob den Blick zu unserer Terrasse.

»Ihr Gatte liest Nietzsche«, rief er Alice zu und deutete auf das Buch in Leonards Hand. »Geben Sie bloß Acht: Nietzsches liebste Hassobjekte waren das Christentum und die Frauen.«

»Danke für die Warnung«, erwiderte Alice trocken.

»Wie sagte Nietzsche noch mal, Mr. Williams? ›Du gehst zu Frauen? Vergiss die Peitsche nicht!‹ Angenehmer Zeitgenosse, was?«

»Oh, ich billige nicht viel von dem, was er sagt«, erklärte Leonard errötend.

»Ich versichere Ihnen, Mr. Hoppner«, verkündete Alice, »dass Leonard der liebenswerteste Ehemann ist …«

»Stopp!« Die Kraft von Hoppners Stimme war verblüffend. Er hob abwehrend eine Hand, sein Lächeln war verschwunden. »Ich darf nichts über Charaktereigenschaften hören, nichts über den persönlichen Hintergrund. Wir können gern über abstrakte philosophische Angelegenheiten diskutieren, aber wenn ich ein faires Urteil über Ihren moralischen Charakter abgeben soll, ist es unerlässlich, dass ich keinerlei Vorurteile zu Ihren Gunsten oder Ungunsten habe.«

»Okay, ich wollte ja nur …«

»Es funktioniert in beide Richtungen«, erklärte er, nun wieder mit dem Ansatz eines Lächelns. »Stellen Sie sich vor, mir käme vor Ihrer Hypnose ein Gerücht zu Ohren, demzufolge Sie eine Massenmörderin sind – wie könnte ich Sie da noch einem fairen Test unterziehen? Sie wären schon verdammt, bevor wir überhaupt anfangen könnten. Wir müssten den Test absagen. Fairness geht für mich über alles.«

»Wir verstehen.«

»Gut. Haben Sie Ihre Wahl getroffen?«

Hoppner zeigte sich verblüfft darüber, dass Leonard den Test nicht machen wollte. Vielleicht hatte er sich nach ihrem offenbar hochintellektuellen Gespräch ja schon insgeheim darauf gefreut, den Philosophen unter Hypnose zu untersuchen. Die Entscheidungen von uns anderen nahm er mit einem knappen Nicken hin.

»Ich möchte, dass bezüglich der Bedingungen absolute Klarheit herrscht«, sagte er mit einer Stimme, die selbst die Quintessenz der Klarheit war. »Wenn Sie sich jetzt dafür entscheiden, sich dem Test zu unterziehen, können Sie das Gelände nicht verlassen, bis Sie ihn erfolgreich abgeschlossen haben. Und sollte das Ergebnis negativ ausfallen, werden Sie das Gelände natürlich gar nicht verlassen. Haben wir uns verstanden?«

Jeder von uns nickte, auch wenn ich die Lüge hasste, an der ich mich gezwungenermaßen beteiligte.

»Sie akzeptieren also die Bedingungen?«

»Ja«, antworteten wir, einer nach dem anderen.

»Also gut. Mr. Greenock, möchten Sie den Anfang machen?«

Das war genau das, was aus meiner Sicht nicht hätte passieren dürfen. Freddy konnte unsere Chancen nur verringern. Wie sollte er diesen Test bestehen? Und wie konnten Alice und ich erwarten, dass Hoppner uns noch eine Chance gab, nachdem Freddy sich geweigert hatte, seine Verpflichtung einzulösen?

Ich bekam nicht viel Gelegenheit, mir darüber Gedanken zu machen. Ein plötzlicher Ruf von David zog unsere Blicke zum Bürogebäude. Aus dem Fenster neben ihm flatterte in einer unerwarteten Brise eine Flut bunter Papiere, gefolgt vom erschrockenen Schrei einer panischen Sekretärin.

»Oh je«, seufzte Hoppner. »Das sind die neuen Fotos für *Venushügel.*«

Sie stürzte vor, um die Bilder noch zu erwischen, aber der Wind hob sie hoch und verteilte sie über das gesamte Grundstück.

»Gentlemen?«, rief Hoppner und schnappte sich eines der Bilder.

Wir alle, Gentlemen oder nicht, jagten nun den Fotos nach. Erst als ich eines auffing, wurde mir klar, was auf ihnen zu sehen war. Auf meinem war eine Brünette abgebildet, die – recht unbequem, wie es mir vorkam – über einen gläsernen Couchtisch ausgestreckt war, eine Hand in ihrem Mund und die andere zwischen ihren nackten, feuchten Beinen. Ihre Augen wirkten auf mich, als läge sie im Koma, sollten aber vermutlich den Eindruck von Ekstase vermitteln.

»O Gott«, rief ich und erstickte fast an einem plötzlichen Anfall hysterischen Gelächters.

»Ich weiß«, sagte Hoppner, der in gespielter Verzweiflung den Kopf schüttelte. »Sind sie nicht schrecklich? Aber die Redaktion besteht darauf, mir jedes einzelne Bild zuzufaxen – Sie glauben gar nicht, wie viele Farbpatronen wir verbrauchen.«

Ich fing zwei weitere auf, David pflückte eines von Hoppners Veranda und Freddy kam gleich mit eindrucksvollen fünf Stück angerannt.

»Wenn Sie meine Meinung hören wollen«, erklärte er Hoppner mit einem fröhlichen Grinsen, »das da ist in Ordnung und das da sogar ziemlich gut, aber *das* hier …« Er gab ihm das beanstandete Bild.

»Ja, ich verstehe, was Sie meinen«, sagte Hoppner.

»Ich würde die künstlerische Integrität Ihrer Zeitschrift nicht derart leichtfertig aufs Spiel setzen«, meinte Freddy.

»Vermutlich haben Sie Recht. Was meinen Sie dazu, Pamela?« Hoppner hielt ihr das Bild hin und schaffte es dabei, seine unschuldig ernsthafte Miene beizubehalten, bis Pamela sich stirnrunzelnd abwandte. Das war wohl kein Material für Pfadfinderinnen.

»Oh, mein Freund!«, rief Freddy und riss mir die auf dem Rücken liegende Brünette aus der Hand. »Das ist die Richtige. Mr. Hoppner, die hier müssen Sie unbedingt fördern.«

»Mein Gott, ja«, sagte Hoppner. »Ein außergewöhnliches Talent!«

»Was meinen Sie dazu, Leonard?«, fragte Freddy, reichte ihm das Foto und brachte ihn so spielend leicht zum Erröten. »Ist Alice auch so gut unter ihren Klamotten?«

Während Leonard einen Hustenanfall erlitt, eilte Alice sofort zu seiner Rettung: »Ein wahrer Gentleman würde sich dazu nie äußern«, erklärte sie und hielt Hoppner vier Bilder hin. »Aber wenn ich mir eine Meinung erlauben darf – die Blondine in den Cowboystiefeln ist eine Klasse für sich.«

Obwohl auch ich mir ein Lächeln nicht verkneifen konnte, fand ich die ganze Sache doch recht beunruhigend. Es war, als hätte man den Schuldirektor beim Rauchen hinter dem Fahrradschuppen ertappt. »Ist es richtig, was wir hier tun?«, fragte ich in der Rolle des Spielverderbers. »Sagten Sie nicht, das Betrachten von Pornografie sei … schlecht?«

Dieses fundamentale, einsilbige Adjektiv kam mir auf meiner Zunge so schwach, so vage vor. Kindisch; banalisierend. Sein Minimalismus ließ meine Verwendung des Wortes fast neurotisch erscheinen, als wäre ich ein durchgeknallter Straßenprediger. Sind wir wirklich so wenig daran gewöhnt, zu sagen, was wir für richtig oder falsch halten?

Hoppner legte die Fotos zu einem sauberen Stapel zusammen und erklärte: »Pornografie wird unmoralisch, wenn Männer sich an Bildern von Frauen ergötzen, die Dinge tun, die sie ihren eigenen Töchtern nie erlauben würden. Das ist Scheinheiligkeit, weil der Betreffende seinen eigenen Grundsätzen untreu wird. Dann wäre da auch noch der Aspekt der Unmäßigkeit: Viele Konsumenten von Pornografie verhalten sich so exzessiv, dass Frauen, Sex und Liebe für sie keine wirkliche Bedeutung mehr haben – das ist nicht anders als unmäßiger Konsum von Alkohol oder Donuts. Andererseits ist nichts dagegen einzuwenden, sich über diese lächerlichen Bilder lustig zu machen; das verringert die Gefahr, dass wir uns selbst zu ernst nehmen, und das kann nie schaden.«

Er sagte das mit einem breiten, humorvollen Lächeln auf den Lippen, aber als ich seinem Beispiel folgte und mir ebenfalls ein Lächeln abrang, war seines schon wieder erstorben. Er starrte auf etwas über meiner Schulter. Ich drehte mich um. David kam vom oberen Ende des Geländes auf uns zugelaufen. In einer Hand hielt er ein Foto, in der anderen etwas ganz anderes.

»Was ist das?«, fragte Hoppner.

»Über den Zaun geworfen«, sagte David leise. »Gerade eben. Es war vorher noch nicht da. Vor zehn Minuten.«

Es handelte sich um den grobschlächtig abgetrennten Kopf einer Ziege.

Meine erste, schon merkwürdig distanzierte Reaktion war, mich zu fragen, ob der Kopf wohl von der Ziege stammte, deren Tötung wir am ersten Nachmittag mitbekommen hatten. Eine Sekunde später aber verspürte ich dasselbe flaue Gefühl im Magen, das bereits David und Hoppner erfasst hatte. Ein Gefühl der Bedrohung. Die Augen der Ziege waren bereits halb weggefressen, die Lippen zerklüftet und geschwärzt. Krauses Haar kringelte sich um Ohren und Hörner. Die durchtrennte Luftröhre sowie ein Bündel zerrissener Blutgefäße und Muskeln hingen schlaff herab.

»Hat das etwas zu bedeuten? Wer würde so etwas tun?«, fragte Hoppner und warf den Stapel Fotos auf den Boden. Er wirkte auf einmal größer. »Was hat das zu bedeuten?«

David konnte ihn nur entschuldigend anblicken und den Kopf schütteln.

»Wo ist Hawken?«

Wir rissen uns von diesem gräulichen Vorboten – von was, wussten wir nicht – los und schauten zum Haus am Tor hinüber. Er war sofort erkennbar, einen halben Kopf größer als die vier Wachen um ihn herum. Sie alle sahen wütend aus, aber was sie sagten, war aus der Entfernung nicht zu verstehen.

»Hawken!«

Die Kraft von Hoppners ansonsten so sanfter Stimme überraschte mich aufs Neue. Als Hawken sich umdrehte, traten die vier Wachen zurück und gaben den Blick frei auf eine andere Gestalt, die zuvor in ihrer Mitte verborgen gewesen war: ein dürrer, buckliger Junge. Beim Anblick dieser einsamen Kreatur runzelte Hoppner die Stirn.

»Was ist hier los?«, rief er.

Hawken kam rasch auf uns zu und zerrte den Jungen hinter sich her. Es war ein seltsames Paar: ein stämmiger, leidenschaftsloser Ex-Soldat, das Gesicht von einem strammen Waldlauf gerötet, sein T-Shirt fleckig von Schlamm und Schweiß; und neben ihm ein angsterfüllter Indiojunge von fünfzehn oder sechzehn Jahren, der mit seinen schlecht sitzenden Gummistiefeln und einer abgerissenen Segeltuchhose Mühe hatte, mit ihm Schritt zu halten. Nur die schwarze Armbinde schien sein Hemd zusammenzuhalten. Je näher er Hoppner kam, desto bestürzter wurde seine Miene, bis er kurz davor schien, in Tränen auszubrechen.

»Ich habe ihn im Wald gefunden«, erklärte Hawken. »Tanadios Sohn.«

»Ich weiß, wer er ist.«

Hoppner nahm David den Ziegenkopf ab und hielt ihn dem Jungen unter die Nase. Er stellte seine Frage auf Spanisch, aber der Charakter der Befragung war eindeutig. Ein plötzliches Zittern erschütterte den Körper des Jungen.

Kaum war die Anschuldigung vorgebracht, verwandelte sich Hawkens Gesichtsausdruck von Gelassenheit in blanken Zorn. Der Junge war nicht mehr nur ein Schnüffler, sondern irgendwie zum Feind geworden. Als er auf Hoppners Frage keine Antwort gab, schlug Hawken ihm mit dem Handrücken ins Gesicht.

Der Schlag war so hart, dass mich das hohle Krachen von Knöcheln auf Wangenknochen zurückzucken ließ. Der Junge taumelte rückwärts und verlor das Gleichgewicht, so dass nur Hawkens fester Griff um seinen Arm den Sturz verhinderte. Instinktiv blickte ich zu den anderen: Alice hielt sich die Hand vor den Mund, während Leonard erstaunt wirkte; Freddy stand da wie angewurzelt.

Als ich mich wieder umdrehte, riss sich der Junge plötzlich los und rannte auf das Tor zu. Warum er das tat, weiß ich nicht. Selbst ich als Neuankömmling sah auf den ersten Blick, was geschehen würde. Vielleicht war er einfach zu verängstigt, um klar denken zu können. Als er das Tor erreichte, schlugen zwei der Wachen ihn nieder, bevor sie ihn an den Armen packten und den stolpernden, wimmernden Jungen zu Hawken zurückschleppten. Die roten Stellen, die ihre schraubstockartigen Hände hinterließen, wirkten auf seinen Handgelenken wie Brandmale.

Wieder bellte Hoppner seine Frage heraus. Die Augen des Jungen suchten nach David – dem warmherzigen, freundlichen Gesicht von Hoppners Regierung. David aber schaute unerklärlicherweise weg, als bedürfe irgendein Detail des Gästehauses dringend seiner Aufmerksamkeit. Der Junge verlor jede Hoffnung, ließ das Kinn auf die Brust sinken und hielt sich seinen freien Arm um die Magengrube. Dieses arme Kind, das eben erst seinen Vater an die Schlinge des Henkers verloren hatte.

Und wieder schlug Hawken zu.

Unter dem Auge des Jungen öffnete sich eine Platzwunde. Als sein Kopf nicht mehr hin und her schwankte, zog sich ein glänzender Streifen Blut quer über seine Wange. Welch brutale Gewalt war erforderlich, um mit einem Handrücken Haut aufplatzen zu lassen?

»Bitte …«, sagte Alice, verstummte aber sogleich wieder, als sie wie ich die instinktiven Erfordernisse menschlichen Anstands gegen die diplomatischen Zwänge unserer Situation abwog. Es ist nicht leicht, sich gegen das barbarische Verhalten eines anderen zu wenden, wenn fünf Millionen Dollar auf dem Spiel stehen.

Leonard wirkte zu sehr vor den Kopf gestoßen, um ein Wort

herauszubringen. Mir wurde klar, dass er wohl noch nie in seinem Leben einem Akt willkürlicher Gewalt beigewohnt hatte.

Der Junge schrie etwas. Ich schaute Alice an.

»Er meint, man hätte ihm gesagt, er soll es tun«, zischte sie.

Als Hawken den Jungen zum dritten Mal schlug, drehte ich mich zu Pamela um in der Hoffnung, dass sie eingreifen würde. Sie aber beobachtete die Folter – man konnte es nicht anders nennen – mit einer Gemütsruhe, die mir einen eiskalten Schauder über den Rücken jagte. Wie konnte sie einen Mann lieben, der sich so unmenschlich verhielt? Aber vielleicht liebte sie ihn ja gar nicht; es gab keinen Grund anzunehmen, dass zwischen ihnen eine emotionale Bindung bestand, nur weil sie miteinander schliefen. Vielleicht brauchten beide an diesem einsamen, entlegenen Ort einfach nur ein wenig körperliche Nähe. Einen gelegentlichen Fick.

»Genug«, sagte Hoppner.

Das Wort hinterließ keinen sichtbaren Eindruck auf Hawken. Er ließ den Jungen auf die Knie sinken und versetzte ihm dabei noch einen Schlag auf den Mund.

»Hawken …«

Hawkens Augen strahlten eine Furcht erregende Energie aus, als er weiterhin den Ruf seines Arbeitgebers ignorierte. Der Schlag hatte den Jungen nach hinten geschleudert, und aus seinen zerquetschten Lippen drang ein Schrei, als sein Kopf auf den Boden schlug. Bei all dem Blut konnte ich es nicht mit Sicherheit erkennen, aber ich glaube, dass einer seiner Zähne ausgeschlagen war. Ich musste an die furchtbare Szene mit dem jungen Verkäufer in Santa Tecla denken, wie dieser von den Polizisten auf der Via España weggeschleppt worden war, offenbar ein ähnliches Schicksal vor Augen. Gab es tatsächlich eine derartige Parallele zwischen diesen beiden Welten, die doch Welten auseinander schienen? Hawken beugte sich hinunter, um das weite Hemd den Jungen zu packen, und holte mit dem rechten Arm bereits zum nächsten Schlag aus.

»Ich sagte genug!«

Hawken blickte sich nicht zu Hoppners aschfahlem Gesicht

um, ließ aber seinen Arm sinken und trat von dem Jungen zurück. Die verachtenswürdige Grausamkeit seines Tuns ließ ihn kalt, so viel stand fest. Wenn aus seinen Augen überhaupt etwas abzulesen war, dann eher ein gewisser Groll gegen die Intervention seines Herrn.

Der Junge rappelte sich auf und Hoppner warf ihm den abgetrennten Kopf hin. Er bekam ihn nicht zu fassen, weil das widerlich glitschige Objekt ihm durch die Hände glitt, aber er beugte sich sofort hinab und hob ihn so schnell auf, als handelte es sich um eine Handgranate. Auf Hoppners knappen Befehl hin nahm er den Kopf unter den Arm und rannte auf die Wachen zu. Ein weiteres, lauteres Kommando und das Tor wurde geöffnet, um den Jungen durchzulassen.

Hoppner wandte sich wieder Hawken zu und bedachte ihn mit einem tadelnden Blick.

»Ich will, dass die Sicherheitsmaßnahmen verstärkt werden«, sagte er. »Wecken Sie die Nachtschicht auf. Sechs Mann Dienst, zwei Mann frei, bis wir wissen, was das zu bedeuten hat.« Er wartete nicht auf eine Reaktion und fügte hinzu: »Und kommen Sie sofort zurück. Wir haben einen Test durchzuführen.«

Die Sache ging in einem Gebäude in der oberen östlichen Ecke des Geländes vonstatten: eine niedrige Hütte, die lediglich aus einem großen Raum bestand. Abgesehen von ein paar harten Plastikstühlen enthielt sie keinerlei Mobiliar. Ein Deckenventilator gab ein leises, gleichmäßiges Brummen von sich. Wände und Fußboden waren nackt, Fenster gab es keine.

»Das erfordert Konzentration«, erklärte Hoppner. »Absolute Ruhe. Sie werden die Augen schließen und nichts sehen, nichts hören außer meiner Stimme. Sie müssen sich entspannen, aber auch konzentrieren. Alles klar?«

Alice und ich standen in einer dunklen Ecke des Raums, so weit von Hawken entfernt, wie wir es einrichten konnten, und beobachteten Hoppner dabei, wie er Freddy beobachtete. Konzentration war viel verlangt in einer Situation, in der Sánchez' Killertruppe womöglich schon auf dem besten Weg war, den

Symbolismus des abgetrennten Kopfes mit Substanz zu füllen. Ich fürchtete, dass sechs Wachen und ein Zaun nicht ausreichten, um sie abzuhalten. Hoppner aber lenkte meine Aufmerksamkeit so sehr auf sich, dass selbst mörderische Ex-Guerillas vor ihm in den Hintergrund traten. Die beiden Männer saßen einander unter einem einzigen Scheinwerfer in der Mitte des Raums gegenüber. Hoppner streckte die Arme aus und drückte Freddys Schultern so fest, bis dieser mit seinem Stuhl zu verschmelzen schien.

»Also, was machen wir jetzt?«, sagte Freddy laut, vielleicht um die beunruhigende Atmosphäre zu vertreiben, doch sein Lachen brach unter dem Druck seiner Nervosität zusammen. »Halten Sie mir jetzt eine Taschenuhr vor die Nase?«

»Nein.« Hoppner schüttelte langsam den Kopf. Hypnotisch. »Nein, ich fordere Sie lediglich auf, sich in Ihren Gedanken treiben zu lassen. In Ihren unterbewussten Gedanken. Was wir im Leben denken, ist das, was wir im Leben sind. Denken ist Tun, ist Sein. Ein Mensch kann ein Dutzend verschiedener Menschen sein, gegenüber seinen Freunden, Kollegen, Geliebten, Eltern … aber tief im Innern gibt es nur einen einzigen. Wir glauben, wir könnten widersprüchliche Gedanken haben, aber das trifft nur in den seltensten Fällen zu. Unser Gehirn bietet uns lediglich Alternativen an, die Chance, andere Möglichkeiten durchzuspielen … einfach … ganz ruhig … denken ohne Sorgen oder Druck oder Anstrengung.«

Während er sprach, kamen Hoppners Worte allmählich langsamer, wurde seine Stimme weicher und melodiöser. An die meisten Phrasen und Bilder, mit denen er Freddy in Trance lullte, erinnere ich mich nicht mehr. Der Deckenventilator schien fast unhörbar zu werden. Alles verschwamm ein wenig.

»Für einen Menschen mit Träumen sind Gedanken die Sprache des Ausdrucks – sie schweben über die Landschaft und nehmen ihn mit auf eine Reise an Orte, die zu sehen er nie erwartet hätte. Schöne Orte, seltsame Orte … Orte, an denen er nie zuvor gewesen ist. Schließen Sie jetzt die Augen. Orte, die so real werden wie alles um ihn herum: Kathedralen, der Meeresgrund, eine

Gewitterwolke, der Palast eines Kaisers, der Bau eines Maulwurfs. Träume heben ihn aus seiner Existenz an diese Orte ... diese außerirdischen Orte. Können Sie einen Ort sehen?«

Auf sein Kommando hin hatten sich Freddys Augen sofort geschlossen, als hätten sie nur auf die Erlaubnis gewartet. Sein Kopf hatte sich bereits ein wenig geneigt, sein Kinn sank immer mehr auf die Brust. Auf Hoppners Frage nickte er ein Mal.

»Erzählen Sie mir von diesem Ort. Wo sind Sie?«

»Eine Fabrik«, flüsterte Freddy. »Eine große Fabrik.«

»Sie sind in einer Fabrik. Einer großen Fabrik. Und wie ist diese große Fabrik?«

»Sie ist leer. Dunkel. Niemand da. Nur lange Gänge.«

»Dann gehen wir jetzt durch einen dieser Gänge. Sie haben drei zur Auswahl. Können Sie sie sehen?«

Ein zögerndes Nicken von Freddy – eine seltsame Bewegung, als würde jemand anderes seinen Kopf mit einer unsichtbaren Schnur bewegen.

»Sie werden den linken Gang nehmen. Sie gehen; es ist dunkel; Sie gehen, denken durch Ihre Gedanken, Ihre Träume. Ihr Kopf ist vollkommen klar. Auf dem Boden ist Wasser, Pfützen, denen Sie ausweichen. Der Boden ist aus Beton, voller Ölflecken. Es ist dunkel, aber Sie sehen den schwachen Glanz von Öl auf Wasser. Im Öl bilden sich Muster, gekräuselte, gescheckte Formen. Sie gehen weiter; Sie kommen an eine Kreuzung und gehen links. Hier ist mehr Wasser, tropft vom Dach, aber die Tropfen kommen weich, langsam, lautlos. Kein Geräusch ist zu hören, nur ein winziges Aufblitzen von Licht, wo Wasser auf Wasser trifft. Sie gehen weiter, wenden sich jetzt nach rechts, der Gang öffnet sich, wird breiter, kälter, dunkler. Sie greifen in Ihre Tasche; da ist etwas, etwas ganz Besonderes für Sie, etwas, das Sie immer geliebt und geschätzt haben, etwas sehr Wertvolles. Was ist das?«

»Mein Feuerzeug.«

Freddy hatte keine Sekunde gezögert. Seine Stimme war leiser geworden, klang tiefer, weiter entfernt. Das Feuerzeug, das meine Anonymität zerstört hatte. Die Finger von Freddys rechter Hand schlossen sich um den Schatz in seinem Gehirn.

»Erzählen Sie mir von Ihrem Feuerzeug.«

»Es ist meins – es ist mein Feuerzeug. Immer schon gewesen.«

»Beschreiben Sie mir Ihr Feuerzeug.«

»Silber. Funktioniert traumhaft. Hat mich nie im Stich gelassen. Die Mädels lieben es.«

In diesem Augenblick wusste ich, dass Hoppner ihn erwischt hatte. Freddy war wieder zu Freddy geworden.

»Sie gehen jetzt weiter durch die Dunkelheit. Der Gang wird trockener, das Wasser verschwindet. Während der Boden abtrocknet, wird die Luft wärmer – spüren Sie es? Es ist trockene Luft, der Gang ist trocken, und Sie sind auf einmal sehr durstig. Ein einzelnes elektrisches Licht vor Ihnen: eine Neonröhre, sehr weiß, sehr hell. Nach der Dunkelheit wirkt sie wie ein Leuchtturm, so hell ist sie, brennt durch Sie hindurch. Sie bedecken die Augen, um sie vor dem Licht zu schützen, aber es ist so hell und Sie sind so durstig. Es gibt nirgendwo Wasser, keine Pfützen, keine Tropfen, nicht einmal Öl. Der Gang ist von Staub bedeckt, von winzigen Metallspänen, von Gipsstaub, feinem, staubigem Gips. Kein Wasser weit und breit. Sie sind so durstig, Sie würden aus einer Pfütze trinken, wenn Sie eine finden könnten, aber es gibt kein Wasser.

Sie stehen jetzt unter der Neonlampe und sehen in ihrem Licht eine Million Staubpartikel, die vor Ihren Augen schweben wie ein lautloser Schneesturm. Es ist wunderschön, aber Sie sind zu durstig, um es zu würdigen. Der Staub füllt Ihren Mund und Ihre Lungen und trocknet sie aus. Sie wollen spucken, aber Ihr Mund ist völlig ausgetrocknet. Sie fürchten, Sie könnten sterben, wenn Sie nicht bald etwas zu trinken bekommen.«

Für ein paar Sekunden legte Hoppner eine Pause ein. Freddys rechte Hand schloss sich noch immer um sein imaginäres Feuerzeug, aber nun spannte sich sein übriger Körper an. Sein Mund war offen. Er leckte sich die Lippen.

»Vor Ihnen ist eine Tür. Sie ist offen. Sie gehen in einen Raum. Da ist ein Mann hinter einem Schreibtisch. Auf dem Schreibtisch steht ein Schild: Sein Name ist Arnold. Neben ihm stehen viele hellblaue Flaschen. Können Sie erkennen, was in den Flaschen ist?«

»Wasser.« Das Wort kam in einem Keuchen der Erleichterung, der Erregung.

»In den Flaschen ist Wasser. Kühles, erfrischendes Mineralwasser. Ein Haufen Flaschen voller Wasser. Arnold blickt zu Ihnen auf. Möchten Sie ihm etwas sagen?«

»Kann ich ...? Kann ... kann ich etwas Wasser haben?«

»Er schaut Sie an, mustert Sie, sieht, dass Sie staubig und durstig sind und Wasser brauchen. Aber er sagt Ihnen, dass Sie kein Wasser haben können. Er müsse es für andere Menschen aufheben, die noch kommen würden – Menschen, die es dringender bräuchten als Sie. Menschen, die so dehydriert seien, dass sie sterben würden, wenn sie nicht dieses Wasser bekämen. Er wirft Sie aus seinem Büro. Sie sind durstig. Sie müssen zurücklaufen in den Gang. Wie fühlen Sie sich?«

»Wütend. Durstig und wütend.«

»Sie schauen zurück. Die Tür ist noch immer offen, aber Arnold ist weg. Niemand ist im Zimmer: nur eine Menge Wasser – sein Wasser, von dem er gesagt hat, dass Sie es nicht haben können. Was möchten Sie tun?«

»Mir etwas Wasser nehmen.«

»Ihnen ist aber klar, dass andere Menschen es dringender brauchen als Sie?«

»Ich brauche Wasser!«

»Sie nehmen sich eine Flasche und trinken es. Sie werfen die Flasche in einen Abfalleimer. Arnold kommt wieder herein. Er ist misstrauisch, als er Sie da sieht. Er zählt die Flaschen nach. Eine fehlt, sagt er. Er fragt Sie, ob Sie sie genommen haben. Er sieht wütend aus. Was sagen Sie ihm?«

»Ich habe sie nicht genommen.«

»Er glaubt Ihnen nicht. Er ist sehr wütend. Er packt Sie und stößt Sie aus dem Raum, wirft Sie hinaus, schleudert Sie an die gegenüberliegende Wand. Als Sie gegen die Wand stoßen, öffnet sich Ihre Hand und Ihr Feuerzeug fällt heraus. Er schlägt die Tür zu. Ihr Feuerzeug fällt herunter, fällt durch ein Loch im Boden in einen Kanalschacht. Sie greifen hinein, aber es ist bereits weggeschwemmt, tief in die Kanalisation hinein. Ihr Feuerzeug ... Ihr

Feuerzeug ist weg, ist für immer verschwunden, weil Arnold Sie gestoßen hat ...«

Freddy war kleidebleich geworden. Seine rechte Hand war geöffnet, die Finger ausgestreckt. Sein Mund bewegte sich, seine Gesichtsmuskulatur war angespannt.

»Drecksack«, flüsterte er.

»Sie sehen etwas neben der Tür zu dem Raum. Es ist ein Motorrad, auf Hochglanz poliert, viel geliebt: Arnolds Motorrad. Arnold liebt sein Motorrad; es ist teuer und etwas ganz Besonderes. Jetzt bemerken Sie eine andere Tür. Sie ist offen und Sie können die Straße sehen. Draußen scheint die Sonne auf eine ruhige, angenehme Umgebung. Sie wären gern da draußen. Sie könnten hinausgehen und da draußen im Sonnenschein glücklich sein. Da gibt es Wasser zu trinken und Menschen, mit denen Sie reden könnten. Sie wären glücklich. Was tun Sie?«

»Das Motorrad«, sagte Freddy zwischen verkniffenen Lippen. »Sein Motorrad. Für mein Feuerzeug.«

»Was machen Sie mit dem Motorrad?«

»Ich hebe es hoch.«

Hoppner runzelte die Stirn. Beobachtete ihn und runzelte die Stirn.

»Was machen Sie jetzt damit?«

»Ich schleudere sein Motorrad an die Wand.«

Eine Pause.

»Es ist verbeult. Was machen Sie jetzt?«

»Ich schleudere es wieder. Und wieder.«

»Es ist kaputt. Arnolds Motorrad ist kaputt. Was machen Sie jetzt?«

»Ich werfe es gegen seine Tür. Ich breche die Tür damit auf.«

O Gott, Freddy.

Hoppner nickte und verschränkte die Beine. Seine Stimme kam nur noch als Flüstern. »Sie brechen die Tür auf. Sie gehen ins Zimmer und sehen Arnold. Er liegt unter der Tür. Unter dem Motorrad und der Tür. Er ist eingeklemmt. Er bekommt keine Luft. Bald wird er sterben, weil er keine Luft bekommt. Was machen Sie jetzt?«

Und Freddy zögerte. Er saß da, die Augen geschlossen, und sah alles, aber nicht, worauf es ankam. Schließlich, widerwillig: »Ich nehme die Tür von ihm weg.«

»Sie versuchen es, schaffen es aber nicht. Sie ist zu schwer. Sie brauchen Hilfe. Sie gehen zur äußeren Tür, sehen hinaus. Da sind Leute, die Ihnen helfen könnten. Aber jetzt hören Sie Sirenengeheul. Die Polizei kommt. Arnold wird bald sterben, und die Polizei kommt. Was machen Sie jetzt?« Die Worte kamen bleischwer, wie ein Urteil.

»Die Fingerabdrücke.«

»Welche Fingerabdrücke?«

»Ich muss die Fingerabdrücke von der Tür wischen. Und vom Motorrad.«

»Und was ist mit Arnold? Er stirbt!«

»Ich muss die Fingerabdrücke abwischen!«, schrie Freddy.

Seine Stimme hallte im Raum wider. Hoppner seufzte tief. Dann blickte er zu Hawken.

»Danke«, sagte er zu Freddy. »Gleich werde ich Sie bitten aufzuwachen. Wenn ich es tue, öffnen Sie langsam die Augen. Sie können sich jetzt entspannen. Sie haben keinen Durst mehr. Sie haben Ihr Feuerzeug gefunden – es liegt auf dem Boden neben Ihnen. Sie heben es auf und stecken es wieder in Ihre Tasche. Sie gehen aus dem Raum, durch den Gang und aus der Fabrik. Sie sind an einem friedlichen, sonnigen Ort, und jetzt wachen Sie auf. Wachen langsam und gemütlich auf.«

Als Freddy die Augen öffnete, verspürte ich den starken Drang, wegzusehen, vielleicht aus Verlegenheit. Ich hatte ihn so gesehen, wie er von niemandem gesehen werden wollte. Er lächelte jetzt, blickte sich ein wenig verwirrt um, lächelte aber trotzdem.

»Haben Sie es getan?«, fragte er. »Mich hypnotisiert, meine ich?«

»Sie erinnern sich nicht?«, fragte Hoppner.

»Ich war …« Freddy sah sich erneut um, linste auf der Suche nach Alice und mir in die Dunkelheit jenseits seines Lichtkegels. »Ich war durstig.«

»Sind Sie immer noch durstig?«

»Nein. Nein, mir geht's gut. Also, was ist? Habe ich bestanden?«

Er lächelte noch immer, doch als das Schweigen, das auf seine

Frage folgte, länger wurde, schwand sein Lächeln. Das Dröhnen des Ventilators schien nun unerträglich laut. Freddy starrte in Hoppners ernstes Gesicht, um dort die Antwort abzulesen.

»Sie machen Witze«, murmelte er. Wieder sah er sich um und versuchte, uns zu entdecken. »Mark? Alice?« Dann wandte er sich wieder an Hoppner. »Wollen Sie mir erzählen, dass ich es nicht geschafft habe? Ich bin den ganzen Weg hierher gekommen, und jetzt wollen Sie mir erzählen, dass das alles Zeitverschwendung war? Wollen Sie mir das erzählen?«

»Mr. Greenock, es tut mir Leid, Ihnen sagen zu müssen, dass Ihre Antworten ...«

»Um Himmels willen! Sie glauben doch nicht ernsthaft, dass ich vernünftige Antworten geben kann, wenn ich im Tiefschlaf bin? Das ist doch lächerlich! Unfair ist das. Ich sollte eine echte Chance erhalten. Ich könnte Ihnen so viele unglaubliche Sachen über dieses Projekt in Malawi erzählen. Diese Kinder, sie verdienen eine Chance zu lernen, oder?«

»Sie sind nicht die Person, die ihnen helfen könnte. Tut mir Leid.«

»Das glaube ich einfach nicht«, flüsterte er. Dann, viel lauter: »Ich kann das verdammt nochmal nicht glauben! Ich bin den ganzen Weg hierher gekommen, habe mir all diese Mühe gemacht, und jetzt soll ich mit leeren Händen wieder gehen? Wie kann es sein, dass diese Frau, diese Dorothy, die Knete kriegt und ich nicht? Ich nehme an, Sie werden auch Mark die Kohle geben? Sie glauben wohl, er ist heiliger als ...«

»Mr. Greenock!« Hoppner saß plötzlich auf dem Rand seines Stuhls und starrte Freddy in die Augen. »Sie werden nicht mit leeren Händen weggehen. Sie werden gar nicht weggehen. Wir haben eine Vereinbarung getroffen, und ich erwarte, dass Sie sich daran halten.«

Etwas an Hoppners Wut bremste Freddys Entrüstung, an deren Stelle nun eine Art Scham oder zumindest Verlegenheit zu treten schien. Er senkte den Blick.

»Sie meinen, ich soll mich umbringen?«, sagte er mit einem misslungenen Lachen.

Hoppner sparte sich die Antwort. Er stand auf und ging zu einem Schrank an der hinteren Wand hinüber. Es war zu dunkel, als dass ich hätte sehen können, was er enthielt. Als Hoppner wieder an Freddys Seite kam, hielt er etwas in der Hand, das auf den ersten Blick aussah wie eine Art futuristischer Pistole.

Erschrocken packte Alice mich am Handgelenk.

»Das hier enthält Pentobarbitalnatrium«, erklärte Hoppner, den Zeigefinger auf eine Viole auf dem gläsernen Lauf der Pistole haltend. »Das ist ein Dampfstrahl-Injektor, völlig schmerzlos. Es gibt keine Nadel, sondern nur eine Ladung komprimiertes Helium, das Ihnen die Dosis in den Arm schießt. Dann werden Sie nur noch schläfrig sein und bald das Bewusstsein verlieren.« Er hielt ihm das Gerät hin und deutete auf den Abzug. »Sie sollten keine Angst haben vor dem Tod: Milliarden haben diese Reise vor Ihnen angetreten, und die meisten hatten keine Wahl. Sie haben Glück: Sie haben Ihre Wahl getroffen, und es war die richtige Entscheidung. Was Sie jetzt tun werden, ist gut und mutig.«

Eine Ewigkeit lang starrte Freddy nur den Injektor an, ohne recht zu wissen, was er davon halten sollte. Vielleicht fragte er sich ebenso wie ich, ob das womöglich nur ein furchtbar schlechter Scherz war. Dann blickte er Hoppner in die Augen und schüttelte den Kopf.

»Tut mir Leid, mein Freund«, sagte er achselzuckend.

Was hätte er auch sonst sagen sollen angesichts eines solchen Wahnsinns? Aber obwohl ich genau das Gleiche getan hätte, nahm ich es ihm ein wenig übel, denn seine Weigerung würde jede Chance zunichte machen, das Geld für Christopher aufzutreiben.

Hoppner sah zu uns herüber. »Mr. Weston, Mrs. Williams – würden Sie uns bitte entschuldigen? Mr. Greenock und ich, wir müssen uns kurz unter vier Augen unterhalten.«

Worüber? Glaubte Hoppner ernsthaft, er könnte Freddy überreden, das Ehrenwerte – das Verrückte, das absolut Lächerliche – zu tun, nur indem er mit ihm redete? Das war sicherlich zu viel erwartet von einem Mann, der sich soeben unter Hypnose als Dieb und rachsüchtiger Lügner entpuppt hatte und lieber zuließ, dass jemand starb, als selbst ins Gefängnis zu wandern.

Blendendes Tageslicht durchflutete den Raum. Hawken hatte die Tür geöffnet und wartete nun neben ihr darauf, dass wir die Hütte verließen.

»Mark ...« Alice warf mir einen besorgten Blick zu.

»Das geht schon in Ordnung. So beeinflussbar ist Freddy auch wieder nicht«, sagte ich und führte sie hinaus.

»Bis gleich«, rief Freddy uns nach.

Der Garten schien nach der Dunkelheit der Hütte und Hoppners imaginärer Fabrik auf seltsame Weise lebendig. Die Kolibris, die um das Haupthaus flatterten, glitzerten im Sonnenlicht; leuchtend grüne Blitze verschwanden plötzlich hinter Säulen und wurden durch flammende Rot- und Purpurtöne ersetzt. Am unteren Ende des Gartens hatte Leonard sein Buch beiseite gelegt, um zu beobachten, wie sich ein langgliedriger Affe durch das üppige, zitternde Blätterdach hangelte.

»Er wird uns alle mit leeren Händen nach Hause schicken«, knurrte Alice.

»Das fürchte ich auch«, sagte ich.

»Verdammt! Wieso musste er ausgerechnet Freddy als Ersten nehmen?«

Offenbar nur teilweise erholt von dem Schock, den die Entdeckung des Ziegenkopfes bei ihm ausgelöst hatte, saß David zusammengesunken auf der Treppe des Bürogebäudes, das Kinn auf die Fäuste gestützt. Hinter ihm waren noch immer derselbe Oberschenkel und dieselbe Hüfte zu sehen, doch falls diese unsichtbare Sekretärin mit ihm sprach, deutete nichts darauf hin, dass er ihr zuhörte. Ich stellte ihn mir kurz auf Hoppners Rasen in Tulsa vor – jünger natürlich, aber in derselben Haltung. Wie sehr ging ihm die Erinnerung an jenen sinnlosen Angriff noch nach?

»Hallo«, rief er und sprang auf, als er uns kommen sah. »Wie läuft's? Alles klar?«

»Freddy ist raus«, sagte Alice.

Davids Lächeln schwand. »Hat er ...?«

»Nein. Er hat es sich anders überlegt. Mr. Hoppner glaubt, ihn überzeugen zu können, aber so weit wird es nicht kommen.«

»Oh.« David starrte auf die geschlossene Tür der Hütte und

begann, auf einem Fingernagel herumzukauen. »Mr. Hoppner will helfen. Das ist die Hauptsache. Bei allem, was er tut. Es geht nicht um ihn. Er hilft nur.«

»Was meinen Sie damit?«, fragte ich, beunruhigt von der Besorgnis in seiner Stimme.

Doch bevor David antworten konnte, wurde vom Gästehaus her sein Name gerufen. Pamela kam mit zwei gelben Kletterseilen über der Schulter über den Rasen auf uns zu. Ihre Miene wirkte ein ganz klein wenig ärgerlicher als gewöhnlich.

»Hat jemand meine Ibis-Haken genommen?«, fragte sie. »Sie hingen in meinem Zimmer, aber jetzt kann ich sie nicht finden.«

»Ibis-Haken?«, fragte Alice nach.

»Zum Klettern. Drei von ihnen fehlen. Habt ihr sie vielleicht irgendwo rumliegen sehen?« Ihre Verärgerung war nun nicht mehr zu übersehen. »Sie könnten etwa so miteinander verbunden gewesen sein.«

Sie griff in das Seilbündel und riss einen silbrig glänzenden Haken heraus. Drei scharfe Zinken.

Unverkennbar.

»Das war Ihr …?« Ich starrte entgeistert den Haken an und wusste schon, was das zu bedeuten hatte, noch bevor ich bereit war, es zu akzeptieren.

»Mark, stimmt etwas nicht?« Pamela warf mir einen neugierigen, beinahe vorsichtigen Blick zu.

Ein Hightech-Kletterhaken, geschleudert über den Parque Central von Kirchendach zu Baumwipfel – ein Haken, der nicht das Geringste mit Francisco José Sánchez zu tun hatte. Ein Haken aus Pamelas Zimmer, genommen von jemandem, der Zugang zu diesem Zimmer hatte.

Jemandem, der bereit war zu töten.

Das dämmernde Entsetzen raubte mir den Atem, bis mir fast schwarz vor Augen wurde.

»Freddy!«, rief ich, wirbelte herum und rannte zurück zur Hütte.

»Mark, nein«, hörte ich David rufen. »Bitte nicht.«

Die Tür war verschlossen. Ich riss am Türgriff, warf mich gegen das unnachgiebige Holz, trommelte mit der Faust dagegen.

»Mr. Hoppner, warten Sie!«, schrie ich durch die Tür. »Stellen Sie ihm andere Fragen. Machen Sie es noch einmal, bitte! Fragen Sie ihn etwas über Kinder! Hypnotisieren Sie ihn und fragen Sie ihn dann, ob er sich um Kinder in Not kümmern würde! Er liebt Kinder! Er ist gut zu Kindern, wirklich! Mr. Hoppner, er liebt Kinder so sehr!«

Das Schloss klickte. Die Tür ging auf. Ich trat zurück und fühlte mich sehr schwach, als Hoppner langsam und mit traurigem Blick herauskam.

»Liebe ist nicht genug, Mr. Weston«, murmelte er. »Sich um die zu sorgen, die man liebt, ist auch nicht besser, als sich nur um sich selbst zu sorgen.« Er legte eine schwere Hand auf meinen Arm. »Liebe ist keine Tugend.«

Nachdem das letzte Flüstern des zum Stillstand gekommenen Ventilators verklungen war, erschien mir das Fehlen jeglicher Geräusche aus der Hütte geradezu unerträglich. Ich bekam keine Luft mehr. Die Berührung von Hoppners Handfläche auf meinem Hemdsärmel schien mir das Leben aus dem Körper zu saugen. Seine stummen grauen Augen zwinkerten nicht, sondern wirkten seltsam komatös, als hätte das, was er, wie mir absolut klar war, soeben getan hatte, von ihm einen schweren seelischen Tribut gefordert.

Ich schüttelte ihn ab und rannte an Hawken vorbei in die Hütte. Freddy saß noch immer im selben Stuhl, die Arme locker herabhängend, ein Bein ausgestreckt, den Kopf auf der linken Schulter. Er atmete noch schwach, und das elende, hoffnungslose Auf und Ab seiner Brust machte mich unendlich traurig. Neben ihm auf dem Boden lag als knittriges Bündel sein Jackett. Sein Hemdsärmel war zerrissen.

Ich sank neben ihm auf die Knie, flüsterte vor Verzweiflung weiß Gott was, voller Angst, ihn zu berühren, hilflos, nutzlos. Konnten Wiederbelebungsversuche helfen? Konnte ich ihm wieder Leben einhauchen? Den Arm aufschlitzen, um das Gift ausbluten zu lassen? Warum hatte ich bloß so wenig Ahnung? Mein eigenes Herz schlug so schnell, dass es unmöglich schien, dass seines gleich stehen bleiben würde.

Zaghaft hob ich sein Handgelenk auf der Suche nach einem Puls, aber im selben Augenblick verließ das Leben seinen Körper und der faulige Geruch eines entleerten Darms erfüllte den Raum.

Ich schloss seine Augen mit Daumen und Zeigefinger, ließ seinen Arm sinken, kniete mich allein im Licht dieses einzelnen Strahlers neben seinen Leichnam und kämpfte gegen meine Angst an.

Es sind immer die guten Menschen, die in der Welt am meisten Unheil anrichten.

Henry Adams

13

Alice saß zusammengekauert neben Leonard auf einer der Bänke mit Blick auf das Tal und das Blätterdach des Waldes. Alle paar Sekunden lief ein Schauder durch ihren schmächtigen Körper. Ein schwacher Schrei hallte in ihrer Kehle wider. Leonard hatte einen Arm steif um ihre Schultern gelegt. Er starrte mit leerem Blick in die Baumkronen, als wäre er vollkommen unfähig, auch nur die grundlegendsten Fakten dieser neuen, erschreckenden Realität zu verarbeiten. Seine langen Beine hatte er verlegen unter der Bank verstaut, so dass seine Knie fast den Kies berührten. Die Finger seiner rechten Hand steckte er durch die Latten der Bank und strich geistesabwesend über das raue, vom Regen verzogene Holz.

»Ich würde nicht … ich meine, wir sollten jetzt nicht einfach irgendwelche Vermutungen anstellen«, sagte er mit bebender Stimme.

»Sie haben ihn getötet«, wiederholte ich.

»Aber wie ist das möglich?« Er blickte zu mir hoch, seine Miene wirkte äußerst angespannt. »Das würde doch allem widersprechen, wofür Mr. Hoppner steht. Ich meine, Sie waren doch nicht dabei?«

»Möchten Sie lieber Freddy fragen?«, sagte ich kalt.

»Hör auf damit, Mark!«, jammerte Alice.

In ihrem Schmerz hoben und senkten sich ihre knochigen Schultern unter Leonards unbeholfenem Arm. Ihre linke Hand fuhr kurz zu ihrem Hals, wo ihre Finger das silberne Kreuz berührten. Gab das Kreuz ihr Mut? Glück? Beides würde nun von unschätzbarem Wert sein.

»Wir stehen alle unter Schock«, sagte Leonard, verzweifelt auf der Suche nach einem intellektuellen Ausweg. »Keiner von uns hat erwartet, dass einer scheitern und tatsächlich gezwungen sein könnte ... es zu tun.« Er senkte den Blick auf den Boden. »Aber ich nehme an, er hatte sich für diesen Eventualfall mit dem Selbstmord einverstanden erklärt, und so war die einzig ehrenwerte Lösung für ihn ...«

»Und was ist, wenn ich durchfalle?«, schrie Alice.

Einen Augenblick lang schien er ehrlich entsetzt. Ein Schütteln seines Kopfes, unterbrochen für ein Wort, das nie den Weg aus seinem Mund fand. Dann ein schwaches Lachen. »Red keinen Unsinn, Ali«, stammelte er. »Wie sollte das möglich sein?«

Mit plötzlicher Ungeduld entzog sie sich seinem festen Griff. »Leonard, ich muss mal kurz mit Mark sprechen«, erklärte sie mit ausdrucksloser Stimme. »Allein.«

Er wandte sich mit verwirrtem Blick um.

»Liebling, bitte«, sagte sie, nun eine Spur weniger herzlos. »Mark und ich stecken in einer schrecklichen Situation. Du nicht. Bitte.«

»Also gut«, murmelte er stirnrunzelnd.

Er erhob sich in drei ungelenken Etappen. Als ich seinen Platz einnahm, entging mir nicht der verletzte Ausdruck in seinem Gesicht. Beneidete er mich um Alices Vertrauen? Hasste er mich gar? Aber das sollte meine geringste Sorge sein. Seit ich Zeuge von Freddys Tod geworden war, beschäftigte mich nur noch ein Gedanke: die Angst, Hoppner könnte jenes unsägliche Bruchstück meiner Vergangenheit entdecken. Ein kleiner Junge, der sich tränenüberströmt vor mir unter dem blauen Baumwolljackett eines Mannes versteckte. Wie konnte ich dieses Bild vor seiner alles sehenden Hypnose verstecken?

Alice wartete, bis Leonard zum hinteren Ende der Terrasse gegangen war und sich außer Hörweite auf einer anderen Bank niedergelassen hatte.

»Werden sie uns gehen lassen?«

»Nein.«

»Kommen wir hier raus?«

»Der Zaun ist gut und gern dreieinhalb Meter hoch und oben mit Stacheldraht versehen. Die Wachen sind knallharte Typen, gut ausgebildet und wahrscheinlich gut genug bezahlt, um loyal zu sein. Selbst wenn wir über den Zaun klettern könnten, selbst wenn wir diese Wachen überreden könnten, das Tor zu öffnen, hätten wir kein Transportmittel. Ganz Miraflores ist von Hoppners Geld abhängig. Willst du vielleicht Señor Sánchez um eine Mitfahrgelegenheit bitten?«

Der Wind hatte nachgelassen, die Wipfel gegenüber bewegten sich kaum noch. Sonnenlicht, das durch die oberen Blätter drang, warf durchbrochene Muster auf das Laub darunter: hellgrüne Flecken auf einem dunklen Meer.

Sie atmete tief ein, doch ihr Atem ging rau und ungleichmäßig. »O Gott«, flüsterte sie. »Wir werden die Prüfung nicht bestehen.«

»Vielleicht doch ...«

»Wie sollen wir das schaffen?«, rief sie fast. Ihre zitternden Hände gegen das Gesicht gepresst, beugte sie sich vor, bis ihre Ellbogen auf den Knien ruhten. »Wie sollen wir das schaffen?«, wiederholte sie leise. »Wir sind hierher gekommen, um ihn auszunehmen. Du hast doch gesehen, wie es Freddy ergangen ist.« Dann schaute sie mit geröteten, tränennassen Augen zu mir auf und flüsterte: »Ich habe solche Angst, Mark. Ich bin doch angeblich *verheiratet*!«

»Du musst Hoppner erzählen, dass du schwanger bist. Er wird dich nicht zwingen, den Test zu machen, wenn er das weiß.«

»Ich habe dich doch gebeten, nicht darüber zu sprechen.«

»Es könnte dich aber hier rausbringen.«

»Ach, tatsächlich? Und was geschieht, wenn Hoppner Leonard beglückwünscht und erfährt, dass er gar nicht der Vater ist und nicht mal eine Ahnung von meiner Schwangerschaft hat? Welche Überlebenschance würdest du mir dann geben?«

Durch Zufall – oder war es so etwas wie ein sechster Sinn, den meine Angst zum Leben erweckt hatte? – drehte ich mich gerade rechtzeitig um, um Pamela kommen zu sehen, deren gummibeschuhte Füße in dem weichen Gras keinerlei Geräusche hinterließen. Sie war noch immer in die Windungen des gelben Kletterseils gehüllt, auch wenn ihre Pläne vorübergehend durch unseren kleinen Aussonderungsprozess unterbrochen worden waren. Ich stieß Alice warnend an.

Hoffnung leuchtete in ihren Augen auf, als sie Pamela sah. Hier war eine Geistesverwandte, eine Frau, die Florence Nightingale, die ihre Wunde genäht hatte: eine Freundin im Lager des Feindes. Aber ihre Hoffnung richtete sich auf das falsche Objekt, da war ich mir ganz sicher. Nicht nur, dass ich Alices Begeisterung für die Kanadierin nicht teilen konnte; nachdem ich gesehen hatte, wie gleichgültig sie zuschauen konnte, während Hawken einen Jungen verprügelte, der halb so groß war wie er, erwartete ich auch von ihr keine Rettung.

Pamela nickte – ein kurzer, reservierter Gruß – und lehnte sich dann an die Mauer mit dem Steilabbruch hinter ihr. Sie schaute hinunter. »Ich bin hier schon mal hochgeklettert«, erklärte sie.

Ich hatte mir den Steilhang vorher schon angeschaut. Der nackte, abweisende Fels erhob sich mehr oder weniger senkrecht und war somit nicht einfach zu erklimmen.

»Hat's Spaß gemacht?« Mir fiel nichts anderes ein, was ich der Freundin des Mannes hätte sagen können, der soeben Freddy getötet hatte.

»Ich mache das nicht zum Spaß. Ich mag keine Höhen – oder nasses, kaltes Gestein oder die körperliche Anstrengung. Gerade deswegen tue ich es.«

Noch so eine Verrückte. Wie hatten wir nur die Gefahr übersehen können, die diese Geisteskranken darstellten? War es nur der Schrecken von Sánchez' Hinterhalt gewesen, der sie so vergleichsweise vernünftig und freundlich hatte wirken lassen?

»Kannst du uns helfen?«, fragte Alice.

»Du schaffst das schon. Bleib einfach ganz natürlich.«

»Ich kann nicht, Pamela.« Ihre Stimme klang plötzlich wie erstickt. »Ich will einfach nur weg von hier.«

»Aber warum denn?« In ihrer Frage schwang echte Überraschung mit. »Du möchtest doch die Mittel für die Finanzierung deiner Arbeit, oder?«

Die Frage war zu viel für Alice. Sie wandte sich ab und verbarg das Gesicht in der Handfläche, um ihr Schluchzen zu ersticken. Ich berührte ihren gebeugten Rücken mit drei reglosen Fingern, um ihr durch diesen kleinen Kontakt den ganzen Trost der Umarmung zu vermitteln, die ich ihr unter Pamelas aufmerksamem Blick nicht bieten konnte.

»Ich denke, sie will damit sagen, dass wir keine große Lust haben, heute zu sterben«, murmelte ich.

Pamela zuckte mit den Achseln. »Solange ihr gute Menschen seid, wird ein Freitod nicht erforderlich.«

»Freitod?«, fauchte ich. »Das soll ja wohl ein Scherz sein! Die haben Freddy ermordet!«

Pamelas Miene verfinsterte sich. »Hier gibt es keine Mörder. Euer Freund hat den unzweideutigen Wunsch geäußert, sich selbst zu töten für den Fall, dass er die Prüfung nicht besteht. Aber anscheinend fällt es im entscheidenden Augenblick selbst den Stärksten schwer, ihren angeborenen Selbsterhaltungstrieb zu überwinden, daher musste Hawken ihm dabei helfen. Wissen Sie eigentlich, wie schwer das ist, jemandem beim Freitod zu helfen? Das ist etwas unglaublich Großzügiges. Hawken hat schon Alpträume davon. Ich verstehe nicht, wie er die Kraft findet, mit diesem Trauma umzugehen.«

»Ach so, er hat nur geholfen?« Das Geisteskranke an dieser Vorstellung, an ihrem Verweis auf Euthanasie zur Verteidigung ihres mörderischen Liebhabers, war so unglaublich, dass ich mir ein verbittertes Lachen nicht verkneifen konnte. »Freddy wollte nie und nimmer sterben. Sind Sie wahnsinnig?«

»Wollen Sie behaupten, er hat gelogen?«, fragte sie eiskalt.

»Natürlich hat er gelogen! Das ist ja schließlich kein Verbrechen.«

Ihrem Blick entnahm ich, dass es schlimmer war als ein Verbrechen. Mit Pamela hatte die Tugend nicht nur eine Fürsprecherin und Anhängerin gefunden, sondern eine Fanatikerin. Unehrlichkeit jeglicher Art – Notlügen, Ausflüchte, Auslassungen – war für sie Grund genug zur Verdammnis. Und nun, da ich mich auf Freddys Seite stellte, hatte ich damit praktisch zugegeben, dass auch ich ein Lügner war. Nur Alice, die größte Lügnerin von uns allen, stand nach außen hin noch immer ohne Fehl und Tadel da.

»Wenn sein Leben auf Lügen aufgebaut war, ist es besser, dass er tot ist«, meinte Pamela mit einem vernichtenden Blick, der keinen Zweifel daran ließ, dass sie mich in ihr Urteil mit einbezog.

In der Pause, die nun folgte, kam Hawken zu uns. Bei seinem Anblick wurde Alices Gesicht so grün, wie ich mich fühlte. Ich stellte mir vor, wie er Freddy packte, ihn überwältigte, knebelte und festhielt, um ihm die tödliche Dosis in den Arm zu jagen. Nichts an Hawkens Äußerem deutete auf den Kampf hin: Seine schwarze Lederjacke saß perfekt auf seinen breiten Schultern, und der Kragen seines gebügelten Hemds lag noch immer sauber an seinem Stiernacken an.

Neben mir zuckte Alice ein wenig zusammen, aber Hawkens stierer Blick war ausschließlich auf Pamela gerichtet. Von ihm ging eine fast greifbare Macht aus, als er sie in die Arme nahm. Sie legte ihm die Hand auf die Wange, schaute ihm tief in die Augen und flüsterte: »Geht's dir gut, Liebling?«

»Bestens.«

Mit einer Hand auf ihrem Kreuz zog er sie so nah an sich heran, wie es die Windungen des Kletterseils erlaubten. Seine Finger glitten ihre Pobacken hinab, die unter dem eng sitzenden Lycra gut zur Geltung kamen, und verharrten dort reglos für ein paar Sekunden, bevor sie sich bogen und in den Muskel bohrten. Pamela öffnete den Mund, um die Zunge ihres Geliebten aufzunehmen. Ihre Lippen bildeten ein dichtes Siegel und begannen dann, aufeinander herumzukauen. Das Schauspiel erschütterte Alice, die sich aber ebenso wenig abwenden konnte wie ich. Der Anblick einer solch ungenierten Sinnlichkeit von Seiten eines so eiskalten, barbarischen Mannes war unentrinnbar.

Als er seinen Kuss abbrach und sich uns zuwandte, schien er amüsiert darüber, dass wir zusahen.

»Aus Respekt für Mr. Greenock«, verkündete er mit dem Anflug eines Lächelns, »führen wir heute keine Tests mehr durch. Mrs. Williams, Sie kommen als Nächste dran. Bitte halten Sie sich morgen früh um zehn Uhr bereit.«

Dann nahm er Pamela bei der Hand und führte sie zu seinem Haus.

Freddys Begräbnis – fast schon zu viel gesagt angesichts der schmucklosen Beerdigung – fand am Nachmittag statt. Wir waren den ganzen Vormittag über allein im Gästehaus zurückgelassen worden, ohne zu wissen, was wir von alldem halten sollten und ohne auch nur zu ahnen, was bei unserer eigenen Befragung herauskommen würde. Während wir stumm von den Sofas aus zusahen, marschierte Hawken in Freddys Zimmer und kam wenige Augenblicke später mit seinen Reisetaschen wieder heraus. Er beachtete uns nicht einmal, während er die letzten Spuren des Toten beseitigte.

Erst später – nachdem jede Kreditkarte, sein Pass, sein Hemd mit Monogramm und der ganze Rest von Freddys wahrer Identität im hinteren Bereich des Geländes verbrannt worden war – dachte ich an seine nächsten Verwandten. Es hatte wohl keinen Sinn, nach einer Mrs. Greenock – sei es Frau oder Mutter – zu suchen, um sie über ihren tragischen Verlust zu informieren. Freddys wahrer Name war für immer verloren. Obgleich ich wusste, wie unwahrscheinlich es war, dass ich selbst je wieder das Gelände verlassen würde, traf mich der Gedanke schwer, dass irgendein armer Familienangehöriger auf Freddy wartete – auf eine Nachricht, die niemals kommen würde. Die Einladung zur Teilnahme am Begräbnis überbrachte uns David während unseres ansonsten schweigsamen Mittagessens. Hoppner hatte sich seit der Tötung in seinem Büro verkrochen, aber verlauten lassen, er halte es für angemessen, dass Freddys »Gefährten« sich von ihm verabschiedeten. Als er schließlich um drei Uhr nachmittags aus dem Bürogebäude kam, wartete Hoppner nicht darauf, dass sich die Trauergemeinde hinter ihm formierte, sondern schritt zum Tor, ohne mit irgendjemandem ein Wort zu wechseln.

David und ich trugen Freddys Leichnam, gehüllt in zwei graue Decken, die immer wieder auseinander glitten und einen Teil der haarlosen Bauchdecke enthüllten. Es war schon schlimm genug, einen Toten an den Schultern tragen zu müssen, aber diesen schutzlosen Bauch vor mir wabbeln zu sehen brachte mich fast zum Erbrechen. Ich schaute weg und stellte fest, dass Leonard dicht hinter mir ging. Alice bildete mit niedergeschlagenen Augen den Schluss der Prozession. Weder Pamela noch Hawken hatten es für nötig befunden zu kommen.

Der Waldweg, über den Hoppner uns führte, war ziemlich ausgetrampelt, die Stelle, an der er stehen blieb, mit Gräbern übersät. Diese waren zwar durch nichts markiert, aber anhand der frisch umgegrabenen Erde und des fehlenden Pflanzenbewuchses klar als solche zu erkennen. Ich zählte zwölf. Zwölf Menschen waren bereits vor uns durch Hoppners Prüfung gefallen, dennoch waren wir nicht vorgewarnt gewesen: Von dieser neuen Welle von Vermisstenfällen in Mittelamerika war nichts an die Presse gedrungen. Ein offenes Grab – eine tiefe, schlammige, klaffende Wunde in der Welt, gegraben vielleicht von den Wachen, vielleicht auch von einem Handlanger aus Miraflores – wartete auf das dreizehnte Verschwinden eines Menschen.

Vielleicht waren diese zwölf unglücklichen Glückssucher ebenso wie wir bei der Planung ihrer Reise nach Miraflores allzu geheimniskrämerisch vorgegangen. Smith und Brown waren eindeutig Decknamen gewesen, vielleicht auch die übrigen. Niemand wusste, wohin sie gegangen waren, und so konnte auch niemand ihr Verschwinden in einen Zusammenhang bringen. Zwölf – jetzt dreizehn – anonyme Familien, die für den Rest ihres Lebens zur Hoffnung verdammt waren.

Der einzige echte Name, dessen ich mir sicher sein konnte, war Daedalus Foy, auch wenn er diesen Namen sicher nicht Hoppner gegenüber genannt hatte. Ich wusste jetzt, dass er weder in Santa Tecla verschwunden noch von Sánchez getötet worden war. Foys große Story war gewesen, wie einfach es doch sei, Hoppner um hohe Geldsummen zu erleichtern. Sein Irrtum hatte ihn das Leben gekostet.

Seltsame Sache, jemanden an einem gottlosen Ort zu begraben. Über dem Grab stehend, strahlte Hoppner die ganze Würde eines Priesters aus, ohne aber die tröstlich vertrauten Worte zu sprechen. In Ermangelung entsprechender Rituale konnte er nur sagen: »Durch sein Sterben hat er der Welt sein größtes Geschenk gemacht.« Dickens hatte es sehr viel besser ausgedrückt.

Eine Schaufel steckte in dem Berg nasser Erde neben dem Grab, und wir wechselten einander ab, um Freddy zu bedecken. Die anderen schienen einen merkwürdigen Widerwillen dagegen zu empfinden, Erde auf sein Gesicht zu werfen, das deshalb noch lange, nachdem der übrige Körper schon verschwunden war, blind zu uns heraufstarrte. In einem plötzlichen Wutanfall warf ich eine Schaufel Erde nach der anderen über seinen Kopf und hörte auch nicht auf, als er schon nicht mehr zu sehen war, bis Hoppner sagte: »Nehmen Sie's nicht so schwer, Mr. Weston.« Ich warf die Schaufel beiseite und starrte ihn über das Grab hinweg finster an. »Nicht so schwer? Nicht so schwer? Sehen Sie ... sehen Sie doch!« Plötzlich von einer unbändigen Wut übermannt, deutete ich auf den Erdhügel über Freddy. »Soll das Ihr Ernst sein? Sehen Sie doch, was Sie da angerichtet haben!«

In diesem kurzen Augenblick grenzenlosen Zorns dachte ich an das Schaufelblatt: massiver Stahl – eine nicht zu unterschätzende Waffe. Als ich suchend zur Seite blickte, trat David rasch vor und nahm das Werkzeug. »Bitte, Mark. Atmen. Atmen.« Schon ging er davon und die Schaufel war außerhalb meiner Reichweite.

Ich spürte, wie Hoppner mich mit besorgtem Blick musterte, wandte mich ab und stolperte den Weg entlang. Ich weiß nicht, ob ich die Schaufel benutzt hätte, ob ich hätte ausholen und Hoppner damit angreifen können. Ich habe immer schon gegen den allzu verbreiteten Impuls angekämpft, etwas mit Gewalt zu vergelten. Nach diesem kaltblütigen Mord aber bin ich mir nicht mehr sicher, ob es nicht doch richtig – im Sinne von moralisch gerechtfertigt – gewesen wäre.

Auf dem Weg zurück zum umzäunten Gelände kam mir plötzlich der Gedanke, dass wir womöglich zum letzten Mal das Grundstück hatten verlassen dürfen. In weniger als vierundzwanzig Stunden würde Alice sich Hoppners Urteil stellen müssen. Würde ich danach noch einmal denselben Weg gehen, um sie zu begraben? Falls Hoppner erklärte, dass sie sterben müsse, würde ich gegen Hawken und acht Wachen nichts ausrichten können.

Das Gefühl, mir die letzte Chance entgehen zu lassen, wurde immer stärker, je näher wir dem Gelände kamen, bis es in mir eine Art Panik auslöste. David und Hoppner waren sechs Meter vor uns und bei jeder Wegkrümmung kurz außer Sichtweite. Sollten wir davonlaufen, solange wir noch Gelegenheit dazu hatten? Wir konnten in den Wald verschwinden, aber was dann? Hawken und die Wachen würden gerufen, Fahrzeuge in Gang gesetzt und die Krieger aus Miraflores aus den Kaffeefeldern geholt. Konnten wir ihnen allen entfliehen? Diese Männer kannten den Wald wie ihre Westentasche, hatten in ihm gearbeitet und gekämpft. Es wäre nur eine Frage der Zeit, bis sie uns fänden. Selbst wenn wir es bis zur Stadt schafften, würde uns niemand in Miraflores einen Wagen geben, mit dem wir die Außenwelt erreichen konnten – nicht, solange der Lebensstandard dieser Menschen von Hoppners Freigebigkeit abhing. Seine Dollars würden schon dafür sorgen, dass wir nicht über den Bombenkrater hinauskämen.

So klein unsere Chancen auch waren, Hoppners Moralprüfung zu bestehen – die Aussichten auf eine erfolgreiche Flucht waren noch geringer. Wir hatten nur dann eine Chance, wenn wir uns seinen Spielregeln unterwarfen.

Ein Blick auf Alice überzeugte mich davon, dass sie ohnehin nicht in der Lage gewesen wäre zu rennen. Aus ihren Füßen schien jedes Leben gewichen, sie bemerkte nicht einmal die Zweige, die ihr gegen die Beine schlugen. Ihr Gesicht war vollkommen ausdruckslos.

Leonard berührte ihren Arm und sagte: »Bitte, Ali, sei doch nicht so traurig.«

Er bekam keine Antwort. Er legte ihr einen Arm um die Schulter, aber sie schüttelte ihn sofort wieder ab. Ratlos steckte Leonard seine langen, schlanken Finger in die Taschen seines Jacketts.

»Denk an das, was Mr. Hoppner gesagt hat: Es war das Beste, was Freddy tun konnte.«

»Hoppner?«, schrie sie. »Hoppner ermordet Menschen! Hast du nicht die Gräber gesehen?«

»Ali, bitte! Sag so etwas nicht!« Er wirkte den Tränen nahe. Es war zu viel für ihn. »Es hat ihn genauso mitgenommen wie uns alle.«

Ich musste mich daran erinnern, dass dieser Mann den größten Teil seines Erwachsenenlebens in der einem Kindergarten nicht unähnlichen Sicherheit einer englischen Universität zugebracht hatte. Wenn ich schon kurz davor war, angesichts von Freddys schrecklichem Tod den Verstand zu verlieren, dann war es für Leonard bereits eine Leistung, überhaupt noch eine zusammenhängende Äußerung zustande zu bringen.

Hoppner stand am hinteren Ende der unteren Terrasse, die Hände auf die weiße Mauer gestützt, den Rücken wie immer militärisch durchgestreckt, den Blick auf das Tal und den fernen See gerichtet. Hier fiel der Fels sogar noch tiefer ab, und die Baumwipfel erreichten kaum das Fundament der Mauer. Von seinen blank polierten braunen Schnürstiefeln und der Hose mit den tadellosen Bügelfalten bis zu seiner mit Luftschlitzen versehenen Wolljacke wirkte Hoppner wie ein englischer Gentleman aus einer anderen Zeit, der in einer fernen Kolonie den Blick über seine Ländereien schweifen ließ, bevor er seinen abendlichen Cocktail in Empfang nahm. Die Ähnlichkeit ging weit über das rein Äußerliche hinaus: seine Betätigung als Laienrichter; moralische Proklamationen; eine furchterregende Realitätsferne; die selbst verliehene Macht über Leben und Tod.

Seine Haltung nachahmend, trat ich zu ihm und fragte mich, was mich eigentlich davon abhielt, einfach Freddys Mörder – oder zumindest den Mann, der den Mord an Freddy in Auftrag gegeben hatte – zu packen und über die Mauer in den Tod zu stoßen.

Ich hatte lange und gründlich nachgedacht über das, was ich ihm sagen wollte. Eigentlich hatte ich kein Recht zu einer solchen Enthüllung; Alice wäre schrecklich wütend geworden, wenn sie davon gewusst hätte. Aber Hoppners Fähigkeit, bei seinem Test Freddys Charakter zu entlarven, hatte mir einen furchtbaren Schrecken eingejagt, und ich zweifelte keine Sekunde, dass Alices vorgetäuschte Ehe auffliegen würde, sobald er sie in Hypnose versetzte. Ich konnte mir nicht vorstellen, wie sie eine Moralprüfung bestehen wollte, wenn erst einmal diese Täuschung – und ihre rücksichtslose Art, Leonard auszunutzen – ans Licht käme.

»Es gibt da etwas in Bezug auf Alice, das Sie nicht wissen«, begann ich.

Hoppner reagierte vollkommen überraschend: »Seien Sie still!«, schrie er.

»Wie bitte?«

»Es gibt vieles in Bezug auf Mrs. Williams, das ich nicht weiß, und so soll es auch bleiben. Wie ich schon sagte, ich will keine Hintergründe wissen. Das beeinträchtigt nur mein Urteilsvermögen.«

»Ich versuche ja nur, Ihnen zu sagen, dass es in diesem Fall gar kein Urteil geben sollte. Alice ist schwanger.«

Er blinzelte nicht einmal. »Tatsächlich?«

Ich wusste nicht mehr, was ich sagen sollte. Ich war einfach davon ausgegangen, dass er sie ziehen lassen würde, sobald er davon erfuhr. Wer würde schon eine Schwangere mit dem Tod bedrohen?

»Ihr Kind«, stammelte ich.

»Was macht das für einen Unterschied? Wenn Sie ein guter Mensch ist, besteht sie. Wenn nicht, was für eine schreckliche Erziehung hätte dieses Kind dann zu erwarten? Sie wissen doch so gut wie ich, dass schon viel zu viele Kinder in unmoralischen Verhältnissen aufwachsen müssen. Daher ist es nicht nur gut, sich selbst zu töten, wenn man ansonsten nur schädlich für die Gesellschaft wäre, sondern noch besser, gar nicht erst geboren zu werden.«

»Sie sprechen über die gewaltsame Beendigung eines unschuldigen Lebens!«

»Unsinn, Mark – ich darf Sie doch Mark nennen? –, es gibt kein Leben vor der Geburt. Leben ist bewusste Erfahrung und keine Ansammlung von Nervenzellen und Herzschlägen.«

Allein die Erinnerung an Christophers erste Atemzüge weckte in mir den Wunsch, Hoppner zu packen und kräftig durchzuschütteln. Als ich zum ersten Mal meinen winzigen Sohn in Händen gehalten und sein Köpfchen wie eine Grapefruit in meine Handfläche gepasst hatte, war mir mit einem Mal bewusst geworden, dass er schon seit Monaten ein voll ausgebildeter kleiner Mensch war. »Ist Ihnen klar, wie viele Millionen von Menschen Ihnen in diesem Punkt widersprechen würden?«

»Wenn meine Überzeugungen auf Volksbefragungen beruhen würden, wäre ich Politiker.«

»Mr. Hoppner, dieses Kind ist ein kostbares Lebewesen, das ...«

»Dieses Kind ist auch nicht anders als Milliarden anderer Kinder. Nur das Leben kann es zu etwas Einzigartigem machen, und wenn es von einer moralisch verderbten Mutter aufgezogen wird, dann wird es auf die falsche Art einzigartig.«

»Denken Sie doch wenigstens ein paar Tage darüber nach.«

»Da gibt es nichts nachzudenken. Wir haben auf das Thema schon weit mehr Zeit verschwendet, als es verdient.«

»Lassen Sie mich doch bitte erklär ...«

»Ich will nichts davon hören!«

Seine absolute Weigerung zuzuhören machte mich so wütend, wie absolute Standpunkte es immer taten. Ich musste an einen Lehrer von mir denken, der sich unmittelbar nach dem zehnten Todestag meiner Eltern stur geweigert hatte, meinen verspätet abgelieferten Aufsatz entgegenzunehmen. An den indonesischen Beamten, der meine Arbeitserlaubnis nicht verlängern wollte, als ich ihm kein Bestechungsgeld gab. An den Psychologen, der von meinen Ängsten in Bezug auf mich selbst nichts hören wollte.

»Wann hat Ihnen eigentlich zum letzten Mal jemand etwas gesagt, was Sie nicht hören wollten?«, fragte ich.

Sein Gesicht wurde grau. »Wie meinen Sie das?«

»Sie umgeben sich gezielt mit Jasagern, nicht wahr? David, Pamela, wahrscheinlich alle, die für Sword arbeiten. Widerspricht Ihnen eigentlich überhaupt noch ab und zu jemand? Oder hat Ihnen noch nie jemand gesagt, dass es geisteskrank ist, dreizehn Menschen in Ihrem Hinterhof zu begraben?«

»Ich kann Ihnen versichern, dass ich jeden einzelnen dieser Tode als äußerst unangenehm empfunden habe. Aber wenn ich mich an eine konsistente Philosophie halten will ...«

»Philosophie? Sie haben gerade jemanden ermordet! Sie haben ihn festgehalten und ihm Barbiturate in den Körper gejagt in dem Irrglauben, damit die Welt zu verbessern.«

»Ist das etwa nicht der Fall?« Sein Blick grub sich tief in mein Bewusstsein. In mein Gewissen. »Würden Sie nicht auch sagen, dass wir ohne Mr. Greenock alle besser dran sind?«

Zuerst konnte ich nicht antworten. Die Wahrheit? Seit ich Freddy kennen gelernt hatte, war er mir die meiste Zeit wie ein verachtenswerter Schwachkopf, wie ein Quälgeist oder gar wie eine Bedrohung erschienen. Bis ich endlich »Selbstverständlich nicht!« stottern konnte, war es zu spät, um auch nur einigermaßen glaubwürdig zu wirken. Das Seltsame aber war, dass ich selbst inmitten all dieser Unsicherheit und Angst feststellen musste, dass Freddy mir fehlte.

»Was wäre, wenn jemand öffentlich machen würde, was Sie hier veranstalten?«, fragte ich. »Was wäre, wenn ich Ihren Test bestehen, nach England zurückgehen und der Presse erzählen würde, dass Sie Menschen töten? Wären Sie dann in der Lage, sich vor der Welt zu rechtfertigen?«

»Das wird nicht geschehen. Entweder Sie kassieren einen dicken Scheck, nachdem Sie unterschrieben haben, dass Sie kein Wort von alldem sagen, oder Sie kommen hier gar nicht mehr weg.«

»Aber wenn Sie dies alles vor der Außenwelt verbergen, wie können Sie dann den Anspruch erheben, dass das, was Sie tun, richtig ist? Warum wollen Sie nicht mit Journalisten reden, wenn Ihr Handeln doch so tugendhaft ist?«

»Jetzt werden Sie aber naiv. Sie wissen doch so gut wie ich, dass die Presse nur Dreck schleudern will. Es ist schlicht unmöglich, eine ausgewogene Botschaft zu vermitteln, denn die Medien befassen sich nur mit dem, was kontrovers ist, nie mit den guten Taten oder hohen Idealen. Angesichts dieser Art von Rezeption achten wir natürlich genau darauf, welche Art von Informationen wir herauslassen und welche nicht. David musste viel über Public Relations lernen.«

»Und wie war das mit der Ehrlichkeit? Ist das nicht auch eine Ihrer großen Tugenden?«

»Sicher, aber Ehrlichkeit ist nicht immer möglich. Das wusste sogar schon Plato: In seiner idealen Republik war es der Regierung gestattet, das Volk anzulügen. Mitunter müssen die Machthaber eben sagen, was nötig ist, um die Öffentlichkeit zur Mitarbeit zu bewegen, während sie in Wirklichkeit ganz anders handeln – so, wie es ihren Kenntnissen zufolge am besten ist.«

»Sie meinen, wie sie *glauben,* dass es am besten ist.«

»Wir alle können immer nur das tun, was unserer eigenen Überzeugung nach das Beste ist.« Als wollte er auf die Weise von so kontroversen Themen wegführen, fragte Hoppner dann: »Was halten Sie eigentlich von meiner Arbeit hier in Miraflores? Mein großer Kampf gegen das Böse.« Er rang sich sogar ein selbstironisches Lächeln ab.

»Groß angelegte, aber vergebliche Liebesmüh.«

»Seien Sie wenigstens so freundlich, Ihr Urteil zu begründen.«

»Sie bauen sich ein Luftschloss: die vollkommene Gesellschaft, die auf regelmäßiger Bezahlung von Bestechungsgeldern beruht. Das ist doch nur künstlich. Sobald Sie hier weg sind, kracht alles in sich zusammen.«

Statt zu antworten, hob er einen Arm und deutete hinunter ins Tal. Ich glaubte, ein leichtes Zittern in seiner Schultermuskulatur zu entdecken. War es das Alter oder Wut?

»Sehen Sie diesen See da, Mark? Schön, nicht wahr? Finden Sie ihn nicht auch schön?«

Sicher, das war er: das Wasser dunkelblau im Sonnenlicht des späten Nachmittags, die sichelförmigen Strände, einsamen Buchten und grünen Inseln. Regenwald säumte seine Ufer, und am fernen Ende waren gerade noch ein paar kleine Boote zu erkennen.

»Ich sage Ihnen, was sonst noch so großartig ist an diesem See: Er versorgt rund eine halbe Million Menschen mit Wasser, bewässert ihre Felder und gibt darüber hinaus den zweihundertsiebzig Fischern an seinen Ufern Arbeit. Schön *und* funktionell, nicht wahr?«

»Ja.«

»Er ist künstlich geschaffen, Mark. Genau wie mein Utopia.

Vor fünf Jahren war er noch ein Fluss. Ich habe den Bau eines Staudamms finanziert, gleich nachdem ich hierher gekommen war – ein Teil meines Deals mit der Regierung, um Armee und Polizei aus Miraflores herauszuhalten. Aber Deal hin oder her – es war einfach wunderbar, so etwas für das Land tun zu können. Es gibt doch nichts Befriedigenderes, als das Geld von Pornojunkies dafür zu verwenden, den Menschen sauberes Wasser zu verschaffen. Aber worum es mir hier geht – was macht es schon, dass dieser wunderschöne funktionale See künstlich angelegt ist? Was macht es, dass er nur durch einen unnatürlichen Staudamm existieren kann? Er ist etwas absolut Gutes, Mark. Genau wie Miraflores.«

»Die Schaffung einer einzigen vollkommenen Gesellschaft wird die Welt nicht retten.«

»Muss sie das? Um der Mühe wert zu sein? Dieses Land hat so viele Probleme; es ist voll von Hilfsorganisationen und Vertretern ausländischer Regierungen, internationalen Stiftungen und allen möglichen Wichtigtuern, die sich groß aufspielen und von theoretischen Lösungen träumen. Wahrscheinlich haben Sie in Santa Tecla einige davon getroffen. Aber wissen Sie auch, wie wenig tatsächlich getan wird? Ich habe wenigstens eine Stadt richtig in Ordnung gebracht. Wenn es gelingen sollte, dieses Modell auf eine andere Gemeinschaft zu übertragen und andere durch dieses Beispiel zu ermutigen, wäre das wunderbar, aber selbst wenn das nie geschieht, werde ich zufrieden sterben in der Gewissheit, dass ich diese Stadt glücklich und sicher gemacht habe.«

Ich hatte schon immer ein Problem mit Idealisten, und dieser Traum vom Paradies war nach Sánchez' Angriff und Freddys Tod einfach zu viel für mich. »Wenn die Leute wirklich so verdammt glücklich sind, warum schleudern sie dann Ziegenköpfe über Ihren Zaun?«

Ein kaum merkliches Beben der Wut durchzuckte für einen Sekundenbruchteil sein Gesicht. »Machen Sie sich darüber mal keine Gedanken. Das ist nicht weiter wichtig. Interessanter fände ich die Frage, warum Sie so fest entschlossen sind, in allem etwas Negatives zu finden. Ich habe Sie für einen Macher gehalten,

Mark. Möchten Sie nicht versuchen, das zu erreichen, wofür Sie hergekommen sind? Wollen Sie nicht Ihr Leben für etwas einsetzen, an das Sie glauben?«

»Ich will einfach nur weg.«

»Weg? Davonlaufen? Wie oft haben Sie eigentlich schon versucht, vor Ihren Ängsten davonzulaufen?«

Er konnte die Sache mit Katie unmöglich wissen. Er hatte keine Ahnung von meinem bisherigen Leben: vom Elend meiner einsamen Kindheit, trotz der besten Absichten meines Onkels und meiner Tante; vom inneren Zwang, um die Welt zu reisen, und das alles nur, um von zu Hause wegzukommen; von der Enttäuschung, die jeder neue Ort, jede neue Gruppe von Freunden gebracht hatte und die immer mit einem weiteren Flugticket und einem verlegenen Abschied geendet hatte. Er wusste nichts von alldem, und doch hatte er bei mir einen Nerv getroffen.

»Ich dachte, Sie wollen nichts über Hintergründe hören«, murmelte ich.

Das amüsierte ihn. »Richtig, Mark. Ich ziehe die Frage zurück.« Er wandte sich wieder vom See ab. »Aber Sie sollten nicht um jeden Preis versuchen, meinem Test aus dem Weg zu gehen. Nur weil ein Mann wie Mr. Greenock – ein offensichtlich korrupter, selbstsüchtiger, eingebildeter Mann – heute Morgen durchgefallen ist, müssen Sie noch lange nicht an sich selbst zweifeln. Ohne Sie schon im Voraus beurteilen zu wollen, würde ich doch sagen, dass Sie ein völlig anderer Mensch sind. Wenn Sie also nicht irgendwo eine Leiche im Keller haben ...« Er lächelte und klopfte mir auf die Schulter, als er sich auf den Rückweg über den Rasen machte. »Ich bin sicher, Sie werden sich wacker schlagen.«

»Warten Sie!«, rief ich ihm nach, als mir Alices ausdrückliches Verbot einfiel, ihr Geheimnis zu lüften. »Leonard weiß nicht, dass sie schwanger ist.«

Er drehte sich verwundert um.

Ich suchte verzweifelt nach einer halbwegs überzeugenden Lüge. »Sie will ihn an seinem Geburtstag damit überraschen. Nächsten Monat. Bitte erzählen Sie es ihm nicht.«

Er lächelte. »Ich werde schweigen wie ein Grab.«

Er ging weiter zu seinem Haus, während ich mir den totalen Fehlschlag meiner Intervention eingestehen musste. Zumindest konnte ich darauf zählen, dass dieser Ehrenmann meine Indiskretion nicht auffliegen lassen würde; zumindest hatte ich also unsere schlimme Lage nicht entscheidend verschlimmert. Aber noch immer hingen die Prüfungen wie ein Damoklesschwert über uns, und sowohl für mich als auch für Alice galt die alles entscheidende, erbarmungslose Vorbedingung: *Wenn Sie nicht irgendwo eine Leiche im Keller haben ...*

In jener Nacht gab es keine Küsse. Nach meinem zweideutigen Verhalten beim ersten Mal, als sie in mein Zimmer gekommen war, überraschte es mich, dass sie überhaupt wiederkam. Doch was auch immer ich für Alice empfinden mochte, der bevorstehende Test hatte alle lustvollen Gedanken aus ihrem Kopf vertrieben.

»Ich denke die ganze Zeit an all die Orte, die ich nie wiedersehen werde«, flüsterte sie.

»Hör auf. Du könntest locker durchkommen.«

Sie aber schüttelte traurig den Kopf. »Ich bin ich, Mark, und ich bin nun mal keine Heilige. Es ist schon verdammt lang her, dass ich mir noch Gedanken über die Tugenden gemacht habe, die unserem Gastgeber so wichtig sind.«

Ich ließ zu, dass sie sich in die Kissen neben mir zurücklehnte. Diesmal war sie vollständig bekleidet, und sie schrammte mit dem Absatz eines ihrer Schuhe geistesabwesend die Bettdecke auf und ab, als wollte sie sich wenigstens an einem kleinen Stück von Hoppners Eigentum rächen. Hinter uns drang Leonards Schnarchen durch die Wand.

»Versuch's doch mal mit positivem Denken«, riet ich. »Welchen Ort möchtest du am liebsten wiedersehen?«

»London.« Sie grinste mich schüchtern an. »Tut mir Leid. Ich weiß, du magst die Stadt nicht, aber ich bin total verknallt in mein kleines Stück von Clapham. Mein Café um die Ecke, dieser lustige Typ im Zeitungskiosk, der Park nach Sonnenuntergang.«

»Es ist nicht so, dass ich London nicht mag. Es ist nur eine ...«

»Eine Frau, ja, ich erinnere mich.« Sie verdrehte die Augen. »Und dabei war ich gerade auf dem besten Weg, dir wegen gestern Nacht zu verzeihen.«

Ich wollte den Mund öffnen, aber sie sprach schnell weiter, bevor ich mir eine mehr oder weniger misslungene Entschuldigung einfallen lassen konnte.

»Ich weiß, wie du dich fühlst«, sagte sie. »Die Liebe kann einem einen Ort vergällen. Ich zum Beispiel kann nie wieder nach Mailand fahren.«

»Das ist eine ziemlich verzweifelte Aussage für eine Frau.«

»Ich weiß! Wenn ich nur an all die Schuhläden denke!« Ein breites Lächeln, fast nostalgisch. »Aber schon die bloße Vorstellung, nicht weiter als hundert Meilen von Luca entfernt zu sein …«

»Luca?«

»Der schönste Mann, der mir je begegnet ist. Wirklich – ich war regelrecht neidisch auf seine Schönheit. Lange schwarze Wimpern, Wangenknochen, die selbst eine Nonne zum Heulen gebracht hätten, und ein Lächeln, das so unsicher und so unerträglich arrogant zugleich war. Er kam einfach in eine Bar in der Dean Street und fragte mich, ob ich ihn auf einen Spaziergang an der Themse begleiten würde.« Sie schüttelte beinahe erstaunt den Kopf. »Wir gingen immer weiter, bis Sonnenuntergang. Bis wir in Kew waren und auf diesen fantastischen hellen, rosa gesprenkelten Fluss starrten. Dann fiel er auf beide Knie und bat mich, mit ihm nach Milano zu gehen – noch bevor ich ihn zum ersten Mal geküsst hatte.«

»Wie romantisch«, murmelte ich und hatte bereits eine herzliche Abneigung gegen den hübschen Luca gefasst.

»Nicht wahr? Und so bezaubernd! Mailand – ich wollte da immer schon mal hin. Die Läden, der Stil, der Leonardo. Luca hatte diese unglaubliche Wohnung, sehr schick mit klaren Linien und langen Seidensofas, und er stammte aus einer uralten, hoch angesehenen Familie, so dass er im schicksten Viertel zu Hause war. Die erste Party in einer Villa am Comer See war wie ein einziges Märchen.«

Ich wartete schweigend auf das »aber«. Die Befriedigung, die ich angesichts Lucas kurz bevorstehenden Absturzes in ihrer Gunst empfand, war beängstigend. Bedeutete sie mir wirklich so viel, dass ich sogar schon eifersüchtig war?

»Ich weiß gar nicht, warum ich dir das alles erzähle«, murmelte sie. »Du willst das sicher nicht hören.«

»Nein, ich meine, doch, das will ich.« Die Erinnerung lenkte sie ab, und genau das brauchte sie in diesem Augenblick. Zudem wollte ich gern noch ein winziges Stück von diesem Leben sehen, von dem ich so wenig wusste.

Sie zuckte mit den Achseln. »Lucas Ritterlichkeit hielt nicht lange an. Er war ständig von so vielen blendend aussehenden italienischen Mädchen umgeben, und nur in dieser ersten Woche ließ er sie abblitzen. Ich sprach kaum Italienisch und wusste genau, dass sie die ganze Zeit gegen mich intrigierten. Ich hätte gleich nach England zurückgehen sollen, aber ich hatte einen so schlimmen Streit mit meinen Eltern wegen meines Umzugs nach Italien gehabt, dass ich mir einbildete, unbedingt dafür sorgen zu müssen, dass es klappte.

Um nicht ständig an Lucas Fanklub denken zu müssen, begann ich, den Dom in Öl zu malen. Kennst du den Mailänder Dom? All die unglaublichen Spitzen und Türmchen, dieses herrliche Chaos aus feinsten Steinmetzarbeiten. Tausend Spitzen. Ein großer Wald von Spitzen.

Jeden Tag, während Luca in der Zeitung seines Vaters arbeitete, stellte ich am Rand des Domplatzes meine Staffelei auf. Ich malte die großartigen hohen Spitzen mit den Statuen darauf, die langen Reihen mit Spitzen versehener Bögen, die ganze Armee reich verzierter, überladener, seltsamer Spitzen. Nach neun Tagen konzentrierter Arbeit war es fertig. Ich brachte mein Gemälde in Lucas Wohnung, lehnte es gegen Lucas breiten, glänzend schwarzen Fernseher und wartete darauf, dass er nach Hause kam.

Dann kam er, und ich konnte es kaum erwarten. Ich musste unbedingt hören, dass es ihm gefiel, dass das etwas wirklich Gutes war, etwas, zu dem die anderen Mädchen nicht fähig gewesen wären. Er saß in seinem üblichen Sessel vor dem Fernseher und sah das Bild sofort, ohne aber ein Wort darüber zu verlieren. Stattdessen hing er im Sessel und sagte: ›Baby, ich bin so fertig, du musst mir unbedingt einen blasen.‹ Da ich nicht wollte, dass er schlechte Laune bekam, kniete ich mich vor ihm hin und tat es. Und während ich seinen Schwanz im Mund hatte, starrte er mein Bild an. Ich fühlte durch seinen Schwanz, wie er es anstarrte. Irgendwie verbanden sich die beiden in meinem Kopf miteinander. Dass ihm mein Bild gefiel, war mir ungeheuer wichtig, aber irgendwie war ich davon überzeugt, dass er es nur mögen würde, wenn ich fester lutschte als alle anderen Mädchen, die er je gehabt hatte. Alles, was ich hören konnte, war ab und zu eine scherzhafte Bemerkung über meine Verderbtheit oder ein Stöhnen, bis er dann kam, und dann – noch während ich sein Sperma schluckte – lachte er und sagte: ›*Stupida,* du hast eine *Spitze* vergessen!‹«

Alice schloss die Augen, und ich glaubte das Glitzern einer Träne zwischen ihren Wimpern zu sehen. Sie brauchte eine Minute, bis sie weitersprach. »Es stimmte natürlich. Er deutete auf eine Reihe von Spitzen und zeigte mir, dass sie eine weniger hatte als die nächste Reihe. Ich war so enttäuscht – über seine Reaktion, nicht über meinen Fehler –, dass ich die Leinwand packte und zusammenknüllte und an ihr riss, bis alles zerstört war.

Am nächsten Morgen ging ich mit einer neuen Leinwand auf die Piazza. Ich malte ununterbrochen, bis mir das Handgelenk so weh tat, dass ich mir auf die Lippen beißen musste, um nicht aufzugeben. Und als ich nach fünf Tagen merkte, dass ich wieder eine einzige Spitze ausgelassen hatte, brach ich in Tränen aus und warf die Leinwand in einen Brunnen. Vier Wochen saß ich auf der Piazza und zerstörte einen Versuch nach dem anderen, bis mich alle Kellnerinnen und Carabinieri kannten. Irgendwie schaffte ich es nie, das verdammte Bild richtig hinzubekommen. In dieser Masse von Spitzen malte ich immer eine zu wenig.

Luca flehte mich an. Er wolle Sex, keine Ansichtskarten, sagte er. Er begann, andere Mädchen nach Hause zu bringen – erst heimlich, dann offen. Aber das machte mich nur noch entschlossener. An manchen Tagen fand ich, als ich nach Hause kam, eine üppige Blondine vor, die ihm gerade, wie er es gerne hatte, nach der Arbeit einen blies, und Luca lächelte mich nur an und fragte, was heute mit meinen *Spitzen* wäre.

Ich muss diese verdammte Kathedrale zwanzig Mal gemalt haben. Im Nachhinein denke ich, dass mein Unterbewusstsein absichtlich jedes Mal eine Spitze weggelassen hat. Damals dachte ich, ich würde verrückt. Irgendwann konnte ich die Spitzen nicht mehr sehen. Sie verschmolzen einfach zu einem verrückten, futuristischen Chaos. Dann hörte ich auf. Ich hatte solche Angst vor dem, was aus mir zu werden drohte, dass ich in den Dom rannte und stundenlang, ja tagelang allein im Dämmerlicht saß. Das Innere des Doms ist wirklich eindrucksvoll! Mehr noch als die Spitzen. Das weite, stille Mittelschiff; die massiven Stützpfeiler, die dunkel in der Dunkelheit aufragen. Unmöglich, an einem solchen Ort nicht an Gott zu glauben. Als die Stunden verrannen, fragte ich mich, ob es da oben vielleicht doch jemanden gab. Aber keinen Gott des Lichts und der Güte. Mein Gott ist gleichgültig, ein bisschen grausam, wann immer er Lust dazu hat, und er schaut aus seiner eigenen Dunkelheit zu, wie wir auf ein eingebildetes Licht zustreben.«

»Wozu dann ihn anbeten? Wozu ein Kruzifix tragen?«

»Er hat uns geschaffen«, antwortete sie schlicht. »Ich erkenne seine absolute Macht über uns an; dass er über unser Schicksal entscheiden kann und über den Grad unseres Leidens. Ich trage das, um ihn zu beschwichtigen, wenn du so willst, um mich vor ihm in den Staub zu werfen in der Hoffnung, es könnte mir ein bisschen von seiner Gunst sichern. Nicht etwa, weil ich mit seinen Wertvorstellungen übereinstimmen würde. Man muss schon ziemlich gestört sein, um diese Welt zu betrachten und zu glauben, dass sie von einem Typen beherrscht wird, der Hoppners tugendhafte Ideale teilt.«

»Bist du so von Luca losgekommen? Hat dir dein neuer Glaube die Kraft dazu gegeben?«

»Schön wär's«, stieß sie mit einem hohlen Lachen hervor. »Nein, so einfach war das nicht. Nach vier Tagen einsamer Verzweiflung im Duomo kam ich zurück in die Wohnung, wo ich

Lucas Vater antraf. Er hatte gehofft, mit seinem Sohn ein paar Dinge besprechen zu können. Als dann stattdessen ich auftauchte und so kaputt aussah, lud er mich zu einem Drink ein. Danach sind wir essen gegangen. Dann kam es zum Sex. Ich fand ihn attraktiv, obwohl ich in diesem Moment vermutlich mit jedem Mann geschlafen hätte, der mich gefragt hätte, ganz zu schweigen von einem charmanten Zeitungsbaron. Er hat mir erklärt, dass er sich in seiner Freizeit ebenfalls als Künstler betätigte – er fotografierte. Ein paar Tage später machte er Fotos von mir. Nackt. Wirklich gute Fotos, in Schwarzweiß. Zum ersten Mal seit Wochen fühlte ich mich schön. Luca fiel meine neue Stimmung auf, aber ich erzählte natürlich kein Wort von seinem Vater.

Dann eines Tages kam ich in sein Schlafzimmer und sah, wie Luca diese gerahmten Bilder aufhängte. Nacktaufnahmen von mir. Er lächelte dabei auch noch! ›Baby, du bist *bellissima* auf denen.‹ Ich konnte es einfach nicht glauben: dass sein Vater ihm diese Bilder gegeben, ihm von uns erzählt hatte. Aber noch unglaublicher war Lucas Reaktion. Es war ihm schlicht egal. Seine Freundin hatte mit seinem Vater geschlafen und ihm machte das nichts aus! Nichts hätte demütigender sein können als das.« Sie zuckte mit den Achseln und lächelte müde. »Also bin ich gegangen. Ich habe das Glas in jedem einzelnen Rahmen zerbrochen und jedes Foto vor seinen Augen zerrissen, meinen Pass und meinen Zeichenblock genommen und bin gegangen. *Ecco fatto!* Schluss mit Mailand. Und danach war für mich auch Schluss mit Männern. Ich habe mich nie wieder verliebt.«

Lange noch lagen wir in dieser Nacht nebeneinander, und unsere Nähe schob das Gespenst von Hoppners Moraltest ein wenig weiter weg. Unsere Körper berührten einander durch unsere Kleidung, aber mehr auch nicht. Ich dachte an die Fotos von ihr, für die sie nackt vor einem alternden Italiener posiert hatte, und empfand eine seltsame Mischung aus Erregung und Abscheu. Hatte er ihre seidige Kehle berührt?

Ich muss geschlafen haben, als sie ging.

Ein Kodex fürs Leben, Abschnitt 4: Mut (Auszug)

Wenn Sie nach einer Tugend suchen, die alle Welt bewundert, landen Sie zwangsläufig beim Mut. Manche Menschen verstehen nicht, was es mit Aufrichtigkeit oder Mäßigung auf sich haben soll, andere betrachten Vergebung und Vernunft als Zeichen von Schwäche. Aber jeder liebt einen tapferen Menschen. Das Problem ist nur, dass Mut nicht immer eine Tugend ist. Ein Mann, der mutig eine versteckte Schusswaffe durch eine Kette von Polizisten schmuggelt und sie dann einsetzt, um Kinder abzuschlachten, ist wohl kaum als tugendhaft zu bezeichnen. Ebenso wenig der Spekulant an der Wall Street, der mutig sein Kapital einsetzt in der Hoffnung auf riesige Gewinne. Der Betreffende ist nicht notwendigerweise böse, aber seine Art von Mut macht ihn sicher auch nicht zum Heiligen. Wir können ihn bewundern, müssen aber letztendlich erkennen, dass seine Motivation die Gier war, nicht das Gute.

Andererseits kann Mut im Dienst einer Tugend sehr wichtig sein. Es ist schwer, das Richtige zu tun. Wir alle fechten innerlich Kämpfe aus zwischen Selbstsucht, Faulheit und Täuschung auf der einen Seite und der richtigen Art zu leben auf der anderen. Mut ist das, was uns hilft, die richtige Wahl zu treffen. So könnte man sagen, dass alle anderen Tugenden mehr oder weniger stark vom Mut abhängen.

14

Die Vorstellung, irgendwo im Nebel mit Hoppner zusammenzustoßen, hielt mich an dem Morgen auf der Veranda des Gästehauses. Der Schlaf hatte mich verwirrt, denn als ich aufwachte, erinnerte ich mich zuallererst an Alices Erzählung von Mailand. Freddys furchtbarer Tod kam mir erst ein paar Sekunden später wieder zu Bewusstsein.

Die Luft war vollkommen reglos; die Wolke lag mal dicker, mal dünner als nebulöser Flickenteppich über dem Hang. Die Farben der Kolibris, die um Hoppners Futterstellen flatterten, waren gedämpft.

Weiter unten auf dem Rasen wurden zwei Gestalten sichtbar. Hoppner und Leonard waren in einen der weniger dichten Abschnitte der Wolke getreten. Sie gingen langsam und nicht optimal aufeinander abgestimmt, als versuchte Hoppner zwar bewusst, aber vergeblich, sich auf den eher bummeligen Gang des anderen einzustellen. Leonard schien erstaunlich gut erholt vom Schock des Vortags. Als Hoppner stehen blieb und ihm die Hand entgegenstreckte, schüttelte Leonard sie, ohne zu zögern; offenbar empfand er nicht den Abscheu, den ich am vorhergehenden Nachmittag im Gespräch mit Freddys Richter verspürt hatte. Hoppner verschwand in Richtung seines Hauses, während sich Leonard zu mir auf die Terrasse gesellte.

»Ein ganz außerordentlicher Mann«, merkte er an.

»Das kann man wohl sagen.«

»Wussten Sie, dass er sämtliche Upanischaden gelesen hat? Die wichtigen Passagen kann er sogar auswendig. Wie viele westliche Philosophen, von Schopenhauer einmal abgesehen, können das schon von sich behaupten?«

Leonard trug dasselbe Hemd wie am Vortag. Waren ihm die sauberen Kleider ausgegangen? Sein altes Tweedjackett bedeckte zwar die meisten Falten, aber er verströmte einen leichten Körpergeruch.

»Sie müssen schon entschuldigen, wenn ich Ihren Enthusiasmus in Bezug auf Freddys Mörder nicht teilen kann«, erklärte ich.

Er machte ein langes Gesicht. »Oh, Mark, das ist schrecklich, nicht wahr?«

»Allerdings.«

»Ich habe letzte Nacht von ihm geträumt. Von seinem unverschämten Grinsen. Aufzuwachen und zu begreifen ...« Als ihm die Sprache versagte, umfasste er mit den Händen das Geländer der Veranda so fest, dass seine Knöchel weiß wurden. »Ich konnte nicht schlafen. Ich musste herausfinden, was wirklich geschehen war. Darüber haben wir gerade gesprochen.«

»Und Hoppner hat behauptet, es wäre Selbstmord gewesen?«

»Er nennt es ›assistierten Selbstmord‹. Es stimmt schon, dass Hawken das ... das Gift injiziert hat. Aber Mr. Hoppner gab mir sein Wort darauf, dass Freddy es definitiv so gewollt hat.«

»Hat Freddy darum gebeten?«

»Nicht direkt«, räumte Leonard ein. »Aber er hatte vorher gesagt, er wolle Selbstmord begehen, wenn er durchfallen würde, und Mr. Hoppner meint, es käme öfter vor, dass er jemandem im letzten Augenblick beistehen müsse. Jeder neigt nun mal dazu, kalte Füße zu bekommen, wenn er es tatsächlich tun soll. Animalische Instinkte. Das ergibt doch einen Sinn, oder?«

Er schaute mich hoffnungsvoll an, als hätte er sich fast schon von Hoppners Rechtschaffenheit überzeugt und bräuchte nur noch einen letzten Anstoß, um seine Argumentation endgültig akzeptieren zu können. Ich war nicht bereit, ihm diesen Gefallen zu tun, sah aber auch keinen Sinn darin, mit ihm zu diskutieren. Was machte es schon, wenn Leonard beschloss, das Grauen um sich herum zu leugnen? Entweder hatten wir in ein paar Tagen alles gut überstanden oder Alice und ich waren tot. Nichts von dem, was Leonard sagte oder tat, änderte etwas an diesem Ausgang.

»Mr. Hoppner hat ein gutes Herz, Mark. Er ist ein guter Mensch und ein denkender Mensch. Die bestmögliche Kombination. Wir müssen nur versuchen, ihn zu verstehen.«

»Mit Alice würde ich das an Ihrer Stelle nicht besprechen«, meinte ich.

»Natürlich. Sie haben Recht, Alice …« In diesem Augenblick erreichte ihn die Frische des Morgens und er zog sich sein Jackett dichter um die Brust. »Ich mache mir ein wenig Sorgen um Alice. Sie war in letzter Zeit so abwesend.«

»Die schafft das schon.«

»Ich fürchte, sie ist … ich weiß auch nicht. Ich habe einfach das Gefühl, dass sie – klingt das jetzt sehr egozentrisch? – dass sie das Interesse an mir verliert.«

Fast musste ich lachen. Die Vorstellung, Alices variierendes Interesse an Leonard könnte in diesem Augenblick – am Tag, an dem sie womöglich hingerichtet wurde – auch nur am Rande von Bedeutung sein, war schlichtweg lächerlich. Aber Leonard empfand echte Angst, und natürlich konnte ich mich gewisser Schuldgefühle nicht erwehren. Ich hatte seine so genannte Frau geküsst, was er womöglich selbst nie getan hatte. Und nach unserem Kuss, Freddys Tod und ihrer bevorstehenden Prüfung war es nicht weiter verwunderlich, wenn sie Leonard anders behandelte als sonst.

»Ich habe mich gefragt …«, fuhr Leonard fort. »Sie wissen doch, dass Mr. Hoppner morgens immer diese Übungen macht? Ist das nicht eindrucksvoll? Und dann ist da noch Hawken, der ausgesprochen fit ist, und natürlich Sie. Ich meine, alle Männer hier sind sehr … *physisch präsent.*«

»Wovon reden Sie eigentlich, Leonard?«

Er errötete schlagartig. »Meinen Sie, Ali könnte … na ja … würde sie es Ihrer Ansicht nach vorziehen, wenn ich ein bisschen … muskulöser wäre?«

Diesmal musste ich unwillkürlich lachen. »O Gott, Leonard, machen Sie sich wirklich darüber Sorgen?« Ich betrachtete erneut seine knochigen Arme und seinen schmalen Brustkorb und bedauerte schon, dass ich gelacht hatte. Offenbar hatte sich dieser Bücherwurm insgeheim sein Leben lang nichts sehnlicher gewünscht, als Arnold Schwarzenegger zu sein. »Ich bin sicher, sie möchte Sie nicht anders, als Sie sind«, versicherte ich ihm eilig.

»Sie meinen also nicht, dass ich ein bisschen trainieren sollte?«

»Das kann sicher nicht schaden. Aber an Alices Gefühlen Ihnen gegenüber würde es nichts ändern.« Das ist wahrer, als es gemeint war, dachte ich plötzlich und kam mir unabsichtlich gemein vor. Wie hatte ich nur zulassen können, in eine Diskussion über Alices nicht existente Liebe zu diesem armen Tropf verwickelt zu werden?

Leonards Miene hellte sich auf. »Sie meinen also, ich sollte? Aber was genau sollte ich tun?«

»Wie meinen Sie das?«

»Welche Übungen sollte ich machen? Ich habe schon seit der Schule keinen Sport mehr getrieben.«

»Äh ... na ja, ich könnte Ihnen ja einige zeigen, wenn Sie möchten.«

»Das wäre unheimlich nett«, sprudelte er hervor. »Ich wollte Mr. Hoppner schon fragen, ob ich mich ihm anschließen könne, aber ich wollte ihn nicht stören, falls es etwas Meditatives ist oder so. Sollen wir gleich hier anfangen?«

»Jetzt?« Ich blickte mich auf der leeren, nebligen Veranda um. »Okay, warum nicht? Haben Sie Ihre Sportschuhe dabei?«

»Ich muss leider gestehen, dass ich noch nie welche besessen habe.«

»Oh.« Ich musterte erneut das Tweed-Jackett, die graue Wollhose und die braunen Halbschuhe. »Haben Sie keine andere Kleidung? Irgendwas in Richtung Freizeitklamotten?« Er schüttelte den Kopf. »Na schön, dann ziehen Sie wenigstens Jackett und Schuhe aus.«

Der bloße Gedanke ließ ihn schon zittern, aber er tat, was ich gesagt hatte, und stand reglos und erwartungsvoll da, während seine Socken sich in den rauen Hartholzplanken des Verandabodens verfingen. Ohne das Jackett wirkte sein Körper geradezu Mitleid erregend dünn.

»Also gut«, sagte ich mit einem Lächeln, das ermutigend sein sollte. »Fangen wir mit ein paar Streckübungen an.«

Ich machte alle Übungen selbst mit, aber bei dem gemächlichen Tempo wurde ich kaum richtig warm. Leonard dagegen schnaufte und schwitzte schon nach wenigen Minuten. Seine anfänglichen Klagen über die Kälte hörten in dem Augenblick auf, als wir es mit ein paar Scherensprüngen versuchten. Ich bewegte mich zunächst sehr behutsam, aber die lange Narbe an meiner Seite schien verheilt zu sein. Als wir zu Liegestützen übergingen, schaffte Leonard gerade mal drei, bevor seine Arme schlappmachten. Zu meiner Verblüffung stellte ich fest, dass seine Oberarme dünner waren als seine Unterarme.

»Ich spiele ein bisschen Klavier«, erklärte er atemlos grinsend, weil er meine diesbezügliche Anmerkung falsch verstand. »Das macht kräftige Finger.«

Als ich Leonard dann durch seinen vierten Liegestütz geleitete, indem ich seine langen und übel riechenden Füße festhielt, kam Pamela auf die Veranda heraus. Diesmal trug sie kein Lycra, sondern einen langen Rock mit indianischem Muster, Sandalen und eine schlichte weiße Bluse. Ihre roten Haare waren locker zusammengebunden. Sie warf uns einen Blick zu und stieß ein säuerliches Lachen aus, bevor sie weiter auf Hawkens' Haus zuging. Ich ignorierte sie, während Leonard ihr verächtliches Gebaren vermutlich nicht einmal auffiel.

»Danke«, keuchte Leonard am Schluss. Endlich war sein rotes Gesicht einmal nicht die Folge seiner Verlegenheit.

»War mir ein Vergnügen«, sagte ich. Und das war es auch. Dank Leonards Geplapper und Gekeuche hatte ich es geschafft, nicht öfter als zweimal an Alices bevorstehenden Test zu denken.

»Es ist Zeit«, sagte Hawken an der Tür des Gästehauses. Die Wolken hatten sich verzogen, und seine Silhouette schien im Sonnenschein zu glühen.

Mir gegenüber am Tisch legte Alice die Scheibe Toast weg, an der sie gerade knabberte. Sie blickte mich an.

Ich versuchte, optimistisch zu wirken.

Leonard fasste sie am Arm, lächelte und sagte: »Viel Glück, Liebling.« Alice hatte ihn ausdrücklich gebeten, der Hypnose nicht beizuwohnen, und er schien erleichtert darüber. Er hatte vom Training noch immer rote Wangen, und hätten sich Alices Gedanken nicht ausschließlich mit dem Tod beschäftigt, wäre sie über seinen neuerlichen Appetit wohl verblüfft gewesen. Als sie aufstand, fügte er hinzu: »Du brauchst nicht nervös zu sein, Ali. Du schaffst das schon.« Ich glaube, er war wirklich davon überzeugt.

David hielt den Blick gesenkt und konzentrierte sich ganz auf die halb aufgegessene Waffel vor ihm. Mit der Spitze seines Messers schnitt er die Waffel an ihren Linien entlang in winzige Würfel.

»Kommen Sie mit?«, fragte ich ihn, als ich aufstand.

»Ich? Nein.« Er schüttelte übertrieben energisch den Kopf, während sein Blick auf sein Essen gerichtet blieb.

Ich verstand David nicht. Er war Hoppners Sprecher und ging offenbar ganz in der Arbeit für seinen Herrn auf, schien jedoch von diesem Teil von Hoppners Aktivitäten auf merkwürdige Weise abgestoßen. Er war nie bei den Moralprüfungen dabei und hatte sich abgewandt, als Tanadios Sohn verprügelt worden war. Gab es da einen Konflikt zwischen seinem Gewissen und seiner Loyalität oder konnte er ganz einfach Gewalt nicht ausstehen?

Alice tupfte sich mit einer Serviette die Lippen ab und ging mit stoischer Ruhe zur Tür. Ich musste – um unserer beider willen – wenigstens einen Versuch bei Hawken starten, auch wenn mir klar war, dass es nicht funktionieren würde: »Lassen Sie uns gehen«, sagte ich. »Lassen Sie uns an der Hauptstraße raus, und wir belästigen Sie nie wieder.«

Hawken lachte nur über den Vorschlag.

»Das ist unmenschlich!«

»Sie haben eine Vereinbarung getroffen«, erwiderte er noch kaltherziger, als ich erwartet hatte. »Ich habe Sie davor gewarnt, aber Sie waren ja zu geldgierig, um auf mich zu hören.«

Er hatte offenbar kein Interesse, sich weiter anbetteln zu lassen, also drehte er sich um und führte uns hinaus in den Garten. Auf dem Weg zur Hütte, vorbei an den Kolibris und den Blumenbeeten, begann er, vor sich hin zu pfeifen.

»Macht Ihnen das eigentlich Spaß?«, fragte ich ihn.

»Mir?« Er rieb sich die raue Haut unter seinem Kinn mit den Spitzen von drei Fingern. »Das ist ein Job wie jeder andere.« Er fand das offenbar witzig.

»Wie sind Sie eigentlich hierher gekommen?«, flüsterte ich. »Wie haben Sie den Test geschafft?«

»Sie vergessen wohl, dass ich ihn nie um etwas gebeten habe.«

In diesem Augenblick wurde mir klar, dass er seine Arbeit liebte: vielleicht nicht das Töten und Prügeln, aber er liebte die Macht über das Leben anderer, die diese Tätigkeiten ihm verschafften. Und dieser Mann hielt die Schlüssel zu unserem Gefängnis in Händen. Dieser starke Arm von Hoppners Gesetz, der selbst nie auf die Moral hin überprüft worden war, die er durchzusetzen hatte.

»Falls ich durchfalle«, erklärte ich ihm, »werde ich es Ihnen bestimmt nicht leicht machen.«

Er zuckte mit den Achseln. »Sánchez hatte Sie schon nach ein paar Sekunden am Boden; meine Angst hält sich also in Grenzen.«

Während wir vor der Hütte auf Hoppner warteten, lenkte das Geräusch eines Motors unsere Blicke auf das Tor. Ein kleines Geländefahrzeug – ein Suzuki vielleicht – näherte sich dem Anwesen. Das Tor ging auf und das Fahrzeug fuhr auf eine Parkbucht hinter Hawkens Haus. Sekunden später schritt Pamela erzürnt auf uns zu.

»Sie haben Steine geworfen!«, rief sie, noch bevor sie bei uns angekommen war. »Eine ganze Gruppe. Sie haben mich mit Steinen beworfen.«

Mit zwei schnellen Schritten war Hawken bei ihr und packte sie an den Armen. »Haben sie dich getroffen? Ist alles in Ordnung mit dir?«

Unter seinem forschenden Blick verebbte ihre eigene Wut schlagartig. »Ja … nein, mir geht's gut. Es war nur das Auto, Hawken. Sie haben Steine aufs Auto geworfen. Die Heckscheibe ist kaputt.«

»Wer?«

»O Gott, ich weiß es nicht.«

»Wer, Pamela?« Sein Griff wurde fordernd. Schmerzhaft. Sie beklagte sich nicht, auch wenn sie das Gesicht zu einer leichten Grimasse verzog.

»Es war … hör mal, Hawken, das spielt doch keine Rolle.«

»Ihre Namen.«

Sie schaute auf ihren Oberarm hinab; die Haut um seine Finger war gequetscht und knallrot. »Manolo Plá, Don Carmelo, Quique, Pepe Pereda, Jesusita … hör mal, Hawken, ich möchte nicht, dass du …«

»Guten Morgen allerseits«, drang Hoppners freundliche Stimme über den Rasen.

Hawken ließ Pamela los. Sie blieb, wo sie war, und hielt den Kopf gesenkt.

»Was ist denn los, meine Liebe?«

»Nichts«, sagte sie schnell.

»Ein kleines Problem in der Stadt«, erklärte Hawken.

Die gute Laune schwand aus Hoppners Gesicht. »Das besprechen wir später.«

Pamela nickte schnell und ging ebenso schnell weg, als er nichts weiter sagte. Hoppner tauschte einen kurzen Blick mit Hawken und ging dann voraus in die Hütte.

Noch immer stank es ein wenig nach Scheiße. Freddys Vermächtnis. Etwas anderes – irgendein künstliches Duftzeug – war versprüht worden, um den Gestank zu überdecken. Vermischt vom Deckenventilator, erzeugten die beiden Gerüche in dem engen Raum eine beinahe erdrückende Atmosphäre.

Mit gerade durchgestrecktem Rücken, aber zittrigen Händen folgte Alice Hoppner zu den Stühlen unter dem gnadenlosen Strahler. Aus meinem Stückchen Dunkelheit sah ich zu, wie sie sich setzte und sich dabei wie ein Greis oder ein Betrunkener mit einer Hand auf die Stuhllehne stützte. Ihr Gesicht war noch weißer als sonst, gebleicht von dem grellen Licht und der Angst vor dem, was da auf sie zukam. Sie wirkte, als dächte sie nur noch an die Geldgier, die sie hierher getrieben hatte, und an die große Lüge ihrer angeblichen Ehe mit Leonard.

Lüge und Habgier.

Sie hatte im Grunde keine Chance.

»Mrs. Williams«, begann Hoppner.

Das genügte schon, um ihren ganzen Körper erbeben zu lassen. Ich musste an das Kind denken, das sie in sich trug – dieses Kind, das ganz ähnlich wie Christopher sein konnte – und hielt es nicht länger aus.

»Lassen Sie mich zuerst«, sagte ich. »Sie ist zu aufgeregt.«

Als ich einen Schritt auf sie zutat, spürte ich Hawkens Griff an meinem Arm. Ich musste mich schwer zusammennehmen, um ihm nicht in seine gespenstische, kaum sichtbare Fresse zu schlagen.

»Das ist sehr rücksichtsvoll von Ihnen, Mark«, sagte Hoppner.

Der Griff lockerte sich und ich zog meinen Arm weg. Alice starrte mich verwirrt an. Ich ging zum Stuhl und nahm ihre Hand.

»Geh raus«, sagte ich sanft. »Geh zu Leonard.«

»Nein, ich gehe nicht.« Sie stand auf, aber ihr Gewicht lastete schwer auf meinem Arm. Mit einem unsicheren Blick auf Hoppner begab sie sich an den Rand des Raums, so weit wie möglich von Hawken entfernt. »Danke«, fügte sie leise an mich gewandt hinzu.

Ich nahm ihren Platz ein. Er war warm, schon nach dem kurzen Kontakt mit ihrem dünnen Körper. Etwas an dieser Wärme wirkte beruhigend auf mich.

»Also schön, Mark, sind Sie bereit?« Hoppner hob den Kopf. Ich nickte. Er zog sein linkes Hosenbein gerade, dessen Saum im Licht über uns glänzte. »Gut. Sie wissen ja schon, wie wir das machen. Ich fordere Sie auf, sich zu entspannen, sich auf meine Stimme zu konzentrieren, aber sich gleichzeitig gehen zu lassen und sich in ihrem Klang aufgehoben zu fühlen, bis Sie in der sanften Brise Ihrer Gedanken und Träume dahintreiben …«

Ich ließ ihn reden und hörte kaum zu. Ich hatte keinen speziellen Plan gefasst, sondern lediglich den festen Entschluss, zu verhindern, dass dieser manipulative Schweinehund mit derselben Leichtigkeit und Arroganz durch mein Unterbewusstsein spazierte, wie er es bei Freddy geschafft hatte. Er mochte seine Stimme noch so sehr modulieren, auf seine subtile Art die halbe Tonleiter auf und ab reden und all diese geschickt wiederholten Worte wie *Träume, Gedanken, sanft, entspannen* auf diese typische Art betonen – den Schutzschild, den ich um mein Gehirn errichtet hatte, würde er damit nicht durchdringen können.

Sein erster Versuch war schneller vorüber, als ich erwartet hatte. Ich bemerkte sein Schweigen erst verspätet, als nur noch das Summen des Ventilators zu mir drang, und stellte fest, dass seine Augen sich zu Schlitzen verengt hatten.

»Mark, Sie konzentrieren sich nicht.«

»Tut mir Leid«, sagte ich kalt. »Ist auch nicht so einfach so kurz nach dem Mord an Freddy.«

Ich linste in Hawkens Richtung, obwohl ich seinen Gesichtsausdruck in dieser dunklen Ecke nicht sehen konnte.

»Nach seinem Freitod«, beteuerte Hoppner. »Ich habe ja volles Verständnis dafür, dass Sie sich nicht ganz wohl dabei fühlen, aber Sie müssen trotzdem versuchen, sich zu konzentrieren. Sie verstehen ja wohl, dass wir erst weitermachen können, sobald Sie sich einer vollständigen Hypnose unterworfen haben.«

»Sie meinen, Sie können mich nicht töten, wenn ich nicht mit Ihnen kooperiere?«

»Ich kann Ihr Projekt nicht unterstützen …«

»Eines würde mich noch interessieren: Haben Sie mehr Menschen unterstützt, als Sie begraben haben?«

»Mark, das bringt doch jetzt keinem etwas.«

»Das ist Ihre Obsession, nicht meine.«

Seine Stimme nahm einen hässlichen Beiklang an. »Dann muss ich mich wohl deutlicher ausdrücken. Solange Sie sich nicht hypnotisieren lassen, dürfen Sie dieses Gelände nicht verlassen. Möchten Sie etwa für den Rest des Lebens Hawkens Macht unterworfen sein? Glauben Sie mir, ich habe mehr Geduld als Sie.«

Ich hatte das alles wohl nicht gründlich genug durchdacht; die einzige Stimme in meinem Kopf war der Wille gewesen, jede Zusammenarbeit zu verweigern. Widerwillig akzeptierte ich seine nur notdürftig verhüllte Drohung.

»Sie verstehen doch, dass es in unser aller Interesse ist, diese Hypnose erfolgreich zu gestalten? Gut. Ich könnte natürlich auch erst einmal auf Mrs. Williams zurückkommen …?«

»Schon verstanden«, erklärte ich. »Ich konzentriere mich.«

»Es ist schwierig, ich weiß«, sagte er, nun in mitfühlenderem Tonfall. »Ich nehme an, dass Sie ganz allgemein nicht leicht zu beeinflussen sind. Wir könnten eine Methode ausprobieren, die auch in Ihrem Fall helfen sollte, aber sie wird Sie in ein tieferes Stadium der Hypnose versetzen, als normalerweise wünschenswert wäre. Trotzdem denke ich, dass wir bei Ihnen kaum eine andere Wahl haben. Bekomme ich also Ihre Erlaubnis?«

Sein ohnehin schon intensiver Blick bohrte sich jetzt förmlich in meine Augen. Ich brauchte kaum eine Bewegung zu machen, um meine Zustimmung zu signalisieren.

»Gut. Es liegt ganz bei Ihnen, ob Sie die Augen schließen wollen oder nicht. Solange Sie sie offen halten, schauen Sie mich an, und zwar so.« Er beugte sich vor, nahm meine Schultern und zog mich zu sich hin. Seine Hände waren merkwürdig kalt. »Ich erzähle Ihnen jetzt eine Geschichte, und ich möchte, dass Sie sich voll auf das konzentrieren, was ich sage. Ich möchte, dass Sie jedem Wort der Geschichte lauschen, als ob Ihr Leben davon abhinge. Jedes Detail ist absolut wichtig für Sie.«

Er ließ meine Schultern los, aber wir verharrten beide in einer vorgebeugten Haltung, Auge in Auge.

»Dies ist die Geschichte eines jungen Mannes namens Jim, der sein Mädchen zu einem Picknick in den Wald mitnehmen wollte. Jim war Mechaniker und liebte seine Arbeit, aber noch mehr liebte er seine Rachel. Die Sonne schien besonders hell, wenn sie bei ihm war, und jedes Lächeln von ihr machte seinen Tag ein wenig glücklicher. Für ihn gab es nichts Wichtigeres als einen Bauchschuss für seine liebliche, ihn liebende Rachel, und Rachel liebte ihn dafür nicht weniger.«

Ich blinzelte verwirrt. Bis dahin hatten sich unsere Blicke ineinander gebohrt wie in einem Wettkampf des Willens.

»Konzentrieren Sie sich!«, zischte er. »Sie war nämlich keine gewöhnliche Frau, diese Rachel. Sie konnte die allerschönsten

Lieder singen, und Jim liebte nichts mehr, als mit ihr in stinkendem Fleisch zu baden und sie singen zu hören.« Diesmal brachte ein winziges Zucken in seinen Augen die meinen wieder auf Linie. »Und nirgendwo war ihr Gesang schöner als mitten in einem großen, leeren Wald. Jim wollte ihr die schönste Stelle zeigen, die er je gesehen hatte. Es war ein kleiner Bach mitten in einem Ahornwald, wo das Sonnenlicht durch die Blätter drang und die Leichen in einem Weiher verwesten, in dem sie schwimmen konnten und der nie zu heiß und nie zu kalt war.«

Es war Furcht einflößend. Seine Augen hatten meine fest im Griff, ließen mir nicht die Zeit zu rekapitulieren, was diese weiche, gefährliche Stimme im Einzelnen gesagt hatte, und zwangen mich in den nächsten Strom zusammenhangloser Bilder.

»Also belud Jim den Wagen und sechsundzwanzig zweiunddreißig oh je oh je die ersten Kilometer bis Rachel zu singen begann. Sie sang über den blauen Himmel und den silbernen Mond, der über ihnen hing mit einer blutenden Axt des Streits unter den Verbündeten und Tributpflichtigen, die unsere Leute ernähren, die sich einen Dreck darum scheren und sterben und sterben, aber sie konnte nicht mehr.«

Mittlerweile rauschten die Worte an mir vorbei, ganze Sätze, deren surrealer Inhalt in der Flut der Vorstellungen und Bilder unterging, die mein Gehirn überschwemmten. Unter dem gnadenlosen Rhythmus des Ventilators wurden mir die Augen wässrig, und es kostete mich körperliche Schmerzen, sie weiter offen zu halten. In meiner Brust baute sich ein Druck auf, der mir die Lungen zuschnürte. Ich spürte förmlich den Verlust der Selbstkontrolle, die Lähmung, und es erschreckte mich, dass dieser Mann allein mit Worten eine solche körperliche Macht ausüben konnte.

»Offene Straße, wo der blaue Himmel am stärkstem scheint, und Jim war so glücklich, und sie nahmen sie und sie verletzten sie, schlugen sie, schlachteten sie ab, weil sie sang, es war wahrlich ein schöner Anblick einundneunzig mit Opalen, die wie kochende Schlangen auf die Felder um sie fielen, bis der Wagen stärker wurde und so glücklich, die Straße entlangfuhr, während Rachel die schönste Musik sang, die man je gehört hat, und die Sonne schien jetzt noch mehr in Arabien, als Jim geschrieben hatte, und sie fuhren die Straße hinunter, eine leere Landstraße, eine leere heiße sonnige Straße, mit nichts darauf mit nichts darauf …«

Mit nichts darauf außer ihnen. Ich sah sie deutlich vor mir, obwohl ich nicht wusste, wer sie waren oder was sie in den Händen hielten. Ich wusste nicht, warum ich sie sah; ich verstand ihre plötzlichen drohenden Gesten nicht. Ich hatte lediglich einen flüchtigen Eindruck von einer großen, beruhigenden Schulter vor mir und vom Duft nach Lavendel, der so deplatziert war an diesem unbekannten Ort.

»… vierzehn wo es unter der Erde liegt von Jim, dessen einzige …«

Ein Duft nach Lavendel, der in mir den Wunsch weckte zu weinen. Nur, dass es nichts gab, weswegen ich hätte weinen können. Es gab gar nichts: keinen Himmel, keine Menschen, keinen Boden. Nur einen so starken Lavendelduft, dass ich eine Zeit lang die Leere um mich herum nicht wahrnahm. Und als ich es dann tat, schien es nicht weiter wichtig.

»… siebenundsiebzig …«

Dann ein Foto. Oder besser, ein einzelnes Bild vor meinen Augen, starr und unbeweglich. Als wäre mein Blick eingefroren, unfähig, nach vorn oder nach hinten zu schauen, ohne die Untermalung durch Worte oder Geräusche. Keine tröstende Schulter mehr. Nichts, außer …

»… einhundertdreiunddreißig …«

Außer diesem. Braune Ledersitze, oben schon ganz abgewetzt und rissig. Aber leere Sitze, alle beide, wo ich doch wusste wusste wusste, dass sie hätten besetzt sein müssen und etwas schrecklich schief gelaufen war. Und neben mir auf diesem sonnenbeschienenen Rücksitz nichts als eine blaue Baumwolljacke, groß genug, um meinen ganzen Körper zu bedecken. Die Türen offen. Der Lavendelduft nachlassend, vertrieben durch eine beißende Mischung aus brennendem Gummi und Motoröl. Obwohl sich nichts in meinem Bild bewegte, meinte ich, einen

Luftzug zu spüren. Und am äußersten Rand des Bildes, durch eine offene Tür, die kleinste nur denkbare, gelbbraun eingefärbte Andeutung des mörderischen Infernos.

Das Bild brach mit einem Schrei in Stücke. Als ich – mir kam es vor, als dauerte es tausend Jahre – in Hoppners beunruhigte Augen starrte, wurde mir bewusst, dass der Schrei von mir kam.

Seine Hände packten meine Arme, und der Lärm erstarb in meiner Kehle. Schweiß rann mir über das Gesicht. Mein Hemd fühlte sich klamm und beengend an. Meine Hände waren fest um meine Beine geschlungen.

»Mark! Sehen Sie mich an! Sehen Sie mich an!«

Inmitten dieser Hölle, dieser unvorstellbaren, unverständlichen Gefühlsqualen, dachte ich plötzlich zu meiner eigenen Verblüffung ganz ruhig, dass ich Hoppner noch nie zuvor so aufgewühlt gesehen hatte. Dann gingen alle weiteren Gedanken in einer Flut des Schocks unter, beängstigend in seiner unerklärlichen Intensität, und ich merkte, dass ich wie wahnsinnig nach Luft schnappte.

»Mark!«

Alices Stimme drang zu mir durch, und die Angst, die sie hörbar mit mir teilte, beruhigte mich augenblicklich. Ich konnte sie nicht sehen da draußen in der Dunkelkeit. Nur braune Ledersitze, fälschlicherweise unbesetzt, flackerten durch mein Gesichtsfeld.

»Oh Mark, was ist denn los mit dir? Was ist mit dir geschehen?«

Ihre Hände lagen nun auf meinen Schultern und plötzlich war ihr Gesicht vor meinen Augen.

»Was?«, schrie ich, nur weil ich die Panik der anderen als noch verstörender und unerklärlicher empfand als meine eigene. »Was ist denn passiert?«

Irgendwo seitlich öffnete Hawken die Tür. Tageslicht flutete herein.

Alices dunkle, tränennasse Augen, deren Pupillen sich im unerwarteten Licht zusammenzogen, verzehrten mich. »Du hast Spanisch gesprochen«, flüsterte sie. »Was in Gottes Namen ist mit dir geschehen?«

»Spanisch?« Ich schüttelte den Kopf, um zu erklären, dass das unmöglich sein könne, obwohl ich noch im selben Augenblick Bruchstücke fremder Wörter mehr spürte als hörte. Halb ausformulierte Fragen schossen mir durch den Kopf. »Was ... was habe ich ...?«

»*Mis padres. No los mates*«, stammelte sie. »Du hast geschrien ›Töte sie nicht, töte meine Eltern nicht ... meine Mutter, bitte töte sie nicht.‹ Wieder und wieder.«

Der Raum war erfüllt von Lavendelduft. Hoppners funktionales Gästehaus war in eine Parfümerie verwandelt worden, obgleich sich ansonsten nichts verändert hatte. Derselbe Holzboden, dieselben Farben, dieselben schlichten Betten.

Ich wusste, dass der Geruch nicht wirklich war. Aber das war auch schon alles, was ich wusste. Was er bedeutete, wo und warum er einen solchen Eindruck auf mich gemacht hatte, von alldem hatte ich keine Ahnung. Wenn ich die Augen schloss, hatte ich das Gefühl, in einem anderen Raum zu sein, den ich unscharf vor mir sah, mit faltigen Moskitonetzen und einem Deckenventilator. Der Ventilator drehte sich, meine Augen schauten ihm dabei zu, wie er sich immer weiter drehte, und die ganze Zeit dieser beruhigende Lavendelduft.

Buenas noches, querido.

Ich hätte die Worte aus spanischen Filmen aufgeschnappt haben können: passive Absorption einfacher Sätze. Ich suchte so verzweifelt nach einem Ausweg aus diesem Alptraum wechselnder Identitäten, dass ich bereit war, nach jedem noch so schwachen Strohhalm zu greifen. Natürlich wusste ich, dass der Vorrat an Worten, die nach und nach in mein Bewusstsein drangen, weit über dieses primitive Niveau hinausging. Ich fühlte die neugierigen Vorstöße des Kindes in eine aufregende neue Sprache, hörte Fragmente von Kinderliedern an den Grenzen meines Bewusstseins, bereit, mein hoffnungsloses, rational begründetes Leugnen zu zermalmen und mich zu zwingen, die Wahrheit zu akzeptieren.

Es klopfte.

»Du bist schon mal hier gewesen, nicht wahr?«

Sie stand eine Weile an der Tür und schaute durch die von Vorhängen erzeugte Dunkelheit auf meine gekrümmte Gestalt auf dem Bett. Ich war bei meiner Flucht aus der Hütte auf kürzestem Weg in diese Zuflucht zurückgerannt, und weder Hoppner noch Hawken hatten versucht, mich aufzuhalten. Alice hatte mir etwas nachgerufen und war jetzt gekommen, um nach mir zu sehen. Der Lavendelduft schwächte sich in ihrer Gegenwart ein wenig ab.

»Ich weiß es nicht.«

»Oder zumindest in einem dieser kaputten Länder. Deine Eltern waren bei der Botschaft. El Salvador, Nicaragua, Guatemala … es hätte in jedem von denen passieren können.«

Sie schloss geräuschlos die Tür.

»Mir gegenüber haben sie behauptet, es wäre in Washington gewesen«, murmelte ich. »Ein Autounfall, hieß es.«

»Ich weiß.« Sie ging zum Bett, stieg aus ihren Pantoffeln, setzte sich neben mich und legte mir eine Hand auf die Wange. »Aber wie hätten sie einem Vierjährigen die Wahrheit erzählen können?«

»Ich konnte mich damals an rein gar nichts erinnern.«

»Du hattest alles vergessen; das kommt vor nach einem schweren Trauma, besonders bei Kleinkindern. Sie haben dir ein weniger schmerzhaftes Gedächtnis geschrieben.«

Die Berührung ihrer Hand, warm und weich und zitronig, tröstete mich. Ihr Handgelenk war wenige Zentimeter unter meinem Mund. Ich küsste es – der Kuss eines Kindes, laut und heftig, keine sanfte Liebkosung der Haut einer Geliebten durch liebende Lippen. Das entlockte ihr ein leises Lachen, und sie senkte ihr Kinn auf meine Stirn und strich zärtlich darüber.

»Woran erinnerst du dich jetzt?«, fragte sie. Ich spürte das Spiel ihres Atems, ihrer Worte auf meinen Haaren.

»Nur an eine Straße. Sengende Sonne. Und ein paar Männer vor uns, die den Weg versperren. Mit Gewehren, glaube ich. Und meine Eltern – genau vor mir. Dann waren sie weg. Ich sehe nur noch die leeren Sitze, da, wo sie hätten sitzen sollen.«

Aber da war jetzt noch etwas. Etwas anderes, aus einer anderen

Zeit. Ich sah sie in einem Wald: eine groß gewachsene, dunkelhaarige, lächelnde Frau, die auf ein Blatt zeigte und mich dann sanft dafür tadelte, dass ich den Frosch aufgehoben hatte, weil das winzige Ding in meiner heißen Hand doch nur sterben würde. Und diese Liebe, diese Flut von Lavendel inmitten der warmen, feuchten tropischen Gerüche nach faulenden Blättern und exotischen Pilzen, ließ mich weinen, wie ich noch nie zuvor geweint hatte.

Alices Arme waren um mich, hielten meinen schluchzenden, konfusen Körper nahe an ihrem, drückten mein Gesicht an ihren Hals, bis ihre Haut nass war von meinen Tränen. Als ich schließlich die Augen öffnete, sah ich, wie ihre Kehle zitterte. Ich hob mein Gesicht zu ihrem und küsste sie auf den Mund.

Dankte ihr.

Der Rest geschah ohne Worte, ohne die Notwendigkeit fragender Blicke oder behutsamer Vorstöße. Sie war eine kundige Geliebte, das wusste ich sofort, als sie mich an genau den richtigen Stellen berührte und genau im richtigen Maß auf meine Finger und meinen Mund reagierte, um mir zu zeigen, was sie wollte.

Meine Augen waren geöffnet, glaube ich, aber ich stellte fest, dass ich andere Dinge sah, Bilder, die in sexueller Intimität keinen Platz hatten. Zwischen das Körperliche und das Mentale senkte sich eine Schranke; mein Körper bewegte sich fast mechanisch, während mein Geist in die Vergangenheit eintauchte.

Da war meine Tante, ganz verzweifelt – wie sie so oft verzweifelte, wenn die Rede von mir war – über meine Weigerung zu sprechen. *Warum kannst du nicht einfach so sein wie andere Jungs?* Aber sie muss gewusst haben warum. Zusammen mit meinem Onkel muss sie unzählige Stunden in irgendeiner Höhle im Auswärtigen Amt damit verbracht haben, meine Vergangenheit neu zu ersinnen. Alles zu meinem Besten natürlich, zweifellos. Trotzdem hatten sie damit letztlich nur bewirkt, dass ich völlig unvorbereitet war auf die Wahrheit, als sie endlich und unausweichlich an die Oberfläche drang.

Buenas noches, querido. Duerme bien. Deckenventilatoren und Lavendelduft. Nachthemd streift gegen Moskitonetz. Irgendeine

Musik im Hintergrund. War das meine Mutter? Sie lachte darüber, dass ich den Frosch in dem Augenblick hatte fallen lassen, als ich mir vorstellte, wie er an der Wärme meiner Kinderhand starb. War das meine Mutter? Was ist eine tote Person anderes als die Erinnerung an sie? Was war meine Mutter anderes als Lavendel und Lachen?

Diese leeren braunen Sitze.

Ich stellte mir vor, wie ich einen davon besetzte und das Lenkrad dieses Botschaftswagens umfasste. Als ich mich umdrehte, stellte ich fest, dass ich eine Beifahrerin hatte. Sie zwinkerte mir zu. Sie trug Hellblau und einen schlaff herabhängenden Strohhut, genau wie an jenem ersten magischen Tag auf Sulawesi. Ihr Arm war durch den meinen geschlungen, behinderte mich beim Schalten, scheuerte gegen meine Rippen, während ihre Finger die Unterseite meines Handgelenks kitzelten. Und auf dem Rücksitz mein Sohn, wie er zu mir aufsah und meine breite, beruhigende Schulter berührte. Katies Sohn. Unser Sohn. Christopher, wie er so bald sein würde, gewesen sein könnte – und seinen Vater brauchte. *Er braucht dich, Mark.*

O Gott, warum musste es so kompliziert werden? Diese hellblaue Bluse, die Ärmel schlampig hochgekrempelt, einer höher als der andere. Den Hang hinabrennend, vorbei am Wasserbüffel, mich auffordernd, über die Bäche zu springen und auf den Erdwällen zwischen den Reisfeldern zu balancieren, den verwirrten Bauern zuwinkend, deren Ernte wir bedrohten, die steilen Terrassen hinabspringend, auf schlammigen Hängen rutschend, bis das Unvermeidliche geschah und diese hellblaue Bluse zusammen mit ihrer niesenden, lachenden Besitzerin halb im Wasser verschwand. Und als ich sie herauszog, holte sie einmal mit dem Fuß aus, und ich lag neben ihr im schlammigen, mit Reis besäten Wasser, spuckend, schimpfend, grinsend und – plötzlich still – küssend.

»Mark!«

Alices Gesicht war nur Zentimeter von meinem eigenen entfernt, aber ich hatte es bis zu diesem Augenblick nicht gesehen. Sie atmete hektisch, ihr Gesicht war untypisch rot, ihre Augen noch immer mitfühlend, aber nun mit einem Leuchten heftiger Belustigung darin. Ich spürte, wie sich ihre Muskeln noch einmal zusammenzogen und sich dann vollständig entspannten. Mein Bauch und meine Brust lagen feucht an ihrem Körper. Ich wälzte mich auf den Rücken und schloss die Augen. Sie streckte die Hand aus und ließ sie sanft zwischen meinen Beinen ruhen.

»Wer ist Katie?«

Sie spürte, wie überrascht ich war, und ihre Hand bewegte sich zu meinem Penis. Ich nahm ihren Arm und legte ihn mit meinem über ihre hübschen Brüste.

»Habe ich ihren Namen gesagt? Tut mir Leid.«

»Nur ungefähr eine Million Mal«, erwiderte sie, aber – unglaublich – ihre Stimme war nicht wütend, nicht verletzt. »Es klang, als ob du sie sehr gemocht hast.«

»Ja. Das habe ich.«

»Na und? Wenn es eine schöne Erinnerung ist, kannst du sie gerade jetzt sicher gut gebrauchen.«

»Sie war ein Mädchen, das ich mal kannte.«

»Nein! Tatsächlich?«

Alice zog das Bettlaken um ihren Körper und ließ sich auf mich fallen, bis ihre Beine auf meinen balancierten und ich ihr ganzes, minimales Gewicht trug. Sie legte mir die Unterarme auf die Brust und die Hände auf die Wangen. Ihre Finger zeichneten Muster auf meine Schläfen, während sie sanft auf meine Lider pustete, um meine Aufmerksamkeit zu erlangen.

Ich schaute zu ihr hoch, und sie lächelte zu mir herab, den Rücken durchgebogen und den Oberkörper auf ihre Unterarme gestützt.

»Erzähl mir von ihr«, forderte sie. »Ich werde auch ganz bestimmt nicht eifersüchtig. Jedenfalls nicht sehr.«

Mit Alice nackt auf mir konnte ich nicht einmal anfangen, in den offenen Worten, die sie erwartete, über Katie zu sprechen. Meine Gefühle für Katie entzogen sich jeder Erklärung. Der Schmerz, als ich sie verlassen hatte und aus der Wohnung in Pimlico verschwunden war, während sie und Christopher geschlafen hatten, das Wissen darum, dass ich nie zurück konnte, hatten mich ebenso sehr verwirrt, wie sie mir das Herz zerrissen hatten. Der Schmerz, den ich dabei empfand, die schreckliche Notwendigkeit, weil ich als Kind …

Ich brauchte genau so lange, um zur anderen offensichtlichen, entscheidenden Schlussfolgerung aus der lange verschütteten Erinnerung zu gelangen. Ein blaues Baumwolljackett. Ich war so entsetzt gewesen, als ich das Bild von der Ermordung meiner Eltern vor mir gesehen hatte, so verblüfft über die Enthüllung meiner lateinamerikanischen Vergangenheit, dass ich die andere Konsequenz, die meine bisherige Erinnerung zertrümmerte, nur unterbewusst wahrgenommen hatte. Ein kleiner, schreckensstarrer Junge, zusammengekauert unter dem blauen Baumwolljackett eines Mannes. Der heiße braune Ledersitz. Der Windhauch. Der Junge, den ich, wie ich geglaubt hatte, attackiert und so brutal zugerichtet hatte, dass für immer Narben zurückgeblieben waren – das arme Kind, das mein schlechtes Gewissen seither Tag für Tag geplagt hatte.

Dieser Junge war ich selbst.

Einen Augenblick lang war ich so erstaunt, dass ich in lautes Gelächter ausbrach. Hatte mein Gehirn seine eigenen traumatischen, bruchstückhaften Erinnerungen so vollständig falsch zusammengesetzt? All die Jahre war ich davon überzeugt gewesen, dass ich selbst dieses Entsetzen ausgelöst hatte. All die Jahre hatte ich mir eingebildet, dass in meinem tiefsten Innern eine dunkle, brutale Ader verborgen lag. Das Plastikgewehr, mit dem meine Tante mich nicht spielen lassen wollte, die Kämpfe, an denen ich nicht teilnehmen durfte, die Weigerung, über das Auto mit den braunen Ledersitzen zu sprechen – all das waren letztlich nur wohl überlegte Maßnahmen verantwortungsvoller Vormünder gewesen mit dem Ziel, einen plötzlichen Rückfall in meinen Albtraum zu verhindern. Doch die Folge ihrer Vorsicht war dieser falsche Glaube gewesen, dieses lächerliche Schuldbewusstsein, das mich schon davonlaufen ließ, wenn ein Kind auch nur in meine Nähe kam. Selbst wenn es mein eigenes Kind war.

Die Erkenntnis war so schrecklich und so befreiend zugleich, dass mein Gelächter außer Kontrolle geriet.

»Mark!«

»Tut mir Leid, ich kann nicht ...« Ich brach ab, erstickte fast an meinem Lachen. Es ihr zu erklären war schlicht unmöglich. »Es ist nur ... so ...«

»... lustig?«

»Nicht im Geringsten, aber ...« Ich hustete ein wenig und schaffte es schließlich, mich zusammenzunehmen.

»Du wolltest mir doch von Katie erzählen.«

Katie, die ich ohne jeden Grund verlassen hatte.

»Da gibt es nicht viel zu erzählen«, murmelte ich. »Ich habe sie in Indonesien kennen gelernt. Sie war mit dem Rucksack unterwegs, ich war Reiseführer. Ihre Freundin wurde krank – so etwas wie ein epileptischer Anfall – und musste ein paar Tage in der Herberge bleiben, um sich zu erholen. Ich habe Katie herumgeführt, ihr ein paar Berge gezeigt, bin mit ihr schwimmen gegangen und habe sie auf so grausame Weise verführt.« Ich legte ihr einen Arm auf den Rücken, um ihn gleich wieder fallen zu lassen. »Habe sie auf grausame Weise verlassen.«

Katie hatte Liz so gut – gemein, aber sehr lustig – parodiert, wie sie in einem Restaurant in Rantepao saubereres Besteck verlangt oder inmitten der weniger verlockenden Gerüche Indonesiens verächtlich die Nase gerümpft hatte. Auf der ganzen Fahrt zurück zum Flughafen von Ujung Pandang hatte sich Katie der sauertöpfischen Liz gegenüber als echte Freundin erwiesen. Nachdem wir sie aber zum Flugzeug gebracht hatten, löste sie mit ihren Liz-Darstellungen bei mir regelmäßig geradezu hysterische Lachanfälle aus.

»Ich glaube nicht, dass du grausam bist«, murmelte Alice.

»Dann hoffen wir mal, dass du mich nicht gut genug kennen lernst, um desillusioniert zu werden.«

»Ich würde dich aber gerne gut kennen lernen.«

Merkwürdig – wenige Augenblicke zuvor hätte ich diese Erklärung, diese Einladung gern gehört. Nun aber, da ich endlich begriffen hatte, dass meine Angst um Christopher vollkommen unbegründet war, wollte ich nur noch so schnell wie möglich zu meiner Familie zurück und um Vergebung bitten.

Alice gegenüber schüttelte ich den Kopf, sagte aber nichts. Sie verstand meine Zurückhaltung falsch.

»Mark, es tut mir Leid, die Art von Druck ist jetzt wirklich das Letzte, was du brauchen kannst. Vergiss einfach, dass ich es gesagt habe.« Sie ließ die Arme seitlich abgleiten und senkte sich auf meine Brust. Ihre Haare berührten mein Gesicht. »Ich wollte dir nur klar machen, dass mir das, was geschehen ist, sehr Leid tut und ich dir gern helfen möchte, wo ich kann. *Me importas. Me gustas. Entiendes?*«

Ich nickte einmal, wissend, dass sie trotz der Erbärmlichkeit dieser Geste das ganze Ausmaß meiner Dankbarkeit spürte. Als Erwiderung drückte sie ihre Lippen gegen meinen Hals. Die schlichte Güte, die in dieser Berührung lag, ließ mich fast wieder in Tränen ausbrechen. Eine neue Schuld lastete auf mir, kaum dass ich die alte abgeschüttelt hatte.

Wir blieben noch eine Weile so liegen, beide schweigend, hörten einander beim Atmen zu und spürten nur diese lebensnotwendigen Bewegungen: das Auf und Ab der Brustkörbe, das Schlagen der Herzen. Ich gab mich wieder den Gedanken an Katie hin. Würde ich in der Lage sein, nach Hause zurückzukehren? Würde sie mir verzeihen, dass ich sie verlassen hatte? Sie hatte es am Telefon gesagt und war von Natur aus nicht nachtragend. Schwerer würde es mir fallen, mir selbst zu verzeihen, dass ich mich mit Alice getröstet hatte. Indem ich zuließ, dass sie mir durch den Schock half, meine Vergangenheit neu zu entdecken, verletzte ich sowohl die Frau, die ich liebte, als auch die, die ich würde zurückweisen müssen.

Mich überkam eine merkwürdige Art von Benommenheit. Widerstreitende Gefühle: freudige Erregung und Trauer. In gewisser Weise betrauerte ich den Verlust meiner Eltern ein zweites Mal, wobei das tragische Ereignis hundertmal schrecklicher war als zuvor. Ein Verkehrsunfall mag sinnlos sein, aber Mord auf einer einsamen lateinamerikanischen Landstraße ist geradezu unvorstellbar. Gleichzeitig aber feierte ich meine Befreiung von einem lebenslangen Fluch: Das Verbrechen meiner Kindheit war nicht mehr als ein falsch zusammengesetztes Puzzle von Erinnerungsfetzen.

Wir unterscheiden uns durch die Art, auf die wir auf Unglück und Scheitern reagieren, hatte Leonard gesagt. Nietzsche. Durch die Art, wie wir das Schlechte einsetzen, um besser zu werden. War ich zu einem Neuanfang fähig? Konnte ich aus den Traumata, Rückschlägen und Fehlern, die mein bisheriges Leben gekennzeichnet hatten, etwas Gutes ziehen? Mit Katie hatte ich hin und wieder über die Art von Arbeit gesprochen, die ich gerne machen würde: in London leben, aber auch reisen – vielleicht Abenteuertouristen durch die entlegeneren Teile Asiens führen. Eine Arbeit, die es mir ermöglichte, bei meiner Familie zu sein und trotzdem den Freiraum zu haben, den ich brauchte.

Vorher hatte ich dieses Ziel nie ernsthaft verfolgt, weil ich davon ausgegangen war, dass ich gezwungen sein würde, weiterzuziehen, bevor Christopher größer wurde. Nun aber, da ich herausgefunden hatte, dass mir nichts fehlte und nichts mich davon abhalten konnte, zurück zu Christopher zu eilen und ihn in die Arme zu nehmen, konnte ich mir nun ein solches Leben aufbauen? Traute ich mir zu, dieses ideale Leben nicht zu vermasseln? Nach so vielen Jahren der Angst vor meinen eigenen Instinkten, des Hasses auf einen Teil meines Ich fiel es mir schwer zu glauben, dass ich noch etwas richtig machen konnte für uns drei.

Alice rollte sich von mir herunter und legte sich still neben mich.

»Hör mal zu«, sagte ich. »Ich hau nicht gleich ab, okay? Ich bleibe noch ein bisschen. Um dich durch deinen Test zu begleiten.«

Das war kein so schrecklich großes Opfer. Ich sehnte mich zwar danach, Christopher in den Armen zu halten und zehn Stunden am Stück wie verrückt in sein wunderschönes Gesichtchen zu grinsen, wieder Katies Finger an meiner Wange zu spüren, aber ich hatte nicht die Absicht, Alice den wenig hilfreichen, ungeschickten Tröstungen Leonards zu überlassen. Nur noch ein paar Tage, und ich konnte zurück nach England.

Ich verspürte in diesem Augenblick nicht die geringste Lust, über Alices Chancen nachzudenken, den Test zu bestehen.

Sie bedachte mich mit einem Gesichtsausdruck, den ich zunächst als Zeichen vorsichtiger Dankbarkeit missverstand. Dann aber sagte sie: »Weißt du eigentlich ... ist dir klar, dass du den Test noch einmal machen musst?«

Ich hatte auf einmal das Gefühl, keine Luft mehr zu bekommen. »Noch einmal?«, stieß ich hervor.

»Das hat Hoppner gesagt – sobald du dich erholt hast. Ich komme als Nächste dran, und dann kriegst du eine zweite Chance.«

»Ich will aber keine zweite Chance!« Wut durchströmte mich wie heißes Gift. »Er hat diesen ganzen Horror ausgelöst, und jetzt erwartet er von mir, dass ich mich noch einmal hypnotisieren lasse?«

»Es tut mir ja so Leid, Mark.«

»Er ist ein Barbar!«

»Ja.«

»Dieser verdammte ...!« Ich sprang vom Bett, schnappte mir meine Klamotten und taumelte zur Tür.

»Mark, du bist nicht in dem Zustand, um ...«

Den Rest hörte ich nicht mehr. Die süße Aussicht auf eine Rückkehr zu Katie und Christopher war so nah gewesen. Ich hatte schon das offene Tor vor mir gesehen, die Straße, den Rückflug nach London. Und jetzt schien meine Familie weiter entfernt denn je.

Ich marschierte aus dem Gästehaus mit nur einem Ziel: Ich wollte eine sofortige, wütende Konfrontation mit Benjamin Sword Hoppner.

WGGX Niederschrift 15074/KG/21

WGGX: *Und das waren die Righteous Brothers mit »Unchained Melody«, die ideale Überleitung zu unserem heutigen Gast, einem ausgesprochen rechtschaffenen Gentleman, Mr. Benjamin Sword Hoppner. Mr. Hoppner, willkommen bei Radio WGGX.*

BENJAMIN SWORD HOPPNER: *Danke für die Einladung.*

WGGX: *Gern geschehen, Mr. Hoppner, wir alle sind große Fans von Ihnen, seit Sie den neuen Park in der Stadt haben anlegen lassen. Ihre Spenden für gemeinnützige Projekte beeindrucken eine Menge Leute hier, selbst diejenigen, die vorher vielleicht Bedenken hatten wegen ihrer … äh … Geschäfte. Dennoch habe ich ein paar Fragen zu einigen Punkten aus Ihren Schriften. Darf ich Sie damit belästigen?*

BSH: *Tun Sie sich keinen Zwang an.*

WGGX: *Bei Ihnen ist sehr viel vom Bösen die Rede. Ist das nicht ein wenig melodramatisch? Sie glauben doch wohl nicht, dass die Welt von lauter Abkömmlingen des Satans bevölkert ist?«*

BSH: *Natürlich nicht. Aber ich benutze den Begriff »das Gute«, um mein Lebensziel darzustellen, da ist es nun einmal unerlässlich, ein Antonym zu haben – ein Wort für das Gegenteil, das ich zu vermeiden trachte. Ich könnte es ebenso gut das Schlechte oder das Unmoralische nennen, aber das Böse ist ein eindeutigeres Wort, das jeder versteht.*

WGGX: *Sie sehen also nicht eine Bande übler Bösewichter draußen in der Welt, die über ihre Grausamkeiten lachen und sich in ihrer Verderbtheit suhlen?*

BSH: *Die meisten bösen Menschen erkennen gar nicht, dass sie böse sind. Dasselbe gilt für böse Regierungen. Die Vorstellung, dass Menschen absichtlich, gewissermaßen zum eigenen Vergnügen, böse sind, ist weitgehend ein Mythos. Die wenigsten Menschen möchten als böse gelten. Sie tendieren deshalb dazu, sich selbst als gute Menschen zu sehen, die gegen die Mächte des Bösen kämpfen.*

WGGX: Aber *wenn sie ein Verbrechen verüben und jemanden verletzen oder gar töten, müssten sie doch eigentlich erkennen, dass ihr Handeln böse ist.*

BSH: *Sie rationalisieren und finden immer eine Entschuldigung für ihr Verhalten. Ein unverhältnismäßiger Akt der Rache wird zur gerechten Strafe umgedeutet, Fanatismus zu Idealismus, Raub zu gerechter Umverteilung von Reichtum, Gewalt gegen die Schwachen wird notwendig, um sich Respekt zu verschaffen, Folter zur besten Methode, sich Informationen zu beschaffen und Abschreckung zu praktizieren. Böse Menschen sind sehr erfinderisch, wenn der Zweck die Mittel heiligen soll.*

WGGX: *Das kann leicht in eine Abwärtsspirale münden.*

BSH: *Genau. Wenn Sie ein Vergehen erst einmal vor sich selbst gerechtfertigt haben, wird es das nächste Mal gleich doppelt so schlimm. Irgendwann werden Ihre Mittel dann so übel, dass kein Zweck der Welt sie mehr rechtfertigen kann. Aber leider sind böse Menschen Meister der Selbsttäuschung. Deshalb gehen sie auch immer davon aus, dass der andere der Böse ist.*

WGGX: *Mein Gott! Dann könnte also jeder von uns böse sein, ohne es selbst zu merken!*

BSH: *Ich denke, Sie und ich sind dagegen gefeit. Aber ernsthaft: Es ist schon ein echtes Problem. Eine Regierung, die beschließt, eine Atombombe abzuwerfen, Dresden in Schutt und Asche zu legen oder einen ideologisch motivierten Krieg in Südostasien zu führen, sollte sich ihrer moralischen Position ganz sicher sein, bevor sie mit voller Absicht Hunderttausende von Menschen in den Tod schickt. Sämtliche Führungspersönlichkeiten und Regierungen in der Geschichte, die wir aus heutiger Sicht als böse einschätzen, waren höchstwahrscheinlich davon überzeugt, im Recht zu sein, weshalb sie auch ihren Einsatz von Gewalt und Terror im Kampf gegen angebliche innere und äußere Bedrohungen als gerechtfertigt betrachteten. Wir halten uns selbst instinktiv für gut und folgerichtig alle, die gegen uns sind, für schlecht.*

WGGX: *Die Bösen stehen immer auf der anderen Seite.*

BSH: *Richtig.*

WGGX: *Ein beunruhigender Gedanke. Was mögen wohl die Iraker von uns denken? Wir sind gleich wieder da, um Ihre Fragen an Mr. Hoppner entgegenzunehmen …*

15

Das Gebäude, von dem aus Sword Enterprises und sein moralischer Kreuzzug geleitet wurden, bestand aus nur fünf schmucklosen Räumen: einer Rezeption, einem Sekretariat, einem Konferenzraum, einer Bibliothek und einem Arbeitszimmer in der Mitte. Die äußeren Räume waren alle leer, die Sekretärinnen seltsamerweise nirgendwo zu sehen; als ich jedoch in das Arbeitszimmer gestürmt kam, fand ich dort nicht nur Hoppner und David vor, sondern auch Francisco José Sánchez.

Einen Augenblick lang herrschte allgemeines Schweigen. Die bloße Gegenwart von Sánchez – dem Mann, der mir eine Machete an den Hals gehalten hatte – genügte, um mich innehalten zu lassen. Der Comandante saß gegenüber von Hoppner an dessen stämmigem Eichenschreibtisch und warf mir einen kurzen Blick zu. In dieser wortlosen Kommunikation glaubte ich so etwas wie eine Entschuldigung, vielleicht sogar Reue zu erkennen. Dann wandte Hoppner sich an David und knurrte: »Ich hatte dich doch gebeten, die Türen zu schließen.«

Absurderweise versuchte ich, mein Hereinplatzen zu rechtfertigen, als hätte ich gegen irgendeine unbedeutende Verhaltensregel verstoßen: »Pamela dachte, Sie wären allein hier drin«, stammelte ich.

»Freut mich zu hören«, erwiderte er mit einem viel sagenden Blick auf Sánchez.

»Ich kann ja später noch mal kommen.« Sánchez' Gegenwart hatte mich völlig durcheinander gebracht, und meine Wut über die Nachricht, dass ich den Test noch einmal machen sollte, war schon verflogen.

»Ganz ruhig, Mark, ich habe ihm verboten, Sie zu töten.« Staubtrockener Humor. »David, schließ die Türen ab. Aber diesmal alle.« Dann wandte er sich wieder mir zu. »Ich fürchte, ich kann Sie noch nicht gehen lassen. Unser Freund, Señor Sánchez, möchte nämlich aus irgendeinem Grund nicht, dass jemand von seiner Anwesenheit hier erfährt.«

Seit Freddys Tod war wenig Zeit geblieben, über diesen abgetrennten Ziegenkopf nachzudenken, doch Sánchez' unerwartete Gegenwart erinnerte mich sofort wieder daran. Ich dachte an die Steine, die gegen Pamelas Wagen geschleudert worden waren. Weitere Anzeichen einer Rebellion. Wo würde das alles hinführen? Die Stimmung in Hoppners perfekter Gesellschaft war alles andere als fröhlich. Wurde das Gelände etwa belagert? Und wenn ja, was hatte es dann zu bedeuten, dass Sánchez sich in der Festung befand?

Hoppner wies mir einen roten Ledersessel zu. »Machen Sie es sich ruhig bequem. Das hier könnte ein Weilchen dauern. Señor Sánchez war gerade dabei, zu erklären, warum seine Freunde Tanadios Jungen dazu brachten, einen Ziegenkopf in meinen Garten zu werfen.« Mit diesen Worten wandte er seine flammenden Augen wieder Sánchez zu.

Es war faszinierend, zwei Männer von gleicher Entschlossenheit dabei zu beobachten, wie sie über eine symbolische Geste diskutierten. Niemandem war ein konkreter Schaden entstanden, und doch waren die Implikationen dieses grausigen Symbols – überbracht von einer Stadt, die Hoppner seit fünf Jahren finanzierte – gar nicht hoch genug einzuschätzen. Über welche Macht verfügte Hoppner überhaupt noch, wenn sein Geld nicht mehr ausreichte, ihm absoluten Respekt und Gehorsam zu erkaufen?

Obwohl stärker und jünger als sein Gönner, fühlte sich Sánchez sichtlich unwohl in seiner Haut. Sein dynamisches Wesen schien in diesem sterilen Raum auf merkwürdige Weise gedämpft. Dies war nicht seine Welt – dieses enge Büro, in dem sich eine vom Volk anerkannte Führungspersönlichkeit ausländischem, moralisierendem Geld beugen musste. »Sie sind unglücklich«, sagte er schlicht. »Unglücklich und verängstigt. Und das schon seit vielen Monaten. Hawken macht unseren Frauen und Kindern Angst. Und jetzt sind sie auch noch wütend über Tanadios Tod.«

David kam wieder herein und nahm unmittelbar hinter seinem Herrn Platz.

»Und wie zivilisierte Menschen dies tun, überbringen sie diese Botschaft mit einem abgetrennten Körperteil?«

»Dass Joaquim Tanadio getötet wurde, war zu viel für sie.«

»Señor Sánchez, Sie wissen doch ganz genau, dass jeder Ihrer Männer dieselbe Verpflichtung eingegangen ist: Wer sich eines Mordes schuldig macht, muss Selbstmord begehen.«

Das einzige Tageslicht drang durch vier Glasziegel im Dach herein. Wie pervers von Hoppner, sich einen so herrlichen entlegenen Ort auszusuchen und sich dann nicht einmal die Aussicht zu gönnen. Aber vielleicht fiel das ja unter die Tugend der Enthaltsamkeit.

Sánchez schüttelte den Kopf. »Joaquim war ein guter Mann.«

»Er hat unschuldige Zivilisten in die Luft gejagt! Ist Ihnen eigentlich klar, wie lange ich den Minister bearbeiten musste, um zu verhindern, dass er seine Todesschwadronen hierher schickt, um Vergeltung zu üben? Sie wollten Miraflores dem Erdboden gleichmachen.« Dies war an Sánchez adressiert, doch nun wandte er sich mir zu. »Am ersten Abend nach Ihrer Ankunft fand doch diese Party statt. Hatten Sie eigentlich eine Ahnung, was Sie da feierten?«

»Das seltene trockene Wetter, dachte ich.« Dann sah ich Sánchez verwirrt an. Er erwiderte meinen Blick nicht.

»Nicht ganz«, erklärte Hoppner. »Sie haben den Tod von acht Polizisten, drei Vertretern der Weltbank und einem weithin beliebten Dichter aus Santa Tecla gefeiert.«

Mit einem finsteren Blick auf Sánchez legte er eine dramatische Pause ein. Ich hatte das unangenehme Gefühl, mit ansehen zu müssen, wie ein Lehrer einen Schüler abstraft, und rechnete schon fast damit, dass Hoppner erklären würde, wie *enttäuscht* er sei. Doch seine Botschaft war schlichter.

»Damit muss Schluss sein«, erklärte er leise. »Señor Sánchez, das kann so nicht weitergehen. Keine Bomben mehr, überhaupt keine Terrorangriffe mehr. Keine Morde. Das entspricht nicht dem Verhalten einer zivilisierten Gesellschaft. Außerdem nehmen Sie bitte diese Armbinde ab – Tanadio ist hinreichend betrauert worden.«

Verblüfft sah ich, wie Sánchez diese Anweisung auf der Stelle befolgte. Er steckte die Armbinde in die Tasche, als wäre sie ohne jede Bedeutung. Er war noch ganz mit Hoppners erster Forderung beschäftigt. »Mit Verlaub, Sie verstehen unsere Probleme nicht.«

»Damit liegen Sie hundertprozentig richtig: Ich verstehe sie nicht. Ich gebe euch alles, was ihr euch nur wünschen könnt. Wieso kümmert es euch da noch, wer das Land regiert?«

»Ja, Miraflores geht es gut. Aber wir haben auch Verwandte in anderen Pueblos. Wir haben Freunde, die im Gefängnis sitzen oder verschwunden sind. Und wir haben unseren Nationalstolz. Das hier ist unser Land, Mr. Hoppner, nicht Ihres. Deshalb ist es auch schwer für Sie zu verstehen, welchen Schmerz wir empfinden, wenn wir mit ansehen müssen, wie Indios wie Sklaven behandelt oder Kinder vergewaltigt werden. Diese Probleme kann ein Ausländer niemals lösen, auch nicht mit vielen Millionen Dollars.«

»Ersparen Sie mir solche allgemeinen Rechtfertigungen für Mord. Ich werde nicht zulassen, dass diese Gesellschaft bei einem Großangriff der Regierung vernichtet wird, nur weil ein paar schädliche Elemente ihr TNT nicht für sich behalten können. Wenn Sie weiterhin bei Konferenzen Bomben zünden, wird Miraflores bald von der Armee regiert. Wollen Sie das? Eines kann ich Ihnen jetzt schon sagen: Wenn das geschieht, packe ich die Koffer und nehme mein Geld mit.«

Mit einer Miene, in der Bedauern und Warnung sorgfältig austariert waren, versetzte Sánchez ihm den entscheidenden Schlag. »Einige hier meinen, Sie müssten so oder so die Koffer packen.«

Mit einem dumpfen Schlag landete Hoppners Handfläche auf der Schreibtischplatte. »Wie war das?«, fragte er nach.

Sánchez wusste, dass er sich nicht zu wiederholen brauchte. Er lehnte sich in seinem Sessel zurück und stieß einen langen Seufzer aus, der womöglich als eine Art Entschuldigung gedacht war – auch wenn ich ihn nicht gut genug kannte, um das beurteilen zu können.

»Hast du das gehört?«, knurrte Hoppner, an David gewandt. Einen Augenblick lang schien er kurz vor einem unkontrollierten Wutausbruch. »Sie wissen, was ich für sie getan habe und noch immer für sie tue, und trotzdem wenden sie sich gegen mich?«

»Sie haben Angst«, fuhr Sánchez fort. »Jeden Tag fürchten sie, dass Hawken sie holen könnte. Sie leben lieber ohne Geld als in ständiger Angst.«

»Haben die den Verstand verloren? Die glauben doch wohl nicht, dass ich einfach so verschwinde? Das werde ich nicht tun! Ich habe diese Stadt aufgebaut. Sagen Sie ihnen das für den Fall, dass sie es vergessen haben sollten.«

»Sie haben es nicht vergessen, Mr. Hoppner. Und sie sind Ihnen auch dankbar dafür. Aber selbst wenn Sie nicht gehen, werden sie Ihnen womöglich nicht mehr gehorchen. Sie werden die Tugenden und Ihren Kodex schnell vergessen. Ich kann mir nicht vorstellen, dass Sie das miterleben möchten.«

Hoppner bebte nun beinahe vor Zorn. »Wollen Sie mir drohen? Wollen Sie meine Arbeit zunichte machen? Ich habe das alles geschaffen! Ich habe etwas erreicht, was noch nie jemandem vor mir gelungen ist – eine Gesellschaft aufzubauen, die allein auf säkularen Werten beruht. Das ist ein Weltwunder der Moderne. Es zu zerstören wäre purer Vandalismus … schlimmer noch … es wäre ein Akt des Bösen.«

»Señor Sánchez«, warf David rasch ein. »Um was genau geht es?«

»Hawken«, lautete die schlichte Antwort.

Zunächst blinzelte Hoppner nur, sei es aus Verwirrung oder Erleichterung. Als er begriff, dass es einen Ausweg gab, lächelte er sogar. »Sie möchten, dass ich ihn entlasse? Und dann beruhigt ihr euch alle wieder? Nur weil ich Hawken nach Hause schicke und durch jemand anderen ersetze?«

Er erhielt nicht sofort eine Antwort. Sánchez rutschte etwas unbehaglich auf seinem Sessel herum. »So einfach ist das nicht«, erklärte er.

»Aber was wollen Sie dann?«, brüllte Hoppner.

»Wir müssen etwas haben. Jemanden. Das Pueblo braucht jemanden – für Joaquim, für Javier, Félix, für alle.«

»Nicht zu fassen«, murmelte ich. Ich konnte es kaum glauben. »Sie wollen ihn töten?«

»Nicht töten«, sagte der Comandante. »Nur einsperren.«

Hoppner starrte ihn ungläubig an. »Darum geht es also? Deshalb wollten Sie ein geheimes Treffen? Sie erwarten von mir, dass ich meinen eigenen Mann hinter Schloss und Riegel bringe?« Sein Blick schweifte zu David und wieder zurück zu Sánchez. »Haben Sie den Verstand verloren?«

»Er ist zum Sadisten geworden«, beteuerte Sánchez. »Er hat die Strafe verdient.«

»Señor Sánchez, haben Sie eigentlich meinen Kodex gelesen? Können Sie mir sagen, wo – sei es in der englischen oder der spanischen Version – geschrieben steht, dass ein Arbeitgeber seinen Angestellten dafür ins Gefängnis schicken darf, dass dieser seine Pflicht erfüllt?«

»Bedauerlicherweise ist Ihr Kodex auf diese Verhandlungen nicht anwendbar.«

»Ach, Verhandlungen sind das hier?« Er stieß ein wildes Gelächter aus. »Sie wollen mit mir *verhandeln*? Nehmen Sie meinetwegen Ihre Verhandlungen und …«

»Einen Augenblick, Mr. Hoppner.« David war aufgestanden. »Wir sollten hier nichts überstürzen. Kein voreiliges Handeln. Überhaupt keine Eile. Ganz ruhig.« Er blinzelte langsam. »Señor Sánchez. Ist das unbedingt nötig? Gefängnis?«

Sánchez nickte. »Die Leute müssen sehen, dass er für das, was er getan hat, bezahlt. Dann sind sie wieder zufrieden. Wenn nicht …«

»Was Sie fordern, ist unmöglich.«

»Ebenso unmöglich wie meine Position. Ich kann Miraflores nicht zusammenhalten, wenn die Menschen nicht glauben, dass ich etwas in ihrem Sinne erreiche.«

»Wir können Ihnen helfen. Noch mehr … Hilfen geben.«

»Das ist die einzige Hilfe, die sie jetzt wollen.«

David schloss kurz die Augen, bevor er sich langsam an Hoppner wandte.

»Wir müssen vernünftig sein«, sagte er mit gepresster Stimme.

»Hawken ist nicht schuldlos. Etwas in ihm hat sich verändert. Er genießt … diese Dinge.«

Hoppners Wut war nach Davids Eingreifen einer erneuten Verunsicherung gewichen. »Aber David …«

Obgleich mir die Vorstellung von Hawkens Verschwinden alles andere als unsympathisch war, ging mir Davids eifrige Suche nach einer Geste, mit der die Stadt beschwichtigt werden konnte – ein moralisches Hintertürchen gewissermaßen –, irgendwie gegen den Strich. »Ist die Motivation für ein bestimmtes Handeln nicht irrelevant, solange das Handeln selbst richtig ist?«, fragte ich Hoppner. »Haben Sie uns das nicht selbst erklärt? Wenn Hawken auf Ihre Anordnung hin Menschen getötet hat, welche Rolle spielt es dann, wenn er seinen Spaß daran hatte?«

»Er ist zu weit gegangen«, erklärte David. Die Tatsache, dass diesmal niemand meiner Wortwahl widersprach, war eindeutig als Indiz für den Ernst der Lage zu werten. »Das ist fair. Das ist gerecht.«

»Aber …« Es war schon ein außergewöhnliches Erlebnis, Hoppners Unbehagen so deutlich zu sehen. Fasziniert und nicht ohne eine gewisse Schadenfreude beobachtete ich seine Seelenqualen. »Aber David, ich habe ihm aufgetragen …«

»Unser ganzes … Ihr ganzes Projekt steht auf dem Spiel«, unterbrach David rasch, bevor Hoppner Gelegenheit hatte, sich selbst zu belasten. »Was wäre der Kodex ohne funktionierendes Modell?«

Beschwichtigung des Pöbels oder Vernichtung eines Lebenswerks. Ich sah das Dilemma in all seiner schmerzlichen Einfachheit vor mir. Aber Hoppner war der Moralist – der Mann, der an die absolute Herrschaft des Guten glaubte. Er würde sich doch wohl von derart schwachen Ausreden nicht umstimmen lassen und Hawken als Sündenbock vorschieben?

»Er ist zu weit gegangen«, wiederholte David mit plötzlicher Entschiedenheit. »Meinen Sie nicht auch?«

Hoppners Gesichtsausdruck erinnerte mich an einen ältlichen Chinesen, den Katie und ich auf einer der Banda-Inseln kennen gelernt hatten. Er besaß eine kleine Muskatnussplantage, durch die er gegen ein bescheidenes Entgelt Gewürzfreaks oder gelangweilte Weltenbummler führte, die den Vulkan, die Tauchgründe, das Beobachten von Delphinen und den Palast des früheren niederländischen Gouverneurs mit den witzigen, auf eine Fensterscheibe eingeritzten Inschriften bereits abgehakt hatten. Er erzählte uns eine wahrhaft herzzerreißende Geschichte über seine Erlebnisse in Xuzhou während der Kulturrevolution: Wie er von jungen maoistischen Fanatikern gezwungen worden war, jeden einzelnen der herrlichen Magnolienbäume zu fällen, die er sein halbes Leben lang im Stadtpark gepflegt hatte. Katie hatte sich darüber schrecklich aufgeregt und ihm ungefähr zwanzig Dollar schenken wollen – eine gewaltige Summe für dortige Verhältnisse. Da ich vermutete, dass der Mann die Geschichte nur erfunden hatte, um die Herzen von Westlern zu erweichen, ließ ich nicht zu, dass sie ihm das Geld gab. Danach redeten wir für den Rest des Tages kaum mehr miteinander. Später aber erinnerte ich mich wieder an seine Miene – ein Ausdruck, in dem sich schrecklicher Zorn mit völligem Unverständnis darüber mischte, wie jemand den Wunsch hegen konnte, etwas so Schönes zu vernichten – und schämte mich für mein Verhalten.

Genau diesen Gesichtsausdruck sah ich nun bei Hoppner, als er langsam und resignierend nickte.

»In Ordnung«, flüsterte er.

Eine Bemerkung, die mir ebenso unzureichend wie unangemessen für einen derart folgenschweren Kompromiss erschien.

»Danke«, sagte Sánchez. Er wusste genau, wie schwer es Hoppner gefallen war, seine Bedingungen zu akzeptieren. »Ich denke, wir müssen das so bald wie möglich erledigen.«

»Drei Tage«, knurrte Hoppner. »Der Innenminister und der Polizeichef haben sich für übermorgen angekündigt. Tanadio hat es mit seiner kleinen Show bis in die Weltnachrichten geschafft, wussten Sie das schon? Es ist schon ein Weilchen her, dass Guerillas in Mittelamerika Würdenträger aus Europa und den USA ermordet haben. Und sie wissen ganz genau, wer dafür verantwortlich ist«, fauchte er mit finsterem Blick auf Sánchez. »Ich brauche Hawken hier, wenn sie kommen. Um ihnen zu zeigen, dass ich die Dinge noch halbwegs im Griff habe.«

»Tut mir Leid«, erklärte Sánchez und schüttelte den Kopf. »Das ist zu lange.«

»Jetzt reicht's mir aber«, explodierte Hoppner. »Ich habe mich auf Ihre Forderung eingelassen! Da können Sie mir doch wenigstens zugestehen, dass ich über das Wie entscheide.«

»In Miraflores stehen sie kurz vor dem Aufstand ...«

»Dann setzen Sie eben Ihre angebliche Autorität ein!«

»In der Tat ... Mr. Hoppner?« David hatte sich wieder gesetzt, aber nun beugte er sich vor und legte Hoppner sanft die Hand auf den Arm. »Eine Verzögerung wäre gefährlich. Was ist, wenn Hawken dahinter kommt?« Er warf mir dabei einen viel sagenden Blick zu.

In mir regte sich augenblicklich der Impuls, gegen die Unterstellung zu protestieren, das Ganze könne womöglich an meiner mangelnden Verschwiegenheit scheitern. Dann aber erinnerte ich mich selbst daran, dass der psychopathische Hawken gar nicht schnell genug von der Bildfläche verschwinden konnte, und schwieg. Als Hoppners irritierter Blick mich traf, wurde mir klar, dass er Davids Bedenken teilte.

»Wie soll ich das Pamela erklären?«, fragte er mit kraftloser Stimme.

»Das geht schon in Ordnung«, versicherte ihm David. »Sie weiß, dass Sie immer nur das Richtige tun.«

Hoppner schloss die Augen. »Schnappt ihn euch«, flüsterte er.

Um seinen Sicherheitschef in die Falle zu locken, bat Hoppner Sánchez, in der Bibliothek zu warten und sich von den Fenstern fern zu halten. Dann holte er aus einem Aktenschrank stählerne Handschellen und einen braunen Medikamentenbehälter aus Kunststoff, den er auf ein Regal hinter eine Reihe von Whisky-, Wodka- und Cognacflaschen legte. Die Handschellen steckte er in die Tasche.

Die Tatsache, dass er überhaupt diese Gegenstände besaß – ganz abgesehen davon, dass er sie bei Hawken anzuwenden gedachte –, empfand ich als reichlich beunruhigend. Als er mir meine Befürchtungen ansah, zischte Hoppner: »Falls Sie Angst haben, sollten Sie besser zusammen mit Sánchez warten.«

»Ich habe keine Angst.«

»Wunderbar. Ich beabsichtige nämlich, Sie als Lockvogel einzusetzen.«

»Was?«

In meiner Stimme schwang wohl mein Erschrecken mit, denn er erklärte mit einem kalten Blick: »Wie ich Ihnen schon sagte, Sie können auch draußen warten, wenn das alles zu viel für Sie ist.«

Ein Gemisch aus Wut und Stolz hielt mich auf meinem Platz.

Als Hawken eintrat, registrierte er verblüfft meine Anwesenheit. »Sie sind schon auf?«, sagte er und meinte eigentlich *Was haben Sie denn hier zu suchen?* »Ich habe gehört, Sie sind nach dem ganzen Theater auf schnellstem Weg ins Bett verschwunden.«

Schweigend nahm David seinen Platz neben Hoppners Stuhl ein.

»Meinen Sie mit ›Theater‹ die Erkenntnis, dass ich als Kind Zeuge des Mordes an meinen Eltern wurde?«, fragte ich kalt.

»Ich meine damit, dass Sie angefangen haben, in einer Sprache herumzujammern, die Sie angeblich gar nicht beherrschen.«

Alle potenziellen Bedenken, die ich vielleicht bei dem Gedanken gehegt hatte, mit ansehen zu müssen, wie ein durch Drogen gefügig gemachter Mensch – selbst einer, der es nicht besser verdient hatte – Sánchez und seinen *compañeros* übergeben wurde, waren durch diese ekelhafte Bemerkung plötzlich wie weggewischt.

»Hawken, bitte«, beschwichtigte Hoppner und wies auf den Stuhl neben sich. Während er sich setzte, hielt Hawken den Blick auf mich gerichtet, um meine Reaktion auf seine Provokation zu verfolgen. Als ich gar nicht reagierte, wandte er sich Hoppner zu, der ihm einen Drink anbot.

»Nein danke.«

Eine kurze Pause der Bestürzung trat ein. Hawken spürte, dass etwas nicht stimmte, da war ich mir sicher.

»Na kommen Sie schon, trinken Sie einen mit. Mark und ich können jetzt einen vertragen, nicht wahr, Mark?«

Hoppner brachte vier Gläser Bourbon on the Rocks. Während David vorsichtig an seinem nippte, trank ich gleich das halbe Glas auf einmal in der Hoffnung, Hawken zur Nachahmung zu animieren. Dann kam mir der Gedanke, Hoppner könnte versehentlich die Gläser vertauscht und mir den mit dem Beruhigungsmittel versetzten Whisky gegeben haben. Ich stellte mir vor, wie ich vor ihren Augen einnickte, und fragte mich, wie Hoppner das wohl erklären würde.

Hawken trank nichts. Er beugte sich vor und stellte das Glas auf Hoppners Schreibtisch ab. Dann lehnte er sich zurück und fragte: »Warum haben Sie mich kommen lassen?«

Diese verschränkten Arme strahlten eine beängstigende Kraft aus. Selbst in entspannter Haltung schien sein ganzer Körper wie zum Kämpfen geschaffen. Ich war fast so groß wie er, hatte aber weder das Training noch die Erfahrung oder die Neigung zu Gewalt, die dieser körperlichen Kraft zugrunde lagen. Ich warf einen kurzen Blick auf das Glas auf dem Schreibtisch und betete innerlich, dass sich die Droge als stark genug erweisen würde. Zehn Minuten bis zum Knockout, hatte Hoppner gesagt, gerechnet ab dem Moment, in dem er sich überreden ließ zu trinken. Hawken fing meinen Blick auf und, schlimmer noch, meine schuldbewusste Miene in dem Augenblick, als ich mich rasch abwandte.

»Ich habe mit Mark über den Test gesprochen«, ersann Hoppner problemlos eine jener Lügen, die sein eigener Verhaltenskodex ihm verbot. »Wir sind beide zu dem Ergebnis gelangt, dass es angesichts des von uns aus dem Unterbewusstsein ans Licht gezerrten Materials nicht sinnvoll wäre, sofort mit der Hypnose fortzufahren. Mark muss sich erst einmal über ein paar Dinge bezüglich seiner Vergangenheit klar werden: Wie diese Vergangenheit tatsächlich aussieht, welchen Einfluss sie auf seine gegenwärtige Situation und seine geplante wohltätige Arbeit haben könnte und ob er innerlich schon so weit ist, um den nächsten Schritt zu wagen. Und ich denke, er braucht noch etwas Zeit.«

Hawken betrachtete erneut sein Glas. »Und deshalb haben Sie mich kommen lassen?«, fragte er ruhig.

Ich spürte Hoppners Zögern, ohne ihn ansehen zu müssen; auch Hawken konnte das unmöglich entgehen.

»Ich dachte, wir könnten Mark noch eine Weile hier wohnen lassen. Damit er sich an seine neue Situation gewöhnen kann.«

Um seine Nervosität zu verbergen, war Hoppner wieder zum Regal mit dem Hochprozentigen gegangen. Er kam mit der Whiskyflasche in der Hand zurück und spielte mit einer hochgezogenen Augenbraue auf mein leeres Glas an. Ich nickte rasch, doch auch dieses Ablenkungsmanöver konnte Hawkens Misstrauen nicht verringern.

»Wozu brauchen Sie auf einmal mein Einverständnis?«

»Einfach nur …« Hoppner reichte mir die Flasche und legte ihm eine schwere Hand auf die Schulter. »Ich möchte einfach nur, dass Sie Mark hier willkommen heißen.«

Hawken warf einen kalten Blick in meine Richtung. »Willkommen, Mark«, sagte er so ausdruckslos er konnte. Ich brachte ein verlegenes Lächeln zustande, als ich mein Glas nachfüllte.

»Wunderbar!« Hoppner griff nach dem unberührten Glas und hielt es Hawken hin. »Darauf trinken wir.«

Er führte sein eigenes Glas an die Lippen, hielt aber inne, als er sah, dass Hawken keine Anstalten machte, den Whisky mit dem Betäubungsmittel zu nehmen.

»Nein danke«, sagte Hawken. »Trinken Sie ihn für mich.«

In diesem kurzen Moment starrten die beiden Männer einander an: Hawken wusste es, und der mittlerweile sichtbar beunruhigte Hoppner wusste, dass er es wusste. Jeden Augenblick konnte Hawken die Fäuste heben und Hoppner nach den Wachposten rufen. Ich stellte mir schon vor, wie sie mit erhobenen Knüppeln in sein Büro gerannt kamen und über Hoppners makellos sauberen Schreibtisch das Blut spritzte. Ich sah ein übles Gemetzel auf mich zukommen, und dieser Augenblick der Vorahnung entsetzte mich. Die lange, leere Straße, die Leichen, alles noch einmal. In meinem Gehirn verschmolzen meine verschwommene Erinnerung und meine unsichere Vorahnung miteinander zu einem Bild des Grauens.

In meiner Handfläche lag der Boden der Whiskyflasche. Es

blieb keine Zeit, sie besser in den Griff zu bekommen. Ich ließ mein Glas fallen und holte mit dem Arm aus, um Hawken die Flasche über den Schädel zu ziehen.

Noch während er Hoppner in die Augen starrte, schien Hawken wie durch den sechsten Sinn eines erfahrenen Kämpfers alarmiert. Er war bereits dabei, sich zu mir umzudrehen, als die Flasche ihn unmittelbar über dem Ohr traf. Sekundenbruchteile später zerschellte mein Whiskyglas auf dem Fliesenboden.

Mit einem Geräusch, als würde er gleich an seiner eigenen Spucke ersticken, knickte Hawken seitlich in seinem Sessel zusammen. Sein Hals bewegte sich auf den Schultern hin und her wie bei einem Betrunkenen. Die Flasche war erstaunlicherweise nicht einmal zerbrochen. Ich konnte noch gar nicht glauben, was ich da soeben getan hatte, und stellte meine Waffe auf dem Schreibtisch ab.

»Sánchez!«, brüllte Hoppner und griff nach den Handschellen.

Die Tür zur Bibliothek flog auf und Sánchez stürmte herein. David und ich waren bereits dabei, den halb betäubten Mann mit dem Gesicht nach unten auf den Boden zu drücken. Er gab ein benommenes Knurren von sich. Blut tropfte auf die Kacheln, wo eine scharfe Scherbe meines Glases Hawkens Hand aufgeritzt hatte. Sánchez drückte mit seinem ganzen Gewicht die zuckenden Beine fest auf den Boden. Obwohl David und ich mit vereinten Kräften Hawkens Hände hinter seinem Rücken festhielten, hatte Hoppner Schwierigkeiten, ihm die Handschellen anzulegen. Die mächtigen Hände griffen bereits nach mir, die Nägel krallten sich in meine Haut.

»Halten Sie seine Beine«, forderte Sánchez Hoppner auf, nachdem dieser Hawken endlich die Handschellen angelegt hatte. »Ich muss sie zusammenbinden.«

Hoppner zögerte. War dies das erste Mal, dass einer seiner Günstlinge ihm eine Anweisung gab? Oder überhaupt jemand? Hawkens Stimme hatte sich mittlerweile vollständig erholt, brüllend schleuderte er uns Schimpfwörter entgegen. Ich musste meine ganze Kraft zusammennehmen, um seine Brust auf dem Boden zu halten. Mit so viel Würde, wie er unter den gegebenen

Umständen aufzubringen vermochte, kniete Hoppner nieder und packte die Beine seines ehemaligen Leibwächters. Sánchez riss Hawken derweil den Gürtel vom Leib, wickelte ihn zweimal um dessen Handgelenke und verknotete ihn.

Nachdem sein Bauernopfer fest verschnürt war, stand Hoppner sichtlich mitgenommen auf. »Ich hole den Wagen«, sagte er mit rauer Stimme. »Mark, seien Sie doch bitte so nett und helfen Sie uns, ja? Ich möchte nicht gerne die Wachen bemühen. Sie könnten womöglich in gewisse … Loyalitätskonflikte geraten.«

Bemüht, Hawken nicht anzusehen, streckte er die Schultern durch und hastete hinaus.

Auf dem Parque Central hatte sich bei unserer Ankunft bereits eine größere Menschenmenge versammelt. Wie sie von Hawkens Sturz erfahren hatten, weiß ich nicht. In finsterer Erwartung drängten sie sich so dicht um den Geländewagen, dass David aussteigen und sie verscheuchen musste. Fast alle Männer trugen nun schwarze Armbinden. Die ganze Fahrt über hatte Hoppner, während er selbst am Steuer saß, seine Emotionen fest im Griff gehabt und schweigend Hawkens Beschimpfungen über sich ergehen lassen. Vor dem Gefängnis angekommen, schaltete er den Motor ab, bevor er seinen verratenen Diener – noch immer, ohne sich umzudrehen – mit den knappen Worten bedachte: »Tut mir Leid.«

David öffnete die hintere Tür und übergab Sánchez die Schlüssel für die Handschellen. Hoppners Entschuldigung hatte bei Hawken eine bemerkenswerte Wirkung hinterlassen. Als Sánchez und ich uns darauf vorbereiteten, ihn aus dem Fahrzeug zu heben, bat er mit weitaus ruhigerer Stimme als zuvor: »Öffnet die Fesseln, damit ich laufen kann. In Handschellen kann ich euch nicht gefährlich werden.«

Ich warf Sánchez einen fragenden Blick zu, und der nickte kurz. Hawkens Gesicht wirkte auf unheimliche Weise passiv.

Ich löste den Gürtel um seine Knöchel.

Es war ein merkwürdiges Gefühl, Hoppner behilflich zu sein – dem Mann, der mit einiger Wahrscheinlichkeit in ein paar Tagen meine Hinrichtung anordnen würde, bei der dann wohl in Hawkens Abwesenheit ein paar Wachen nachhelfen mussten. Aber mein Wunsch, Hawken auf dem Gelände nicht mehr ertragen zu müssen, war noch stärker als der, Hoppner an der Ausführung seines Vorhabens zu hindern. Es war eine Frage des kleineren Übels.

Als Hawken aus dem Fahrzeug trat, die Hände noch immer hinter dem Rücken zusammengeschlossen, brandete in der Menge Jubel auf. Plötzlich rannten sie auf uns zu. Ohne zu denken, ohne zu wissen, woher das Wort kam, schrie ich: »Moveos!«

Sie wichen sofort zurück. Der Jubel verstummte. Ein paar Sekunden lang war jedes Augenpaar auf mich gerichtet. Ganz vorne in der Menge stand Lupita, noch immer barfuß und mit flehendem Blick. Ich schaute zurück zu Hoppner. Er nickte einmal ohne zu lächeln, aber durchaus beifällig. Offenbar erwartete er von mir, dass ich diesen Mann in die Gefangenschaft führte. Sánchez war vorausgegangen, um den Weg frei zu machen; David starrte konzentriert auf eine Baumkrone. In diesem Augenblick der Anspannung verspürte ich den Zwang, mitzumachen. Entschlossen packte ich Hawkens Arm und ging auf das Gefängnis zu.

Hawken ging würdevoll und entschlossenen Schrittes, den Blick stur geradeaus gerichtet. Diejenigen Zuschauer, die auf Sánchez' knappen Befehl hin noch nicht ausgewichen waren, traten nun zügig beiseite. Mehrere Männer trugen Macheten, ihre Hände waren noch schmutzig von der Feldarbeit. Alle starrten wie gelähmt den Mann an, der so plötzlich in Ungnade gefallen war. Als ich so neben Hawken herging, wurde mir erst der Größenunterschied zwischen uns beiden bewusst: Er war zwar nur gering, aber Hawken war eindeutig der Größere. Fast ohne es selbst zu merken, streckte ich den Rücken durch und ging zum Ausgleich ein wenig aufrechter.

Sánchez erreichte die offene Tür des Gefängnisses, bereit, mich durch diesen fremden Ort zu führen. Zwei Männer in schwarzen Hosen, grauen Hemden und schwarzen Armbinden – die Gefängniswärter, wie ich annahm – eilten uns entgegen, um zuerst ihm und dann mir die Hand zu schütteln. Einer von ihnen wollte Hawken schon mit derselben Geste begrüßen, nahm dann aber doch davon Abstand. Die unangekündigte Ankunft ihres früheren Herrn, entmachtet und in Handschellen, schien sie mächtig zu verwirren.

Der ältere der beiden Männer, stolzer Besitzer eines asymmetrischen Schnurrbarts und eines schweren silbernen Kruzifixes, führte uns zu einer leeren Zelle. Erneut fiel mir auf, wie still es an diesem Ort war. Wir durchschritten staubtrockene Flure, in denen es dennoch nach Moder roch, und passierten dabei fünf oder sechs Gittertüren, hinter denen die rätselhaften oder vielleicht einfach nur drangsalierten Gefangenen herumhingen. Laut Sánchez war das Gebäude einmal eine Bibliothek gewesen, und doch fiel es schwer, sich an diesem Ort, wo alle Geräusche von den leeren, weiß getünchten Wänden widerhallten, Bücher vorzustellen. Die Neonbeleuchtung hob die raue Struktur des Putzes so deutlich hervor, dass ich dem Drang nicht widerstehen konnte, den Zeigefinger über die raspelähnliche Oberfläche gleiten zu lassen. Sie war grobkörnig genug, um sich die Haut daran aufzuscheuern. Trockenes weißes Puder sammelte sich auf meiner Fingerspitze, vor deren blassem Hintergrund sich ein einzelner Tropfen karmesinroten Blutes abhob.

Die Zelle, die sie für Hawken wählten, hatte ein Fenster mit Blick auf den Parque Central. Als er sich dessen bewusst wurde, verlangsamte er seinen Schritt, als wollte er um eine andere bitten. Aber die Bitte kam nicht über seine Lippen. Stattdessen warf er mir einen letzten finsteren Blick zu, bevor er uns den Rücken zuwandte und seine gefesselten Hände hob. Nachdem Sánchez ihm die Handschellen abgenommen hatte, ging er zum einzigen Stuhl in der Zelle und trug ihn ans Fenster, wo er sich niederließ – voll im Blickfeld der Stadt, die ihn hasste.

Am Eingang des Gefängnisses traf ich auf David. Er grinste unsicher. »Danke. Sie waren eine große Hilfe. War natürlich schmerzvoll. Aber nötig. Uns blieb keine Wahl. Gut gemacht.« Noch ein Pragmatiker.

Einen Augenblick lang war ich versucht, davonzulaufen. Ich befand mich außerhalb von Hoppners umzäuntem Gelände, und irgendwo in der Stadt musste es doch ein Fahrzeug geben, das ich mir unter den Nagel reißen konnte. Und wenn das fehlschlug, war da ja immer noch Freddys Pistole. Doch ein Blick auf die Massen um mich herum – Menschen, die für ihre Loyalität zu Hoppner bezahlt wurden – überzeugte mich davon, dass jeder Ausreißversuch chancenlos sein würde. Schlimmer noch: Falls einer der Ex-Guerilleros mit ihren Macheten mich als Erster erwischte, konnte mich das leicht das Leben kosten. Also trottete ich gehorsam hinter David her und ergab mich in mein Schicksal. Ob ich es wollte oder nicht – ich musste in mein Gefängnis zurückkehren.

Noch etwas von dieser außergewöhnlichen Szene blieb in meinem Gedächtnis haften. Als David und ich am Geländewagen ankamen, öffnete Hoppner die Tür und trat heraus. Er wirkte wie elektrisierend auf die Massen. Er sagte nichts; er tat nichts. Er sah sich nur um, musterte ernsthaften Blicks seine Schäfchen und kehrte dann auf seinen Platz hinter den dunkel getönten Scheiben zurück.

Die Massen waren beschwichtigt. Die Fäulnis hatte eingesetzt.

Aus der Washington Post

Sir

In seinem Artikel »Des Teufels neuester Rekrut« wirft Nicholas Vogel Benjamin Sword Hoppner vor, er übe einen »schädlichen Einfluss auf die amerikanische Gesellschaft« aus. Er behauptet, Hoppner trage »mehr als jeder andere Schundverkäufer zum tragischen Verfall westlicher Werte und Verhaltensmuster bei«. Dem muss entschieden widersprochen werden.

Mr. Hoppner wünscht sich ebenso wenig, dass Menschen pornografische Schriften konsumieren, wie er wünschen würde, dass sie Frauen vergewaltigen oder Banken ausrauben. Er hat zahlreiche Gutachten in Auftrag gegeben, die das bestätigen, was alle außer den puritanischsten Republikanern ohnehin bereits wissen: Die Zahl derer, die pornografisches Material konsumieren, ist unabhängig von der Zahl pornografischer Veröffentlichungen – ebenso wie die Zahl der Bankraube nicht zunimmt, wenn mehr Banken gebaut werden. Stattdessen gibt es sie einfach, die Konsumenten von Pornografie ebenso wie die Bankräuber, und Erstere werden immer große Summen für Pornografie ausgeben, ganz gleich, wer diese produziert. Mr. Hoppner ist in dieses Geschäft eingestiegen mit dem Ziel, dieses Geld von skrupellosen Schundverkäufern wegzulenken und guten Menschen zur Verfügung zu stellen, die es für gute Zwecke benötigen.

Da ich seit drei Jahren für Mr. Hoppner arbeite, werden Sie mir natürlich Voreingenommenheit unterstellen. Deshalb sollten Sie wissen, dass er mir nicht mehr bezahlt, als ich in meiner vorherigen Stellung als Strategische Direktorin von Frauen Gegen Sexuelle Ausbeutung verdient habe. Ich entschied mich, für Sword zu arbeiten, weil Mr. Hoppner mehr Gutes tut als tausend noch so wohlmeinende wohltätige Organisationen. Er hat begriffen, dass Geld die Welt bewegt, und sich der Aufgabe gewidmet, diese gewaltige Macht so einzusetzen, dass sie möglichst viel Gutes bewirken kann.

Benjamin Sword Hoppner ist ein guter Mensch. Er ist sogar ein sehr guter Mensch. Ich würde ihm bedenkenlos mein Leben und meine Seele anvertrauen. Sein Moralkodex ist ein Quell der Inspiration, und ich kann bezeugen, dass er ihn Tag für Tag lebt. Selbst wenn nur ein Prozent der amerikanischen Gesellschaft so wäre wie er, wäre dieses Land um ein Tausendfaches glücklicher. Deshalb werde ich bis an mein Lebensende alles tun, was in meinen Kräften steht, um seiner Sache zu dienen.

Pamela Martinsen, Sword Enterprises

16

Wieder zurück auf Hoppners Gelände, fühlte ich mich schmutzig. Eine so wichtige Rolle bei der Entführung und Inhaftierung eines Sündenbocks gespielt zu haben ließ in mir eine innere Leere und Abscheu vor mir selbst zurück. Was hätte Katie wohl gedacht, wenn sie gesehen hätte, wie ich Hawken diese Flasche über den Kopf schlug? War ich wirklich bereit, wieder in ihr Leben zu platzen, nachdem ich einen Mann dafür ins Gefängnis gebracht hatte, dass er den Anweisungen seines Herrn gefolgt war?

Die meiste Zeit meines Lebens hatte ich mir um Fragen der Moral keine großen Gedanken gemacht. Vielleicht war diese neue Verwirrung nur zustande gekommen, weil ich nun nicht mehr befürchten musste, eine sadistische Ader in mir zu haben. Vielleicht war ich auch einfach schon zu lange mit Hoppner zusammen. Wie dem auch immer gewesen sei – das Gefühl moralischer Verunsicherung, das ich empfand, war überwältigend.

Wohl aus diesem Grund weigerte ich mich sofort, als Hoppner mich ein weiteres Mal um Hilfe bat.

»Ich habe ja noch gar nicht erklärt, worum es geht.«

»Das spielt keine Rolle. Ich werde es nicht tun.«

Er hatte den Geländewagen zu seinem Haus gefahren und mich höflich, aber entschieden gebeten, für ein paar Minuten mit hineinzukommen. David hatte er losgeschickt, um Pamela zu holen.

»Mark, Sie haben ja gehört, was ich sagte. Der Innenminister und der Polizeichef kommen übermorgen zu Besuch. Im Rahmen unserer Abmachung, Polizei und Militär aus Miraflores fernzuhalten, habe ich versprochen, meine eigenen Sicherheitsvorkehrungen zu treffen. Die kommen her, um zu überprüfen, ob wir den Terrorismus im Griff haben, und da erwarten sie natürlich einen Chef der Sicherheitskräfte. Und meiner ist mir abhanden gekommen«, fügte er mit einem dünnen, humorlosen Lächeln hinzu. »Sie haben da draußen eine verblüffende Autorität ausgestrahlt. Wie schwer würde es Ihnen fallen, die Rolle einen Tag lang zu spielen?«

»Was?«

»Sie müssen lediglich auf den Polizeichef überzeugend wirken. Den harten Hund spielen, der gar nicht erst zulässt, dass jemand Ärger macht. Eine halbe Stunde höfliche Konversation. Sie brauchen *überhaupt nichts zu tun.*«

Niemanden zu schlagen oder zu töten, sollte das wohl heißen.

Ganz abgesehen von dieser Einschränkung konnte ich nicht glauben, was er da sagte. Hier ging es schließlich nicht um eine Kleinigkeit. Benjamin Sword Hoppner, Verteidiger von Wahrheit und Wahrhaftigkeit, hatte die Absicht, die höchsten Vertreter des Staates hinters Licht zu führen.

»Warum erklären Sie ihnen nicht einfach, dass Sie bald einen neuen Sicherheitschef haben werden? Ich nehme doch an, dass Sie sich bereits nach einem neuen umgesehen haben?«

»Die in Chicago meinten, es könnte einen Monat dauern, bis sie einen finden würden, der geeignet sei, in einem solchen Umfeld zu arbeiten. Der Polizeichef und ich haben … eine Übereinkunft, aber vor seinen eigenen Leuten muss er eine harte Linie fahren. Wenn er merkt, dass hier niemand für die Sicherheit sorgt, ist er gezwungen, eine Polizeieinheit in Miraflores zu stationieren. Und wenn die erst einmal hier sind, werden wir sie womöglich nie wieder los, und der Schaden für diese Gesellschaft …« Die Sorgenfalten auf seiner Stirn wurden angesichts dieser Aussichten noch eine Spur tiefer, als sie es ohnehin schon waren. »Mark, es gibt niemanden sonst, der es tun könnte. David ist zu klein, Leonard zu dürr, und die Wachen sind gute Soldaten, aber als Kommandeur würde keiner von ihnen durchgehen. Sie sind der Einzige mit dem passenden Aussehen und dem entsprechenden Auftreten.«

In diesem Augenblick wurde mir klar, dass er tatsächlich auf mich angewiesen war. Es fiel mir auch nicht schwer, mir vorzustellen, wie schon ein läppisches Dutzend dieser hasserfüllten

Polizisten, die ich in Santa Tecla gesehen hatte, das labile Gleichgewicht von Hoppners Modellgesellschaft zerstören konnten. Nur mit meiner Hilfe war das zu verhindern. Er *brauchte* mich. Mit einem Mal hatte ich einen Trumpf in der Hand.

»Darf ich eine Bedingung stellen?«

»Wenn sie angemessen ist.«

»Ich mache es, wenn Sie Mrs. Williams von ihrer Verpflichtung entbinden, sich Ihrem Test zu unterziehen.«

Er runzelte die Stirn. »Sie hat es versprochen.«

»Sie hat eine Heidenangst vor Ihnen. Ich möchte, dass Sie sie gehen lassen. Das ist meine Vorbedingung.«

»Dann sage ich nein.«

Ich verstand nicht. »Was meinen Sie mit *nein*?«

»Ich akzeptiere Ihre Bedingung nicht.«

Ich war baff. »Ist ihr Tod wirklich so wichtig für Sie?«

»Ihr Versprechen – und dass sie ihr Versprechen hält – sind so wichtig für mich.«

Ich suchte sein Gesicht nach Anzeichen für einen Bluff ab, fand aber keine. War er schlicht ein besserer Pokerspieler als ich? Ein besserer Verhandlungsführer?

»Und was ist mit Ihrem Mitgefühl?«, fragte ich. »Ist das nicht auch eine Ihrer Kardinaltugenden?«

»Mark, das ist jetzt vielleicht schwer für Sie zu verstehen, aber es wäre weniger tugendhaft für mich, auf meine eigenen Tugenden zu schauen als einem anderen Menschen zu helfen, auf die seinen zu achten. Mein eigenes Mitgefühl höher zu bewerten als die Tatsache, dass sie ihr Versprechen hält, wäre nicht sehr großmütig. Letzten Endes handle ich tugendhafter, wenn ich weniger Mitgefühl zeige.«

Was man mit Moral nicht alles begründen konnte!

Doch noch während ich mir eingestehen musste, dass mein Versuch zu verhandeln gescheitert war, wurde mir plötzlich klar, welch ungeheure Chance Hoppner mir da bot. Ich würde höfliche Konversation mit dem Polizeichef machen müssen, hatte er gesagt. Was konnte für mich in dieser Situation wertvoller sein? Höchstwahrscheinlich würde der Polizeichef bewaffnet sein und in Begleitung einiger seiner Beamten erscheinen. Wenn es mir irgendwie gelang, allein mit ihnen zu sprechen – lange genug, um ihnen zu erklären, welche Gefahr Alice und mir drohte –, würden sie zweifellos auf der Stelle intervenieren.

Ich hatte einen möglichen Ausweg gefunden.

Obwohl ich mich dafür hasste, willigte ich also wieder einmal ein, Hoppner zu helfen. Es gab keine Alternative, denn eine solche Chance würden wir so schnell nicht wieder bekommen. Die rettende Kavallerie kreuzte nur ein Mal unseren Weg.

»Danke, Mark«, sagte er. »Ich wusste doch, das Sie mir helfen würden.« Sein Glaube an das Gute im Menschen war so stark, dass ihm noch gar nicht in den Sinn gekommen war, dass ich diese Gelegenheit zu einem Fluchtversuch nutzen könnte. »Ich werde Sánchez anweisen, Ihnen die Stadt zu zeigen. Sie müssen sie gut genug kennen, damit es wenigstens so aussieht, als wüssten Sie, wovon Sie sprechen. Würden Sie ihm erklären, dass ich keine dieser Armbinden mehr sehen möchte, wenn der Minister kommt?«

Es klopfte an der Tür. David brachte Pamela herein. Ihre Miene spiegelte nichts als höfliche Neugier; sie hatte offenbar noch keine Ahnung, was aus Hawken geworden war.

»Wir machen jetzt besser Schluss«, sagte Hoppner zu mir, worauf wir uns erhoben und einander die Hände schüttelten. »Ich weiß es wirklich zu schätzen, dass Sie das tun, Mark. Auch wenn mich das natürlich bei Ihrem Test nicht beeinflussen darf, bin ich Ihnen doch zu großem Dank verpflichtet.«

Beim Hinausgehen hatte ich fast das Gefühl, mich übergeben zu müssen. Ich hörte noch, wie er Pamela mit feierlicher Stimme aufforderte, sich zu setzen.

Alice und Leonard saßen Seite an Seite in der Diele des Gästehauses, die Blicke auf die gegenüberliegende Wand gerichtet. Als ich hereinkam, sprang Alice auf.

»Was läuft hier ab?«, fragte sie. »David sagt, dass sie Hawken ins Gefängnis geworfen haben.«

Ich hatte nicht die Absicht, meinen Plan in Leonards Beisein zu erläutern. Er war nicht nur viel zu naiv, um ein Geheimnis vor unserem Gastgeber bewahren zu können, sondern schien darüber hinaus auch nicht in der Lage, Hoppners mörderischen Fanatismus als Realität zu akzeptieren. Das einzige Mal, als ich mitbekommen hatte, wie Alice ihm gegenüber ihren Wunsch geäußert hatte, aus Miraflores zu verschwinden, hatte er völlig verwirrt entgegnet: »Aber Ali, willst du denn nicht den Test machen? Jetzt sind wir so weit gereist, und das wäre alles umsonst gewesen, wenn du keinen Penny bekämst.« Seine absolute Unfähigkeit, den Ernst unserer Lage zu erkennen, machte mir allmählich Sorgen.

Also bugsierte ich Alice hinaus auf die Veranda, um ihr die Sache mit dem Besuch der Polizei zu erklären und meine Absicht, die Ordnungshüter um Hilfe zu bitten. Hoppner hatte bereits entschieden, unser beider Tests bis nach dem Besuch aufzuschieben, damit »nichts diese wichtige Episode komplizieren« konnte. Was nichts anderes bedeutete, als dass er so kurz vor dem Auftauchen der Polizei niemanden mehr umbringen wollte. Doch was auch immer seine Beweggründe sein mochten – die Verzögerung sorgte jedenfalls dafür, dass wir noch am Leben sein und die Chance bekommen würden, die Polizisten um Hilfe zu bitten.

All das erklärte ich Alice, und obwohl ich nicht erwartet hatte, dass sie mich mit Küssen der Dankbarkeit überhäufte, war ich doch vom Ausbleiben jeglicher Reaktion verblüfft. Außer einem schmallippigen Nicken kam rein gar nichts.

»Was ist denn los?« Ich nahm ihre Hand und brachte sie dazu, sich auf eine der Verandastufen zu setzen. »Alice, wir kommen hier raus, glaub mir.«

Am anderen Ende der Rasenfläche öffnete sich die Hintertür von Hoppners Haus und heraus trat eine bestürzte, zitternde Pamela. Nach kurzem Zögern taumelte sie auf das untere Ende des Gartens zu.

»Ich traue dir ja«, sagte Alice. »Ehrlich. Und ich danke dir.« Dann entzog sie mir ihre Hand.

»Was ist es dann …?«

»Nur etwas … heute Morgen.«

Ich wartete geduldig, doch wenige Augenblicke später stand sie auf, schüttelte den Kopf und ging zurück ins Gästehaus.

Mit stierem Blick schaute Pamela auf das Blätterdach des Regenwalds hinter der weißen Mauer. Sie schien mich kaum zu bemerken, als ich mich neben ihr niederließ.

»Er wird bestimmt nicht lange da drin bleiben«, sagte ich auf der Suche nach einer unverfänglichen Eröffnung des Gesprächs. »Das ist doch nur symbolisch gemeint.«

Sie schien mich nicht zu hören. »Ich muss seine Sachen rausschaffen«, murmelte sie. »Für David. David zieht in sein Haus.« Ein bitteres, konfuses Lachen. »Seine ganzen Sachen. Ich muss …«

»Pamela, was geschehen ist, tut mir wirklich Leid.«

Erst jetzt wandte sie sich mir zu, starrte mich an, musterte mich.

»Leid? Ihnen? Nach allem, was Sie dem armen Hawken angetan haben?«

Der arme Hawken. So Leid tat es mir vielleicht doch nicht.

»Das war Hoppners Entscheidung.«

Sie schüttelte den Kopf. »Das ist unmöglich. Mr. Hoppner würde sich nie gegen seinen treuesten Mitarbeiter stellen. Sie erwarten doch wohl nicht, dass ich das glaube? Das könnte er Hawken nie antun.«

»Und wie kommen Sie dazu, zu glauben, dass ich das könnte? Ich werde hier gegen meinen Willen festgehalten.«

»Alles war bestens, bis Sie hier aufgekreuzt sind«, murmelte sie ein wenig wirr. »Ich habe doch gesehen, wie Sie mit Mr. Hoppner gesprochen und seinen Verstand vergiftet haben.«

»Mein Gott, jetzt seien Sie doch nicht so melodramatisch! Ich habe keinerlei Einfluss auf ihn. Das glauben Sie doch nicht im Ernst.«

»Mr. Hoppner würde das von sich aus nie tun!«, schrie sie, zog die Knie an die Brust und schloss ganz fest die Augen.

Ich starrte sie verwundert an. Ihr Idealismus hatte durch diesen Kompromiss einen schweren Dämpfer erhalten, sie verkraftete den Schock nicht.

»Ich sehe mal nach, ob ich ein paar Kartons finde«, murmelte ich und stand auf. »Für seine Sachen.«

Hawken besaß nicht viele Habseligkeiten. Zumindest in dieser Hinsicht ähnelte er seinem ehemaligen Arbeitgeber. Sein ganzer Besitz würde, wie ich schon auf den ersten Blick sehen konnte, leicht in eine einzige Kiste passen. Die Kleider waren alle ähnlich: mehrere Laufausstattungen, acht Hemden, ebenso perfekt gefaltet wie die drei Khakihosen auf hölzernen Kleiderbügeln. Er besaß einen dunklen Lederhut nach australischer Art, den er getragen hatte, als er aus dem Regen aufgetaucht war, um mich vor Sánchez' Klinge zu retten.

Der Retter im Abseits. Ich wandte mich zum Wohnzimmer, in dem einige wenige internationale Nachrichtenmagazine, Holzschnitzereien aus der Umgebung und ein Schachspiel herumlagen. Spielte er etwa Schach? Hatte er die Schnitzereien selbst gekauft oder waren sie Geschenke von Pamela? Es war unmöglich, nicht wenigstens ein bisschen neugierig zu werden, ein bisschen die Distanz zu verlieren.

Auf einem Regal stand eine kleine Auswahl von Büchern: billige Thriller meist, aber auch eine Einführung in die mittelamerikanische Vogelwelt und das unvermeidliche Exemplar von Hoppners Moralkodex. Daneben lag ein kleines silbernes Abzeichen. Flügel. Er war also Fallschirmjäger gewesen. Ich hatte schon auf etwas in dieser Richtung getippt, war aber trotzdem froh, dass ich es nicht gewusst hatte, bevor ich ihm so spontan den ersten Schlag versetzte.

Selbst die Küche sagte etwas über den Mann aus, an dessen Stelle ich getreten war. Alles war penibel aufgeräumt; der Kühlschrank war bestückt mit frischem Gemüse, Eiern und einem mageren Huhn, von Alkohol nirgendwo eine Spur. Ein Abstinenzler? Ich fragte mich, ob Hoppner das gewusst hatte.

Erst auf dem Fensterbrett in der Küche fand ich etwas wirklich Merkwürdiges. Ein Pappkarton mit ausgefransten Kanten und dem kaum mehr erkennbaren Markenzeichen einer Zuckerrohrschnaps-Destillerie war zur Hälfte mit Watte und Holzwolle gefüllt. In der Mitte dieses weichen Bettes lag, entrüstet zwitschernd, ein zerzaustes Vogelküken, das allerdings weder vom Aussehen her noch von den Lauten, die es von sich gab, an die liebenswerten gelben Wesen erinnerte, die Jahr für Jahr zu Millionen ihren Weg in die Hühnerfarmen finden. Dieser ungelenk wirkende Vogel war braun und hatte grobe Stummel als Flügel, flaumiges Gefieder und einen fordernden orangefarbenen Schnabel. Eine wilde Kreatur, möglicherweise während eines morgendlichen Dauerlaufs verlassen auf dem Waldboden aufgefunden.

Neben der Schachtel stand eine Blechdose, in der es von den unterschiedlichsten Würmern nur so wimmelte. Es war wohl das Wenigste, was ich für den Mann tun konnte, den einzusperren ich geholfen hatte, und so pickte ich widerwillig einen Wurm aus der Dose und ließ ihn in den wartenden Schnabel des Vogels fallen. Der Wurm verschwand in seiner Kehle, und Hawkens Haustier schrie nach mehr. Ich musste es noch einige Minuten füttern, bevor es sich allmählich beruhigte.

Ich nahm den Pappkarton und trug den Vogel ins Wohnzimmer.

»Was haben Sie damit vor?«

Pamela hatte einen Fuß auf der Veranda und wirkte vor dem Dunkel der Nacht wie versteinert, als sei sie unschlüssig, ob sie eintreten sollte oder nicht. Nun aber zögerte sie nicht länger und ging entschlossen auf mich zu, das Gesicht so rot wie ihre Haare.

»Wie können Sie es wagen!«, herrschte sie mich an und entriss mir den Karton. »Sie wollten sie töten, nicht wahr?«

Ihre Leidenschaftlichkeit überraschte mich. »Ich wusste gar nicht, dass es sich um eine Sie handelt«, erwiderte ich mit kraftloser Stimme.

»Verschwinden Sie! Los, raus hier!«

Diese wütende Frau hatte etwas Lächerliches an sich: Hawkens verlorene Geliebte, wie sie ein verwaistes, zerzaustes Küken in Händen hielt und ihre Forderungen herausschrie. Ich hätte fast gelacht, wenn sie nicht plötzlich angefangen hätte zu weinen.

»O Gott, hören Sie, es tut mir Leid«, sagte ich und legte ihr eine Hand auf den Arm.

»Rühren Sie mich nicht an, Sie Schwein!«

Sie wich rasch einen Schritt zurück, woraufhin der Vogel wieder anfing zu kreischen. Zum ersten Mal nahm ich den Geruch von Vogelscheiße wahr.

»Ich hole Ihnen eine Schachtel.«

Sie antwortete nicht. Stattdessen setzte sie das Küken auf einem Stuhl ab und fing an, die wenigen persönlichen Dinge einzusammeln, die über den Raum verstreut lagen. Mir ging sie dabei gezielt aus dem Weg.

»Lassen Sie es mich wissen, wenn ich irgendwie helfen kann.«

Sie aber blickte nicht auf von ihrem Arm voll mit Hawkens Leben.

An diesem Abend wollte ich mit Alice sprechen. Zu viel war geschehen; ich hatte kaum Gelegenheit gehabt, die weit reichenden Implikationen meiner verschütteten Erinnerungen aufzuarbeiten. Nachdem Hawken fort war und Pamela am Boden zerstört, hing immer noch der neue Test drohend über mir, und so wäre ein leises Gespräch über das ganze Durcheinander eine große Hilfe für mich gewesen.

Alice aber wirkte den ganzen Abend über seltsam abwesend. Während unseres nicht gerade wortreichen Abendessens saß sie beinahe hingebungsvoll an Leonards Seite, ebenso wie später auf dem Sofa, wo er las. Sie wechselte ein paar Worte mit David, mit mir dagegen nicht. Zweimal fing ich ihren Blick auf, aber beide Male schaute sie sofort wieder weg.

So fand ich mich, am Rand der Veranda sitzend, im Gespräch mit David wieder. Ich war hinausgegangen, um ein wenig Luft zu schnappen – und vielleicht auch in der Hoffnung, dass Alice mir folgen würde. Als David herauskam, hüstelte er und sagte: »Danke, Mark, danke.«

»Wofür?«

»Dass Sie Hawken vertreten. Beim Minister. Nett von Ihnen.« Er klang dabei allerdings etwas unsicher. Fast schüchtern setzte er sich neben mich. »Sie werden doch vorsichtig sein? Mit dem, was Sie sagen?«

Dies sollte also mein Briefing werden: Bloß nicht die Selbstmorde erwähnen, kein Sterbenswörtchen von den Gräbern im Wald.

»David, wieso waren Sie eigentlich so scharf darauf, Hawken hinter Schloss und Riegel zu bringen?«, fragte ich.

»Ich?« Er blickte sich nervös um. »Wir hatten keine andere Wahl. Sánchez wollte es so.«

»Schon, aber Sie haben diese Forderungen auffallend schnell akzeptiert. Und Hawken in Bausch und Bogen verdammt. Sie haben ganz schön Druck auf Mr. Hoppner ausgeübt.«

»Miraflores. Ich wollte nicht, dass er es verliert.«

»Sie kümmern sich gut um seine Interessen.«

»Ich verdanke ihm viel.«

»Fühlen Sie sich hier nicht einsam? Bei so wenigen Menschen auf dem ganzen Gelände?«

Gerade an David gerichtet war das eine dumme Frage. Er würde niemals näher darauf eingehen, wenn es auch ein schlichtes »Nein« tat. Ich versuchte es noch einmal.

»Was machen Sie eigentlich in Ihrer Freizeit? Reisen? Ski fahren? Jaguare jagen?«

»Ich liebe meine Arbeit. Mr. Hoppner zu helfen.«

»Natürlich, aber haben Sie nie das Bedürfnis, mal rauszukommen und was anderes zu tun? Diese ständige Tugendhaftigkeit!«

»Nein.«

»Und wie steht's mit Mädchen?«

»Nein«, wiederholte er.

»Ich wette, Sie haben ein Mädel hier in der Stadt, stimmt's?«, sagte ich und versuchte, mir ein Lächeln abzuringen und eine Beziehung zu ihm aufzubauen.

»So ist das nicht«, erwiderte er rasch.

Ich gab es auf. »Warum wollten Sie Hawken wirklich weg haben?«

Seufzend streckte David die Finger über die Knie. »So, wie die Dinge liefen, hatte ich …«

»Gewissenskonflikte?«

»Zweifel. Nichts Schwerwiegendes«, fügte er hastig hinzu. »Das ist … das ist für Sie schwer nachzuvollziehen. Mr. Hoppner ist ein unglaublicher Mensch. Er ist so *gut*. Wenn Sie wüssten, wie er war. In den Staaten. Es ist anders geworden. Mit Hawken.«

»Gewalttätiger.«

»Genau. Und ich verstehe das. Mr. Hoppner hat es erklärt. Die Welt ist nicht vollkommen. ›Ein gutes Herz braucht eine tapfere Faust.‹ Das hat er mir gesagt. Schon in Tulsa. Aber in jüngster Zeit hat Hawken *ihn beeinflusst.*«

In meinem Kopf begann eine zarte Hoffnung zu sprießen. »David«, sagte ich leise, um den Bann nicht zu brechen, den sein freimütiges Eingeständnis zwischen uns erzeugt hatte. »Alice und ich werden sterben, wenn wir diese Prüfungen machen.«

»Nein«, murmelte er. »Sie schaffen das schon.«

»Können Sie uns nicht helfen, hier herauszukommen?«

»Nein! Verlangen Sie das nicht von mir.«

»Wollen Sie, dass unser Blut an Ihren Händen klebt? Wollen Sie, dass diese Wachen Alice festhalten, während Hoppner sie vergiftet? Wussten Sie eigentlich, dass sie schwanger ist?«

»Hören Sie auf, Mark! Ich kann Ihnen nicht helfen!«

Ich packte ihn an den Schultern und zwang ihn, mich anzusehen. »Können Sie nicht oder wollen Sie nicht?«

Hilflos erwiderte er meinen Blick, während seine Augen im schwachen Lichtschein glänzten, der aus dem Gästehaus zu uns herausdrang. »Ich verdanke ihm so viel«, flüsterte er.

Ich schlief schon, als Alice hereinkam.

»Mark?«, flüsterte sie so dicht an meinem Ohr, dass es noch in meinem Gehirn widerhallte, als ich schon wach war.

»Mein Gott, Alice!«

»Musst du den da mit hineinziehen?«, kicherte sie, hob die Bettdecke und legte sich neben mich. »Du warst heute Abend ja nicht gerade besonders geschickt, so, wie du mich die ganze Zeit über angestarrt hast.«

Noch immer im Halbschlaf, bemerkte ich schockiert, dass sie nackt war. »Was machst du da?«, flüsterte ich.

»Schon gut«, sagte sie. »Hör doch mal.«

Leonards Schnarchen war in vollem Gange. Gerade selbst erst aus dem Tiefschlaf gerissen, hatte ich es bisher noch nicht bemerkt. Ihr blasser, in der Dunkelheit kaum sichtbarer Zeigefinger erhob sich, um zu dirigieren, zögerte dann aber und sank wieder auf die Bettdecke. Vielleicht erinnerte sie sich an meine Reaktion beim ersten Mal.

»Hör mal zu, Alice. Ich kann nicht ... nicht jetzt.«

Ich spürte ihr Lächeln. »Mach dir darüber mal keine Gedanken. Ich hatte schon Freunde, die es nicht öfter als einmal in der Woche gebracht haben. Meine Erwartungen halten sich also in Grenzen.«

»Nein, das meine ich nicht ...« Ich zog das Laken um mich, um eine Schicht Stoff zwischen unsere Hüften zu bringen. »Ich kann nicht ... es ... es tut mir Leid. Ich möchte zurück zu Katie.«

»Oh.« Da ich sie nicht sah, konnte ich nur raten, welcher Gefühlsumschwung sich hinter dieser knappen Silbe verbarg. Die Matratze bewegte sich und ihr Oberschenkel drückte eine Sekunde gegen meinen, bevor sie sich zurückzog. »Das geht schon in Ordnung. Wenn du möchtest, können wir auch einfach nur nebeneinander liegen.«

»Das ist ein Einzelbett.«

»So schwanger bin ich auch wieder nicht«, scherzte sie, auch wenn ein Hauch von Verärgerung in ihrer Stimme nicht zu überhören war.

»Mein Gott, darum geht es doch gar nicht. Sieh mal, ich sollte einfach nicht ... ich kann nicht mit dir schlafen. Ich kann es nicht tun«, sagte ich, schwang die Beine aus dem Bett und setzte mich mit dem Rücken zu ihr auf die am weitesten von ihr entfernte Bettkante. »Ich möchte hier endlich mal was richtig machen.«

»Ist es für einen Heiligen wie dich etwa nicht richtig, jemanden zu trösten, der kurz vor der Hinrichtung steht?«, zischte sie.

Ihr wütendes Atmen war in den Lücken zwischen Leonards Schnarchen gerade noch hörbar. Das leichte Rascheln des Lakens, das ihr über die Brust strich; Luft, die durch eine eingeschnürte Kehle entwich.

»Alice, tut mir Leid, wenn ich ...«

»Nein, mir tut es Leid«, murmelte sie rasch. »Du hast ja Recht. Natürlich hast du Recht.«

»Heute Morgen«, flüsterte ich, »das war wunderbar. Wirklich. Und es hat mir sehr geholfen. Aber das mit meinen Eltern – ich versuche gerade, mein Leben in den Griff zu bekommen.« Ihr Geruch brachte mir wieder das Gefühl ihres Körpers auf meinem in Erinnerung. »Und da sollte ich das besser nicht tun.«

»Schon in Ordnung, Mark«, sagte sie in lebhaftem Tonfall, wenn auch eine Spur zu hastig. »Das spielt keine Rolle. Natürlich nicht. Ich dachte nur, es könnte uns ein Weilchen von dieser ganzen Scheiße ablenken.«

Ich drehte mich um. Ich konnte mit Mühe die Formen ihres Körpers unter dem Laken ausmachen und legte ihr die Hand auf die Schulter. Sie versteifte sich sofort, also zog ich die Hand zurück.

»Danke«, sagte ich.

»Könntest du bitte wegsehen«, erwiderte sie mit einem Hauch von Kälte in der Stimme. »Ich muss das Licht anmachen, um meine Klamotten zu finden.«

»Okay.«

Wieder bewegte sich die Matratze, als sie aus dem Bett stieg und den Raum mit Licht erfüllte. Als ich die gegenüberliegende Wand anstarrte, war ich mir meines nackten Rückens sehr bewusst, der ihrem nackten Körper zugewandt war. Ihre leichten Schritte wurden begleitet vom Rascheln von Baumwolle auf Haut, und im nächsten Augenblick ging die Tür auf. Als sie das Zimmer verließ, warf sie mir noch ein rasches, zweideutig klingendes »Wiedersehen, Mark« zu.

Nein, sie hatte nicht gewollt, dass ich mich umdrehte und ihr Gesicht sah.

Am Morgen darauf war Pamela noch immer in Hawkens Haus, noch immer in denselben Kleidern, die roten Haare wirr durcheinander. Als ich kurz nach Sonnenaufgang hereinkam, fand ich sie in der Ecke des Wohnzimmers kauernd, während sich das Küken neben ihr das Stimmchen aus dem Leib kreischte. Hawkens

Bücher, Kleider und sonstiger Kram waren in den Karton verpackt, den ich ihr zurückgelassen hatte. Das Zimmer war aller persönlichen Gegenstände beraubt.

»Haben Sie überhaupt geschlafen?«

Sie schüttelte müde den Kopf. Die Feindseligkeit vom Vortag war verschwunden. Ich ließ mich neben sie sinken, suchte mir einen Astknoten im Holzboden aus, den ich anstarren konnte, und wartete schweigend.

Schließlich begann sie: »Danke.«

»Wofür?«

»Für die Kiste. Danke für die Kiste.«

»Oh«, murmelte ich. »Kein Problem.«

»Was ich gestern gesagt habe … vergessen Sie's.« Ihre Hand strich über ihr aufgedunsenes Gesicht. »Es fällt mir schwer, das zu akzeptieren. Dass Mr. Hoppner fähig sein könnte …« Ihr ganzer Körper erbebte. »Hawken hat immer nur getan, was ihm aufgetragen wurde.«

Der Schmerz in ihrer Stimme klang rau und schartig.

»Möchten Sie, dass ich hier bleibe?«, fragte ich.

»Eher nicht.«

Ich nickte, obwohl sie mich nicht ansah, mich die ganze Zeit über kein einziges Mal angesehen hatte. Sie reagierte nicht, als ich aufstand und ging.

Von den Stufen von Hawkens Haus aus sah ich Leonard mit einem Ausdruck höchster Konzentration im Gesicht auf der leeren Rasenfläche auf und ab gehen. Hin und wieder machte er einen kleinen Hüpfer, während seine Arme ungleichmäßig nach außen flogen. Diesmal waren seine Füße auf dem kalten, taunassen Gras nackt.

»Training, Leonard?«

Ich ging zu ihm hinüber. Nach der destillierten Depression von Pamelas Einsamkeit wirkte sein Anblick fast schon aufheiternd.

»Das trifft sich gut, Mark, ich habe völlig vergessen, wie es geht. Nach so kurzer Zeit! Tut mir Leid. Könnten Sie mir vielleicht …?« Er blickte über die Schulter zu Hoppners Haus. »Sie glauben doch nicht, dass Mr. Hoppner gleich herauskommt, oder? Es wäre mir schrecklich peinlich, wenn er sehen würde, wie dilettantisch ich mich hier anstelle.«

Warum kümmerte ihn eigentlich, was der Schweinehund von ihm dachte?

»Sie stellen sich gar nicht so dumm an«, sagte ich. »Aber wir sollten erst ein paar Dehnübungen machen.«

Leonards Morgengymnastik als eine wahre Augenweide zu bezeichnen wäre wohl übertrieben gewesen, und doch lag in der Schlichtheit und Unschuld seiner Übungen ein gewisser Trost. Die einzige Aktivität – und sogar die einzige Person – weit und breit, die von Hoppners Angst einflößender Suche nach dem Guten völlig unbeeindruckt war. Solange ich Leonard durch seine Dehnübungen, Sprünge, Liegestütze und Kniebeugen begleitete, gelang es mir, mich auf diesen unkomplizierten, positiven Augenblick zu konzentrieren. Alles Übrige – meine Eltern, die bevorstehenden Tests, meine Selbstzweifel in Bezug auf Katie, den entscheidenden VIP-Besuch – konnte ich vorübergehend aus meinem Bewusstsein verbannen. Für ein paar Minuten hatte ich eine Entschuldigung dafür, jegliches Denken einzustellen.

Als Pamela aus Hawkens Haus gewankt kam, waren wir wieder bei den Kniebeugen und Leonard rang bereits nach Luft. Ich sah, wie sie uns beobachtete, und wartete schon auf ihr verächtliches Schnauben. Stattdessen sagte sie mit ruhiger Stimme: »Lassen Sie ihn keine Crunches machen. So weit ist er noch nicht.«

Sie kam zu uns herüber, kauerte sich neben Leonard nieder und drückte ihm die Handfläche gegen die Brust. »Legen Sie sich flach auf den Boden«, kommandierte sie.

Seine Kleider waren ohnehin schon vom Tau durchnässt, und so gehorchte er ohne zu zögern und ließ sich auf den weichen Rasen zurückfallen.

»Bleiben Sie mit der unteren Rückenpartie auf dem Boden und heben Sie nur Kopf und Schultern.«

Als Leonard auf ihre Anweisung leicht verwirrt reagierte, packte Pamela ungeduldig seine Hände, während sie die Füße zu beiden Seiten seiner Taille auf den Boden setzte.

»Auf«, sagte sie und zog seine Schultern vom Boden hoch. »Das ist aber ein kräftiger Händedruck«, merkte sie überrascht an.

»Danke«, keuchte Leonard und ließ sich wieder aufs Gras sinken.

Sie ließ seine Hände los und trat zur Seite. »Und jetzt noch einmal. Aber langsam. Konzentrieren Sie Ihre Kraft auf die Bauchmuskulatur. Stellen Sie sich vor, dass Ihr Bauch ein starker Motor ist, wie bei einer Seilwinde, die Ihre Brust hochzieht. Stellen Sie sich vor, dass Sie nur einen Knopf zu drücken brauchen und schon beginnt die Winde mit ihrer Arbeit, langsam, aber mit voller Kraft.«

Während Leonard seine Schultern ein zweites, drittes, viertes Mal hob, blickte Pamela mich an, und ich lächelte ihr dankend zu. Beinahe unbewusst nickte sie, bevor sie ihre ganze Aufmerksamkeit wieder Leonard widmete.

Sánchez kam um neun Uhr, um mich abzuholen. Die Vorstellung, die Rolle des Sicherheitschefs auch nur zu spielen und Macht über diese eindrucksvollen Männer auszuüben, war so lächerlich, dass meine Wangen schon vor seiner Ankunft zu brennen begannen. Er musste diese Idee völlig absurd finden, dachte ich, ja sogar beleidigend. Mehrere Stunden in seiner Gesellschaft zu verbringen würde die Hölle sein.

Doch Sánchez zeigte keine Spur der Verärgerung oder Verachtung, die ich erwartet hatte. Mit langsamen, überlegten Sätzen begann er, mich über Miraflores aufzuklären: über die wichtigsten Bewohner, mögliche Unruhestifter, darüber, warum bestimmte Einwohner noch immer nicht von Hoppners Großzügigkeit profitiert hatten – Lupita etwa war eine notorische Lügnerin –, und wie Hawken auf die schlimmsten Verletzungen des Verhaltenskodexes seines Arbeitgebers reagiert hatte.

Sánchez' Fahrzeug war ein heruntergekommener Ford, dessen Seitenspiegel und Motorhaube von Schnüren an Ort und Stelle gehalten wurden. Der Wagen quälte sich hustend und brummend durch Miraflores und bekundete seinen Unwillen mit einer Reihe krachender Fehlzündungen. Hin und wieder blieben wir an einem Haus stehen, wo Sánchez an die Tür klopfte und mich den Bewohnern vorstellte. Mehrere von ihnen erkannte ich vom Hinterhalt im Wald wieder; diese Männer wirkten allesamt verlegen und reumütig. Ich lernte, die instinktive Angst zu verbergen, die mich durchfuhr, wann immer ich eines ihrer Gesichter sah. Niemand wollte zu sehr an diesen Vorfall erinnert werden.

Irgendwann fiel mir auf, dass wir durch die Gasse fuhren, in der noch immer Freddys Pistole versteckt war. Wie nebenbei schlug ich Sánchez vor, eine kleine Pause zu machen, mit der Begründung, ich müsse Gelegenheit haben, mich auch einmal auf eigene Faust umzusehen. Doch obwohl er meine Absichten unmöglich erraten haben konnte, weigerte Sánchez sich, mich aus den Augen zu lassen – offenbar eine Anweisung von Hoppner.

Wir blieben auch kurz auf dem Parque Central stehen, wo sich eine Gruppe älterer Einwohner versammelt hatte. Während Sánchez sich mit ihnen unterhielt, blickte ich zum Gefängnis hoch und sah, wie Hawken mich anstarrte. Wie die anderen Gefangenen verhielt auch er sich still. Ich habe keine Ahnung, was er dachte, als er mich so mit Sánchez herumfahren sah. Nach wenigen Sekunden Blickkontakt über diese große Entfernung hinweg wandte ich mich entnervt ab.

Ein kleiner Junge – vielleicht fünf oder sechs Jahre alt – hatte sich von hinten an mich herangeschlichen. Als ich ihn sah, setzte er ein freches Grinsen auf, als hätte er die Absicht gehabt, sich meinen Geldbeutel zu schnappen. Wie immer bei Kindern wollte ich mich schon instinktiv zurückziehen. Erst als ich bereits die ersten Schritte getan hatte, merkte ich, was ich gerade zu tun im Begriff war.

Ich drehte mich um und ging schnurstracks auf ihn zu. »*Hola*«, sagte ich, ging in die Knie und schüttelte seine kleine Hand. »*Cómo te llamas?*«

Er hieß Pancho und wollte mit dem Händeschütteln gar nicht mehr aufhören. Glücklich grinsend, hob er die linke Hand zur Nase und wischte einen beachtlichen Klumpen Rotz weg. Mit dem freudigen Gefühl, endlich rehabilitiert zu sein, befreite ich mich aus seinem Klammergriff. Ich konnte es! Ich konnte Kindern nahe sein, ohne ihnen wehzutun – etwas, das jeder andere als selbstverständlich erachtete.

Auf einen plötzlichen Impuls hin ging ich hinüber zu Sánchez und fragte: »Kann ich mal Ihr Telefon benutzen?«

Es war seltsam, wieder im Hotel zu sein, wo Freddy in seiner aufgeblasenen Selbstsicherheit träge in der Hängematte gelegen hatte und wir drei unseren großen Betrug geplant hatten. Nach Santa Tecla war uns das Hotel als Ort der Sanftmut und der Unschuld erschienen. Doch das war vor dem Tod durch Erhängen gewesen, vor dem Hinterhalt im Wald und so vielem anderen.

Obwohl sich der Himmel schon wieder bewölkte, blieb der Innenhof mit seinen Sturzbächen von Hängepflanzen und dem Plätschern des Brunnens ein angenehmer, stiller Ort. Sánchez führte mich in sein Büro und ließ mich mit dem Telefon allein. Ich hätte überall anrufen können: beim britischen Botschafter, bei den US-Marines, überall. Beim Gedanken an die Trägheit der Bürokratie und an die Zeit, die vergehen würde, bis jemand eine konkrete Entscheidung traf, war mir jedoch schnell klar, dass uns keine ausländische Intervention rechtzeitig zur Hilfe kommen konnte. Unsere einzige realistische Hoffnung war der Polizeichef.

Diesmal schaute ich auf die Uhr: Spätnachmittag in London.

»Ich bin's.«

»Mark! Leg nicht auf. Bitte leg nicht auf.«

»O Gott, Katie, es tut mir alles so Leid.«

In welchem Zustand ich sie zurückgelassen hatte! Allein in der Wohnung mit Christopher, ohne die Chance, mich zu erreichen, während ihr unzählige mögliche Erklärungen – eine schlimmer als die andere – durch den Kopf geisterten. Ich überlegte, ob ich ihr sagen sollte, wo ich war, doch dann wurde mir klar, dass ich sie damit nur noch mehr verängstigen würde. Und es hatte schließlich keinen Sinn, sie mit meinen Ängsten zu belasten, wenn sie mir sowieso nicht helfen konnte.

»Geht es dir gut? Wo bist du?«

»Ich bin okay. Wirklich.«

»Wo bist …? Mark, kommst du zurück?«

Falls ich hier herauskomme, dachte ich. »Natürlich«, sagte ich.

Der Geruch eines einzigen Augenblicks kam in mir hoch: Katie, wie sie in einer Kneipe unweit des spottbilligen Hotels saß, das ich eine Woche nach unserer Rückkehr aus Indonesien in der Belgrave Road gefunden hatte. Ihre Urlaubsbräune stach heraus unter all den blutleeren Londoner Gesichtern, und ihre warme Hand ergriff mit plötzlicher Entschiedenheit meine. »Du willst nicht in einem Büro arbeiten«, hatte sie inbrünstig gesagt, »und wenn du es nur tust, um die Miete für eine beschissene Einzimmerwohnung bezahlen zu können, wäre das Blödsinn, wo ich doch genug Platz für uns beide habe.« Ich spürte noch immer diesen Griff.

»Ich war mir nicht mehr sicher«, begann sie jetzt. »Du warst Christopher gegenüber irgendwie komisch.«

»Ich weiß. Ich …« Wie hätte ich das am Telefon erklären können? »Ich möchte ihn unbedingt wiedersehen.«

Ein langes Schweigen.

»Er hat angefangen nachzumachen, was du mit deinem Hals machst.«

»Was meinst du?«

»Du weißt schon …«

»Mit meinem Hals?«

»Immer wenn du vorgibst, über einen Vorschlag von mir nachzudenken, obwohl du dich längst entschieden hast, ihn zu ignorieren. Dann beugst du den Hals zur Seite und bewegst das Kinn hin und her. Er kann es schon perfekt.«

»Meinst du, das ist erblich?«

»Muss es wohl.«

»Zumindest weiß ich jetzt, dass er von mir ist.«

»Mark …«

»Das war doch nur ein Scherz, Katie. Ich habe mir nie Sorgen gemacht über …«

»Sollte ich das?«, unterbrach sie mich.

Ich fühlte mich, als hätte sie mir ihre warme Hand entzogen und ihr strahlendes Gesicht von mir abgewandt.

»Solltest du was?«

»Gibt es eine andere?«

»Katie!«

»Das ist der einzige Grund, den ich mir denken kann. Dafür, dass du einfach so abgehauen bist.«

»Hör mal …«

»Tut mir Leid. Du brauchst nicht zu antworten.« Sie verstummte.

Und ich konnte nicht antworten. Ich konnte ihr nicht von Alice erzählen – von dem Trost, den sie mir nach dem Trauma meiner Hypnose gespendet hatte. Mein Schweigen aber war Antwort genug.

»Oh Mark«, flüsterte sie.

»Katie, ich schwöre dir, dass nur du und Christopher mir etwas bedeuten. Es sind Dinge geschehen, die besser nicht geschehen wären, aber ich will einen Neuanfang machen. Du wirst stolz auf mich sein, Katie.«

Sie antwortete erst mit einiger Verzögerung. »Wann kommst du zurück?«

»Das kann ich noch nicht mit Sicherheit sagen.«

»Bist du …?« Pause. »Mark, versprich mir, dass du auf alle Fälle zurückkommst. Ich muss es wissen.«

Ich dachte an Hoppners Test. Konnte ich sicher sein, dass die Polizei uns herauspauken würde? Und wenn etwas schief ging?

»Ich tue mein Bestes, Katie.«

»O mein Gott, Mark!«

»Bitte hör mir zu. Ich träume von nichts anderem. Aber ich bin ein wenig in Schwierigkeiten.«

»Dann komme ich zu dir.«

»Nein.«

»Wo bist du denn? Um Himmels willen, sag mir endlich, wo du steckst!«

»Du kannst nicht hierher kommen.«

Schweigen. Ihr Anwaltsgehirn suchte verzweifelt nach einer Möglichkeit zu gewinnen. »Erinnerst du dich noch an damals, als ich eine ganze Woche lang auf einer Konferenz in New York war?«, sagte sie. »Und du heimlich Extraschichten eingelegt hast, um einen Flug bezahlen zu können, um zu mir zu kommen, und …«

»Das ist nicht dasselbe! Katie, das hier ist kein pseudo-rustikales Konferenzzentrum, glaub mir doch. Du kannst nicht so einfach auftauchen hier in … Du kannst mir hier nicht helfen.«

»Mark …«

»Ich muss jetzt los. Vertrau mir einfach, ja?«

»… Okay.«

»Ich liebe euch beide so sehr.«

Ich küsste die Luft vor dem Hörer, wie wir es immer getan hatten. Ihr Kuss kam mit einer winzigen Verzögerung, bevor ich widerwillig auflegte. London war entsetzlich weit weg.

Mein Crash-Kurs über das Leben von Miraflores war fast beendet, als wir zum letzten Mal über den Parque Central fuhren. Plötzlich öffnete sich die Kirchentür und eine Menschenmenge strömte heraus. An ihrer Spitze ging der Junge, den ich bei Hoppner gesehen hatte – Tanadios Sohn.

»Was läuft hier ab?«, fragte ich.

Zunächst antwortete Sánchez nicht. Er blickte nicht einmal in Richtung Kirche. »Versammlung«, murmelte er schließlich.

Ihre Köpfe waren gebeugt, viele trugen Schwarz. »Blödsinn«, sagte ich. »Das ist eine Totenfeier.«

Mit großem Widerwillen nickte Sánchez. Er hielt den Wagen an. »Für Tanadio. Bitte erzählen Sie Hoppner nichts davon.«

»Wollen Sie damit sagen, dass er Begräbnisse verboten hat?«

»Er mag die Kirche nicht. Und Tanadio mochte er auch nicht.«

»Also tun Sie es hinter Hoppners Rücken.« Ich musste unwillkürlich lachen. »Erwartet er nicht von euch, dass ihr ehrlich und aufrichtig seid? Ist das nicht eine seiner Regeln?«

»Mr. Weston, es wäre nicht gut für uns, wenn Sie …«

»Vergessen Sie's. Ich sage kein Wort.« Ich sah zu, wie der Sohn des Terroristen, so aufrecht er konnte, neben einer Frau mit schwarzem Schleier stand. Die Witwe vielleicht. Es fiel mir schwer, allzu viel Mitgefühl für sie zu empfinden, nachdem ich hatte mit ansehen müssen, was ihr Mann angerichtet hatte. Aus der Kirche traten blinzelnd vier Sargträger. Verblüfft sah ich, dass der Sarg schneeweiß war.

»Danke«, sagte Sánchez.

»Sollten Sie nicht auch dabei sein?«

»Mr. Hoppner hat mich gebeten, Sie herumzufahren.«

»Schlechtes Timing, was?«

»Ja.«

Ich drehte mich zu ihm um. »Sie tun wohl alles, was er sagt? Damit das Geld weiter fließt, würden sie auch einen Kopfstand machen, wenn er es anordnen würde. Sie haben doch gemeinsam mit diesem Tanadio gekämpft, hab ich Recht? Dann sollten Sie sich da drüben von ihm verabschieden, statt hier den Stadtführer zu spielen.«

»Das Geld ist nicht für mich bestimmt«, knurrte er.

»Empfinden Sie es nicht auch als Ironie des Schicksals, dass Sie erst als Kommunisten gekämpft haben und sich jetzt von einem Kapitalisten der übelsten Sorte aushalten lassen?«

»Wir haben als freie Männer und Frauen gekämpft, die ihre Freiheit bewahren wollten.«

»Ach ja, richtig«, erwiderte ich. »Und haben Sie Ihre Freiheit bewahrt?«

»Sie verstehen unsere Lage nicht. Wir haben so lange gelitten, und jetzt hilft uns Mr. Hoppner.«

»Mr. Hoppner benutzt Sie. Sie sind seine Laborratten, die sich von Hoppners Tugend ernähren und dabei immer fetter werden, bis er sie stolz der Welt vorführen kann. Nur dumm, dass er Sie dabei so weit gebracht hat, dass Sie schon Menschen umbringen wollen, nur weil Sie sie für Journalisten halten. Sind Sie im Krieg auch so weit gegangen?«

»Mir gefällt vieles in unserem Leben nicht«, fauchte er. »Aber wir können nun mal unser Leben nicht gegen ein anderes eintauschen.«

Ich hatte ihn aus der Fassung gebracht und wusste nicht einmal, ob das meine Absicht gewesen war. »Stellen Sie den Motor ab«, sagte ich leise. »Und nehmen Sie die Autoschlüssel mit. Ich laufe schon nicht weg, und Hoppner erzähle ich auch nichts. Nehmen Sie Abschied.«

Seine Wut verflog. Er zögerte, aber nicht lange. Er war es gewohnt, schnelle Entscheidungen zu treffen, und hatte sich in diesem Augenblick entschieden, mir zu trauen. Er griff in seine Tasche und holte die schwarze Armbinde hervor.

Während er bei den anderen Trauernden war, dem Jungen die Hand schüttelte und der Witwe sein Beileid ausdrückte, versuchte ich krampfhaft, nicht an Freddys Pistole zu denken.

Den ganzen Tag über sah ich kaum etwas von Alice, selbst nachdem Sánchez mich auf das Anwesen zurückgebracht hatte. Als ich sie schließlich beim Kaffeekochen in der Küche des Gästehauses antraf, befiel uns beide eine gewisse Verlegenheit. Alice flüchtete sich ins Triviale.

»Ich verreise sonst nie ohne Teebeutel«, erklärte sie. »Ich kann einfach nicht glauben, dass ich sie diesmal vergessen habe. Noch ein Tag ohne Tee und ich drehe durch.«

Ihr Skizzenbuch lag aufgeschlagen auf dem Küchentisch: eine halbfertige Bleistiftzeichnung von Hoppners Haus. Nicht gerade eine Erinnerung, auf die ich Wert gelegt hätte.

»Wäre wohl auch nicht besonders romantisch, auf die Hochzeitsreise Teebeutel mitzunehmen.«

»Ich würde es trotzdem tun.«

Und schon waren wir wieder in gefährlichem Fahrwasser. Sie spürte es nicht weniger als ich und schlug sofort eine andere Richtung ein.

»Ich habe nach Löchern im Zaun gesucht.«

»Und – gibt es welche?«

»Natürlich nicht.«

»Ist wahrscheinlich auch besser so.«

»Bist du so sicher, dass die Polizei uns hier herausholt?«

»Ich bin mir jedenfalls sicher, dass sie uns kriegen würden, bevor wir die ersten fünf Kilometer geschafft hätten.«

Sie nickte resignierend und goss Kaffee in zwei Becher. Ich hatte nicht darum gebeten, nahm ihn aber gerne an. Ein Schritt zur Wiederaufnahme unserer Beziehungen.

»Ich habe mit den Wachen gesprochen«, erklärte sie frustriert. »Sie kamen natürlich gleich angelaufen, um zu sehen, was ich da am Zaun zu suchen hatte. Die kommen aus Honduras, wo Hoppner sie auf einer Bananenplantage aufgetrieben hat.« Sie nahm einen Schluck Kaffee. »Ziemlich üble Typen.«

»Und mit keinem in Miraflores verwandt.« Ich konnte nicht umhin, Hoppner dafür zu bewundern. Ihre Loyalität bei einer Auseinandersetzung stand somit nicht in Frage. Die einzige andere Person, von der sie – und sei es nur aus alter Gewohnheit – Befehle entgegennehmen würden, steckte im Gefängnis der Stadt.

Ich zog den anderen Kaffeebecher zu mir und wollte gerade Milch dazugeben, als Alice herübergriff und ihn mir aus der Hand nahm. »Der ist für Leonard«, knurrte sie. »Mach dir doch deinen eigenen.«

Wie dumm von mir: An Leonard hatte ich gar nicht gedacht. Heißer Kaffee war über mein Handgelenk geschwappt. Vermutlich war auch ihre Hand nicht verschont geblieben, aber keiner von uns wollte dem anderen den Schmerz eingestehen.

Dann auf einmal begann sie zu weinen.

»Alice …«

»Mir geht's gut!«

»Es tut mir Leid. Wegen gestern Nacht.«

Sie lachte hart. »Glaubst du vielleicht, das hat etwas mit dir zu tun?«

»Nein, aber …« Ich nahm ihr die Kaffeebecher ab und stellte sie auf den Tisch. »Alice, wo liegt das Problem?«

»Bei mir, nur bei mir. Wie immer bei mir.« In ihrem Gesicht zeichnete sich Hilflosigkeit ab. »Ich habe nur das Gefühl … Vielleicht sollte ich den Test wirklich machen.«

»Aber …« Ich konnte es nicht an ihrer Stelle sagen. Nur sie selbst konnte das entsprechende Urteil fällen.

»Aber ich würde durchfallen, ich weiß es.« Sie presste die Fingerspitzen an die Augen. »Wenn ich nur an die Sache gestern denke, als wir … als du wieder und wieder den Namen einer anderen geflüstert hast, während wir uns geliebt haben, und ich behauptet habe, es würde mir nichts ausmachen …«

»Hat es dir doch etwas ausgemacht«, beendete ich den Satz für sie und spürte, wie sich mir die Kehle zuschnürte.

»Nein, das ist es ja gerade. Es hat mir wirklich nichts ausgemacht. Und dann dachte ich darüber nach und fragte mich, was für ein Mensch man sein muss, um sich durch die Weltgeschichte zu ficken, ohne sich eine Sekunde darüber Gedanken zu machen, ob der jeweilige Sexualpartner überhaupt an einen denkt oder nicht.«

Das war so weit entfernt von dem, was ich von ihr erwartet hatte, dass ich nicht wusste, was ich dazu sagen sollte. »Tut mir Leid«, murmelte ich noch einmal.

»Warum sollte es dir Leid tun?« Sie blickte zu mir auf und blinzelte mich mit geröteten Augen an. »Das kümmert dich doch einen Scheiß, oder? Du hast doch diese wunderbare Katie, die dich so liebt, wie du sie liebst, während ich nur eine abgestumpfte, geistig leere ... Verdammt!« Sie wandte sich rasch von mir ab und hustete heftig, um ihr neuerliches Schluchzen zu verdecken.

Ich wartete schweigend, eine Hand auf ihrem Schulterblatt, ohne dass mir auch nur ein Wort eingefallen wäre, das sie hätte trösten können. Als Leonard mit dem leinengebundenen Buch in der Hand aus ihrem Schlafzimmer kam, registrierte er die Szene kaum.

»Ali, ich habe eine wunderbare Passage von Nietzsche für dich gefunden. Hör mal, was er über Frauen zu sagen hat: ›Welches Glück, Wesen zu begegnen, die immer Tanz und Torheit und Putz im Kopfe haben!‹« Erst als er von seinem Buch aufblickte, fielen ihm Alices feuchte Augen auf. »Ich wollte es für dich aufschreiben«, stammelte er, »aber das ist jetzt wohl nicht der richtige Augenblick.«

Um Leonards gedankenlosen Gedanken zu entrinnen, klopfte ich an Pamelas Tür. Wie Alice war auch sie den ganzen Tag nicht zu sehen gewesen: kein Klettern, keine Besuche bei den Frauen von Miraflores, keine Mahlzeiten. Falls sie überhaupt etwas aß, dann tat sie es allein. Nach ihrer freundlichen Geste Leonard gegenüber fühlte ich mich verpflichtet nachzusehen, ob es ihr einigermaßen gut ging. Als auf mein Klopfen keine Antwort kam, versuchte ich es noch einmal, bevor ich leise die Tür öffnete.

Es war halb fünf am Nachmittag, und sie trug ein Nachthemd, was mir allein schon etwas Besorgnis erregend erschien. Sie kauerte auf dem Fußende ihres Bettes und fütterte den hässlichen braunen Vogel, der auf ihren nackten Füßen saß, mit Würmern.

Der Raum war perfekt aufgeräumt: die Kleidungsstücke sauber gestapelt oder aufgehängt, Papiere und Bücher ordentlich auf Regalen aufgereiht. Und ihre Kletterausrüstung, einschließlich des letzten verbliebenen Hakens, der an das Ende eines langen gelben Seils gebunden war, hing auf einem an der Wand montierten Gestell. Die Kiste mit Hawkens Besitztümern stand neben ihrem Bett – nahe genug, dass sie sie berühren konnte.

»Hallo.«

Sie schaute mit leerem Blick zu mir auf. Vielleicht bedachte sie mich auch mit einem kaum merklichen Nicken, bevor sie nach dem nächsten Wurm griff.

»Das Tierchen wird noch viel zu fett«, sagte ich im Scherz, auch wenn es eher wie Kritik herauskam.

Wenn ich versucht hatte, mir Pamelas Zimmer vorzustellen, hatte ich vor meinem inneren Auge immer eine kanadische Flagge gesehen, die an die Wand gepinnt oder über dem Bett ausgebreitet war. Warum, weiß ich auch nicht. Vielleicht geht das auf meinen unbewussten Verdacht zurück, dass die Kanadier sich ihr ganzes Leben den Enthusiasmus von Collegestudenten bewahren und dabei einen übertriebenen Patriotismus pflegen. Was im Grunde unfair von mir war, weil keiner der Kanadier, die ich je kennen gelernt hatte, eine Flagge besitzt.

»Danke, dass Sie Leonard geholfen haben«, begann ich. Und dann, weil mir nichts Besseres einfiel: »Führen Sie Ihre Arbeit in Miraflores fort? Ich bin mir sicher, die Frauen vermissen Sie schon.«

Ich bemerkte einen leeren Aschenbecher auf dem Schreibtisch. Daneben stand eine Schachtel mit sieben Zigarillos. »Ich hatte ganz vergessen, dass Sie rauchen«, sagte ich forsch, ohne nachzudenken. »Ich habe Sie nicht mehr mit einer Zigarre gesehen, seit ...« Falsche Richtung.

»Wussten Sie eigentlich, dass Hawken einmal Mr. Hoppner das Leben gerettet hat?«, fragte sie, die Augen noch immer auf das Küken gerichtet. »Als das organisierte Verbrechen mit in sein Geschäft einsteigen wollte und er sich nicht darauf eingelassen hat. Sie haben versucht, Mr. Hoppner aus seinem Hotel in New York zu entführen, aber Hawken schickte drei von ihnen mit gebrochenen Armen weg.«

Ich schauderte bei dem Gedanken an diese Szene. Während Pamela Hawkens Loyalität herausstreichen wollte, sah ich nur die für ihn so typische Brutalität.

»Ich habe ihn heute Morgen besucht. Während Sie damit beschäftigt waren, seinen Job zu übernehmen.«

»Pamela, ich übernehme hier gar nichts.«

»Sie hatten ihn geschlagen. War Ihnen das klar? Ihr neuer Kumpel Sánchez und seine Totschläger. Sie sind letzte Nacht zu ihm gekommen und haben ihn systematisch zwanzig Minuten lang geprügelt. An seinem Körper gibt es keine einzige Stelle, die nicht zerschunden ist.«

Rache für Tanadio, vermutete ich. Eine brutale Welt, diese perfekte Gesellschaft, aber ich wurde das Gefühl nicht los, dass man es Hawken einfach nur mit gleicher Münze heimgezahlt hatte. Pamela aber schien es nicht weiter problematisch zu finden, erst damit zu prahlen, dass Hawken anderen die Knochen gebrochen hatte, und sich im nächsten Augenblick über ein paar Schrammen aufzuregen, die ihm zugefügt worden waren.

Die Vorstellung, dass Pamela Hawken besuchte, war alarmierend. Wenn er mich auch nur teilweise für sein Schicksal verantwortlich machte, wollte ich nur ungern in der Nähe sein, wenn er entlassen wurde. Was, wenn Pamela eine Möglichkeit fand, ihm zur Flucht zu verhelfen? Sie könnte die Wärter bestechen oder ihr Vertrauen erschleichen, um an die Schlüssel zu kommen. Die Möglichkeit eines befreiten, auf Rache sinnenden Hawken war zu unangenehm, um sich näher mit ihr zu befassen, daher wandte ich den Blick ab. Dann sprang mir ein gerahmter Zeitungsausschnitt auf ihrem Schreibtisch ins Auge:

In seinem Artikel »Des Teufels neuester Rekrut« wirft Nicholas Vogel Benjamin Sword Hoppner vor, er übe einen »schädlichen Einfluss auf die amerikanische Gesellschaft« aus …

Es war ein kleines Wunder, dass sie den Rahmen noch nicht von der Wand genommen und des Teufels neuestem Rekruten über den Kopf geschlagen hatte. Um ihre Laune ein wenig zu heben, sagte ich: »Bald ist alles wieder in Ordnung. In ein paar Wochen kommt er sicher wieder frei, und dann wird alles wie früher.«

Plötzlich sah sie mich an, und obwohl sie sich nicht vom Bett wegbewegt hatte, fühlte ich mich auf merkwürdige Weise bedroht.

»Sie verstehen wohl gar nichts, was?«, stieß sie mit einer Stimme hervor, die wie in der Hölle geschmiedet klang. »Nichts kann je wieder werden wie früher.«

An diesem Abend waren wir bei Hoppner zum Abendessen in sein Haus eingeladen. Da ich wegen des für den nächsten Tag angekündigten Ministerbesuchs mit den Nerven ziemlich am Ende war, hatte ich eigentlich nicht hingehen wollen. Würde ich die Gelegenheit bekommen, einen Augenblick mit dem Polizeichef unter vier Augen zu sprechen? Und falls ja, wie bereitwillig würde er sich dann mein Anliegen anhören? Hoppner aber schien vor dem großen Ereignis eine Art Teambesprechung abzuhalten – sofern es nicht nur ein Versuch war, Pamela wieder ins Boot zu holen.

Niemand war sonderlich gesprächig, und so redete eine Weile nur Hoppner. Er erklärte, welche Hoffnungen er in Bezug auf Miraflores und weitere, größere »perfekte Gesellschaften« hegte. Er hatte bereits die Insel Malta ins Auge gefasst und hoffte, eines Tages ein größeres Land wie etwa Neuseeland davon überzeugen zu können, dem Beispiel von Miraflores zu folgen. Dafür sei lediglich ein einziges funktionierendes Modell erforderlich, das letztlich die ganze Welt dazu bringen werde, seine Prinzipien zu übernehmen.

»Also ist es Ihnen gelungen, die Probleme in Miraflores zu lösen?«, fragte Leonard. Während meine Stimme diese Frage mit einem unüberhörbar zynischen oder gar sarkastischen Unterton versehen hätte, brachte sein Tonfall nur Ermutigung und Hoffnung zum Ausdruck.

»Zu einem gewissen Grad jedenfalls. Obschon ich allmählich befürchten muss, dass einige Leute in Miraflores sich meinen Argumenten wohl nie öffnen werden«, räumte Hoppner ein. »In gewisser Weise hat man ihnen beigebracht, sich über die falschen Dinge zu freuen: Sexuelle Eroberungen und Siege im Krieg sind ihnen wichtiger als ein faires Abkommen oder das Wohl ihres Nachbarn. Vielleicht liegt es nicht in unserer Macht, diese tief verwurzelten Hindernisse zu überwinden: Es ist schwer, jemanden, der die Früchte der Tugend nicht zu schätzen weiß, von deren Vorteilen zu überzeugen. Ich tendiere allmählich zu der Einschätzung, dass eine perfekte Gesellschaft eher durch Erziehung als durch Bekehrung zu erreichen ist.«

»Haben Sie es jetzt auf die Kinder abgesehen?«, murmelte ich, nicht sonderlich überrascht über diesen letzten Schritt auf den Abgrund zu.

»Aristoteles steht auf meiner Seite«, erwiderte Hoppner, als fühle er sich ein wenig in die Defensive gedrängt. »Er begriff, wie notwendig es ist, die Jugend von Geburt an zu lehren, im Angesicht von Rechtschaffenheit Freude zu empfinden. Jungen Menschen ist viel leichter beizubringen, auf Rassismus mit Entsetzen zu reagieren, ebenso ist es einfacher, ihnen beizubringen, mit Freude zu vergeben und sich zu schämen, wenn sie lügen.«

Plötzlich sah ich Christopher vor mir, wie sein kleines Gesicht über eine abgenutzte Schulbank lugte und sein winziger Körper zitterte, während Hoppner ihm seine Version der Wahrheit entgegenbrüllte. »Jedenfalls wären Sie nicht der Erste, der die Jugend einer Gehirnwäsche unterzieht, um mit ihr seine Schlachten zu schlagen.«

Pamela zu meiner Linken schien meine herablassende Bemerkung über ihr früheres Idol nicht einmal wahrzunehmen. Alice wusste genau, was ich damit sagen wollte, versuchte diesmal aber gar nicht erst, mich zu bremsen.

»Das war jetzt aber nicht sehr nett, Mark. Sie wollen doch wohl meinen Kodex nicht mit den Schriften eines Mao oder Hitler vergleichen?«

»Ich habe übrigens gerade Ihren Kodex noch einmal gelesen«, warf Leonard ein, »und ich muss sagen, dass ich auf dem besten Wege bin, meine Meinung zu revidieren. Einige Ihrer Ideen sind ausgesprochen vernünftig. Ihr Eintreten für Sanftmut beispielsweise als Zügel unserer Impulse – als essenzielles Hilfsmittel bei der Beurteilung der absoluten Notwendigkeit von Gewalt im Krieg – ist etwas, womit ich mich, offen gestanden, bislang noch nicht allzu intensiv beschäftigt habe. Das ist doch eine sehr feminine Tugend, nicht wahr? Wenn ich nicht irre, betrachteten die Griechen sie als Maßstab für die Zivilisiertheit einer Gesellschaft. Nietzsche wäre damit natürlich nicht einverstanden«, fügte er mit einem nervösen Lachen hinzu.

»Und wie gefällt Ihnen Ihr Nietzsche?«, fragte Hoppner mit einem schiefen Lächeln.

»Oh je, den hierher mitzubringen war wohl nicht die beste Idee. Ich hatte ganz vergessen, was Moral für ihn bedeutet: eine widernatürliche Ansammlung von Konventionen, die uns von der Gesellschaft auferlegt werden. Wahre Rechtschaffenheit nur für eine kleine Elite – und somit unerreichbar ohne hohe Geburt.«

»Gott sei Dank wurde er für unzurechnungsfähig erklärt.« Hoppner lachte. »Sonst müssten wir ihn heute noch ernst nehmen.«

»Obwohl ich nicht alles ablehnen würde, was er gesagt hat. Sie teilen doch sicher auch seinen Glauben bezüglich der Bedeutung der Willenskraft? Angesichts dessen, was Sie sich in Miraflores vorgenommen haben, hätte ich gedacht, dass Sie seine Bewunderung für jene edlen Männer, die bereit sind, ihren Untergebenen notwendige Schmerzen zuzufügen, durchaus nachvollziehen können.«

Hoppners gute Laune war schlagartig dahin. Wie ich muss auch er sich gefragt haben, ob Leonard ihn damit provozieren wollte. Doch der Akademiker hatte seit Freddys Tod mit intellektuellen Provokationen abgeschlossen. Seither war sein außergewöhnliches Gehirn nur noch damit beschäftigt, Hoppner zu rechtfertigen und zu entschuldigen, um die Welt des Grauens, in der er sich wiederfand, zu rationalisieren. Und wenn ein toter Philosoph eine Entschuldigung für Folter und Mord zu bieten hatte, verlangte alles in Leonard danach, diese entsprechend zu nutzen.

»Es bereitet mir keine Freude, anderen Schmerzen zuzufügen«, erklärte Hoppner.

»Natürlich, ich wollte damit nicht sagen ...«

»Mr. Williams, was immer ich auch tue, tue ich auf faire Weise.«

»Ich habe nie bezweifelt ...«

»Gerechtigkeit ist für mich sehr wichtig. Im Gegensatz zu Nietzsche bringe ich jedem Menschen dieselbe Wertschätzung entgegen, und wenn ich jemandem unvermeidliche Schmerzen zufügen oder ihm bei seinem Freitod assistieren muss, stelle ich absolut sicher, dass das, was ich tue, hundertprozentig fair ist.«

Leonard hatte seine Versuche, Hoppner zu besänftigen, eingestellt und nickte nur noch beifällig. Er stimmte mit jedem Wort überein.

Dann mischte sich eine Stimme neben mir ein: »Und was ist mit Hawken?«

Die Stimme kam sehr laut und nach ihrem langen Schweigen um so schockierender. Pamela warf Hoppner finstere Blicke zu und ihr Gesicht bebte vor Zorn.

»Meine Liebe ...«

»War das etwa fair? Ihren treuesten Diener zu verraten – war das gerecht?«

»Pamela, bitte, wir sprechen morgen darüber, wenn Sie sich wieder beruhigt haben.«

»Beruhigt? Glauben Sie vielleicht, ich könnte auch nur einen Augenblick lang ruhig sein, während er sich in der Gewalt dieser Schweine befindet? Glauben Sie, ich könnte ruhig sein, wenn der Mann, den ich wie keinen anderen bewundert habe, seine Überzeugungen über den Haufen wirft, nur um eine Bande von Terroristen zu beschwichtigen? Wo ist Ihre Gerechtigkeit geblieben, Mr. Hoppner? Und wo Ihre Loyalität?«

In ihren Augenwinkeln sammelten sich Tränen. Sie streckte trotzig das Kinn vor, ihre Wangenmuskeln zitterten vor Anstrengung, es ruhig zu halten.

»Sie dürfen nicht zulassen, dass Ihre Gefühle Ihren Verstand trüben, Pamela. Ich weiß, dass Sie Hawken geliebt haben, aber …«

»Ich habe *Sie* geliebt!« Pure Verzweiflung. »Ich habe alles geliebt, wofür Sie standen – Ihre Ehrlichkeit, Ihren Kodex, Ihren Glauben an die Botschaft, die Sie gepredigt haben. Was soll ich jetzt anfangen, nachdem das Einzige, was ich geliebt habe, beschmutzt ist?«

»So ist das nicht«, warf David ein. »Hawken hat sich verändert. Er ist krank geworden.«

Pamela beachtete ihn gar nicht. Sie war jetzt aufgestanden und betrachete Hoppner mitleidig. »Wenn Sie erst einmal eines Ihrer Prinzipien aufgeben, was sollte Sie dann daran hindern, sie gleich alle über den Haufen zu werfen?«, sagte sie. »Wo soll das hinführen?«

Ich dachte schon, er würde sich entschuldigen oder sie zumindest mit irgendeiner Platitude trösten. Er aber erwiderte nur ihren starren Blick und legte eine ruhige Hand aufs Tischtuch.

»Sie bedeuten mir sehr viel, Pamela. Ihre Wertvorstellungen sind tadellos, und Ihre Arbeit hier ist für die Frauen von Miraflores von großem Nutzen. Aber Ihrer moralischen Überzeugung fehlt es noch ein wenig an Demut. Wir leben nicht in einer vollkommenen Welt, und absolute moralische Positionen sind einfach nicht haltbar. Ein ethisches System zu entwerfen, das so ideal ist, dass kein normaler, fehlbarer Mensch es übernehmen kann, wäre eine rein hypothetische Übung, reiner Utopismus. Wenn Sie von einer real existierenden Gesellschaft erwarten, dass sie ausschließlich auf Idealen beruht, werden Sie diese Gesellschaft unweigerlich zerstören. Und wenn Sie Pragmatismus dort, wo er unvermeidlich ist, nicht akzeptieren können und bei dem Versuch, das zu schützen, was Ihnen am meisten bedeutet, unfähig sind, eine schwere Entscheidung zu treffen, dann muss ich Ihnen leider mitteilen, dass Sie mir hier nie wirklich von Nutzen sein können.«

In seinem Blick lag keine Wut, aber auch keine Spur von dem Mitgefühl, das seine harten Worte eigentlich hätte begleiten müssen. Pamelas ganzer Lebenszweck war soeben in Frage gestellt worden, und statt ihr ein Taschentuch zu reichen, benahm Hoppner sich wie ein strenger Oberlehrer.

Als Pamela unsicher von einem Fuß auf den anderen schwankte, stand Alice auf, um ihr zu Hilfe zu eilen. Sie nahm sie fest in die Arme und flüsterte ihr etwas zu. Für ein paar Sekunden ließ Pamela ihren Körper durchsacken und ihren Kopf an Alices Schulter ruhen. Dann entzog sie sich der Umarmung und rannte aus dem Esszimmer.

Alice wollte ihr folgen, doch Hoppner hielt sie zurück: »Lassen Sie nur, Mrs. Williams. Sie wird schon wieder.«

Langsam schloss Alice die Tür. »Das hoffe ich. Sie hat soeben die beiden Dinge verloren, die ihr am meisten bedeutet haben.«

Hoppner schien noch etwas entgegnen zu wollen, doch Alices Worte ließen ihn zögern.

Zum ersten Mal, seit ich ihn kennen gelernt hatte, wirkte er erschrocken.

Home | Miraflores | Kodex | Projekte | FAQ | Kontakt

Nimmt man einem Menschen sein Eigentum, so nennen wir das Diebstahl; nimmt man ihm seine Frau, nennen wir es Ehebruch. Nimmt man ihm aber seinen Lebensunterhalt, so nennen wir es Wettbewerb und hieven diesen abstrakten Betrüger auch noch auf ein Podest. Wettbewerb ist neben Ruhm und Konsum zu einem der Götzen unserer Zeit geworden. Wir preisen ihn unhinterfragt als etwas absolut Gutes. Dabei bringt der Wettbewerb immer Verlierer hervor, und diese Verlierer fügen der Gesellschaft großen Schaden zu. Zum einen treibt also der Wettbewerb die Energischen an und verschafft den Gewinnern der Gesellschaft gewaltigen Reichtum; zum anderen aber gebiert er auch die Verlierer, die in ihrem Elend und ihrer Verzweiflung ins Verbrechen abgleiten.

In Miraflores muss niemand mit anderen in Wettbewerb treten, um sich seinen Lebensunterhalt zu sichern. Armut, das größte Hindernis für die Ausbreitung der Tugend, findet man hier nicht. Stattdessen gibt es Anreize: Diejenigen, die sich für die Rechtschaffenheit entscheiden und hart arbeiten, werden sowohl in materieller als auch in spiritueller Hinsicht belohnt. Doch selbst für diejenigen, die nicht in der Lage oder nicht willens sind, nach mehr zu streben, gibt es immer irgendeine Arbeit in den Kaffeeplantagen, im Bauwesen, in einem Malereibetrieb, bei der Straßenreinigung, im Straßenbau oder in der Forstwirtschaft. Niemand in Miraflores wird je in Armut leben.

Und das ist, wie ich glaube, der Schlüssel für eine tugendhafte Gesellschaft. Zwar wird es immer kriminelle Tendenzen geben, aber wenn es gelingt, die Armut abzuschaffen und den Menschen ein ausreichendes Grundeinkommen – und damit auch eine gewisse Selbstachtung – zu verschaffen, entzieht man dem Verbrechen die Grundlage. Dagegen kann man von niemandem erwarten, seinem Nachbarn gegenüber großzügig zu sein, wenn die eigenen Kinder hungern müssen.

In Miraflores gibt es keinen Hunger. Je mehr sich die Menschen an ihre neue Sicherheit gewöhnen und an die Zukunft glauben, desto eher haben sie den Kopf frei für höhere Ziele – und werden tugendhaft. Es mag Jahre dauern, bis es zu einer vollständigen innerlichen Kehrtwendung kommt; ist diese aber erst einmal vollzogen, wird diese Stadt zweifellos erkennen, welchen Nutzen sie von einer tugendhaften Gesellschaft hat, und ihre Bevölkerung wird alles in ihrer Macht Stehende tun, um diese Gesellschaft zu erhalten und weiterzuentwickeln. Von da an geht es immer weiter bergauf.

An diesem Punkt, so hoffe ich, wird der Rest der Welt Zeuge dieses wunderbaren Phänomens werden und versuchen, es an jeder Ecke des Planeten zu kopieren.

17

Die Sonne war noch nicht über die Bergkette auf der anderen Talseite gestiegen, als ich am Morgen des Ministerbesuchs aus dem Gästehaus trat. Der Himmel war klar; eine kühle Brise brachte neues Leben in das umzäunte Grundstück, ließ das Laub von Sträuchern rascheln und wehte vereinzelte Blätter aus den bewaldeten Hängen herab. Ein Tag der Hoffnung.

Am unteren Ende des Gartens fiel mir eine Gestalt ins Auge: Pamela, die im Schneidersitz durch den Zaun auf den dahinter liegenden Wald starrte. Auf den Wald, durch den Hawken etwa um diese Zeit zu laufen pflegte.

Ich schlenderte zu den Wachen am Tor hinüber. Honduraner, wie Alice berichtet hatte, ebenso abhängig von Hoppner wie er von ihnen. Mir wurde klarer denn je, dass es unmöglich war, einen Keil in dieses Bündnis zu treiben.

Die Nachtschicht war noch nicht abgelöst worden. Vier zerzauste, schläfrige Männer verfolgten misstrauisch meine Annäherung. »Alles in Ordnung mit ihr?«, fragte ich den erstbesten Wächter auf Spanisch.

Ich erinnerte mich an immer mehr Einzelheiten aus der Sprache meiner Kindheit, die so lange in meinem Kopf geschlummert hatte. Immer wieder fügte eine zufällige Bemerkung oder eine neu aufgetauchte Erinnerung dem Puzzle, das sich in meinem Kopf zusammensetzte, ein weiteres Teil hinzu. Meine Träume waren allesamt Variationen zum Thema jener einsamen, mörderischen Landstraße, und mit ihnen schien eine wahre Flut von Wörtern zurückzukehren, die willkürlich durch die ebenso verworrenen wie intensiven Eindrücke eines Kindes taumelten.

Der Wächter ließ sich Zeit, bevor er antwortete: »Sie war die ganze Nacht über da.«

Pamela, schmachtend nach ihrem Mann. Die Szene war fast

schon romantisch. Oder betrauerte sie vielleicht den Verlust der idealistischen Vorstellung von Moral, die sie endlich als Illusion erkannt hatte? Die roten Haare hingen ihr schlaff über die Schultern und betonten die kränkliche Blässe ihrer Haut. Ich rief – laut genug, um sie zu erreichen – ihren Namen, doch sie reagierte nicht.

Kurz darauf sah ich, wie Hoppner aus seiner Haustür trat, zweimal die Mauer entlangschritt und dann zu seinem Haus zurückkehrte, um seine Übungen zu machen. Er kam relativ nah an Pamela vorbei, gab aber nicht zu erkennen, dass er sie bemerkt hatte.

Der klare, viel versprechende Himmel bot keinen Ausgleich für die Abscheu, die sein Verhalten ihr gegenüber in mir auslöste.

»Natürlich haben Sie gewisse Vorbehalte, Mark«, erklärte mir Leonard zehn Minuten später, als wir auf dem Gras vor dem Gästehaus unsere schläfrigen Glieder streckten. »Die Art, wie Mr. Hoppner die Dinge angeht, ist eben ungewohnt für uns, und das wirkt zunächst natürlich beunruhigend.«

Bei seinem dritten Morgentraining zeigte sich Leonard den bescheidenen körperlichen Anforderungen, die ich an ihn stellte, schon eher gewachsen. Die Tatsache, dass er während der Dehnübungen mühelos sprechen konnte, war ein gutes Zeichen, auch wenn mir ein anderes Thema lieber gewesen wäre.

»Müssen wir jetzt darüber reden?«

»Nicht, wenn Sie nicht wollen.« Meinem Beispiel folgend spreizte er die Beine und versuchte es mit Hüftbeugen, wobei er mit seinen langen Händen gerade einmal bis zu den Schienbeinen kam. »Aber ich finde es mittlerweile recht nützlich, die Dinge nicht mehr ganz so eng zu sehen. Anfangs war auch ich einigermaßen entsetzt von dem, was Mr. Hoppner tat, aber es erwies sich als hilfreich, die Sache einmal gründlich zu durchdenken. Und Ihnen würde das ebenfalls helfen, da bin ich mir ganz sicher.«

Aus dem Augenwinkel sah ich, wie Pamela aufstand und auf das Gästehaus zuschlurfte. Als sie näher kam, warf ich ihr ein aufmunterndes Lächeln zu und lud sie mit einer Geste ein, sich uns anzuschließen. Sie blieb einen Moment lang stehen und sah zu, wie Leonard redete, während er mit der linken Hand seinen knochigen rechten Ellbogen zur Brust zog. Dann schüttelte sie mit dem Hauch einer Entschuldigung in den Augen den Kopf und ging die Stufen zum Gästehaus hinauf.

»Denken Sie doch nur an Platos *Republik*. Wir verehren Plato bis zum heutigen Tag, obwohl das Utopia, das er anstrebte, auch ein gutes Stück von unserem normalen Leben entfernt ist. Nach Platos Ansicht sollten alle Kinder bei ihrer Geburt den Eltern weggenommen und vom Staat erzogen werden, so dass niemand wüsste, welches sein eigenes ist, und sich die ganze Gemeinschaft infolgedessen wie eine große Familie fühlen würde. In Platos idealer Republik gäbe es weitaus mehr Gemeinsinn, weil die Menschen sich nicht mehr engstirnig nur für die Interessen ihrer eigenen Familie einsetzen würden.«

Ich streckte den Rücken durch und unterbrach ihn leicht verärgert: »Warum erzählen Sie mir das alles, Leonard?«

»Nur um zu erklären, dass kühne Ideen mitunter auch eine gewisse Kühnheit bei ihrer Umsetzung erfordern. Stellen Sie sich vor, Sie würden versuchen, Platos Republik zu verwirklichen – wie schockiert die Eltern wären, wenn Sie anfangen würden, ihnen die Kinder wegzunehmen! Dennoch liegt es auf der Hand, dass auf diese Weise langfristig eine weitaus harmonischere Gesellschaft geschaffen werden könnte. Wenn ich nicht vollkommen irre, gibt es bestimmte afrikanische Stämme, die mehr oder weniger genau das tun: Jedes Kind bezeichnet jeden Mann dort als Vater, und die Menschen sind durch ein höheres Maß an Gemeinsinn miteinander verbunden.«

»Hoppner hat nicht die Absicht, Familien auseinander zu reißen.«

»Aber er hat sehr wohl den ebenso klaren wie kühnen Plan im Auge, die gesamte Bevölkerung auf ein höheres Maß an Tugendhaftigkeit zu bringen. Ich will ja nur sagen, dass der Schock und die schweren Prüfungen, die mit diesem Übergang zwangsläufig verbunden sind – zuweilen recht aggressiv oder gewalttätig zu sein oder gar Selbstmorde erzwingen zu müssen –, letztendlich vielleicht nur ein geringer Preis sind, den wir für die daraus resultierende, glücklichere Gesellschaft zu zahlen haben.«

Ich hörte mit den Dehnübungen auf und blickte ihn erstaunt an. Er hatte nichts mehr von der akademischen Nachdenklichkeit an sich, die mir bei unserer ersten Begegnung so charmant erschienen war. Hier sprach ein unnachgiebigerer, zielstrebigerer Leonard, und diese Veränderung verunsicherte mich zutiefst.

»Man könnte Hoppner mit Haussmann vergleichen, der all die hübschen mittelalterlichen Häuser abreißen musste, um seine großen Boulevards zu errichten«, schloss er. »Ein ziemliches Opfer, aber seien wir doch mal ehrlich – sind wir heute nicht froh darüber?«

»Ich glaube, ich habe heute keine Lust auf Gymnastik«, erklärte ich matt. »Sie kommen schon allein zurecht.«

»Ich könnte ja auch Mr. Hoppner fragen, ob es ihm etwas ausmacht, wenn ich mich ihm anschließe.«

Als ich mit flauem Magen die Veranda erreichte, drehte ich mich noch einmal zu ihm um und sah, wie er zu Hoppners Hintereingang ging und selbstbewusst anklopfte. Die Tür ging auf, und Hoppner ließ ihn ohne Zögern eintreten.

Für den Besuch des Ministers hatte Hoppner einen einreihigen hellgrauen Wollanzug gewählt, der leicht genug war für diesen sonnigen Tag und dennoch bestens an seinem kräftigen Körper saß. Dazu trug er eine ungemusterte dunkelgrüne Seidenkrawatte, und sein Hemdkragen war sorgfältig gestärkt und mit einer goldenen Nadel befestigt. Wie gewöhnlich waren seine Haare makellos nach links gekämmt, doch heute verfinsterte eine wilde Entschlossenheit sein Gesicht.

Schweigend betrachtete er den Himmel und beschattete dabei mit einer Hand die Augen. David und ich standen ein paar Schritte hinter ihm – loyale Diener des örtlichen Potentaten. Von Minute zu Minute nervöser, bereitete ich mich innerlich darauf vor, mein Anliegen vorzutragen. Als das ferne Brummen eines starken Motors an unsere Ohren drang, murmelte David mir zu: »Alles in Ordnung mit Ihnen?«

»Bestens«, entgegnete ich.

»Tut mir Leid. Wegen gestern Abend.«

Ich lachte ein wenig verbittert. »Ich hätte von Ihnen auch nichts anderes erwartet.«

»Bitte, Mark. Es ist sehr wichtig für Miraflores, dass Sie nichts sagen, was diesen Menschen schaden könnte.«

Mit starrem Blick betrachtete ich seine besorgte Miene. »Das war aber jetzt ein verdammt langer Satz, David.«

Er zwinkerte. »Es ist wichtig«, wiederholte er vor dem aufkommenden Lärm. Dann wandte er sich von mir ab und hob die Augen zu der großen Maschine, die über die Berge auf uns zuschwebte.

Der Innenminister und der Polizeichef reisten nicht allein. In ihrem schweren Militärhubschrauber saßen auch mehrere Speichellecker und anonyme Leibwächter, alle mit Pilotensonnenbrillen und Schulterholstern, die nur notdürftig unter ihren eng anliegenden Anzugjacken verborgen waren. Während der Helikopter herunterschwebte, zielten zwei der Leibwächter mit Sturmgewehren auf den Boden unter ihnen, dass es aussah wie eine schlechte Imitation von *Apocalypse Now*. Ich musste mir vergegenwärtigen, dass auch diese Männer unter dem Krieg gelitten und womöglich sogar lebensgefährliche Landungen unter Beschuss durch Gegner wie Sánchez hinter sich hatten. Vielleicht war doch nicht alles nur gespielt.

Ihre Gewehre waren nicht die einzigen, die wir zu sehen bekamen. Der Hubschrauberlandeplatz – ein flaches, leeres Feld, das normalerweise zum Fußballspielen oder zum Trocknen von Kaffeebohnen genutzt wurde – war von mindestens sechzig bewaffneten Polizisten bewacht. Jeder von ihnen stand mit dem Gesicht nach außen da, bereit, das erste Faultier oder den ersten Kolibri ins Visier zu nehmen, das oder der es wagte, sich seinem Oberkommandierenden oder seinem politischen Herrn zu nähern. Vor der Ankunft des Hubschraubers hatten die meisten, ihre Gewehre und Pistolen im Schoß, im Schmutz gekauert oder gesessen. Der Übergang zu diesem stählernen Ring vollzog sich mit verblüffender Geschwindigkeit.

Der Konvoi aus Polizeifahrzeugen war eine halbe Stunde später als geplant in Miraflores eingetroffen, aber immer noch lange vor dem Helikopter mit den VIPs. Vom ersten Augenblick an hatte ich mich nach einem mitfühlenden Polizisten umgesehen, dem ich vertrauen konnte. Mein Plan bestand darin, dem Polizeichef über einen seiner Männer eine Botschaft zukommen zu lassen; ich wollte meinen Hilferuf schließlich nicht vor Hoppners Augen ausstoßen. Das Verhalten der Polizisten aber war von purer Feindseligkeit geprägt: brutale Mienen, aggressive Körperhaltung. Ich konnte mir nur schwer vorstellen, mich auf einen von ihnen zu verlassen.

Außerdem hatte sich nicht eine einzige Gelegenheit ergeben, mit einem der Polizisten zu sprechen. Hoppners Begrüßung wurde ungeduldig vom ranghöchsten Polizeibeamten entgegengenommen, der seinem Gastgeber das Wort abschnitt, um vier Patrouillen durch die Straßen von Miraflores zu schicken. Ihr Auftrag bestand, wie er uns barsch wissen ließ, darin, die Stadt für den Minister und ihren *jefe* »sicher« zu machen.

Offenbar hatten sie jetzt das Gefühl, ihr Ziel erreicht zu haben, doch die Zahl nervöser Finger am Abzug war nach wie vor beängstigend. Ich sah zu, wie die Polizisten ihre Befehle befolgten und noch einmal die auf dem Exerzierplatz geübten Abläufe durchgingen, und obgleich ich jetzt wusste, was hinter meiner instinktiven Abneigung gegen Schusswaffen steckte – das apokalyptische Bild einer Landstraße und leerer brauner Sitze war mir immer gegenwärtig gewesen –, überwältigte mich diese übertriebene Präsenz an Uniformen. Umgeben von Automatikwaffen in kampfbereiten Händen, begann ich die ganze Grundlage meines Plans in Frage zu stellen. Konnte ich tatsächlich einfach einen dieser Männer ansprechen und ihn bitten, uns zu retten?

»Mr. Sword Hoppner!«

Der Minister – ein überraschend junger Mann – sprang schon aus dem Helikopter, bevor dieser aufgesetzt hatte, und zwang so zwei Leibwächter zu unwürdiger Hast, um zu ihm aufzuschließen. Er trat auf Hoppner zu und streckte ihm eine schlanke

Hand entgegen, die von einer schweren Doppelmanschette umrahmt war.

»Mr. Hoppner genügt. Guten Tag, Sir.«

Zwar konnte Hoppner es an Jovialität nicht mit unserem Besucher aufnehmen, doch dafür war zumindest sein zurückhaltendes Willkommen echt. Niemand gab sich der Illusion hin, dass zwischen diesen beiden Männern so etwas wie Freundschaft existierte, doch hatten beide ein funktionierendes Übereinkommen geschlossen. Der Fremde mit den großen Träumen hatte eine gute Grundlage für seine Pläne geschaffen, indem er sich dieses kleine Stück örtlich beschränkter Regierungsgewalt gesichert hatte. Ob das ausreichen würde, um den schweren Rückschlag zu überwinden, den der Terroranschlag in der Hauptstadt bedeutete, blieb abzuwarten.

Neben dem Minister in seinem schmucken anthrazitfarbenen Anzug fiel der Polizeichef durch seine ökonomische Kleidung auf: schlichtes himmelblaues Hemd, Drillichhose mit Bügelfalte und glänzendere Stiefel, als ich sie je für möglich gehalten hätte. Nicht zu vergessen natürlich die große verspiegelte Sonnenbrille. Er sprach kaum ein Wort, als wollte er neben seinem geschwätzigeren Kollegen sein Schweigen als Zeichen von Altersweisheit verkaufen. Auch als er Hoppner kurz die Hand schüttelte, beließ er es anstelle einer Grußformel bei einem Zucken seines allmählich ergrauenden, mit beinahe beunruhigender Exaktheit getrimmten Schnurrbarts. Als dann der Minister unpassenderweise Hoppner einen Arm um die Schultern legte und mit ihm zum bereitstehenden Geländewagen ging, inspizierte der Polizeichef den Kordon um den Helikopter.

»Ich bin nicht etwa hier, weil ich Ihnen nicht trauen würde.« Der Minister lachte. »Sondern weil Seine Exzellenz mir nicht traut. Ich sage ihm, Mr. Sword Hoppner ist in Ordnung, kein Problem, er hat diese Bombenleger voll im Griff, der Schweinehund ist wahrscheinlich längst tot, hängt womöglich sogar an einem Baum auf dem Hauptplatz, wer weiß, jedenfalls wird der nie mehr unsere Konferenzen stören, keine Sorge. Aber Seine Exzellenz erklärt mir, ich würde das nur sagen, weil ich zu faul sei, hierher zu fahren und mich selbst zu vergewissern. Können Sie sich vorstellen, mit welcher Scheiße ich mich herumschlagen muss? Egal, jetzt bin ich also hier. Und wer ist dieser Typ da?«

»Das ist Mr. Weston«, erklärte Hoppner. »Er hat kürzlich den Posten als Sicherheitschef angetreten.«

»Ah! Glückwunsch.« Auf diese Nachricht hin erachtete der Minister meine Hand für würdig, geschüttelt zu werden. »Also, Mr. Weston, kann ich mich darauf verlassen, dass Sie diese Hurensöhne aus Santa Tecla fernhalten? Schneiden Sie dem ersten dreckigen Bauern, der auch nur ein Auge auf eine Waffe wirft, die Eier ab. Vor allem diesen Indioärschen.« Er schwitzte und hatte einen auffällig laschen Händedruck. Die sanfte Berührung seiner Finger strahlte eine beinahe feminine, ja geradezu homosexuell anmutende Sinnlichkeit aus.

Als der Minister neben Hoppner auf der Rückbank saß, ließ ich den Motor an. Die Polizeifahrzeuge warteten bereits mit laufendem Motor, um uns die kurze Strecke zum Parque Central zu eskortieren.

»Sieht verdammt gut aus hier, Mr. Sword Hoppner. Ausgesprochen malerisch. Unsere Vorfahren, diese Schwanzlutscher von Conquistadores, haben schon ganz ordentliche Häuser gebaut, was? Vielleicht sollte ich mir hier mal eins kaufen. Sie könnten doch sicher garantieren, dass ich vor diesen Scheißkommunisten sicher wäre, Mr. Weston?«

Sein Englisch war zwar stark kalifornisch gefärbt, ansonsten aber so gut und grammatikalisch einwandfrei, dass ich überzeugt war, dass er seine Schimpfwörter im vollen Bewusstsein ihrer wahrscheinlichen Wirkung auf seinen Gastgeber einsetzte. Es schien ihm Vergnügen zu bereiten, den rechtschaffenen Hoppner mit diesen harmlosen Einfügungen zu irritieren. Zwar fand sich im Kodex kein ausdrückliches Verbot eines bestimmten Vokabulars, aber nach Hoppners eigener Enthaltsamkeit in dieser Hinsicht zu urteilen, war er kein Fan von Flüchen oder sonstigen Vulgärausdrücken.

Der Parque Central war fast menschenleer. Hoppners Anordnung, jeder solle während des Ministerbesuchs seiner normalen

Arbeit oder seinen schulischen oder häuslichen Pflichten nachgehen, war offenbar befolgt worden. Nur am Orchesterpavillon hatte sich eine kleine Abordnung älterer Bewohner von Miraflores eingefunden. Als fürchteten sie, erkannt zu werden, hielten sie sich größtenteils hinter Bäumen versteckt, um von dort aus besorgt das Treiben dieser unwillkommenen Gäste zu verfolgen.

Der Minister erspähte sein Publikum sofort und verbeugte sich tief, als er aus dem Geländewagen stieg. »Ich brauche jetzt einen Drink!«, rief er und ging entschlossenen Schrittes auf die Tische des San Isidro zu. »Am besten Scotch. Haben die hier Scotch?«

Es war noch nicht einmal elf Uhr.

Die verbliebenen Polizeifahrzeuge schlossen auf und spuckten den Polizeichef sowie die gesamte Meute von Bodyguards und Polizisten aus.

»Schauen Sie mal, wen wir da haben, *jefe*! Unseren alten Freund, den Comandante«, sagte der Minister, als Sánchez aus dem Hotel kam.

»Mr. Hoppner, meine Männer müssen ein paar Kontrollen durchführen«, verkündete der Polizeichef in einem Ton, der ebenso zurückhaltend war wie seine Kleidung.

»Selbstverständlich. Tun Sie, was immer Sie für nötig erachten.«

»Hausdurchsuchungen. Nach Waffen und Sprengstoff. Hundert, nach dem Zufallsprinzip.«

»Comandante Sánchez. Wie schön, Sie zu sehen. Den besten Scotch, den Sie haben, bitte. Am liebsten mag ich Talisker.«

»Würden Sie Ihre Leute bitten, rücksichtsvoll vorzugehen?«, bat Hoppner. »Das letzte Mal …«

»Meine Männer gehen immer professionell vor.«

»*Jefe,* setzen Sie sich doch, um Himmels willen!«

Eine dichte Reihe von Leibwächtern und Polizisten blieb zurück, um unsere Gäste vor den tödlichen Gefahren durch herabfallende Blätter und streunende Katzen auf dem Parque Central zu schützen.

»Na kommen Sie schon, *jefe,* Sie müssen endlich lernen zu lächeln. Unser Gastgeber ist äußerst charmant, über dieser gottverlassenen, verregneten kleinen Ecke unserer großen Nation lacht die Sonne, eine Flasche Scotch ist unterwegs, und das Beste von allem: El Tigre ist jetzt ein demütiger kleiner Kellner, was ohne jeden Zweifel beweist, dass es einen Gott gibt und das Recht auf unserer Seite ist – und schon auf unserer Seite war, bevor Mr. Sword Hoppner es dankenswerterweise aus Oklahoma mitbrachte.«

Vielleicht war der schützende Kordon bewaffneter Männer ja doch keine so schlechte Idee. Der Minister und sein Polizeichef stellten für jeden Möchtegernterroristen in der Nähe ein ideales Ziel dar. Schließlich würde der nächste Joaquim Tanadio nicht mehr als eine gut geworfene, seit den Tagen kubanischer Militärhilfe heimlich aufbewahrte Handgranate benötigen, um zwei der wichtigsten Männer der Regierung auszuschalten. Und mich.

Dem Minister schmeckte der Scotch nicht. »Was soll denn das sein? Verdammt, Comandante, haben Sie etwa nur verschnittene Pisse?«

Als Sánchez keine Reaktion zeigte, nahm der Minister seine Sonnenbrille ab und ließ sie mit voller Absicht auf den Boden fallen.

»Kellner?« Er hob die Hand mit der Handfläche zu Sánchez und zitierte ihn dann mit gekrümmten Fingern herbei. Die Geste hatte ich in Miraflores zwar schon des öfteren gesehen, doch dieser Mann schaffte es, sie besonders beleidigend wirken zu lassen. »Wie es scheint, ist mir meine Sonnenbrille heruntergefallen.«

Für Bruchteile von Sekunden blitzte in Sánchez' Gesicht Wut auf. Hoppners Blick war ebenso gebieterisch wie beschwörend auf ihn gerichtet. Sánchez stieß nur kurz den Atem aus und bückte sich dann, um die Sonnenbrille vom Pflaster vor den Füßen des Ministers aufzuheben. Als er sie dem grinsenden Politiker zurückgab, trafen sich unsere Blicke, und ich wusste, dass er sich an unser Gespräch erinnerte.

Der Spott des Ministers machte mich wütend. Mir kam das ganze Theater mehr und mehr wie eine gezielte Provokation vor. Diese Leute hatten die ganze Reise nach Miraflores offenbar nur unternommen, um zum Schein ein paar Häuser zu durchsuchen, sich importierte Spirituosen zu genehmigen und ihre

Feinde zu beleidigen. Das Ganze wirkte wie eine Klassenfahrt, eine Vergnügungsreise auf Kosten des Steuerzahlers. Selbst wenn der Zweck der Übung darin bestanden haben sollte, dieser rebellischen Gemeinschaft die Macht der Polizeikräfte zu demonstrieren und den Einheimischen klar zu machen, dass der Innenminister nach wie vor ein Auge auf sie hatte, empfand ich das alles als ausgesprochen abstoßend.

»Wir werden wohl ziemlich viel von dem Scheißzeug trinken müssen, um die Geschmacksnerven abzutöten«, murmelte der Minister missmutig, das Whiskyglas in der Hand.

»Hat der Präsident vielleicht irgendwelche Bedenken?«, fragte Hoppner, zweifellos ebenso verärgert über das Benehmen seines Gastes wie ich. »In Bezug auf Miraflores oder die Art und Weise, wie ich die Polizei- und Regierungsgewalt hier ausübe? Ich hoffe doch, ihm ist klar, dass der schreckliche Terrorakt in Santa Tecla nicht von einem der Menschen hier begangen wurde.«

Eine dreiste Lüge. Oder doch nicht? Hatte er seine Worte so sorgfältig gewählt, dass er die Toten damit ausschloss? Der Minister jedenfalls glaubte ihm nicht und hatte auch nicht die Absicht, die Lüge mit einer Antwort zu sanktionieren.

»Was ist los, *jefe*? Was starren Sie denn so?«, sagte er stattdessen und drehte sich um. »Ah, jetzt verstehe ich! Ein Gringo! Mr. Sword Hoppner, sperren Sie jetzt auch Gringos ein? Einer der Ihren, hoffe ich doch? Wir wollen keine Schwierigkeiten mit Ihrem Botschafter, nur weil irgendein bekiffter Rucksack-Loser aus Arkansas vermisst wird.«

»Das ist Hawken«, erklärte Hoppner steif, ohne zum Gefängnis zu schauen. »Mein vorheriger Sicherheitschef. Er hat sich eines schweren Vergehens schuldig gemacht.«

»Hawken? Aber natürlich, ich erinnere mich an ihn.« Mit vergnügtem Kopfschütteln wandte sich der Minister an den Polizeichef. »Sehen Sie, *jefe*? Sehen Sie, wie fair dieser Knabe ist? Der sperrt sogar seine eigenen Leute ein. Welche Bedenken könnten wir gegenüber einem so gerechten Menschen haben?«

Der Polizeichef teilte seinen Enthusiasmus nicht. »Wer ist jetzt für die Sicherheit verantwortlich?«

Die Feindseligkeit in seiner Stimme ließ mich stammeln: »Ich.«

Er war nicht sonderlich beeindruckt.

»Sprechen Sie Spanisch?«, fragte er in dieser Sprache.

»Gut genug«, fuhr ich in Englisch fort. »Ordnung zu halten erfordert nicht viel Konversation.«

»Aber Sie brauchen Autorität. Und als Außenstehender ...«

»Wir sind hier alle Außenstehende«, warf Hoppner rasch ein. »Selbst Sie. Aber ich kann Ihnen versichern, dass Mr. Weston seine Pflichten kompetent und korrekt erfüllt. Ich bin sehr zufrieden mit seiner Arbeit.«

»Ich bin für die öffentliche Sicherheit zuständig«, erklärte der Polizeichef. »Ich lasse nur dann weiterhin zu, dass in Miraflores keine Polizei stationiert ist, wenn ich davon überzeugt bin, dass hier ausreichend für die Sicherheit gesorgt wird.«

Plötzlich kam mir der Gedanke, dass er auf die Idee kommen könnte, mich irgendwie auf die Probe zu stellen – vielleicht, indem er mir eine willkürliche Demonstration meiner Macht über die Menschen von Miraflores abverlangte. Die Vorstellung entsetzte mich nicht nur; ich fragte mich auch, ob eine derartige Täuschung nicht meine Chancen verringern würde, sollte ich die Gelegenheit erhalten, ihn um Hilfe zu bitten. Hoppner schien nicht die Absicht zu haben, mich mit dem Polizeichef oder einem seiner Untergebenen allein zu lassen. Vielleicht würde ich letztlich doch gezwungen sein, in seiner Gegenwart SOS zu funken. Während sich der Polizeichef darauf vorbereitete, mich weiter auszufragen, bereitete ich mich darauf vor, ihm alles zu erzählen.

Nur, dass keiner von uns dazu kam, etwas zu sagen. Gerade als ich den Mund aufmachte, um mein Anliegen vorzutragen und, falls nötig, schreiend Hoppners wütende Beteuerungen zu übertönen, kam Pamelas kleiner Suzuki auf den Parque Central gerast.

Jeder Polizist auf dem Platz brachte sein Gewehr in Anschlag – einige in Panik, andere ruhig und routiniert. Als Pamela mit wehendem rotem Schopf aus dem Fahrzeug sprang und an ihnen allen vorbeischritt, ohne von den unzähligen Gewehrläufen auch nur Notiz zu nehmen, nahmen sie etwas verwirrt ihre Waffen wieder herunter.

Sie hatte einen langen schwarzen Rock angezogen und einen olivgrünen Sweater. David stand auf, um sie abzufangen, aber sie schob ihn mühelos beiseite. Als sie unseren Tisch erreichte, sagte Hoppner: »Ich dachte, Sie wollten heute Ihren freien Tag nehmen.« Seine Stimme klang angespannt und sein Ton verriet, welche Mühe es ihn kostete, ruhig zu bleiben.

Pamela starrte mit krampfartig zuckenden Nasenflügeln auf ihn hinab. »Meinen freien Tag? Ich arbeite nicht mehr für Sie.«

»Aber Pamela, das ist doch nicht Ihr Ernst.«

»Ich habe acht Jahre an Sie verschwendet – wertvolle Jahre, in denen ich alles Mögliche hätte anfangen können. Und acht Jahre zu verschwenden reicht ja wohl für ein ganzes Leben, meinen Sie nicht auch?«

»Das ist jetzt wirklich nicht der richtige …«

Mit einem besorgten Blick auf seine wichtigen Gäste versuchte Hoppner, sie mit einem diskreten Handzeichen wegzuschicken. Sie ignorierte es einfach. Der Minister rang sich angesichts dieser unerwarteten Unterhaltungseinlage ein verwirrtes Lächeln ab, während der Polizeichef die Szene schweigend und mit ausdrucksloser Miene verfolgte.

»Sie haben uns einmal erklärt, dass wir uns über unsere Tugenden definieren«, fuhr Pamela fort. »Dass unsere Tugenden uns zu dem machen, was wir sind.« Sie schüttelte traurig den Kopf. »Mr. Hoppner, ich erkenne Sie nicht wieder.«

»Hören Sie auf damit«, forderte Hoppner, dessen Wut plötzlich durch die Oberfläche brach und ihm die Zornesröte ins Gesicht trieb. »Ihr Benehmen ist vollkommen unangemessen. Unsere Gäste sind hier, um eine vorbildliche Gesellschaft zu sehen, nicht irgendeine lächerliche Show. Sie fahren auf der Stelle zurück. Sie beschädigen den Ruf dieser Stadt.«

»Kapieren Sie denn nicht, dass das keine Rolle mehr spielt?«, schrie sie. »Es ist vorbei! Das alles hier …« Sie breitete die Arme aus, um den Parque, San Isidro und Sánchez mit einzuschließen.

»Das alles hier ist jetzt sinnlos geworden. Sie haben diese Gesellschaft aus einem einzigen Grund aufgebaut: Um zu beweisen, dass Ihr Kodex funktionieren kann. Haben Sie das etwa vergessen? Irgendwann wurden Sie dann so besessen von der Idee, Ihre Modellgesellschaft zu schützen, dass Sie dafür denselben Kodex geopfert haben, dessen Funktionsfähigkeit diese Gesellschaft beweisen soll!«

Bebend vor Zorn stand Hoppner auf. »Fahren Sie nach Hause«, flüsterte er. »Wir sprechen später darüber.«

»Da gibt es nichts mehr zu besprechen«, erklärte Pamela. »Es ist vorbei.« An den Polizeichef gewandt, zeigte sie auf das Gefängnis und sagte auf Spanisch: »Der britische Staatsbürger im Gefängnis ist unschuldig. Sie müssen ihn befreien.«

»Pamela!«, schrie Hoppner.

Der Polizeichef sagte nichts, zeigte keinerlei Reaktion.

Zum ersten Mal zögerte sie. Das völlige Ausbleiben jeglicher Reaktion hatte sie nicht erwartet. Und dann machte sie den Fehler, sich an den Minister zu wenden.

»Sein Name ist Hawken«, sagte sie, nun lauter und langsamer. »Er ist unschuldig. Sie müssen ihn freilassen.«

Zuerst reagierte auch der Minister nur mit einem ausdruckslosen Blick, bevor er in Gelächter ausbrach – ein grausames, herablassendes Lachen, als hätte er ein kleines Mädchen vor sich, das sich vor den Gästen ihres Vaters über dessen Kleinlichkeit in Sachen Taschengeld beschwerte.

Seine Reaktion schockierte Pamela. Angewidert wandte sie sich ab und marschierte zu ihrem Suzuki zurück.

»Begleiten Sie sie«, murmelte Hoppner mir zu.

»Aber ...« Sosehr Pamela mir auch Leid tat und so gern ich sie auch getröstet hätte – ich hatte noch immer keine Chance gehabt, an den Polizeichef heranzutreten.

»Fahren Sie mit ihr! Sperren Sie sie in ihrem Zimmer ein. Ich will keine weiteren Störungen erleben, wenn ich diese Herrschaften in mein Haus bringe.«

Ich hatte ganz vergessen, dass die VIPs Hoppner auch noch bei ihm zu Hause besuchen wollten. Somit würde noch genug Zeit bleiben, dort mit ihnen zu sprechen. Im Augenblick – so kurz nachdem der Minister Pamelas Hilferuf ins Lächerliche gezogen hatte – schien dafür ohnehin nicht der richtige Zeitpunkt zu sein. Zudem war ich mir längst nicht mehr so sicher, dass die Polizei uns aus unserer misslichen Lage befreien würde, sobald ich sie darüber aufgeklärt hatte.

Als sie den Suzuki erreichte, blieb Pamela stehen und blickte zum Gefängnis. Ein paar gestohlene Sekunden lang stand sie still da und starrte zu ihrem eingekerkerten Geliebten hinauf, der von seinem hohen Fenster teilnahmslos zu ihr herabschaute. In dieser stillen Verbindung schien etwas über Pamela zu kommen, denn sie wurde größer, ruhiger. Ohne mich weiter zu beachten, stieg sie ein, ließ den Motor an und fuhr langsam los.

In den Seitenstraßen, die zu Hoppners Anwesen führten, kamen wir nur an zwei Polizisten vorbei. Keiner schien sich auch nur im Geringsten für uns zu interessieren, so sehr waren sie damit beschäftigt, Stühle und Bücher aus dem Haus des Grundschullehrers zu werfen. Der kleine, sanftmütig wirkende Mann stand auf den Stufen der gegenüberliegenden Schule und sah, umringt von seinen jungen Schülern, mit bemerkenswerter Langmut zu, wie seine wenigen Besitztümer zerstört wurden. Notizbücher wurden verstreut, eine Glaskaraffe zerschmettert. Selbst wenn Pamela die Absicht gehabt hätte anzuhalten, bezweifle ich, dass wir etwas für ihn hätten tun können.

Ein- oder zweimal versuchte ich, sie in ein Gespräch zu verwickeln. »Wohin wollen Sie jetzt?«, fragte ich. »Wollen Sie sich einer wohltätigen Organisation anschließen?« Ihre ganze Reaktion bestand aus der Andeutung eines Lachens, das eher als verächtliches Schnauben herauskam.

Die Wachen öffneten schneidig das Tor für Pamela und schlossen es ebenso schneidig wieder hinter uns. Ich war erneut eingesperrt. Selbst wenn ich vor diesen mürrischen Männern die Rolle des Sicherheitschefs gespielt hätte, wären sie nicht zu überreden gewesen, uns herausfahren zu lassen. Einen Augenblick lang spielte ich mit dem Gedanken, Pamela um Hilfe zu bitten. Würden die Wachen ihr vielleicht erlauben, uns entgegen Hoppners Anweisung aus der Umzäunung zu schleusen? Das war unwahrscheinlich, außerdem marschierte Pamela bereits resolut ins Gästehaus. Als ich ebenfalls im Haus angelangt war, hatte sie schon die Tür ihres Zimmers zugeknallt.

Der Polizeichef, so aggressiv zurückhaltend und teilnahmslos er auch sein mochte, blieb unsere größte Hoffnung.

Während ich auf die Ankunft Hoppners und seiner Gäste wartete, schaute ich zu Alice und Leonard hinein, die auf dem Fußboden ihres Zimmers eine Partie Reise-Scrabble spielten. Vielleicht wollte Alice auf die Weise verhindern, ständig darüber nachdenken zu müssen, ob es wohl zu der von uns erhofften polizeilichen Intervention kommen würde.

Als ich das Zimmer betrat, warf sie mir einen erwartungsvollen Blick zu. Ich bedachte sie mit einem beruhigenden Lächeln, um ihr zu suggerieren, dass ich alles unter Kontrolle hatte. In Leonards Beisein wollte ich sie nicht über meine geänderten Pläne aufklären.

Es sah ausgesprochen unbequem aus, wie er seine langen Beine auf dem Boden ausgebreitet hatte. Überhaupt wirkte keiner von beiden besonders glücklich. Alice mühte sich ab, Wörter zu finden, um mit Leonard Schritt zu halten. DHARMA, HYPOPHET, ENQUETE – ich musste nicht erst fragen, von wem diese Worte stammten. Die kleine Schale mit Buchstaben vor Alice war eine deprimierende Mischung nutzloser Konsonanten.

»Pamela hat Hoppner vor dem Minister eine riesige Szene gemacht«, erzählte ich ihnen, um die angestrengte Warterei ein wenig aufzulockern. »Sie hat ihm alles über Hawken erzählt.«

»Oh je«, sagte Leonard ehrlich besorgt. »Mein Gott, ich hoffe bloß, sie hat Mr. Hoppner damit nicht in Schwierigkeiten gebracht.«

»Wen interessiert das denn?«, fragte Alice.

»Das sollte uns alle interessieren. Miraflores ist etwas ganz Besonderes.«

»Leonard!« In einem plötzlichen Temperamentsausbruch sprang Alice auf. »Wo ist Pamela?«, fragte sie.

Von der anderen Seite der Diele drang das Gepolter von Möbeln zu uns.

»Auf ihrem Zimmer«, sagte ich. »Sie ist ziemlich wütend. Ich würde ihr jetzt nicht in die Quere kommen.«

Ferne Motorengeräusche zogen mich zum Fenster. Der Geländewagen rollte über den Fuhrweg heran, gefolgt von zwei Polizeifahrzeugen, die beide im tiefen Schlamm hin und her schlitterten. Die Polizei hielt gut hundert Meter vor dem Tor an, während der Geländewagen aufs Grundstück fuhr. Am Lenkrad saß David, neben ihm zwei der größten Leibwächter, auf den Rücksitzen Hoppner, der Minister und der Polizeichef. Keine Untergebenen.

Alice schloss zu mir auf und sah zu, wie die VIPs Hoppner in sein Haus folgten. Ich wollte ihnen ein paar Minuten geben, um sich an diese fremde Umgebung zu gewöhnen und für meine Botschaft aufnahmefähig zu werden, bevor ich die Bombe platzen ließ. Für subtilere Annäherungsversuche hinter Hoppners Rücken blieb keine Zeit.

»Ich möchte nur nachsehen, ob sie okay ist«, erklärte Alice. »Würdest du mich so lange vertreten? Ich kann mit diesen verdammten Buchstaben nichts anfangen.«

Obwohl Scrabble nun wirklich das Letzte war, woran ich in diesem Augenblick dachte, nickte ich Alice ungeduldig zu und sah mir ihre Buchstaben an.

P Q N N V W A.

»Danke.« Die Tür schloss sich leise hinter mir.

PAN? Mit dem E auf dem Brett kam ich sogar auf PANNE. Mittlerweile hatten die Gäste sicher an Hoppners Tisch Platz genommen. Bot er ihnen Kaffee an? Bereitete er ihn selber zu?

»Na dann viel Glück«, murmelte Leonard. »Die arme Ali war ja nicht so erfolgreich.« Seine gefalteten Finger wirkten neben den winzigen Teilen des Reisespiels geradezu absurd lang.

Auf der anderen Seite der Diele ging die Tür auf. Alice hatte sicher angeklopft, auch wenn ich es nicht gehört hatte. WANNE? Einen Augenblick lang musste ich lächeln.

Dann schrie Alice.

Danach erinnerte ich mich nicht mehr, was Leonard getan

hatte. Ich nehme an, er ist aufgesprungen wie ich, mit mir durch die Diele gerannt und in Pamelas Zimmer gestürzt. Wahrscheinlich stand er wortlos da und nahm schockiert die Szene wahr, aber ich kann mich beim besten Willen nicht erinnern, ob Leonard tatsächlich zugegen war.

Sie hing an einem Deckenbalken. Sie hatte das gelbe Kletterseil benutzt. Ihr Hals war nicht gebrochen: Sie war erstickt.

Hatte sich für die harte Tour entschieden.

Ihr fleckiges Gesicht, die angeschwollene Zunge, die roten, sorgfältig zu einem Knoten gebundenen Haare.

Es war viel schlimmer als beim ersten Mal. Joaquim Tanadio hatte ich nicht gekannt und auf dem dunklen Parque Central kaum sehen können. Ihn abzuschneiden war gewissermaßen eine Handlung aus der Distanz gewesen, weit weg von der Realität seines Todes. Doch als ich nun Pamelas Leichnam vor mir hatte, fehlte mir eine solche Distanz.

Ich spürte den Impuls, mich zu übergeben, tat es aber nicht. Meine Gliedmaßen zitterten, ansonsten konnte ich mich nicht bewegen.

Ihr langer Rock flatterte in einem Luftzug, den ich nicht spürte. Ihre nackten Füße zeigten nach außen. Kein Nagellack. Dort, wo ihr Hals im Seil steckte, war die Haut abgerieben; noch im Sterben hatte sie gekämpft. Der umgestürzte Stuhl – dieses schreckliche, unvermeidliche Klischee – war durchs halbe Zimmer gestoßen worden. Hawkens Küken kreischte jämmerlich in seinem Karton.

»Oh bitte, nein«, schluchzte Alice. »Oh bitte, mein Gott, nein.« Ihre Hände bedeckten die untere Hälfte ihres Gesichts und versperrten ihr somit nicht die Sicht auf den furchtbaren Anblick.

Mit gefühllosen Fingern stellte ich den Stuhl neben Pamelas Leiche und nahm ein Taschenmesser von ihrem Schreibtisch. Das Seil durchzuschneiden dauerte eine Ewigkeit. Als die letzten Fasern zu reißen begannen, fasste ich sie um die Brust und ließ sie sanft zu Boden gleiten.

»Tut mir Leid, Alice.« Mir versagte fast die Stimme; nur ein kratzender, gepresster Laut kam heraus. »Ich weiß, du hast sie gemocht.«

Die Verwirrung in ihrem Blick zeugte von ihrem zunehmenden Schmerz.

»Warum …?«

»Sie …«, begann ich, doch als ich blinzelnd den Leichnam betrachtete, wurde mir klar, dass ich dazu nichts, aber auch gar nichts Sinnvolles sagen konnte.

Langsam wagte Alice sich mit offenem Mund vor, bis sie direkt auf das geschwollene Gesicht hinabsah.

»Pamela.« Ihre Stimme versagte.

Ich wollte Alice in die Arme nehmen und trösten, wie ich mich danach sehnte, getröstet zu werden. Doch der merkwürdige Winkel ihrer Schultern, die Steifheit ihres Nackens ließen mich davor zurückschrecken.

»Hör zu«, sagte ich mit rauer Stimme, »sollten wir nicht besser…?«

»Wer hat das getan?«, fragte sie und richtete die schwärzesten, verzweifeltsten Augen auf mich, die ich je gesehen hatte. »War es, weil sie Hoppner in Verlegenheit gebracht hatte? Wer hat ihr das bloß angetan?«

»Alice …«

»Warst du das?«, schrie sie mich an. »Du warst doch als Einziger hier!«

Ich konnte einfach nicht glauben, was sie da sagte.

»Alice, sie hat sich selbst umgebracht.«

»Selbstmord?«, fauchte sie. »So wie Freddy, meinst du wohl? Oder wie der Typ auf dem Platz?«

»Alice!« Ich packte sie an den Armen, schüttelte sie, schrie sie noch lauter an. »Hör auf damit! Ich bin's!«

Und dann brach sie zusammen, ihre Wut verebbte. Ihre angespannten Arme schienen unter meinen Fingern zu schrumpfen, ihre Stirn fiel auf meine Brust. »Tut mir Leid«, murmelte sie. »Ich habe nur …«

»Schon gut, schon …«

»Nichts ist gut! Gar nichts ist gut. Sie ist tot, sie ist tot, und ich werde genauso sterben wie sie!«

Das werden wir beide, dachte ich, bar jeder Hoffnung. Ich hatte soeben einen Großteil meines Glaubens an die Menschheit verloren – den Polizeichef eingeschlossen.

»Mark, ich kann nicht …« Ihr Gesicht sank noch ein wenig tiefer an meine Brust, und ich musste mich anstrengen, um ihre gedämpften Worte verstehen zu können. »Ich ertrage das hier nicht länger.«

Wie ich schon sagte – ich weiß nicht, ob Leonard das gesehen hat. Muss er aber wohl.

Die Bodyguards hatten sich vor Hoppners Haustür aufgebaut, sie wirkten steif und etwas lächerlich, während all die Kolibris um sie herumschwirrten. Als ich die Treppe hinaufstieg, traten sie mir beide entgegen, um mich aufzuhalten. Eine kleine Explosion irgendwo in meinem Kopf brachte einen wüsten spanischen Anschiss hervor – keine Ahnung, was genau ich gesagt habe –, worauf die beiden Männer rasch beiseite traten.

Ob ich geklopft hatte, bevor ich das Esszimmer betrat, weiß ich nicht mehr. Ich hatte nur noch eines im Kopf: den Polizeichef anzusprechen. *Wir werden hier gefangen gehalten. Dieser Mann tötet uns, wenn Sie nicht einschreiten.* Die Kavallerie wartete draußen vor dem Tor; alles, was sie brauchten, war der Befehl ihres Kommandanten.

Dass die drei Männer reichlich verärgert wirkten, als sie mich sahen, lag vielleicht an den beiden hohen Stapeln amerikanischer Dollarscheine auf dem Tisch. Die Aktenmappe des Ministers stand offen für den einen Stapel, während der Polizeichef für seinen Lohn eine Tasche aus Segeltuch mitgebracht hatte.

Wie einfach es in der Praxis doch ist, sich in der Dritten Welt eine kleine Insel der Tugendhaftigkeit zu sichern.

»Raus hier«, fauchte Hoppner.

»Wir können uns hoffentlich auf Ihre Diskretion verlassen, Mr. Weston«, meinte der Minister mit einem kalten Lachen. »Andernfalls wird mein Freund, der *jefe,* ein paar Wörtchen mit Ihnen zu reden haben.«

Die Kavallerie war eine Illusion, ihr Offizier bereits gekauft. Es gab keine Rettung für uns; ich konnte nichts mehr tun. Sie starrten zu mir hoch und warteten auf eine Erklärung.

»Pamela hat sich umgebracht«, stieß ich hervor.

Als Hoppner das hörte, schloss er die Augen. Eine kleine Geste, hinter der doch so viel steckte. Ich wusste, dass er sie sich beim Abendessen vorstellte, sich selbst sah, wie er sie wegen ihrer Kompromisslosigkeit getadelt hatte und für ihre Weigerung, die Art von Pragmatismus hinzunehmen, die in der Zahlung gewaltiger Schmiergelder an hohe Mitglieder des herrschenden Establishments gipfelte. Seine faltige Kehle zuckte langsam auf und ab.

»Danke«, flüsterte er. »Und jetzt lassen Sie uns bitte allein.«

Als er die Augen wieder öffnete, blickte er auf den Tisch.

Auf das Geld.

Mitunter verlieren wir nur allzu leicht aus den Augen, was wir so sehr zu erreichen trachten. Das Leben ist komplex, ein tugendhaftes Leben erst recht. Ständig müssen wir darüber nachdenken, wie wir unser Geld verdienen, über unsere Familie und unser Zuhause. Dann erschweren wir die Dinge noch dadurch, dass wir uns um unsere Freunde kümmern, uns für Benachteiligte einsetzen, moralische Konflikte analysieren auf der Suche nach einer gerechten Lösung. Und indem wir versuchen, diejenigen zu verstehen, die uns ein Unrecht zugefügt haben, damit wir ihnen vergeben können. Kurz: Wir komplizieren unser Leben selbst.

Um uns aus dieser Verwirrung zu führen, sorgt die Tugend der Einfachheit dafür, dass wir fest in der Wirklichkeit verankert bleiben. Wahrheit ist die Grundlage tugendhaften Lebens, und Einfachheit schützt die Wahrheit. Aus diesem Grund verschlüsseln unsere Widersacher auch ihre Argumente mit Nebensätzen, Einschüben und Verdrehungen, um die Wahrheit hinter einer Masse verwirrender Informationen zu verbergen.

Echte Wahrheit ist immer einfach. »Was du nicht willst, dass man dir tu, das füg auch keinem andern zu« ließe sich die goldene Regel des Christentums zusammenfassen. Das versteht jedes Kind, und doch beinhaltet es den Kern eines jeden tugendhaften Lebens. Die größten wissenschaftlichen und philosophischen Durchbrüche der größten Geister von Darwin bis Einstein und von Sokrates bis Descartes lassen sich meist in ähnlich knappe Worte fassen. Nur die Mittelmäßigen haben es nötig, ihren »Genius« in ebenso umständliche wie unverständliche Vorträge oder dicke Wälzer zu hüllen. Äußerliche Komplexität verbirgt oft nur einen Mangel an innerer Substanz.

Einfachheit schützt uns vor den Fallgruben der Eitelkeit, Ungerechtigkeit und Täuschung. Der einfache Mensch braucht nichts vorzutäuschen, denn er muss seine Zeit nicht damit verschwenden, seinen Wert zu beweisen oder sein Image aufzupolieren. Er tut einfach, was richtig ist.

Die einfachsten Erklärungen sind oft auch die wahrsten, die einfachsten Lösungen die effektivsten und der einfachste Weg zu einem tugendhaften Leben der erfolgversprechendste.

Das ist alles.

18

Pamelas Tod wirkte sich auf jeden anders aus. David gab sich während des Begräbnisses zwar so optimistisch wie immer, zog sich aber für den Rest des Tages in sein neues Haus zurück; Alice setzte sich auf eine Bank auf der Kiesterrasse und starrte auf den Regenwald unter ihr, und ich verspürte den Drang, etwas kaputtzuschlagen. Leonard dagegen wirkte auf gespenstische Weise mit der Welt im Einklang.

»Das ist ja nun wirklich keine Katastrophe«, merkte er an. »Schließlich wurde sie immer destruktiver.«

Ich hatte gerade Hawkens Küken unter einem Busch hinter dem Gästehaus ausgesetzt, überzeugt davon, dass es bald einem Raubvogel zum Opfer fallen würde. So unbedeutend das, nach allem, was geschehen war, sein mochte, machte es mich nur noch depressiver und ließ meine Toleranz gegenüber Leonards verqueren Ansichten fast auf den Nullpunkt sinken.

»Dieser ganze Unsinn beim gestrigen Abendessen«, fuhr er fort, ohne meine Verärgerung zu registrieren. »Und heute beim Minister. Wie sollte Benjamin sich noch auf seine Arbeit konzentrieren, wenn sie ihn ständig angriff? Sie muss irgendwann eingesehen haben, dass sie nur noch Schaden anrichtete. Und schließlich hat Benjamin in diesem Punkt Recht: Besser seinem Leben selbst ein Ende setzen als rumstehen und der Welt um sich herum Probleme bereiten.«

»Vorsicht, Leonard. Sie sind auf dem besten Weg, seine Morde zu rechtfertigen.«

»Aber handelt es sich wirklich um Morde, oder tut Benjamin nur seine zwar schmerzhafte, aber notwendige Pflicht? Wie soll jemand eine moralisch vollkommene Gesellschaft aufbauen, wenn er zulässt, dass sie von moralisch Kranken übervölkert bleibt?« Er hielt kurz inne und wartete auf meine Antwort. Als er sah, wie angewidert ich war, fuhr er fort: »Nietzsche zufolge muss ein Philosoph, um unseren Respekt zu verdienen, durch sein gutes Beispiel vorangehen. Es muss schwer sein für Benjamin, diese Dinge zu tun, aber für mich verdient er zweifellos unseren Respekt.«

Das Außergewöhnliche daran war, dass er es schaffte, den Anschein unschuldiger Nachdenklichkeit zu wahren, während er diese schrecklichen Gedanken in Worte fasste.

»Soll ich Ihnen die Stelle zeigen?«, fragte er und öffnete sein Buch.

Ich konnte nur noch davonlaufen.

An diesem Abend wünschte sich Hoppner Gesellschaft, doch außer Leonard ging niemand darauf ein. Während die beiden sich im Haupthaus ein ruhiges Abendessen teilten, ging ich über den dunklen Rasen zu der Mauer, um mich zu Alice zu gesellen. Ich war mir nicht sicher, ob ich ihre Trauer um Pamela störte oder einfach nur Zeuge ihrer Verzweiflung angesichts des bevorstehenden Tests wurde.

Nun sah ich sie doch noch im Mondlicht, aber es war ganz und gar nicht so, wie ich es mir vorgestellt hatte: kein Tanzen, kein zwangloses Lächeln unter geschlossenen Lidern. Die tröstliche Sicherheit Bequias war weit weg. Sie glänzte auch nicht silbrig, wie ich erwartet hatte; ihre Haut war eher aschfahl.

Schließlich sagte sie: »Früher hatte ich immer die Fähigkeit, mich besser zu fühlen, indem ich an all die Menschen dachte, denen es schlechter geht als mir.«

»Die gibt es immer noch«, merkte ich mit gespielter Zuversicht an.

»Ja, die Mormonen wird es wohl immer geben.«

»An wen dachtest du, als du mit Luca zusammen warst?«

»An verarmte allein erziehende Mütter in Glasgow«, antwortete sie mit dem Anflug eines Lächelns. »Und jetzt würde ich meinen rechten Arm dafür geben, eine von ihnen zu sein.«

»Es gibt einen Ausweg«, erklärte ich.

Hoppners künstlicher See glänzte im Mondlicht. Die Wipfel der höchsten Bäume ragten als schwarze Silhouetten über die Mauer. Irgendein wildes Tier bewegte sich raschelnd durchs Geäst.

Als sie nicht antwortete, sagte ich: »Wir kommen nicht über den Zaun, und auf Hilfe aus Miraflores können wir nicht hoffen. Aber wenn wir zu einem dieser Häuser gelangen könnten ...« Ich zeigte ins Tal hinab zu den winzigen Inseln des Lichts, die sich um den See reihten.

Nun sah sie mich an. »Du bist verrückt«, flüsterte sie.

»Das ist ein künstlicher See. Das bedeutet, dass es einen Staudamm gibt, und das wiederum heißt, dass es eine Straße geben muss und wahrscheinlich Instandhaltungskräfte mit Fahrzeugen. Wenn wir es bis zum See schaffen, können wir uns ein Boot leihen, um zum Staudamm zu fahren.«

»Da unten ist dichter Urwald, Mark. Das ganze Tal steht voller Bäume. Wir würden uns in fünf Minuten hoffnungslos verirren.«

»Ganz sicher nicht. Wir müssen nur immer bergab laufen, bis wir an den Fluss kommen. Dann folgen wir dem Fluss bis zum See. Da kann man sich gar nicht verlaufen.«

Einen Augenblick lang starrte sie in die Finsternis unter uns. »Du meinst heute Nacht, nicht wahr? Du hast tatsächlich die Absicht, dich mitten in der Nacht durch einen Urwald voller Schlangen zu schlagen.«

»Ich habe die Absicht, uns diese Barbituratspritze zu ersparen.« Ich lehnte mich genervt zurück. »Alice, es gibt keinen anderen Ausweg. Wenn du den Test machst und er dich zum Tode verurteilt, kann ich kämpfen, wie ich will, und habe trotzdem keine Chance gegen acht Wachen.«

»Tapferer Mark«, murmelte sie geistesabwesend. Ich weiß nicht, was sie damit sagen wollte. Sie stand auf und schaute über die Mauer. »Und wie willst du da runterkommen?«

»Warte mal«, sagte ich.

Bereits seit Tagen bewegte ich mich ungehindert über das Grundstück, doch jetzt, da ich unsere Flucht plante, war ich schon nervös, als ich mich dem Gästehaus näherte. Eigentlich konnte niemand dort sein: Hoppner und Leonard aßen gerade zu Abend; David war in seinem neuen Haus; Pamela war tot. Dennoch ertappte ich mich dabei, wie ich mich alle paar Sekunden umblickte, als ich von der Veranda zu Pamelas Zimmer ging. Und als ich die Tür öffnete, rechnete ich schon fast damit, einen der Wachposten dort anzutreffen oder gar Hawken. Ich glitt ins Zimmer und ließ die Tür weit offen, während ich mir nahm, was ich brauchte.

Alice stand noch immer an der Mauer, als ich zurückkam, und zeigte sich wenig überrascht, als ich das gelbe Kletterseil aus Pamelas Leinentasche zog.

»Oh Mark«, sagte sie mit einem leichten Lächeln.

»Still jetzt«, murmelte ich. »Das hier wäre schwer zu erklären.«

Ich band das eine Ende des Seils um drei Säulen des Geländers. Die Mauer schien stabil genug, doch sicherheitshalber sollte immer nur eine Person am Seil sein. Pamelas verbliebener Kletterhaken war noch immer ans eine Ende gebunden, und dort beließ ich ihn als eine Art Senkblei, als ich das Seil die Felswand hinabwarf. Mit dem Seil in der Hand spürte ich, wie der Haken auf den Boden auftraf, als mir noch etwa drei Meter vom Seil blieben.

»Bis zum See sind es wahrscheinlich gut sechs Kilometer«, sagte ich. »Je eher wir losgehen, desto mehr Vorsprung haben wir, wenn Hoppner am Morgen die Wachen nach uns schickt. Wir brauchen Wasser und etwas zu essen; nimm dein ganzes Geld mit, einen Mantel und ...«

»Wir müssen auf Leonard warten.«

Ich ließ das Seil fallen und sah sie an. »Leonard kommt hier auch ohne uns klar.«

»Aber wir können ihn doch nicht einfach zurücklassen.«

»Alice, mach dir seinetwegen keine Gedanken. Hoppner bringt ihn zum Flughafen und setzt ihn in ein Flugzeug. Leonard hat sich schließlich nicht verpflichtet, den Test zu machen.«

»Ich lasse ihn aber nicht allein«, beteuerte sie beharrlich. »Ich habe ihn schließlich hierher gebracht und kann ihn doch jetzt nicht einfach im Stich lassen.«

»Er braucht dich nicht.«

»Das ist nicht der Punkt. Es wäre einfach nicht in Ordnung, ihn zurückzulassen.«

»Warum ist das auf einmal so wichtig?«, fragte ich, zunehmend frustriert.

»Meinst du nicht auch, dass es nie schaden kann, ein Gewissen zu entwickeln?«

»Aber bitte nicht ausgerechnet dann, wenn es uns umbringen kann!«

»Mark, ich möchte nicht, dass du getötet wirst; geh also ruhig vor. Ich warte auf Leonard.«

Ich gab mich geschlagen. »Also gut«, murmelte ich. »Aber allzu lange können wir nicht mehr warten.«

Wir beschlossen, im Gästehaus zu warten, um keine Aufmerksamkeit auf unser Seil zu lenken für den Fall, dass einer der Wachposten auf seinem Kontrollgang vorbeikam. Während Alice auf ihr Zimmer ging, um passende Kleidung für sich und Leonard auszusuchen, durchforschte ich die Kochnische nach nährstoffreichen Lebensmitteln zum Mitnehmen und Plastikflaschen mit Wasser. Ich fand eine Hand voll Müsliriegel, widerlich süße Korinthenbrötchen aus der Bäckerei von Miraflores und etwas Dörrobst – genug, um uns Kraft für eine anstrengende Nachtwanderung zu geben, mehr aber auch nicht. Ich ließ den Proviant auf dem Küchentisch liegen und ging zurück in Pamelas Zimmer, um den kleinen Rucksack zu holen, den ich neben ihrem Schreibtisch gesehen hatte.

Als ich mit dem Rucksack in der Hand wieder hinausging, stand David an der Tür des Gästehauses.

Er starrte mich für einen endlos langen Augenblick an, blickte dann auf die Lebensmittel auf dem Tisch und wieder auf mich. Er blinzelte zweimal. »Was haben Sie vor?«, fragte er.

Mir fiel keine vernünftige Antwort ein.

»Schön, dass Sie sich auch mal wieder blicken lassen«, sagte ich mit so viel Selbstvertrauen in der Stimme, wie ich aufbringen konnte, obwohl sich mir der Magen umdrehte. »Wir haben uns schon Sorgen um Sie gemacht.«

»Mark …« Sein Blick fiel auf den Rucksack. »Tun Sie's nicht. Das überleben Sie nicht. Versuchen Sie nicht, hier rauszuklettern.«

Mein bisschen Hoffnung fiel in sich zusammen. Sie hatten das Seil bereits entdeckt. Uns war der Fluchtweg abgeschnitten.

»Klettern?«, stammelte ich. »Was meinen Sie damit, David?«

Er wandte sich zum Küchentisch, zog einen Stuhl heraus und setzte sich. Dann nahm er ein paar Müsliriegel in die Hand.

»Tun Sie's nicht, Mark. Da ist Stacheldraht. Oben auf dem Zaun. Sie würden sich schlimm verletzen. Verbluten.«

Vielleicht war es die Tatsache, dass er dies ohne jeden Zorn sagte, die mich so wütend machte. Doch als mir dann plötzlich klar wurde, dass er nichts von dem Seil über dem Abgrund wusste, warf ich den Rucksack hin und ging auf ihn zu. »Und warum lassen Sie uns dann nicht einfach laufen? Wenn Sie sich solche Sorgen machen, dass wir sterben könnten, warum öffnen Sie dann nicht dieses verdammte Tor?«

»Mark. Bitte.« Er hielt den Blick gesenkt und weigerte sich, mir in die Augen zu sehen. »Das kann ich nicht entscheiden.«

»Das ist doch Blödsinn! Hoppner funktioniert doch nur, weil Sie ihn in jeder Hinsicht unterstützen. Deshalb werden Sie für unseren Tod genauso verantwortlich sein wie er. Nur weil Leute wie Sie seinen Wahnsinn tolerieren, kann Hoppner weiterhin Menschen foltern und töten.«

»Nein.« Er schüttelte den Kopf. »Er könnte jemand anderen bekommen. Als Ersatz für mich. Einen, der ihn noch besser unterstützt.«

»Das ist doch nicht wahr«, widersprach ich ihm. »Sie wissen ganz genau, wie sehr er sich auf Sie verlässt. Zu keinem anderen hat er ein solches Verhältnis. Warum nutzen Sie nicht endlich Ihren Einfluss, um dem Ganzen ein Ende zu bereiten?«

Abrupt sprang David auf. »Ich will nur, was er will!«, schrie er und eilte zur Tür.

»David …«

Aber er war bereits verschwunden.

Ich packte Essen und Wasser in Pamelas Rucksack, versteckte

ihn hinter einem der Sofas und ging durch den Korridor zu Alices Zimmer. Auf dem Bett lagen ein kleiner Stapel Kleidung, eine Brieftasche und zwei Pässe. Sie war bereit. Sie saß gerade am Schreibtisch vor einem kleinen, an die Wand gelehnten Spiegel und trug Feuchtigkeitscreme auf Wangen und Augenlider auf. Make-up brauchte sie diesmal nicht zu entfernen. Wenn es mich etwas angegangen wäre, hätte ich ihr erklärt, dass sie ohne Mascara oder Eyeliner besser aussah. Eine leichte Rötung um die Augen setzte sich von ihrer üblichen Blässe ab.

»Ich hatte die Schnauze voll und habe ihn einfach von der Wand im Badezimmer gerissen«, sagte sie und deutete auf den Spiegel. Ein kleiner, begrenzter Akt der Rebellion gegen den Mann, der womöglich ihr Henker werden sollte. »Hast du eben mit David gesprochen?«

Dieses nächtliche Ritual, das Abschminken und Eincremen des Gesichts, gehörte zu den Augenblicken, die ich bei Katie am meisten liebte. Für sie war es eine Gelegenheit, abzuschalten, ein Moment des Friedens jenseits ihrer Verträge, ihres Büros und später auch der endlosen Anforderungen, die das Neugeborene an sie stellte. Jede Spur von Make-up schmolz unter dem Baumwollbausch dahin. Und dann all die geheimnisvollen weiblichen Fläschchen auf ihrem Ankleidetisch. Mit der Faszination eines Kindes hatte ich beim Auftragen von Salben, Düften und Reinigungsfluids zugesehen.

Manchmal stand ich hinter ihr, die Hände auf ihre Schultern gelegt, und knetete mit müden Fingern das weiche Fleisch ihrer Schultern. Manchmal kniete ich auch neben ihr, den Kopf in ihrem Schoß und die Arme um ihre Taille, spürte die Bewegungen ihrer Finger auf ihrem Gesicht und stellte mir die Fältchen ihres Lächelns vor. Als Christopher in ihr wuchs, kniete ich nicht mehr, weil ich mich aufrecht sicherer fühlte, und obgleich sie die Veränderung in meinem Verhalten bemerkte und gar nicht mochte, verlor sie darüber nie ein Wort.

Alices Traurigkeit zog mich zu ihr hin. Ich legte ihr die Hände auf die knochigen Schultern und versuchte, nicht an Katies tröstlichere Formen zu denken.

»Du hättest Pamela auch nicht helfen können«, sagte ich.

Ihre Hand sank auf den Schreibtisch, während auf der Spitze ihres Mittelfingers noch immer ein weißer Fleck Feuchtigkeitscreme glänzte. »Das habe ich mir auch nie eingebildet«, flüsterte sie.

Merkwürdige Vorstellung, dass früher – in manchen Gegenden auch heute noch – Pamela für das, was sie getan hatte, verurteilt worden wäre. Begraben am Kreuzungspunkt von vier Straßen mit einem Pfahl durchs Herz. Dabei hatte sie durch den Akt des Freitods einen Protest gegen die Entartung von Hoppners Moral erhoben, der wirksamer nicht hätte sein können. Ihre eigene Tugend hatte sich nicht von ihm korrumpieren lassen. Sie hatte sich für das entschieden, wovon er gesprochen hatte, und das geschützt, was ihr am meisten bedeutete.

Alice weinte. Ihre Schultern zuckten krampfhaft, fast animalisch unter meinen Händen. Ich spürte, wie sich jeder Knochen unter ihrer Haut bewegte, legte mein Kinn auf ihre Wange und nahm sie in die Arme. Wir schüttelten uns im Rhythmus ihres Schluchzens, und eine einzelne Träne befeuchtete meine Lippen.

»Immer wenn ich an sie denke, wünschte ich, ich könnte mehr Mitleid mit ihr empfinden«, erklärte sie. »Dabei habe ich nur noch Angst um mich selber.«

»Wir kommen hier raus«, versprach ich entschlossen. »Hoppner wird dir nichts tun.«

Doch sie nickte nur halbherzig; sehr überzeugt wirkte sie nicht.

Gegen elf wurde ich allmählich wütend auf Leonard. War er mittlerweile so verliebt in Hoppners mörderische Philosophie, dass er die ganze Nacht darüber reden wollte? Was war mit Hoppners regelmäßiger Schlafenszeit? Wenn wir noch länger warteten, stand zu befürchten, dass wir den Staudamm erst am späten Vormittag erreichten. Zu dieser Tageszeit war die Gefahr, von David und den Wachen entdeckt zu werden, bevor wir auch nur in die Nähe eines rettenden Fahrzeugs gelangen konnten, weitaus größer.

Noch eine halbe Stunde länger, und ich würde sie unterbrechen müssen, indem ich Leonard erklärte, dass es Alice gar nicht gut ging und sie seinen Trost brauchte. Was ja gar nicht so weit von der Wahrheit entfernt war. Während ich immer wieder in der Diele des Gästehauses auf und ab schritt und zwischendurch voller Ungeduld Zeitschriften durchblätterte, deren Worte und Bilder nicht in mein Bewusstsein drangen, blieb Alice in Embryonalhaltung auf einem Ende des Sofas sitzen. Sie war kurz davor, aufzugeben.

Als dann endlich die Haustür aufging und Leonard hereinkam, war ich drauf und dran, ihn heftig dafür zu beschimpfen, dass er Alice so lange allein gelassen hatte. Doch leider gab es da ein Problem: Sein Gang war eher ein Taumeln, sein Gruß fast nur noch gelallt. Verblüfft starrte ich ihn an.

»Mein Gott, tu mir das nicht an«, murmelte ich.

Leonard schwankte auf uns zu und konnte gerade noch Zusammenstöße mit dem größten Teil des Mobiliars vermeiden, auch wenn er mit der Hüfte voll gegen die Ecke eines Tisches knallte. Doch er bemerkte den Stoß nicht einmal; sein lächelnder, leerer Blick blieb unverändert.

»Leonard!«, schrie Alice. Vorübergehend aus ihrer lähmenden Angst gerissen, sprang sie auf und eilte zu ihm.

»Ali, Liebling!«

»Leonard, bist du betrunken?« Sie schien die Frage stellen zu müssen, obwohl die Antwort sonnenklar war.

»Ganz bestimmt nicht.« Seine Worte waren nur halb ausgesprochen und beinahe unverständlich. »Der arme Benjamin hat ein wenig Gesellschaft gebraucht, das ist alles. Hat ihn total aus dem Gleichgewicht gebracht, dass er sie verloren hat, diese … diese …«

»Pamela«, ergänzte Alice und packte ihn am Arm, als sein schwankender Körper zur Seite taumelte. »Er hat P …«

»Ich glaube«, unterbrach Leonard sie und streckte die Hände nach dem Sofa aus, »ich glaub, ich schlaf 'n bisschen. Tut mir Leid, aber ich bin auf einmal hundemüde.«

Während ihm bereits die Augen zufielen, drehte Alice ihn geschickt um. »Doch nicht hier, Liebling.« Auf meinen entsetzten Blick hin schüttelte sie nur ungeduldig den Kopf. »Hilf mir, ihn ins Bett zu schaffen«, flüsterte sie.

Ich ließ mir sämtliche Tricks zur schnellen Ausnüchterung durch den Kopf gehen – den klassischen Eimer kaltes Wasser, die Behandlung mit Chili, den schnellen Lauf am Strand entlang, den wir uns in Bequia ausgedacht hatten – und wusste, dass nichts davon bei diesem Mann funktionieren würde. Als ich seinen dünnen Arm um meine Schulter legte und ihn halb in sein Bett trug, heulte ich fast vor Wut über sein miserables Timing.

Es war schlicht ausgeschlossen, dass Leonard noch in dieser Nacht eine dreißig Meter tiefe Felswand hinabkletterte.

Sein kehliges, speichelgetränktes Schnarchen war lauter denn je. Alice saß an seiner Seite, lockerte seine Krawatte, drehte seinen Kopf zur Seite und strich ihm über den Arm. Ich gönnte ihm zwei Minuten Schlaf, bevor ich zu sprechen begann.

»Wir können ihn nicht mitnehmen.«

»Natürlich nicht.«

Ich nickte, ein wenig überrascht über ihre rasche Zustimmung. »Also machen wir es ihm bequem, schreiben ihm einen Zettel und sehen zu, dass wir schleunigst hier rauskommen.«

Sie blickte zu mir auf. »Ich habe dir doch gesagt, dass ich ihn hier nicht allein lasse.«

»Das kann nicht dein Ernst sein.«

»Geh du. Ich kann ihn nicht hier lassen.«

»Alice, wenn du es nicht tust, bist du morgen tot!«

»Tut mir Leid«, sagte sie und stand auf. »Danke, dass du mir helfen wolltest. Aber er ist nur meinetwegen hier; ich habe ihn in Gefahr gebracht und kann jetzt nicht einfach davonlaufen und ihn ganz allein zurücklassen.«

»Aber du musst hier rauskommen! Und was ist mit deinem Kind?«

»Oh Mark, du musst mich nicht an mein Kind erinnern.«

»Jetzt hör mir mal zu«, beschwor ich sie. »Als du mir zum ersten Mal von Leonard erzählt hast, da hast du gesagt, dass du hinnehmen würdest, ihn zu verletzen, um dir ein angenehmes Leben zu machen. Ist es nicht viel wichtiger, dein Kind zu retten? Du hast doch selbst gesagt, dass es nicht ohne Kompromisse geht und wir manchmal Opfer bringen müssen. Würdest du nicht auch sagen, dass dein Kind ein solches Opfer wert ist? Dass es wert ist, Leonard im Stich zu lassen?«

»Ja«, räumte sie ein und nickte. »Ja, das würde ich sagen.«

»Na also!«

Sie senkte den Blick. »Tut mir Leid«, flüsterte sie.

Die Wut, die ich über ihre selbstmörderische Sturheit empfand, war unerklärlich. Schließlich war es ihr Leben, und wenn sie es verlor, konnte ich mir immer sagen, dass ich mein Bestes getan hatte, um sie zu retten. Außerdem konnte ich allein viel schneller die Felswand hinabklettern und mich durch den nächtlichen Dschungel schlagen. Dann brauchte ich nur noch eine Mitfahrgelenheit in die Hauptstadt und einen Rückflug, und ich konnte wieder das Familienleben fortsetzen, das ich mehr wollte als alles andere. Und Alice vergessen. Schließlich liebte ich Katie, nicht sie.

Aber ich konnte nicht weg. Sosehr ich mir auch wünschte, diesen Ort des Todes zu verlassen und sogar ein Prickeln der Erregung verspürte bei dem Gedanken, meine Überlebensfähigkeit im Regenwald zu erproben, schaffte ich es doch nicht, sie allein zu lassen.

Ich zog mich auf die Veranda zurück, um mich in meinem Zorn zu suhlen. Millionen von Sternen schienen in der klaren Nacht zu leuchten, und ich hasste sie alle. Jeden Zentimeter, den sie weiter über den Himmel krochen, brachte uns einen Zentimeter näher an die Morgendämmerung – und an Alices Prüfung. Ich wusste jetzt schon, dass ich nicht in der Lage sein würde zuzusehen, sosehr sie sich auch meinen seelischen Beistand wünschte. Der Gedanke daran, mit ansehen zu müssen, wie sie selbst ihren ganz und gar nicht makellosen Charakter enthüllte und sich damit unbewusst selbst zum Tode verurteilte, war mir unerträglich. Ich würde im Garten oder im Bett sein – egal wo, nur nicht in dieser fensterlosen Hütte.

Ein leichter Schritt auf den Bodendielen; ihr Arm streifte meinen. Auch sie hatte geweint. Ich blickte weiter in die Dunkelheit hinaus.

»Geh schon«, sagte sie.

»Ich gehe morgen Nacht.«

»Vielleicht setzt er deinen Test gleich nach meinem an.«

»Er macht nur einen pro Tag.« Das mochte sogar stimmen – zumindest falls Alice durchfiel und Hoppner erneut »seinen Respekt bezeigen« wollte. Schon beim bloßen Gedanke daran drehte sich mir der Magen um.

Leonards Schnarchen schwebte aus den Fenstern in die Leere der Nacht hinaus.

»Du und ich …«, setzte sie an.

Wehmütige Gedanken. Ich spürte ihre Gegenwart stärker denn je.

Mit einem kurzen Lachen sagte sie: »Es wäre ziemlich unangenehm gewesen da unten. Nass … unheimlich … ich habe Angst vor Spinnen. Und Fledermäusen. Du hättest bald die Geduld verloren, wenn ich jedes Mal laut aufgeschrien hätte, kaum dass was meine Schulter berührt.«

»Hör auf. Bitte hör auf«, sagte ich, wieder den Tränen nahe.

»Mark, lieber Mark.« Sie ließ die Finger über meinen steifen Arm hinabgleiten bis zum Ellbogen. »Ich finde, Mark ist nicht der richtige Name für dich. Zu kurz. Zu abrupt. Wenn ich Katie wäre, würde ich dich Marcos nennen.«

Ich hatte das Gefühl, als würden mir die Knie wegsacken. So hatte meine Mutter mich auf Spanisch genannt.

»Tut mir Leid, dass ich dir nicht die Gelegenheit geben konnte, mich zu retten.« Sie lehnte ihr Gesicht an meine Schulter. Ihre Wange zuckte, als versuchte sie zu lächeln. »Aber du kannst trotzdem etwas für mich tun.«

Ich antwortete nicht, um ihr nicht sagen zu müssen, dass ich unmöglich dabei sein konnte, wenn es so weit war.

»Ich weiß, dass du für mich nicht dasselbe empfindest wie ich für dich …«, begann sie.

Ich trat einen Schritt zurück, um ihr ins Gesicht sehen zu können, und wischte mir die Tränen von den Wangen. »Natürlich tue ich das.«

»Mark …« Sie lächelte – so warmherzig, so gütig. »Halt jetzt einfach mal die Klappe, ja?«

Ein Flügelschlag über unseren Köpfen: eine Fledermaus, die ihr angeblich solche Angst einjagte, obwohl sie nicht mit der Wimper zuckte. Ihre Augen blieben auf meinem Gesicht haften und teilten mit mir das bisschen Zeit, das ihr noch blieb.

»Ich wünschte …«, begann ich.

»Das spielt keine Rolle. Wirklich nicht.«

Ihr Lächeln blieb. Ich fragte mich, ob sie in diesem Augenblick wohl an das Kind in ihr dachte oder an all die anderen Kinder, die sie nun nie mehr bekommen würde. Hatte sie bereits Namen für sie ausgesucht? Hätte sie einen von ihnen Christopher genannt?

Auf Zehenspitzen führte sie ihren Mund an meinen und küsste mich. Erst durch die Berührung ihrer Lippen merkte ich, dass sie zitterte. »Ich werde nicht noch einmal versuchen, dich von Katie wegzulocken«, versprach sie. »Aber ich würde gerne heute Nacht neben dir schlafen.«

Das Lächeln war verschwunden. Keine Worte mehr: Sie würde mich kein zweites Mal darum bitten. Sie ging zurück zum Gästehaus und auf mein Zimmer zu.

Sie blieb den größten Teil der Nacht über wach. Das Zittern war inzwischen verschwunden, und in ihrer Regungslosigkeit wirkte sie, als hätte sie ihr Schicksal akzeptiert. Die Stunden verrannen. Die Laute der Nacht, die ungehindert durch mein geöffnetes Fenster drangen, wurden zum Stoff der Realität, der unsere kleine, hoffnungslose Welt auskleidete. Ihr schlanker, immer so verletzlich wirkender Körper strahlte eine ungewöhnliche Hitze auf meine Haut ab. Ihr Bein auf meinem brannte sich unauslöschlich in mein Gedächtnis. Ihr Atem.

Ihr Atem – das erste, was zum Stillstand kommen würde.

»Er lautet übrigens Smith«, murmelte sie schläfrig.

»Smith?«

»Mein echter Name. Alice Smith. Stinklangweilig, aber ich dachte, du möchtest es vielleicht wissen.«

Ich berührte ihren schlanken Hals mit den Fingerspitzen und musste daran denken, wie gern ich das in unserer ersten Nacht in Miraflores getan hätte. »Ich heiße Greenock.«

Sie kicherte. »Ich musste meinen ändern; er hätte nie geglaubt, dass Smith echt ist.«

»Er glaubt alles, solange du es unter Hypnose sagst.«

Sie schwieg eine Weile. Ein Teil der Anspannung in ihrem Körper hatte sich gelöst. »Dass du hier bleibst, macht dich zum Heiligen, Mark«, flüsterte sie. »Du solltest jetzt eigentlich schon die halbe Strecke durchs Tal hinter dir haben.«

»Du bist hier die Heilige. Was du für Leonard getan hast ... Er wird es nie zu schätzen wissen.«

»Ich versuche nur, etwas wiedergutzumachen.«

»Nein, das ist mehr. Hier bei ihm zu bleiben, obwohl ... ich sollte das Hoppner erzählen – er würde wahrscheinlich den Test für überflüssig erklären und dir auf der Stelle die fünf Millionen geben.«

»Na klar«, sagte sie und drehte sich um. Der Schlaf zerrte allmählich an ihrem Bewusstsein. »Er würde dich nicht einmal anhören. Hintergrundinformationen. Das würde ihn nur voreingenommen machen.«

»Stimmt.«

»Lass mich jetzt schlafen. Ich muss zurück zu Leonard, bevor ...«

Die Schläfrigkeit in ihrer Stimme war ansteckend. Meine Hand rutschte von ihrer Schulter. Ich drehte mich um und drückte mich an ihren Rücken, die Knie unter ihren Oberschenkeln. In stiller Entschuldigung verbannte ich Katie für diese letzten paar Stunden aus meinem Bewusstsein und konzentrierte meine Liebe auf Alices Nacken. Mein Arm lag auf ihrem, meine Handfläche umfasste ihre kleine, zu einer lockeren Faust geballte Hand.

»Alice?«

In meinem müden Gehirn regte sich etwas. Von dem schlafenden Mädchen kam keine Antwort.

Meine Lider schlossen sich, und die Versuchung war groß, mich in den Schlaf driften zu lassen.

Es würde ihn voreingenommen machen.

Da war etwas. Etwas Wichtiges ...

Ich merkte, dass meine Augen geschlossen waren, und das schon seit ein paar Minuten. Ich war kurz eingenickt, aber etwas Wichtiges hielt mich zurück.

Voreingenommen.

Hundertprozentig fair.

Mit einem Mal war ich hellwach. Leonards Schnarchen drang laut und deutlich zu mir, während Alices Atem sanft durch ihre Lippen pfiff.

Was war dafür erforderlich? Wie konnte ich sichergehen?

Ängstlich darauf bedacht, sie nicht zu wecken, um die Chance nicht zunichte zu machen, löste ich mich schrittweise von ihr und hielt dabei immer wieder inne, um zu lauschen, ob dieses sanfte, gleichmäßige Atmen aussetzte, jederzeit bereit, zu absoluter Reglosigkeit zu erstarren, bis der Schlaf sie wiederhatte. Sie aber war schon weit weg; die Müdigkeit hatte alle ihre Sinne betäubt. Vorsichtig glitt ich aus dem Bett, deckte sie sanft wieder zu und hob meine Kleider auf.

Auf dem Schreibtisch lag ein Blatt Papier. Zunächst suchte ich in den Küchenschränken und auf dem Tisch nach einem Schreibgerät, bevor ich auf die Idee kam, in Pamelas Zimmer nachzusehen. Ich kritzelte die Notiz auf ihrem Schreibtisch, immer darauf bedacht, nicht zu dem Balken hochzublicken, den sie benutzt hatte.

Es war vier Uhr dreißig morgens, aber die Wachen konnten noch immer aufmerksam sein. Barfuß schlich ich mich aus dem Gästehaus und duckte mich, um meine Silhouette vor dem allmählich heller werdenden Himmel möglichst niedrig zu halten. Ob Hoppners ungewöhnlicher Alkoholkonsum mit Leonard ihn wohl länger schlafen ließ? Ich betete, dass er ein viel zu eingefleischter Frühaufsteher war, als dass ein bisschen Alkohol etwas daran ändern konnte.

Er musste unbedingt die Notiz sehen, wenn er zu seinem Spaziergang aus dem Haus kam, also legte ich sie einen guten Meter vor seiner Tür auf die Veranda und beschwerte sie mit einem Stein. Über meinem Kopf hingen in geisterhafter Stille die Tränken für die Kolibris.

Vom taunassen Gras hatte ich eiskalte Füße bekommen. Ein derart dummes Detail konnte alles zunichte machen. Nachdem ich mich wieder ausgezogen und erneut vergewissert hatte, dass die Tür einen Spalt breit offen stand, glitt ich zurück in mein Bett und hielt dabei meine eisigen Füße weit weg von Alice. An ihrem Atem war nicht die kleinste Veränderung zu hören.

Keiner von uns hatte daran gedacht, die Vorhänge zu schließen. Allmählich wurde es immer heller im Zimmer. Gegenstände nahmen Gestalt an, und neben ihnen bildeten sich Schatten. Mein Atmen hatte sich dem Rhythmus von Alices schlafendem Körper angepasst, doch nun fürchtete ich, das Licht könnte sie wecken, und meine Atemzüge wurden ungleichmäßig, was wiederum früher oder später ihren Schlaf zu stören drohte. Ich wollte die Vorhänge schließen, konnte aber nicht riskieren, noch einmal aufzustehen. Alles war bestens vorbereitet; wenn sie jetzt aufwachte, würde sie schleunigst zu Leonard zurückgehen. Ich zwang mich, ruhig zu bleiben, und konzentrierte mich darauf, mich in dem schmalen Bett so wenig wie möglich zu bewegen.

Kurz vor Tagesanbruch zogen Wolken auf. Dichte, undurchdringliche Wolken, die nun zwar weniger Licht auf Alices Gesicht fallen ließen, in mir aber eine neue Angst heraufbeschworen. Was würde geschehen, wenn Hoppner im Wolkennebel meine Notiz nicht sah? Wenn er an ihr vorbeiging und sich einfach gewohnheitsmäßig über die Veranda und den Rasen tastete? Durchs Fenster konnte ich nichts erkennen. Ich versuchte mich zu erinnern, was eigentlich hätte sichtbar sein müssen, und glaubte, dass unmittelbar vor dem Fenster ein junger Baum gestanden haben könnte. Ich hätte doch zumindest die Spitze eines Zweiges sehen müssen.

Vielleicht trat Hoppner ja auf den Stein, hoffte ich.

Ich hob den Arm von Alices Seite, um auf die Uhr zu schauen. Sechs Uhr zweiundvierzig. Jetzt musste er eigentlich wach sein. Es würde nicht geschehen. Neben mir bewegte sich Alice ein wenig und ihr Atem stockte. Ich rührte mich nicht und wartete darauf, dass sie wieder einschlief. Von den vielen Stunden in verkrampfter, regloser Stellung tat mir schon der Rücken weh. Der Drang zu husten war überwältigend.

Alice gab ein schläfriges Schniefen von sich, bevor ihr Atem wieder regelmäßig ging.

Um mich abzulenken von meinem eigenen Körper und der Vielzahl an Signalen, die er aussandte – er verlangte nach einem Positionswechsel, einem Kratzen, einem Husten –, dachte ich wieder daran, wie Katie und ich in den ersten Monaten um den schlafenden Christopher herumgeschlichen waren. Er war nicht einfach gewesen, was das Schlafen anging: Er hasste jede Änderung bei der Nahrungsaufnahme, die Raumtemperatur musste niedrig gehalten werden und das Licht gedimmt, und häufig musste einer von uns mit Christopher über der Schulter zwanzig Minuten langsam auf und ab gehen.

Oft genug wurden unsere Hoffnungen enttäuscht: Seine Augen schienen sich zu schließen, unsere Schlaflieder oder unsere einschläfernden Worte erstarben, und plötzlich war er wieder hellwach und brüllte. Dafür war der Augenblick, in dem er endlich einschlummerte, um so schöner. Wir legten ihn auf den Rücken in sein Bettchen, und seine kleinen Arme bewegten sich wie von selbst nach oben neben seine Ohren, während er den Kopf ein winziges Stückchen zur Seite neigte. Ein flaumiger, schlafender Seestern. Manchmal saßen wir einfach nur da, Schulter an Schulter, und sahen ihm beim Träumen zu. Dass ich das nun auch allein wagen konnte, war ein erhebendes Gefühl – ein kleiner, wunderbarer Durchbruch.

Leonards Schnarchen war so laut und meine Gedanken an zu Hause nahmen mich so sehr gefangen, dass ich das Knarren des ersten Schrittes auf der Veranda fast überhört hätte. Als dann aber Benjamin Sword Hoppner behutsam von der Tür des Gästehauses durch die Diele und den Korridor auf uns zukam, atmete ich erleichtert auf. Ich hörte, wie er unmittelbar vor unserem Zimmer stehen blieb.

Ich deckte unsere nackten Körper halb auf und legte Alice einen Arm um die Brust. Als das erste Klopfen erklang, spürte ich, wie sie mit einem Ruck erwachte.

»Mark?«

Seine Stimme war so leise, dass sie eigentlich kaum zu Alices schlaftrunkenem Gehirn durchdringen konnte. Ich entspannte jeden Muskel meines Körpers und schloss die Augen.

Als die Tür hörbar aufging, drehte Alice sich plötzlich in meiner Umklammerung um, bis ihr Gesicht an meinem lag. »Mark!«, rief sie.

Ob sie schon lange genug wach gewesen war, um zu begreifen, was da vor sich ging, weiß ich nicht. In jedem Fall hätte sie gar nicht besser reagieren können. Als ich die Augen öffnete, sah ich, wie Hoppner in der Tür stand und auf unser verbotenes, unvorstellbares Zusammensein starrte.

»Was …?«

Hoppner trat zwei Schritte weit ins Zimmer. Alice stieß einen Schreckensschrei aus und sprang, das Laken hinter sich herziehend, aus dem Bett. Ohne daran zu denken, es sich um den Körper zu wickeln, floh sie ins Badezimmer und knallte die Tür hinter sich zu.

»Ich bin nur gekommen …«, sagte Hoppner, noch immer sichtlich schockiert. »In Ihrer Notiz baten Sie darum … Sie zu wecken …« Verunsichert hielt er das Blatt Papier hoch, bevor ihn die Erkenntnis mit voller Wucht traf: »Sie haben miteinander geschlafen?«, brüllte er.

Ich schauspielerte so gut ich konnte. Während Alice ehrlich erschrocken war, musste ich den schockierten, in flagranti ertappten Ehebrecher mimen. Ich sprang aus dem Bett und krabbelte zu meiner Hose; die Hände zitterten mir allein schon von der Spannung des Augenblicks.

»Das mit der Notiz hatte ich ganz vergessen«, stammelte ich. »Ich … ich konnte ja nicht ahnen, dass sie wiederkommen würde.« Zum ersten Mal in meinem Leben verspürte ich beim Lügen so etwas wie ein Hochgefühl.

»Das ist also schon öfter vorgekommen?« Sein Gesicht lief hochrot an, und unter seinem gebügelten Hemd hob und senkte sich sein Brustkorb vor Entrüstung.

»Tut mir Leid, Mr. Hoppner. Sie …«

»Sie ist verheiratet!« Er marschierte auf die Badezimmertür zu. »Mrs. Williams, kommen Sie bitte da raus.«

Keine Antwort. Ich glaubte, sie weinen zu hören. Die Ärmste – aber ich hätte sie unmöglich vorwarnen können: Ihr Schock und ihre Angst mussten unbedingt echt wirken. Hoppner drückte den Türgriff herunter, doch die Tür war verschlossen, und so stürmte er aus dem Zimmer. Als er mit den vier Wachen von der Nachtschicht zurückkam, hatte ich mich bereits angezogen, während sich Alice noch immer im Bad verbarrikadierte.

»Aufbrechen«, kommandierte er.

Während die Tür unter dem Gewicht der Wachen aufsprang, kam Leonard ins Zimmer geschlurft. Mit seinen zerzausten Haaren, den geröteten Augen und seinem lediglich mit einer Unterhose mit Eingriff und Grauschleier bekleideten, spindeldürren Körper bot er ein Bild des Jammers. Beim Anblick von so vielen Menschen und ihrer unerwartet gewalttätigen Aktivität blieb er abrupt stehen. Im nächsten Augenblick wurde Alice, die sich das Bettlaken um Brüste und Taille hielt, aus dem Badezimmer gezerrt.

»Was ist denn hier los?«, rief Leonard.

Hoppner hatte ihn nicht hereinkommen sehen. Nun drehte er sich um und verkündete: »Ihre Frau ist eine Hure. Eine gemeine Nutte.« An die Wachen gewandt, sagte er auf Spanisch: »Bringt sie auf ihr Zimmer. Sie soll sich anziehen. Und dann bringt ihr sie raus.«

Als sie Alice an mir vorbeizerrten, trafen sich kurz unsere Blicke. Ich versuchte, so beruhigend wie möglich auf sie zu wirken. Ihr Gesicht war kreidebleich vom Schock, aber als sie Leonard sah, ließ das Schuldbewusstsein ihre Wangen erröten. Seine langen Finger griffen nach ihrer Hand, erreichten sie aber nicht rechtzeitig, bevor sie weggeschleppt wurde.

Als Hoppner und die verbliebenen Wachen das Zimmer verlassen hatten, ging ich langsam zu dem schwer erschütterten Philosophen hinüber. Er tat mir Leid, weil er zum unvermeidlichen Opfer meines Plans in letzter Sekunde geworden war.

»Das begreife ich nicht«, sagte er.

»Ziehen Sie sich an«, sagte ich ruhig. »Und packen Sie Ihre Taschen.«

»Sie ist in Ihr Bett gekommen? Sie hat mit Ihnen geschlafen?«

»Das erkläre ich Ihnen später.«

»Sie hat mir gesagt, dass sie mich liebt. Sie hat mich angelogen!«

»Leonard, das bringt doch jetzt auch nichts.«

Während ich den Geräuschen im Nebenzimmer lauschte, empfand ich Abscheu bei dem Gedanken, dass Alice sich unter den Blicken der Wachen ankleiden musste. Ihr Leid schien förmlich durch die Wand zu sickern. All das war notwendig, trotzdem war es schrecklich.

»Wie konnte sie mich nur so belügen?«, jammerte Leonard. »Wie konnte sie mich dazu bringen, dass ich sie liebte?«

Ich konnte ihm vorerst unmöglich mehr erklären, daher ließ ich ihn stehen und ging nach draußen, wo Hoppner als Silhouette im Nebel wartete. Als ich näher kam, bedachte er mich mit einem finsteren Blick.

Alice erschien in der Tür des Gästehauses, flankiert von zwei Wachen. Sie war ganz in Schwarz gekleidet. Begräbnisschwarz. Als sie entschlossen auf uns zukam, teilte sich die stille Wolke unter grauen Wirbeln, bevor sie sich hinter ihr wieder schloss. Einen Moment lang schien selbst Hoppner zu zögern, als hätte dieser ätherisch-würdevolle Anblick seinen Zorn für kurze Zeit beschwichtigt. Dann aber drückte er seinen ohnehin schon kerzengeraden Rücken noch ein wenig mehr durch und sagte: »Bringt sie in die Hütte.«

Alice musste nicht erst darüber aufgeklärt werden, dass sie auf kürzestem Weg zu ihrer Prüfung geführt wurde. »Der Herr erlöse mich von dem Bösen«, sagte sie leise vor sich hin, als die Wachen sie wegführten.

Ich folgte ihnen in die Hütte, wo Hoppner sich zu mir umwandte und sagte: »Gehen Sie wieder auf Ihr Zimmer.«

Alice stand ein paar Meter hinter ihm, während die Wachen darauf warteten, dass Hoppner die Hütte aufschloss.

»Ich will dabei sein«, erklärte ich.

»Gehen Sie zurück auf Ihr Zimmer! Ich hole Sie, wenn Sie an der Reihe sind.«

»Sind Sie jetzt wütend auf mich?«, fragte ich. »Aber wieso denn?«

»Das fragen Sie noch?«, fauchte er. »Wollen Sie etwa abstreiten, dass Sie die Nacht mit der Frau eines anderen verbracht haben?«

»Na und? Was ist daran so schrecklich?«

Er schüttelte den Kopf. »Ich hielt Sie immer für einen guten Menschen, Mark. Aber Sie haben offenbar keinerlei Moral, nicht wahr?«

»Macht mich die Tatsache, dass ich mit der Frau eines anderen geschlafen habe, schon zu einem schlechten Menschen?«

»Das war absolut abscheulich, widerlich.«

»Und was ist mit ihr?«, hakte ich entrüstet nach. »Ist sie nicht genauso schuldig?«

»Mark!«, schrie Alice. »Was redest du da?«

»Natürlich ist sie das!«, donnerte er. »Aber das macht Ihre Schuld nicht geringer.«

»Sie meinen also, sie ist ein schlechter Mensch?«

»Wollen Sie mich verspotten?«, schrie er.

Ich gab mich ebenso wütend, wie er es war. »Sie behaupten also, wir sind schlechte Menschen?«

»Passen Sie auf, was Sie sagen!«

»Ich stelle Ihnen nur eine Frage! Sind wir …?«

»Sie sind beide verderbt!«

Er brüllte sein Urteil über das gesamte Grundstück, und die wirbelnde Wolke schien einen Teil davon zurückzuwerfen. Ich atmete einmal tief ein.

Mein Gott, sorg dafür, dass er zu seinem Wort steht.

»Wenn Sie das wirklich glauben«, sagte ich ganz ruhig, »wie wollen Sie uns dann einem fairen, vorurteilsfreien Test unterziehen?«

Denn was könnten hier Gutes
Einwandrer vermissen,
Wo die Weisheit, die Liebe, ambrosische Lust
Und behagliche Ruhe mit heitrem Gesicht
Uns stets entgegenlächeln?

Aristophanes, Die Vögel

19

Zu behaupten, Benjamin Sword Hoppner sei wütend gewesen, wäre stark untertrieben. Er wollte, dass wir beide starben; von nichts war ich jemals mehr überzeugt. Weniger sicher bin ich, ob der Grund für seine Wut seine neue Freundschaft mit Leonard war und Alices Untreue ihn deshalb so gekränkt hatte oder ob sein Zorn tatsächlich seinem Prinzip entsprang, dass alle schlechten Menschen – Ehebrecher eingeschlossen – vom Angesicht der Erde getilgt werden sollten. Zehn Minuten lang ließ er seine Wut an mir aus; er beschimpfte mich nach Kräften, unterstellte mir, absichtlich seinen Test unterlaufen zu haben – was natürlich stimmte, ob er es nun glaubte oder nicht –, und schwor, dass wir beide in der Hölle schmoren würden.

Aber er wusste, dass er uns unmöglich noch seinem Test unterziehen konnte.

All die Male, die er in unserer Gegenwart seine Fairness betont hatte und seine Entschlossenheit, bei seinem Urteil jede Voreingenommenheit zu vermeiden, müssen ihm in diesem Augenblick ebenso bewusst gewesen sein wie mir. Es stimmte zwar, dass er seinen obersten Leibwächter geopfert hatte, um Miraflores zu beschwichtigen; er hatte auch Regierung und Polizei bestochen, damit sie sich aus dem Ort heraushielten. Doch für jedes dieser Vergehen hatte er eine pragmatische Entschuldigung – ein Ziel, das die Mittel rechtfertigte. Nun aber lagen die Dinge ganz anders. Jede Faser seines verdrehten Wesens schrie nach unserem Tod, aber diesem Verlangen nachzugeben hätte bedeutet, gegen seine kostbarste Überzeugung zu verstoßen.

Es gab einfach keine moralisch zu rechtfertigende Möglichkeit, es zu tun.

»Gehen Sie mir aus den Augen«, flüsterte er, bevor ihm das Kinn auf die Brust sackte.

David verbrachte den halben Vormittag damit, ein Fahrzeug zu organisieren, das uns zurück nach Santa Tecla bringen sollte. Auch er war wütend, wenngleich er seinen Gefühlen nicht so redegewandt Ausdruck verlieh wie Hoppner. Sein Zorn köchelte leise in ihm und äußerte sich lediglich in seiner Körpersprache und seinen knappen Antworten. Er stand neben uns, während wir uns schriftlich zum Schweigen verpflichteten – Hoppners einzige Bedingung für unsere Freilassung –, und zog dann wortlos die Papiere weg.

Nur wenige Fahrzeuge in Miraflores waren in einem Zustand, der es erlaubt hätte, uns die ganze Strecke nach Santa Tecla zu bringen; die meisten litten unter derselben Altersschwäche wie Sánchez' Auto. Das neueste Modell – der weiße Wagen, den Tanadio gefahren hatte – war nicht auffindbar. Aus welchem Grund auch immer gab sich niemand in Miraflores sonderlich kooperativ. Am Ende warf mir David einfach die Schlüssel des Geländewagens hin.

»Stellen Sie ihn am Flughafen ab. Ich schicke jemanden, um ihn zu holen.«

»Warum kommen Sie nicht mit?«, fragte ich ruhig. »Sie haben so viel von Ihrem Leben auf diesen Wahnsinn verschwendet. Warum versuchen Sie es nicht mit etwas anderem? Mit Ihrer eigenen guten Sache?«

»Und lasse Mr. Hoppner hier allein? Es geht ihm nicht gut. Sie haben ihn schwer gekränkt. Haben Sie darüber nachgedacht? Bevor Sie sie gefickt haben?«

»David, es tut mir wirklich Leid.«

Doch David nahm meine Entschuldigung nicht an. Er erklärte mir noch, wo ich am Flughafen die Autoschlüssel hinterlegen sollte, und wandte sich dann ab.

»Und was ist mit dem Tor?«, rief ich ihm nach.

»Die wissen Bescheid.«

Als ich ihm nachsah, fühlte ich mich auf merkwürdige Weise gekränkt. Ich hatte nie Streit mit David gehabt. Er war lediglich ein Mann, der sich in seiner tiefen Loyalität dem Falschen verschrieben hatte. Dass wir so auseinander gehen sollten, machte mich traurig. Dann aber wurde mir wieder bewusst, dass wir endlich hier herauskamen, und ich eilte zum Gästehaus, um es Alice zu erzählen.

Endlich waren wir draußen; Hoppner hatte keine Gewalt mehr über uns, und wir flüchteten in seinem Wagen über die lange, leere Landstraße zurück in die Zivilisation. Die Erleichterung war gewaltig, doch zugleich verspürte ich eine tiefe Traurigkeit. Etwas an der letzten Nacht mit Alice ging mir immer noch nach, und ich wusste, dass es bei ihr nicht anders war. Als sie endlich begriffen hatte, dass sie frei war, hatte sie völlig euphorisch reagiert; dennoch war mir klar, dass ihr der Abschied von mir schwer fiel. Ich war auf dem Weg nach Hause zu Katie und Christopher und hätte mir nichts Schöneres wünschen können; der Gedanke aber, Alice am Flughafen mit einem stummen Gruß verlassen zu müssen, war bitter.

Während der ersten Stunde musste ich sehr vorsichtig durch die dichte Wolke fahren, die noch immer das ganze Tal verhüllte. Unweit von Felipes Restaurant lichtete sich der Nebel allmählich, und kurz danach sahen wir erste Anzeichen von Normalität, die beruhigend weit von Hoppners Welt entfernt waren: ärmliche Hütten, kleine Maisfelder und Zitrushaine, die gerade für den Eigenbedarf einer Familie ausreichten, eine Gruppe dösender *campesinos*.

Wie in stillem Protest gegen Alices Verhalten hatte Leonard auf dem Rücksitz Platz genommen, nachdem er ihr mehr oder weniger befohlen hatte, sich neben mich zu setzen. Sie sagte sehr wenig und betrachtete die meiste Zeit über nur mit unendlicher Konzentration die Straße. Nur einmal ging ihre Hand zu meiner und drückte sie kurz – eine Geste der Ermutigung, nichts weiter. Dann lag sie wieder in ihrem Schoß.

»Dann war das letzte Nacht also alles nur getürkt?«, fragte sie. »Jetzt verstehe ich, wie du es angestellt hast. War das der einzige Grund dafür, dass du …?«

Ich betrachtete Leonard im Rückspiegel. Sein Gesicht und sein ganzer Körper schienen unter einer gewaltigen Anspannung zu stehen.

»Nein«, erklärte ich. »Die Idee dafür kam mir erst später.«

»Oh.«

»Aber ich gehe jetzt zurück zu Katie, Alice.«

»Ich weiß«, erwiderte sie mit einem traurigen Lächeln. »Daran habe ich nie gezweifelt.«

Sie drehte sich ein wenig von mir weg und blickte aus dem Seitenfenster. Hinter uns begann Leonard, mit einem Finger unrhythmisch auf die Türverkleidung zu klopfen.

Plötzlich beugte er sich auf seinem Sitz vor. »Du wärst durchgefallen bei deinem Test«, platzte er heraus.

Sein Körper ging nun vor und zurück, vor und zurück, und seine Nervosität wurde immer größer. Die Finger seiner rechten Hand hatte er zur Faust geballt, die er an die Wange hielt.

»Leonard ...«

»Du hast mich angelogen. In jeder Hinsicht. Du wolltest das Geld nie nach Asien schicken, stimmt's?«

Sie nickte langsam. »Es tut mir Leid, Leonard.«

»Du wärst beim Test glatt durchgefallen!«

»Leonard!«

Ich warf ihm im Spiegel einen finsteren Blick zu, doch er achtete nur auf Alice. Er schien tief verzweifelt – fast so, als fühlte er sich durch ihren Mangel an Tugend schlimmer betrogen als durch den Verrat, den sie an seiner Liebe begangen hatte. Sie hatte ihn bezüglich ihrer Gefühle belogen und ihn benutzt, um zu Hoppner zu kommen, aber noch schlimmer war für ihn offenbar, dass sie sich als unmoralisch erwiesen hatte.

Lagen hier wirklich seine Prioritäten?

Beim Anblick dieses verwüsteten Landes mit seinen Wäldern und verlassenen Feldern, einsamen Häusern und endlos scheinenden, öden Landstraßen verspürte ich eine unbeschreibliche Erschöpfung. Ich sehnte mich nach einem sicheren Hafen, wenigstens für eine Weile, wo ich vor Anker gehen und mich zu Hause fühlen konnte, weit weg von diesen leeren, fremden Straßen. Hatten meine Eltern immer weiterziehen wollen? Von Botschaft zu Botschaft, von Land zu Land? Wo hätten sie damit aufgehört? Und wie sah das Leben von Entwurzelten aus, wenn sie in die Jahre kamen?

Ich hatte den Schlüssel zu einem bürgerlichen Leben so gut wie in der Hand. Aber würde ich es auch schaffen, dafür zu sorgen, dass das mit Katie und Christopher funktionierte? Es gab nichts mehr, was mich von ihnen fern halten konnte, dennoch fürchtete ich, es irgendwie zu vermasseln.

»Mark, ich möchte mit Alice sprechen.«

»Dann tun Sie's doch.«

»Ich meine allein.«

»Dann müssen Sie bis Santa Tecla warten.«

»Ich will aber jetzt mit ihr sprechen.«

Alice, die spürte, dass ich mit meiner Geduld am Ende war, legte mir sanft eine Hand auf die Schulter, um mich zu beruhigen. Die Wärme ihrer Haut strahlte durch mein Hemd.

»Machen wir doch eine kurze Pause«, schlug sie vor.

Ich saß auf der warmen Motorhaube und mein Blick folgte der Straße auf eine Küste zu, die ich nicht sehen konnte – eine Küste, die für mich mittlerweile das Gegenteil von Miraflores darstellte. Sie bedeutete Flucht, Verwirrung und Freiheit, Anarchie und Mäßigung. Normalität.

Alice war Leonard gehorsam außer Sichtweite hinter eine Baumgruppe gefolgt. Worüber er auch immer mit ihr reden wollte – ich wusste, dass sie ihm geduldig zuhören würde. Und dass er nichts erreichen würde.

In der Ferne tauchte ein einzelnes Kampfflugzeug auf. So, wie es durch den knallblauen Himmel schoss und im Tiefflug über die Berge raste, schien es für das geplagte Land, dem es diente, völlig irrelevant. Was konnte eine Luftstreitmacht einem Volk nutzen, das Mühe hatte, sich selbst zu ernähren? Es erinnerte mich an die pompöse Ankunft des Ministers und des Polizeichefs in Miraflores: an den Hubschrauber, den Ring aus Gewehren, den Scotch. An Hoppners Freunde in hohen Positionen.

Ein leichter Schauer lief mir über den Rücken, als mir bewusst wurde, dass Hoppner uns durchaus noch in Santa Tecla abfangen konnte. Würde er womöglich seine Meinung ändern? Ein kurzer Anruf bei seinen VIP-Kumpeln, verbunden vielleicht mit einem weiteren Stapel Bargeld, würde genügen, um uns am Flughafen verhaften zu lassen. Man konnte uns alle möglichen frei erfundenen Verbrechen anhängen. Würde Hoppner so tief sinken?

Ich riss mich aus diesen paranoiden Gedanken und schaute auf die Uhr. Verblüfft stellte ich fest, dass die beiden schon zwanzig Minuten weg waren. Worüber redeten sie bloß? Machte Leonard ihr Vorwürfe? Flehte er sie an? Glaubte er im Ernst, dass er eine Chance hatte, sie dazu zu bringen, dass sie ihre Meinung änderte? Sie durch die Kraft der Logik zu überzeugen, damit sie sich doch noch in ihn verliebte? Oder kotzte er nur seine Verbitterung aus und verdammte sie für ihren Betrug und ihre Unfähigkeit, sein moralisches Niveau zu erreichen?

Doch auf einmal, inmitten all dieser Fragen, wurde mir klar, dass Leonard über die Phase des Argumentierens längst hinaus war.

Ich sprang aus dem Wagen und rannte los.

Ich hastete durch die Baumgruppe. Wo steckten sie nur? Dann fand ich mich in einer alten Plantage wieder: Bäume, einst gehegt und gepflegt, nun aber verwildert; eine Frucht, die ich nicht kannte. Reihen über Reihen einer Feldfrucht, die niemand je ernten würde, die Zwischenräume überwuchert von einem Gewirr aus Schlingpflanzen und hohem Unkraut. Ich schrie ihre Namen. Keine Antwort. Schon halb wahnsinnig vor Angst, sprang ich durch eine Gruppe ineinander verwachsener Sträucher.

»Alice! Wo bist du?«

Mein Fuß verfing sich in einer Schlingpflanze, und ich stürzte schmerzhaft auf die Schulter. Ich rappelte mich wieder auf, drehte mich um und rannte weiter in die Plantage. Zwischen den immer dichter stehenden Bäumen wurde es allmählich dunkler.

»Leonard! Alice!«

Zwischen dem Durcheinander aus vermodernden Blättern und den Skeletten aufgegebener Maschinen lagen faulige graugelbe Früchte. Auf dem Boden glitzerte etwas. Eine Patronenhülse. Was lag hier sonst noch herum? Landminen?

»Alice!«

Ich wusste bereits, dass es sinnlos war, nach ihr zu rufen. Als ich wieder zur Straße zurückrannte und mich durch die Zweige kämpfte, an denen sich mein Hemd verhakte, hörte ich eine leise Stimme im nahen Gestrüpp meinen Namen sagen.

Sie lag flach auf dem Boden, den Kopf zur einen Seite geneigt, die linke Wange auf der weichen grauen Erde. Leonard saß neben ihr, die langen, kräftigen Hände ordentlich im Schoß gefaltet. Er schaute sie nicht an und hielt den Blick auf mich gerichtet, als erwartete er voller Unsicherheit mein Lob oder meinen Tadel.

Natürlich war ich zu spät gekommen, um noch etwas bewirken zu können. Trotzdem fiel ich auf die Knie, um sie wiederzubeleben, hob ihren Kopf an, füllte ihre Lungen mit meinem Atem und ließ mich von der Tatsache, dass ihre blauen Lippen noch warm waren, zu einer trügerischen Hoffnung verleiten. Ich versuchte es mit einer Herzmassage, pumpte wieder und wieder nutzlose Luft in sie hinein und versuchte, die grausigen Male um ihren Hals zu ignorieren.

Leonard wartete geduldig, bis ich aufgeben musste. »Sie hätte den Test sowieso nicht bestanden, Mark«, sagte er kopfschüttelnd. Sein Blick war ein konfuses Gemisch aus Verwirrung und Verständnis: Er verstand meinen Schmerz, weigerte sich aber zu begreifen, wieso ich sie entgegen Hoppners Regeln wieder ins Leben zurückzuholen versuchte. »Sie hat doch selbst gesagt, dass sie lieber sterben möchte, wenn sie scheitert.«

»Du idiotischer … schwachsinniger …«

Mehr brachte ich nicht heraus, sah ihn kaum durch meine Tränen. Nur Leonard, der große Denker, konnte nach alldem seine Unschuld bewahren.

»Sie war für ihre Welt nur zum Nachteil«, erklärte er. »Mit dieser Erkenntnis hätte sie nicht weiterleben wollen.«

Er schaukelte wieder vor und zurück, vor und zurück. Trotz seiner neu gewonnenen Überzeugungen dämmerte ihm wohl, dass etwas schrecklich schief gelaufen war. Ich wischte mir die Tränen aus den Augen. Sie blickte mich noch immer an, fast so, als wollte sie um meinen Segen bitten.

»Mark?«

Ich nahm sie in die Arme, diesen dünnen, kleinen Körper, und trug sie zur Straße. Ihr Kopf fiel nach hinten und entblößte im harten mittäglichen Sonnenlicht die Würgemale an ihrer Kehle. Mir ging nur noch ein Gedanke durch den Kopf. Der unbedeutende Rest lag außerhalb meines Blickfelds. Leonard hatte ich bereits vergessen; er war für mich kein menschliches Wesen mehr, sondern nur noch eine Maschine, ein bloßes Werkzeug von Hoppners Bösartigkeit. Ich legte Alice so sanft ich konnte auf der Rückbank des Geländewagens ab und zog die Tür zu. Als Leonard aus den Bäumen gestolpert kam, saß ich bereits auf dem Fahrersitz und wendete mit quietschenden Reifen. Ich blickte nicht zurück.

Einer ist immer verantwortlich, auch wenn der Mörder selbst ohne Schuld ist. Ich wollte Hoppner an die Gurgel und mit ihm dasselbe tun, was Alice hatte erleiden müssen, wollte ihn mit der grausigen Realität seiner Einmischung in anderer Leute Angelegenheiten konfrontieren, bevor sein kaputtes Leben aus ihm wich. Nach all meiner Angst vor seinen Moralprüfungen hatte die Tatsache, dass Alice einen so sinnlosen Tod hatte sterben müssen, mich mit Unglaube und Zorn erfüllt. Es fiel mir noch immer schwer, zu begreifen, dass der warmherzige, gequälte, aber großmütige Geist, den ich erst seit ein paar Tagen gekannt hatte, bereits erloschen war. Einfach weg.

Ich hielt nur ein Mal an. In der kleinen Gasse von Miraflores stieg ich auf eine ungenutzt herumstehende Holzkiste, um an den Stromzähler heranzukommen. Die Wolke im Tal war eher noch dichter als zuvor, und als ich nach unten blickte, war der Boden kaum zu sehen. Mit Freddys Pistole in der Hand sprang ich blind hinunter. Den schmerzhaften Aufprall auf dem Pflaster registrierte ich kaum.

Die Straßen von Miraflores waren voller Menschen mit Koffern, Tieren und Möbelstücken, die wie Gespenster durch den Nebel zogen. Die schwarzen, eigens für den Besuch des Ministers abgelegten Armbinden waren wieder an Ort und Stelle. Jedes

Haus stand weit offen. Eine Kirchturmglocke läutete ohne Unterlass. Ich verstand gar nichts, bis ich über den Parque Central fuhr und Sánchez vor den Geländewagen trat.

»Gehen Sie nicht da runter, Mr. Weston«, sagte er. Ich glaube, er versuchte tatsächlich, mir zu helfen. Er deutete auf das Gefängnis, und obwohl ich das Gebäude durch den Nebel nicht sehen konnte, wusste ich, was die Geste zu bedeuten hatte. »Mr. Hoppner hat einen Deal mit ihm geschlossen.«

»Was läuft hier ab?«

»Wir sind fertig mit seinem Kodex. Sie hatten Recht. Wir haben uns schon viel zu lange von amerikanischem Geld versklaven lassen. Es wird Zeit für uns, auf eigenen Beinen zu stehen.«

»Sie verlassen die Stadt?«, fragte ich ungläubig.

»Falls es erforderlich wird«, bestätigte er schulterzuckend. »Die sind wütend da unten. Vielleicht holen sie die Armee zu Hilfe. Sie sollten nicht gehen, mein Freund. Die sind sehr wütend.«

»Das ist mir scheißegal«, erwiderte ich und gab Gas.

Außer Hoppner war mir alles egal. Er war derjenige, der das alles zu verantworten hatte. Derjenige, der die Anführer seiner Vorzeigestadt so weit gebracht hatte, dass sie uns umbringen wollten, der Freddy getötet und Pamela in den Selbstmord getrieben und den sanftmütigen Leonard in ein nicht mehr wieder zu erkennendes Monster verwandelt hatte.

Mörderische Rache.

Im Wald war so gut wie nichts zu erkennen. Bei der Geschwindigkeit, mit der ich über den Feldweg raste, war das Fahrzeug ein gutes Dutzend Mal kurz davor, umzukippen. Im tiefen Schlamm waren die Bremsen so gut wie nutzlos. Aber ich wollte gar nicht langsamer fahren. Mit durchgetretenem Gaspedal donnerte ich, Sekundenbruchteile nachdem die Wachen beiseite gehechtet waren, durch das Tor des Anwesens. Ich schlitterte über den Rasen, legt eine Vollbremsung hin, mit der ich die Grasnarbe aufriss, und kam irgendwo mitten im Garten zum Stehen.

Wo genau war schwer zu sagen. Ich schaltete den Motor aus und starrte in die Leere. Die Wolke wirbelte auf dem offenen Teil des Hangs im Wind umher. Böen schlugen mir ins Gesicht, als ich aus dem Wagen stieg, und Wolkenfetzen schienen von hinten über mich herfallen zu wollen. Doch bei all der Bewegung war kein Laut zu hören: Die Vögel waren verschwunden, das Rascheln der Bäume verschluckt von der nebelartigen Wand um mich herum.

Kein Laut, mit Ausnahme quatschender Schritte, die auf mich zukamen. Ich erkannte diesen kraftvollen, entschlossenen Gang, schon bevor er aus dem Nebel trat. Er hatte sich gewaschen, rasiert und frische Kleidung angezogen. Die Prellungen auf seinen Wangen ließen sein straffes Gesicht noch härter wirken.

»Mark«, sagte er, als er wenige Schritte vor dem Wagen stehen blieb. In dieser einen Silbe lag ein belustigter, erwartungsvoller Tonfall.

»Verpissen Sie sich, Hawken. Das hier hat nichts mit Ihnen zu tun.«

»Mag sein, aber ich habe noch ein Hühnchen mit Ihnen zu rupfen«, entgegnete er und ging weiter auf mich zu.

»Ich sagte, Sie sollen sich verpissen!« Freddys Pistole war schon in meiner Hand und zeigte auf ihn, bevor ich den Satz zu Ende gesprochen hatte.

Das angedeutete Lächeln um Hawkens Mundwinkel verschwand.

Er starrte erst auf die Waffe und dann auf mich und murmelte schließlich: »Sie wissen doch nicht einmal, wie man mit dem Ding umgeht.«

Hinter ihm kamen vier Wachen angerannt. Mit einem scharfen Knurren schickte Hawken sie weg. Die verblüfften Männer zogen sich mit offenem Mund zum Wachhäuschen zurück.

»Zurück«, schnauzte ich Hawken an. »Zwingen Sie mich nicht zu schießen.« Ich legte die Sicherung um und hatte schon den Finger am Abzug.

»Das würden Sie nie wagen«, fauchte er verächtlich. »Sie haben es einfach nicht in sich.«

»Treten Sie zurück und ich lasse Sie am Leben. Ich bin nur hier, um …«

Weiter kam ich nicht. Unter Gebrüll stürzte sich Hawken aus dem Stand mit einem Riesensatz auf mich. Und ich drückte ab.

Nichts geschah.

Das heißt, die Pistole tat nichts. Freddys kostbare Anschaffung war ein Blindgänger. Ob es an der Munition lag oder der ganze Mechanismus im Eimer war, weiß ich nicht; jedenfalls hatten diese Händler in Santa Tecla ihm Schrott angedreht.

In meiner Verzweiflung schaffte ich es noch zwei weitere Male abzudrücken, bevor Hawkens Brust gegen meinen Arm krachte und die Pistole in den Nebel geschleudert wurde. Mir blieb nicht die Zeit, mein Pech zu verfluchen oder die Ironie von Freddys posthumer Rache zu würdigen. Hawken hatte bereits die Arme um mich geschlungen, und der Schwung, mit dem er angeflogen kam, katapultierte uns ein gutes Stück weit über den Rasen. Beim Aufprall blieb mir die Luft weg und ich lag wie gelähmt unter ihm.

Wäre er einfach liegen geblieben, hätte er mich wohl allein dadurch erstickt. Hawken aber war ein Kämpfertyp, und so stand er eine Sekunde später schon wieder auf den Beinen. Er zog mich hoch und ließ mich gerade lange genug aufrecht stehen, dass er mir einen brutalen Schlag in die Magengrube versetzen konnte. Ich sackte erneut zusammen, noch immer nach Luft schnappend.

Hawken beugte sich zu mir hinunter und packte mich am Arm, um mich wieder hochzuziehen. Diesmal aber war ich vorbereitet. Als sein Schlag – eine kurze, trockene rechte Gerade – kam, wich ich zur Seite aus und stieß ihm mit aller Kraft einen Fuß gegen das Knie. Durch seinen eigenen verfehlten Schlag aus dem Gleichgewicht gebracht, fiel Hawken nach vorn, als ihm das Bein einknickte. Ich setzte mit einem harten Tritt in den Unterleib nach. Bevor ich jedoch ein weiteres Mal zutreten konnte, hatte er sich bereits über das Gras außer Reichweite gerollt.

Ich rannte ihm hinterher, doch er war schon wieder auf den Beinen und stoppte meinen Angriff mit einem wilden, hohen Kick, der mich an der Brust traf und zur Seite schleuderte. Ich landete auf dem Kies und merkte nun, wo ich war: auf der Terrasse über der Felswand. Als ich aufblickte, erkannte ich die niedrige Mauer, eine Bank und die schattenhaften Umrisse der Baumkronen.

Im nächsten Augenblick hatte Hawken schon die Hand an meiner Kehle und zerrte mich hoch. Er schlug mich mit den Fäusten, ein Knie unter mein Kinn haltend, und rammte mir schließlich einen Ellbogen in die Schläfe. Ich brach auf den Knien zusammen und konnte mich kaum noch rühren. Er trat einen Schritt zurück, drehte sich um, holte mit dem ganzen Körper Schwung und versetzte mir einen brutalen Fußtritt seitlich an den Kopf.

Der Volltreffer muss mir das Bewusstsein geraubt haben. Als ich wieder erwachte, lag ich auf der Mauer, während Hawken mir mit der Handfläche wiederholt in mein schmerzendes Gesicht schlug und mit eisigen Augen finster auf mich herabblickte.

»Wach auf«, knurrte er. »Ich will, dass du den Sturz spürst.«

»Warten Sie«, rief ich, als seine Hände mich an der Seite packten, um mir den letzten Stoß zu versetzen.

»Denk darüber nach, was du Pamela angetan hast.«

»Nein, Hawken, warten Sie!«

Ich klammerte mich verzweifelt an der Mauer fest, und meine linke Hand fand einen Halt, als er meinen Körper über den Rand stieß. Der Schmerz in meinem Unterarm war unbeschreiblich, so als wäre in ihm ein Muskel gerissen. Mein Körper knallte gegen die Felswand, mein Gesicht schrammte über die Balustrade, während Hawken bereits den Fuß über die Hand hob, mit der ich mich festhielt.

»Es war nicht meine Schuld!«

Mit voller Wucht trat er meine Finger zu Brei.

In der lähmenden ersten Sekunde meines Absturzes – es war, als öffnete der weite Abgrund des Tals seinen Schlund, um mich zu verschlucken – fiel mein Blick durch die wirbelnde Wolke auf etwas leuchtend Gelbes: das Kletterseil, das fest verknotet die Felswand herabhing. Während mir der nackte Fels im schnellen Fall Knie und Brust aufschürfte, streckte ich die Hand aus und bekam es zu fassen.

Die Reibung des Seils, das durch meine Hand glitt, riss mir die Haut von Fingern und Handfläche. Der Schmerz war unvorstellbar. Als ich das Seil endlich fest im Griff hatte, hing ich fünf Meter unterhalb der Mauer.

Stille. Das Scheuern des Seils gegen den Fels. Dann hörte ich durch den Nebel hindurch, wie Hawken meinen Namen rief.

Seine Stimme hatte einen hässlich triumphierenden Beiklang. Er würde nicht mehr als ein paar Sekunden brauchen, um das Seil loszubinden. In meiner Panik begann ich hochzuklettern, so schnell ich konnte, trotz des stechenden Schmerzes im linken Arm und der offenen Wunde an meiner rechten Hand. Hawkens Silhouette wurde allmählich schärfer. Er beugte sich herab, aber nicht zum Knoten im Seil, sondern zu etwas anderem.

Gut zwei Meter unter ihm hielt ich entsetzt inne. Hawken hob die schwere Bank auf die Mauer. Er hielt sie fest und stellte sich daneben.

Mir blieb nicht mehr viel Zeit. Ich schlang das Seil um meinen linken Fuß und verlagerte mein Körpergewicht auf diesen, während ich nach unten griff, um das Ende des Seils heraufzuholen. Gegen die Felswand gestützt, riss ich das lange gelbe Band hoch, das in der nebligen Tiefe unter mir verschwand.

Hawken hatte die Enden der Bank mit beiden Händen gepackt und hob sie nun hoch über den Kopf. Im wirbelnden Nebel wirkte er ausgesprochen dämonisch – ein monströser Gott mit hoch erhobener, Angst einflößender Keule. Und ich hatte noch so viel Seil hochzuziehen. Als er innehielt, um seine Rache noch ein wenig länger auszukosten, ließ ich das gelbe Seil durch die Hände laufen, so schnell ich nur konnte.

Dann bog er die Arme. »Fang«, sagte er.

In diesem kritischen Moment stieß ich mich mit aller Kraft von der Felswand ab und schleuderte das untere Ende des Seils zu ihm hinauf. Der Kletterhaken beschrieb einen perfekten Bogen durch die Wolke und zischte in der stillen Luft nach oben, bis er den Höhepunkt seiner Flugbahn erreicht hatte und auf Hawkens Rücken herabstürzte.

Die Klinge bohrte sich tief in sein Fleisch. Seine einzige Reaktion war ein erstauntes Grunzen. Mit einem gewaltigen Ruck zog ich ihn nach außen, bis er zusammen mit der Bank über mich hinwegflog, während ich mich an die Felswand schmiegte.

Der dumpfe Aufprall dreißig Meter unter mir war durch die dichte Nebelwolke kaum zu hören.

In mir hatte sich etwas Grundlegendes geändert. Hawkens Angriff so unmittelbar nach Alices Tod trieb mich durch das wolkenverhangene Gelände auf meine Abrechnung mit Hoppner zu. Alles war jetzt ganz einfach; es gab nur noch Schwarz und Weiß.

Trotz meiner Entschlossenheit schleppte ich mich schwerfällig dahin, denn die schiere körperliche Erschöpfung hatte mich an den Rand des Zusammenbruchs getrieben. Ich besaß keinerlei Waffe, mein linker Arm war so gut wie unbrauchbar, meine rechte Hand ein blutiger Klumpen. Selbst mein Sehvermögen war beeinträchtigt, auch wenn ich nicht wusste, ob mir nur Blut oder Schweiß in die Augen gelaufen waren oder es sich um etwas Ernsthafteres handelte. Mein Orientierungssinn drohte mich im Stich zu lassen, und ich spürte, wie ich schwankte, während ich über den Rasen auf Hoppners Haus zustolperte.

Die Kolibris waren nirgendwo zu sehen, ihre Futterstellen verlassen. Die Haustür stand weit offen. Der Wolkennebel war ins Haus eingedrungen und legte einen feinen, fast unsichtbaren Schleier über die Möbel. Das Esszimmer war leer, Küche und Wohnzimmer ebenso. Im Schlafzimmer stand in der Mitte des nackten Fußbodens ein penibel gemachtes Einzelbett; die einzigen anderen Möbel im Raum waren ein kleiner Schrank und daneben ein Ankleidetisch. Kein Hoppner weit und breit. Ich sah sogar im Badezimmer nach, das aber – abgesehen von einer asketischen Ansammlung von einfacher gelber Seife, Stahlkamm und No-Name-Shampoo – ebenfalls leer war.

Er war nicht da.

Als ich mich aus dem Haus tastete, entdeckte ich Flecken meines eigenen Blutes, die ich beim Eintritt hinterlassen hatte.

Wo war er nur?

Langsam und unter großen Schmerzen schleppte ich mich über den Rasen zum Bürogebäude. Dann hörte ich, wie sich eine Tür in der Ecke des Anwesens mit einem Klicken öffnete. Ich drehte mich um und wankte auf die Hütte zu.

»Mein Gott, Mark!«

Die Stimme kam aus der Nebelwolke vor mir: David stand an

der offenen Tür der Hütte und hielt sich am Türrahmen fest, als wollte er jeden Augenblick in Ohnmacht fallen. Ich trat geradewegs auf ihn zu.

»Wo ist Hawken?«, schrie er, während sein Blick zwischen meinem blutigen Gesicht und meinen nicht weniger blutigen Händen hin und her wanderte. »Was haben Sie getan? Was ist passiert?«

»Sie hätten ihn nicht zurückholen dürfen.«

»Wir mussten es tun. Die Stadt ist in Aufruhr. Wir waren nicht mehr sicher«, stammelte er.

Ich packte mit meiner zerfetzten Hand seinen Arm. Er blickte auf das Blut an seinem Hemdsärmel und dann wieder hoch in mein zerschundenes Gesicht.

»Mark, bitte ...«

»Ist er da drin?«

»Nein. Mark, bitte. Nicht. Nicht Mr. Hoppner.«

»Zur Seite, David.«

Und plötzlich weinte er große Tränen aus seinen mandelförmigen Augen.

»Bitte tun Sie ihm nicht weh«, flüsterte er.

Ich blickte noch ein paar Sekunden länger in dieses verzweifelte Gesicht, gerührt von der Tiefe der Liebe, die ich darin sah. Dann aber fiel mir wieder die Frau ein, die tot in einem Auto am anderen Ende des Anwesens lag, und ich stieß ihn grob zur Seite.

»Nein!«, schrie er, als ich in die Hütte ging.

Ich knallte die Tür hinter mir zu und schob den Riegel vor, um David und sein Flehen auszusperren.

Benjamin Sword Hoppner saß reglos in der Mitte des Raums. Durch das grelle Licht des Scheinwerfers über ihm trat die Müdigkeit in seinem Gesicht noch deutlicher hervor.

»Sie verdammtes Schwein«, sagte ich. »Sie haben Leonard so weit gebracht, dass er Alice getötet hat. Sie haben ihn mit so viel Scheiße abgefüllt, dass er sie erdrosselt hat!«

Er hatte die dunkle Wand angestarrt und sich auch bei meinem Eindringen nicht umgedreht. Erst jetzt sah er sich um und versuchte, mich in der Dunkelheit jenseits seines Lichtkegels auszumachen. »Leonard ist ein erwachsener Mensch«, erwiderte er seelenruhig. »Nur wegen einer Äußerung von mir würde er nie seine Frau töten.«

»Sie war nie seine Frau, und er ist kein erwachsener Mensch. Er ist wie Ihre kleinen Schulkinder von Miraflores – viel zu unschuldig, um sich gegen Ihre cleveren Argumente wehren zu können und gegen Ihre verdrehte Moral, die aus einem Mord eine tugendhafte Handlung macht. Er hat keine Ahnung von der Welt außerhalb der Bibliothek. Sie haben ihn ebenso einer Gehirnwäsche unterzogen, wie Sie es mit diesen Kindern tun wollen.«

»Sie war nicht seine Frau?«, sagte Hoppner, stärker erschüttert durch diese Eröffnung als durch ihren Tod. »Leonard hat mich angelogen?«

»Mein Gott, ist das Ihre größte Sorge? Ja, er hat Sie angelogen – na und? Sind Sie schon so abgehoben, dass Sie sich einbilden, dass das jetzt noch eine Rolle spielt? Ihre vollkommene kleine Gesellschaft ist gerade dabei, die Koffer zu packen. Die Leute hauen ab! Wussten Sie das schon? Ihre treuste Anhängerin hat sich gestern aus schierer Verzweiflung das Leben genommen, Miraflores ist in Aufruhr begriffen, gleich hinter Ihrem Gelände befindet sich ein Friedhof mit Menschen, die Sie ermordet haben, und Sie sorgen sich ernsthaft um Leonards Ehrlichkeit?«

»Tugend ist nicht veräußerbar, Mark! Sie können Sie nicht einfach nach Belieben ein- und ausschalten. Gerade zu Zeiten wie diesen ist sie am wichtigsten – in schwierigen Zeiten, wenn unser wahrer Charakter zum Vorschein kommt. Ich habe um dieser Tugend willen die Frau, die ich liebte, aufgegeben und meinen Ruf geopfert. So schwer das Leben auch werden mag – wenn ich diese Tugend nicht jede Sekunde lebe, wird sie zu einem wertlosen Luxus.«

»Aber Sie haben sie doch längst entwertet!« Da saß dieser Mann, dieser Gott von eigenen Gnaden, vor mir, prahlte mit seiner Standhaftigkeit und weigerte sich weiter, den schrecklichen Folgen seiner Überzeugungen ins Gesicht zu sehen. Das alles machte mich so wütend, dass ich ihn am liebsten durchgeschüttelt hätte, bis er wenigstens ansatzweise zur Besinnung käme. »Sie haben Ihre kostbare Tugend so sehr ins Extrem getrieben, dass sie schon lange keine Tugend mehr ist Sie haben sie so sehr mit Tod und Schrecken versetzt, dass sie völlig bedeutungslos geworden ist. Ihre vollkommene Gesellschaft war auf Angst gegründet, und diese armen Menschen haben sich nur an Ihren Kodex gehalten, weil sie fürchten mussten, Ihr Geld zu verlieren oder mit einer Schlinge um den Hals zu enden. Wie können Sie sich einreden, dass Rechtschaffenheit Leuten, die mehr oder weniger dazu gezwungen werden, etwas bedeutet?«

»Sie können ja trotzdem lernen, die Tugend zu lieben.« Er schien allmählich unsicher zu werden, als zweifelte er an seinen eigenen Worten. »Je mehr sie sehen, welchen Gewinn sie daraus ziehen …«

»Sie meinen, wie es sich finanziell auszahlt?«, konterte ich verächtlich. »Wie reich es sie macht? Sie bilden sich ein, mit Ihrem Geld moralisch gutes Verhalten erkaufen zu können, aber in Wirklichkeit haben Sie immer nur das Gegenteil bewirkt. Der fantastische Reichtum, den Sie hierher gebracht haben, hat die Menschen nur in Versuchung geführt, Böses zu tun.«

»Wenn ich nicht mein Geld in diese Stadt gebracht hätte, würden sie noch immer im Elend leben!«

Doch auch dieses Argument war nur ein letztes Rückzugsgefecht, und das wusste er. Ich ging auf ihn zu und sah den Schock in seinen Augen, als mein blutiges, zerschundenes Gesicht vom Lichtschein erfasst wurde. »So hat bestimmt auch das Pentagon seine Intervention gerechtfertigt«, erwiderte ich.

Seine Wangen zitterten, als er aufstand, um mir die Stirn zu bieten. »Ich kann Ihnen nicht erlauben, meinen Wiederaufbau von Miraflores mit der Lieferung von Waffen zu vergleichen, die diesen Wiederaufbau erst erforderlich gemacht haben.«

»Sie erlauben oder verbieten hier gar nichts mehr«, entgegnete ich ruhig. »Hawken ist weg, und Sie können sich mit Ihrem Geld keine Macht mehr kaufen. Sie sind nur noch der Außenstehende, der – genau wie das US-Militär vor Ihnen – den Lauf der Ereignisse nach eigenem Gutdünken lenken wollte und dabei diese

Menschen als Faustpfand in einem globalen Kampf missbraucht hat. Der eine kämpft gegen den Kommunismus, der andere gegen das Böse – und jetzt erklären Sie mir mal, inwiefern Ihre Intervention weniger ausbeuterisch gewesen sein soll!«

Sein trauriger Blick zeigte mir, dass er sich geschlagen gab. »Gehen diese Menschen wirklich weg?«

»Wenn sie nicht vorher noch hier vorbeischauen, um Tanadio zu rächen«, antwortete ich bösartig.

»Ich wollte doch nur das Richtige für sie.«

»Unsinn – Sie haben getan, was Sie tun wollten, und sich hinterher eingeredet, dass es richtig war. Ist Ihnen eigentlich nie der Gedanke gekommen, dass die Leute ihre eigenen Wertvorstellungen haben könnten? Dass sie seit Jahren, ja seit Jahrhunderten schon auf ihre eigene Vorstellung von einer perfekten Gesellschaft hingearbeitet haben, selbst im Krieg? Sie aber haben sie nur bestochen, ihre Werte aufzugeben. Sie haben die Menschen genauso korrumpiert wie diese Geldsäcke von der Regierung. Gott sei Dank kommen sie noch rechtzeitig da raus, bevor Sie es geschafft haben, den letzten Rest an natürlichem Gewissen in ihnen abzutöten!«

In diesem Augenblick wurden mir zwei Dinge bewusst: Davids Stimme, die von außen nach uns rief, während seine Faust ohnmächtig gegen die Tür hämmerte, und der Geschmack von Blut auf meinen Lippen. War Hawken wirklich tot? Hatte ich soeben einen Menschen getötet? Was machte das aus mir? Meine glückliche Rückkehr zu Katie und Christopher schien weniger möglich denn je.

Irgendwo da draußen saß Leonard neben der Straße, psychisch vollkommen am Ende, während alles noch einmal an ihm vorüberzog. Irgendwann würde ein mitleidiger Autofahrer ihn auflesen, doch nichts konnte Leonard vor der Wahrheit retten, die er für immer würde ertragen müssen.

Alice wollte ich im Wald begraben, zwischen zwei Bäumen in tränengetränkter Erde.

Ich hatte das Gefühl, jeden Augenblick zusammenzubrechen.

»Warum haben Sie sich gegen mich gestellt, Mark?«, flüsterte

Hoppner. »Ich habe versucht, Ihre Antipathie zu ignorieren, um Ihnen einen fairen Test zu bieten, aber Sie sind kein Mann, der seine Gefühle verbergen kann. Das ist gut, nehme ich an. Ehrlich zumindest. Aber es hat wehgetan, von einem Menschen wie Ihnen so viel Feindseligkeit zu spüren. Warum haben Sie meinem Kodex nie eine Chance gegeben?«

Die Wut, die mich auf dem ganzen Weg zurück nach Miraflores im Griff gehabt hatte, verflüchtigte sich bereits, während Hoppners lebenslange Gewissheit allmählich zerbrach. Die Traurigkeit in seiner Stimme machte es mir unmöglich, meinen Zorn in derselben Intensität aufrechtzuerhalten.

»Sie hätten mich umbringen lassen«, erklärte ich müde. »Warum hätte ich mich verpflichtet fühlen sollen, auf Ihre Gefühle Rücksicht zu nehmen?«

»Glauben Sie das wirklich? Sie gehen davon aus, dass Sie den Test nicht bestanden hätten?« Er musste unwillkürlich lächeln. »Ich glaube nicht, dass Sie durchgefallen wären. Ich kann Ihren Charakter auch ohne Hypnose ganz gut beurteilen. Deswegen hat es mich ja so schockiert, Sie und Alice zusammen im Bett zu sehen. Aber jetzt, nachdem Sie erklärt haben, dass sie gar nicht verheiratet war, kann ich wieder eine gute Meinung von Ihnen haben. Ich bezweifle nicht, das Sie den Test bestanden hätten, und ebenso wenig, dass Sie das Geld für einen guten Zweck eingesetzt hätten. Sie sind nicht der Typ, der sich mit seinem Geld eine Villa baut – ein Waisenhaus vielleicht, aber keine Villa. Habe ich Recht?«

Ich war so überrascht, dass mir die Worte fehlten. Der Fachmann fürs Gute erklärte mich zum guten Menschen. Trotz seiner schrecklichen Taten, trotz allem fühlte ich mich von seinem Urteil über mich mehr als geschmeichelt – ganz so, als wäre Hoppners Wort entscheidend dafür, dass ich endlich die Selbstsicherheit fand, zu glauben, womöglich doch ein guter Ehemann und Vater sein zu können. Dass ich nach Hause gehen konnte.

Als ich nicht antwortete, wirkte er enttäuscht. »Ich verstehe, warum Sie zurückgekommen sind«, fuhr er in verändertem Tonfall fort. »Was mit Alice geschehen ist, tut mir wirklich Leid; vielleicht trage ich tatsächlich die Verantwortung dafür. Es ist nicht leicht, über einen so langen Zeitraum Macht auszuüben, ohne sein Gewissen zu belasten, selbst wenn man nur das Gute will.«

Er ging hinüber zum Schrank an der Wand. Erst in diesem Augenblick fiel mir wieder ein, was er darin aufbewahrte. Als er sich umdrehte, hielt er den Dampfstrahl-Injektor in der linken Hand.

»Ich weiß nicht, was mit mir geschehen ist. Ich habe so sehr versucht, mein Leben in Rechtschaffenheit zu leben und auch anderen dazu zu verhelfen. Ich habe wirklich keine Ahnung, wie ...«

Er schüttelte den Kopf, und sein erschöpftes Stirnrunzeln legte auch seine Wangen in Falten und entzog seinen Augen den letzten Rest an Energie. Ein Augenblick der Ehrlichkeit und der Reue, der mein Mitgefühl erwachen ließ.

»Damit wird es Ihnen leichter fallen«, sagte er resigniert und hielt mir den Injektor hin. »Weniger Schweinerei.«

Ich nahm instinktiv den Apparat entgegen. Erst in diesem Augenblick begriff ich, was er meinte.

»Mr. Hoppner, ich habe nicht ...«

»Das geht schon in Ordnung«, unterbrach er mich und blickte noch einmal zu mir auf – der letzte Versuch eines Lächelns. »Aber bevor Sie es tun, bitte ich Sie um eines: Versuchen Sie wenigstens, mir zu vergeben. Er kann einfach nicht von seinen vertrockneten alten Tugenden lassen, denken Sie jetzt wahrscheinlich, aber versuchen Sie bitte trotzdem, mir zu vergeben, und zwar um Ihrer selbst willen. Töten Sie mich nicht aus Rache, sondern aus der Überzeugung heraus, dass es die nötige und gerechte Konsequenz dessen ist, was ich getan habe.«

»Ich werde Sie nicht töten!«

Er blickte mir tief in die Augen und sagte: »Sie sind doch gekommen, um meinem Leben ein Ende zu setzen, oder etwa nicht?«

Ich konnte nicht antworten. Diese Zeit war vorbei. Vorher war mir alles so einfach vorgekommen: Einige von uns waren gut, die anderen schlecht. Jetzt aber wusste ich nicht mehr, wer was war. Sánchez – der Mann, der versucht hatte, uns zu töten – war der ehrenwerteste Mensch, den ich je kennen gelernt hatte. Leonard dagegen, für mich einst die Verkörperung von Intelligenz und Güte, hatte soeben einen Mord begangen. Und Hawken, auf den ersten Blick der bösartigste von allen, war vermutlich der einzige ehrliche Mensch in ganz Miraflores gewesen. Nie hatte er versucht, seine Motive zu verschleiern, oder gegen seine Überzeugungen gehandelt, um irgendwelche Erwartungen zu erfüllen. Wer hatte schon das Recht zu beurteilen, wer von uns besser oder schlechter war als andere?

Hoppner ersparte mir, es selbst zu sagen: »Ich weiß, dass Sie deswegen gekommen sind. Für Alice natürlich. Aber vielleicht auch ein wenig für all die anderen.« Dann knöpfte er seinen rechten Hemdsärmel auf und rollte ihn hoch. »Aber versuchen Sie bitte zu verstehen, warum ich es getan habe. Versuchen Sie zu begreifen, dass ich es nur gut gemeint habe. Nur, wenn Sie mir vergeben können, bevor Sie mich töten, werden Sie das retten können, was die religiösen Menschen Ihre Seele nennen würden.«

Der Injektor passte perfekt in meine rechte Hand. Mein Blut verschmierte den Glaskolben. Die Phiole mit dem Barbiturat wirkte geradezu harmlos klein. Ich riss die Augen von dem Gerät los und schüttelte den Kopf.

»Tut mir Leid, aber ich muss jetzt nach Hause«, murmelte ich und wandte mich zur Tür.

Er rief mich noch einmal, als ich die Hand auf den Riegel legte. Seine Stimme war so zittrig, dass ich nicht anders konnte, als zurückzublicken.

»Vielleicht wären Sie dann wenigstens so gut, mir das dazulassen«, bat er.

Der Injektor in meiner Hand fühlte sich eiskalt an.

»Sie sollten es nicht tun«, sagte ich mit heiserer Stimme. »Es ist noch nicht alles verloren. David ist hier, und er betet Sie an. Sie können noch immer viel Gutes bewirken.«

»Wir wissen doch beide, dass das nicht wahr ist.«

Mir fiel dazu nichts mehr ein.

»Miraflores bricht in diesem Augenblick auseinander«, sagte er. »Ich denke, mir war schon seit einiger Zeit klar, dass das geschehen könnte. Was mit so viel Gewalt und Geld geschützt werden muss, kann nie aus eigener Kraft überleben.« Seine Hand ging zu seiner faltigen Kehle, seine Finger strichen über sein Schlüsselbein. »Wissen Sie, ich habe mir Miraflores immer wie eine moderne Kathedrale vorgestellt. Es gab eine Zeit, in der die Menschen bereit waren, ihr Leben einer wahrhaft außergewöhnlichen Sache zu widmen, aber nicht aus wirtschaftlichen Motiven, sondern allein aus ihrem Glauben heraus. Heute dagegen sind die einzigen außergewöhnlichen Schöpfungen, die nicht aus dem Streben nach Profit entstehen, militärische Superwaffen. Aber Miraflores war wunderschön. Ich habe fest daran geglaubt, dass dieser Ort es eines Tages als Quelle der Hoffnung und geistigen Erneuerung sogar mit Salisbury oder Notre Dame würde aufnehmen können. War das vermessen? Vielleicht fehlte mir am Ende doch die nötige Demut.« Seine Hand fiel wieder herab, die blauen Adern auf dem Handrücken wirkten starr und leblos. »Mark, ich glaube nicht, dass ich es ertragen kann, zuzusehen, wie meine Kathedrale zerstört wird.«

Endlich, als es bereits zu spät war, begann ich, die Dinge mit seinen Augen zu sehen. Aus dem Blickwinkel des Idealisten. Die Tragik eines sterbenden Traums. Um wie vieles leichter es doch fällt zu vergeben, wenn man es schafft, aus sich herauszutreten.

»Das ist nicht der einzige Ausweg«, flüsterte ich.

Er brauchte ein paar Sekunden, um seiner Stimme wieder Herr zu werden. »Es geht nicht nur darum, einen Ausweg zu finden. Ich habe es wirklich so gemeint, als ich sagte, dass manch einer durch sein Sterben mehr erreichen kann, als wenn er am Leben bleibt.« Ein harter Husten schüttelte ihn durch, und er streckte eine Hand aus, um den Stuhl zu finden. Zitternd setzte er sich. »Das hat vor zweitausend Jahren schon bei einem anderen Wohltäter der Menschheit funktioniert«, merkte er mit einem müden Grinsen an. »David wird die Geschichte richtig erzählen; er wird zu meinem Paulus werden. Vielleicht reden die Leute ja weniger über den Schmutz und mehr über das Gute, wenn sie erkennen, dass ich bereit war, dafür mein Leben zu opfern.«

Ich legte ihm den Tötungsapparat wieder in die Hand. Ein

Tropfen meines Blutes fiel auf seine Handfläche, und ich musste mich rasch abwenden.

»Keine Sorge, Mark«, sagte er freundlich zu meinem Rücken. »Vielleicht werde ich ja nicht den Mut haben, es zu tun.« Er hustete kraftlos, und allein das Geräusch machte ihn älter denn je. »Aber Mut ist eine Tugend – eine ziemlich wichtige sogar. Deshalb werde ich mein Bestes geben.«

»Alles Gute«, flüsterte ich, als ich nach der Tür tastete.

»Gott schütze Sie«, sagte er zum Abschied.

Danksagung

Die Ethik ist ein so zentraler Bestandteil der westlichen Philosophie, dass eine der Schwierigkeiten beim Verfassen dieses Buches darin bestand, der Versuchung zu widerstehen, es mit den – teils brillanten, teils beängstigenden und teils einfach nur verrückten – Ideen all unserer großen Denker zu überfrachten. Wer sich näher mit dem Thema befassen möchte, wird reichlich Material dazu finden. Besonders empfehlen möchte ich *A Short Treatise on the Great Virtues* von André Comte-Sponville, *Beeing Good* von Simon Blackburn, *How Are We to Live?* von Peter Singer und *Godless Morality* von Richard Holloway. Als allgemeinere Einführung ist Bertrand Russells *History of Western Philosophy* kaum zu übertreffen. Eine abschreckende Darstellung der Gefahren, die von moralischem Idealismus ausgehen können, liefert Roy Baumeister in *Evil: Inside Human Cruelty and Violence.*

Sehr dankbar bin ich all jenen, die mein Manuskript gelesen und kommentiert haben: Simon Blackburn, Caroline Bland, Imogen Cleaver, Alasdair Macdonald, Rosemary Macdonald, Chris Manby, Richard Marriott, Malcolm Millar, Matt Nelson und Bruno Shovelton. Vielen Dank auch meinem Agenten Patrick Walsh, meinem Herausgeber Rowland White und allen anderen Beteiligten.

www.hectormacdonald.com

»Porter schreibt einfach traumhaft.
Er ist der le Carré des 21. Jahrhunderts.«
Glasgow Herald

Der Chef des US-Sicherheitsdienstes landet inkognito in Heathrow. Doch auf dem Weg vom Flughafen gerät er in eine tödliche Falle. Gleichzeitig schaffen es zwölf arabische Flugpassagiere, beinahe unbemerkt ihre Identitäten zu wechseln. Nur zufällig entdeckt die britische Geheimagentin Isis Herrick das Manöver. Als die Recherchen auf die Spur von Al-Qaida führen, beginnt ein Wettlauf mit der Zeit …
Atemberaubend spannend, glänzend recherchiert, meisterhaft bis ins Detail: ein fesselnder Agententhriller über den Kampf der Geheimdienste gegen den Terrorismus.

Empire State
Roman
ISBN-13: 978-3-548-26251-2
ISBN-10: 3-548-26251-1

ULLSTEIN

UB294